Inanna
이난나

İnanna by Murat Tuncel

Copyright ⓒ Murat Tuncel, 2006
Korean Translation Copyright ⓒ Asia Publishers, 2011

This translation is published by arrangement with Murat Tuncel.
All rights reserved.

이 책의 한국어판 저작권은 저자와 독점 계약한 아시아에 있습니다.
저작권법에 의해 한국 내에서 보호를 받는 저작물이므로
무단 전재 및 무단 복제를 금합니다.

이 도서의 국립중앙도서관 출판시도서목록(CIP)은
e-CIP 홈페이지(http://www.nl.go.kr/cip.php)에서 이용하실 수 있습니다.
(CIP제어번호:CIP2011002956)

무라트 툰젤 장편소설
오은경 옮김

이난나
İnanna

옮긴이 **오은경**

한국외국어대학교를 졸업하고 터키 정부 장학생으로 초청되어 국립 하제테페 대학에서 터키 문학과 비교문학으로 석사학위와 박사학위를 받았다. 국립 앙카라 대학 한국어 문학과 외국인 전임 교수로 재직하였으며, 문화방송의 터키 통신원으로 활동하면서 텔레비전, 라디오 프로그램을 통해 터키를 국내에 소개하였다. 귀국 후 한국정신문화연구원(현 한국학중앙연구원) 초빙연구원, 고려대, 성균관대 강사를 거쳐 동덕여대 교양학부 교수로 재직 중이다. 최근에는 우즈베키스탄 니자미 사범대학교 한국학과에 파견되어 한국문학을 강의하면서, 동시에 우즈베키스탄 나보이 국립언어문학연구소에서 우즈벡·한국문학 비교연구로 교수학위(Doctor of Science)를 준비 중이다. 터키, 우즈베키스탄을 포함한 튀르크-한국문학 비교연구를 통하여 한국문화의 정체성을 확립하고 한국문학의 위상을 정립하고자 한다. 저서로 『여성주의 비평:20세기 터키와 한국 소설 속의 여성』(2005, 터키어), 『터키의 한국전쟁문학』(2005, 터키어), 『베일 속의 이슬람과 여성』(2006) 등이 있고, 야샤르 케말의 『독사를 죽였어야 했는데』(2005), 『바람부족의 연대기』(2010)를 번역 출간했으며, 공저로 『한국전쟁과 세계문학』(2003), 『성과 사랑의 시대』(2004), 『다락방에서 타자를 만나다』(2005), 『열린 사고 창의적 표현』(2007), 『중앙아시아학 입문』(2009) 등 다수가 있다.

이난나

2011년 8월 18일 초판 1쇄 인쇄
2011년 8월 23일 초판 1쇄 발행

지은이 | 무라트 튠젤
옮긴이 | 오은경
펴낸이 | 방재석
편집 | 정수인, 임홍열, 김선경
관리 | 박신영
표지 및 본문 디자인 | 방현정

펴낸곳 | 아시아
등록 | 제319-2006-4호(2006. 1. 31.)
주소 | 서울 동작구 흑석동 100-16
전화 | (02)821-5055   팩스 | (02)821-5057
이메일 | bookasia@hanmail.net

ISBN 978-89-94006-16-1 03890
www.bookasia.org

차례

작가의 말 · 6
이난나 · 9
옮긴이의 말 · 482

작가의 말 ::::::

한국 독자들께

내 유년의 기억 중 두 가지 소리를 잊지 못한다. 하나는 종류를 알지 못하고 들었던 악기 소리이고, 다른 하나는 옛날이야기를 들려주던 아실리 할머니의 목소리다. 할머니는 밤마다 내게 옛날이야기를 들려주었다. 나는 할머니가 그렇게 많은 이야기를 안다는 사실이 너무나 놀라웠다. 할머니 또한 어렸을 때 그 이야기들을 들었다는 것을 훨씬 후에야 알게 되었다. 할머니가 자주 들려준 이야기 가운데 하나가 '한국 이야기'였는데, 내가 태어난 해에 일어났던 전쟁에 관한 것이었다.

그 이야기 속 영웅의 이름은 쿠누루(Kunuru)였다. 쿠누루는 산이 되거나 용감한 구출자로 등장하기도 하고 때로는 바람보다 더 빨리 달리는 말로 묘사되기도 했다. 쿠누루에 대한 여러 이야기에서 빠지지 않는 대목은 그가 군인들을 구출하는 장면이다. 중상을 입은 군인들은 어서 빨리 쿠누루가 나타나 자신을 구해 주기를 기다렸다. 아마도 쿠누루라는 이름은 한국의 지명 군우리의 터키식 발음 쿠누리(Kunuri)에서 왔을 것이다. 한국전쟁 당시 참전한 터키 군인들이 용감히 싸운 군우리 전투는 지금도 터키에서 유명하다. 그 이야기를 들려주던 할머니는 이미 오래전에 돌아가셨지만 '한국 이야기'만은 잊을 수가 없다.

몇 해 전, 나는 아시아 출판사 초청으로 암스테르담에서 서울로 향하는 비행기에 올랐다. 어렸을 때 들은 한국 이야기가 내 기억 깊은 곳에 자리 잡고 있었기 때문에 한국을 방문한다는 사실에 나는 무척 흥분되었다. 내 유년 시절을 가득 채운 이야기 속의 그 아름다운 나라의 방문을 앞두고 설레는 것은 어쩌면 당연한 일이었다.

과연 얼마나 많은 사람들이 어린 시절에 들은 이야기 속 나라를 방문할 수 있단 말인가!

    과거와 현대가 공존하고, 크고 작은 건물들이 어우러진 서울은 인상적이었고, 한국 사람들 특유의 예의 바른 모습과 다정함은 나를 크게 감동시켰다. 할머니가 들려준 이야기에 '한국 이야기'라고 이름 붙인 것은 매우 적절했다. 한국은 내 기억 속 옛날이야기처럼 멋진 나라였다. 한편으로는 터키에 소개된 한국 문학이 소수에 불과하다는 사실이 안타까웠다. 나는 단 두 권의 한국 소설책을 읽을 수 있었는데, 내 책을 한국어로 번역한 오은경 교수에게 그 까닭을 물으니, 한국 문학을 터키 어로 번역할 사람이 많지 않기 때문이라고 했다. 그 무엇보다도 문학, 즉 이야기를 통해 다른 나라, 다른 문화를 알아 가는 기쁨과 중요성을 잘 알기에 아쉬움이 더했다.

    『이난나』가 한국 독자들에게 터키가 조금 더 가깝게 여겨지는 데 힘이 되길 바란다. 머나먼 이국, 터키 문화의 향기를 전해 주고, 한국 독자들의 삶에 독특한 체험으로 남겨지길, 그리하여 내가 서울에서 느낀 사랑과 우정을 한국 독자들에게 이 소설을 통해 다시 전해 주고 싶다.

2011년 7월 암스테르담에서
무라트 툰젤

1

저택 마당 한가운데에서 시작된 소리는 두꺼운 돌담을 넘어 하늘 높이 흩어졌다. 그러자 흐릿한 달빛 속에서 산책하던 바람이 흩어진 소리들을 모아 어둠에 묻힌 마을 위로 흩뿌렸다. 사람들은 지붕 위로 떨어지는 소리에 놀라서 담요를 두르고 문밖으로 쏟아져 나왔다. 하늘 높은 곳에서 사람들을 지켜본 구름도 희미한 달빛과 즐기던 농담을 그만두고 서서히 들판으로 내려왔다. 구름의 은밀한 움직임을 지켜보던 어느 노부인이 말했다.

"도대체 이게 얼마 만이야."

사람들은 처마 끝에 고드름이 매달린 집들 사이를 말없이 지나 작은 광장으로 향했다. 그곳에 도착한 사람들은 옆으로 나란히 섰다. 그들은 추위도 자기 자신도 까마득히 잊은 듯했다. 추위에 맞서면서 자신들이 가장 잘 아는 태양에 대한 기도문을 중얼거리면서 저택 마당에 넘실거리는 햇살만을 바라볼 뿐이었다. 개울 건너편 산기슭 저택 마당에서 뛰놀던 햇살이 그들에게 다가왔는지, 아니면 그들이 햇살 속으로 다가간 것인지는 아무도 알 수 없는 일이었다. 황소의 울부짖음을 연상시키는 누군가의 처절한 비명 소리가 들려온 바로 그 순간, 달은 구름 속에 숨어 버렸다. 하늘에도 땅에도 오직 어둠만이 남겨졌을 때 노부인이 지친 목소리로 속삭였다.

"그래, 이걸 기다렸던 거야."

사람들 무리에서 가장 키가 작은 남자는 한자리에서 내내 꼼짝도 않고 서 있더니 맨 먼저 문 앞으로 튀어 나가 키에 걸맞지 않게 큰 목소리로 고함쳤다.

"우리는 아무 짓도 하지 않았어!"

사람들은 너나없이 뒷걸음질로 광장을 비우면서 땅에 쌓인 하얀 눈 위로 비치는 서로를 알아보려 애쓰고 있었다. 그러면서 일제히 같은 말만 반복할 뿐이었다.

"우린 아무 짓도 하지 않았어."

"모든 것은 작은도련님이 한 짓이야."

사람들은 입을 모아 다시 한 번 말했다.

"모든 것은 작은도련님이 꾸민 일이야."

어느 집 문 앞에서 시작되었는지 알 수 없는 그 소리는 윙윙거리는 바람을 압도할 만큼 커졌다.

"사랑은 이 대지 속에 숨겨진 씨앗이야. 산에 구멍을 뚫었던 사르두리[1] 이전부터 있었어. 우리 이후에도 존재할 거야. 작은도련님이 할 수 있는 게 뭐지?"

너울[2]을 턱 밑으로 내린 젊은 여인이 물었다.

"그럼, 이 일에는 해결책이 없는 건가요?"

"없을 거야. 왜냐하면 사랑은 신이 창조했기 때문이지."

"맞는 말씀이긴 한데 그렇다면 어떤 신을 말씀하시는 거죠? 배화교도의 신인가요, 우리보다 앞 세대들의 신인가요, 아니면 우리들의 신인가요?"

"믿음을 저버리지 말게."

"믿음을 버리지 않는다면 어떻게 진실을 밝힌단 말이에요?"

그들이 대화를 나누는 동안 바람이 줄곧 그들의 소리를 집 뜰 안으로 실어 나르는 통에, 성주도 쉐흐나즈도 모든 이야기를 엿듣게 되었다. 말을 하던 이들이 입을 다물자 쉐흐나즈가 일어섰다. 성주가 그토록 만류하는데도 그녀는 저택의 문을 향해 똑바로 걸었다. 그러자 문을 지키고 있던 하인들이 하늘이라도 뚫을 듯 목청을 높였다.

"문을 여시오!"

그녀는 성주를 똑바로 쳐다보았다. 그러고는 "진실을 찾기 위해 나 또한 신앙을

---

1) 우라르투 왕국의 왕(재위 B.C. 834~B.C. 828). 터키 동부 지역의 반 호수를 둘러싼 고원 지대에 우라르투 민족을 중심으로 왕국을 형성했음.
2) 여자들이 쓰는 천. 머리에 두르는 것이 아니라 입과 코를 가리기 위한 것. 대개 말을 하거나 음식을 먹을 때 올리거나 내림. 이집트에서는 '니캅'이라고 부르기도 함.

저버리고 있어요." 하고 말하더니 문을 빠져나왔다.

쉐흐나즈 부인보다 앞서 걸어야 하는 하인들이 들고 있던 등불을 일제히 공중으로 치켜올렸다. 뜰 안이 다시 훤히 밝아졌다. 하인들 중 하나가 앞으로 나서서, 손에 들고 있던 횃불을 오른쪽 왼쪽으로 몇 번 흔들어 댔다. 바람 때문에 불꽃이 작아지자 하인은 있는 힘을 다해 소리 질렀다.

"쉐흐나즈 부인이 별채로 가십니다아아아!"

하인은 소리를 지르자마자 곧바로 돌아서서 작은 저택 쪽으로 걸어갔다. 문 앞에 둥글게 모여 숨을 죽인 채 저택의 뜰 안만 바라보며 대기하고 있던 하인들은 먼저 허공 속으로 쏘아 올렸던 하인의 소리보다 몇 배나 더 큰 소리로 반복했다.

"쉐흐나즈 부인이 별채로 납십니다."

저택의 뜰 안에 퍼졌던 불빛들은 무겁고 멋없이 크기만 한 문 사이의 어둠 속에 묻혀 버렸다. 그녀는 하인들과 함께 서둘러 안으로 들어왔다. 맨 나중에 안으로 들어온 노부인은 문을 열어 둔 채로 어둠에 덮인 허공으로 한 번 더 지친 목소리를 높여 보았다.

"신앙을 저버리지 말아요."

2

달리던 그녀가 눈 위에 미끄러졌다. 그녀는 얼어붙은 손을 입으로 가져가 호호 불었다. 따뜻한 입김을 손끝에 두세 번 불어넣으며 녹여 보았다. 그래도 통증이 가시지 않자 그녀는 입술을 삐죽거렸다. 그녀가 울음을 터뜨리려 할 때 나는 그녀의 자그마한 손을 감싸 쥐었다. 내가 그녀의 손을 녹여 주려고 하는데 사람들이 진흙을 이리저리 튀기며 우리 곁으로 다가왔다. 그들의 발은 물론이고 손도 진흙투성이였다. 머리카락은 놀란 고슴도치의 가시처럼 뻣뻣하고 곧게 뻗어 있었다. 한 사람이 손가락으로 머리를 긁적거리면서 나에게 말했다.

"전혀 자라지 않았구나."

"그러게요."

나는 손안에 감싸고 있던 자그마한 손을 비벼 준 후에 몇 마디 덧붙였다.

"자라지 못했어요. 그래도 어린 시절은 잊어버렸죠."

좀 더 대화를 나누고 싶었지만 갑자기 말들이 입안에서 녹아 사라져 버렸다. 나는 말하는 것을 그만두고 그 사람을 바라보았다. 그는 뻣뻣한 머리카락을 진흙이 묻은 손으로 매만졌다.

"크기는 컸지. 너도 크기는 했어."

고집스런 목소리였다.

그 사람의 말이 끝나자 내가 쥐고 있던 작은 손도, 곁에 있던 조그만 아이들도 순식간에 사라져 버렸다. 그들을 따라잡을 것 같이 뛰어 보았다. 입고 있던 축축한 옷이 어느새 얼어 버렸다. 나는 차가운 빙판 위로 엎어졌다. 얼어붙은 손이 얼음에 달라붙는 게 느껴졌다. 그러나 먼 곳은 보이지 않았다. 저녁이 된 것인지, 아니면 내 눈이 보이지 않는 것인지 도무지 알 수 없었다. 멈춰 서서 눈을 비비고 멀리 쳐다보고도 싶었지만 겁이 나서 멈출 수가 없었다. 피곤함도, 기침을 할 때마다 흘러내리는 침이며 콧물도 아랑곳하지 않았다. 오로지 더 빨리 기어가는 것만을 생각했다. 팔을 앞으로 뻗어 몸을 팔 쪽으로 끌어당긴 후 그때마다 "더 빨리, 더 빨리."라고 외치며 힘을 냈다.

그렇게 얼마 동안이나 기어갔는지 알 수 없다. 갑자기 눈이 보이기 시작한 것인지, 아니면 하늘에 달이 뜬 것인지도. 어찌 되었든 끝없이 펼쳐진 평원같이 보이는 빙판 위가 반짝반짝 빛나기 시작했다. 그러나 조금 전의 어둠처럼 빛도 무서웠다. 두려운 마음에 나는 더욱 빠르게 기어가기 시작했다. 내가 속도를 내자 빙판에 닿은 손에서 온기가 퍼지더니 팔뚝까지 전해졌다. 조금 지나자 온기가 온몸으로 퍼져서, 얼어 버린 옷이 피부에 닿을 때마다 가시처럼 느껴졌다. 코끝까지 온기가 느껴지자 일어나고 싶어서 견딜 수가 없었다. 그러나 딱딱해진 옷 때문에 그럴 수 없었다. 일어설 수 없자 머릿속에는 다시 기어갈 수밖에 없다는 생각이 스쳤다. 이번에는 아까보다 더 빠르게 기었다. 기어갈수록 열이 났고, 열이 날수록 더 속도를 내었다. 하지만 이렇게 기어서 황량하게 큰 얼음 벌판을 언제 건널 수 있을지 막막하기 짝이 없었다. 마음속에 고개를 드는 절망감 때문에 때론 속도가 늦어지기도 했지만, 이렇게라도 기어간다면 구출될지도 모른다는 생각이 들었다. 그렇지만 다른 한편으로는 눈이 부셔서 쳐다볼 수도 없는 얼음 벌판을 보면서 "어쩌면 이러다가 죽겠다."라고 중얼거리기도 했다. 머릿속에서 두 가지 생각을 어떻게 했는지 스스로 되묻는 순간, 기억이 돌아오고 있다는 것을 알게 되었다. 곧 온몸이 흥분에 휩싸였다. 뒷다리가 불구인 개처럼 조금이라도 더 기어간다면 구출될 것이라는 희망이 생겼지만, 갈수록 속도가 줄자 두려움이 엄습했다. 두려워서인지 땀이 났다. 그러자 땀 때문인지는 몰라도 얼었던 옷이 녹기 시작했다. 옷이 녹아 부드러워지자, 두려움 때문에 사라졌던 일어서고 싶은 욕망이 다시 고개를 들었다. 그러나 일어서려고 한 순간 다시 넘어지고 말았다. 축축하게 젖은 부츠는 밑창이 닳아서 스키보다 잘 미끄러졌다. 이번에는 넘어지면서 부딪힌 엉덩이를 잠시 문지른 후에 축축한 부츠와 양모 양말을 간신히 벗어 손에 들고는 맨발로 걷기 시작했다. 그러나 맨발이 얼음에 달라붙어 얼마나 아픈지 축축한 양말을 꼭 짜서 다시 신었다. 양모 양말 덕분에 미끄러지지도 않았고, 발도 아프지 않았다. 부츠를 허리춤에 끼우고 허리띠를 졸라매고는 손을 흔들면서 뛰기 시작했다. 물가에 가까워졌음을 코끝에 전해지는 흙냄새로 느낄 수 있었다. 세상은 온통 눈과 얼음으로 덮여 있었지만 어디선가 흙냄새가 날아왔다. 나는 뛰어가면서 흙냄새가 나는 쪽을 알아내려 애썼다. 한편으로

"이 흙냄새를 어제만 맡았어도 이렇게 되지는 않았을 텐데."라고 중얼거렸다. 그 순간 내가 달리고 있음을, 말하고 있음을, 그리고 생각하고 있음을 깨달았다. 순간적으로 의식이 깨어나다니 스스로도 놀라웠다. 나는 조금 머뭇거렸다. 진정 지금 말하는 사람이, 말하면서 달리는 사람이, 달리면서 생각하는 사람이 나란 말인가? 나는 손으로 온몸을 더듬었다. 나는 살아 있었다. 그러나 내 생사를 확인하는 순간 극심한 피로가 몰려왔다. 달리는 것은 고사하고 한 발자국도 내딛기 싫었다. 가까워졌다고 느꼈던 물가가 멀어지더니 어둠 속에 묻혀 버렸다. 머릿속이 이상했다. 귓가에 울리는 네르기스의 고통스러운 울음소리도, 갑자기 나타난 므스티가 '썰매촉'이라고 말하는 소리도, 쨍 갈라지며 와르르 부서지는 얼음 소리에 섞여 버렸다. 므스티의 소리를 삼켜 버리자 잘려 나간 썰매촉을 붙잡기 위해 헤엄치기 시작했다. 므스티와 함께 배에 조각난 썰매촉이 박혀 있는 네르기스가 보이고, 부서진 썰매촉이 도루에게는 닿지 못하게 하라며 제밀이 안절부절못하는 모습이 보였다. 피가 흥건해진 네르기스를 보고 나는 있는 힘을 다하여 네르기스 쪽으로 헤엄치기 시작했다. 소리를 지르려고 할수록 네르기스의 피가 섞인 차가운 물만 먹게 될 뿐이었다. 피가 섞인 물 때문에 앞을 볼 수도 없었다. 어느 쪽으로 헤엄쳐야 할지 몰라 갈팡질팡하고 있는데, 거대한 얼음 조각이 손에 와 부딪혔다.

3

아침이 되었다. 맨 먼저 눈을 뜬 사람은 성주였다. 그는 거의 한숨도 자지 못했지만, 그래도 일찍 일어났다. 주인의 발소리 때문에 하인도 잠에서 깨어났다. 하인은 저녁에 물을 채운 은주전자와 항아리를 성주 옆에 놓아두고 나서야 잠자리에 들었다. 그리고 아침마다 일찍 일어나 주인이 일어나기를 기다리고는 했다. 이것은 수년간 반복된 그의 습관이었다. 그러나 오늘 아침에는 베이오울루 야르오스만 성주가 하인보다 먼저 일어난 것이다. 하인은 항아리와 주전자를 들고 주인의 방에 들어갔는데 무슨 죄라도 지은 사람처럼 주눅이 들었다. 매일 세수할 때마다 그에게 그토록 많은 것을 묻던 주인이 오늘은 한마디도 없었다. 하인은 성주가 자신에게 화가 나서 말을 하지 않는다고 생각했다. 성주는 하인의 어깨에서 수건을 집어 얼굴의 물기를 닦아내었다. 그러더니 수건을 다시 건네주며 건조하고 차가운 목소리로 말했다.

"타즈에게 전해. 모두에게 알려 주라고."

하인이 밖으로 나가려고 문을 나서는 순간 성주의 눈에 조금 전 손과 얼굴을 닦았던 수건이 거슬렸다. 그는 그 자리에서 번개처럼 튀어 나가 하인의 어깨에 걸린 수건을 잡아챘다. 하인이 나무 바닥으로 된 복도로 나와 문을 닫자마자 그는 뺏어 든 수건을 돌돌 말아서는 흐트러진 침대 위에 내팽개쳤다. 그러나 그는 수건이 침대 위에 채 떨어지기도 전에 자기가 한 행동을 후회했다. 이번에는 달려가 침대 위에 떨어져 있는 수건을 집어 들고 얼굴을 가리고는 엉엉 울기 시작했다. 순간 그는 하인이 방에 들어올지도 모른다는 생각에 그만 울려다가, '들어올 테면 오라지.' 하는 심정으로 천천히 침대 위에 걸터앉았다. 울음에서 늙은 황소 같은 굵은 소리가 났고, 자신이 마치 하늘에 있는 황소자리 안에라도 있는 듯했다. 울음을 멈추자 이번에는 있는 힘을 다해 소리를 지르고 싶어졌다. 그러면 하늘이 두 쪽으로 갈라지지 않을까 하는 생각도 들었다. 그런 생각을 하니 기분이 들떠서 창가로 달려가 하늘을 바라보았다. 그는 하늘이 그토록 멀리 있는 줄 난생처음 깨달은 사람처럼 눈이 휘둥그레졌다. 곧 소리를 지르려던 생각을 접고, 지친 발걸음으로 방 안을 서성거리기 시작했다. 한참이 지난 후에야 그는 자신의 꿈과 생각이 젊은 날로만 치닫고 있다는 것을 깨달았다. 아자라에서 가장 영향력 있는 귀뤼쥐 성주의 딸, 점박이 타마나가 떠올랐다.

그는 수줍게 말을 시작했다.

"한 가닥 한 가닥 곱게 빗은 머리카락을 어깨에 늘어뜨린 그녀가 내 앞에 나타날 때면 나는 심장이 멎을 것만 같았어. 그녀만 보면 사흘 여정의 고단함도, 데데 성주님이 하신 말씀도 다 잊을 수 있었지. 그렇지만 데데 성주님은 무척 끈기 있게 나를 기다리시다가, 며칠 만에야 내가 집에 돌아오면 당신 곁으로 나를 불러서 얼굴을 쓰다듬은 다음 꾸짖는 목소리로 말씀하시곤 했지. '청춘이란 질풍은 처음에는 미지근하게 불어온단다. 젊은이들은 언제 달아오를지, 언제 식을지 확실하지 않은 법이지. 알아 두어라. 그 미지근함이 언젠가 뜨겁게 달아올라 데일지도 모르고, 아니면 차갑게 얼어붙을지도 모르니. 그런 변화를 눈치채지는 못할 게다. 그래도 명심해야 한다. 시간을 헛되이 보내서는 안 된다. 먼 곳으로 가서 시간을 버리지 말고 귀뤄쥐 성주의 딸보다 더 예쁜 아가씨들이 많으니 가까운 곳에서 찾아라. 우리가 만약 같은 신자라면 귀뤄쥐 성주의 딸과 너를 당장이라도 약혼시키겠지만 지금은 힘들단다. 귀뤄쥐 성주도 완고한 사람이기 때문에 딸을 개종시키기를 원치 않을 게다. 그렇다면 주변의 호족들은 이쯤에서 접어 두고, 우리 기병대에게는 뭐라고 할까? 우리 손자들을 내 뜻대로 하지 않는다면 말이다. 내 눈을 보아라. 우리의 선조들은 불보다 더 크고 강력한 힘은 없다고 믿었던 사람들이다. 그러나 그분들이 숭배했던 불이 어떤 불이었는지는 아무도 알지 못한단다. 어쩌면 그분들이 믿었던 불은 마음속에 있는 불이었을 게다. 왜냐하면 마음의 불은 예수를 태운 불보다도 더 크기 때문이지. 그렇지 않았다면 불쌍한 케렘을 재로 만들거나, 메주눈을 사막에 떨어뜨릴 수 있었겠니? 우리도 한때는 너처럼 젊었지. 작은 산들은 우리가 만들고, 큰 산들은 신들이 창조했다고 생각하면서 말을 타고 바람과 시합하기도 했지. 하지만 세월은 우리에게 이 세상이 우리가 생각한 것만큼 작지 않고, 우리에게 속해 있지 않다는 것을 가르쳐 주었단다. 우리는 전통이 있는 사람들이다. 애야, 자신의 관습을 지키지 않으면 다른 사람들의 관습을 따르면서 살게 된단다. 나는 인내를 가지고 네가 제대로 판단하기만을 기다릴 거다. 아마도 넌 정말 힘들 게야. 그래도 돌아간 네 아비를 대신해서 네가 성주가 되고 싶다면, 그 고통을 참아야만 한다. 그렇지 않으면…….' 데 성주님은 오랫동안 입을 다물었지. 가끔 나를 쳐다보며 염주[3]를 한 알 한 알 셀 뿐……."

"그분이 말씀을 끝낼 때까지 난 무릎을 꿇고 앉아 있어야 했어. 발이 어찌나 저린지 그 생각 말고는 아무 생각도 들지 않아서 그저 그분 얼굴만 빤히 쳐다보곤 했지. 드디어 더는 못 견디겠다고 생각한 것을 그분이 알아차리기라도 했는지, 호박으로 만든 염주를 세다가 갑자기 멈추고는 입술을 떨며 그러셨지. '그걸 따르지 않으면 네 모든 권리를 잃어버리게 될 것이다. 왜냐하면 전통은 사라지지 않기 때문이지.' 말을 끝낸 후에 그분이 큰 방을 빠져나가면, 나만 홀로 남겨졌어. 조각된 천장을 바라보며 내 마음은 절대 바뀌지 않으리라고 오래오래 생각했어. 하지만 할아버지가 돌아가신 그날, 전통이라는 예리한 칼날이 다른 사람의 심장을 찔렀던 것처럼 내 심장에도 얼마나 깊게 박혔는지 타마나도 그루지야라는 나라도 잊어버리고 말았어. 어찌 되었든 타마나와 나 사이에 움텄던 사랑을 눈치챈 귀뤼쥐 성주는 타마나를 머나먼 크리미야 지방의, 같은 종교를 믿는 남자에게 시집보냈어."

젊은 시절로 돌아가 마음속의 대화를 마치자 하인이 침실 문 앞으로 다가오는 발소리가 들려왔다.

그는 손에 들고 있던 수건으로 눈가를 한 번 훔친 후에 문 앞에 서서 부름을 기다리는 하인에게 인기척을 냈다.

"나리, 커피를 여기서 드시겠습니까, 아니면……."

그는 하인의 말을 큰 손동작으로 제지하며 말했다.

"큰 방으로 가겠네."

하인의 발소리가 멀어지자 그는 다시 한 번 젊은 시절을 떠올리려고 했다. 그러

---

[3] 가톨릭의 묵주나 불교의 염주 같은 것으로 이슬람교에서 쓰는 것.

나 잘 안 되었다. 그는 몸을 일으켜 영국산 천으로 만든 카키색 바지로 손을 뻗다가 파자마를 벗어야 한다는 것을 깨달았다. 작은아들이 파리에서 가져온 인도산 실크 파자마를 말없이 내려다보았다. 천천히 손을 갖다 대자, 눈에서 실 같은 눈물이 흘렀다. 한두 번 꺽꺽거리고 나자 조금 정신이 들었다. 그러자 이번에는 자신이 울었다는 것에 화가 났다. 커다란 덩치와 나이 든 그에게 어울리지 않는 민첩한 동작으로 입고 있던 파자마를 벗어 침대 위에 내팽개쳤다. 그리고 바지, 검은색 남방, 조끼로 재빠르게 갈아입었다. 허리띠를 두르고, 새카만 털가죽 모자를 머리 위에 얹은 순간 머릿속에 무언가 떠오른 것처럼 침대 위를 바라보았다. 왠지 조금 전 침대 위에 내팽개친 파자마에서 눈을 뗄 수 없었다. 그는 손을 뻗어 파자마를 만지작거리다가 천천히 갰다. 그러고는 베개 위로 다시 가져다 놓았다. 흐트러진 침대 위에 놓인 수건도 파자마 옆으로 옮겨 놓았다. 또다시 울음이 복받치자 그는 빠른 걸음으로 문 쪽을 향해 걸어갔다. 문을 나서면서 그는 중얼거렸다. "이러고 있다가는 감정이 복받쳐서 나중에 후회할 짓을 저지를 것 같아. 몇 날 며칠 전통에 대해서만 이야기하고 있어. 지금은 예전과는 상황이 다르다고 아무리 말해도 알아듣지를 못해. 나도 할 만큼은 했어. 나는 우리 전통을 지켜야 해. 오늘 의회가 결정하는 대로 따르게 될 거야."

그는 큰 회의실로 갔다. 한때 할아버지가 앉아서 자신에게 긴 충고를 늘어놓기도 했던 구석자리 방석 위에 앉아서 이란식 양탄자로 만든 쿠션에 등을 기댔다. 벽 아래쪽에 정돈해 놓은 담배 상자 중에서 테헤란 기념 담배를 집어 들었다. 루비와 에메랄드로 장식된 은 뚜껑을 열어 담뱃잎을 싸고 있는데, 하인이 거품이 보글거리는 예멘 커피를 가져왔다. 커피 향까지 섞인 담배 연기를 한 모금씩 빨아들일수록 몸이 나른해졌다. 몸이 풀리자 사랑을 나누고픈 충동이 일었다. 밖에서 몰아닥치는 눈보라 소리가 불현듯 젊은 날 즐겨 듣던 노랫가락이 되어 귓전에 울려 퍼졌다. 그는 속삭이듯이 스스로에게 물었다.

"나는 사랑을 믿지 않는 걸까?"

마음은 갈수록 풀려만 가는데, 하인이 아침 식사를 가져왔다. 백 년이나 된 아침 식사 쟁반을 보자 그는 풀렸던 마음이 다시 얼어붙어 버렸다. 갈수록 커지는 분노 때문에 마음이 얼음같이 냉랭했다. 나무랄 데 없이 훌륭하게 차려진 아침 식사를 하는데도 한 숟가락 떠 넣을 때마다 마음을 더욱 굳건하게 먹어야 하는 이유가 하나씩 머릿속에 떠오를 뿐이었다. 식사를 끝내자마자 하인에게 부츠를 가져오라고 말했다. 앉은 자리에서 하인이 가져온 부츠를 신고 자리에서 일어났다. 그는 마음속의 분노를 더욱 다지기 위해서 추위와 맞서려고 밖으로 나갔다. 그리고 몇 번이고 같은 말을 되뇌어 보았다. "나는 사랑을 믿지 않는 걸까?"

4

내가 눈을 뜨는 것을 보더니 실룩거리던 그의 입술이 멈추었다. 그는 몸을 구부리고 자기 얼굴을 내 얼굴에 가까이 대었다. 내가 눈을 깜박거리는 것을 한동안 지켜보던 그가 급히 등을 돌려 뒤에다 대고 외쳤다.

"에스메, 에스메!"

잠시 후에 키가 크고, 아시아를 닮은 여인이 안으로 들어왔다. 그녀가 아시아와 다른 점이 분명 있긴 했지만 이제 막 기운을 차린 내 눈으로서는 차이점이 무엇인지 도무지 집어낼 수가 없었다. 단지 엷은 미소만 지을 수 있을 뿐이었다. 조금 전에 입술을 실룩거리던 사람이 머리맡에서 다시 파티하[4] 기도문을 읽기 시작하자 나도 생각을 정리해 보려 했다. 수년 전에 나도 누군가의 머리맡에서 이 기도문을 읽어 준 적이 있었다. 그러나 그게 누구였는지 도무지 생각이 나지 않았다. 잠깐 머리를 썼

---

[4] 죽은 사람에게 신의 축복을 빌어 주기 위해 읽는 기도문으로 코란의 한 구절.

을 뿐인데 머리도 몸도 금세 피곤해졌다. 막 잠에 빠져들려고 할 때 남자가 다시 뒤쪽에 서 있던 여자에게 말했다.

"에스메, 따뜻한 수프가 있나? 잠들기 전에 한두 숟가락이라도 뭘 좀 먹이면 좋겠는데."

남자의 말이 끝나자마자 키와 자태가 아시아와 닮은 여자가 방을 나가더니 곧바로 다시 들어왔다. 그녀는 손에 든 사발을 남자에게 건네며 말했다.

"뜨거운 수프를 먹이면 토할 거예요. 지금은 미지근한 쉐르베티[5]를 먹이세요. 저분이 깰 때까지 크림수프를 만들어 놓을게요."

검은색으로 염색한 긴 깃털이 달린 양모 두건 때문에 그는 한층 위엄 있어 보였다. 그는 두건을 벗어 여자에게 건넨 후에, 여자가 준 쉐르베티를 내게 먹이기 시작했다. 나는 물도 겨우겨우 넘길 정도였지만 그는 내게 뭔가를 먹이려고 애썼다. 나는 손끝 하나 움직일 힘이 없었다. 오직 그 사람의 도움으로 턱을 내리고, 숟가락으로 떠 주는 달콤한 쉐르베티를 넘길 따름이었다. 내가 음료를 넘길 때마다 그는 곧 숟가락을 입으로 가져다 대며 이 말만을 되풀이했다.

"넘겨요, 넘겨. 넘기라고. 꿀꺽, 옳지. 삼켜 봐요."

그는 쉐르베티 몇 숟가락을 억지로 내게 먹였다. 그러나 눈꺼풀을 내려앉게 하는 졸음이 뭔가를 먹는 일보다 더 강하게 나를 끌었다.

다시 잠에서 깨자 나는 옆으로 돌아누웠다. 이제 손과 팔이 있다는 것이 느껴졌다. 그 사람은 여전히 침대 곁에서 무릎을 꿇고 앉아, 내 눈을 바라보고 있었다. 내가 남자와 눈을 맞추는 것을 확인하자마자 그는 방에서 뛰어나갔다. 그러더니 잠시 후에 손에 사발을 들고 돌아왔다. 사발에 담긴 숟가락을 입으로 가져왔을 때 내가 음식을 반긴다는 것을 알아차리자 그는 아름다움을 뽐내며 서 있던 키가 큰 여자에게 말했다.

---

[5] 과일즙과 설탕물을 섞어 만든 터키 전통 음료 중 하나.

"에스메, 팔을 잡아요. 똑바로 앉힙시다."

부인과 그 사람은 내 두 팔을 잡고 일으켰다. 그러나 똑바로 앉을 수 없었다. 어떻게 할지 몰라 당황한 나머지 남자는 나와 부인을 번갈아 쳐다보았다. 부인은 남자의 시선 속에 녹아 있는 질책과 염려를 전혀 아랑곳하지 않고 말했다.

"당신이 똑바로 잡고 있어요. 제가 수프를 먹일 테니."

수프를 몇 숟가락 먹고 나자, 다시 피로가 몰려오는 걸 느꼈다. 몇 초 사이에 나는 정신을 잃고 말았다.

먹자마자 피곤해서 쓰러지는 식의 놀이는 몇 날 며칠이고 계속되었다. 스스로 음식을 먹을 수 있게 되자 나는 옛날 같은 기력은 남아 있지 않다는 것을 알아차렸다. 내 몸에는 목동들과 장난할 힘도, 말을 타고 이 산은 네 것이고 이 초원은 내 것이라며 돌아다닐 힘도 남아 있지 않았다. 수년 전 자아르즈[6]일 때 붙여 주었던 뷜뷜로라는 이름도 나를 버렸다. 예니체리[7] 생활 끝에 내게 남은 것은 동굴에 놓아둔 의복 두세 벌뿐이었다.

내가 스스로 침대에 가서 앉는 것을 보자, 오랫동안 시무룩하던 남자가 처음으로 웃음을 지었다. 그는 이 사이로 새어 나오는 휘파람 같은 목소리로 말했다.

"이보시오, 저승사자가 꽤 괴롭힌 모양이오. 그래도 저승사자를 이겼지요. 우리도 꽤나 고생시키셨지. 자, 하지만 괜찮아요. 이렇게 당신이 돌아왔으니 그걸로 우리에겐 충분합니다."

"뭐라 할 말이 없군요. 어떻게 여기에 왔는지, 당신들이 누구인지, 왜 나를 위해 이토록 고생하시는지도 알 수 없군요. 내게 무슨 일이 있었나요? 여긴 어디예요? 당신들은 누구시죠? 왜 이렇게 진심으로 저를 보살펴 주시나요?"

---

6) 오스만 제국 때 파디샤의 사냥개를 돌보던 직책을 가진 사람.
7) 오스만 제국의 보병 군단으로 그리스도교도 중에서 징용하여 이슬람교로 개종시키고 엄격한 훈련을 거침.

남자가 내 얼굴을 얼마나 애틋하게 바라보던지 내 마음도 머릿속도 모두 꿰뚫는 것처럼 느껴졌다. 큰 광대뼈 위로 움푹 팬 두 눈이 먼 곳을 향했다.

"얘기가 아주 길어요. 작은도련님이 개최했던 장카[8] 경기 후에 당신을 찾았어요."

그는 한동안 말이 없더니 곧 자신의 이야기를 시작했다. 그가 이야기하는데 머릿속에서 이상한 일이 일어났다. 수년 동안 잊고 있던 모든 것이 기억나기 시작한 것이다. 머리맡에는 자신의 이야기를 하던 남자 대신 어머니가 있었다. 동이 틀 무렵 다가온 어머니는 "자, 그만 일어나. 곧 해가 뜰 거야. 오늘 너무 늦었어."라고 말했다.

5

성주 베이오울루 야르오스만이 밖으로 나서자 차가운 바람이 달려들었다. 바람 때문에 땅에서 나뒹굴던 눈이 흩날려와 얼굴에 부딪혔다. 혹독한 겨울바람은 두꺼운 옷을 뚫고 들어와 비대하고 기름진 몸마저 떨게 했다. 동쪽 아라라트 산 위로 힘없이 떠오르는 태양을 바라보며 그는 말했다.

"야, 아라라트. 내 집으로 끊임없이 고민거리만 바람에 실어 보내는구나. 이 고통에서 나를 좀 구해 줘! 만약 이 고통 속에서 네가 날 구해 준다면, 기념으로 가장 높은 봉우리에 불을 지피겠어. 네게 알려야 할 정도로 내 고민이 커졌다는 걸 너도 알아야 해. 제발 너만큼 키우지 말고 그 전에 나를 고통 속에서 꺼내 줘!"

그는 추위가 느껴지자 거의 뛰듯이 성주용 동물 가죽이 있는 회의실로 들어갔다. 성주가 돌아오길 기다리던 전통주의자들은 그가 문 안으로 들어오는 것을 보고는 일제히 자리에서 일어섰다. 성주가 성주용 동물 가죽 위 깃털 방석에 앉으려 할 때 쉐흐나즈도 안으로 들어왔다. 그녀가 동물 가죽 옆에 놓인 다른 깃털 방석에 앉자 전통주의자들이 그제야 바닥에 앉았다. 성주는 모두가 앉는 것을 확인하고 즉시 말을 시

---

8) 말 두 필이 끄는 썰매.

작했다.

"수일 동안 우리 집과 가문에 닥친 이 불운에 관해 오늘 결정을 내릴 것입니다. 모두 하고 싶은 말이 있으면 하시오. 왜냐하면 오늘의 결정은 우리 모두의 결정이 되어야 하기 때문입니다. 제가 여러분에게 원하는 것은 단 하나, 우리 가문이 처한 이 어려운 순간에도 여러분이 가문과 전통을 생각해 주는 것뿐입니다."

가문에서 가장 고령자이며, 성주 다음 서열을 차지하는 베이오울루 아흐메드 술탄은 큰 콧수염을 쓰다듬더니 쉐흐나즈와 의회의 다른 회원들을 쳐다보았다.

"그간 우리 호족을 이 땅에 살 수 있도록 해 주신 성주님을 위해서라면 목숨이라도 바치겠습니다. 그러나 전통을 지켜야 한다면 무엇이든 그렇게 해야 한다고 생각합니다."

그는 조금 성난 말투로 말했다.

문을 채 닫지도 않고 "신앙심을 저버리지 말아요."라고 말했던 노부인은 피곤한 목소리를 여전히 입술 사이에 남겨 둔 채 쉐흐나즈 부인을 바라보았다. 그녀가 아직 입을 열 의사가 없다는 것을 알아차리고는 무릎을 꿇고 머리를 앞으로 숙이며 말했다.

"사랑은 이 대지 속에 숨겨진 씨앗입니다. 우리가 태어나기 전에도 있었고, 우리가 죽고 난 후에도 계속될 것입니다. 작은도련님이 무엇을 할 수 있을까요? 우리보다 몇 세대 전에 생겨났는지 모를 전통이 나만큼이나 늙었군요. 그것들 또한 봄에는 완전 탈바꿈해서 다른 세상이 되는 자연처럼 변하고 새로워져야 합니다. 제 생각은 그래요."

노부인이 피곤한 목소리로 말하는 것을 들은 성주도 다른 이들도 모두 번쩍 정신이 들었다. 나이 든 부인을 바라보던 눈들이 휘둥그레졌다. 그들이 자신의 말 때문에 동요하는 데는 전혀 신경 쓰지 않고 노부인은 말을 이었다.

"여기에 무서워할 건 뭐고, 두려워할 건 뭐란 말이오. 나는 나이가 많으니 그 나이에 용기를 내서 여러분이 말하지 못하는 것을 말하고 있을 뿐이에요. 그뿐이죠. 우리가 정한 것도 아니고, 또 그 유래도 알 수 없는 규범들이 우리의 인생을 말아먹고 있어요. 그게 올바르다고 생각해요? 보시지요. 우리는 풍전등화 상태예요. 제 인생을 모두 마룻바닥 위에 펼쳐 놓고 보니 내게 맞지 않는 삶을 살았다는 것을 알게 되었어요. 우리들은 지금까지도 우리 자신이 되지 못하고, 항상 다른 사람들의 삶을 살아야만 했습니다. 이제 여기서 그만둡시다. 우리 후대들은 자신들의 삶을 살도록 해 줍시다."

"스드카 할머니가 말씀 잘하셨어요. 호족의 원로들은 모두 젊은이들을 자랑거리로 삼고 있습니다. 파디샤가 부를 때마다 데리고 가셨습니다. 다시 돌아오지 못하는 사람들에 대해서는 얼마나 용감했는지, 어떻게 싸웠는지 며칠 동안이고 떠들어 대면서도 사랑에 빠진 사람들에게는 '심장을 꺼내 버려 버려.' 라고 했어요. 아이고, 말해 보세요. 여러분은 사랑을 반대합니까?"

전통주의자들 중에서 가장 젊은 쉬테네가 물었다.

"신은 우리를 위해 사랑을 창조하셨습니다."

노부인이 말했다.

"어머니의 마음으로 사랑해 보세요."

쉐흐나즈가 속삭였다.

"제가 보니 성주님은 오늘 조용하시군요. 저는 우리 전통이 하라는 대로, 그러니까 이러한 상황에서 오늘날까지 했던 대로 해야 한다고 생각합니다. 우리 전통을 거역한 우리 아들놈들이 있다면 죗값을 치러야 합니다."

성주의 작은동생인 베이오울루 악순이 말했다.

"제 생각에는 이번 일에 아무것도 따지지 말고 우리 호족과 전통만을 생각해야 할 것 같소."

베이오울루 아흐메드 술탄이 경고했다.

목소리까지 나이 든 노부인이 다시 대화에 끼어들었다.

"사랑도 우리 가문을 위한 것입니다. 사랑이 없으면 우리 가문도 지속될 수 없어요. 욕심에 지지만 않으면 돼요."

"탐욕에는 지지 말자면서 감정에는 지고 계시군요."

베이오울루 악순이 말했다.

"당신들은 전통 때문에 우리 아이들과 남편들을 죽음으로 내몰고 있어요. 우리가 아무 말도 안 하고 있지만, 그렇다고 젊은이들의 사랑을 막지는 마세요."

쉬테네가 말했다.

성주는 방 안을 한번 훑어보더니, 아무도 말하려는 뜻이 없다는 것을 알고 자신의 생각을 털어놓았다.

"더 논쟁할 것이 없군요. 우리 전통에는 사랑 때문에 가문에 누를 끼치는 사람들, 다시 말하면 우리와 신앙이 다른 사람과 사랑에 빠진 사람들은 사랑을 포기하든지 먼 곳으로 떠나게 되어 있습니다. 성주의 자식이든 목동의 자식이든 마찬가지입니다. 나는 우리 전통을 지키기 위해서라면 모든 고통을 감내하며 우리 호족의 보존을 위해 추방령을 내리고자 합니다."

"추방하시오."

베이오울루 아흐메드 술탄이 말했다.

"추방하시오."

베이오울루 악순이 말했다.

"추방하시오."

셋째 동생이 말했다.

"추방하지 마시오."

베이오울루 두루순이 말했다.

"추방하시오."

사툭 삼촌이 말했다.

"추방하지 말아요."

노부인이 말했다.

"추방해요."

사냥꾼 대장이 말했다.

"추방하시오."

호족 대장이 말했다.

"추방하시오."

목동 수장이 말했다.

"추방하시오."

촌락 이장이 말했다.

"추방하시오."

호족 집사장이 말했다

쉐흐나즈는 입을 다물었다.

큰동생도 입을 다물었다.

"추방하지 말아요."

전통주의자 중에서 가장 젊은 쉬테네가 소리쳤다.

성주는 새색시의 머릿결처럼 반짝반짝 빛나는 인도산 잎담배로 싼 담배를 한 모금 빨아들인 후에 말을 내뱉었다.

"결정은 내려졌습니다. 조금 기다렸다가 북쪽으로 산을 세 개 넘고, 또 다른 방향으로 3일을 더 가라고 하세요. 주검은 7일 이상 묶어 둘 수 없습니다."

한동안 어느 누구도 자리에서 꼼짝하지 않았다. 툭, 소리 하나 내지 않았다. 방 안에 둥글고 둥글게 피어오르는 담배 연기조차도 허공에 떠도는 것을 잊어버렸는지 그 자리에 멈춰 버렸다. 침묵을 깬 사람은 역시 성주였다. 그는 등을 돌려 하인에게 명령을 내렸다.

"불러와라!"

하인이 옆방에 대기 중이던 제밀을 불렀다. 방에 들어선 제밀은 공포심 때문에 얼굴이 노랗게 뜨고, 어깨는 축 늘어져 있었다. 그의 긴 손가락이 가느다랗게 떨렸다. 예의를 갖춰 무릎을 땅에 댄 후 반달 모양으로 둘러앉은 전통주의자들 가운데 무릎을 꿇고 앉았다. 그는 고개를 앞으로 숙이고 내려진 결정이 공포되길 기다렸다. 불현듯 그의 눈앞에 센 강가, 갈라타 다리, 푸줄리 무덤이 연달아 펼쳐졌다. 그때 성주는 가장 나이 든 전통주의자를 바라보고 있었다. 성주가 자기를 바라보자 베이오울루 아흐메드 술탄은 밀랍처럼 노란 호박으로 만든 염주 소리를 멈춘 후에 콧소리를 내며 말했다.

"호족 의회 결정이 그러하니, 북쪽으로 산을 세 개 넘고, 다른 방향으로 3일을 더 가야 할 것이다. 제밀은 성주의 사자가 기별을 주기 전에는 되돌아올 수 없다. 가는 곳마다 우리 호족의 명예를 훼손할 만한 행동은 하지 말 것이며, 어느 누구의 재물도 탐하지 말 것이며, 자살도 하지 말 것이다. 땅을 빌려서 살아야 할 것이다. 명심해라. 이 결정은 우리 호족뿐만 아니라, 여자 쪽 아버지 가문의 명예를 보호하기 위해 내려진 것이다. 떠날 준비를 하는 데 사흘간의 시간을 줄 것이니, 나흘째 이곳을 떠나야 한다."

삼촌인 베이오울루 아흐메드 술탄의 말이 끝나자 제밀의 어깨에서 더욱더 힘이 빠졌다. 얼굴빛도 샛노랗게 질렸다. 그는 생기 잃은 눈빛으로 벽에 걸린 페르시아

양탄자 자수를 훑어보더니 무심한 목소리로 말했다.

"우리의 전통이 이토록 사랑을 반대한다면 저도 더는 할 말이 없습니다."

결정을 비준한 이들이 동시에 일어났다. 성주는 그들의 얼굴을 쳐다보지도 않고 앉으라고 손짓했다. 모두 다시, 천천히 책상다리를 틀고 앉았다. 연기와 뒤섞인 안개, 공포감을 주는 침묵이 커다란 회의실을 뒤덮었다. 그러나 이 두려운 침묵은 그리 오래가지 못했다. 성주가 쉐흐나즈 부인에게 고개를 돌리며 물었다.

"당신은 어머니로서 뭐 할 말이 없으시오?"

쉐흐나즈 부인이 길게 한숨을 쉬더니 말했다.

"아들의 유배 생활이 끝날 때까지 별채 밖으로 나가지 않겠습니다."

베이오울루 야르오스만을 비롯한 사람들은 무엇을 묻지도 대답하지도 않았다. 커피를 마신 제밀이 먼저 나가고, 그 뒤를 이어 쉐흐나즈 부인, 그리고 나머지 사람들이 방을 빠져나갔다. 성주는 홀로 남겨지자 촉촉해진 눈가를 닦아 냈다. 그는 일어나서 커다란 창문 밖에 펼쳐진 저 멀리 새하얀 눈으로 뒤덮인 아라라트 산과 그 주변 산을 깊고 깊은 걱정을 담아 바라보았다.

"메드레스와 프랭크 학교에서 공부를 시켰지요. 이제는 당신에게 드려야겠군요. 결국 제게서 빼앗아 가시는군요. 정 그렇다면 그를 보호해 주시구려!"

6

그날 아침 나를 깨우면서 "늦었다."라고 하신 어머니가 옳았다. 그날은 우리가 아주 늦었다. 우리 뒤에서 말발굽 소리가 들려오자 어머니는 나를 꼭 껴안았다. 내 볼과 코, 눈, 귀, 머리카락에 입을 맞춘 어머니는 떨리는 목소리로 말했다.

"오늘 우리가 헤어지게 될 것 같구나."

어머니는 자신이 말을 하고도 믿지 않는 것처럼 내 손을 잡고 뛰기 시작했다. 말발굽 소리가 가까워지자 어머니는 나에게 "뛰어, 도망가."라고 말했다. 순간 어머니의 발이 내 발에 걸린 것인지 내 발이 꼬인 것인지 알 수는 없었지만, 어머니와 함께 바닥으로 넘어졌다. 우리가 넘어진 곳에서 몇 발자국 안 되는 곳에, 아침 바람에 초록빛 이삭이 물결치는 밀밭이 펼쳐져 있었다. 초록 이삭들의 물결 때문에 밭은 끝없이 펼쳐진 것처럼 보였다. 내가 무릎이 벗겨진 것도 신경 쓰지 않고 이삭이 물결치는 것을 바라보고 있을 때, 말을 탄 사람들이 우리 곁으로 다가왔다. 그들이 바짝 다가온 것을 보고 무서워진 나는 어머니의 목을 끌어안았다. 어머니의 품은 너무도 따뜻했다! 어쩌면 아침 바람에 떨고 난 터라 더 따뜻하게 느껴졌는지도 모른다. 꼭 껴안은 어머니의 품에서 심장이 쿵쾅거리는 소리가 들리자 나는 더 무서워져 울기 시작했다. 어머니는 내가 우는 것을 보고는 얼굴은 태양을 향한 채 손을 하늘로 쳐들면서 흐느꼈다.

"태양의 어머니시여, 당신이 아들을 빼앗긴다면 어떡하시겠어요? 당신의 아들을 울린다면요? 여기, 말을 탄 세 사람이 이 아이를 잡아가려고 왔어요. 우리 할아버지, 아버지가 숭배했던 불의 신들 중 가장 높은 자연의 어머니는 당신이에요. 지금 당신의 도움이 절실합니다. 제발 저를 도와주세요. 불을 지펴 저 사람들이 제 아이를 빼앗아 가는 걸 막아 주세요."

나는 어머니가 하는 말들을 도무지 이해할 수 없었다. 내가 알 수 있었던 것은 오직 하나, 말을 탄 사람들이 나를 데리러 왔다는 것이었다. 그런데 아버지는 어디 있는 걸까? 왜 나를 구해 주지 않는 걸까? 왜 어머니가 나를 데리고 도망가는 것일까? 그리고 말을 타고 나를 데리러 온 사람들은 누구일까? 나를 데려가서 어쩌려는 것일까? 우리가 집에서 나올 때 왜 아버지는 우리의 등 뒤에서 "더는 어쩔 수 없어요. 부인, 아이들 가운데 그 애가 선택되었소. 당신이 할 수 있는 일은 그 애를 데려가 순순히 넘겨주는 것뿐이오."라고 말했을까?

지금까지 아버지에 관한 유일한 기억은 담요 밖으로 고개를 내밀고 이야기할 때 윗입술 위에 붙여 놓은 것처럼, 그리고 말할 때 이상한 모양으로 움직이는 콧수염뿐이었다. 가끔씩 나를 위협이라도 하는 것처럼 힐끗 보고 사라지던 그의 눈동자는 말 눈동자와 닮은 것 같았다.

아니다. 아버지는 말할 때에 움직이는 콧수염도 없었고, 말의 눈동자를 닮은 눈도 없었다. 내게는 아버지가 없었다. 어쨌든 친구들과 노예 놀이를 할 때도 우리 아버지는 언제나 파샤가 아니질 않았는가? 놀이에서 그는 아버지였다. 어쩌면 실제로도 아버지일지 몰랐다. 아니, 우리 아버지는 파샤가 아니었다. 어쩌면 몇몇 아이처럼 나 또한 아버지 없이 태어났는지도 모른다. 우리가 어머니와 집에서 나올 때 침대에서 나오지도 않고 우리 뒤를 바라보던 그 남자는 어쩌면 진짜 내 아버지가 아닌지도 모른다. 어머니가 매일 밤 옷을 벗고 그 남자 침대로 들어갔는지는 알 수 없지만, 어머니는 언제나 내 곁에 있었다. 잠에서 깰 때면 내 머리맡에는 언제나 어머니가 앉아 있었다. 어쩌면 한숨도 자지 않고 내 머리맡을 지켰는지도 모른다.

내 기억이 아버지의 얼굴을 지워 버렸다고 해도 우리 뒤에서 어머니를 질책하듯이 "언제까지 도망치고, 언제까지 숨길 수 있다고 생각해?"라고 말하던 그 목소리를 결코 잊을 수 없었다. 내가 인정하기 싫어도 그 남자는 나의 아버지였다. 아버지가 아니라면, 어머니가 매일 밤 옷을 벗고 그의 침대로 들어갔을 리 없지 않은가.

7

가장 나이 많은 휘스뉘가 제밀을 인도하고, 뒤에는 사득이 나란히 서서 그를 수행했다. 사득의 뒤로 부인들이 줄지어 말을 타고 따라왔다. 야르오스만이 맨 마지막으로 여행단에 끼워 넣은, 노름 때문에 이름이 나 신화적 존재가 된 므스티가 뒤에 따라왔다. 그가 누구인지 성주 외에는 아무도 알지 못했다. 어쩌면 안다고 해도 그에 대해 말하고 싶지 않은 건지도 몰랐다.

아침 돌풍은 매서웠다. 길을 나서자 염소털 두건도 소용이 없었다. 입김이 얼어붙을 정도였다. 매서운 바람만으로는 성이 차지 않는지 설상가상으로 눈발이 흩날렸다. 얼굴에 부서지는 눈송이는 더욱 참기 힘들었다. 일행은 그럴수록 말고삐를 더욱 느슨하게 풀었다. 고삐가 늦춰지자 말들은 빠르게 걸었다. 그래도 일행은 말 한 마리 정도의 간격은 유지했다.

제밀은 어릴 적 기억으로만 겨울을 알았기 때문에 남자들과 부인들이 모든 것을 함께 처리했다. 그는 짐을 많이 싣지 않았다. 양탄자 한 개와 며칠 분량의 식량이 들어 있는 주머니를 안장에 단 것뿐이었다. 쉐흐나즈 부인의 며느리들은 허리띠에, 휘스뉘와 므스티는 안장에 주머니를 달고 그곳에 금화와 은화를 넣어 두었다. 이러한 것들을 제밀은 알지 못했다. 모든 귀중품은 휘스뉘가 가진 줄 알았다. 그러나 제밀은 그조차도 얼마나 되는지 몰랐다.

말없이 시작한 여정은 여전히 계속되었다. 말들이 다시 빠른 걸음으로 걷기 시작하자 제밀이 고개를 돌려 뒤를 바라보았다. 모두 다른 방향을 보고 있었다. 다른 사람들이 자신을 보고 있지 않다는 사실에 그의 마음은 작은 기쁨을 느꼈다. 눈을 반쯤 감고 앞을 바라보는데 '우리가 알지 못하는 미지의 삶을 향해 가는 거야.'라는 생각이 들었다. 마음이 계속 들떠서 말에서 내려 말과 나란히 달리고 싶은 욕망마저 느꼈다. 그러다 곧 혼자 웃으며 '이 거짓 기쁨은 또 어디서 나온 거람?' 하고 생각했다. 말고삐를 살짝 모으자 말이 속도를 늦추었다. 제밀의 말이 속도를 늦추자 다른 말들도 따라서 속도를 늦추었다. 그는 "적마."라고 말해 보았다. 잠시 후 한 번 더 "적마."라고 말했다. 속으로만 말하려고 했으나 도무지 안 되었다. 몇 번이나 뒤를 돌아보며 뒤따르는 사람들을 바라보았다. 아르메니아 호족의 딸인 쉬메이라가 말 등에 꼿꼿이 앉은 채 먼 곳을 응시하는 모습이 보이자 '무슨 생각을 하는 걸까?' 하는 의문이 들었다. 답은 찾지 못했지만 "오랫동안 이름을 부르지 않았어. 항상 칠림이라고만 불렀지."라는 말이 혀에서 맴돌았다. 시선을 돌려 무슨 생각을 하는지 멍하니 말을 타고 가는 첫 번째 부인 술타나를 보았다. 그녀도 칠림만큼이나 아름다웠다. 그가 부인들 사이에서 이리저리 시선을 옮기며 눈을 떼지 못하는 사이 여러 가지 감정이 뒤섞이기 시작했다. 그는 이래서는 안 되겠다 싶어 앞쪽으로 돌아가서 다시 말을 빠르게 몰았다.

북쪽을 향해 뻗은 가느다란 썰맷길은 좀처럼 끝날 것 같지 않았다. 그들이 꼭대기에 이르렀을 때, 멀리 다른 봉우리가 하나 더 보였다. 멀리 보이는, 휘스눠가 사탄의 산이라고 이름 붙인 산꼭대기에서 하얀 구름들이 조금씩 뒤섞이기 시작했다. 구름이 서로 부딪치듯 뒤섞이는 것을 본 휘스눠는 걱정이 앞섰다. 뒤를 돌아 제밀에게 구름을 가리키며 말했다.

"멀어 보이지요, 도련님? 하지만 이건 좋은 징조는 아닙니다."

제밀은 잠에서 막 깨어난 사람처럼 그를 쳐다보았다.

"나는 휘스눠만큼 구름에 대해서는 잘 모릅니다. 하지만 보세요. 햇빛이 반짝반짝 빛나잖아요."

"도련님, 저희보다는 도련님의 학식이 높지요. 그러나 구름이 섞인다면 좋은 징조라고 볼 수 없어요. 이것은 태양의 눈속임이지요. 걱정되네요. 조금 있으면 모든 봉우리 뒤에서 구름이 나와 태양을 가려 버릴 거예요. 되돌아갈 수 있다면 좋을 텐데."

"휘스눠, 우리를 성문 밖으로 어떻게 내쫓았는지 잘 알잖소."

"얼어 죽더라도 되돌아갈 수는 없다는 말이군요, 도련님."

"걱정된다니 말들의 속력을 조금 더 내 봅시다."

"이 정도 속도가 좋아요, 도련님. 갈 길이 멀어요. 이 추위에 말들이 땀을 흘리게 하면 안 돼요."

할 말이 모두 끝난 듯 그들은 서로를 바라보았다. 말들이 천천히 속력을 줄였다. 코로 짤막짤막한 숨을 헐떡였다.

휘스뉘가 제밀과 말하고 있을 때 술타나는 말 등에 곧게 앉아 먼 곳을 응시하는 아름다운 쉬메이라를 바라보았다. 순간 질투심이 일어나긴 했지만 곧 미소를 지었다.

'쉬메이라는 적이 아니야. 나와 마음을 나누는 친구가 될 거야. 너도 나만큼 제밀을 사랑하잖니? 그를 공유하자꾸나. 너는 아름다운 여자야. 마음도 얼굴만큼 아름답다면 우리 관계는 조금도 어려울 것이 없어. 서로 나이 차이가 별로 나지 않으니 말이 통하겠지. 네가 나만큼 영리하다면, 남자의 관심을 어떻게 끄는지도 알겠지. 남자들만의 왕국에서 우리가 남자들을 지배하자고. 자, 먼저 저 눈빛이 무엇인지 알아내고, 그다음에 너에 대해 알아낼 거야. 얼른 여정이 끝나고 같이 살면서 빨리 서로를 알아 갔으면 좋겠구나!'

일행의 맨 뒤에서 말 등에 구부리고 앉은 므스티는 의심스러운 눈빛으로 다시 뒤를 돌아다보았다. 그는 쿠마르와 연결되어 있는 짐말 두 필의 고삐를 한 번씩 잡아당겼다. 머리에 쓴 두건은 제밀의 것만큼은 아니지만 상당히 위엄 있어 보이는 검은색이었다. 얼굴은 말랐고, 몸은 강인해 보였다. 머리를 몸에서 떼어 내어 마케도니아 대왕인 알렉산더 동상에 올려놓는다면 알렉산더 대왕처럼 보일 얼굴이었다.

므스티 앞에서 술타나와 나란히 말을 타고 가는 아르메니아 부족의 딸인 쉬메이라가 먼 곳을 바라보며 그동안의 일을 생각하고 있었다. 큰오빠와 아버지가 왜 그렇게 화를 내는지 그녀는 도무지 이해할 수 없었다. 그럼에도 그녀는 마음속에서 제밀을 지울 수 없었다. 불타는 자신의 사랑을 떼어 낼 수만 있다면 '도련님, 저 때문에 도련님이 고통 겪는 것을 원치 않아요. 저를 아버지의 집에 데려다 주세요. 식구들이 허락하지 않는다면 제가 다른 방도를 찾아보겠어요. 언젠가는 잊을 거예요.

어쩌면 우린 서로 화를 부르고 있는지도 몰라요.'라고 말하고 싶었다. 그러나 이는 제밀도 받아들이지 않을 것이고, 자신의 마음도 원하지 않았다.

쉬메이라는 자신처럼 말 위에 꼿꼿이 앉아 있는 술타나를 바라보았다. 키가 크고 아름다운 여인이었다. 하지만 왠지 불안해 보였다. 그녀는 마치 모든 것을 안다는 눈으로 자신을 쳐다보았다. 줄곧 자신에게 친절하게 대해 준 것이 떠올라 그녀에게 친밀감이 느껴졌다.

두 사람이 눈빛을 주고받으며 서로에 대해 생각할 때, 봉우리 뒤에 숨어 있던 구름이 갑자기 뛰쳐나와 순식간에 평원 위에 떠 있던 태양을 가렸다. 마치 그 순간을 기다리기라도 한 것처럼 바람도 재빨리 가세했다. 휘스뉘는 몹시 불안했다. 하늘에 짙게 떠 있던 구름도 땅으로 바짝 내려앉기 시작했다. 하나 둘씩 흩날리던 눈발이 굵어졌다. 바람이 더욱더 거세지면서 웅웅거리는 소리를 냈다. 그 소리에 겁을 먹은 제밀이 휘스뉘를 바라보았다. 계속 그를 주시하던 휘스뉘는 이를 악물며 성난 목소리로 말했다.

"보아하니……."

그가 목소리를 삼키기라도 한 것처럼 소리가 끊겼다.

거센 바람은 순식간에 바닥에 쌓인 눈발을 휘날렸다. 말들이 바람을 피해 몸을 돌렸다. 맨 뒤쪽에 있던 므스티가 소리를 질렀다.

"말을 끌고 걸어갑시다. 여기서 멈추면……."

그의 마지막 말도 바람이 휩쓸고 가 버렸다. 자신의 목소리도 다른 사람들의 목소리도 들을 수 없었다.

양털 목도리로 머리를 감은 사득이 굵은 목소리로 말했다.

"보아하니 보통 바람이 아니군요."

남자들이 겁먹은 것을 보고 제밀은 혼잣말로 중얼거렸다. "나 때문에 다른 사람들까지 얼어 죽고 말겠어." 그의 말은 바람이 쏜살같이 쓸어가 버렸기 때문에 어느 누구도 듣지 못했다.

8

말을 탄 사람들이 가까이 다가오자 어머니는 나를 다시 한 번 꼭 껴안았다. 그러고는 여기저기 마구 입을 맞추었다. 말을 탄 사람들 중에 두 명이 말에서 내리더니 우리에게 다가왔다. 어머니는 그들을 보지도 않고 소리를 질렀다.

"네놈들에게 줄 수 없다. 이 아이를 낳은 사람은 네놈들이 아니라 나란 말이다! 내가 낳았다고!"

근위병 하나가 총 끝에 달린 긴 칼을 뽑아 천천히 어머니에게 가져다 댔다. 어머니는 한 손으로 칼을 밀치더니, 다른 한 팔로 나를 감싸 안았다. 잠시 멈칫하던 근위병이 처음에는 겨누었던 칼을 치우는 것 같더니 곧장 어머니의 둔부를 찔렀다. 어머니의 팔이 풀어졌다. 곁에서 기회를 엿보고 있던 다른 근위병이 내 허리를 낚아채서 말에 앉아 대기 중인 세 번째 근위병에게 넘겼다. 어머니는 아픔도 잊은 채 나를 되찾으려고 달려왔다. 나를 품에 안고 있던 근위병이 어머니를 보더니 말을 몰기 시작했다. 나머지 근위병도 잽싸게 말에 오르자마자 우리 뒤를 따라왔다. 어머니의 비명 소리가 밀 이삭처럼 물결치고 물결치며 허공을 메웠다. 나는 남자의 손을 할퀴고 발버둥 치며 울었다. 어머니는 뒤쪽에서 우리를 잡으려고 계속 뛰어왔다. 얼마 후 이제 도저히 닿지 못하리라는 것을 깨닫고 어머니는 천천히 걸음을 멈추더니 밀 이삭 옆에 풀썩 주저앉아 가슴을 치고 통곡하기 시작했다. 그녀가 가슴을 때리든 말든 아랑곳하지 않고 근위병은 말에 채찍질을 가했다. 말들은 더욱더 속력을 내기 시작했다. 말들이 속력을 내자 푸른 이삭 물결이 넘실거리는 밭도, 밀밭 가에서 무릎을 꿇고 앉아 있던 어머니도 점점 멀어져 갔다.

그날 이후로 그 길고 긴 초록 밀밭과 푸른 바다처럼 일렁이던 밀알의 물결, 그리고 그 푸른 밀밭 가에 무릎을 꿇고 앉아 가슴을 치며 통곡하던 어머니가 머릿속을 떠나지 않았다. 언제나 생생하고 조금도 잊히지 않는 유일한 장면이었다. 이곳을 찾아 출발했을 때만 해도 그 밀밭을 찾을 수 있다면 어머니도 찾을 수 있을 것 같았다. 그러나 이제 꿈을 꾸는 시간은 지났다. 그 밭을 떠난 지 천년이라도 지난 듯 아득했다. 어머니와 이별하고 부족의 호적에 내 이름을 올리던 날, 나는 내 유년기를 몽땅 잃어버렸다는 것을 받아들였다. 그와 마찬가지로 이제 현실을 받아들여야 한다. 나는 그때 납치되었던 어린아이가 아니다. 머리가 희끗한 중년의 남자다. 어쩌면 녹청색 눈의 아시아를 찾을 수 있을지도 모른다. 그녀에 대해 물으면 모두들 우르가의 성을 가리킨다. 곰이라도 나올 것 같은 그 성에 어떻게 들어갈 수 있는지 도저히 모르겠다. 쉽지는 않겠지만 방법을 찾아 그곳으로 들어가고야 말리라. 아시아에 대한 나의 관심을 제밀도 감지했을 것이다. 그래도 그는 시야부쉬 장군만큼은 격노하지 않았다. 아예 신경조차 쓰지 않았다. 오히려 뭔가 다른 부분을 걱정하는 것 같았다.

그는 모든 것에 관여하였고, 많은 것을 알고 있었다. 언젠가 나는 그에게 "제밀 도련님, 이곳에 관한 7대 불가사의를 아십니까?"라고 물은 적이 있다. 그는 "모르겠소, 빌빌로."라고 답하더니 차분히 내 설명을 기다렸다. 나는 그에게 7대 불가사의 대신에 아랍 강에서 일 년에 한 번씩 깨어나는 황금 황소 전설을 말해 주었다. 전설을 듣고 난 후, 그는 부드러운 시선으로 나를 바라보며 말했다.

"말씀하신 그 황소 전설은 길가메시[9]가 나라를 무너뜨리기 위해 보낸 황소 별자리를 닮은 것 같기도 하고, 어찌 보면 모세가 출애굽에 올랐을 때 이스라엘 백성들이 만든 금송아지 같기도 하군요. 또 어찌 보면 이곳에서 잘 알려진 세 가지 우우즈 신화 속의 황소와 닮았어요. 어떤 것이 더 닮았는지는 모르겠지만요."

---

9) 고대 바빌로니아의 서사시 『길가메시』에 나오는 주인공.

잠시 입을 다물었던 그가 마음속에서 뭔가 발동한 목소리로 말했었다. "뷜뷜로, 이 세상에서 가장 짧은 것은 사람의 목숨이에요. 지금 우리가 눈으로 보고 있는 저 산들을 여태까지 얼마나 많은 사람들이 지켜보았겠어요. 수천 명은 되겠죠. 지난 일은 지난 일입니다. 또 다른 내일이 있겠지요. 어제와 같은 내일은 오지 않을 거라고 믿는 게 옳을 겁니다."

그는 지금 어디에 있는가? 그도 목뒤에 눈이 달린 듯 나를 감시하던 시야부쉬 장군, 누르하얄, 쉐브캇 우스타처럼 이제 나와 아주 멀어졌다는 것을 느낄 뿐이었다. 오직 아시아만이 나를 버리지 않았다는 느낌이 들었다.

9

바람이 눈 덮인 평원으로 괴성을 몰아오자 하늘도 땅 위로 내려앉았다. 세상이 뒤범벅되어 아무것도 보이지 않게 되었다. 이제 대평원에는 바람 소리만이 윙윙거릴 뿐이었다. 눈보라가 눈을 후려쳐서 일행은 눈을 뜰 수가 없었다. 비상용 말들도 자주 일행에서 일탈하고는 했다.

말 한 마리 정도의 간격만큼 앞서 걷고 있던 휘스뉘가 안간힘을 쓰며 곁으로 다가왔다.

"도련님, 이대로 계속 가다가는 우리가 흘리는 땀까지 완전히 얼어붙고 말 거예요."

제밀은 팔에 묶어 두었던 고삐를 가볍게 당겨 말을 세우고 간신히 실눈을 떠서 뒤따라오는 사람들을 바라보았다. 그들이 꽤 가까이 다가온 것을 확인하고 물었다.

"모두 함께 결정을 내리길 바라오. 이 상황에서 더 나아가는 것은 위험하다는데 어떻게 하는 것이 좋겠소?"

그때까지 잠자코 있던 사득이 대답했다.

"도련님, 저와 휘스뉘가 앞에서 천천히 걷겠습니다. 도련님은 우리 뒤를 따라오세요. 서로서로 떨어지지 않도록 계속 소리를 냅시다."

한동안 그들은 그렇게 천천히 걸었다. 잠시 후 구름이 창공을 벗어나 다른 구름과 섞이기 시작했다. 구름이 높게 뜨자 세상도 조금은 밝아졌다. 눈보라가 잦아들 줄 알았는데 잠시 사라졌던 구름이 후회라도 하듯 다른 구름을 몰고 다시 돌아왔다. 바람도 구름과 경쟁이라도 하는지 더욱 세차게 불어 댔다. 눈 깜짝할 사이에 일어난 일이었다. 어디로 가는지 알 수 없게 된 휘스뉘와 사득은 길을 잃고 말았다. 눈이 허리까지 찼다. 두 사람이 두려움에 찬 목소리로 서로에게 소리치자, 두려움을 느낀 말들이 온 힘을 다해 뒷걸음질 쳐서 길 위로 빠져나왔다. 사득과 휘스뉘가 말들의 노력으로 다시 길 위로 들어설 즈음, 적마가 발을 잘못 디디고 말았다. 제밀이 눈밭 위에 내동댕이쳐졌다. 다행히 제밀은 말고삐를 놓치지 않았다. 적마는 휘청하더니 발로 땅을 딛고 일어섰다. 고삐를 꽉 잡고 있던 제밀이 일어났다. 그가 길 위로 나오기는 했지만 다른 사람들은 보이지 않았다. 그 짧은 순간에 마치 모두가 하늘로 사라진 것처럼, 세상에 덩그마니 혼자 남게 되었다. 혼자 남은 것에 두려움을 느낀 제밀이 소리쳤다.

"휘스뉘이이!"

휘스뉘가 "도련님, 도련님!" 하며 부르는 소리도, 다른 사람들의 목소리도 아주 가까운 곳에서 들려왔다. 그러나 사방을 둘러보아도 눈보라가 앞을 가로막아 도무지 아무것도 볼 수 없었다. 므스티의 목소리는 천상에 있는 일곱 번째 층위에서 들려오는 것 같았다.

"모두 다 그 자리에 멈춰요. 움직이면 뿔뿔이 흩어지게 됩니다."

다른 이들도 소리쳤다.

"지금 이 자리에서 가만히 있도록 합시다."

두려움에 떨고 있던 제밀은 누군가 자신의 손과 팔을 잡는 바람에 화들짝 놀랐다. 술타나였다. 그녀는 눈보라의 윙윙거리는 소리에 맞대어 말했다.

"나의 제밀."

그리고 나서 말을 이었다.

"눈보라를 잘 모르는군요. 이 정도는 별거 아니에요. 조금 있으면 지나갈 거예요."

제밀은 앙고라 장갑을 낀 손으로 그녀의 손을 꽉 잡았다. 몸도 손도 바들바들 떨렸다.

"나 때문에 당신들도 벌을 받는군요."

술타나가 대답했다.

"그렇게 말하지 말아요, 제밀. 당신과 운명을 함께하는 것은 우리 스스로 선택한 일이에요. 제밀, 휘스뉘를 비롯해서 모두가 스스로 나선 거예요. 모두 자기가 원해서 이 여행에 합류한 거예요. 그런 말은 두 번 다시 하지 말아요. 눈보라는 곧 지나갈 거예요. 평생 계속되는 눈보라는 없어요. 그러니 이것도 금방 끝나겠지요?"

지상 가까이 자욱하게 깔려 있던 구름이 마치 술타나의 말을 듣기라도 한 것처럼 다시 하늘로 둥실 떠오르기 시작했다. 바람도 조금 잦아들었다. 주위를 돌아보니 모두 침착한 모습이어서 제밀은 안심이 되었다. 그러나 곧 풀 죽은 목소리로 술타나에게 말했다.

"우리에게 닥칠 일을 감수하고 되돌아가는 게 어떨까?"

술타나는 조금 전 자기가 한 말을 제밀이 이해하지 못했다는 것을 알고 화난 눈빛으로 그를 쏘아보며 큰 목소리로 대답했다.

"제밀, 당신도 알다시피 우리에게 성문을 열어 주지 않을 거예요. 다시 돌아간다면 얼어 죽지는 않겠지만 더 괴로운 상황이 생기겠지요."

두 사람은 굳게 입을 다물었다. 눈보라가 가끔씩 수그러들다 거세지다 하면서 계속되었다. 그들은 눈보라에 발걸음을 맞추는 것처럼 서다가 천천히 걷다가 하면서 앞으로 나아갔다. 모두들 고된 여행길에 시간 가는 줄 몰랐다. 한참이 지나고 바람의 방향이 바뀐 것을 알게 된 휘스뉘와 사득이 허둥지둥하며 거의 동시에 소리쳤다.

"말들을 가까이 모읍시다. 말들을 나란히 대세요."

충직한 말들은 바람이 불어오는 쪽으로 몸을 돌려 서로서로 달라붙었다. 사득과 휘스뉘와 므스티는 말에 묶어 두었던 양탄자를 풀어 말의 몸통을 덮었다. 그중 몇 개는 목과 머리를 덮어 주었다. 양탄자 양옆으로 빠져나온 실로 양탄자들을 서로 묶었다. 그러고는 나머지 부분은 말 다리에 묶었다. 작업이 끝나자 말의 가슴에 등을 대면서 제밀과 부인들에게도 자기들처럼 하라고 했다.

눈보라의 어둠이 밤의 어둠과 섞일 즈음, 말들은 서로 더 가까이 붙었다. 어찌나 어두웠는지 제밀이 아무리 애를 써도 손을 잡고 있는 쉬메이라와 술타나의 얼굴이 보이지 않았다. 문득 길을 잃고 공포에 떨던 두려움의 기억이 되살아났다. 두려움은 시간이 갈수록 커졌다. 공포에 질려 입술까지 파래졌다. 다리가 후들거리고 온몸에 땀이 흐르기 시작했다. 떨어지지 않으려고 양옆에 서 있는 부인들에게 가볍게 기대자 가늘고 긴장된 목소리로 그녀가 물었다.

"또예요?"

10

어머니와 생이별하던 그날 하늘이 갑자기 무너진다는 게 무슨 말인지 깨달았다. 여인숙에서 일하던 그때는 몇 달이 아니라 몇 년처럼 느껴졌다. 그러던 어느 날 그녀를 카스렛 샘터에서 보았다. 그녀는 물을 긷고 있었다. 심장이 가슴 밖으로 튀어나올 것처럼 쿵쾅쿵쾅 뛰었다. 나는 그때야 비로소 내가 그녀를 떠나서는 살 수 없다는 것을 알게 되었다. 그녀에게 다가가기 위해 모든 것을 포기하고 제밀이 있는 산속 저택으로 달려갔다. 문 앞에 다다라 네르기스에서 내렸다. 제밀을 보러 왔다고 하자 그녀도 기뻐했다. 그녀는 기쁨을 감춘 채 저택 대문을 열고 안뜰을 향해 "손님이 오셨습니다!"라고 소리쳤다. 나는 그녀의 뒤에서 그녀의 탄탄한 몸매와 허리 밑으로 길게 늘어뜨린 머리를 바라보았다. 그녀 곁을 지나 방으로 들어가는데 다리까지 떨렸다. 이상한 일이었다. 검게 칠한 눈썹 밑으로 푸르게 빛나는 눈은 언제나 그랬던 것처럼 아름다웠다. 누르하얄 이후로 많은 여자를 만났다. 하지만 그녀만큼 나를 사로잡은 여자는 없었다. 그녀는 누르하얄과 조금도 닮지 않았으나 누르하얄의 유혹적인 부드러움이 느껴졌다.

모든 일에 책임을 지고 물러난 제밀이 마구간에서 말을 꺼내 아흐스카로 떠나는 것을 보고 따라갈까 하는 생각도 들었지만 그것은 그리 현명한 생각이 아니었다. 그들이 떠났다는 것은 현실이었다. 두 명이 동시에 사라질 수는 없는 일이었다. 하지만 어디에 있단 말인가? 민병대, 마흐뭇가의 사람들, 이곳의 쥐구멍까지 속속들이 알고 있는 유수프가까지 샅샅이 뒤졌지만 전혀 흔적을 찾을 수 없었다. 소문대로 기껏해야 우르가 자식의 손아귀에 있을 것이다. 돼먹지 못한 우르가 놈들이 자기와 결투하지 않는다며 제밀을 죽였을지 모른다. 아시아도 성에 있는 어느 방에 감금했을지 모른다. 그를 구해야 한다. 그를 구하지 못한다면 내 인생도 의미가 없다. 그러나 먼저 잃어버린 기력을 회복해야 한다.

얼음 위에서 죽음 같은 침묵에 파묻혔던 그때 나를 발견하고 자기 집으로 데려가 수개월 동안 돌봐 준 캄베르와 그의 아내 에스메의 말을 들었더라면, 눈보라 속에서 이 동굴로 돌아오지 않았더라면 더 좋았을 뻔했다. 몇 시간만 걸어도 피곤과 함께 졸음이 쏟아졌다. 내가 금방 피곤해한다는 것을 캄베르의 아내 에스메가 눈치챘다. 그녀는 내게 길을 나서지 말라고 만류하다가 말릴 수 없다는 걸 알고는 말했다.

"나리." 하더니 남편인 캄베르의 얼굴을 힐끔 바라보았다. 그러고는 무릎을 꿇고 말했다.

"나리, 이제 이 세상에는 저나 캄베르나 의지할 사람이 아무도 없습니다. 저희들 아버지 어머니와 왕 중의 왕인 샤를 모시고 이곳으로 피신했습니다. 그분들이 돌아가신 후에 우리는 고생스럽게 목숨을 연명하고 있어요. 여기에 함께 머물며 우리 가문의 어른이 되어 주세요. 우리에게 나리는 절대 짐이 아니에요. 식탁에 수프 한 접시 더 올려놓으면 됩니다. 만일 곡식이 떨어진다면 모두 같이 굶으면 그만이고요. 캄베르는 재주가 아주 많답니다. 손을 놀리는 법이 없어요. 괜찮으면 그이와 무언가 일을 하세요. 여기 머물면서 외로움을 나눈다면 우리에게 아주 큰 선행을 베푸는 거예요. 이곳에서는 우리도 나리처럼 혼자랍니다. 어쩌면 나리는 외로움에 익숙해졌을 수도 있겠군요. 하지만 우리는 죽을 때까지 적응하지 못할 것 같아요. 왠지 그래요."

캄베르가 그녀의 말을 이었다.

"빌랄 나리, 어디로 가시는지 묻지 않겠어요. 눈발이 그칠 때까지만이라도 여기 계세요. 저도 에스메처럼 나리가 떠나기를 원치 않아요. 그러나 아무도 나리를 말릴 수 없다는 것을 잘 압니다. 가신다면 보내 드릴 수밖에 없지요. 우리가 나리를 불편하게 모신 게 있다면 너그러이 용서하십시오."

두 사람이 말하는 동안 나는 에스메를 바라보았다. 있는 그대로의 그녀가 아니라, 그녀에게서 아시아를 찾아내기 위해 안간힘을 쓰고 있었던 것이다. 나는 한동안 혼자 지내는 것이 필요하다는 설명을 길고 길게 늘어놓았다. 그러나 그들을 설득하는 데 성공하지는 못하였다.

"이 집에 내 피붙이 둘을 남겨 두고 떠나겠소. 이 집을 내 집처럼 생각하겠어요. 상황이 되면 가끔씩 들러 함께 음식을 먹으리다. 그래도 두 사람 곁에서 계속 머물 수는 없어요. 이곳에 계속 머물면 제밀 도련님에게 진 마음의 빚을 조금도 갚을 수가 없어요. 지금 그분을 찾아야 해요. 그분을 찾아서 최소한의 고통이라도 함께 나눠야지요. 동지는 이럴 때 필요한 거죠."

나는 이 말을 남기고 에스메가 준비해 준 양탄자로 짠 가방을 어깨에 걸치고 길을 떠났다.

여러 달 나를 돌봐 준 그들을 떠나 악차칼레에 이르자 그곳을 떠나온 것이 후회되었다. 눈이 그친 곳에는 여기저기 사프란 꽃들이 피어 있었지만, 황폐한 성벽에 달라붙은 것처럼 서 있는 단층 저택은 그야말로 폐허 자체였다. 그런 저택의 모습에 몹시 슬퍼졌다. 그곳에서 멀리 떨어지면 떨어질수록 슬픔과 그리움도 그만큼 줄어들 것이라고 생각했다. 그러나 그와는 정반대였다. 그곳에서 멀어지면 멀어질수록 아시아를 향한 그리움이 더욱 타올랐다. 그녀를 생각하며 걷는 동안 나는 무언인가에 끌리다시피 동굴까지 오게 되었다. 동굴에서도 거의 매일 아시아를 생각했다. 매일 아침 깨어나면 그녀를 찾기 위해 길을 떠나고 싶었다. 그러나 다리에도 몸 어디에도 기력이 남아 있지 않았다. 애마 네르기스를 곁에 데려올 수도, 내가 네르기스 곁으로 갈 수도 없었다.

아시아를 사랑하게 되지 않았더라면 좋았을 것이다. 그녀와 가까워지기 위해 제밀의 일에 끼어드는 일도 하지 않았어야 했다. 이 세상에 네르기스만 한 말은 없을 것이다. 네르기스를 탈 때면 천사들도 나를 따라잡지 못할 것이라고 생각하곤 했다. 며칠 동안 머릿속을 떠나지 않는 네르기스 때문에 눈물을 쏟지 않을 수 없었다. 네르기스가 다시는 돌아오지 않을 것 같아서 미칠 것같이 슬펐다. 가장 좋은 방법은 마음속에서 슬픔을 지워 버리고 사는 것이라고 되뇌었지만 뜻대로 되지 않았다. 말을 떠올리는 순간 눈물이 주르륵 흘러내렸다. 오늘 밤에는 울지 않고 일을 끝내기 위해 노력할 것이다. 울음을 참을 수 있는 유일한 방법은 일을 찾는 것이다. 먼저 주석 도금을 입힌 구리 양동이로 물을 길어다가 수프를 끓여야겠다.

그런데 이 이상한 소리는 뭐지? 동굴 밖에서 나는 소리인가, 아니면 내 머릿속에서 나는 소리인가? 발소리 같은 게 서서히 가까워지고 있었다. 아이고, 세상에. 내 총이 어디 있더라? 총은 언제나 침대가에 두었는데, 혹시 동굴 밖에 두고 왔나?

11

제밀은 신경중 중세 때문에 손이 떨리자, 그것을 아무도 눈치채지 못하게 하려고 술타나와 쉬메이라의 손을 놓았다. 눈보라도 조금은 수그러들었고, 주변도 고요해졌다. 모두 허기를 느꼈다. 일행은 손을 더듬어 말안장에 걸쳐 놓은 가방에서 먹을 것을 꺼내 먹었다. 술타나가 건네준 음식을 몇 입 베어 먹은 제밀이 갑자기 몸에 경련을 일으켰다. 떨림의 강도는 줄어들지 않았다. 끝내 졸음이 쏟아졌다. 음식을 베어 문 제밀의 턱이 경직되었다. 그는 술타나에게 바짝 다가섰다. 그가 서서히 바닥으로 쓰러지는 것을 본 술타나와 쉬메이라가 깜짝 놀랐다. 쉬메이라가 한 손으로 제밀을 부축하고, 다른 손으로는 눈을 한 줌 퍼 얼굴에 문질렀다. 제밀은 차가워서 움찔했다. 쉬메이라는 그가 깜짝 놀라는 모습에 순간적으로 웃음이 나왔지만 참았다. 제밀이 곧 일어났다. 므스티가 말 위에 있던 양탄자를 살펴보며 휘스뉘 곁으로 다가와 낮은 목소리로 말했다.

"말에 짐 꾸러미를 엮읍시다."

제밀을 제외하고 각자 자신의 말에 짐 꾸러미를 엮었다. 제밀의 적마에 묶을 짐 꾸러미는 휘스뉘가 대신 맸다. 말이 슬렁슬렁 움직이자 제밀은 참을 수 없이 잠이 쏟아져, 적마의 등에 바짝 엎드려 정신을 잃고 말았다. 술타나와 쉬메이라가 양옆에서 버팀목 역할을 하며 그가 잠에서 깨어나기를 기다렸다.

한참 후, 제밀은 므스티가 총구에 총알을 채워 넣으려는 때에 잠에서 깨어났다. 그러나 제밀은 그곳이 어디인지 기억해 내지 못했다. 손으로 부인들을 쓰다듬다 그들이 서서 자고 있다는 것을 알았다. 제밀이 어리둥절해서 몸을 움직이자 그들도 잠에서 깨어났다. 윙윙거리며 불던 바람도 그치고 눈보라도 그쳤다. 밤하늘을 비추는 환한 달빛은 눈 덮인 광활한 평원을 반짝반짝 빛나게 했다. 제밀의 시선이 먼 곳에서 머물다 주변으로 옮겨 왔다. 므스티가 총을 조준하는 것을 보고 걱정스럽게 물었다.

"왜 총을 쏘려는 건가, 므스티?"

"도련님, 늑대들이 다가오고 있어요. 굶주린 것이 분명해요. 서서히 한 발짝 한 발짝 접근하는 것 같지만 그렇지 않아요. 이때다 싶으면 순식간에 덤벼들 거예요. 놈들이 접근해서 뒷다리로 눈을 공격하면 우리는 눈을 뜰 수 없을 거고, 결국 오 분 십 분 사이에 우리를 해치우고 말 겁니다."

제밀이 잠시 생각해 보고는 말했다.

"그럼 조금 기다렸다가 다 같이 총을 쏩시다."

그의 말에 따라 모두들 말안장에 묶여 있던 총을 집어 들었다. 일행은 총구에 총알을 넣고 다가오는 늑대 무리를 향해 조준했다. 잠시 숨을 멈추고 늑대들이 달려들 준비를 하는 순간, 제밀이 "발사!"를 외쳤다. 모두 동시에 총을 쏘았다.

늑대 몇 마리가 총탄을 맞고 쓰러지자 나머지 늑대들이 순간 멈칫했다. 잠시 망설이던 늑대들은 쓰러진 늑대들을 공격하기 시작했다. 환한 달빛 아래 이 끔찍한 장면을 낱낱이 목격한 제밀은 등골이 오싹했다. 몇 세기 동안 눈에 덮여 있던 이 평원도 이런 처참한 광경을 목격하는 것은 처음이리라. 분배를 완전히 끝낸 늑대들은 입에 핏빛 고깃덩어리를 물고 제가기 다른 방향으로 흩어졌다. 휘스뉘가 대수롭지 않다는 듯한 말투로 말했다.

"같은 종을 먹는 동물은 늑대뿐일 거예요, 도련님."

제밀이 그를 바라보며 말했다.

"같은 종을 죽음으로 몰아넣는 생명체는 사람밖에 없을 거네, 휘스뉘."

말을 마친 제밀이 침묵하자 모두의 시선이 먼 곳을 향했다. 한동안 말이 없던 제밀은 서 있는 것에도 피곤함을 느꼈다.

"그렇다고 눈 위에 누울 수는 없지."

므스티와 사득은 즉시 비상용 말 등에 양탄자를 감쌌다. 그리고 안낭을 가져다가 말들의 앞쪽에 침대 모양으로 걸쳐 놓고 모두가 앉을 수 있도록 했다. 그들은 보초 순서를 정한 후에 등을 맞대고 앉았다. 몸의 온기가 순식간에 서로를 덥혀 주었다. 이번에는 모두 다른 방향을 보며 생각에 잠겼다. 제밀은 일행이 있다는 것을 잊어버리고 마음속의 분노를 분출하듯 혼잣말을 했다.

"지구상에 이 땅이 존재한 이래로, 케렘이 화염 속에 타 들어가는 것을, 메주눈이 미치광이가 되는 것을, 프로메테우스의 간이 뽑히는 것을, 아느가 무너져 내리는 것을 목격하였다. 그러나 다른 부족의 여자를 납치한 어느 부족의 아들이 돌아오는 것은 볼 수가 없구나. 어쩌면 오늘 밤 일어날지도 모르지. 마음속에서 소리가 들려. 오늘 밤 잠들고 나면 다시 일어나지 못할 거라고 하는군."

그는 돌아서서, 달빛에 반짝이는 눈밭을 바라보며 담배를 피우려고 하는 사득을 쳐다보았다.

"어쩌면 그들도 나와 같이 죽을 거야."

그러고는 고개를 저었다.

"권력을 지켜 내는 것을 관습이라 했지."

그의 입술이 떨렸다. 눈가에서 눈물이 흘렀다.

"그러니까 우리 아버지도 이스마일처럼 희생양이 필요했겠군. 어린 아들의 사랑이 그분에게 무슨 의미가 있겠어."

그는 다시 돌아서서 담배를 피우는 사득을 바라보았다. 사득이 휘스뉘에게 말했다.

"찬 바람이 아침보다 더 매섭군요."

"눈보라보다는 혹한이 나아요. 적어도 발 디딜 곳을 볼 수는 있죠."

"이런 혹한 속에서는 몸을 움직이는 것이 제일 좋습니다."

보초를 나섰던 므스티가 모습을 나타냈다.

"눈보라가 길을 덮었어요. 아침을 기다렸다가 길이 좀 보이거든 나서는 것이 좋겠어요."

휘스뉘가 담배를 피우는 사득을 돌아보았다.

"므스티 말이 맞아요. 바람이 갑자기 멈추는 것도 그리 좋은 징조는 아니지요."

제밀은 그들의 말을 듣고 뭔가 결정을 내리기 위해 고심했다. 어떤 결정도 내리기가 어려웠다. 술타나가 대화에 끼어들었다.

"결정을 내리기가 어렵겠군요. 제 생각에는 좀 더 기다렸다가 길을 나서는 게 좋을 것 같아요. 몇 시간 후에 눈보라가 다시 시작될지 어떨지 알 수 없잖아요. 앞을 내다볼 수 있을 때 길을 나서는 게……."

므스티가 잠긴 목소리로 말했다.

"눈보라에 관해서는 맞는 말씀입니다. 어제 아치에서도 혹한이 우리를 속였지요. 얼마 지나지 않아 눈보라가 몰아치지 않았습니까? 말 위에 짐을 다시 꾸리고, 가볍게 요기라도 한 후에 움직입시다."

휘스뉘가 일어섰다. 신발과 양모 양말에 달라붙은 눈을 털어 내려고 땅에 발을 몇 번 굴렀다.

"눈 쌓인 길을 걷기란 여간 힘든 일이 아닙니다. 움직이는 것이 좋습니다. 눈보라가 다시 시작되기 전에 걸을 수 있을 만큼 걷는 것이 낫겠지요."

12

어느 순간 이상한 소리가 들리지 않자 동굴 벽에 기대 놓았던 총을 어깨에 걸치고 주석도금을 입힌 구리 양동이를 가지고 강에 가서 물을 길어 왔다. 불을 지핀 후 냄비에 물을 담아 불 위에 올려놓고 타는 불길을 바라보다가 잠에 빠져들었다. 등에서 느껴지는 바위의 한기 때문인지 아니면 무서움 때문인지 알 수는 없지만 언제나 길기만 했던 잠이 이번에는 아주 짧았다. 화롯가에 놓아두었던 냄비 물이 끓기도 전에 그리고 매번 꾸던 악몽을 꾸기도 전에 정신이 들었다. 얼음덩어리 사이에서 구출된 후에 거의 매일 몸이 부서질 것처럼 압도당하는 꿈을 몇 시간 동안이나 꾸고는 했다. 그런데 오늘은 고통이 짧게 지나갔다는 것이 야릇한 행복감을 불러일으켰다. 조금 사그라진 화롯불에 마른 나뭇가지를 넣어 다시 불길을 일으켰다. 불꽃이 냄비 바닥에 부딪혀 옆으로 삐져나왔다. 동굴을 메우고 있는 어둠은 파랑, 보라의 어스름한 빛으로 가득 찼다. 동굴 벽의 이끼 위에 불빛이 비쳐 동그라미가 나타났다. 한동안 그것을 바라보았다. 불빛이 잦아들자 그 이상한 모양들도 사라졌다. 전에 준비해 두었던 꽤 큰 땔감나무에 불을 붙였다. 불붙은 나무를 바위 틈에 끼워 넣었다. 동굴 속이 환해졌다. 물이 끓자 수프를 만들어 저녁 요기를 했다. 그동안 힘든 시간을 보내게 되면서부터는 많이 먹지 못했다.

  냄비를 씻어 동굴 벽 돌출 부위에 놓아두었다. 수프 그릇도 잘 씻었다. 매일 저녁 그랬던 것처럼 타다 남은 장작의 일부분을 동굴 입구에 뿌렸다. 짧고 굵은 나뭇가지를 몇 개 올려놓았다. 풀로 만든 침대로 가기 전 나무 등불을 껐다. 어둠 속에서 동굴 입구에 뿌려 놓은 타다 남은 장작의 불씨가 반짝거리는 것을 보았다. 눈꺼풀이 무거워질 때쯤 바위 틈새로 스며든 부드러운 바람이 머리카락을 쓸며 지나갔다. "동굴의 출구가 있을 거야. 바위 사이에서 반쯤 남은 성곽 위쪽으로 연결되는 길이 있을 거야." 눈길이 다시 타다 남은 장작 위에 머물렀다. "불은 만물의 어머니 같군. 보호하기 위해 무서움을 주고, 무서움을 주기 때문에 보호하고." 이렇게 혼잣말을 중얼거리다 보니 태양을 저주하던 어머니 모습이 떠올랐다. "아, 아름다움의 창조

자시여. 사랑할 때는 꽃들에게 생명을 주시고, 화가 났을 때는 멀리 떨어져 지상에 한기를 뿌리시는 고귀한 힘이시여. 제게도 불을 비춰 길을 제시해 주옵소서." 어머니의 목소리가 작게 멀어지자 아버지의 음성도 귓가에 들려왔다. 아버지는 이상한 목소리로 화를 내며 어머니를 꾸짖었다. "부인, 또 불 신앙 타령이오? 불을 믿는 것도 우리 할아버지 할머니 때나 해당될 말이지. 옛날로 다시 돌아갈 작정이오? 이제 사람들도 신앙도 변했소. 당신은 여전히 아버지, 할아버지 세대의 신에게 도움을 원하고 있구려." 그러나 어머니는 아버지에게 단 한 마디도 대꾸하지 않았다. 오직 태양을 향해 빌고 또 빌었다. 기도가 끝나자 대답했다. "우리 어머니도 아버지도 조상에게 보고 배운 대로 하셨어요. 저도 그분들처럼 하는 거예요. 왜냐하면 불은 인내심이 있으니까요."

아버지는 어머니의 말에 대꾸했다. "지옥도 불구덩이라오. 당신이 아무리 불에 복종해도 당신 역시 불에 타고 말 텐데……."

그러자 어머니는 슬프고 화난 목소리로 대답하고는 언쟁을 끝냈다. "내 몸을 태우는 것이 아니라 마음을 태우는 것이 중요한 거예요. 그만 하세요. 말이 씨가 되겠어요. 주위를 한번 둘러봐요. 믿음은 다 제각각이에요. 저를 내버려 두세요. 저도 조상님들처럼 불을 믿을 거예요."

아버지가 집요하게 어머니의 말꼬리를 물고 늘어지려 하자 어머니는 더 듣고 싶지 않다는 듯이 일어나 방을 나가 버렸다. 그녀가 아무 말도 하지 않고 나가자 아버지는 화가 나서 소리를 질렀다. "그런다고 심장이 찢어지는 고통에서 벗어날 것 같소? 정 그렇다면 아이들이라도 그냥 놔둬요."

이런 생각에 골똘해 있을 때, 동굴 위에서 불어오는 바람이 정신을 깨웠다. 아버지와 어머니는 이런 놀이를 얼마나 많이 했던가? 그때 여동생의 목소리가 들려왔다. "아버지들은 남자야." 문득 혼자라는 깨달음에 사무쳤다. 그리고 순간, 얼음 위

이난나 49

를 기어갈 때 보았던 어린아이들이 떠올랐다. 누구지, 그 아이들은? 내가 잡았던 그 아이는 왜 다른 아이로부터 도망쳤을까? 뒤에서 온 아이의 머리카락은 왜 겁을 먹은 것처럼 쭈뼛 섰던 것일까? 잊어버린 어린 시절이 뭐란 말인가? 아니면 누르하얄이 내 아이를 낳기라도 했단 말인가?

13

새벽녘이 되어 태양이 떠오르며 하늘이 짙푸른 미소를 짓자 모든 것이 제자리를 찾았다는 안도감으로 일행의 마음에 다시 행복감이 채워졌다. 일행은 푸른 하늘에서 밤이 남겨 놓은 것들을 찾아보았다. 그러나 몇몇 봉우리 위로 끝없이 이어진 구름 몇 조각뿐이었다.

길을 덮은 눈은 마냥 하얗기만 했다. 해가 떠도 혹한은 여전했다. 그들은 혹한을 무시하고 걸었다. 대형이 전날과는 조금 달라졌다. 휘스뉘와 사득은 비상용 말들과 함께 앞에 서고 제밀이 그들의 뒤에, 부인들은 제밀의 뒤에, 부인들 뒤에는 므스티와 짐을 실은 동물들이 뒤따랐다. 모두들 말보다 앞에서 걸었고 때때로 수염이나 눈썹에 매달린 작은 고드름을 앙고라 장갑을 낀 손으로 떼어 내었다. 눈보라가 몰아치지 않았더라면 지금쯤 저 멀리 카르스에까지 갔을 것이다. 이렇게 천천히 걷다가는 언제쯤이나 도착할지 아무도 알 수 없었다. 모두 추측하는 바가 있기는 했지만 누구도 용기를 내어 그때가 언제가 될지 감히 다른 사람에게 말하지 못했다. 조금 더 걷자 몸이 덥혀지고, 얼굴에는 땀이 나기 시작했다. 먼저 제밀이 얼굴 위로 늘어진 모자의 염소털을 풀었다. 다른 사람들도 따라 했다. 이제 햇볕이 혹한을 물리치기 시작한 것이다.

긴 시간 동안 서로 쳐다보지도 않고 말없이 걷던 이들은 잠시 서서 말 머리에 가방을 매달고 술타나가 나눠 주는 것을 먹었다. 걸을 때마다 눈에 반사된 햇빛 때문에 눈이 부셨다. 므스티가 맨 뒤에 있는 말의 안낭에서 검은색 천을 꺼내 모두에게 하나씩 나눠 주면서 말했다. "눈이 부시면 가려요."

다른 이들처럼 검은색 천을 눈에 댄 제밀은 막연한 죄의식이 엄습해 오는 것을 느꼈다. 마치 술타나에게 나쁜 짓이라도 한 것 같은, 그리고 쉬메이라의 무엇인가를 빼앗은 것 같은 죄책감에 사로잡혔다. 그는 앞서 가는 사람들의 발자국을 밟으며 바람과 대화하듯 말했다. "돌아가 아버지 앞에 가서 말할까? 내게는 부족이고 가문이고 필요치 않습니다. 한적한 시골에 가서 제 삶을 살고 싶어요. 아버지가 승낙하실까? 인정하시지 않더라도 나는 관습을 바꾸고 내가 마음껏 사랑하도록 놓아두라고 할 것이다. 아버지께 이렇게 항변한다고 해서 무슨 소용이 있단 말인가? 차라리 아무것도 배우지나 말걸. 바그다드, 파리, 데르사데트에서 내가 배운 것들이 관습이라는 것 앞에서 도대체 무슨 가치가 있단 말인가. 그곳에서 유학할 때만 해도 사랑 때문에 내 인생이 이렇게 대책 없이 무너질 줄은 생각지도 못했건만." 그는 잠시 가만히 있다가 얼굴을 찡그리고 화를 내며 말했다.

"차라리 아무것도 배우지 말걸. 그리고 이렇게 속수무책으로 살지 말걸." 그는 눈가를 가린 검은 천을 걷어 내고 의미 없는 시선으로 눈 덮인 평원을 바라보았다. 그렇게 맨눈으로 좀 더 바라보고 싶었지만 눈이 너무 뜨겁고 아팠다. 콧물이 나오고 눈에서 눈물도 흘렀다. 눈물을 닦아 내려 할 때 어느 봉우리 뒤에서 구름이 달려 나와 태양 앞에 멈춰 섰다. 눈에 반사되어 눈부시던 햇살도 순식간에 사라졌다. 촉촉하게 젖은 눈을 깜빡이며 제밀은 중얼거렸다. "어제도 그랬지. 어떤 봉우리에서 튀어나왔는지 구름들이 처음엔 태양 앞을 가리더니, 마침내 우리들 얼굴에 눈발을 쏟아 부었지."

그는 휘스뉘와 사득이 걸음을 멈추는 것을 보았다. 적마의 고삐를 놓고 그들 곁으로 다가갔다. 두 사람의 시선이 땅에 고정되어 있었다. 제밀이 온 것을 알아채고 휘스뉘가 천천히 돌아섰다. 사득이 한곳을 가리키며 말했다.

"누군가 길을 잃은 것 같아요."

"눈보라 속에서 길을 잃지 않는 게 이상하지."

"동물의 시체 같은데요."

"가까운 데 있는 것 아닌가?"

"길에서 얼마 떨어지지 않은 곳이 분명해요, 도련님."

그때 사득이 우그러진 담배를 입에 문 채 볼멘 목소리로 말했다.

"까마귀들이 발견한 지 얼마 안 된 것을 보면 아마도 어젯밤에 일어난 일 같아요."

모두 입을 다물었다. 사득과 휘스뉘가 다시 앞장서서 걷기 시작했다. 제밀은 약간 뒤처져서 적마의 고삐를 팔에 맸다. 그는 앞서 가는 이들과 보조를 맞추려고 노력했다. 술타나가 말고삐를 쉬메이라에게 건네주고는 제밀에게 다가왔다.

"제밀, 무슨 일 있나요?"

제밀은 조금 전 휘스뉘가 보여 준 곳을 가리켰다.

"우리도 그 옆을 지나가게 될 테니 곧 알게 될 것이오. 눈보라 때문에 누군가 길을 잃은 것 같다더군."

술타나는 제밀과 함께 걸었다. 그들이 나란히 걷는 동안 조금 전 쏜살같이 태양의 앞을 가린 구름 곁으로 다른 구름들이 벌 떼같이 몰려들었다. 술타나가 하늘을 올려다보았다.

"구름이 다시 몰려드네요. 날이 궂을 것 같아요."

"준비할까?" 정작 이렇게 말한 제밀은 다시 멍해져서는 모든 것을 미루어 두고 생각에 잠겼다. 제밀은 무심결에 머릿속의 생각을 입 밖으로 내뱉었다. "모든 것을 감수하고 되돌아가는 게 낫지 않을까."

술타나는 이 말을 듣는 순간 제밀이 어젯밤에 했던 말이 떠올랐다.

"아니에요, 제밀. 제발 그런 생각은 그만두세요. 돌아가기엔 이미 늦었어요."

"모두가 죗값을 치르는 것을 보고만 있을 수 없구려. 어쩌면 당신들도 나와 함께 죽게 될 거요."

술타나는 목소리를 높였다.

"당신과 죽는다 해도 그건 우리가 선택한 것임을 잊지 마세요. 쉬메이라도, 저도, 따라온 모든 사람들이 그래요. 다시 돌아간다고 해서 고통이 끝날 것 같아요? 이곳의 관습을 모르기 때문에 그렇게 생각하시는 거예요. 우리 자신의 삶을 살도록 그냥 놔둘 거라고 생각하세요? 그 누구도 우리를 놓아주지 않을 거예요. 당신 아버지가 놔준다고 해도, 다른 사람들이 우리를 놔주지 않을 거예요. 우리가 되돌아간다면 당신 아버지가 당신을 어떻게 하지 못할 수도 있어요. 그러나 관습을 지키지 못한 대가로 자신의 목숨을 버리겠지요."

술타나의 말을 들은 제밀은 다시는 되돌아가자는 말을 하지 않아야겠다고 다짐했다. 그는 술타나를 바라보았다.

"당신도 힘들 거요."

"사람은 모든 것을 감수할 수 있죠. 사랑을 나눌 수 있다면……."

거대한 구름이 밀려와 또 다른 구름과 뒤섞였다. 태양은 자취도 없이 사라졌다. 그리고 드디어 쓰러져 산산조각 난 말 시체 곁에 이르렀다. 그것은 길가와 매우 가까운 곳에 있었다. 휘스뉘가 말했다.

"예상대로 누군가 길을 잃었군요, 도련님." 그는 입을 다물었다. 그리고 말의 머리를 쓰다듬었다. 사득도 그렇게 했다.

제밀과 술타나도 그들 곁으로 다가왔다.

휘스뉘가 우쭐대는 목소리로 소리를 질렀다.

"만약 늑대들이 흩어 버리지 않았다면 말 위에 있던 물품들이 이 주변 어디엔가 있을 거예요."

다른 사람들은 아무 말도 하지 않았다. 그의 말에 긍정도 하지 않았다. 단지 주변을 수색하는 시선으로 한번 훑어볼 뿐이었다. 휘스뉘는 혼잣말하듯 중얼거렸다.

"모두가 길을 잃는다. 몇 시간 동안 두 걸음도 앞으로 나가지 못해. 피로에 식은 땀을 흘리고, 땀과 피곤함으로 곤죽이 된 몸은 지쳐 쓰러지고 말아. 그러다 단잠에 빠져들면 얼어 죽지."

그의 말을 듣지 않는 것처럼 보이던 제밀이 말했다.

"눈보라에 대해서도, 얼어 죽는 것에 대해서도 잘 아는군, 휘스뉘."

"이곳에서 자랐는데 눈보라에 대해서 잘 모른다는 게, 눈보라 속에서 지내 보지 않았다는 게 말이 되나요? 제가 전에 거의 동상 직전까지 갔을 때 작은도련님의 아버지와 므스티가 저를 구해 주었죠."

그들은 움직이지 못하고 있었다. 구름이 많아지는 것을 걱정한 므스티가 소리를 질렀다.

"도련님, 구름이 몰려들어요. 바람도 다시 역방향으로 불기 시작했어요. 서둘러서 눈보라가 시작되기 전에 저 고원을 넘는 게 좋을 것 같습니다!"

하나 둘씩 태양의 앞을 가리며 모여들던 구름들이 바람이 불어온 반대 방향으로 스르르 움직이고 있었다.

"므스티의 말이 옳아. 조금 더 속력을 내 봅시다." 제밀이 말했다. 잠시 후 그는 고원을 넘으려면 얼마나 걸리는지 물었다.

"전혀 알 수 없습니다."

휘스뉘가 말했다.

"최선을 다해서 빨리 걸어요. 아래쪽 평원으로 내려가면 눈보라도 약해질 거예요."

"말들이 허기질 텐데 짐을 우리가 메는 게 어떻겠소?"

사득이 제밀을 바라보며 수염 아래로 가볍게 미소를 지었다.

"도련님, 이 말들은 걸을 때는 먹이를 먹지 않습니다. 우리가 짐을 메면 말들은 그 자리에서 멈출 것입니다. 짐을 다시 싣기 전에는 한 걸음도 떼지 않을 거예요."

제밀은 자신이 이런 부분에 대해서 상식이 없다는 것 때문에 기분이 상했다. 그러나 화가 나지는 않았다. 아무도 쳐다보지 않고 곧장 적마 곁으로 다가갔다. 술타나와 쉬메이라도 각자의 말에게 다가갔다. 제밀의 시선은 눈 밑에 있을지도 모르는 말 주인의 시체를 찾았다. 그는 눈 덮인 평원을 바라보며 생각했다. '어쩌면 어제 이 시간 즈음에 그는 우리처럼 어디론가 가고 있었을 테지. 그러나 그의 여정은 이곳에서 끝났다. 내일은 우리가 이렇게 될 수도 있겠군.'

쉬지 않고 걸어 광대한 고원을 둘러싼 마지막 봉우리를 넘어 평원으로 내려갈 때, 제밀은 몸에 열이 심하게 나면서 경련을 일으켰다. 그가 몸을 떠는 것을 알아챈 적마가 불안감에 힝힝 울어 댔다. 다른 말들도 따라 울자 휘스뉘가 제밀 쪽으로 몸을 돌렸다. 제밀이 길가에 쓰러진 것을 발견하고 있는 힘을 다해 그에게 달려갔다.

14

동굴 속, 잿빛 어둠과 함께 밀어닥치던 잠과 피로가 사라지자 캄베르가 외롭다고 말하던 그때로 의식이 흘러갔다. 무심히 시선을 동굴의 검푸른 천장에 두니 먼 여정 속으로 나를 끌고 간 마차의 말발굽 소리가 들리는 것 같았다.

내 인생은 누르하얄을 만나기 훨씬 전인 그날, 말을 탄 세 남자가 나를 어머니의 품에서 빼앗아 간 바로 그날부터 달라졌다. 기마병은 그의 품에서 발버둥 치며 어머니 쪽을 돌아보는 내 눈을 가려 버렸다. 기나긴 여정 동안 나를 두 팔로 꽉 붙들고 있던 기마병이 굵은 목소리로 "이제 됐다."며 눈가리개를 풀어 주더니 나를 다른 기마병에게 넘겼다.

길고도 긴 여정이었다. 그 여정은 어느 성안에 도착해 나를 말에서 내리면서 끝이 났다. 뒤에서 따라오던 기마병 두 명이 말을 몰고 사라지자 그들이 대위라 부르는 굵은 목소리의 장교가 나를 성안 두꺼운 돌벽 건물로 데려갔다. 그 남자는 계단을 오를 때에 내게 "조심히 걸어라."라고 말했다.

계단을 올라가서 큰 나무 문 앞에 이르자 장교의 목소리가 갑자기 부드러워졌다. 문을 열고 들어가기 전에 나를 세우더니 찢어져 깃도 남아 있지 않은 셔츠를 매만지며 바지를 위로 올려 주고는 굵고 긴 손가락으로 머리를 한두 번 쓸어 주었다. 그리고 내 손을 부드럽게 잡아끌며 커다란 나무 문 안으로 들어갔다. 길고 긴 복도를 지나서 열려 있는 문들 중 어떤 문 앞에 서더니 자신의 옷매무새도 매만졌다. 장교가 점잖게 노크를 했다. 안쪽에서 "들어와!" 하고 고함치는 소리가 들려왔다.

장교는 검은 문고리를 잡아당기고 안으로 들어갔다. 구두 굽을 맞부딪치며 자리에 서서 내 손을 놓고 나를 내세우며 남자답지 않게 기어 들어가는 목소리로 말했다.

"대장님, 몇 날 며칠 저희가 찾던 아이를 데려왔습니다. 오늘에서야 어머니를 떼어 놓았습니다."

그는 나를 앞으로 밀었다.

대장이 나를 쳐다보았다.

"다행히 아주 건강하군. 말하자면 이 어린애가 어머니와 헤어진 게 아니군."

"친어머니는 아이를 버렸습니다. 집에 급습하니 아무도 없었습니다."

"아직도 가문의 신성함을 모르는 사람들이 있지. 이제야 끝이 났군. 이 아이를 고관 명부에 적당히 등록하게. 아이를 준비시키고, 며칠 동안 대기 중인 일행도 내일 즉시 길을 떠나라 하게. 도중에 몸 상하지 않도록 최선을 다해 주게. 우리에게 원하는 소년들의 숫자가 많은 것을 보니 이교도들이 여기까지 밀려들고 있는 모양이군. 총리대신이 겪은 일을 누가 또 겪고 싶겠어.”

대화의 뜻을 전부 이해하지는 못했으나 나를 더 먼 곳으로 데려가리라는 것과 이제 더는 어머니를 보지 못하리라는 것을 직감했다. 갑자기 어른이 된 것처럼 느껴졌다. 지금까지의 모든 것은 하나의 놀이에 불과했다. 어머니가 나를 잠에서 깨워 숨겼던 것도, 기마병들이 나를 붙잡아 이곳으로 데려온 것도 하나의 놀이였다. 그 놀이는 이 두꺼운 벽돌 건물 안에서 끝나 가고 있었다.

그날 저녁 어머니와 조금도 닮지 않은 뚱뚱한 아주머니들이 나를 씻겨 주었다. 아주머니들은 어머니가 입혀 주었던 옷들을 벗기고 새 옷을 입히려 했다. 나는 어머니가 손수 바느질한 재킷만은 그들에게 넘겨주지 않았다. 내가 반항하자 그들도 어떻게 하지는 못했다. 그러나 다음 날 눈을 떴을 때 베개 밑에다 숨겨 두었던 재킷은 사라지고 없었다. 얼마나 황당했는지 나는 그들에게 재킷 이야기를 꺼내지 않았다. 아침 무렵 나를 씻기던 여자는 “다행히 아주 건강하군.” 하고 말하더니 갑자기 “퉤, 퉤, 퉤.” 하며 땅에 침을 세 번 뱉었다. 그 여자가 땅에 침을 뱉는 이유는 알 수 없었지만 내게는 우스꽝스럽게만 보였다. 내가 깔깔거리며 웃자 처음에는 화가 난 듯했던 그 여자도 나를 따라 웃었다.

여자들이 내 몸의 물기를 닦아 주고 줄무늬 아마로 만든 카프탄[10]을 입혀 주었을 때, 나는 내 유년기의 무대가 이동했다는 것을 깨달았다. 카프탄 위에 또 조끼를 입혀 주었다. 옷 입는 일이 끝나자 손에 가위를 든 여자가 내게 다가왔다. 나는 무서웠다. 여자는 내가 겁먹은 것을 알고 가위를 옆에 내려놓고 나를 품에 안았다. 나를 씻겨 준 여자가 밖으로 나가자 그녀가 말했다.

“가위로 네 머리카락을 잘라 줄 거야. 머리를 자르고 나면 더 멋진 아이가 될 거

---

10) 비단으로 만든 터키 전통 재킷.

야."

집에 있을 때 나는 원하지 않는 것은 절대로 말을 듣지 않았다. 그러나 이곳에서는 겁을 먹어서인지 아니면 갈 곳이 없다는 생각 때문이었는지 고분고분할 수밖에 없었다. 무섭기도 하고 수줍기도 했다. 나는 그들이 시키는 대로 했다. 모든 게 그렇게 되었다. 여자는 나를 의자에 앉혔다. 내 목에 흰 천을 둘렀다. 가위를 집어 든 것조차 보여 주지 않고 내 곱슬머리를 자르기 시작했다.

15

모두들 제밀의 손과 얼굴에 차가운 눈을 비비며 정신을 차리기만을 기다리고 있었다. 이윽고 제밀의 의식이 돌아오자 일행은 다시 길을 떠날 준비를 했다. 술타나가 쉬메이라에게 돌아서며 말했다.

"우리 둘 중 하나가 서방님 곁에서 걸읍시다."

쉬메이라는 말의 고삐를 당겨 제밀의 곁으로 갔다. 그들이 나란히 걷는 것을 뒤에서 보고 있던 술타나는 중얼거렸다. "어머니도 쉐흐나즈 부인도, 왕족 부인이 되려면 질투를 버려야 한다고 했지. 한 명을 골라야 한다고 했어. 모든 것을 받아들여야 한다는 말이 그때는 이해가 안 되었는데 이제는 무슨 말인지 알 것 같아. 모든 것, 사랑마저도 나눠야 한다. 이 외에 내가 할 수 있는 것은 아무것도 없어." 술타나는 질투를 억누르며 눈물을 참았다.

눈 덮인 길고 긴 고원을 넘어 평원으로 내려가니 밤이 꽤 깊었다. 위쪽에서 신음소리를 내며 불어오는 바람의 날개가 평원에서는 한풀 꺾인 듯했다. 소리 없이 내리는 눈송이들이 얼굴을 쓰다듬듯 스쳐 갔다.

멀리서 들려오는 개 짖는 소리로 도착지가 가까워졌다는 것을 알 수 있었지만, 갈수록 몰아치는 눈발 때문에 여정이 언제 끝날지 예상하기는 어려웠다. 그들은 쉬지 않고 걸었다. 자정이 가까워서야 어느 시골집에 도착했다. 밤늦은 시간인데도 벽에 기대어 그들을 기다리는 무장한 남자들을 본 제밀은 깜짝 놀랐다. 안에서 한 명이 걸어 나와 깊은 한숨을 내쉬면서 말했다.

"저녁 내내 당신들을 기다렸어요. 평원에서 소리를 들었어요. 아무리 기다려도 도무지 오질 않으시더군요."

휘스뉘가 약간 의심스러워하는 목소리로 물었다.

"우리가 올 줄 알고 기다렸단 말이오?"

"평원에서는 소리를 들을 수 있지요, 휘스뉘 나리. 당신들 소리가 매우 가까이서 들려와서 오히려 저희가 놀랐지요. 오래전부터 당신들을 찾으려고 나섰거든요."

앞에 있는 남자가 말했다.

휘스뉘는 남자의 말을 진심으로 받아들인 것 같았다.

"우리는 이곳을 잘 알고 있습니다."

말도 끝내지 않고 남자에게 다가갔다. 그리고 쉰 목소리로 지시했다.

"우리를 저택으로 데려다 주시오!"

남자들은 즉시 길을 안내했다. 눈으로 뒤덮인 길은 어느 뜰 넓은 집 앞에 다다랐다. 그들이 안으로 들어가려 하자 뜰 안 곳곳에 사슬에 매여 있던 개들이 짖기 시작했다. 말들이 놀랐다. 문 앞에 나온 토룬 대감의 집사가 여러 번 개들을 조용히 시켰다. 개들이 입을 다물었다. 말들도 진정되었다. 유리종 같은 기름 램프를 위로 들어 올린 집사 곁으로 다가온 토룬 대감은 뜰을 향해 소리치며 물었다.

"손님이 오셨는가?"

앞에서 걷던 남자가 대답했다.

"그렇습니다, 나리."

"누구신가! 어디서 와서 어디로 가시는 분들인가?"

휘스뉘가 끼어들었다.

"베이오울루 야르오스만 제밀 왕족입니다, 토룬 대감."

토룬 대감은 휘스뉘의 목소리를 알고 있었다.

"자넨가, 휘스뉘 유수프?"

"그렇습니다, 대감."

토룬 대감은 하인들에게 이것저것 지시하고 나서 저택의 앞쪽 응접실로 걸어갔다.

므스티와 사득은 말들과 함께 마구간에 머물며 짐을 내리고 있었다. 토룬 대감의 하인들이 함께 짐을 내리다가 말들이 땀을 흘린 것을 보고 말했다.

"양탄자를 잠시 말 등 위에 그대로 놔두시오. 나중에 치우겠소."

그리고 그들은 응접실로 들어갔다.

응접실은 따뜻했다. 방 안의 온기 때문인지 쉬메이라의 손가락 끝이 아파 왔다. 토룬 대감의 부인들 중 가장 어린 사람이 밖으로 달려 나가 눈을 가져왔다. 눈으로 쉬메이라의 손을 비빈 후에 얼음장 같은 물속에 집어넣게 했다. 제밀은 코끝만 조금 아픈 정도였다. 토룬 대감은 제밀이 피곤해하는 것을 알아차리고 즉시 잠자리를 준비하라고 지시했다. 응접실에는 육중한 청동화로 말고는 아무것도 없었다. 그러나 위쪽 청동화로에서는 아직도 온기가 퍼져 나왔다. 온기 덕분에 제밀은 서서히 정신을 차릴 수 있었다. 토룬 대감과 부인들이 응접실에서 나오자 휘스뉘와 므스티, 사득이 말들의 양탄자를 걷어 왔다. 그들은 말들에게 물을 조금 준 후에 잠자리가 마련된 방으로 들어가 잠을 청했다.

점심때가 다 되어서야 므스티가 먼저 깨어났다. 그는 깨어나자마자 말들에게 갔다. 다른 사람들이 곁에 다가와도 한참을 짐만 꾸렸다. 일행이 기다리는 것을 눈치채고 그제야 다른 사람들 곁으로 갔다. 그들은 여정에 관해 이야기를 나누고 나서 식사하러 들어갔다. 그들은 점심을 먹는 동안에는 아무 말도 하지 않았다. 창문을 통해 들어오는 햇살을 바라보면서 제밀이 토룬 대감에게 물었다.

"카르스까지 가려면 얼마나 걸릴 것 같소?"

"길만 뚫린다면 세 시간이면 가지요. 그러나 지금으로서는 하염없이 걸릴 것 같습니다."

제밀은 먼저 일행을 한 번 훑어보더니 집주인에게 돌아섰다.

"토룬 대감, 이런 말이 있소. 여행자는 길을 떠나기 위해 있는 것이라고요. 날이 좋으니 길을 떠나는 게 좋겠군요."

"제밀 도련님, 너무 지치셨습니다. 이대로 가시게 내버려 둘 수는 없어요. 오늘 저녁, 저희 집에서 묵어 가십시오. 도련님 아버님과 추억이 있습니다. 부인들끼리도 할 이야기가 많을 것입니다."

토룬 대감의 나이 든 부인이 말했다.

"마음대로 올 수는 있어도 마음대로 가실 수는 없습니다. 해가 떠 있다고 속지 마세요. 조금 후에 다시 눈보라가 시작될 거예요. 다행히 오늘 저녁에 눈만 내리지 않는다면 내일은 편히 떠날 수 있으실 거예요. 쉐흐나즈 부인과 우리는 자매처럼 자랐습니다. 언니의 아들인데 이렇게 보낼 거라고 생각하시진 않겠죠."

제밀은 더 말해도 소용이 없다는 것을 깨닫고 고집을 피우지 않았다. 일행과 함께 그날 밤 토룬 대감 저택에서 짐을 풀었다. 다음 날 아침, 카르스를 향하여 길을 떠나려 하자 토룬 대감이 말했다.

"카르스에 가시면 메쉐디 치테 여인숙에서 묵으십시오. 다른 집들은 깨끗하지 않습니다. 메쉐디에게 제 안부를 전해 주십시오. 츤차밭 후손의 안부도 전하시고요."

므스티는 대화를 듣지 않는 것처럼 서 있더니 갑자기 툭 말을 내뱉었다.

"도련님도 이미 그곳에 머무실 거라고 마음먹으셨습니다."

모든 것이 성공적으로 마무리되어 가고 있었다. 토룬 대감은 말에 올라탄 제밀에게 손을 내밀었다.

"제밀 도련님, 짧은 시간이라 정성을 다해 대접하지 못해 죄송합니다."

제밀이 토룬 대감의 손을 잡았다.

"오히려 저희가 신세를 많이 졌지요. 안녕히 계십시오, 토룬 대감."

그는 말에 박차를 가했다. 휘스뉘와 사득이 다시 앞에 서고, 나머지는 뒤에 섰다. 마을을 나서자 자신들보다 먼저 간 말의 흔적이 보였다. 말들은 늘 그랬듯이 썰매길에서 앞으로 나아갈 때 무리 중 한 마리가 명령이라도 받은 것처럼 가볍게 달렸다.

해가 질 때쯤 날씨가 다시 추워졌다. 카르스에 도착하여 곧장 메쉐디 치테 여인숙으로 갔다. 여인숙 주인이 쩔쩔매면서 방을 준비시키는 것을 본 제밀은 생각했다. '내가 성주가 되기를 원하든 원하지 않든, 아버지로부터 도망치든 말든, 어쩌면 나는 평생 이 왕족이라는 것을 벗어나지 못하겠구나. 아버지도 마찬가지고.' 그는 높다란 창문으로 마을을 내다보면서 문득 브스티에 대해 생각했다.

16

뚱뚱하고 인내심이 많아 보이는 그 여자들은 우리를 단장시킨 후 마차에 태웠다. 여섯 필의 말이 끄는 화려한 장식의 마차였다. 마차 안에 있던 아이들이 어리둥절한 표정으로 우리가 타는 것을 지켜보았다. 나는 모르는 사람들과 말하고 싶지 않았다. 말은 이리저리 움직였고, 앞쪽 말고는 사방이 막힌 마차의 움직임 때문에 한동안 나도 다른 아이들처럼 잠에 빠졌다. 잠에서 깨어났을 때에도 마차는 여전히 달리고 있었다.

마차의 앞쪽으로 뚫린 곳도 커튼으로 가려져 있었기 때문에 단지 말발굽 소리만 들을 수 있었다. 그런데 문득 '말들은 지치지도 않나 보지?' 하는 의문이 들었다.

마부들이 이상한 고함을 지르더니 말들을 정지시켰다. 휴식을 취하려고 멈춘 건물 앞에는 차가운 폭포가 흐르고 있었고, 폭포의 물은 적었지만 작은 강과 합류하고 있었다. 작은 강이었지만 생각해 보니 물 흐르는 소리가 우리 마을 가까이에 있는 강 두 개가 만날 때 나던 소리와 같았다. 산을 바라보았다. 마부들이 여인숙이라고 말하는 건물은 고원에 둘러싸여 있었다. 조금 멀리 떨어진 곳에 옹기종기 모여 있는 산도 전혀 모르는 산이었다. 물소리 말고는 익숙한 것이 하나도 없었다.

우리가 타자마자 마차가 다시 움직였다. 마부는 다시 앞쪽의 커튼을 닫아 버렸다. 우리는 어둠 속에 던져졌다. 대체 우리를 어디로 데려가는 걸까 하는 의문이 똬리를 틀었다. 그러다가 다시 잠이 들었나 보다. 잠들다 깨다 하는 긴 시간 동안 여정은 계속되었다. 어느 휴식 장소에서인가 마부들과 우리를 감시하는 기마병들이 교체되었다. 새로 온 사람들은 우리를 세어 보더니 다시 마차에 태운 후에 우리의 허리를 노란 끈으로 묶었다.

새 마차는 이전 것보다 컸다. 옆쪽에도 커튼이 달린 창문들이 나 있었다. 그래서 우리가 원할 때에는 창문을 열고 밖을 내다보기도 했다. 잠이 오지 않으면 우리끼리 할 수 있는 놀이를 했다. 목소리가 커지기라도 하면 마부는 앞쪽의 커튼을 열어 안에서 무엇을 하는지 확인하고는 했다.

밤낮을 쉬지 않고 달렸기 때문에 시간이 지나자 여행도 놀이도 싫증이 났다. 우리는 무기력하게 늘어져 멀뚱멀뚱 쳐다보기만 했다. 나는 밤에 잠에서 깰 때면 창문을 통해 하늘과 별을 바라보고는 했다. 별을 바라보면 언제나 어머니 생각이 났다. 왜냐하면 집에서는 잠에서 깰 때마다 언제나 새하얗고 검은 눈동자의 어머니가 나를 바라보고 있었기 때문이다. 어머니는 내가 목이 마르다는 것을 알고는 즉시 내 옆에 있는 물병을 건네주었다. 아마 내가 눈을 뜨는 것이나 허기를 느끼는 것도 어머니가 곁에서 지켜보았기 때문일 것이다. 그러면 아버지는 어둠 속에서 어머니에게 물을 달라고 하면서 "자식에게는 물을 주면서 왜 내게는 물을 주지 않는 거요? 가까이 서 있으면 내게도 물을 줘야지."라고 말하고는 했었다. 어머니가 물을 주면 벌컥벌컥 마신 후에 입을 쩝쩝거리며 요란하게 잠에 빠지고는 했다. 잠에 취했지만 어머니에게 명령하던 아버지의 거북한 목소리는 내 귓가에 오랫동안 남아 있었다. 어머니는 내가 물을 마시면 이마에 키스를 하고 이불을 다독거리고 다시 그 거북한 목소리 곁으로 돌아갔다. 가기 전에는 항상 "불의 신들이 너를 보호해 주실 게다."라고 말했다.

어머니가 가면 나는 생각하곤 했다. '아버지 곁에서 주무시지 말고 내 곁에 계시면 좋겠다.' 그렇지만 대부분은 이 생각이 끝나기도 전에 잠에 빠졌다. 아침 무렵에는 분노도, 밤의 그 어떠한 것도 기억하지 못했다. 어쩌면 기억하고 싶지 않았는지도 모른다.

17

제밀이 아침에 깨어났을 때는 이미 해가 중천에 떠 있었다. 그러나 거대한 여인숙 방의 작고 높은 창문으로 들어오는 햇볕은 방을 전혀 덥혀 주지 못했다. 제밀은 침대에서 일어나기 전에 바람벽을 돌아다니는 햇빛을 한참 동안 바라보았다. 그리고 옆 침대에 누워 있는 술타나와 쉬메이라를 바라보았다. 술타나는 머리카락이 헝클어진 채 자고 있었다. 쉬메이라는 잠에서 깨어 제밀을 쳐다보고 있었다. 두 사람의 눈이 마주쳤다. 쉬메이라를 비추어 주는 흐릿한 햇빛 때문에 그녀의 푸른 눈동자가 어두운 녹색으로 보였다. 제밀은 그녀의 변해 버린 눈동자 색깔을 보자 어머니가 떠올랐다. 침대에 누워 있는 아름다운 쉬메이라의 얼굴이 사라지더니 어머니의 당당한 모습이 눈앞에 아른거렸다. 어머니는 매서운 눈빛으로 그를 바라보며 "절대 안 돼!"라고 하시고는 했다. 말을 듣지 않으면 조금 더 가까이 다가와서 말을 계속했다. 그녀는 젊은 나이에 시집와서 수십 년을 함께했다. "이제 너는 다른 꽃을 탐내는구나. 아름다움만 좇는다면 그게 끝날 것 같으냐? 오늘 아름다울지 몰라도 내일 아름다움을 잃게 되면 어떻게 할 작정이냐? 그때는 또 다른 예쁜 여자에게 도망갈 테냐? 너는 오랫동안 학문을 했다. 그러나 제대로 배운 게 없는 모양이로구나. 사람이 얼마나 이기적인지……. 사람이 어디 만족하는 법이 있다더냐? 너는 네 이기심만 채우고 다른 사람의 슬픔은 조금도 생각지 않는 게냐? 내가 너를 얼마나 사랑하는지, 너에 대한 사랑은 절대 안 변할 것을 너는 잘 알 것이다. 그렇다고 해도 네가 한 일은 옳지 않다는 것을 알아야 한다. 이번 일은 너에게도 그 여자에게도 화를 부를 것이야. 그 일 때문에 나도 아주 속이 상하겠지. 아마도 그 애가 타서 죽게 되겠지. 마음이 원하는 것을 모두 할 수는 없단다. 마음이 원하는 대로 한다면 매일 다른 사람을 사랑하게 될 것이다. 지한 삼촌을 너도 알지? 마흔 살도 되기 전에 돌아가셨지. 그 삼촌은 세 번 다 열렬히 사랑해서 결혼했지. 부인들마다 두어 명씩 아이를 낳았어. 그런데도 어느 날 아라스 산에서 어느 소녀한테 반해서는 사랑 때문에 결혼했던 부인들을 잊어버리고 밤낮으로 소녀를 만나러 돌아다녔지. 소녀도 삼촌에게 끌렸는지 밤마다 몰래몰래 만나곤 했단다. 어느 날 자정, 비가 내리기 시작하는 것도 모르고 세 번째 부인의 침대에서 빠져나와 늘 하던 대로 그놈의 진실된 사랑에게 가려고 아라스 산을 향해 말을 몰았어. 그러나 결국은 아라스 산도, 진실된 사랑도 만나지 못했다. 그 삼촌을 위해서 내가 지어 불러 주는 노래가 있다. 오래되었지만 한 번도 이 노래를 잊은 적이 없구나.

아라스 물이 흙탕물이 된다
옹기종기 산들이 멈춰 선다
내 동생을 데려가 버렸구나

그는 아직도 사랑을 찾고 있네

그 삼촌 때문에 얼마나 마음이 아팠는지 모른다. 너한테까지 이런 진혼곡을 부르고 싶지 않다. 말에 올라타면 너는 세상이 너의 것이라고 생각할 테지만 세상은 한 사람의 것이 될 만큼 작지도 않을뿐더러 한 사람이 소유할 수도 없는 것이란다. 세상은 우리가 생각하는 것보다 크다. 더구나 한 뼘밖에 안 되는 땅이라도 주인이 있다는 것을 잊으면 안 된다."

어머니가 말을 마치자 그는 어머니와 눈이 마주치는 것을 피했다. 그리고 쉬메이라를 매우 사랑하고 있다고 말하고 싶었다. "알고 있어요, 세상이 제 것이 될 만큼 작지 않다는 것을. 세상은 제 것이 아니라는 것도요. 어머니, 하지만 이렇게 사랑하지 않고는 못 배길 만큼 아름다운 사람은 파리에서도, 이스탄불에서도, 바그다드에서도 본 적이 없어요. 파리에서 만난 사람들은 팔과 다리를 가지고 노는 장난감 인형 같았어요. 밤을 새워 가며 춤과 예의를 배우지요. 밤을 함께 보내도 아침에는 헤어져 버리는 인형들 같아요. 이스탄불에서 여자를 만나는 것은 또 어떤가요. 한번 쳐다보는 것도 힘들어요. 왜냐하면 그곳의 여자들은 모두 나를 무슨 파디샤라도 대하듯 한다고요. 한 여자에게 눈길이라도 줄라치면 내 뒤에 파디샤가 서 있기라도 한 것처럼 느껴지고는 했어요. 학교에서 빠져나올 수 있는 날이면 몰래 선술집에 놀러 가고는 했죠. 우리가 도시 젊은이들과 똑같나요. 그리스 인 마을에서 사랑을 찾게요. 바그다드도 동서양이 만나는 다른 세상이에요. 신식 젊은이들이 판치는 시대라서 도시에서 활보하고 돌아다니는 것은 매우 위험해요. 그곳에 있을 때는 학교에 더 오래 남아서 공부에 매진했어요. 생각해 보니 어느 곳에서도 제가 원하는 삶을 살지 못했어요. 제 인생은 항상 셋으로 나뉘었어요. 그 세 부분으로 조각난 인생에서 제게 남은 것은 단지 책과 지식뿐이에요. 이곳으로 돌아오니 어느 날 갑자기

저녁 무렵 한 시간 남짓 만난 술타나와 저를 결혼시키셨죠. 그녀를 존중해요. 저를 기다려 준 그녀에게 빚을 졌다고 느끼지요. 그래서 저는 그녀를 원하기는 하지만 이런 점들이 그녀에게 다가설 수 없게 만들어요. 제가 결정한 것은 하나도 없어요. 모든 것의 이름은 어머니께서 지으시지요. 어머니가 결정을 내리시고요. 저도 그렇고 아내에 대한 것도 그렇고요. 이런 게 죄는 아니잖아요."

태양을 가리고 지나가는 구름 한 조각이 방 안에 퍼지던 햇빛도 시들게 하자 어머니의 모습이 쉬메이라의 파란 눈동자의 시선과 뒤섞였다. 어머니의 모습을 잃어버리게 되자 그녀가 말했던 것의 일부분을 기억해 낼 수 없었다. 그가 그렇게 생각에 빠져 있는 동안 쉬메이라는 계속 그를 지켜보고 있었다. 그의 아주 평평한 코 밑으로 가는 수염이 나 있었다. 턱수염에는 몇몇 가닥의 흰 수염도 있었다. 가는 입술은 시든 꽃잎 같았다. 깊은 생각에 잠겨 있던 제밀의 시선이 생기를 띠자 쉬메이라는 그의 곁으로 다가갔다. 긴 팔을 뻗어 포근하게 그에게 안겼다. 제밀은 처음에 그녀가 안기는데도 아무것도 느끼지 못하고 말라 버린 나무토막처럼 꼼짝도 하지 않았다. 순간 당혹스러웠지만 쉬메이라는 제밀을 힘껏 끌어당기며 말했다.

"즈 뗌(Je t'aime)."

'사랑해요.'라는 프랑스 말을 들은 제밀은 오랫동안 너무도 그리워하던 누군가와 만난 것처럼 놀랐다. 당황함이 가시자 그는 쉬메이라에게 꼭 안겼다. 그런데 따뜻한 온기는 깊어지지 않았다. 어찌 된 일인지 짧게 사그라졌다. 더는 아무것도 할 수 없다는 것을 느끼자 제밀은 손을 잡고 창가로 가서 밖을 내다보았다. 그는 유리창 너머 햇빛에 반짝반짝 빛나고 있는 하얀 눈을 바라보며 말했다.

"우리 둘만의 숙소나 집이 생길 때까지 참아요. 이틀이나 더 가야 합니다. 산을 두 개나 넘어가야 합니다. 이렇게 추운 겨울날 산을 두 번이나 넘는다는 것은 쉬운 일이 아닐 것이오. 아마 이런 결정을 내리실 때 아버지는 모든 것을 생각했던 것 같소. 그렇지 않고서야 어찌 '세 개의 산을 넘고 3일 동안 길을 가야 한다.'라고 하셨겠소? 모든 것을 알고 계셨소. 눈보라가 일어날 것도, 우리가 고원을 넘을 수 없다는 것도 예상하셨던 것 같소. 므스티를 우리 곁에 남게 한 것도 그 때문이었소. 우리들이 얼어 죽게 되면 그가 다시 돌아가서 '성주님, 삼가 고인의 명복을 빕니다.'라고 전하겠지. 그러면 다른 가신들에게 괴롭힘을 당하지는 않을 것이오."

쉬메이라가 얼른 자신의 입술을 제밀의 입술에 갖다 대었다.

"그만! 그렇게 생각하지 말아요. 당신 아버지는 그런 상황을 원한 게 아닐 거예요. 므스티를 보낸 이유는 목적지에 안전하고 편안하게 당도할 수 있게 도와주라는 의미라고요."

"가야 할 길이 더 남았소. 단지 하루 여정이 지났을 뿐이오. 이후에 어떤 재앙이 기다리고 있는지 우리는 알지 못하오. 더욱 최악은 도착할 곳이 어디인지도 모른다는 것이오."

조금 전에 깨어나 그들의 이야기를 듣고 있던 술타나가 고개를 들어 대화에 끼어들었다.

"우리에게 무슨 일이 닥칠 수도 있어요. 하지만 너무 걱정하지 마세요. 산도 넘을 것이고, 우리가 머물 곳도 찾을 수 있을 거예요. 우리 곁에는 길도 잘 알고 이곳 생활에도 익숙한 사람이 세 명이나 더 있어요. 당신은 그 세 사람에 대해서 잘 모르실 거예요. 그들은 사막에서도 살아남을 사람들이에요. 당신의 털끝 하나 건드리지 못하게 할 거고, 집 없이 떠돌게 놔두지도 않을 거예요."

"맞는 말이오, 술타나. 그러나 아무리 철강 같은 사람이라도 정도가 있지, 사람이 어찌 모든 것을 감당한단 말이오."

"제 말은 낙담하지 말라는 뜻이죠. 우리도 나머지 인생을 함께 살 수 있을 거예요. 아버님은 '산을 세 개 넘고 3일 동안 길을 가야 한다.'고 하셨지, 해낼 거라고는 하지 않으셨어요. 그것도 알고 있어요. 이런 겨울날 산을 세 개나 넘어도 머물 곳을 쉽게 찾지는 못하겠지요. 겨울을 이곳에서 머물고, 봄이 되면 함께 길을 계속 가요."

제밀의 흰자위가 커지며 반짝이던 눈이 더욱 반짝거렸다. 그는 쉬메이라의 손을 잡고 침대로 갔다. 술타나의 침대 곁으로 가서 무릎을 꿇고 앉았다. 술타나도 곁에 앉았다.

"만약 아버지가 이곳에 머문다는 소문을 듣는다면?"

"우리가 지구를 떠난다 해도 그분은 단 하루 만에 우리가 어디 있는지 찾아낼 분이에요. 여기서 머물며 산에 텐트를 치고 살면 당장 소식을 듣게 되겠지요. 그러나 그분은 당신의 영토 안에서만 간섭할 수 있어요. 이곳은 다른 성주의 땅이에요. 모든 곳이 눈으로 뒤덮여 있어요. 3일 후에 우리가 도착할 곳도 그와 같을 것이에요. 이런 상황에서 살 곳을 마련해서 집을 짓는다는 것은 쉬운 일이 아니에요. 또한 우리가 도착할 곳이 어떤 성주에게 속한 땅인지 우리가 어떻게 알겠어요? 제 생각에는 봄까지 카르스에서 머물다가 날이 풀리면 길을 떠나는 게 좋겠어요."

제밀은 금단의 열매를 하와에게 건넸던 아담처럼 죄인이 된 심정으로 대답했다.

"술타나, 당신 말이 맞아요. 논리적이기도 하고요. 그렇지만 우리는 '관습을 거부할 수 없다.'라는 것 때문에 추방되지 않았소?"

"제밀, 말씀드렸잖아요. 모든 왕가의 법도나 관습도 그 영토 안에서만 통할 수 있는 거예요. 더구나 현실성이 없는 데다 스스로 정하지 않은 악습을 반대하고 시정해 나갈 사람은 바로 당신이에요. 파리에서 유학하고, 파디샤가 살았던 수도에서 공부하고, 세상의 중심인 바그다드에서도 공부했던 당신 같은 왕작이 개혁하지 않는다면 누가 하겠어요?"

제밀의 눈동자가 더욱 동그래졌다. 이제껏 느껴 보지 못한 감정에 사로잡혀 술타나의 눈을 바라보았다. 머릿속에서는 줄곧 '내가 당신을 제대로 알지 못했소.'라는 말이 맴돌았다. 그는 놀란 목소리로 물었다.

"쉬메이라, 당신은 어떻게 생각하오?"

"술타나가 옳아요. 오늘 당장 산을 넘는 것은 의미가 없어요. 살기 위해 사랑했지, 죽기 위해 한 것은 아니었잖아요."

제밀은 또다시 놀랐다. 그의 입가에 희미한 미소가 피어올랐다. 한동안 주춤거리던 제밀이 미소를 지은 채 말했다.

"당신들과 함께 그 도시들을 구경했더라면 좋았을 걸 그랬구려."

제밀은 말을 잇지 못했다. 술타나가 그의 차디찬 손을 힘주어 잡으며 말했다.

"당신, 떨고 있군요."

그녀는 천천히 담요를 끌어당겼다.

"침대에 들어가 몸을 좀 덥히세요."

그녀는 제밀을 담요 속으로 잡아끌었다.

그는 술타나의 옆에 누웠다. 그리고 손을 잡고 있던 쉬메이라에게 말했다.

"당신도 추울 거요."

제밀은 한동안 꼼짝도 않더니 쉬메이라를 천천히 담요 속으로 이끌었다.

18

길은 가도 가도 도무지 끝이 없었다. 누가 알겠는가. 마차와 마부들이 몇 번이나 바뀌었는지. 도시를 몇 개나 지났고, 휴식을 몇 번이나 취했는지. 휴게소에서 얼음같이 찬 물을 마신 후에 마차에 자리를 잡는데, 갈기가 형형색색 화려한 말 무리가 시선을 끌었다. 다른 아이들이 탄 마차에도 말의 수가 늘어났다. 다른 마차에 매인 말들을 본 우리 마차의 말들이 힝힝 울더니 뒷다리를 짚고 일어섰다. 하지만 잠시 후 말을 몰기 시작하자 곧 침착해졌다.

　마차 옆 말 등에 앉아 항상 정면만 바라보고 있는 기마병들은 절대로 외부인과 우리를 접촉하지 못하게 했다. 마지막으로 탔던 마차의 창문들은 꽤 컸으며 앞쪽의 커튼을 때때로 열어 놓고는 했다. 나는 마차에 타자마자 앞만 쳐다보았다. 그리고 커튼이 항상 열려 있기를 기도했다. 어머니는 태양신에게 기도했는지 아니면 다른 신에게 기도했는지 알 수 없다. 그러나 기도했다는 것만은 기억이 났다. 잠시 후 마차가 가로수가 우거진 오르막길을 오르기 시작했다. 오르막을 오르면 오를수록 나무들은 더욱더 빽빽했다. 시야가 가려져 어두웠다. 마을 가까이에도 숲이 하나 있었다. 창문을 통해 볼 수 있는 나무들 몸통은 무척 크고 우람했다. 내가 본 숲에는 이런 나무들이 없었다. 그 나무들은 모두 거대했고 잎들도 알록알록했다.

　오르막 위쪽 길로 접어든 마차가 천천히 나아갔기 때문에 아이들은 모두 잠에 빠졌다. 반대로 나는 잠이 달아나고 말았다. 마차에 탈 때 한 사람 한 사람씩 손에 쥐여 주었던 사과가 생각나서 꺼내 먹었다. 마치 사과를 깨문 사람이 내가 아니라 어머니인 것처럼 느껴졌다. 어머니는 사과를 차가운 밀가루 속에 넣어 두었다가 겨울에 꺼내 먹고는 했다. 가끔 나에게 "사과는 몸을 신선하게 해 줄 뿐 아니라, 독을 제거해 주기도 한단다."라고 말했다. 내가 딴짓이라도 할라치면 "내 말이 싫증 나는가 보구나. 외할머니와 할머니에게 배운 것을 전해 주려는 것뿐이다."라고 말했다. 아무리 설득해도 내가 어머니의 말을 듣고 있지 않다고 생각하였는지 "자식이 일곱이었는데 네 명만 남았다. 네가 막내라서 오냐오냐 키우기는 했다. 조금만 더 커도 버릇을 고치지 못할 테니 이제는 네 형처럼 모든 일에 내가 관여해야겠어. 항상 지금 같지는 않을 게다. 상황이 되면 너도 일을 하게 만들 거야. 절대 인정사정 봐주지 않을 테다."라고 협박하였다. 이런 말에도 아무런 반응이 없자 내 얼굴을 물끄러미 바라보며 "네가 아직 어려서 내가 무슨 말을 하는지 이해를 못하는구나. 그래서 딴청을 부리는 거라고 생각하마."라고 말했다.

누군가 말할 때 나는 듣는 것에 싫증이 나면 목을 끌어안았다. 그러면 어머니는 "자, 가서 놀아. 그래도 사과는 잊지 말고 꼭 먹어라."라고 강조하였다.

형제들과 놀다가도 나는 시선을 돌려 어머니를 바라보고는 했다. 손에 든 사과를 하얗고 고른 이로 적당히 물고, 깨문 조각을 입안에서 천천히 씹었다. 혀를 내밀어 입술을 촉촉하게 한 후에 한 입 삼켰다. 사과를 깨물 때 나는 소리는 항상 똑같았다.

아직까지 겨울은 아니었다. 나는 사과를 먹고 있다. 사과를 먹고 있는 사람은 나였고, 깨물고 있는 사람은 어머니였다. 사과를 깨물 때 나는 소리가 어머니가 냈던 바로 그 소리였다. 내가 어머니와 닮은 것인가, 아니면 어머니가 내 마음속에 있는 것인가 생각해 보았다. 어머니는 왜 항상 내 곁에 있는 것인가? 며칠이나 길을 가고 있기는 하지만 어머니에게서 좀처럼 벗어날 수 없었다. 혹시 그 푸른 이삭 물결이 일렁이는 밭모퉁이에 무릎을 꿇고 앉아 있지 않고, 아직도 마차 뒤를 쫓아오는 것은 아닐까?

고개를 돌려 마차 뒤를 바라보았다. 막혀 있어서 아무것도 볼 수 없었다. 다시 사과를 깨물어 먹었다. 어머니는 이 시기에는 우리에게 절대로 사과를 주지 않았던 것이 기억났다. 어머니는 항상 "사과는 가을에 열리지."라고 말했다. 나는 지금 사과를 먹고 있다. 어머니의 사과는 겨울에, 파디샤의 사과는 어느 계절에나 열리는 것이다. 사과를 우리에게 준 남자는 말했었다. "파디샤가 내리시는 맛있는 사과는 파디샤의 예쁜 아이들을 위한 것이다."

19

카르스 강 근처에 있는 지한기르오울루 마흐뭇 성주의 저택은 약간 경사진 땅에 세워져 있었다. 저택은 전쟁 때문에 허물어진 봉우리보다 더 높게 보였다. 다른 집들과 돌벽으로 분리된 저택 뜰 안에는 눈옷을 입은 버드나무, 포플러, 소나무와 다양한 과실수가 있었다. 거대한 석조 건물은 추위와 시간에게 선전 포고라도 하듯이 당당하게 서 있었다. 최전방에 놓인 검은 돌들은 장인의 손길을 거치기라도 한 듯 다양한 모양으로 장식되어 있었다. 저택의 흙벽에는 눈이 없었다. 매번 눈이 내릴 때마다 흙벽을 청소하는 모양이었다. 건물은 반 정도 땅에 묻혀 있는 다른 건물들과 달랐다. 그 위풍당당함으로 주위의 건물들을 꼭대기에서 내려다보고 있는 것 같았다. 제밀이 파리에서 본 날렵한 대리석 건물들과는 조금도 닮지 않았다. 살을 에는 듯한 추위에 저항하고, 주위의 다른 석조 건물과도 조화를 이루고 있었다. 입구의 돌길과 돌계단도 장인들이 특별히 만든 것 같았다.

마흐뭇 성주는 돌계단이 끝나는 곳, 조각된 나무 문 앞에서 그들을 맞이했다. 성주는 제밀의 손을 잡고 비음이 섞인 굵은 목소리로 말했다.

"잘 왔소, 야르오스만의 아들."

마흐뭇의 굵은 목소리는 하얀 콧수염이 있는 성주보다는 오페라 가수의 목소리를 연상시켰다. 제밀은 그 목소리를 이전에 어디서 들어 본 것 같다고 생각했다. 그러다가 마흐뭇 성주에게 무슨 말을 해야 할지 잊어버리고 말았다. 한참이 지난 후에야 정신을 차리며 말했다.

"감사합니다."

그들이 함께 안으로 들어갈 때 그들을 썰매에 태워 저택까지 데리고 온 여인숙 주인 메쉐디 치테가 말했다.

"나리, 여인숙은 제가 없으면 안 됩니다. 전 가 보겠습니다."

그는 곧 정원 문을 향해 성큼성큼 걸어갔다.

마흐뭇 성주는 거북한 움직임으로 뒤로 돌아섰다.

"이보게, 메쉐디. 자네를 이렇게 보낼 수는 없지. 마흐뭇 성주가 이 추위에 자네에게 커피 한 잔 대접하지 않고 보낼 것이라 생각하는 겐가."

지한기르오울루의 목소리에 깔려 있는 노여움을 알아차렸는지 여인숙 주인은 다시 돌아왔다. 그는 커피를 가져올 때까지 말없이 있다가 커피를 마신 후에는 다시 동의를 구하고 길을 나섰다.

마흐뭇 성주는 커피를 다 마실 때까지 이런저런 이야기를 늘어놓았다. 여인숙 주인이 돌아가자 제밀에게 아버지에 대해 물었다. 제밀은 거북해하며 아버지에 대해 설명하고 나서 입을 다물었다.

마흐뭇 성주는 호박 염주를 의자 옆에 내려놓았다. 그는 붉은 뺨을 부풀리고 몇 번 헐떡거리더니 말했다.

"아! 오스만의 아들이여, 이렇게 되지 않았더라면 좋았을 텐데. 마음을 다잡고 왕가의 법도와 관습을 따라야 했는데 말일세. 일이 벌써 벌어지고 말았군. 자네가 오기 전에 이미 소식을 받았다네. 지금 이곳이 자네에겐 낯설어도 우리는 자네를 도와줄 의무가 있다네. 왜냐하면 자네 아버지는 이곳에서 가장 존경받는 왕손 중 한 분이기 때문이지. 내가 자네를 도와줘도 자네 아버지가 내게 등을 돌리지 않아야 하는데 말이야. 자, 생각해 보자고. 자네를 어떻게 도와줄 수 있을까?"

"성주님, 저를 받아 주신 것만으로도 영광입니다. 저는 이곳을 알지 못합니다만 이방인이라고도 생각하지 않습니다. 멀리 있고 유배 중이기는 합니다. 그러나……."

"제밀, 이곳 또한 자네 유배지일세. 유배지가 가깝고 멀고가 뭐 그리 중요한가. 사실 인간은 어머니에게서 떨어지면 유배 생활이 시작되는 거지. 자네는 일곱 나라를 돌아다녔지. 파리에도 갔었고, 도시 사람들이 어떻게 살고 있는지도 알겠지. 그에 비하면 우리 성안 도시는 다른 도시들처럼 크지 않네. 그래도 알다시피 다른 도시들의 발명품이 이곳에도 있어. 그 이전에는 성주 입에서 말이 떨어지자마자 곧장 효력을 발휘했지. 지금은 아니네. 호족들도 규모가 크건 작건 모두 인구수가 줄어들었네. 다행히 아직 우리의 위상이 땅에 떨어지지는 않았어. 그렇지만 젊은 성주들은 이제 일이 없어. 요즘에는 관습을 지키지 않는 성주들 때문에 상황이 더욱더 달라졌고 어려워졌네. 그 때문이었겠지. 자네 아버지는 관습을 지켜 내길 원했던 게야. 관습을 지키지 않고 국력을 지킬 수 있겠나. 자네 아버지는 힘을 잃지 않길 바라셨던 거야. 자네에게 강경한 태도를 보이신 것도 그래서겠지. 그 사람이라고 왜 모르겠나. 사랑이 관습보다 더 고귀하다는 것을. 어쨌든 지금 이곳에서 자네는 나의 손님이야. 자네를 위해 내가 할 수 있는 일은 다 하겠네. 이미 우리도 긴 겨울 저녁에 자네처럼 학문에 심취하기 시작했다고. 대화를 나눌 사람이 필요해. 명심하게. 자네는 혼자가 아니야. 자네 곁에는 부인들도 있고 수하들도 있네. 그들의 생사를 자네가 쥐고 있어. 내가 말하고자 하는 것은 지금부터는 항상 신중하게 생각하고 발걸음을 내디뎌야 한다는 것이네. 자네는 이미 유명해졌어. 이름이 알려졌기 때문에 모든 눈이 자넬 응시하고 있어."

"옳으신 말씀입니다. 그토록 배운 게 많고 보고 들은 게 많아도 제가 아는 것은 별로 없군요. 어느 도시나 지역의 특성을 배우려면 그곳에서 살아야 하지요. 여기서 먹고 마시고 여기 공기로 숨 쉬며 이곳에 대해 배워 보겠습니다."

"법도에 반항하고 왕실의 규율을 어겼다 해도 자넨 우리 사람이야. 나쁜 목적으로 그리한 게 아니라는 것도 알고 있네. 어쨌든 사람은 사람일 뿐이지. 사랑도 사람이니까 할 수 있는 거고."

마흐뭇 성주는 입을 다물고 앞을 바라보았다. 조금 전 의자 옆에 내려놓았던 샛노란 호박 염주를 집어 알맹이를 하나하나 돌리기 시작했다. 그러자 그 옆에서 양탄자 쿠션에 등을 기대고 있던 제밀은 어찌해야 하는지 몰라 쩔쩔맸다. 마치 아버지가 맞은편에 있는 것처럼 식은땀을 흘렸다. 마흐뭇 성주는 한편으로는 염주를 돌리며 다른 한편으로는 곁눈으로 제밀을 지켜보았다. 긴 시간 동안 말없이 앉아 있기는 하지만 지루해서 어쩔 줄 모르며 땀을 뻘뻘 흘리는 제밀을 힐끔거리며 바라보다가 다시 말을 이었다.

"나도 결혼을 세 번이나 했지. 하지만 모두 어른들과 부인들의 간택으로 이뤄진 거라네. 야르오스만에게 불어닥친 회오리바람 때문에 우리까지 흔들흔들하게 될지도 몰라. 그러니 이런 일이 일어나지 않았으면 좋았을 걸 그랬군. 예전에는 우리 왕족 일이야 식은 죽 먹기였다지. 셀림 때문에 모든 개혁이 시작되었어. 개혁이 두렵다네. 필시 제국의 앞날에 재앙을 가져올 게 틀림없어. 젊은 성주들에게 기회가 된 거야. 서로서로 잡아먹는 기회 말이야. 땅과 사람을 누가 많이 다스리는가에 따라 통치권이 좌우될 거야. 그래서 모두 땅을 차지하려고 혈안이 되어 있지. 이게 모두 오스만 왕조의 계략이라는 것을 다들 알고 있음에도 그 손에 놀아나고 있어. 하늘이 보우하사 아직은 자네 아버지 땅도 우리들 땅도 별 위험은 없네만, 내일 당장 전쟁이 일어날지 누가 알겠는가. 그렇게 되는 날에는 파디샤가 특사를 파견해서 잡아먹고 말겠지. 어쨌든 정치 얘기는 기나긴 겨울날 시간이 많을 때 하자고. 이제 자네 얘기나 해 보게. 나도 식견 좀 넓혀 보세나."

제밀은 용기를 얻었지만 기어 들어가는 목소리로 말했다.

"사랑을 잃고 여기까지 오게 될 줄은 꿈에도 생각지 못했습니다. 제가 아버지 말씀을 따르지 않은 건 사실입니다. 아버지에게 선처를 구할 일말의 여지도 없었습니다. 솔직히 조금 전까지만 해도 아버지가 말씀하셨던 것처럼 산을 세 개나 넘어가 머물 곳을 찾아보려고 했지요. 그러나 엄동설한에 쉬운 일이 아니었습니다. 성주님께서 그처럼 배려해 주신다니 이번 겨울을 이곳에서 보내고 봄에 길을 떠나겠습니다."

"이 문제에 관해서 절대 아버지를 탓하지 말게. 왕실의 법도를 거역하고 살 수는 없는 법이야. 이 겨울날 자네를 길에 내보낼 수는 없지. 자네는 산을 모르지 않는가.

지금 그곳에는 오로지 굶주린 늑대들의 울음소리만 가득할 걸세. 그러니 이럴 때 산이 친구가 되어 주기를 기대하지는 말게. 비좁기는 해도 봄까지 여기서 머물고, 나중에 우리 땅에 집을 짓도록 하게. 내 한 가지 궁금한 게 있는데, 주책이라 생각하진 말게. 그 아르메니아 호족의 따님과는 혼례를 치렀는가?"

"아직 못했습니다."

"그렇다면 저택에 짐을 풀자마자 결혼식을 올리세. 집은 작아도 방이 여덟 개나 있으니 자네들에게 충분할 거야. 마구간도 있지. 아, 아랫사람들이 가지고 있는 건초와 보리를 우리 일꾼들에게 옮기라고 하겠네. 곧 여인숙으로 썰매를 보내서 부인들도 데려오세. 그곳에 더 오래 두자니 내 마음이 편치 않구먼. 자네 아랫사람들이 거처할 곳도 준비하겠네. 자네가 원할 때 와서 짐을 풀게."

제밀은 달리 뾰족한 수가 없었다. 여전히 자신은 무기력한 사람이라는 생각이 들었다. 아버지의 그늘에 있는 것처럼 느껴졌다. 가슴이 답답해 왔다. 그 답답함을 떨치기 위해 그곳에서 멀어지고 싶은 마음에 말을 꺼냈다.

"성주님, 허락해 주신다면 제가 아내들을 데리러 가겠습니다."

마흐뭇 성주는 손뼉을 치더니 안으로 들어온 남자에게 말했다.

"썰매를 준비시키게. 제밀 도련님을 모시고 여인숙으로 가게."

잠시 후 마흐뭇 성주의 하인들이 썰매가 준비되었다고 말했다. 제밀은 성주와 인사를 하고 즉시 방에서 빠져나왔다. 꽤 넓은 뜰 앞에 썰매가 대기하고 있었다. 그는 썰매에 올라 담요를 무릎까지 올려 덮은 후 하늘을 바라보았다. 새파란 하늘에는 구름 한 점 없었다. 하늘이 얼마나 푸른지 땅 위의 하얀 눈도 파랗게 보였다.

20

다른 마차들보다 약간 더 큰 우리 마차에는 앞쪽에 창문이 나 있었다. 줄기가 커다란 나무들 사이로 구불구불 뻗어 있는 길을 갈기가 얼룩덜룩한 말들이 달리는 모습을 창문 밖으로 바라보다가 잠이 들었나 보다. 문득 깨어났을 때는 이미 사방이 칠흑같이 어두웠다. 다른 아이들은 아직 자고 있었다. 창문 밖을 내다보았다. 아무것도 보이지 않았다. 마차의 앞쪽 마부석에 앉아 있는 마부도, 말들도, 큰 나무들도 모두, 밤의 어둠과 마주하고 있었다. 말발굽 소리와 마른 나뭇잎 소리 말고는 아무 소리도 들리지 않았다. 조금 더 시간이 지나자 까마귀들의 울음소리가 밤의 어둠을 타고 들려왔다. 마차가 숙소에 가까워졌나 보다. 기분 나쁜 까마귀 소리에 대해서는 아는 바가 있었다. 내가 살던 시골 숲에는 까마귀들이 아주 많았기 때문이다. 나는 오스마나가 마을의 장터로 가던 날 공작새 수컷의 울음소리를 들었다. 그 울음소리를 듣기 전까지는 까마귀 소리가 가장 듣기 싫다고 생각했다. 그런데 수컷 공작새의 그 아름다운 형형색색 깃털에 어울리지 않는 괴상한 울음소리를 듣고 나서는 생각이 바뀌었다.

   거대한 나무숲을 지나 며칠 동안을 달려 본부에 도착하자 활 모양의 콧수염이 있는, 총을 찬 대위들이 우리를 넘겨받았다. 본부에서 장부에 등록하고 나서 며칠에 걸쳐 해로와 육로 여정을 마친 후 나는 오스마나가에게 넘겨졌다. 내가 그에게 넘겨지고 나서 몇 년이 지난 어느 날, 오스마나가는 나보다 두 살 어린 그의 아들과 나를 마차에 태웠다. 우리 둘 다 가슴에 주름 잡힌 노란 실크 셔츠를 입고 있었다. 위쪽이 트인 마차였기 때문에 말들이 속력을 낼 때마다 실크 셔츠 속으로 바람이 불어와서 시원했다. 허리에 커피색 매듭 장식 띠가 달린 바지 때문에 다리에는 땀이 나기도 하고 간지럽기도 했다. 그러나 도시를 구경하고 싶은 열망은 모든 것을 감수하게 했다. 우리는 땀이 나는 것도, 간지러운 것도 신경 쓰지 않았다. 나는 압둘라와 달리는 말과 오스마나가의 채찍질과 가까이에서 흐르는 것 같은 물을 바라보고 있었다. 우리가 인내력이 없어서인지 아니면 말들이 잘 달리지 못해서인지, 여정은 길기만 했다. 긴 마차 여행에 지쳐 갈 때쯤 오스마나가가 우리에게 돌아서며 말했다.

"봐라, 시내를 봐라, 얘들아."

우리는 어디에 있는지도 잊고 동시에 일어서서 행복감에 겨워 서로를 껴안았다. 오스마나가는 말에게 채찍을 휘두르며 소리 내어 웃었다.

"인석들, 그만 하거라! 자, 앉아라. 그렇지 않으면 떨어질 게다."

말들이 힝힝 소리를 냈다. 우리는 마차의 앞쪽에 앉아 아침부터 아무 말도 하지 않은 쉬마라나를 행복감에 부풀어 껴안았다. 그녀도 두 팔로 허리를 감쌌다. 순간적인 행동 때문이었는지 아니면 흥분했기 때문이었는지 알 수 없지만 그녀가 기침을 하기 시작했다. 숨이 끊어질 듯 기침을 하더니, 피가 섞인 침을 뱉고 하얀 손수건으로 닦아 내었다. 그러더니 지쳐서 자리에 앉았다. 쉬마라나의 기침이 그치자 도시에 꽤 가까워졌다. 뒤로 돌아섰다. 우리가 죄를 지은 것 같은 느낌이 들어 서로를 바라보자 쉬마라나가 솜처럼 부드러운 목소리로 말했다.

"너희는 못 말리는구나. 얌전히 좀 앉아 있거라! 마차에서 내리면 너희를 혼내 줄 테다."

그리고 그녀는 앞으로 돌아서서 명령적인 어조로 남편에게 말했다.

"오스마나가, 당신도 좀 천천히 몰아요. 아시다시피……."

그녀는 말을 잇지 못했다. 오스마나가가 무엇을 알고 있다는 말인가? 쉬마라나는 도대체 어떤 병이기에 기침을 계속하는 걸까? 생각은 거기서 중단되었다. 마차는 도시의 좁은 길로 들어서고 있었다. 작은 정원이 있는 집들 사이, 길고 좁은 길로 들어갔다. 오스마나가는 길 끝에 있는 여인숙 앞에서 말을 세웠다. 어디서 그런 생각이 떠올랐는지 몰라도, 다른 건물들보다 꽤 큰 여인숙은 다른 여인숙들의 아버지 같다는 생각이 들었다. 여인숙 앞에는 마차들이 많았다. 오스마나가는 말들의 땀을 식히고 등에 안장을 묶은 후에 먹이통을 머리에 달았다. 여인숙에서 일하는 아이가 말들을 마구간으로 데려갔다. 오스마나가는 여인숙 주인과 이야기를 나눈 후에 알록달록한 가방을 어깨에 걸치고 우리 앞에 나타났다. 그가 맨 앞에서, 압둘라와 내가 세 발자국 뒤에서, 쉬마라나가 우리 뒤에서 걸었다. 오스마나가는 가끔 돌아서서 우리가 제대로 따라오는지 확인하면서 걸어갔다. 좁다란 길 끝에 불현듯 바다가 나타났다. 파도는 해안가의 어지러운 바위에 천천히 와서 철썩 부딪히고는 다시 물러섰다. 오스마나가 맞은편 해안가 절벽에 우뚝 선 성을 바라보자 압둘라가 물었다.

"오스마나가, 누구도 헤엄쳐서 반대편 해안가로 넘어갈 수 없겠죠?"

그는 자기 아버지를 우리처럼 오스마나가라고 불렀다. 오스마나가가 뒤로 돌아서더니 풍성한 콧수염 아래로 하얀 이를 보이며 웃었다.

"사람은 건너갈 수 없어도 배들은 지나갈 수 있잖아요?"

그의 입가에서 웃음이 사라지자 내가 물었다.

압둘라의 작은 눈에서 불이 번쩍했다. 악마나 혹은 어른을 보는 듯한 시선으로 나를 쳐다보았다. 우리 넷은 일제히 숨을 내쉬었다. 마치 바다에서 불어오는 상쾌한 바람을 폐부 속에 가득 채워 넣으려는 듯이 말이다. 쉬마라나가 짧게 숨을 헐떡였다. 그리고 다시 기침이 시작되었다. 오스마나가는 지친 아내를 바라보더니 다시 걷기 시작했다. 우리도 그를 따라갔다. 꽤 오랫동안 좁은 길을 걸어서 사람들로 넘쳐나는 넓은 길을 만났다. 압둘라가 나에게 물었다.

"여기가 장터야?"

오스마나가가 뒤로 돌아섰다.

"이곳은 상설 시장이다. 이곳엔 각양각색의 상인들이 있단다. 우리가 찾는 장터는 좀 더 앞에 있지. 먼저 우룸 의사에게 가서 엄마를 검진해 달라고 할 거란다. 그러고 나서 장터에 가자꾸나."

오스마나가는 두어 골목을 지난 후에 흰색 벽돌로 지은 건물 앞에 섰다. 그러더니 발을 구른 후 돌아서서 우리를 보았다. 우리도 그를 따라 발을 구르자 그는 손으로 몇 번 문을 두드렸다. 나이 든 대머리 아저씨가 나오더니 우리에게 안으로 들어오라고 했다. 압둘라와 나를 보고는 응접실에서 기다리라고 하더니 오스마나가와 쉬마라나만 옆방으로 데려갔다. 그들이 문 뒤로 사라지자 우리는 누군가 안에 넣어 두고 잊어버린 가방 속의 물건처럼 의자 위에 구부정하게 앉아 서로를 멀뚱멀뚱 바라보았다.

21

지한기르오울루 마흐뭇 성주가 제공한 작은 저택은 카르스 강에서 시작한 지류들이 합류하는 지점에서 매우 가까웠다. 저택과 시내 사이에 작은 강이 흘렀다. 얼음이 두껍게 얼었는데도 카르스 강과 합류하는 곳에서는 철컥철컥 얼음장 깨지는 소리가 났다. 집에서 나오면 돌다리를 건너 시장으로 갈 수 있었다. 물론 겨울에는 돌다리로 돌아갈 필요가 없었다. 얼음이 얼마나 두껍게 어는지 그 위로 말들도 썰매도 거뜬히 지나갔다. 정원 남쪽 담장들 사이에 있는 문은 마흐뭇 성주의 정원 쪽으로 나 있었다.

성주 자리는 지한기르오울루의 선조들에게서 물려받은 것이었다. 그 지역에는 그들 이외에 다른 호족들도 있었다. 그러나 지한기르오울루가가 가장 유명했다. 그 도시에서 마흐뭇 성주의 할아버지나 삼촌들을 기억하는 이들은 거의 없었다. 그러나 젊은 나이에 운명을 달리했는데도 마흐뭇 성주의 아버지에 대해서는 일곱 살 어린아이부터 예순 살 노인들까지 모르는 사람이 없었다. 그는 출산하는 어머니들과 아이들에게 꼬박꼬박 선물을 보내 주었고, 이것을 전통으로 만들었다. 마을 사람들은 그를 '아이를 대접해 주는 성주'라고 부르고는 했었다. 진산, 울가르, 카스렛, 크스르의 목동들도 모른 척하지 않았기 때문에 목동들은 그를 '산의 예언자'라고 불렀다. 두 번째 별명은 어느 날 목동들을 만나고 돌아오던 날 바탁찰르 갈대밭에서 죽을 뻔한 여성을 구했기 때문에 붙여진 이름이었다.

지한기르오울루의 아버지는 어느 날 목동들을 만나고 돌아오다가 크스르 산 주변에 있는 바탁찰르 부근에서 비명 소리를 들었다고 한다. 그래서 일행과 함께 목소리의 진원지를 찾기 시작했다. 말을 타고 습지 주변을 돌아보았다. 갈대밭 사이를 아무리 살펴도 보이지 않았다. 목소리도 다시 들을 수 없었다. 샤흐바즈 성주는 귓가의 울림을 떠올려 보았다. 시내 쪽으로 새로 난 길로 가려던 찰나 비명 소리가 다시 들려왔다. 성주는 길을 떠나려던 것을 포기하고 다시 목소리의 주인을 찾아 나섰다. 갈대밭 사이로 익사 직전에 있는 한 여자가 눈에 들어왔다. 모두들 눈을 크게 떴다. 샤흐바즈 성주는 일행과 함께 가까이 갔지만 늪이 위험하다는 것을 알고 더는 나아갈 용기를 내지 못했다. 그는 즉시 말의 안장에 매달린 긴 양모 밧줄을 허리와 안장에 묶고 흙탕물 속으로 들어갔다. 허리까지 차오르는 물속에서 헤엄을 치기도 하고 걷기도 하면서 여자 곁으로 다가갔다.

늪에 파묻힌 여자는 그를 보자 필사적으로 움직이기 시작했다. 샤흐바즈는 여자의 겨드랑이를 잡고 물가로 헤엄쳐 나오게 하려고 했지만 여자는 그곳에서 꼼짝도 하지 못했다. 당황한 샤흐바즈는 조금 더 다가가 여자의 가는 허리를 팔로 감싸다가 허리에 묶인 가는 줄을 발견하였다. 그는 여자를 꽉 안은 후에 남자들에게 말을 앞으로 끌고 가라고 소리 질렀다. 한 사람이 가볍게 채찍을 휘두르자 말은 안장과 그의 허리에 감긴 줄을 이용해 여자를 끌어내기 시작했다. 남자들의 도움으로 여자와 샤흐바즈는 물가로 나올 수 있었다. 성주는 여자의 팔과 다리에 묶여 있던 동아줄을 칼로 자르고 허리에 연결된 밧줄을 잘라 주었다. 조심스럽게 밧줄을 당기자 줄 밑에 돌이 매달려 있었다. 그는 안타까웠다. 여자가 반나체의 몸으로 삼켰던 물을 토해 내도록 도와주었다. 조금 지나자 여자는 추위에 턱을 덜덜 떨었다. 그는 여자를 안는 것처럼 해서 조용하고 한적한 곳으로 데려갔다. 진흙으로 더럽혀진 옷들을 하나씩 벗겨 내고 늪의 시커먼 물이 묻은 몸을 깨끗이 씻겨 주었다. 말안장에 올려놓았던 두꺼운 외투로 여자의 몸을 감싸 주고는 여자가 정신을 차리기를 기다렸다. 여자는 천사처럼 아름다웠다. 에르주룸과 라친, 이스가한에서 보았던 어떤 여자보다도 아름다웠다. 그가 그녀의 아름다움에 빠져 있는 사이에 여자는 정신을 차렸다. 여자는 하염없이 울었다. 샤흐바즈는 그녀가 왜 우는지 이해하지 못했다. 여자는 몸을 감싸고 있는 두꺼운 외투를 한 번 더 여미고 나서 말했다.

"이런 망신을 당하고 어찌 살지 모르겠군요."

샤흐바즈는 여자가 무슨 말을 하는지 이해하지 못했다. 물끄러미 그녀를 바라보다가 곁으로 다가가서 물었다.

"부인, 부인을 부끄럽게 하는 것이 무엇이오?"

여자는 깊게 한숨을 내쉬었다.

"남편이 아닌 사람에게 이렇게 나체를 보이는 것 말고 더 부끄러운 일이 어디 있겠어요?"

"남편이 누구요? 당신을 왜 늪에 빠뜨린 것이오?"

여자는 눈을 감더니 입을 다물었다. 자신의 외투로 몸을 감싸고 있는 균형 잡힌 몸매의 여인을 한참 동안 바라보던 샤흐바즈는 여자에게 말했다.

"이 순간 이후로 아무것도 묻지 않겠소. 단지 어디로 갈 것인지 말해 주면 그곳으로 데려다 주겠소."

"절 내버려 두지 그랬어요. 이 늪 말고 제가 갈 곳은 한 군데도 없답니다."

여자는 돌 위에 펼쳐 놓은 그의 외투를 보면서 한마디 내뱉더니 다시 입을 다물었.

마흐뭇 성주의 아버지는 약속대로 여자에게 아무것도 묻지 않았다. 여자에게 세상에 오직 혼자라고 생각하지 말라며 위로한 뒤 외투를 입혀서 저택으로 데려왔다. 그의 어머니는 그녀가 반듯한 외모에 솜씨가 있으므로 선뜻 몸종으로 삼았다.

샤흐바즈는 "그녀의 벗은 몸을 보았어. 그녀가 수치심 때문에 시달리는 이유는 바로 나로 인한 것이야. 그녀와 결혼하는 것만이 그녀가 수치심에서 벗어날 수 있는 길이야."라며 그녀와 결혼할 결심을 하였다. 하지만 안타깝게도 그는 그때 그 지방 세도가의 딸과 약혼한 상태였다. 결혼식 날도 코앞이었다. 결정을 내린 그다음 날 아침, 아버지 곁에서 쉬고 있었다. 아들의 얼굴이 피곤하고 창백해 보이는지라 아버지는 아들이 몹쓸 병에라도 걸렸나 싶어 걱정이 이만저만 아니었다. 젊은 청년은 아버지 앞에서 깊은 숨을 몇 번 내쉰 후에 매일 밤 왜 자신이 잠을 못 자는지, 왜 안색이 좋지 않고 얼굴이 누렇게 떴는지, 이유를 세세하고 자세하게 설명했다. 마흐뭇 성주의 할아버지는 아들에게서 사랑을 느꼈다.

"네 마음을 비워라. 여자를 사랑하는 게냐 아니면 동정하는 게냐?"

샤흐바즈는 큰 주먹을 꽉 쥐고 꽤 오랫동안 생각한 후에 말했다.

"그 여자의 아름다움이 제 머릿속을 혼란스럽게 해요. 어떻게 해야 할지 모르겠어요. 매일 아침 천 번 만 번 그녀를 머릿속에서 지워 보려고 마음먹어도, 도무지 그럴 수가 없어요. 밤마다 꿈속에 그녀가 나타나요. 왜 이러는지 모르겠어요."

"여자에게 끌리는 것을 증명할 수는 없는 법이다. 곧 결혼식이 열릴 테니 결혼한 후에는 잊게 될 것이야."

"만약 잊지 못한다면요, 아버지?"

"그때 다시 앉아서 방법을 강구해 보자꾸나. 너는 우선 마음을 비워라. 명심해라. 약혼자는 무엇이든 할 수 있는 왕족의 딸이다."

샤흐바즈는 아버지 때문에 조금은 마음의 안정을 찾았다. 그래도 그의 마음속에서 타오르는 사랑의 불을 끄기엔 역부족이었다. 그즈음 동쪽에는 샤가, 북쪽에는 차르의 군대가 제국의 영토를 호시탐탐 노리고 있었다. 마흐뭇 성주의 할아버지는 아들과 함께 기병대를 이끌었다. 파디샤의 군대가 침입해 오기 전에 카프카스 동서쪽 문을 막았다.

지한기르오울루가 사람들은 전쟁 동안 부상을 많이 당하기도 했지만 양쪽에서 진군해 오는 적군을 한꺼번에 물리치기도 했다. 이 때문에 조정의 총리대신은 그 지역의 광대한 초지를 하사해 주었다. 수도에 이르자 약속한 대로 파디샤에게서 칙령이 내려졌다. 러시아 차르 군대는 북쪽에서, 샤 군대는 동쪽에서 다시 원래 국경선이 있던 곳으로 후퇴하였다. 그 후 샤흐바즈는 아버지와 함께 카르스로 돌아갔다. 그러자 마음속에서 다시 불꽃이 타오르기 시작했다. 아들의 안색과 혈색이 좋지 않은 것을 눈치챈 그의 아버지는 서둘러 아들을 결혼시켰다. 그러나 갖가지 공연도, 광대도, 결혼식도, 아름다운 체르케스 신부도 샤흐바즈를 웃게 하지 못했다.

어느 날 에브리야 모스크에서 집으로 돌아오던 아버지는 아들이 아내의 몸종에게 넋이 나가 있는 것을 보았다. 아들이 자신이 온 것도 눈치채지 못하자 그는 크게 헛기침을 했다. 젊은 아들은 아버지와 눈이 마주쳤다.

"무슨 벌이라도 받겠습니다. 아버지, 저도 제 마음을 어쩔 수가 없어요."

"먼저 방법을 잘 생각해서 네 처에게 승낙을 받거라. 네 처가 허락하면 그 여자와 결혼해도 좋다."

아버지가 말했다.

이야기를 전해 들은 제밀은 눈도 내리지 않고 달빛도 없는 저녁에 샤흐바즈 성주가 두 번째 부인과 같이 살았던 이 별채로 들어와 양쪽으로 열리는 창문을 가볍게 밀어 보았다. 그는 밤의 고요함을 깨는 울음소리를 들으며 샤흐바즈가 이 두꺼운 돌벽 사이에서 신비스런 그녀와 어떤 사랑을 나누었을지 상상해 보았다. 곧이어 상상 속에서 빠져나와서는 "예언자의 어린 시절 이야기가 그렇듯이 왕손들의 사랑 이야기도 다 비슷하군." 하고 혼자 중얼거렸다.

22

 방으로 들어간 쉬마라나와 오스마나가 의사와 함께 밖으로 나왔다. 의사가 쉬마라나에게 말했다.

 "이제부터는 푹 쉬고 때맞춰 약을 먹어야 합니다."

 의사는 한동안 우리의 뒷모습을 지켜보았다. 우리는 다시 그 좁은 길을 걸어 시내에 있는 약재상으로 갔다. 오스마나가는 약을 산 뒤 우리를 장이 선 곳으로 데리고 갔다. 우리 안에 있는 원숭이들, 사자들, 뱀들을 둘러보기는 했지만 압둘라도 나도 전혀 흥미를 느끼지 못했다. 주인의 탬버린 소리에 맞추어 벨리 댄스를 추거나 땅에서 뒹구는 곰들이 있었는데, 우리는 그 곰에게 끌렸다. 우리는 도시 아이들이 하는 것처럼 주인이 돌리는 접시에 오스마나가가 준 돈을 던졌다. 그 앞에서는 닭싸움이 벌어지고 있었다. 닭싸움을 구경한 후에는 앵무새에게 말을 걸려고 애를 쓰고 있는 아이들의 곁을 지나쳤다. 날개며 꽁지며 세상의 모든 색깔을 한 몸에 모아 놓은 것 같은 공작새가 있는 곳으로 갔다. 우리가 다가오는 것을 보았는지 공작새 한 마리가 겁을 주려고 소리를 내어 울었다. 우리 둘은 깜짝 놀랐다. 오스마나가가 소리를 내어 웃으며 "고작 새 때문에 겁을 먹은 게냐!" 하고 놀렸다. 그가 소리 내어 웃자 우리도 따라 웃었다.

 "이 예쁜 새가 어떻게 그런 괴상한 소리를 내는 걸까요?"

 쉬마라나가 웃으며 물었다. 오스마나가는 곧바로 아는 체하며 대답했다.

 "쉬마라나, 아름다움 이면에는 추한 면도 감추어져 있지 않소?"

 쉬마라나가 웃으며 남편을 바라보았다. 오스마나가는 다시 걷기 시작했다. 우리는 곁을 지나가는 헬바[11] 장수에게 케텐헬바를 샀다. 우리가 헬바를 먹고 있는데 쉬마라나는 앞쪽만 쳐다보았다. 반쯤 앞이 열린 아주 커다란 천막이었다. 그녀가 앞

---

11) 설탕, 기름, 밀가루로 만든 터키 전통 후식.

서고 우리는 그녀를 따라 천막으로 갔다. 천막 안은 줄을 쳐서 두 구역으로 분리해 놓았다. 앞쪽에는 우리 말고도 다른 구경꾼들이 있었다. 뒤에는 손이 묶인 여자들과 남자들이 서 있었다. 쉬마라나가 여자들 중 한 명을 주시하는 것을 눈치챈 남자는 두툼한 팔뚝을 들어 거대한 채찍을 휘두르더니, 쉬마라나가 눈길을 주는 어리디어린 여자를 가리키며 말했다.

"모두 건강하고 아름답죠. 밭에서 일을 할 수도 있고, 아이들을 돌볼 수도 있습죠. 대부분 프랑스 학교에서 공부도 했답니다."

남자가 무엇을 설명하는지 대부분은 알아들을 수도 없었다. 압둘라와 나는 서로 멀뚱멀뚱 바라보고만 있었다. 쉬마라나가 뒤돌아 오스마나가의 귀에 대고 속삭였다. 오스마나가는 처음에는 황당하다는 얼굴로 그녀를 보았다. 그러고는 말했다.

"안 될 말이오."

쉬마라나가 다시 설득했다.

"난 환자예요. 당신에게도 도우미가 필요해요. 아이들도 아직은 어리잖아요."

오스마나가의 콧수염이 살짝 움직였다. 그가 미소짓자 쉬마라나는 줄 가까이 가서 손이 묶여 있는 남자들과 여자들을 하나하나 관찰하기 시작했다.

오스마나가가 놀란 듯 중얼거렸다.

"이런 이런, 안 될 말이야. 안 될 말이야."

조금 전 눈여겨보았던 어린 여자를 주의 깊게 살피느라 쉬마라나는 아무 말도 듣지 못하는 것 같았다. 한 번은 노예상을, 한 번은 어린 여자를 힐끗 바라보았다. 그러고는 오스마나가와 노예상과 어린 여자를 번갈아 보았다. 노예상이 쉬마라나 곁으로 다가와서 말했다.

"부인, 사실 의향이 있으면 적당한 선에서 드리죠."

쉬마라나는 노예상의 말을 무시하듯 쳐다보았다. 그녀는 다시 오스마나가에게 돌아갔다. 그리고 조금 전에 살핀 어린 여자를 가리키며 말했다.

"저 아이요."

오스마나가는 고개를 떨구고 땅만 내려다보았다. 쉬마라나는 강한 어조로 말했다.

"건강해 보이는군요."

그녀는 햇볕에 그을린 얼굴에 금발인 어린 소녀에게서 눈을 떼지 못했다. 어린 소녀도 희망을 잃은 텅 빈 시선으로 그녀를 바라보고 있었다. 쉬마라나는 노예상에게 돌아서서 적당한 값을 말했다. 노예상은 꽤 오래 생각하더니 자신이 생각하는 값을 말했다. 노예상과 쉬마라나 사이에 옥신각신 흥정이 시작되었다. 마침내 쉬마라나가 말한 값을 받아들인 노예상은 여자의 발목을 묶어 둔 가운데 기둥 고리끈을 풀어 쉬마라나에게 건넸다. 쉬마라나는 허리춤에서 꺼낸 손지갑에서 소녀의 몸값을 지불했다.

어린 소녀는 놀란 것 같았다. 이런 순간을 전혀 예상치 못한 모양이었다. 소녀의 녹색 눈이 잠시 쉬마라나의 얼굴을 바라보았다. 그러고는 무릎을 꿇어 그녀에게 인사를 했다. 쉬마라나는 소녀의 발목에 묶인 끈을 허리춤에서 꺼낸 칼로 잘라 주었다. 그녀는 소녀의 손을 잡고 앞서서 걸어갔다.

"제정신이 아니구먼. 이 여자, 제정신이 아니야."

오스마나가는 한편으로는 가벼운 발걸음으로 쉬마라나의 뒤를 따라갔다. 우리도 그들을 뒤따라갔다. 장터 안의 몇몇 곳은 아주 혼잡했다. 탬버린을 흔들어 곰을 재주 부리게 하는 사람도 있었고, 긴 나팔을 불며 레슬링 시합을 이끄는 사람도 있었다. 줄타기가 가장 많은 관객을 불러 모았다. 가느다란 줄 위에 어떻게 맨발로 서 있고 또 걸을 수 있는지 그 이후에도 몇 년 동안 생각해 보았지만 해답을 찾을 수 없었다. 고향으로 돌아온 후에도 수년 동안 의문이 풀리지 않았다. 수학을 공부하고 나서야 어떻게 균형을 잡는지 이해할 수 있었다. 신학교 선생에게 배웠다.

23

 제밀은 마흐뭇 성주가 그들을 위해 마련해 준 별채로 이사한 후에도 한동안은 마음이 놓이지 않았다. 아버지에게 말 한 필을 요청했다. 그뿐이었다. 그들이 가지고 있는 식량은 단지 몇 주 정도 지탱할 수 있는 분량이었다. 조그마한 도시라서 일을 찾기도 어려웠다. 방에 앉아 강에서 들려오는 물소리를 듣고는 했다. 갑자기 입안에서 '노동하다'라는 단어가 튀어나왔다. 그는 그 단어에 놀라고 당황했다. 처음 듣는 것처럼 낯설기만 했다. 성의 보루에 서 있다가 갑자기 사라진 남자에게 시선이 꽂혔다. 그는 머릿속에 맴도는 그 단어를 잊기 위하여 남자에게 신경을 집중하려고 애썼다. 생각하지 않으려고 애를 써도 낱말은 다시 맴맴 돌아 그의 머릿속으로 들어왔다. 갈수록 자신의 통제가 불가능해져 감을 느끼자 갑자기 격앙된 목소리로 "노동하다!"라고 외치고는 벌떡 일어섰다.

 직사각형 방 안에서 앞으로 갔다 뒤로 갔다 서성이고 또 서성거렸다. 무엇을 할지 몰랐다. 불현듯 바닥에 서서 발끝을 들어 올렸다. 허리를 비틀어 보기도 했다. 그러나 허리는 비틀리지 않았다. 조금 구부리기만 했다. 마치 장기들이 자신의 의지를 떠나 제각각 움직이는 것 같았다. 두뇌도 내장들도 그의 말을 듣지 않는 것 같았다. 그는 무서운 생각에 멈칫했다. 머릿속에서 갈수록 커져 가는 '노동하다'라는 단어를 생각하며 옷도 벗지 않은 채 침대로 달려가 몸을 던졌다. 담요를 덮었다. 경련이 일어났다. 얼굴이 창백해지더니 호흡이 멈추었다. 죽을 것만 같았다. 죽음의 공포가 밀려오자 담요를 내던지고 다시 방 안을 서성거렸다. 걷기 시작하니 몸이 갑자기 더워지고, 구석구석에서 열이 났다. 아무 이유도 없이 목이 마르고 손이 떨렸다. 복부 주변 어느 곳이 뜨거워지는 것을 느꼈다. 열기가 배 전체로 퍼져 가더니 이번에는 통증으로 변했다. 그는 손으로 배를 움켜쥐었다. 몸을 비틀었다. 답답해서 신발과 양말을 벗었다. 영국산 천으로 만든 카키색 바지의 가랑이 부분의 단추를 풀었다. 혁대를 느슨하게 하였다. 힘겹게 바지를 벗을 때는 마치 마법의 손이 그의 손을 잡아 이끌어 옷을 벗기는 것 같았다. 옷을 벗자 몸에서 한기가 느껴지고 떨리기 시작했다. 베개 아래에 있는 실크 잠옷을 서둘러 입었다. 추위가 가시자 다시 침대로 들어가 담요 밑으로 숨었다. 잠깐 동안 다시 숨이 막힐 것 같아 머리를 담요 밖으로 내밀었다. 그는 이마에 송골송골 맺힌 땀을 닦으며 격앙된 목소리로 "지나갔구나."라고 말했다. 갑자기 이상한 감정이 들어 손으로 다리를 주물렀다. 아무것도 느끼지 못했다. 두려워져서 "내 다리가 없어."라고 소리 지르며 두꺼운 양모 이불을 젖히고 아래를 보았다. 다리를 보자 조금 안정되었다. 다리를 배 쪽으로 당기고 싶었으나, 원하는 대로 움직이지 않았다. 갑자기 어찌해야 할지 몰라 당황스러웠다. 천천히 일어섰다. 다시 손을 뻗어 다리를 잡았다. 이번에는 감각이 있었다. 기뻤다. 그는 기뻐서 오른손으로 오른발을 힘껏 내리쳤다. 아팠다. 이번에는 침대에 누워 보았다. 담요를 당겨서 덮고, 팔로 부드러운 베개를 끌어안았다. 이마와 목에서는 굵은 땀방울이 떨어졌다. 누우려고 하자 핑 돌았다. 이제 이러는 것도 지겹다. 막 잠이 들려는 순간, 문 쪽에서 가벼운 바람이 불어오는 것을 느꼈다. 누군가가 방으로 들어오는 것을 알았지만 고개를 들어 그쪽을 쳐다보지는 않았다. 시무룩한 얼굴을 베개에 문지를 뿐이었다.

    눈을 감으려 할 때 땀이 난 이마를 매만지는 부드러운 손길이 느껴졌다. 그 손은 한동안 이마를 매만지더니 얼굴로, 목으로 미끄러졌다. 손이 아니라 부드러운 깃털 같았다. 몸을 매만지던 부드러운 손의 주인이 촉촉한 목소리로 말했다.

    "제밀, 땀을 많이 흘리는군요."

    목소리를 들은 제밀은 땀이 밴 손으로 그녀의 손을 잡아 자신의 가슴에 올려놓았다. 심장은 모든 것을 말해 주듯 규칙적으로 뛰었다. 힘을 얻은 제밀은 손의 주인을 바라보았다.

"두려워할 것 없어요. 악몽을 꾸었소. 악몽을 꾸면 항상 이렇다오. 파리에서 공화주의자들이 막판에 시위를 했는데 내게 트라우마가 되었나 보오. 메슈레 파리 오페라 근처의 술집에서 나와 몽마르트르 근처에 있는 집으로 걸어가고 있었지. 트리니티 광장을 지나가는데, 갑자기 폭음이 들렸어. 다들 놀라서 땅에 엎드렸지. 그때 우리가 무엇을 보았냐 하면……

 여기저기서 사람들이 떼로 밀려들더군. 우리는 발에 밟힐까 봐 일어서서 뛰어갔지. 도대체 거지 떼 같은 이 사람들이 어디서 왔을까 생각하는 찰나에 친구들을 잃어버리고 말았어. 사람들이 걷잡을 수 없이 밀어닥치더니 급류에 나무가 뿌리째 뽑혀 쓸려가듯이 사방을 온통 휩쓸었지. 어느 순간 내가 담장 위에 올라가 있더군. 갑자기 머리가 핑그르르하더니 몇 바퀴 돌고 나서 벽 바깥으로 튕겨져 나가 떨어졌을 때는 내가 지르는 비명 소리만 아득하게 들렸어. 정신을 차렸을 때는 주위가 깜깜했지.

 그 지옥에서 어떻게 구출되었는지 아직도 꿈만 같아. 이상한 것은 내게 아무 일도 일어나지 않았다는 거야. 담을 넘어 거리로 나갔지. 주위를 둘러보았지만 사람이 하나도 없었어. 성당 쪽 언덕에 있는 우리 집에 갔더니 친구들이 모두 뛰어나와 끌어안고 난리더군. 나는 영문을 몰라서 눈을 동그랗게 뜨고 그 친구들을 쳐다보았지.

 '군인들이 시위대를 향해 발포했다네. 자네가 늦도록 오지 않아 나쁜 생각이 들었지.'

 '난 총소리고 뭐고 아무 소리도 못 들었는데.'

 '어떻게 그럴 수 있어?'

 '정말 아무 소리도 못 들었어. 담벼락 뒤로 굴러 떨어졌을 때 아파서 비명을 질렀던 것은 기억나, 그 정도야. 그 거지 같은 사람들은 어디서 온 자들이고, 누구야? 왜 모두 빨간 재킷을 입은 거지?' 내가 물었어.

 '그들은 노동자들이라네. 대부분 마르세유에서 왔지.' 한 친구가 말해 주더군.

'그 지방 출신 노동자들은 혁명에서 기대했던 것을 얻지 못했다네. 그래서 자신들에게 방해가 되는 사람들을 죽이러 왔다더군. 누가 알겠는가, 왕이 없는 인생을 어떻게 생각하고 있었는지를. 머릿속 생각이 바뀌지 않자, 관리자들을 갈아치우면 모든 문제가 해결될 거라고 여기고 있네. 루소가 살아 있었다면 아마도 저들을 진정시켰겠지. 그러나 그가 없으니 종교 재판소에서 할 일이 많아질 거라는군. 집주인 노인이 그러던걸.'

친구들과 같이 살던 집은, 방과 방이 나뉘어 있어서 펜션과 비슷했지. 친구들과 다른 방 사람들과 거의 매일 저녁 위쪽이 막힌 거실에 앉아 있곤 했어. 젊은이들 말고도 나이 든 부부와 집주인이 있었지. 그들은 길을 따라 나란히 붙어 있는 방에서 묵었어. 나이 든 부부는 우리나라에 대해 우리보다 더 잘 알았지. 바그다드에 갈 때는 여기를 지나갔다고 하더군. 한동안 바그다드에 머무르다가 인도에 갔다나 봐.

그날 저녁 방에 혼자 남겨지자 내게로 달려들던 사람들의 비명 소리가 다시 들려왔어. 달콤한 잠이 쏟아질 때 소리들은 더욱더 커졌지. 소리를 듣지 않으려고 손으로 귀를 틀어막기도 하다가 지칠 대로 지쳐서 피로감에 잠이 들었나 봐. 얼마나 잤는지 모르겠는데 밤에 잠에서 깨어나니 몸이 탈진되더군. 묘한 느낌이었지. 탈진이 일어날 때마다 망상 속으로 빠져들었어. 밤새 한숨도 못 자는 것은 물론이고 망상에서 빠져나올 수가 없었어. 그런데 갑자기 배에 통증과 열이 느껴지더군. 바로 여기야!"

제밀은 쉬메이라의 앙상한 손을 잡아 배 위에 얹어 놓았다. 쉬메이라의 가늘고 긴 손가락이 복부 주변을 쓰다듬기 시작하자 그는 말을 이었다.

"바로 여기에 견딜 수 없는 통증이 있소. 그날 이래로 그 생각에 빠지면 통증이 복부에서 느껴지고 나중에는 몸 전체로 퍼진다오. 통증이 가시면 끔찍한 피로감이 몰려오고. 전에도 그렇게 된 거였소."

쉬메이라는 제밀의 곁에 누웠다. 산비탈에 번진 산불 두 개가 합쳐지는 것처럼 두 사람은 입술을 포갰다. 서로 꽉 껴안았다. 심장이 마주 닿자 흥분으로 가슴이 뛰었다. 입술이 다시 포개지자 제밀은 순간 정신을 잃을 것 같아 두려웠다. 그는 뒤로 주춤 물러섰다.

"결혼할 때까지 기다리는 것이 좋겠소."

그는 기어 들어가는 목소리로 말했다.

쉬메이라는 불꽃같이 붉은 입술을 제밀의 입술 쪽으로 내밀었다. 그녀는 오래오래 키스하더니 숨소리처럼 낮은 목소리로 말했다.

"이 방의 고요함에 사랑으로 수를 놓아요. 우리가 결혼식을 올리기 전에 사랑을 나눈다 한들 우리가 말 안 하면 누가 알겠어요!"

24

스무 살이 되자 부대로 다시 돌아왔다. 성안에는 퀼리예[12]가 있었다. 성은 바다에 거꾸로 매달려 있는 숟가락 모양의 만 위에 있었다. 우리는 군인이자 성직자이자 장인으로 양성되었기 때문에 금기가 엄청 많았다. 선생과 종교 지도자들이 성 밖으로 나가면 금기를 깰 수도 있고 죄를 지을 수도 있다고 끊임없이 경고했다. 이렇게 주입된 경고 때문에 우리 마음속에는 공포가 커다랗게 자리 잡고 있었다. 그래서 우리 중에는 퀼리예를 빠져나갈 용기를 낼 수 있는 사람이 아무도 없었다. 우리 마음속에는 퀼리예에서 나가면 세상에서 가장 큰 죄악의 구렁텅이로 빠지게 될 것이라는 공포심이 무럭무럭 자라고 있었다. 그래서 우리는 공부하는 데 지치거나 게임하는 데 싫증이 날 때면 대체로 성 꼭대기로 올라가 돛단배들이 지나다니는 아름다운 바다를 감상하는 것에 만족했다. 우리는 바다를 가르는 배를 바라보면 바라볼수록 흠뻑 빠져들었다. 그 광경은 파란 공단 위를 나는 하얀 갈매기들에 비

---

12) 이슬람 사원과 함께 건축된 것으로 학교, 도서관, 병원 등의 복합 건물.

유 할 만했다. 나는 다른 친구들과 마찬가지로, 바다를 바라보면서 갈매기와 친구가 되었다. 내가 성벽에 걸터앉아 먼 곳을 응시하고 있을 때면 하얀 갈매기가 내 곁으로 날아와 내가 건네주는 해바라기 씨와 구운 콩들을 받아먹었다. 그러면서 마치 내가 하는 이야기를 듣고 있는 것처럼 행동하기도 했다. 가끔 '슈웃' 소리를 내기도 하고, 나와 외로움을 나누기도 했다. 내가 퀼리예로 돌아갈 시간이 되면 나보다 먼저 알아차리고 날갯짓을 하며 바다 건너 저 멀리 길을 떠나고는 했다. 나는 갈매기에게 다음에 만날 때는 바다 건너 다른 사람들 소식을 가져다 달라고 부탁한 적도 있었다.

　부대에는 우리를 훈육하는 물라[13] 말고도 수비대와 성 관리인들이 있었다. 우리는 그때 교육을 마치고 나면 그들 중 하나가 되기를 바랐다. 왜냐하면 나와 이야기를 나누었던 갈매기처럼 모두가 끊임없이 어디론가 떠나야 했기 때문이었다. 우리는 한 번 보았던 것은 다시 볼 수 없었다. 나는 그곳을 떠나면 죽을 거라는 생각이 강하게 들었다. 그래서 그들 중 한 명이 되고 싶었다.

　우리가 가장 신났던 날은 부대의 가장 높은 사람이 검열을 나오는 날이었다. 그가 오기 전이면 우리는 일렬로 줄을 섰다. 맨 앞줄에는 콧수염이 난 사람, 그다음에는 턱수염이 난 사람, 그다음에는 털이 없는 사람 순서였다. 그날만 착용이 허용되는 노란 세르퀴쉬[14]와 그것과 완벽하게 조화를 이루는 검은 캘팩[15] 또한 순서가 되기를 기다리는 우리의 머리에 다소곳이 놓여 있었다.

　부대장은 먼저 털이 나지 않은 사람들과 이야기했다. 그들에게 질문하기도 하고, 매일 파디샤에게 감사하고 또 감사해야 한다고 충고하기도 하였다. 마지막으로 훈계가 끝나면 턱수염이 나기 시작하는 사람에게 말을 건넸다. "턱수염이 나는 것을

---

13) 이슬람 국가의 율법 학자를 일컫는 존칭.
14) 머리를 보호하기 위해 두르는 동물 가죽 띠 종류.
15) 아르메니아 인이나 터키 인 등이 쓰는, 양피나 펠트로 만든 검은 모자.

보니 머지않았군. 콧수염이 나는 날이면 자네들도 내버려 두지 않으리라는 것을 알고 있겠지."

이야기가 끝나면 그는 아주 큰 소리로 호탕하게 웃었다. 웃음소리가 커다란 운동장에서부터 성벽에 부딪힐 정도로 사방에 울려 퍼지면 근처의 망루에 있는 새들도 놀랄 정도였다. 우리들도 털이 곤두설 정도로 소름이 돋았다. 수시로 바뀌는 부대장들은 묘하게도 서로 비슷비슷했다. 말할 때는 거의 모두가 같은 단어를 쓰고는 했다. 그들과 함께 검은 바지를 입고, 빨간 페스[16]를 쓰고, 하얀 조끼를 입은 데다 얼굴마저 하얗고, 콧수염이 가느다란 조사관들도 왔다. 그들은 신체검사를 하거나 복장 검사를 했다. 일이 끝나면 퀼리예를 돌아보고 공동 침실을 검사했다. 만약 얼굴이 창백하거나 찢어진 의복, 혹은 주방에서 먼지 한 톨이라도 발견하는 날이면 불같이 화를 내며 소리를 지르고 그 사람을 불러냈다. 한번은 어느 침실에서 쥐똥을 발견했다. 그날도 여느 때처럼 난리만 쳤다면 우리가 당황하거나 정신을 잃는 지경까지 가지는 않았을 것이다. 조사관들은 성주에게 보고했고, 보고를 들은 성주가 어찌나 화를 냈는지 최고참 내무반장은 즉시 머리를 조아리면서 "저를 죽여 주십시오, 나리." 하고 빌고 또 빌었다.

다음 날 사령관과 최고참 내무반장이 바뀌었다. 새로 온 이들은 그 전보다 더욱더 엄격하게 훈육했다. 규율에 익숙해져 있는 우리였건만 그래도 새로운 규율은 언제나 우리를 조여 왔다. 우리가 도망쳐 성 밖으로 나가기라도 하면 언제 따라왔는지 수비대들과 성안에서 근무하는 보초병들이 금세 우리를 잡아 버렸다. 이런 상황에서는 새와 이야기를 나눌 수도, 푸른 바다를 항해하는 배를 바라볼 수도 없었다. 그 시절 우리가 위안을 받았던 유일한 것은 근처에 있는 수도원을 방문하러 온 이슬람 탁발 승려들이 그곳에 가기 전에 부대를 방문하는 것이었다. 그들과 이야기하는

---

16) 터키 남자들이 쓰는 납작하고 동그란 모자.

것이 우리에게는 유일하게 퀄리예 바깥의 세상과 소통하는 것이었고, 우리에게 안정감을 가져다주었다. 그들이 하는 질문조차도 우리에게 평화를 주었던 것 같다. 그들은 수도원에 들어가기 전에 자신들을 정화하기 위해서 토론하였는데, 이 또한 좀처럼 끝나지 않았다. 그들의 토론과 대화가 얼마나 논리적이었던지 우리도 그들을 닮고 싶어서 애를 쓰곤 했다. 무슨 일이 있어도 끝까지 인내심을 잃지 않는 것, 이것이 가장 인상적이고 흥미로운 점이었다.

25

근엄해 보이려고 애를 쓰는 마흐뭇 성주는 짙은 녹색의 두꺼운 외투를 펄럭이며 제밀의 앞에서 걸었다. 그는 눈이 떨어져 내리는 외투를 감싸며 뒤로 돌아서더니 제밀에게 말했다.

"나는 인생을 밋밋하게 사는 사람이 아닐세. 제밀, 시간이 갈수록 느끼게 되네. 다른 대륙에서 기침을 하면 우리 산에서도 금세 메아리가 울리지. 예전에 발칸에서 돌아왔을 때만 해도 거기서 다시 혁명이 일어나는 데 몇 년이 걸렸지. 하지만 이제 그곳에는 혁명과 봉기가 끊이질 않아. 그것들은 모두 늙은 대륙의 프랑스에서 일어나는 혁명 때문에 생기는 일들이야. 프랑스 왕이 자신의 권력을 지키지 못해서 새로운 질서가 나타났지. 그렇다고 파디샤 왕손들에게 죄를 물을 수는 없네. 이 모든 게 유럽의 왕들이 자신의 질서를 지켜 내지 못했기 때문이야. 내 생각에는 그렇다네."

제밀은 꼭대기에 있는 성으로 시선을 돌렸다.

"어르신은 저보다 오래 사셨습니다. 어르신의 생각이 당연히 맞습니다. 외람되지만 한 말씀 드리자면, 왕들은 자기들이 세운 왕조를 보존할 수 있을 때까지 보호했습니다. 중세 시대에는 종교의 수호자가 되었기 때문에 종교적인 신성함이 존재했었지요. 그 권능을 백성들에게 두려움을 주는 데 사용했습니다. 그래서 그 힘은 그들이 자행한 실수도 덮어 줄 수 있었습니다. 그러나 점차 과오가 늘어 가다 보니 결국은 구제 불능의 상태가 되었습니다. 사람들은 마침내 왕도 자신들처럼 인간이라는 의식에 도달했고, 다른 사람들에게 '왕도 우리처럼 인간이야. 즉 사랑하고, 사랑받고, 밥을 먹고, 화장실에 가고, 아이를 낳고, 화를 내는, 웃고 우는 우리와 똑같은 인간이야.'라고 외치기 시작했습니다. 왕들이 권위를 잃게 된 이유의 본질은 여기에 있습니다. 사람들은 스스로 각성했습니다. 마치 예전 그리스 지역에서 그랬던 것처럼 말이지요. 제 생각에는 오늘날 유럽의 발칸에서 일어난 일들도 비슷합니다."

그는 마치 날카로운 레이저가 말을 자르기라도 한 것처럼 얼굴을 찡그리면서 갑자기 입을 다물었다. 제밀은 괜히 말했다는 생각에 두려움을 느꼈다.

마흐뭇 성주는 그가 갑자기 말을 끊자 미소를 지었다.

"속내를 아네, 제밀. 나 또한 그 생각에 동의하네. 사람들은 이제 지배당하기를 원하지 않지. 나도 그들이 노예가 되는 걸 원하지 않는다네. 머지않아 왕정도 군주제도 사라질 것이야. 우리에게 남은 것은 이제 인간성뿐일세. 어제 만났던 사람은 오늘 우리를 위해 존재하지 않을 것이고, 우리 또한 그들 때문에 사라질 걸세. 이처럼 왕위, 군주제, 혹은 왕정도 오늘은 존재하지만 내일은 그렇지 않을 걸세. 사람들이 경제력을 획득하면서 탐욕이 커지기만 하니 이제 인간은 자신이 소유한 재물을 지켜 내는 것조차 힘들게 됐어. 어제 문간에서 일했던 사람도 고통을 나눴던 사람들도 모두 변했다네. 파디샤가 2년 전에 칙령을 내려서 우리에게 하사한 산이 하나 있었는데, 시골 사람들은 그것을 우리 땅이라고 인정하지 않는다네. 그 산의 목초지에 우리 가축을 풀어 키우는데, 그 사람들도 자기들 가축을 풀어 키우더군. 그러던 어느 날 자기들 땅에 왜 우리 가축을 키우냐고 따지는 것이야. 그래서 내가 직접 시골 사람들이 알아들을 수 있도록 자세히 설명했지. 물라가 함께 가서 파디샤의 칙령을 읽어 주기도 하고. 그날부터는 그 땅에 대해 왈가왈부하지 않았지. 그러나 겁이 나는구먼. 세대가 바뀌면 사람들 생각도 변할 것이니. 수백 년 동안 이 땅에 한 맺힌 원혼들이 부활하여 피바다가 될 거야. 이미 이 땅은 벨벳과 같지. 손 내미는 사람은 누구든 가리지 않고 잡아 주며 유혹하니 말이야. 이스탄불에 있는 식자들이야 아직 이곳에 대해 잘 모르기 때문에 호족들이 먼저 서로를 못 잡아먹어서 난리가 난 거야. 뭔가 아는 호족들은 여기서 살길을 찾느라 애를 쓰는 거지. 아직은 때가 오지 않았지만 호족들은 자신의 존재를 이어 가기 위해 약자를 잡아먹을 방법만 찾고 있는 거지. 자네가 당한 일도 그것의 일부분이야. 자네 아버지도 힘을 지켜 내기 위해 그리고 과시하기 위해 자네를 처벌한 거지. 그렇지 않고서는 지금까지 비무슬림 호족의 딸과 결혼하겠다고 하는 아들을 처벌한 성주가 어디 있단 말인가? 어떤 경우는 딸의 아버지에게 땅을 떼어 주기도 했지. 알리 오스만조 전통에서 부인 두세 명 두는 것쯤이야 성주의 권리 아닌가. 이번 일에 죄를 묻는다면 우리 파디샤 하렘들이 프랑스 미녀들로 채워진 건 뭐라 설명할 건가!"

그는 제밀이 그랬던 것처럼 마지막에 무심코 말을 내뱉고는 겁을 먹은 듯 주위를 두리번거리며 돌아보더니 제밀에게 바짝 다가섰다. 그는 손으로 입을 가리고는 소곤거렸다.

"이보게, 제밀. 나도 바그다드에 간 적이 있네. 황궁에도 갔었지. 그런데 그곳은 내가 살 곳이 아니더군. 그래서 아버지 곁으로 돌아왔지. 본 대로 배운 대로 할 수 있는 최선을 실천하려고 노력했다네. 그런데 웬걸, 호족들이 너도나도 내 뒤에서 음해하는 거야. 그래서 나도 대비책을 세웠지. 덕분에 우리 호족은 그나마 유지가 된 거지. 자네 아버지는 사방이 젊은 호족들로 혼잡한데 아직 발등의 불을 끄지 못했구먼."

마흐뭇의 말에 용기를 얻은 제밀이 그를 바라보았다.

"바그다드 이슬람 신학교에 물라 한 분이 계셨어요. 성함이 메흐디 엘 카스미고요. 그분이 말씀하시는 것을 들을 때마다 저는 항상 저런 말들을 어디서 찾아내는 걸까 궁금했습니다. 수업 시간뿐만 아니라, 사람이 모인 곳이면 어디서든 그런 말씀을 하셨죠. 다른 물라들은 그분 앞에서 입도 벙긋하지 못했어요. 사람들은 모두 그분에게 깍듯이 인사하곤 했습니다. 율법상 그분보다 높은 사람은 존재하지 않았습니다. 어떤 문제에 대해 질문하면 그 주제와 관련된 모든 자료의 이름을 알려 주시고, 그와 관련된 사람, 종교 관계에서 발생할 수 있는 문제 사항을 하나하나 짚어 주곤 하셨습니다.

이슬람 신학교와 바그다드에서는 신화처럼 전해지는 일화가 있습니다. 하루는 그분이 불교 승려들과 개종에 관한 주제로 토론을 벌였답니다. 신학교의 널따란 뜰에서 토론회가 벌어졌대요. 전 세계에서 온 학생들과 물라들이 뜰 안에 가득 차서 호기심 때문에 구경하러 왔던 시장님이 앉을 자리도 없었지요. 뜰이 꽉 차자 신학교의 담벼락에도 구경꾼이 바글바글했을 정도였어요. 그 당시 인도 배를 타고 온 선장들은 짐을 내릴 일꾼들을 찾을 수도 없었거니와 부자들은 정원사 하나 찾기가 어려웠다고 합니다. 논쟁은 3일이나 계속되었답니다. 잠깐잠깐의 식사 시간과 휴식 시간 이외에는 논쟁의 연속이었지요. 논쟁이 어찌나 치열했는지, 청중도 자리를 떠날 수 없었다고 합니다. 그래서 줄을 맞춰 나란히 앉아 구경하던 사람들은 순서를 정해 잠을 잤다지요. 당시 상황을 목격했던 사람들은 바그다드 역사상 그런 치열한 논쟁은 없었다고 말합니다. 셋째 날 결국 승려의 혀가 꼬이기 시작했습니다. 말을 하는 데 두서가 없어서 답변을 이해할 수 없었죠. 엘 카스미 선생님도 두뇌가 멈추는 것 같았겠죠. 넷째 날이 되기 전에 승려가 결국 항복하고 말았습니다. 그분이 패배를 인정하자 엘 카스미 선생님은 당당하게 말했답니다. '스님, 우리가 했던 토론은 개종하는 것이 조건이었습니다. 그러나 우리 종교는 억지로 개종시키는 것을 선으로 보지 않습니다. 이 토론과 내기는 약간 강요적인 측면이 있습니다. 그러니 저는 스님에게 강요하지 않겠습니다. 만약 마음이 움직인다면 저희 종교로 입문하십시오. 마음이 내키지 않으면 그러지 마시고요.' 그는 승려에게 3일간 생각할 시간을 주었답니다. 3일 후에 승려와 수행자들이 묵고 있는 방으로 갔더니, 모두 무릎을 꿇은 채 앉아 머리를 한 방향으로 모으고 죽어 있었다고 합니다. 이 사건 이후로 엘 카스미 선생님은 학생들에게 인내심을 기르도록 하는 수업을 마련했습니다.

    신학교 졸업 학년이었습니다. 바그다드에 있을 때였는데, 연초의 추운 겨울날이었습니다. 모두 담요를 뒤집어쓰고도 덜덜 떨었습니다. 자정이 되자 물라들이 신학교 뜰에서 기도를 시작했습니다. 어찌나 애통하고 큰 소리로 기도를 하는지 우리는 하늘이 무너지거나 최후의 심판이 시작되기라도 한 듯 침대에서 뛰쳐나와 뜰에 모였습니다. 상황이 어땠는지 아세요? 물라들이 몸을 땅에 던졌다 일어났다 하며 기도하지 않겠습니까? 우리가 영문을 몰라 멀뚱멀뚱 서 있을 때, 물라 중 한 분이 '그 위대하신 분이 돌아가셨다. 어서 그분을 위해 기도를 시작해라!'라고 소리치셨어요.

    우리는 누구도 어떤 분이 돌아가셨는지 물어볼 용기를 내지 못했습니다. 목욕재계를 했건 안 했건 모두 마음을 모아 기도를 올렸습니다. 누구를 위해 기도하는지 알 수 없으니 우리는 위대한 모든 사람, 그분들의 영혼을 위해 기도했습니다. 물라들은 검은 외투를 입었지만, 우리는 절반 정도가 잠옷을 입고 있었기 때문에 기도를 올린 후에는 추위를 견디지 못하고 안으로 들어갔습니다. 안으로 들어가자마자 우리는 몸을 침대에 던지고, 잠시 후 몸이 덥혀지자 모두 잠에 빠졌습니다. 아침 살라트[17]까지 아무도 일어나지 못했지요. 살라트가 끝나자 이맘인 물라 한 분이 엘 카스미 선생님을 위한 기도를 시작했습니다. 알고 보니, 엘 카스미 선생님이 돌아가셨던 겁니다.

    그런데 웬일인지 마음이 아무렇지도 않더군요. 전율도 슬픔도 일지 않았습니다.

---

17) 이슬람교에서 하루 다섯 번 행하는 예배.

제가 그분을 얼마나 존경했었는데. 다른 물라들이 볼 때 그분을 찬미하는 것은 성장을 의미했습니다. 저는 졸업 후 물라가 되고 싶었던 학생들 중 하나였어요. 아버지가 산 넘고 물 건너 저를 그곳까지 데려다 주셨으니 그분이 감동하신 것도 당연하지요. 아버지도 그분의 명성을 듣고 찾아간 것이지, 괜히 가신 것은 아니니까요. 그분이 가르쳐 주신 기도문을 암송이라도 하면 황홀경에 빠져서 듣곤 하셨습니다. 그러고는 '이 기도문을 죽을 때까지 낭독해라.' 하고 말씀하시곤 했지요. 그렇게 가깝게 지냈음에도 그분이 돌아가셨다는데 마음속에 미동도 일지 않았습니다. 이로 인해 저는 많은 생각을 하게 됐지요. 어쩌면 그분을 사랑하지 않았을지도 모릅니다. 그렇다고 그분의 죽음이 저에게 아무런 영향도 미치지 않다니요? 감정이 메말라 버렸다는 생각이 들자 이번에는 제 자신에게 무서움을 느꼈습니다. 모두 우러러보는 분의 죽음이 왜 저에게는 아무 영향도 미치지 않았던 것일까요? 한 인간의 죽음 앞에서 흘릴 한 줄기의 눈물도 제겐 남아 있지 않았을까요?

엘 카스미 선생님의 무덤을 만드는 동안에 땅에서 돌이 많이 나온 것, 그리고 그분을 땅에 묻자마자 살을 에는 듯한 추위가 시작된 것을 좋지 않은 징조로 해석한 신학교 선생님들과 물라들은 엘 카스미 선생님의 서적과 물건들을 모두 그분이 거처했던 방에 옮기도록 한 후에 방문 자리에다 벽을 쌓게 했습니다. 우리는 그렇게 한 진짜 이유를 나중에 알게 되었지요. 신학교의 누군가가 엘 카스미 선생님의 방문 뒤에 붙어 있는 '어떠한 사람에게도 능력 밖의 일을 요구하지 마라. 불교 승려들이 한 행동을 교훈으로 삼아라.'라는 글귀를 읽고 나서 그분이 악마와 손잡았다고 결론지었다더군요."

26

매년 그랬던 것처럼 고위 간부들이 온다는 소식이 전해지자마자 대대적인 준비가 시작되었다. 부대로 돌아온 이래로 네 번째 바뀐 최고 사령관은 최선을 다했다. 구석구석 실오라기 하나까지 체크하고, 정정할 사항을 찾으면 경험이 부족한 내무반장들에게 고함을 지르고 야단을 쳤다. 며칠 동안 신병들은 모자만 쓸 수 있었다. 나는 이제 콧수염이 난 이들의 줄에 들어갔기 때문에 머리에 노란 모자를 쓰고 카프탄[18]을 입을 수 있었다. 그날 콧수염이 나고 카프탄을 입은 사람들은 대부분 나처럼 흥분해 있었다. 고위 간부들이 오는 날이면 언제나 겪는 흥분이었다. 왜냐하면 그들이 오는 것은 콧수염이나 턱수염이 난 우리들 대부분이 부대에서 떠나야 한다는 것을 의미했기 때문이다. 우리는 흥분해 있었다. 최고참 내무반장은 우리보다 더 긴장해 있었다. 종종 아무 이유 없이 초년병 내무반장들에게 소리를 질렀던 것도 긴장을 풀기 위해서였던 것 같다.

우리는 조용히 줄에서 기다리고 있었다. 최고참 내무반장도 쉬지 않고 걷다가 가끔씩 "안 돼, 안 돼."라고 소리쳤다. 다른 때 같으면 그런 행동에 우리는 다 같이 웃었을 것이다. 그러나 그날이 얼마나 중요한 날인지 우리는 너무 잘 알았다. 그래서 아무도 감히 웃지 못했던 것이다. 그런 긴장감 속에 하염없이 기다릴 때 뒤에서 한 무리의 수비대와 고관들이 뜰로 들어왔다. 수비대는 칼과 장식용 징이 반짝반짝 빛나는 넓은 혁대를 두르고 있었다. 고관들이 입은 옷은 눈이 부셨다. 커피색 바지는 꽤나 넓었다. 일등 서기관은 줄을 서 있는 신병들을 한 명씩 훑어본 후에 최고 사령관에게 만족감을 드러냈다. 뒤에서 그를 지켜보던 최고 사령관에게 지시하자, 최고 사령관은 뒤를 돌아 수비대를 쳐다보았다. 그들이 금세 움직이기 시작했다. 상사들 중 한 명이 밖으로 뛰어나갔다. 잠시 후에 밖으로 나갔던 상사와 함께 대필가들이 카프탄을 휘날리며 안으로 들어왔다. 한 사람은 손에 검은색 표지의 장부를 들고 있었다. 그때까지 어떤 일에도 관여치 않던 겔리볼루 신병 총사령관은 두꺼운 눈썹

---

[18] 중동 지역에서 입는 기다란 옷으로, 소매가 길고 띠가 달려 있다.

을 꿈틀거린 후에 시선을 우리에게로 돌렸다. 우리를 보는 시선은 갈수록 얼음장 같기만 했다.

"우리 부대에는 수백 년 동안 전해 내려오는 한 가지 관습이 있다. 때를 맞이한 자들을 황궁으로 보내는 것이다. 그곳에서 계급에 맞게 직무를 수행할 것이다. 최근 몇 년 동안은 전쟁으로 인해 많은 사람이 목숨을 잃었기 때문에 올해는 아직 때가 되지 않은 사람도 가야 한다."

그는 이렇게 말한 후에 일등 서기관에게 몸을 돌렸다.

"서기관님께서 말씀하실 차례입니다."

그는 한동안 묵묵히 있다가 "자, 시작하세요."라고 소리쳤다.

일등 서기관은 조금 머뭇거리다가 손에 들고 있던 검은 장부를 수행원에게 건네고 필요한 목록을 읽으라고 명했다. 수행원은 굵직한 목소리로 명단을 읽은 후 입을 다물었다.

"마흔 명은 수비대, 서른 명은 운송팀, 서른 명은 제빵사, 서른 명은 난방 담당, 스무 명은 정원사, 열 명은 파디샤 사냥개 훈련 담당, 열 명은 두루미 담당, 서른 명은 하수 처리 담당."

서기관이 읽어 준 목록대로라면 이 인원들은 황궁에서 공표된 것 같았다. 인원대로 사람을 뽑아 배치하는 것은 최고 사령관과 사령관 보좌의 몫이었다. 최고참 내무반장은 우리와 얼마나 정이 들었는지, 헤어져야 하는 순간이 오자 눈에 눈물이 고였다. 그가 하도 눈물을 많이 흘리는 바람에 일등 서기관이 위로해야 하는 상황까지 벌어졌다. 일등 서기관은 그에게 임무를 상기시키기 위해 말했다.

"알지 않나, 내무반장. 때가 되면 부대원 모두가 전쟁에 나가야 해. 파디샤께서는 예니체리 신병들을 가족들에게 보내고, 훈련생들을 부대로 보내라고 하셨네. 며칠 안 남았어. 터키 인 가족들의 곁으로 돌아갔던 아이들이 돌아와서 다시 부대가 활기를 되찾게 될 거야."

일등 서기관이 하는 말에는 모두 이면에 다른 뜻이 숨어 있었다. 우리들은 그 뜻을 거의 파악해 내지 못했다. 내가 이름을 말하자 손에 붓을 들고 있던 서기관이 말했다.

"파디샤의 사냥개 훈련 담당 보병 중대로!"

대필가들이 일을 끝내자 부대 총사령관이 우리에게 다가왔다.

"이름을 적은 사람들은 오늘 저녁에 준비를 마치고, 회교 선생님들과 물라들에게 작별 인사를 드려라. 내일 아침에 떠날 테니 준비를 단단히 하도록. 아침 예배를 드린 후에 데르사아뎃으로 떠날 것이다."

그는 땅에 발을 세게 구른 후에 "인샬라!"라고 소리쳤다.

우리의 마음이 새롭게 떨려 오기 시작했다. 일등 서기관과 부대 최고 사령관과 최고참 내무반장은 함께 뜰로 나갔다. 대필가들도 서둘러 일을 마치고 나갔다. 단검을 지닌 수비대도 휴식을 취했다. 내무반 도우미들도 우리에게 준비하라고 이르더니 나가 버렸다. 우리는 모두 침실로 갔다.

27

마흐뭇과 제밀은 눈 위에 서서 오랫동안 얘기를 나눈 후 썰매길을 걸어 인가를 둘로 가르는 시내 신작로로 들어섰다. 거리 양옆 집들의 앞부분은 조각돌로 되어 있었다. 이 집들 덕분에 카르스는 도시와 비슷해 보였다. 제밀은 꽃과 동물 모양이 조각되어 예쁘게 박혀 있는 돌을 보고 조금 놀랐다. 거의 모든 집의 입구에 놓인 널따란 돌에는 각각 다른 모양이 조각되어 있었다. 그는 그 형상들을 보며 파리를 떠올렸다. '그곳은 모든 집의 발코니가 색다른 건축 양식이었는데 이곳은 입구에 있는 돌들을 제각각 다른 모양으로 장식했군.' 머릿속으로 이렇게 비교하고 있을 때 경사진 길이 끝나고 광장이 나왔다. 앞에서 걷고 있던 마흐뭇 성주는 광장의 한가운데에 이르자 발길을 멈췄다. 그는 제밀에게 손을 뻗어 주변을 가리켰다.

"시내는 이 정도일세. 오른쪽으로 백 미터, 왼쪽으로 백 미터를 가면 끝나지."

제밀은 그에게 미소지어 보였다. 도시의 협소함에 실망했던 모양이었다.

"집을 나서 시내로 나와도 금방 돌아가고 싶으시겠어요."

그가 말했다.

마흐뭇은 제밀의 말에 심기가 불편했던지 입술을 삐쭉였다.

"그렇게 작다고만 보지 말게. 큰 도시에 있는 건 여기도 다 있다네. 자, 가세."

그는 돌아서 걷기 시작했다.

그들이 동쪽으로 걸어갈 때 말 두 필이 끄는 썰매가 빠른 속도로 옆을 지나 멀어졌다. 마흐뭇이 그것을 보고 말했다.

"에르주룸으로 가는 우편물이군."

제밀은 머릿속이 멍해지는 것 같았다.

"오늘 도착할 수 있습니까? 눈보라에 갇히게 되면……."

"오늘은 불가능하네. 그들은 여인숙도 날씨도 훤히 꿰뚫고 있지. 눈보라에도 쉬지 않고 폭우에도 멈추지 않아. 늦으면 어떻게 되는지 꿈에도 생각지 않으니까 말이야."

"길에서 자기도 하나요?"

"이곳에는 강도가 없다네. 업무에 늦어 착오가 생기는 날에는 당장 해고라는 것을 그들이 잘 알고 있다는 것을 말하는 것일세."

마흐뭇은 좁은 골목길이 끝나는 곳에 서 있는, 다른 건물보다 높이는 낮지만 넓은 건물의 대문을 지팡이 끝으로 두드렸다. 뒤에서 누군가 기다리고 있기라도 했던 것처럼 문은 곧바로 열렸다. 안은 꽤 어두웠다. 한동안 눈을 비비던 제밀은 어둠에 익숙해질 때까지 기다렸다가 마흐뭇을 따라 걸었다. 마흐뭇은 길이가 짧지만 넓은 살롱의 한가운데에서 오른쪽으로 돌았다. 안은 세 가지 색으로 칠해져 있었다. 그는 세 마리 뱀이 세공되어 있는 어느 문 앞에서 짧게 헛기침한 후에 문을 밀었다. 살롱과 비슷한 그곳에는 햇살이 넘쳐났다. 방은 두 개의 작은 공간으로 나뉘어 있었다. 나무 바닥에 아무것도 깔리지 않은 곳과 아젬과 투르크멘에서 온 양탄자가 깔려 있는 곳이 있었다. 양탄자 여섯 개가 깔려 있는 공간 벽에는 모두 의자가 놓여 있었다. 의자 위에는 형형색색의 부드러운 방석이 놓여 있었다. 벽의 옆면은 크고 작은 양탄자 쿠션이 놓여 있었다.

머리에 페스를 쓴 젊은이가 "잘 오셨습니다."라고 말하며 등을 구부려 인사했다. 그러고는 두꺼운 외투를 받으려고 대기했다. 마흐뭇이 외투를 벗어 젊은이에게 주자 제밀도 똑같이 했다. 키가 큰 그가 마흐뭇 뒤에서 걷자 의자에 무리지어 앉아 있는 이들의 시선이 자신에게 향한다는 것을 느낄 수 있었다. 마흐뭇이 의자에 다가가자 그들이 벌떡 일어섰다. 마흐뭇이 의자에 앉기 전에 제밀을 가리키며 말했다.

"아랫녘 아라스에서 온 베이오울루 야르오스만 제밀 왕작이오."

제밀에게는 넓은 어깨, 짧은 다리, 큰 머리, 너부데데한 얼굴, 대머리의 어떤 이를 가리키면서 "치안대장이네."라고 말했다. 그의 옆에는 키가 크고, 손이 크며, 가늘고 마른 얼굴을 한 군인 복장이 있었는데 그를 대령이라고 소개했다. 옆쪽 청동화로 옆에 서 있던 두 명이 제밀에게 다가왔다. 유럽 신식 라사들의 쇼윈도에서 볼 수 있는 것들과 비슷한 옷을 입었고 주변머리 말고는 머리가 없는 중간 정도 키에, 콧수염이 두껍고 코가 평평한 이가 자신을 소개했다.

"조지 탄드란 의사입니다."

의사 옆에 있는 이는, 그보다 키가 크고 곱슬머리에다가 눈이 작고 동그란 남자였다. 그도 자신을 소개했다.

"예전 나흐지반 호족 출신 두란 게이라니입니다."

조명이 있는 방에 앉아 있던 사람들이 하나하나 소개하자 제밀은 문득 공허함을 느꼈다. '그들에게 떳떳하게 내세울 만한 명예가 없다. 아버지의 그림자 안에서, 아버지의 명성과 후광으로 자신을 소개할 수밖에 없구나. 마음속에 있는 아버지와 아버지가 내게 주신 이름 말고 나는 아무것도 아니야. 나는 아버지 대체물일 뿐이다. 내 안에 두 사람을 담고 있는지도 모르겠다.' 그는 이렇게 생각하면서 의사 뒤에 서 있는 녹색 눈에 금발인 사람에게 손을 내밀었다.

남자가 말했다.

"상인 아이데네 이바노입니다."

"우리는 그를 말라간 이바노라고 부르지. 본인은 자기 이름을 꽤나 멋지게 부르지만 말이야."

마흐뭇은 농담을 하면서 치안대장과 대령 옆에 앉았다.

제밀은 조금 당황스런 표정으로 "저는 다른 분들이 있으리라고 생각지 못했습니다. 모두 여기 계시는군요."라고 혼잣말하듯 하면서 마흐뭇의 옆에 앉았다. 먼저 대령이 입을 열었다.

"야르오스만 성주님도 마흐뭇 성주처럼 우리 호족 중의 한 분이십니다. 마지막 작전에 같이 참전했었지요. 이곳에는 반란이 끊이지 않습니다. 그 와중에 사는 것도 고통입니다. 야르오스만 성주님께서는 재산을 지킬 수 있는 사람들 중 한 분이십니다. 그분 덕택에 아라스에는 별문제 없지요. 야르오스만 성주님께서는 전장에서도 당신에 대해 여러번 이야기하시곤 했습니다."

마흐뭇은 가늘기는 하지만 염소 뿔처럼 길게 휘어진 콧수염을 조금 더 말아 올린 다음 화제를 돌려 다른 사람들도 대화에 참여하도록 유도했다.

"아, 의사 선생, 내가 말씀드린 약을 찾으셨나?"

"노령기의 가장 좋은 약은 받아들이는 것이죠. 그래도 굳이 약을 원하신다면, 목동들에게 산을 뒤져 꽃을 모아 오라고 하죠. 그 꽃들로 약을 만들어 보지요."

의사 탄드란이 말했다.

마흐뭇은 고개를 설레설레 저었다.

"의사 선생, 평원에 꽃들이 그리 많은데 불로초를 발견하지 못했단 말이오? 그 약을 산에서 찾으려 하다니?"

"마흐뭇 성주님, 아시지 않습니까? 이 산의 꽃들은 특별합니다. 아마도 만병통치약이 될 만한 꽃이 있을 겁니다. 그 누구도 찾지 못한……. 아시다시피, 여름에는 고원마다 돌아다니며 꽃을 채집하곤 합니다. 겨울 내내 그 꽃으로 약을 만들지요."

치안대장이 달갑지 않은 화제를 끝내려고 이야기에 끼어들었다.

"듣자 하니 제밀 왕작은 파리에서 오래 사셨다면서요."

제밀은 속으로 '제밀 왕작'이라고 불러 보았다. 호칭이 마음에 들었다. 그는 대답을 기다리는 치안대장에게 돌아섰다.

"바그다드에서 가장 오래 살았습니다. 10년 정도 살았지요. 다른 곳에는 가지 않고요."

"여름에는 집에 가곤 했었나요?"

"아니요, 바로 신학교를 마치고 이스탄불로 가려고 했었지요."

의사는 참지 못하고 대화에 끼어들었다.

"이스탄불은 사람을 끌어들이지요. 재앙의 도시이기도 합니다. 파리를 전 세계의 수도라고 부르지요. 그래도 저는 파리에 있을 때 이스탄불을 그리워하곤 했습니다. 아, 이스탄불이여, 아!"

대령은 검고 두툼한 입술을 삐죽거렸다.

"의사 선생, 그만 하게. 허풍 좀 그만 떨라고. 제밀 왕작은 아직 못 봐서 잘 모를 거요. 우리 의사 선생이 이스탄불에 대한 집착이 얼마나 대단하지. 이스탄불 얘기만 나왔다 하면 하루 종일 붙잡고 늘어진답니다. 저 사람이 설명하는 이스탄불을 우리는 한 번도 보지 못했소. 아마 상상인 게 분명하오. 이제 그걸 설명할 대상을 찾았으니 내일 아침까지 왕작을 내버려 두지 않을 거요."

의사는 지루한 듯 한숨을 쉬었다. 그리고 몸을 앞으로 숙였다가 코를 문지른 후에 웃음을 띠며 말했다.

"제밀, 저는 이렇게 작은 도시의 화목함을 좋아합니다. 대도시에서는 볼 수 없지요. 이스탄불은 특별합니다. 대령, 이 사람이 만약 이스탄불에서 대령으로 있었다면, 내가 설명하는 게 바로 이스탄불 중앙에서 벌어지는 일이라는 것을 알 것입니다. 저녁마다, 금요일마다 그곳에서 나오지 않았지요. 그래도 이스탄불에 있을 때는 1월과 겨울에는 오가기도 했죠."

제밀도 대화에 끼어들어 그들과 하나가 되고 추억을 음미하고 싶었다. 그러나 시간이 지나다 보니 대화 밖에 머물게 되었다. 이런 상황이 지루해질 즈음 방에서 심부름하는 하인이 사람들 앞에 물 담배 쟁반을 내려놓았다. 제밀 앞에도 물 담배 쟁반이 놓이자 깜짝 놀랐다. "가지고 가게."라고 말하려는데 마흐뭇 성주가 그를 돌아보며 말했다.

"이런 작은 도시에서 자네에게 제공할 수 있는 가장 값진 유흥거리는 물 담배밖에 없다네."

28

차나칼레 지역에서 궁궐로 땔감을 운송하는 배가 바다를 가르며 부두에 가볍게 부딪혔다. 부두에서 어찌나 큰 소리가 나던지, 우리는 모두 부두가 부러진 줄 알았다. 다행히 아무 일도 일어나지 않았다. 배에서 부두 쪽으로 계단이 나 있었다. 먼저 대위들, 상사들, 우리들, 그리고 마지막으로 호위병들이 계단을 올랐다. 의복과 식량이 담긴 짐가방을 살롱에 놓아둔 채 모두 갑판으로 나갔다. 대위들과 호위병들은 카키색 바지를 입고 커피색 재킷 위를 엑스자로 둘러맨 탄띠 위로 총을 메고 있었다.

오래된 것이기는 하지만 우리는 모두 풀무를 먹인 부츠를 신고 있었다. 사람들은 대부분 우리를 '가축 무역업자'라고 불렀다. 몇몇은 뭐라고 말하는지 알아들을 수도 없었다. 웃는 얼굴로 보아서 나쁜 의미는 아니라는 것을 알 수 있었다.

배는 한두 번 경적을 울린 후에 항구에서 멀어졌다. 한동안 반대편 해변 쪽으로 가더니 방향을 북쪽으로 틀어서 하염없이 나아갔다. 문득 몇 년 동안 익숙했던 무언가를 잃어버리는 것 같았다. 나는 몸을 비틀어서 점점 멀어져 가는 겔리볼루 성을 바라보며, 우리의 추억이 서린 퀼리예를 생각했다. 나는 구석구석 모든 것을, 담벼락에 붙어 있는 돌 하나까지도 알고 있었다. 지금 그곳에 남은 선생과 물라들은 이제 다른 사람들을 기다릴 것이다. 우리는 무엇이 우리를 기다리는지 알 수 없는 곳을 향해 가고 있었다. 처음으로 바다 건너편을 생각했다. 나는 어린 시절의 대부분을 그곳에서 보냈다. 오스마나가, 압둘라, 쉬마라나, 그리고 노예 소녀 에신티는 지금 무엇을 하고 있을까? 노예상에게 사 온 그녀를 데리고 시골로 돌아갈 때 마차가 달리기 시작하자 오스마나가는 깨끗이 씻고 난 후 아름다움이 드러난 에신티를 가여운 새 보듯 쳐다보았다. 그는 쉬마라나의 환심을 사려는 듯 그녀를 안고 키스한 후에 물었다.

"쉬마라나, 이 아이 이름을 무엇으로 하지?"
"우리가 조금만 보살펴 주면 요정처럼 예뻐질 거예요."
쉬마라나는 소녀를 바라보고 미소지으며 말했다.
"요정은 안 돼. 시골 사람들은 요정이라는 말만 들어도 오만 가지 단점을 찾아내려 할 거요."

오스마나가는 코를 비틀었다.

"봐요, 우리 마음을 시원하게 씻어 주는 저 산들바람처럼 곱잖아요."

"에신티, 산들바람! 아주 좋은 이름이에요!"

압둘라와 나는 동시에 소리 질렀다.

자신이 붙여 준 이름이 받아들여지자 기분이 좋아진 쉬마라나는 소녀를 다시 한 번 바라보았다.

"우리 집이 이 아이에게도 행복을 가져다주면 좋겠어요."

쉬마라나는 그녀의 이마에 키스했다. 그리고 소녀의 손을 잡고 마차에 앉아 먼 곳을 바라보았다.

노예 소녀의 이름은 그 이후로 에신티가 되었다. 우리보다 나이도 많고 몸도 더 컸지만 거의 매일 포도밭과 정원에서 놀았다. 결국 에신티는 오스마나가의 약혼녀가 되었다.

배가 황소 울음소리와 비슷한 기적 소리를 울릴 때까지 나는 에신티와 압둘라와의 상상의 세계를 오래도록 방황했다. 선장이 경적을 울려 나를 꿈에서 깨웠을 때, 마침 두 대륙의 한가운데에 있었다. 갑자기 배가 파도에 휘청했다. 처음에는 아무도 파도를 신경 쓰지 않았다. 그러나 두 번째에는 모두 질겁했다. 몇몇 친구는 토하기도 했다. 선원들은 아주 민첩하게 어디선가 침상을 가져와 살롱에 깔았다. 우리는 둘씩 셋씩 침상에 누워 가장자리에 있는 끈을 잡았다. 그러니까 좀 나았다. 배가 흔들려도 참을 만했다. 토하는 사람들 옆에 항아리를 하나씩 놓아둔 선원들은 그들에게 눈을 감고 자라고 했다. 그러면 훨씬 나을 거라면서. 선원들은 우리와는 달랐다. 별일 아니라는 듯 들락날락했다. 몇몇은 토사물이 가득 찬 항아리를 새 항아리로 바꿔 주었다. 나는 나이가 있으니 모든 것을 할 수 있을 거라고 생각했다. 그러나 몇 시간 후 파도가 잠잠해지자 자신이 연약하고 쓸모없는 것처럼 느껴졌다. 나는 손잡이에 연결된 끈을 꽉 잡고, 침상에 누운 친구들을 바라보았다. 다들 얼굴이 빛을 잃고 허옇게 떠서 죽을 것처럼 공포에 질려 있었다. 나이 든 대위들 중 하나가 이런 공포를 눈치챘는지 한 손으로는 문 옆에 매달린 줄을 잡고, 다른 손으로는 자신의 말을 들어 보라고 신호를 했다. 우리가 어느 정도 진정되자 그가 말했다.

"선장 얘기가, 날씨가 나쁘지 않을 것이고, 몇 시간만 지나면 바다가 잠잠해질 거라고 했소. 잠시 아무것도 먹지 마시오. 배고파 죽을 때까지 참았다가 음식을 드시오."

우리를 격려하기 위한 말이었다. 그러나 그 말은 내게 다른 감정을 불러일으켰다. 또다시 푸른 밀밭에서 무릎을 꿇고 울던 어머니가 떠올랐다. 파도 위에 배가 떠 있는 게 아니라 내가 어머니의 품속에 있는 것 같았다. 이내 눈꺼풀이 무거워졌다. 눈을 뜰 수 없었다. 깊은 잠에 빠져들었을 때 어머니가 내 곁으로 다가왔다. 어머니는 웃으며 서 있었다. 그런데 무슨 일인지 갑자기 화를 내더니, 눈썹을 치켜세우며 내게 손을 흔들었다. 어머니가 손을 흔들자 웬 남자가 나를 말 위에 있는 대위 팔로 던졌다. 나를 안은 대위와 옆에 있는 기마병들이 말을 몰자 어머니로부터 멀어지기 시작했다. 나는 영문을 모른 채 도망치려고 발버둥 치며, 고개를 돌려 어머니를 바라보았다. 어머니는 우리 뒤를 쫓아 달려왔다. 어머니가 달리기 시작하자 길가에 있던 노란 소나무들도 달리기 시작했다. 어머니가 어찌나 빨리 달리는지, 눈 깜짝할 사이에 우리가 탄 말을 앞질렀다. 소나무들이 따라잡지 못하자 울기 시작했다. 우리는 말 등 위에서 어머니와 울면서 그 뒤를 뛰어가는 소나무를 바라보고 있었다. 어머니가 갑자기 멈춰 서더니 두 손바닥을 마주쳤다. 그녀가 손뼉을 치자 뒤에서 달리고 있던 노란 소나무들이 놀이를 하는 아이들처럼 손을 마주 잡았다. 달 쪽으로 색깔이 한 가지씩 올라가고 있었다. 태양에게 무슨 일이 일어났는지 그 자리에 달이 떴다. 어머니가 달리자 모든 곳이 빛나는 태양빛으로 가득 차 있었다. 말 등

위에서 나를 잡고 있던 콧수염이 두꺼운 대위도 뒤에서 따라오던 기마병들도 깜짝 놀랐다. 하지만 누구 하나 달리는 말고삐를 잡아당겨 멈추지 않았다. 오히려 말이 서지 못하도록 채찍질을 하였다. 나를 잡고 있던 대위도 우는 듯한 목소리로 "바람이 되어라, 바람이."라고 소리 지르더니 다시 채찍질을 하였다.

어머니를 숨겨 주던 노란 소나무들이 가지를 옆으로 펼치자 다시 어머니가 보였다. 어머니는 목을 쭉 늘이고 손에는 하늘에서 내려온 달을 잡고 있었다. 그녀가 돌면 달도 돌고 그녀가 멈추면 달도 멈추었다. 그들이 서자 춤추던 소나무들도 멈춰섰다. 우리는 말을 타고 바람을 통과하고, 가로수를 지나가려 했다. 그러자 말들의 목에 땀이 송골송골 맺혔다. 어머니가 말들을 동정한 건지 아니면 손에 달을 쥘 힘이 남지 않은 건지 알 수는 없지만 어머니는 달을 하늘로 던지더니 다시 손을 마주쳤다. 달이 하늘로 날아올랐다. 노란 소나무들도 제자리로 돌아갔다. 어머니가 땀을 흘리는 말을 보며 몸을 구부렸다. 말의 눈에 입을 맞추고 내게도 입을 맞췄다. 대위에게도 기마병들에게도 아무 말 하지 않았다. 그녀는 뒤로 돌아 태양을 바라보았다. 조금 전에 사라졌던 태양이 다시 나왔다. 대위가 이마에 맺힌 땀을 닦았다. 어머니는 소나무들 사이로 걸어갔다. 어머니가 외쳤다. "제 마음을 태우는 불신들이여, 그런데 다른 사람의 마음은 왜 촛불만큼도 타지 않는 거지요?"

옆에 있는 친구 어깨에 머리를 부딪혀 나는 잠에서 깨어났다. 옆에 서 있던 젊은 대위가 말했다.

"지나갔네, 지나갔어."

무엇이 지나갔는지 알 수 없었다. 내 꿈인지 아니면 폭풍인지 분간이 되지 않았다. 나는 오로지 젊은 대위의 표정만 살필 뿐이었다.

29

제밀이 도시 상류층 사람들과 인사를 나눈 날 이후로 몇 주 동안 눈이 내렸다. 어떤 날은 날씨가 조금 풀리기도 했으나 태양은 신선하고 새하얀 눈을 손으로 가볍게 쓰다듬듯 훑고 다시 사라졌다. 사실 이 모든 게임을 주관하는 자는 눈구름이었다. 눈구름은 바람에게 손을 흔들어 바람이 다가오면 "우리를 서로에게서 떨어뜨려 줄래?"라고 속삭였다. 오랜 기다림에 싫증이 난 바람이 입으로 한 번 훅 불자 구름들이 서로에게서 떨어졌다. 이제 겨우 세상을 본 태양이 씩 웃으면서 구름을 떼어 놓은 바람을 고맙게 바라보았다. 그러나 태양의 뜨거운 얼굴을 본 눈이 울기 시작하자, 이번에는 구름이 견디지 못하고 바람을 불러 다시 자신들을 합쳐 달라고 했다. 인정 많은 바람은 그들의 부탁을 거절하지 않았다.

눈이 내리자 제밀의 수하들은 다른 사람들처럼 밖으로 나가지 못했다. 그래도 매일 정기적으로 가까운 곳에 있는 강의 얼음을 깨고 말에게 물을 퍼다 먹였고, 우리 앞에서 산책을 시켰다. 눈이 내리기 며칠 전 새끼를 낳은 말 곁에는 말 두 필을 사다 묶어 두었다. 휘스뉘와 므스티의 생각이었다. 시내를 구경할 때 마장에 가서 고르고 골라 결국 암말 두 필을 샀다. 제밀에게 물어보지도 않았다. 물어보았더라도 "자네들이 적당하다고 생각하면 사게."라고 말했을 것이다. 말이 온 날 제밀은 궁금해서 마구간으로 갔다. 말이 연약한 것을 보고 물었다.

"왜 이 말들을 샀지?"

휘스뉘는 지금껏 아무것에도 간섭하지 않았던 제밀의 얼굴을 어쩔 줄 몰라 하며 쳐다보았다.

"도련님, 므스티와 시장을 둘러보는데 이 말들이 눈에 들어왔습니다. 둘 다 다른 곳에서 볼 수 없는 운송용 말입니다. 여름에 저희가 바퀴 달린 마차를 만들었잖습니까? 부인들을 편히 모실 수도 있고, 무거운 짐을 옮길 수도 있습죠. 므스티가 조금만 훈련시키면 봄이 오기 전 여기 상류층 부인들처럼 부인들을 썰매로 모실 수도 있어요. 또 저희도 시장에 썰매로 오갈 수 있지요. 마흐뭇 성주 수하들이 이 말들을 보더니 사용하지 않는 썰매가 있다고 저희에게 준다고 했어요."

제밀은 순수한 그들에게 어떻게 말해야 할지 몰라서 하얀 이를 드러내며 웃었다.

"휘스뉘, 나는 말을 왜 샀냐고 묻는 것이 아니라 이 말들을 왜 샀냐고 물었네. 즉, 어떤 이유로 다른 말이 아니라 이 말들을 샀나? 또 우리 생계 문제는 생각해 보았나?"

"도련님, 므스티는 말에 대해서 잘 알죠. 보자마자 이 말을 놓치지 말자고 했습니다."

그는 한동안 손을 비비더니 "성주님 일은 안됐지만 고생할 건 모두 각오한 일입니다."라고 말했다.

제밀은 그들이 한 일을 받아들이며 마구간에서 나와 거처로 갔다. 그는 평평 내리는 눈을 바라보며 자기 자신에게 말했다. "이 도시에서 내가 갈 곳을 찾았다. 그들이 갈 곳은 어디에도 없다. 자기들 소일거리를 찾은 거겠지. 확실히 도시 사람들을 부러워하는 게 틀림없어. 부러워하는 게 좋은 일이기는 하지. 그러면서 자신들의 삶 말고도 다른 삶이 있다는 것을 알아야지. 나조차도 이 사실을 깨닫는 데는 여러 해가 걸렸는걸. 바그다드에서는 배움의 노예가 되었지. 이스탄불에서는 호기심 가득한 호족의 왕작으로 살았지. 파리에서는 학구열에 불타는 동양 어느 갑부의 자식이었지. 이곳에서는 온전히 나 자신이 되고 싶어. 그런데 모두들 나를 야르오스만 성주의 아들로만 기억해. 어디를 가든 아버지의 그늘에서 벗어날 수 없어. 나는 내가 되지 못하고 있어. 그들만이라도 그들 자신이 되어야 해." 그는 갑자기 이마를 때리는 차가운 바람을 느꼈다. 바람이 그에게 상기시키기라도 한 듯 입에서 '치첵'이란 단어가 튀어나왔다. 그 말을 내뱉고 나자 문득 무서웠다. 제밀은 의심스러운 눈으로 주위를 두리번거렸다. 별채의 바깥문에 손을 뻗다가 멈추었다. 당황스러움을 진정시키고 손을 문에 대자 문이 스르르 열렸다. 술타나와 쉬메이라가 문을 열어 놓고 그를 기다리고 있었다. 그들의 얼굴을 유심히 살펴보았다. 그들은 웃고 있었다. 웃는 것을 보니 그가 "치책"이라고 말한 것을 들은 모양이었다. 그는 창백한 입술 사이로 힘겹게 물었다.

"왜 문 뒤에서 기다리고 있었던 게요?"

쉬메이라는 문이 스르르 열리는 바람에 허공에 남겨진 제밀의 손을 잡으며 말했다.

"안으로 들어오시길 기다리고 있었어요."

술타나가 끼어들었다.

"언제부터 문 앞에 계셨어요? 추위를 느끼고 안으로 들어오실 때까지 기다렸어요. 마구간에는 좀처럼 안 가시더니 갑자기 무슨 일이에요?"

"말을 샀다고 해서 보러 갔지. 퍽 대단하지는 않더구먼. 그래도 휘스뉘가 엄청 칭찬하던걸."

제밀이 말을 끝내자 술타나가 그의 다른 손을 잡고 안으로 이끌었다. 손이 차가운 것을 보니 추위에 꽤 떨었나 보다. 그녀가 쉬메이라에게 말했다.

"땔감을 좀 가져와요. 커피를 만들 테니."

쉬메이라가 땔감을 가지러 가자 제밀도 그녀를 따라갔다. 술타나가 큰 석조 화로를 찾아내 주방으로 사용했던 방으로 들고 들어갔다. 그녀는 큰 커피 주전자에 물을 담아 장작불 위에 놓았다. 술타나는 어두운 방에서 물이 끓기를 기다리면서 할머니를 떠올렸다. 그녀는 입가에 미소를 지으며 중얼거렸다. "할머니는 반대하는 방법도, 마음을 얻는 방법도 잘 알고 계셨지. 내가 신부가 되던 날 쪼그라든 그 입술로 내 이마에 입을 맞추고 하신 말씀이 있어. '용기를 내라. 인내해라. 그리고 정직해라. 정직은 마음속에 있다는 것을 잊지 마라. 다른 사람들이야 어찌 하든 간에 너는 항상 마음속에 정직함을 잃지 않아야 한다.' 할머니는 또 한 번 이마에 입을 맞추었어. 그리고 무엇을 골똘히 생각하시더니 숨을 크게 내쉬면서 '절대 뒤돌아보지 마라. 잃어버린 것들은 포기하고, 내 손에 쥐고 있는 것에 만족하고 행복해라.'라고 하셨지. 이 말씀을 하신 지 그리 긴 시간이 지나지 않았어. 그분 말씀이 옳아. 질투하지 말라고 하셨어. 그래도 이건 능력 밖의 일이야. 쉬메이라에게 질투를 느끼는 걸. 지나가는 감정이겠지. 수많은 호족의 딸들이 왕작과 결혼하고 싶어 하잖아. 그녀도 그런 여자들 중 하나일 뿐이야. 그녀 아버지도 아주 어려운 상황에 있잖아."
내면의 자신과 조금 더 대화를 나누고 싶었으나 끓는 물이 가득 찬 주전자를 화로 앞쪽 평평한 돌 위에 올려놓고는 일어섰다. 커피 원두 분쇄기를 두어 번 돌려서 커피를 조금 갈았다. 주전자에 커피 가루를 넣었다. 주전자를 다시 불에 올려놓고 거품이 일면서 끓을 때까지 저었다. 커피가 넘칠 것 같아 주전자를 불에서 내려놓았다. 화로 가까이 있는 선반에서 찻잔을 꺼내 커피를 부을 때 휘스늬와 므스티가 들어왔다. 커피 향을 맡더니 휘스늬가 말했다.

"번거로우시겠지만, 저희도 커피 한잔 마시고 몸을 조금 덥히고 싶군요."

므스티가 어쩔 줄 몰라 하는 것을 본 술타나는 말했다.

"므스티, 이제 그만 익숙해져야 합니다. 집이 손바닥만 해요. 함께 먹고 마셔야 해요. 다른 방도가 없어요."

므스티가 커피잔을 들었을 때 누군가 문을 두드렸다. 세 사람은 동시에 '이런 날씨에 누구지.'라고 생각하며 서로를 쳐다보았다. 휘스늬가 문 쪽으로 걸어가며 말했다.

"있을 수 없는 일이야 이건. 이런 눈보라에 송장 될 일 있어?"

방문을 열어 둔 채로 현관문을 열자 치첵이 강풍과 함께 안으로 밀려 들어왔다. 그 장면을 문틈으로 본 술타나는 자리에서 재빠르게 뛰어나갔다. 방문 앞에서 팔을 벌려 어린 소녀를 안으며 말했다.

"잘 왔다, 치첵."

그때 마침 쉬메이라와 땔감 창고에서 돌아온 제밀이 치첵을 보았다. 그는 마음속에 꽃이 한 송이 핀 것처럼 기뻐하며 그녀를 불렀다. "치첵!"

30

우리는 이스탄불에 있는 여러 부대에 나뉘어 배치되었다. 나와 친구 몇 명은 갈라타 부대 객사에 파견되었다. 그곳에서는 우리의 사격 실력을 점검해 보고 신체를 검사해서 일일이 장부에 기록한 후에 적당한 곳으로 배치해 주었다. 나는 오랫동안 빵 만드는 일을 도왔다. 이어 파디샤의 사냥용 별장으로 보내져 사냥개를 돌보는 업무를 맡게 되었다. 그런데 그곳은 할 일이 별로 없을뿐더러 겨울용 땔감을 비축해야 하는 시기가 되었기 때문에 다시 벌목반으로 배치되었다. 벌목반 작업을 위해 현장 책임자가 아침이면 마차로 우리를 데리러 오고, 저녁이면 다시 데려다 주고는 했다. 별장은 뒤로는 산을 등지고 앞으로는 물에 면하여 있었다. 그런데 웬일인지 내 눈에는 항상 바다에서 도망친 건물처럼 보였다. 별장 정원에서 일하는 것은 자유로웠다. 하지만 담장 밖으로 나간다거나 별장의 문서를 보는 것은 불가능한 일이었다. 사실상 밤늦게까지 땔나무를 베고 땔감을 옮기다 보면 거의 탈진되었기 때문에 다른 곳을 보고 싶은 호기심도 생기지 않았다.

다시 가을이 되었다. 별장의 월동 준비도 빠르게 진행되었다. 우리가 땔감을 비축했던 것처럼 빵 제조업자들도 별장의 밀가루를 비축했다. 다른 근무자들도 빈둥빈둥 놀지 않았다. 정원에서 잡초를 뽑기도 하고, 나무 주위를 파기도 하며, 재배한 과일을 따기도 하고, 별장에서 꽤 떨어진 곳에 있는 가축들을 돌보기도 했다. 곁에서 보면 세세한 일의 면모가 보이지 않으니 그들은 항상 같은 사람들이 같은 일을 하는 것처럼 보였다. 전문가는 달랐다. 모두들 매일 파디샤가 별장에 오기라도 할 것처럼 그날의 일을 미루지 않았다. 나처럼 별장의 정원에서 일하는 사람들과 별장 안에 있는 이들과는 전혀 관계가 없었다. 두 개의 세상이 전혀 별개로 움직이고 있었다. 우리는 아침이면 별장으로 데려다 주고 저녁에 다시 데려가는 작업반장의 마차 말고는 다른 교통수단이 없었다. 그러나 별장에 있는 이들은 모두 어디든 오고 갔기 때문에 별장의 문 앞에는 언제나 마차가 대기하고 있었다. 오는 이들도 가는 이들도 모두 내부가 보이지 않는 폐쇄된 마차를 타고 있었기 때문에 우리는 누가 오는지 누가 가는지 알 수 없었다. 만약 마차가 옆으로 지나가기라도 하면, 우리는 앞으로 몸을 약간 숙이고 눈을 내리깔고 마차가 지나가기를 기다렸다. 일할 때는 작업복으로 통이 넓은 샬바르[19]와 비슷한 바지와 검은 수가 놓인 재킷을 입고, 허리에는 그리 두껍지 않은 띠를 둘렀다. 작업반장이 올 때가 되면 우리는 즉시 옷을 갈아입고, 견습생들에게 제공되는 윗옷을 걸치고 마차에 올랐다. 나는 마차에 탈 때가 되면 눈이 반은 감겨서 몇 날 며칠이 걸린 첫 여정을 떠올리다가 곧바로 피곤에 절어 잠이 들곤 했다. 땔감 담당 몇 명이 파샤의 저택에서 다시 차출되었다. 그 아이들은 부대 견습생과 달리 순진하지 않았다. 죄책감 따위는 아랑곳하지 않고 기회가 올 때마다 여자들과 시시덕거렸다. 사내아이 하나가 저녁 귀갓길에 별장의 나무 틈새로 본 스카프를 쓴 여인에 대해 늘어놓기 시작했다. 그때 마부 옆에 앉아 있던 작업반장이 허공에 휙 소리를 내며 회초리로 아이의 등을 휘감아 때렸다. 우리는 모두 어리둥절했다. 이제껏 작업반장이 우리 이야기를 듣고 있을 것이라고는 한 번도 생각해 보지 않았다. 그는 언제나 우리 이야기에 귀를 기울이고 있었던 것이다. 부대에 이르자 작업반장은 아이를 채찍으로 감아 질질 끌고 총사령관에게 데리고 갔다. 우리 방 내무반장이 뒤에서 아이를 한동안 노려보더니 버럭 화를 내며 "걸어!"라고 소리 질렀다. 아이를 방문 앞으로 데리고 왔을 때도 손을 위로 들며 "그대로

---

[19] 터키에서 입던, 통이 넓고 발목을 조이는 바지.

있어!"라고 소리쳤다. 그는 한 발을 문지방 안쪽에, 다른 발을 바깥쪽에 둔 채였다. 문간의 양옆 기둥에 몸을 기대고 서서 우리 몸을 엄격하고 철저하게 검사한 후에 안으로 들여보냈다. 겔리볼루 부대에서 떠나온 이래로 처음 겁을 먹었다. 공포에 질려 있는데, 별안간 오스마나와 함께 있을 때 말더듬이 이맘에게 들었던 말이 생각났다. 이맘은 말했었다. "발을 떼기도 전에 넘어진다. 넘어지고 나서 생각하면 아무 소용이 없어." 넘어져 울고 있는 압둘라에게 오스마나가는 입이 닳도록 타일렀다. "압둘라, 산다는 것은 이렇게 넘어지고 일어나고 하면서 배우는 거란다."

그날 저녁 식당으로 가기 전까지 우리는 누구도 입을 열지 않았다. 식당에서 돌아온 후에는 지칠 대로 지쳐 있었다. 취침 예배가 끝나자 내무반장은 채찍 맞은 아이를 거론하며 말했다.

"그 아이의 행동을 조사할 것이다. 우리는 부대에서 뽑혀 왔다. 우리들 가운데 그 아이처럼 천박하게 구는 사람이 나와서는 안 돼. 그러면 그날로 제명될 것이다. 만약 탈선행위가 발각되면 우리 교적과 명단에서 제외될 것이다. 그 아이가 부도덕하게 처신할 때, 만일 너희가 제대로 된 아이들이었다면 고개를 돌렸겠지. 너희도 죄가 있다는 뜻이다. 오늘부터 내 귀에 천박한 말투가 들려오는 날이면 그게 누구든 매질을 피하기 어려울 게야! 명심해라. 알리 오스만의 신성함이 오늘날까지 수백 년 동안 부대에서 양성된 사람들에게 전해지고 있다. 우리 부대의 명예도 우리의 정직함에서 나오는 것이다."

내무반장의 말을 듣고 있자니 내가 겔리볼루 부대의 퀼리예 교실로 돌아간 것 같은 생각이 들었다. 내무반장은 신학교 선생처럼 연설을 늘어놓고 있었다. 신학교 선생들이 한술 더 뜬 것은 사실이다. 파디샤 원정에 출전했던 예니체리에 대해서 설명할 때는 선생들이 원정에 참여하기라도 한 것처럼 예니체리들의 칼싸움을 설명하고 또 설명했다. 그들이 그 장면을 설명할 때면 우리도 흥분을 감추지 못했다.

"우아, 대단하다."라며 탄성을 지르고는 했다.

　삼 주가 지난 후 그 아이는 대단한 탈선을 한 것은 아니며 도시의 영향으로 바람이 조금 들어간 것으로 판정되었다. 처음에는 견습생 훈련대장이 아이에게 매질을 했다. 그러고는 곧바로 아이가 여자를 볼 수 없도록 땔감을 나르는 배로 보냈다. 그 아이는 떠났지만 우리에 대한 통제는 계속되었다. 내무반장이 아니더라도 상사들, 아니면 작업반장이 우리를 감시했다. 이제 그런 상황에 익숙해져서 멀리서 사람 그림자만 나타나도, 남자인지 여자인지 알려고 하지도 않고 고개를 떨구고는 했다.

　별장에서 땔감 패는 일이 끝나고 나자 나는 원래 임무인 사냥개 훈련 담당으로 재배치되었다. 그곳에서 개들과 소통하는 법을 배우자니 이름이 보이라으였던, 귀가 늘어진 얼룩덜룩한 우리 집 개가 떠올랐다. 그때 나는 어렸고, 그 개의 보드라운 귀를 무척 좋아했었다. 줄곧 그 개처럼 귀가 보드라운 개들을 찾았지만 구할 수 없었다. 양치기 개들, 사냥개들은 모두 귀가 쫑긋하고 반듯했다. 더구나 이 개들은 족보가 있기 때문에 우리 보이라으처럼 본 대로 행동하지 않고 배운 대로 행동했다. 사냥개들이 별장에 남을 수 있었던 것도 모두 사냥개 훈련병들의 말을 잘 듣고 따랐기 때문이었다.

31

　제밀은 마흐뭇 성주의 요청으로 그의 딸 치첵에게 프랑스 어를 가르치기로 했다. 그는 수업이 매끄럽게 이루어지는 데다 치첵이 언어를 빨리 깨치는 것에 놀랐다. 소녀는 아름답고 영특했다. 그는 이 점이 아주 매력적으로 느껴졌다. 그는 가끔 클럽에서 놀이를 하거나 음식을 먹을 때면 그녀를 생각했다. 그때마다 왠지 심장에서 가벼운 통증이 느껴졌다. 그 미세한 아픔이 느껴질 때면 자신의 의지와 무관하게 몸이 떨리곤 했다. 어느 날 마흐뭇의 저택에서 치첵에게 수업을 하고 별채로 돌아오는데 몸에 경련이 났다. 손으로 가슴을 부둥켜안고 있는데도 경련이 가시질 않았다. 오히려 점점 심해져 갔다. 아픔을 참느라 탈진된 그는 밤이 되기도 전에 침대에 누웠다.

며칠 동안 쏟아지던 눈도 마치 그가 병이 나기만을 기다렸다는 듯이 그가 깊은 잠에 빠져들자마자 뚝 그쳐 버렸다. 자정이 되었는데도 주위가 어찌나 밝은지 도시에 사는 사람들이 모두 "빛이 내리고 있다."며 거리로 쏟아져 나왔다. 거리로 나온 사람들은 노란 달과 파란 하늘, 그리고 하늘에서 내리는 빛이 서로 엉키는 것을 보자 무서움이 밀려와 온몸을 떨었다. 그들은 속으로 '혹시 내 차례인가?'라고 생각했다. 그러나 겁이 나서 그 누구도 말하지 못했다. 다만 겁먹은 눈으로 먼 곳을 보았고, 돌아서면서 옆에 있는 사람들과 눈을 마주치지 않으려고 애를 썼다. 그리고 광명의 빛을 동반하여 올 이가 자신이 되지 않기를 신께 간청하고 또 간청했다.

간혹 이 같은 공포를 극복하기 위해서 몇몇 사람이 침묵을 깨고 입을 열었다. 그들은 성스러운 빛이 어디서 왔는지 말하기는 했지만 누구도 진실을 알지 못했다. 제각각 들은 얘기를 늘어놓을 뿐이었다. 도시에 사는 연장자들은 대부분 이 경건한 빛이 아라라트에서 지상으로 내려온 것이라고 믿었고, 샤[20]에게서 도망쳐 카르스에 정착한 메쉐디들은 카프카스에서 고원으로 퍼진 것이라고 믿었다. 쿠르 강을 따라 도시에 정착한 이들은 천신들이 지상에 보낸 가장 아름다운 여신 이난나가 하늘에서 지상으로 가져온 것이라고 생각했다. 숫자가 얼마 안 되는 카라파곽들은 이 빛이 자기들 조상의 영혼에서 생긴 것이라고 했다. 이 신성한 빛은 알라휴에크베르 산에서 출발해서 아라라트를 지나 크스르 불모지에 씨앗을 흩뿌리고 진산에 사는 산신령들을 모아 그루지야에 퍼뜨렸으며, 카프카스의 찬 바람으로 인해 간이 떨어져 나갈 정도로 기침을 해 대는 울가르 부족에게는 치유법을 가르쳐 주었고, 산에

---

20) 이란 국왕을 일컫는 말.

대한 이야기만 나오면 심드렁해지는 카스렛의 환심을 샀으며, 우우즈 평원에 있는 신령스런 여동생의 무덤을 둘러보고, 악차칼레에서는 하늘로 기둥을 세우고는 아라라트를 거쳐 지상에서 가장 아름다운 여신 이난나의 나라로 갔다는 것이다. 아타벡이라는 나라에서 온 이들은 또 "저 빛은 시베리아에서 와서 사마르칸트로 떠난 어느 무당 남편의 영혼일 거야. 자기 나라에서 쫓겨난 무당 남편이 히말라야를 넘을 때 바람 때문에 북이 찢어지자 무릎을 꿇고 울었대. 그 사람이 우는 것을 보고 히말라야의 바람들이 몹시 안타까워했다는군. 그래서 바람들은 찢어진 북에서 쏟아진 그 신성한 빛이 세상에 있는 모든 무당에게 옮겨 갈 것이라고 말했대. 그러니 이 빛은 히말라야에서 온 거지."라고 말하기도 했다. 겨울을 날 집으로 거처를 옮긴 목동들은 뷜뷜로의 빛이라고 말하기도 했지만 말하는 자신들조차도 믿지 않았다.

천지 창조 이후 선이 그러하듯 악도 신성한 빛이 없단 말인가? 모든 것이 신성한 빛 하나에서 파생된 것이 아니란 말인가? 위대한 자들은 모두 성스러운 빛 안으로 사라진 것이 아니었단 말인가? 길가메시가 전쟁을 하거나 제우스가 하늘에서 내려올 때는 항상 성스러운 빛에 둘러싸여 있지 않았던가? 모세도 십계명을 신성한 빛 때문에 알게 된 게 아니던가, 예수도 불꽃과 빛에 싸여 하늘로 올라가지 않았던가, 무함마드가 승천하시던 그날 밤에도 신성한 빛이 안내하는 길을 따라 걷지 않았던가? 더구나 파티히 술탄도 하얀 말을 타고 신성한 한 줄기 빛이 인도하는 대로 이스탄불로 입성하지 않았던가?

그 신성한 빛이 세상에 이를 때 창밖을 보고 있던 마흐뭇은 "알라시여, 제가 처음 본 게 아니기를!" 하며 곧바로 창문에서 밀어졌다. 빛은 방 안을 가득 채웠고, 그는 사람들과 함께 문밖으로 나가 보기로 했다. 위쪽이 막힌 마당으로 그를 따라온 거구의 중년 집사 외메르가 말했다.

"성주님, 사람들이 그러는데 이 찬란한 빛은 위대하고 숭고한 사람들을 위한 것이라고 합니다."

　이 말을 들은 마흐뭇의 두려움은 더욱 커졌다. 거대한 등불을 어깨까지 치켜들고 걷는 집사를 보며 그는 낮은 목소리로 말했다. "나는 위대하지도 숭고하지도 않은 평범한 사람이다." 자기가 한 말 때문에 성주의 속이 불편하다는 것을 알아차린 집사는 잠시 정원에서 서성이다가 핑계를 대고 안으로 들어갔다. 안으로 들어가면 긴장과 두려움이 웬만큼 사라질 것이라고 여겼다. 그러나 어찌 된 일인지 마음속의 불편함이 사라지기는커녕 더 커져 갔다. 그는 생각에 잠겨 무엇이 잘못되었는지 되짚어 보려고 했다. 그러자 머릿속이 오히려 텅 비는 것 같았다. 구석에서 타고 있는 촛불이 작아질수록 마음속의 두려움은 그만큼 커졌다. 그는 곧바로 돌아서서 다시 밖으로 나가려고 문 쪽으로 걸어갔다. 넓은 응접실 문에 다다랐을 즈음이었다. "두려움에다가 분노까지 겹치면 그게 최악이지." 하는 소리가 들렸다. 그는 뒤를 돌아다보았다. 다시 촛불을 바라보았다. "왜 줄어들었지? 우리가 밖으로 나간 후에 혹시 누가 왔었나? 큰마님 말고는 이 방에 오시는 분이 없는데. 그분도 우리랑 같이 밖으로 나가셨잖아. 다른 사람들은 아직 성주님이랑 같이 있고." 그가 혼잣말을 중얼거리는데 바닥에 드리워진 그림자가 보였다. 처음에는 가슴에 칼이 꽂힌 것처럼 보였다. 그러더니 왼팔이 가려진 누군가가 천천히 움직이면서 길이가 열두 폭은 되어 보이는 긴 칼로 내리쳤다. 그는 숨이 멎을 것 같은 고통의 무게 때문에 온몸이 땀범벅이 되었다.

　찬란한 빛이 왔던 곳으로 되돌아가려는 조짐을 보이자 마흐뭇은 하인들에게 말했다.

　"자, 안으로 들어가자꾸나. 빛이 내려온 것을 처음 본 사람이 내가 아닌 것처럼 가는 것을 마지막으로 본 사람도 내가 되고 싶지 않구나."

　앞에서 성큼성큼 걸어가 문을 연 귀르겐 휘세인은 조금 전 안으로 들어간 집사가 응접실 의자 위에 너부러져 있는 것을 보았다.

"성주님 오십니다. 성주님 오신다고요."

집사가 미동도 하지 않자 그는 불안한 마음에 소리를 질렀다.

"외메르 나리, 외메르 나리."

집사가 여전히 아무 말도 하지 않자 그는 덜컥 겁이 났다. 잠시 멈칫하면서 '그럴 리 없어.'라고 생각했다. 집사에게 다가갔다. 그때 마흐뭇과 수하 두 명, 하잘 부인이 들어왔다. 집사의 손을 잡은 귀르겐 휘세인이 슬픔도 잊었다는 듯이 부르짖었다.

"죽었어요!"

성주 뒤에 서 있던 수하 두 명이 고함쳤다.

"뭐라고요?"

마흐뭇은 한숨을 깊이 쉰 후에 집사의 눈을 감겨 주면서, 다들 들을 수 있는 소리로 말했다.

"내가 나이가 가장 많아서 겁을 먹었는데, 이번 차례는 내가 아닌가 보군."

32

겨울의 중반쯤 접어들자 나는 사냥개 훈련대장의 도움으로 개들과 웬만큼 소통할 수 있게 되었다. 연배가 있는 사냥개 훈련병들은 모든 일을 우리 신병들에게 맡겼다. 그들은 가끔 우리에게 사냥개와 그레이하운드의 특성, 식성 등에 대해서 설명해 주고는 클럽 뒤에 있는 휴게소에서 잠을 자고는 했다. 나는 우리에게 배치된 풋내기 훈련병이나 고참병과 별로 가깝게 지내지 않았기 때문에 친구가 없었다. 내게 가장 좋은 친구는 개들이었다. 가끔 개와 친구처럼 말을 하고, 종종 화를 내기도 했다. 개들은 내가 화가 났다 싶으면 어느새 눈치를 채고 나를 슬슬 피했다. 그랬다가 다시 돌아와서는 내 다리에 몸을 비벼 댔다. 한동안 그러다가 배를 땅에 깔고 다리를 앞으로 쭉 뻗고, 그 위에 머리를 올려놓고는 두 눈을 정신없이 움직이다가 깊은 눈빛으로 나와 눈을 맞추며 내 행동을 지켜보기도 했다. 이 일을 가장 잘, 그리고 오랫동안 했던 녀석은 스페인에서 데려왔다고 하는 그레이하운드였다. 녀석의 눈빛이 어찌나 마음에 와 닿던지 나와 말하고 싶어 원하는 것 같아 머리를 쓰다듬어 주고는 했다. 이 모습을 보면 다른 사냥개들과 그레이하운드들도 생기가 돌았다. 그러면 개들은 귀를 쫑긋 세우고, 더욱 주의 깊게 듣는 것처럼 하다가 코로 서로의 겨드랑이를 간질였다. 그레이하운드는 사냥개에 비해 아주 냉정한 동물이었다. 사냥개는 서로를 귀찮게 하기도 하는 데 비해 그레이하운드는 언제나 경쟁하듯이 허리를 불룩하게 내밀며 준비 태세를 갖추고 있었다.

어느 날 별장의 사냥개 훈련대장이 내 곁으로 다가왔다. 내가 다른 견습생들보다 사냥개와 그레이하운드에게 각별히 마음 쓰는 것을 알고 있다면서 덧붙였다.

"자기가 하는 일을 좋아하는 것은 바람직한 일이네, 친구. 우리는 모두 이곳의 일꾼이네. 이곳이 없으면 우리도 끝나는 거지. 소속이 있는 것은 좋기도 하고 나쁘기도 하지. 우선 좋지, 좋아. 왜냐하면 다른 사람의 하인이 되어 봐야 나 자신의 하인도 될 수 있지 않겠나. 나쁘기도 하다네. 왜냐하면 이곳의 규율을 지켜야만 사람대접을 받으니까 말이네. 이게 옳은 것은 아니지. 우리가 일하는 이곳이 사라지면 모든 게 뒤죽박죽되고, 우리 모두의 질서가 무너진다는 것을 자네는 알아야 하네. 가장 좋은 것은, 어디에 있든지 간에 우리가 하는 일을 좋아하면서 잘해야 한다는 거야. 어찌 되었든 자네가 이 일을 좋아하면서 하고 있으니, 내가 자네에게 사냥개와 그레이하운드의 특성에 대해 가르쳐 주지."

그는 한참 동안 서서 우리 속에 있는 개들을 바라보더니 부드러운 목소리로 말을 이었다.

"보라고, 저 석탄처럼 검은 녀석은 집시 사냥개야. 코가 매우 예민하지. 만약 저놈 말을 잘 알아듣게 된다면 짖는 소리만으로도 어떤 동물 냄새를 맡았는지 알 수 있어. 저 긴 털이 노랗고 코가 날카로운 녀석은 보스나 사냥개야. 기다란 털 때문에 커 보이지만 사실은 주먹만 한 녀석이야. 냄새를 잘 맡을 뿐만 아니라 구멍 속으로 들어가 사냥감을 밖으로 몰아내는 데 선수지. 하지만 저 녀석이 사냥감을 잡을 거라고 기대하지는 말게. 사냥감을 구멍에서 몰아내는 것 말고는 아무 일도 하지 않아. 그리고 얼음사탕을 아주 좋아하네. 그 옆에 있는 개, 항상 움직일까 봐 대기하고 있는 것 같은 커다란 얼룩무늬는 크름 사냥개지. 자리에 서서 사냥감이 올 때를 기다리지. 기다릴 장소를 알아내는 데 선수야. 또 단시간에 빨리 뛸 수도 있어. 속력이 어찌나 빠른지 어떤 사냥감한테도 져 본 적이 없어. 날씬하다고 해서 속지 말게. 가슴으로 야생 돼지를 넘어뜨렸다네. 가장 좋아하는 먹이는 소고기야. 넓은 가슴을 쓰다듬어 주는 것을 엄청 좋아하네. 가슴에 손가락을 대는 순간 너무 좋아서 쓰러진다니까. 줏대도 없는 놈 같으니. 사람과 가장 가까운 녀석은 저기 보스나 사냥개 옆에 꼬리가 긴 녀석 있지? 카프카스 독수리야. 뛸 때 정말 독수리 날개처럼 귀를 펼친다니까. 정이 없고 빨리 뛰지도 못해. 그래도 겁이 나 잘 짖기 때문에 사냥하는 데는 제격이야. 파디샤께서는 총을 쏠 곳을 정하시면 사냥개 훈련 담당을 보내기 전에 사냥개들을 먼저 보내신다네. 개들이 시끄럽게 짖어 대면 들꿩 같은 새들은 덫을 놓은 줄도 모르고 날아가 버려. 날아 보기도 전에 덫에 걸리고 마는데 말이야. 카프카스 독수리 옆에 서 있는 녀석 있지? 눈 한번 깜빡거리지 않고 자네의 눈을 빤히 바라보는 녀석 말이야. 털은 노랗고 짧으며, 꼬리가 뭉툭하고, 키는 중간 정도 되는 녀석은 다으스탄 사냥개야. 카프카스 사냥개와 같은 곳에서 왔지만 그 녀석과는 전혀 딴판이야. 뛸 때 먼지를 적게 일으키고는 사냥감을 제일 먼저 공격하지. 힘이 넘칠 때는 그 즉시 사냥감을 쓰러뜨려. 물론, 힘이 모자라면 최소한 도망가는 것을 막으려고 최선을 다하긴 해. 우리가 우리 밖으로 좀처럼 내놓지 않는 늑대개와 캉칼은 아주 사나워. 사냥에서 털끝도 건드리지 못한 사냥개들은 저 정원에서 빽빽거리면서 운다고. 만약 사냥개 훈련병으로 남으려거든 개들에 대해 잘 알아야 하네. 특히 발정기에 종이 섞이지 않도록 각별히 주의해야 해. 혼종되어 버리면 금방 유전 형질이 좋지 않게 된다네. 정신 차려야 하네. 개들이 화났을 때 다른 종과 같이 놓아두지 말게. 다시 한 번 말하겠네. 혈통 있는 개들이 다른 잡종과 구별되는 가장 큰 특징은 자기가 잡은 사냥감을 입으로 물지 않는다는 것이야. 이빨로 물고 나서도 새나 토끼, 혹은 사슴 같은 짐승이 상하지 않게 하려고 애쓴다고. 잡종인 놈들이야 피를 보자마자 이빨로 물어뜯지. 한번 이빨로 물어뜯고 피를 보면 자네가 오기도 전에 사냥감을 조각내 버리고 말걸. 그놈들은 도둑개라고 해야 맞지. 뭐든 먹을 것만 찾으면 다 먹어 버리니."

나이 든 훈련병은 말을 마치자 젊은 견습생에게 자기가 할 수 있는 얘기를 다 해 준 것 같아 속이 후련한 듯했다. 그는 몇 가지 질문에 답하고 나서 곧바로 자기만의 세계로 빠져 들어갔다. 나는 한참 동안 그를 바라보았다. 그는 몸은 내 옆에 있지만 생각은 다른 곳에 가 있었다. 상황을 눈치챈 나는 질문을 하려다 그만두고 말았다. 그는 뒤쪽에 있는 휴게소로 갔다.

33

마흐뭇 성주의 집사가 죽던 순간 제밀은 입술에 물을 축이고 있었다. 므스티와 사득과 의사는 방 안으로 들어오다가 집사가 죽었다는 소식을 들었다. 제밀에게 주사를 놓으려던 의사가 말했다.

"희생양이 되었군. 이제 도련님에게는 아무 일도 일어나지 않을 게야."

의사가 무슨 말을 하는지 알지 못하는 제밀의 부인들은 어안이 벙벙하여 의사의 얼굴을 바라보았다. 의사는 상황을 설명해야 할 필요성을 느꼈다.

"조금 전 우리가 들어올 때만 해도 도시의 모든 사람이 밖으로 쏟아져 나와 있었지요. 눈보라가 그치고 난 뒤, 우유 빛깔처럼 하얀 눈이 달빛에 반짝이는 모습은 이 도시에서 흔히 볼 수 있습니다. 혹자는 아니에 잠든 한 성인이 '7대 불가사의'를 물어보려고 깨어났을 때 빛이 퍼진 거라고 하고, 혹자는 자기가 믿는 신앙과 관련짓기도 합니다. 어찌 되었든 한 가지 공통된 생각은 빛을 처음 본 사람과 마지막 본 사람은 죽게 된다는 것이지요. 그래서 사람들은 빛을 보는 순간 자기가 처음 본 사람도, 마지막 본 사람도 아니기를 기도하지요. 어쨌든 그 사람들이 믿는 대로 빛은 제물을 요구합니다. 그러니 이제 제밀 도련님에게는 아무 일도 없을 것입니다."

말을 마치고 제밀에게 주사를 놓는 의사에게 술타나와 쉬메이라가 동시에 말했다.

"제발 그렇게 되어야지요, 선생님."

의사는 그날 밤 늦은 시간까지 제밀이 정신을 차리기를 기다리다가 돌아갔다. 그 이후에도 그의 상태를 점검하고 치료하기 위해 수차례 오고 갔다. 하지만 며칠이 지나도록 제밀의 상황은 큰 변화가 없었다. 의식 불명 상태에서도 좀처럼 깨어나지 못했다. 제밀은 낮에는 부인들이나 의사, 마흐뭇 성주, 그리고 몇몇 사람과 말도 하고 농담도 했지만, 어둠만 깔리면 다른 사람이 되었다. 정신을 잃고 땀을 흘리면서 헛소리만 해 댔다. 다들 제밀의 헛소리에 귀를 기울여 보았다. 그가 하는 말에서 어떤 의미를 찾아내려고 말이다. 그러나 의미가 있는 말을 하는 것 같지는 않았다. 대부분 자신의 소리에 놀라 잠에서 깨고는 했다.

어느 날 마흐뭇은 의사와 얘기를 나누고 나서, 야르오스만에게 소식을 전해야 하는지 여부를 제밀에게 물었다. 제밀은 화들짝 놀라며 "아니요, 안 됩니다!"라고 외치더니 다시 정신을 잃고 말았다.

의사조차 이런 상황이 될까 봐 두려워했다. 그는 제밀을 진정시키기 위해 꽤 노력했다. 이번에는 아침에만 간신히 정신을 차렸다. 그가 숨을 고르게 쉬는 것을 보자 마흐뭇과 의사는 집으로 돌아갔다.

매서운 혹한이 찾아왔다. 겨울 중 가장 혹독한 시기에 들어선 것이다. 추위는 여전히 독을 품은 봄 같았다. 아침마다 어찌나 추운지, 침을 뱉으면 땅에 떨어지기도 전에 얼어붙었다. 추위 때문에 눈도 무지 단단해졌다. 썰매를 끄는 말들이 어쩌다 길을 나서도 눈에 빠질 일은 없었다. 눈은 눈이 아니라, 온 세상을 덮는 새하얀 돌쟁반 같았다.

그날 밤 집사의 죽음이 신성한 빛 때문일까 아닐까 궁리하던 마흐뭇 성주는 제밀을 놔주지 않는 병을 떠올리며, '더 가져갈 것이 있다는 의미인데.'라고 생각했다. 마음속으로 꺼리던 '아버지를 배반한 벌을 단단히 받는군.'이라는 문장을 떠올렸다가 재빨리 지워 버렸다. 이런 생각이 들기는 했어도 그는 날이면 날마다 제밀에게 문병을 가고, 휘스뉘에게 필요한 것이 있는지 묻고는 했다. 어느 날은 문병을 갔다가, 제밀이 의식을 차리지 못하자 의자에 앉은 채 잠이 들었다. 그런데 그 달콤한 순간에 "말을 무리 속에 풀어 주다니, 이제 더는 못 잡을 거야."라는 소리를 들었다. 말 무리가 풀을 뜯고 있는 어느 언덕이 끝나는 지점 푸른 나무들이 서 있고, 그 사이를 구부구불 차가운 강물이 흐르고, 그리고 폭포 쪽으로 헤엄치는 송어가 있었다. 송어들은 때때로 차갑고 깨끗한 물 위로 대가리를 내밀어 계곡 양쪽 언덕의 푸른 잔디를 수놓은 꽃들을 바라보기도 하고, 상류에 먼저 도달하려고 서로 경쟁을 벌이기도 했다. 그들이 경쟁을 시작할 때 마흐뭇은 잠에서 깨어났다. 그는 곧바로 크게 손을 모아 절을 하고 기도문을 외운 후에 제밀의 곁을 떠났다.

어느 날 왜 그런 생각이 떠올랐는지 그는 첫 번째 부인에게 제밀에게 같이 가자고 제안했다.

"치첵도 함께 가자고 해요. 제밀은 그 애 선생님이잖소."

그들이 왔을 때 제밀은 자고 있었다. 제밀은 잠에서 깨자 눈도 뜨지 않고 방 안에서 무슨 소리가 나는지 물었다. 치첵의 목소리를 알아듣고 그가 눈을 떴다. 그 순간을 기다렸다는 듯이 치첵은 잽싸게 침대 곁으로 다가갔다. 그녀는 무릎을 꿇고 인사하며 미소지었다.

"봉주르, 선생님."

제밀은 심장이 멎을 것만 같았다. 그는 "세상에, 그동안 이렇게 예뻐졌네."라고 속삭이며 치첵의 손을 잡았다. 뒤에 마흐뭇과 다른 사람들이 서 있지 않았더라면 그는 치첵을 끌어안고 놓아주지 않았을 것이다. 그는 치첵의 얼굴을 바라보며 자리에서 조금 움직였다. 몸에 서서히 힘이 도는 것 같았다. 팔을 짚고 몸을 일으켜 보았다. 쉬메이라가 달려와 베개로 등을 받쳐 주었다. 그가 움직이기도 하고 창백한 얼굴에 화색이 도는 것을 보자 마흐뭇은 기뻐서 그의 목을 끌어안고 환호성을 질렀다.

"이겨 냈군, 제밀! 이겨 냈어!"

제밀은 베개를 등에 대고 곧게 앉으려고 했다. 치첵의 손을 다시 가만히 잡아 보았다. 먼저 마흐뭇 성주를, 그리고 치첵을 말없이 바라보았다. 그는 고개를 앞으로 숙이며 말했다.

"봉주르, 부인."

"자네가 회복되는 날 제물을 잡겠어."

마흐뭇이 말했다.

제밀이 그를 쳐다보았다.

"저를 위해 이미 많은 일을 해 주셨습니다. 더는 신세 질 수 없습니다."

"자넬 내 아들이라고 여기고 있네."

마흐뭇이 살짝 격앙된 목소리로 말했다.

"성주님을 신경 쓰이게 하고 싶진 않습니다. 여러 분이 베풀어 주신 것들을 어떻게 보답할지 걱정입니다."

"또다시 그런 말을 하면 자네가 여기를 불편해하는 것으로 받아들이겠네. 자넨, 세 번째 부인에게 실패한 후 네 번째 부인에게서 원을 이루었건만, 신의 곁으로 돌아가고 말았던 나의 아들 같다네. 자네가 사는 저 집에는 수년 동안 아무도 살지 않았네. 자네가 이곳에 활기를 불어넣어 주었어. 이런 엄동설한에 우리도 놀러 갈 집이 생겼으니 좀 좋은가? 자, 몸을 좀 추스르게! 프랑스 어를 배우려는 아이들이 얼마나 많은지 난리도 아니야. 치첵에게 이렇게 짧은 시간에 외국말을 가르치다니. 황궁처럼 우리 성안 도시에서도 너나없이 프랑스 어를 배우겠다고 들떠 있어."

쉬메이라가 장작불 위에 올려놓고 거품이 일도록 만든 커피를 중국제 찻잔에 담아 은쟁반에 받쳐 가져오자, 마흐뭇 성주는 금으로 도금한 두 앞니를 보이며 미소 지었다. 그들이 찻잔을 집을 때 술타나는 제밀이 그때까지 치첵의 손을 잡고 있는 것을 보았다. 문득 그녀의 얼굴에 불편한 심기가 드러났다.

"내가 왜 진작 이 사실을 몰랐지."

그녀는 쉬메이라에게 억지로 미소를 지어 보였다. 쉬메이라는 아직도 빈 은쟁반을 손에 들고 있었다. 그녀가 뒤로 두 발짝 내딛는 것을 본 마흐뭇은 커피를 연거푸 두 모금 마신 후에 말했다.

"쉬메이라, 우리 집에도 커피가 있기는 하지만 자네가 만든 커피와는 차원이 달라. 어떻게 만드는지 치첵에게 가르쳐 주지 않겠소? 덕분에 우리도 이렇게 맛있는 커피 좀 마셔 보자고."

쉬메이라는 치첵과 제밀, 술타나를 번갈아 바라보더니 미소지었다.

"점심 식사 후에는 치첵에게 커피를 끓이라고 할게요. 치첵에게 비법을 전수하지요. 그러면 여기로 커피를 마시러 오지 않으실 텐데 어쩌죠?"

하잘 부인이 두꺼운 눈썹을 꿈틀거리며 웃더니, 마흐뭇 성주에게 말했다.

"아, 쉬메이라, 저이 말에 속지 말아요. 예전엔 내가 끓인 커피가 세상에서 가장 맛있다고 했었죠. 그러더니 나중에는 다른 부인이 끓여 준 커피를 마시고 싶다고 하는 거예요. 지금은 또 쉬메이라의 커피를 칭찬하는군요. 누가 남자 아니랄까 봐, 마음을 빨리도 바꾸는군요. 우리가 천하절색 가인이라고 해도 예쁜 여자가 나타나면 금세 또 마음이 바뀔걸요."

제밀은 하잘 부인이 자기에게 들으라고 하는 말 같아 얼른 치첵의 손을 놓았다. 술타나도 하잘 부인의 말 때문에 마음이 불편했다. 그녀의 포동포동한 볼이 발그레 달아올랐다. 술타나는 치첵에게 머물렀던 제밀의 시선이 시나브로 흐려지는 것을 보았다. 제밀이 스르르 잠에 빠져든 것이다. 그녀는 제밀의 몸이 서서히 아래쪽으로 미끄러지자 담요를 덮어 주었다. 우뚝 세워져 있던 베개를 머리 아래쪽으로 살며시 넣어 주었다. 그리고 마흐뭇 성주를 바라보았다.

"이렇게 오랫동안 맑은 정신으로 있었던 건 처음이에요. 이제부터 계속 그래야 할 텐데."

그녀의 눈길이 치첵에게 머물자 말문이 막혀 말을 잇지 못하였다.

34

인생에서 아무런 변화를 찾지 못한 채 세 번째 겨울을 맞이했다. 이제 별장에는 사냥개 훈련병들이 파견되지 않았다. 예전처럼 사냥 파티가 자주 열리지 않았기 때문에 사냥개 담당 훈련병들은 일이 별로 없었다. 덕분에 우리도 후배 훈련병들도 여유로운 시간을 보냈다. 우리가 하는 유일한 일은 아침에 일찍 일어나 기도드린 후에 교육에 참가하는 것이었다. 그것마저 없었다면 아마 지루해서 죽었을 것이다. 가끔씩 은퇴한 예니체리 선배들이 찾아와 전쟁 후일담을 들려주기도 했다. 그 이외에 우리가 세상과 소통하는 다른 출구는 없었다. 대다수 그룹 형태로 다른 세상을 준비하기 위해 의견을 교환하는 것이 우리 삶에 다른 의미를 부여한다고 생각했다.

또 훈련소에서 새로 배치되어 온 신병들이 우리 삶에 다채로움을 한층 더해 주었다. 그들이 오면 우리는 각자 자신의 출신 훈련소를 나온 신병을 찾아 아는 사람의 안부를 묻기도 하고 추억을 회상하기도 했다. 어느 날 갤리볼루 훈련소에서 온 한 견습생에게 나는 "성 망루에 나가면 새하얀 갈매기가 날아오곤 했지. 갈매기에게 모이도 주고 이야기도 나누곤 했어."라고 말했다. 내 얼굴을 바라보는 그의 입가에 미소가 번졌다. 그는 검고 두꺼운 눈썹을 손가락 끝으로 만지더니 말했다.

"선배님."

그는 땅을 내려다보았다. 그리고 곧 눈물이 맺혔다. 그는 커다란 손을 몇 번 쥐었다 폈다 하더니 눈을 감고 말했다.

"선배님, 저희들도 성에 있는 망루에 올라가곤 했죠. 혼자 올라가려고 수천 가지 속임수를 써서 동기들을 떼어 놓기도 했어요. 망루에서 늘 갈매기를 기다렸어요. 우윳빛 갈매기들이 날아오면 먹이를 주고, 그걸 보는 게 낙이었죠. 그때는 갈매기와 대화를 나눌 수 있었습니다. 정확히 표현하면 우리가 갈매기에게 말을 건 거죠. 먹이가 떨어지면 갈매기들은 날아가 버렸습니다. 아마 우리에게 날아온 갈매기는 같은 갈매기였을 수도 있습니다. 아니면 다른 갈매기였을 수도 있고요. 분명한 것은 그곳에는 우리와 외로움을 나누었던 갈매기가 있었습니다. 수년 동안 우리가 같은 갈매기에게 먹이를 주었을 수도 있는 것처럼, 선배님의 갈매기는 죽었을 수도 있겠지요."

그는 총명해 보였다. 그러나 마지막 문장에 내 마음이 상했다. 나의 갈매기가 '죽었을 수도' 있다는 말은 마치 나를 깊은 수렁 속에 내팽개치는 느낌이었다. 그는 입을 다물었다. 우리는 서로의 얼굴에 눈길을 주지 않았다. 내가 말이 없자 그는 일어나서 나갔다. 나는 한동안 갈매기를 생각했다. 죽었다는 것을 인정하기 어려웠다. 그렇지만 그것을 받아들이고 나니 오히려 평안함이 느껴졌다. 갑자기 내가 다섯 살이나 열 살짜리 아이처럼 느껴졌다. 나는 어느덧 주위를 두리번거리며 조금 전 그를 찾고 있었다. 덕분에 나의 시야가 넓어진 것 같아 고맙다고 전하고 싶었다. 그는 어느 곳에서도 찾을 수 없었다. 내무반 공동 침실 어느 구석에서 나를 보고 있는지는 몰라도 나는 그를 보지 못했다. 처음 왔을 때 우리도 그랬었다. 우리보다 고참인 선배들의 심기를 불편하게 하지 않으려고 최선을 다해 싹싹하게 대했다. 사소한 표정 변화나 시선의 움직임도 해석하려 하고, 그에 맞게 행동했다. 나와 얘기를 나누었던 신병도 내가 말이 없자 화가 났나 보다고 여기고 나간 것이다. 물론 그때 그에게 화가 난 것이 아니었다. 멋있는 말이다. 그는 "우리와 외로움을 나누었던 갈매기가 있었습니다."라고 했다. 그리고 "선배님의 갈매기는 죽었을 수도 있겠지요."라고 해서 깊은 생각에 빠지게 해 주었다.

  신병과 대화했던 날, 점심 기도를 마치고 나자 한 팔은 어깨부터 잘리고 다른 팔은 팔꿈치가 잘린, 팔자 콧수염이 있는 나이 든 예니체리 한 분이 우리 부대에 왔다. 모두 남자 주변으로 모여들었다. 재미있는 전쟁 이야기가 나올 것이라는 기대에 차서 책상다리를 하고 앉아 기다렸다. 연로한 예니체리는 우리와 눈을 맞추며 예니체리 구호를 큰 목소리로 외친 후에 가만가만 이야기를 시작했다.

  "우리 셋은 나란히 있었지. 베심, 수앗, 그리고 나, 이렇게 셋이었어. 적군이 주위를 겹겹이 에워싼 것을 보고 우리는 서로 등을 맞대었지. 우리도 그랬지만 적군도 총알이 얼마 남지 않았기 때문에 우리 셋은 적군에게 총검을 휘두르고 있었는데, 그때 어디서 왔는지 말을 탄 사람이 뛰어 들어왔어. 포위망을 뚫고 말이야. 말도 그 사람처럼 방탄이더군. 그 기마병이 우리에게 질주해 오는 거야. 달려드는 말의 눈을 수앗이 냅다 찌르고, 베심은 방탄복 사이로 말 가슴을 푹 찔렀지. 말 가슴이 천 조각처럼 찢어지더군. 우리는 있는 힘을 다해 도망치기는 했지만 그 육중한 말에 온몸이 깔리고 말았어. 팔다리를 먼저 빼내려고 애를 쓰고 있는데, 다 죽어 가던 그 기마병 놈이 죽을힘을 다해 우리를 덮치지 뭔가. 곰같이 커다란 놈이 말이야. 우리는 말에 깔린 몸을 빼내야지, 그놈과 맞서 싸워야지, 말이 아니었지. 기마병이 수앗의 목을 칼로 찔렀어. 얼마나 아프겠어. 그런데 수앗이 그 날카로운 칼을 두 손으로 꽉 잡고 안 놔주는 거야. 그놈도 설마 그럴 줄은 몰랐겠지. 그놈이 수앗의 손에서 칼을 빼내려고 낑낑거리는데 내 머리 위로 바람이 지나가더군. 나는 얼마나 무서운지 목이 움찔했는데, 베심이 예리한 단검을 날려 기마병의 얼굴을 찌른 거야. 단검이 그때 정확하게 기마병의 얼굴에 맞아서 순식간에 온 얼굴이 피범벅이 되지 않았더라면 그 녀석 아마 우리를 하나하나 다 해치웠겠지. 피범벅이 된 기마병이 악을 쓰는데, 목에 칼이 찔린 수앗이 내는 소리와는 비교할 게 아니더군. 그놈이 울부짖는 바람에 우리는 좀 더 기운을 낼 수 있었지. 애를 썼더니 간신히 말 밑에서 빠져나오게 되더군. 그래서 우리는 손에 들고 있던 총을 버리고 칼을 뽑았어. 베심과 동시에 기마병에게 달려들어서 머리에 쓰고 있던 방탄 투구를 벗기고 목을 베었지. 그때는 이미 말도, 기마병도, 수앗도 다 죽은 상태가 된 거지. 모든 것이 단 몇 분 안에 발생한 일이야. 세 목숨이 3분 안에 사라졌지. 그들이 안 죽었으면 우리가 죽었겠지. 그때야 당연히 이런 생각을 할 겨를도 없었지만 말이야. 왜냐하면 그때까지는 그 기마병이 우리 셋을 한꺼번에 해치울 거라고 생각하고 다른 군인들은 뒤로 빠져서 기다리고 있었는데, 눈 깜짝할 사이에 그놈 목이 잘려 나가는 것을 보고 한꺼번에 공격을 해 왔거든."

팔이 잘린 노병 예니체리는 설명을 하다가 잠시 생각에 잠기더니 손을 흔들며 계속했다.

"내 곁에서 전우들이 쓰러져 죽어 가면서 비명을 지르는데 가슴이 찢어지는 것 같더군. 이제는 모두 지나간 일이긴 하지. 오래된 일이야. 여보게, 자네들도 알겠지만 시간이 약이야. 고통도 다 잊힌다고. 그래도 그때는 참 영예로운 시절이었지. 지금은 밥솥을 혼란의 나무로 끓이고 있어. 자네들은 혼란의 나무에서 나오는 마법의 연기가 들어간 음식은 먹지 말게. 절대 그래선 안 돼. 물론 파디샤나 장군들이 한 일이 옳은 것은 아니야. 이 일의 결말이 어디로 이를지 알 수는 없지만, 그래도 자네들은 자네들 자신이 되게. 우리 군대의 명예를 자신의 명예보다 더 귀하게 여겨야 하네."

팔이 잘리고 키가 큰 예니체리는 마지막 말을 한 후에 오랫동안 우리를 응시하였다. 우리가 머릿속으로 검을 거머쥐고 "알라시여, 알라시여."라고 적들을 위협하는 장면을 상상하고 있는 것을 눈빛에서 읽어 냈는지 그는 슬며시 미소를 지었다.

"때가 되면 자네들도 나처럼 영웅이 될 걸세. 서두르거나 인내하지 못할 이유가 없네. 자, 잘들 있게. 다음에 올 때는 자네들에게 내 팔이 잘리게 된 원정에 대해 설명해 주겠네."

그는 이렇게 말하고 나가 버렸다.

35

치첵이 다녀간 뒤로 제밀은 빠르게 회복되었다. 일어나 앉기 시작하자 탄드란 의사와 마흐뭇 성주가 함께 방문했다. 의사는 커피를 가져온 쉬메이라에게 아르메니아 어로 농담을 건넸다. 그러더니 곧 심각한 주제로 대화를 시작했다. 그들이 대화를 나누자 마흐뭇 성주가 제밀에게 말했다.

"제밀, 바그다드에 대해서도 이야기를 좀 해 주게나."

제밀은 오랫동안 길게 이야기하지 않았기 때문에 썩 내키지 않았다. 그는 마흐뭇 성주의 얼굴을 한번 쳐다보았다. 그의 눈빛에서 강력한 요청이 느껴지자 말을 시작했다.

"제가 보기에 바그다드는 동양과 서양이 공존하는 곳입니다. 수백 년 동안 칼리프들이 바그다드에 살았던 것도 그 때문이지요. 제가 그곳에 있을 때는 혼자 시내를 돌아다닐 수 없었습니다. 친구들과 함께 간 지역들은 옛날 바그다드가 건설한 다뤼셀람[21] 지역이었죠. 다른 지역은 잘 알지 못했습니다. 사실 가장 가 보고 싶은 곳도 거기였습니다. 용기를 내지 못했죠. 바그다드는 여러 차례 점령당했지요. 그래도 바그다드 사람들이 가장 무서워하는 적은 수백 년 동안 그래 왔던 것처럼 티그리스 강이었습니다. 이 같은 사실을 대다수 사람들은 알지 못하죠. 티그리스 강물이 조금만 불어나도 도시 자체가 언덕으로 피난을 가야 하니까요."

제밀은 잠시 입을 다물었지만 곧 마음속에서 말을 하고 싶은 욕망이 솟구치는 것을 느꼈다. 그는 의사와 쉬메이라의 대화를 잠깐 듣다가 말을 계속했다.

"바그다드는 역사 속에 다 끼워 맞출 수 없을 정도로 큽니다. 그렇지만 티그리스 강에게 목을 매야 할 정도로 작은 곳이기도 하죠. 한동안은 그곳에서 사셨으니까 이 정도는 알고 계시겠지요. 그럼, 화제를 바꿔서 예전에도 한번 언급한 적이 있는데요, 인내에 대해서 말하겠습니다.

신학교에서 사 년째 되던 해였지요. 누군가 '다음 주에 여행을 가야 해. 다음 주에 장에 가서 필요한 것을 사라고. 다음 주 이 시간에 출발할 거야.'라고 했습니다. 여행이 얼마나 걸리는지, 어디로 가는지도 확실히 말을 안 하더군요. 그래서 그 주에 시장에 가서 여행 준비를 위해 무언가를 샀습니다. 여행에서 무엇이 필요한지 몰랐기 때문에 되는대로 이것저것 샀죠. 여행 당일이 되자 아침 일찍 우리를 깨우더군요. 우리는 너무 일찍 일어나서 늘어져 있었는데, 정신을 차려 보니 물라들이 낙타를 타고 뜰에서 저희를 기다리고 있었습니다. 사학년이 된 우리가 뜰에 모이자, 물라 한 분이 우리를 향해 낙타를 몰았습니다. 낙타가 우리 쪽으로 두 걸음 내딛고 멈췄습니다. 낙타를 타고 있는 나이 든 물라가 말했습니다. '곧 출발한다. 너희들은 단 한 명도 탈것을 준비하지 않은 모양이로구나. 맨발로 걸어갈 생각이냐.'

---
21) 바그다드의 중세 이름.

동기 중 누군가가 나섰습니다. '누구도 목적지가 낙타를 타고 갈 만큼 먼 곳이라고 말해 주지 않았습니다.'

물라가 말했습니다. '이 여행은 인내의 여행이다. 너희들은 이 여행에서 질문할 권리가 없다. 여행하는 동안 물라들만 너희에게 질문할 것이다. 이제부터 첫 번째 휴게소까지 누구도 다른 사람과 말을 해선 안 될 것이다. 어깨에 있는 짐 가방은 기숙사 밖에 대기하고 있는 대상들에게 주어라. 낙타에 짐을 실으라고 해라. 다 마치면 줄을 서도록.'

우리는 즉시 어깨에 메고 있던 가방을 대상에게 주고, 차례로 자리를 잡았지요. 행군이 시작될 때까지 매일 아침 석류 알처럼 동쪽으로 떠오르던 태양은 보이지 않았습니다. 다뤼셀람 부근에는 아침 안개가 자욱했고요. 오랫동안 여행을 하지 못해서인지 솔직히 이 도시에서 이별하는 것 자체가 시원하기도 하고 섭섭하기도 했습니다. 이런 상반된 감정이 도대체 어디에서 연유하는지 알 수 없었지요. 수년 동안 머물렀던 곳에서 떠난다는 감정 때문인지, 새로운 것을 본다는 설렘 때문인지 알 수 없었어요. 대화가 금지되었지만 두어 번 옆의 친구와 말을 하고 싶었는데 입을 열 수 없더군요. 소리를 내면 짐승 목소리가 나올 것 같았어요. 누구도 말을 하지 않았기 때문에 침묵 속에 휩싸였습니다. 오로지 낙타들이 발을 디디는 소리와 마른 나뭇잎이 바스락거리는 소리만 가끔씩 들려왔을 뿐이죠. 주위가 밝아 오자, 신학교의 벽 사이로 보았던 경계가 있는 하늘이 아니라 끝없이 펼쳐진 하늘이 나타났습니다. 어디서든 하늘을 볼 수 있는 거예요. 처음으로 그 허공 속에서 사라질지도 모른다는 생각이 들었습니다. 사라지면 어쩌지 하는 두려움을 느끼기도 했습니다. 그 시절에는 아직 엘 카스미 선생님도 살아 계셨고, 우리와 여행을 함께 하셨죠. 물라에게 돌아간다고 말할까, 하는 생각도 해 보았습니다. 그 말을 하려고 옆에서 걷고 있는 카히렐리 무스타파를 보았는데, 그 애는 아무 말도 하지 않고 시선을 발에다만 두고 있더군요. 무스타파는 신학교의 양탄자를 밟는 것처럼 천천히 발을 땅에 내디디고 곧바로 발을 떼어 앞으로 나아가더군요. 이는 무릎과 그 아래 근육만 쓰는 것이었습니다. 그 아이의 걸음걸이를 지켜보느라 내가 무슨 말을 하려고 했는지 잊어버렸습니다. 나중에 떠오르기는 했지만 그때는 그럴 마음이 사라지더군요. 저는 질문하는 것도 포기했어요. 여인숙에 도착할 때까지 한 번도 휴식 시간이 없었는데, 먹는 것도 전혀 허용되지 않았죠. 도시에서 꽤 멀어지고, 점심때가 되자 낙타들이 멈춰 섰습니다. 원로 선생님께서 목욕재계하고 기도 준비를 하라고 하셨죠. 우리는 그제야 낙타와 당나귀에게서 짐을 내렸습니다. 낙타와 당나귀들이 풀을 뜯고 있을 때, 대상들은 불을 지피고 주전자에 물을 끓여 차를 만들었지요. 풀밭에 누워 잠을 좀 자려고 했더니 대상들이 준비되었다며 바로 다시 길을 떠나더군요.

 태양이 지평선에서 사라질 때쯤 두 번째 휴게소에 도착했다고 하더군요. 낙타들이 땅에 무릎을 꿇고 앉자 사람들은 싣고 있던 물건들을 내렸습니다. 어둠이 깔리기 전에 텐트를 치라고 했습니다. 대상들 중에 키가 크고 뺨이 움푹 파인 데다 눈이 아주 큰 남자가 있었는데 그 사람이 모든 일을 혼자 다 하더군요. 다른 사람들은 물건만 날라 주고요. 우리도 그 사람들을 도와주려고 거들었다가 깜짝 놀라고 말았지 뭡니까. 그 말라깽이로 보이는 남자가 들어 올린 짐을, 두 사람이 힘을 합쳐도 들어 올릴 수 없는 거예요. 순식간에 우리는 주방까지 준비를 마쳤습니다. 그때 우리는 비로소 불쌍한 낙타들이 얼마나 무거운 짐을 옮기고 있는지 알게 되었습니다. 요기를 조금 하고 나니, 하늘을 수놓은 아름다운 별들에게 눈길 한번 제대로 주지 못했는데 잠이 들고 말더군요. 다음 날도 해가 뜨기 전에 일어났습니다. 우리는 한꺼번에 같이 기도를 올리고 커피를 마신 후 길을 떠났습니다. 한참 뒤 우리가 밟고 지났던 건초들이 드문드문 보이더니 사라지더군요. 행렬은 곧 부드러운 모래 위를 걸었습니다. 정오가 되자 태양은 끝없이 펼쳐진 모래들을 달구었고, 사방에서 열기가 올라왔습니다. 모래 때문에 얼굴이 따가워져서 레일라와 메주눈[22]이 떠올랐습니다. 한동안 내가 그 이야기의 주인공이 된 것처럼 느껴졌습니다. 레일라가 머릿속에 떠오르자 은밀한 죄라도 저지른 것처럼 죄의식이 느껴지더군요. 점심 식사가 끝나자 잠시 휴식을 취했습니다. 이제부터 남은 여정은 대단한 것이 아니니 때마다 예배를 드리지 않을 것이라고 했습니다. 음식을 먹고 마실 것들을 마신 후 기름을 나누어 주면서 입술에 바르라고 했습니다. 예니체리 생도들이 불쾌한 냄새가 나는 기름을 입술에 바르고 싶어 하지 않을 것이라고 생각했는지 주임 선생님이 그러시더군요. '냄새는 그리 좋지 않다. 그래도 모두 발라야 한다. 태양이 너무 강렬해서 입술이 갈라질 우려가 있어. 그러면 끔찍하게 고통스러울 거야. 입술이 갈라지는 것을 방지할 유일한 약이다.'

우리는 피땀을 흘리며 걷고 또 걸었습니다. 유일한 위안은 저녁이 되면 쌀쌀해질 날씨를 생각하는 것이었죠. 그런데 웬걸, 저녁이 되니 낮에 태양열에 달구어진 사막이 더욱더 열기를 토해 내는 겁니다. 앉아만 있어도 땀이 줄줄 흘렀지요. 이러다 탈진하고 말지 생각하고 있는데, 때마침 엘 카스미 선생님이 우리 텐트로 오셨어요. 우리가 안 자고 있으니까 '지혜와 인내심을 하나로 통합하지 않으면 잠을 못 잘 것이네. 잠을 자지 않으면 몸이 쉬지 못하지. 내일 여정은 오늘보다 더 힘들 거야. 지금 잠들지 않으면 잠시 후에는 혹독하게 차가운 바람이 불어올 테니, 추워서 잠들지 못할 거야.'라고 말씀하시더니 도로 나가시더군요. 하지만 열기가 얼마나 뜨거운지 잠을 잘 수 없었어요. 역시 자정이 지나자 매서운 바람이 불기 시작했습니다. 이번에는 몸이 떨려서 잠을 잘 수 없었지요. 조금 전까지 던져 버렸던 양모 양탄자를 아무리 둘둘 감아도 몸이 덥혀지지 않더군요. 추워서 덜덜 떨다가 지쳐 잠에 **빠져드는데**, 아침 에잔[23]소리가 나더군요.

---

22) 터키에 전설처럼 전해 내려오는 〈로미오와 줄리엣〉 같은 사랑 이야기.

죽을 고생을 하면서 여행을 했습니다. 다섯 번째 날이었어요. 여전히 태양은 작열하고 끝없이 펼쳐진 모래 평원은 타오르는데, 갑자기 대상들 주위를 수십 필의 말이 에워쌌습니다. 그때에 비로소 깨달았습니다. 고원의 모래 평원은 눈에 보이는 것과 달리 평평하지 않다는 사실을요. 그렇지 않다면 왜 말들이 오는 걸 보지 못했겠어요? 불현듯 말들이 짠, 하고 나타나지는 않았을 거예요. 그들이 숨어 있던 들쑥날쑥한 언덕 같은 곳이 있었다는 얘기죠. 말을 탄 남자들은 무기와 칼을 휘둘렀는데, 그걸 보니 겁이 나더군요. 남자들은 우리가 알아듣지 못하는 아랍 어로 이야기했어요. 그 남자들이 우리에게 꽤 가까이 다가와 원형 대열을 좁혀 왔을 때, 고원 뒤에서 말을 탄 다른 무리가 또 위협을 하며 나타났어요. 갑자기 수백 명의 사람과 동물이 사라지기라도 한 것처럼 주변이 싸늘하게 침묵에 잠겼습니다. 마음속에서는 '이는 필시 죽음의 침묵이구나.'라는 생각이 들었습니다. 그런데 같은 방향에서 남자들 무리가 하나 더 나타난 거예요. 무리 중 노란색과 흰색이 섞인 커다란 터번을 쓴 사람도 보이더군요. 터번을 쓴 남자는 처음 온 남자들과 말을 주고받더니 말 머리를 우리 쪽으로 돌리고 한 발 한 발 몰기 시작했습니다. 다른 사람들도 대상들을 둘러싼 대형을 더욱더 좁혔습니다. 우리는 두려움에 휩싸여 눈을 질끈 감았죠. 그리고 오직 남자들의 공격만 기다리고 있었습니다. 워낙 무서우니까 젊음의 혈기고 뭐고 없었어요. 두려워하는 모습을 보이고 싶지 않아 우리는 서로 쳐다보지도 못했죠. 공포가 극에 달했을 때 엘 카스미 선생님이 터번을 쓴 남자를 향해서 낙타를 몰았습니다. 낙타가 서로 가까워지자 엘 카스미 선생님이 손을 들어 남자에게 인사를 건넸습니다. '아이, 세이드.'라고 말이에요. 얼마 동안 그분은 우리를 가리키며, 그들의 말로 이야기를 나누었습니다. 엘 카스미 선생님이 이야기하는 동안 터번을 쓴 남자는 선생님에게 더욱더 다가갔습니다. 그분이 말을 마치자 오른쪽 손을 가슴에

---

23) 이슬람 사원에서 하루에 다섯 번씩 기도 시간을 알리는 소리.

없고는 '아, 물라시여, 여정을 방해해서 죄송합니다. 용서하시오.'라고 우리가 알아듣지 못하는 아랍 어로 이야기했습니다. 그런 후에 말 머리를 돌려 사막의 중앙을 향해 달리더군요. 남자들도 바깥의 대형을 풀어 그를 따라 말 머리를 돌렸습니다. 그들이 멀어지자 엘 카스미 선생님이 우리에게 말씀하시더군요.

'인생의 젊은 시절에는 이런 사막이 그런 것처럼 항상 평평하게 보인다. 그러나 이 평평함은 종종 인간의 눈으로 볼 수 없는 고원들도 숨기고 있지. 중요한 것은 그 보이지 않는 고원을 지혜의 눈으로 볼 수 있는 것이란다. 이것이 인간이다. 그러나 그건 인내와 지혜를 모아야만 할 수 있다.'

그러고는 서쪽으로 말을 몰았습니다."

36

견습생과 이야기를 나누고 난 뒤로는 겔리볼루에서의 시간들이 아득하게 느껴졌다. 그리고 그 시간들을 내가 정말 겪었는가 싶었다. 그해 봄쯤 새로운 곳으로 배치되었는데, 나는 결국 무기고 근처에 있는 예니체리 부대의 세 번째 소대에서 근무하게 되었다. 예니체리가 되기 위하여 먼저 규율을 교육받아야 하고, 그런 후에는 부대 야외 뜰에서 벌어지는 경기에서 승리하는 것이 필수 조건이었다. 규율 수업을 시작했다. 금요일 이외에는 거의 날마다 우수한 예니체리와 함께 활쏘기, 검술, 총술 교육을 받았다. 이 교육들이 처음에는 무척 흥미롭게 다가왔었는데 첫 대회에 참가한 후로는 시큰둥해졌다. 초기에는 빡빡하던 규율도 대회 후에는 점점 느슨해졌다. 나는 고참 예니체리들과 함께 다른 사원에서 금요 예배를 드리기 위해 밖으로 나가게 되었다. 부대에서 외출할 때가 우리에게는 가장 화려한 시간이었다. 수년 동안 만져 보지도 못한 채 부대에서 알아서 지출했던 우리의 월급을 비록 조금이지만 그때 써 보았다. 예배 후에는 커피를 시켜 놓고 탁자에 둘러앉아 커피를 마시며 오가는 사람들을 구경했다. 농담도 주고받았다. 이런 날들은 내게 아주 색다르게 느껴졌고, 일요일부터 이날이 오기만을 손꼽아 기다릴 정도였다. 그런데 그런 금요일 중 어느 날 부대로 복귀하는데 갑자기 내 자신이 나이가 아주 많이 들었다는 생각이 들었다. 마치 나의 몸 일부가 썩어 가는 것 같았다. 불현듯 바깥 생활을 알게 된 게 잘못이라는 생각이 들었다. 예니체리가 되기 위한 과정이 너무 길어서 지쳤던 걸까. 사냥개 훈련병들을 성으로 돌려보냈더라면 나는 아마 예니체리가 되는 것을 포기하고 성으로 파견되기를 원했을 것이다. 그러나 이제 사냥개 훈련병이 될 기회는 없었다. 그 부분에서는 사냥 담당병이 우리보다 운이 좋았다.

끝없이 기다리고 또 기다렸다. 어느 날 내무반장과 부대장이 나를 보고 싶어 한다고 했다. 나는 내가 뭘 잘못했나 싶어 안절부절못했다. 나를 상사에게 데려가는 내무반장에게 이유를 물어보고 싶었지만, 입이 떨어지지 않았다. 나는 잔뜩 겁을 집어먹은 채 내무반장과 상사 뒤를 따라 걸었다. 그런데 그들의 태도에 나를 비난하는 기색은 없었다. 어느 누구도 죄인들을 데려올 때 그랬던 것처럼 나를 훈계하지 않았다. 고참 상사는 나를 부대 입구에 있는 어느 방으로 데려갔다. 부대장은 웃으며 "앉게."라고 말했다. 그 말을 듣고 나니 마음이 편해졌다. 그래도 여전히 두려움은 가시질 않았다. 나는 물끄러미 발끝만 내려다보았다. 부대장은 아흔아홉 개의 염주를 하나하나 돌린 후에 말을 시작했다.

"부대에서 받을 교육이 끝나지는 않았네. 그러나 제국을 위해 일하는 것은 때와 장소가 정해져 있는 것은 아니야. 부대 안에서든 밖에서든 그 일은 신성한 것이지. 우리의 파디샤께서도 모든 곳에서 우리와 국가를 위해 봉사하고 계시네. 사냥 별장에서 근무했던 실적을 보니 아주 완벽하더군."

부대장은 갑자기 입을 다물었다. 말할 것을 모두 삼킨 듯했다. 그가 아흔아홉 개의 염주를 한 바퀴 더 돌리는 것이 내게는 아주 길게 느껴졌다.

"감사합니다. 부디 그곳에서 어떤 실수도 없었기를 바랍니다."

나는 흥분에 들떠서 말했다.

내 입에서 쏟아져 나온 말이기는 했지만 이 말을 내가 했는지 다른 사람이 했는지 내 귀를 믿을 수 없었다. 항상 이야기하는 사람도 그들이었고, 질문하는 사람도 그들이었고, 답하는 사람도 그들이었다. 그것이 관행이었다. 우리가 감히 입을 열어 그들 앞에서 몇 마디나마 내뱉는다는 것은 있을 수 없는 일이었다. 부대장 곁에 앉아 있던 고참 상사는 내 말대꾸에 눈치를 주었다. 나는 부끄러움과 죄책감으로 눈을 내리깔았다. 그러나 부대장은 보통 사람과는 확실히 달랐다. 확실히, 수십 차례 고난을 극복하고 고행한 사람이 틀림없었다. 그는 물끄러미 내 얼굴을 바라보았다. 손톱까지 빨개진 나를 보자 웃으며 말했다.

"부끄러움을 아는 사람의 실수는 용서가 되지. 내가 보니 자네는 좀 지나치구먼. 시간이 지나도 그 마음을 계속 간직하길 바라겠네. 별장에 있는 사람들에게 들어 보니 자네에 관한 한 전혀 비판이 없더군. 오히려 칭찬이 자자하던데. 아직은 부대에 새로운 시합이 열릴 계획이 없으니 그때까지 자네를 시야부쉬 장군 저택으로 파견할 생각이네. 이제부터는 장군을 잘 모시게. 조심하게. 난 그분을 잘 알지. 눈과 귀가 뒤에 붙어 있는 분이야. 그래서 다들 '귀신같은 시야부쉬 장군'이라고 하지. 어떤 사람은 시야부쉬 장군은 목뒤에 눈이 있다고 말하기도 해. 황궁에서 누구도 그분을 좋아하지는 않지만 궁 안에 지지자가 있다고들 하더군. 그분 눈에 들면 좋을 걸세. 누가 알겠나. 자네가 장차 궁정의 사냥대장 가운데 한 명이 될지 말이야. 장군의 지위가 그다지 높지는 않아. 그래도 궁에서는 모두들 그분을 무서워하지. 영문을 모르겠지만 말이야. 다른 사람들에게는 인정사정없지만 자기 사람들은 잘 대해준다더군. 듣자 하니 가장 큰 관심거리가 개라고 하더라고. 그래서 개를 잘 돌보는 사람을 찾는 거야. 별장에서 자네 이름을 들었나 봐. 몇 년은 족히, 아니면 평생 동안도 그분을 모실 수 있을 게야. 예니체리의 권리가 지속되는 거지. 시합 때가 되면 자네를 부르겠네. 시합에서 승리하면 그때는 부대로 돌아올 수 있을 게야. 모든 것이 기록에 남을 것이네. 어쨌든 지금으로서는 자네를 시야부쉬 장군의 저택으로 파견하는 것이 적합하다고 생각하네. 하고 싶은 말이 있으면 해 보게."

나는 또다시 실수할까 봐 신중히 생각한 후에 말했다.

"아닙니다, 대장님. 대장님께서 적합하다고 생각하셨다면 그것이 당연히 제 임무입니다."

그는 숨도 쉬지 않고 염주만을 바라보며 한동안 입을 다물었다. 만일 그때 내 얼굴을 쳐다보았더라면 인사를 드리고 그곳에서 도망쳐 나왔을 것이다. 그는 내 얼굴을 쳐다보지 않았다. 마치 인내심을 측정하듯 침묵의 자로 재고 있는 것 같았다. 전혀 기대하지 않았던 순간에, 불현듯 그가 침묵을 깼다.

"이틀 동안 준비하게. 금요일이 지나면 장군 댁에서 마차로 자네를 데리러 올 거야. 그곳에 가더라도 자네는 이 부대 소속임을 명심하도록. 중간 간부 훈련대장으로서 언제나 자네의 계급과 부대, 그리고 예니체리의 명예를 지켜야 하네. 자네 월급의 일부분은 시야부쉬 장군께서 지불할 거야. 자네가 다시 돌아올 때까지 나머지 급여는 부대 예치금으로 보관될 것이야. 가끔 중단되었던 부대 기부금을 제외하고, 남은 급여는 자네가 올 때까지 저축했다가 지급될 것이네. 다시 한 번 말하지만 잊지 말게. 자네의 권리는 지속될 것이야. 상황이 달라지면 우리에게 연락하게. 참, 이것도 잊기 전에 일러둬야겠군. 장군들이 최근에 부대에서 반란을 선동하고 있다고 하네. 만일 자네가 파견된 장군 저택에서 그런 반란의 기운이 감지되면 절대 주저하지 말고 사람을 보내 우리에게 알려야 하네. 예전에는 장군들이 부대를 지켰지만 이제는 시대가 변했어. 장군들은 타락했어. 그분들이 곤경에 처하면 고스란히 부대로 파장이 전해지지."

그가 말을 끝내고 얼굴을 빤히 바라보았다. 나는 팔을 올려 인사했다.

"분부 받들겠습니다. 금요일까지 준비를 마치겠습니다."

나는 일어서서 뒤로 물러서며 문밖으로 나왔다.

이틀 후 시야부쉬 장군 집으로 떠나야 했다. 먼저 예니체리 부대와 중간 간부 훈련대장의 영광을 담아 부대장에게 다시 한 번 작별 인사를 올리고 마음의 평안을 얻었다. 이제 막 시작한 새 인생에 적응하기도 전에 여행을 떠나려니 마음속에 드는 생각이 있었다. 왠지 내가 공터에 버려진 한 마리 새끼 고양이같이 느껴졌다. 외로운 한편으로는, 여행을 시작하기 전부터 쉬지 않고 떠들어 대는, 시야부쉬 장군이 보낸 마부의 수다 때문에 아무 생각도 할 수 없었다. 그는 계속 농담을 시도했지만 도무지 웃어 줄 수 없었다. 마차에 오르기 전부터 내무반장은 내 귀에 대고 협박했다. "부대에서 멀리 있다고 방심하지 마라. 우리 눈은 널 지켜보고 있을 테니. 알았나!"

사다바드 길 위에 있는 저택은 고원으로 둘러싸여 있었다. 서쪽 방향으로 줄무늬같이 바다가 보였다. 별장에 가까워질 무렵 마부는 갑자기 말들을 세워 나를 주의 깊게 바라보았다.

"말도 없고 웃지도 않으시네요. 또 제 말도 듣지 않으시고요. 설마 어디 아프신 건 아니죠? 시야부쉬 장군께서는 허약한 사람을 아주 싫어하신답니다."

마부의 마지막 말은 나를 전율시켰다. 그 전율로 정신을 차리며 짧게 대답했다.

"다행히 아무 병도 없습니다. 오랫동안 부대 생활에 익숙해진 터라 낯선 곳으로 가자니 만감이 교차해서 말하고 싶지 않았던 것뿐이죠."

마부는 마음이 편해졌는지 말을 몰며 다시 입을 열었다.

"나 또한 수년 동안 부대에서 지냈습니다. 당신처럼 훈련소에서 온 건 아니고요. 이건 알아 두시오. 인생은 부대에서만 배우는 것도 아니고 밖에서만 배우는 것도 아니죠. 살면서 배우는 것이랍니다. 현실 속에 일찍 뛰어든 사람들은 성공해서 파샤가 되고, 늦게 입문한 사람들은 우리처럼 그 밑에서 봉사하는 사람이 되는 것이죠. 파샤들이 어떻게 그 자리에 올랐는지 부대에서 알려 줍디까? 가르쳐 줬냐고요? 그래도 파샤에게 어떻게 봉사해야 하는지에 대해서는 잘 배웠을 것이오."

머릿속에서 '불경스럽군. 내 입에서 무슨 말이 나오게 하려고 애쓰는 것 같은데.'라는 말이 맴돌았다. 나는 그의 말을 더 듣고 싶지 않아 머리를 뒤로 돌렸다. 남자는 내 귓가에 대고 쉴 새 없이 떠들어 댔다. 나는 그 상황에서 탈출하고 싶은 마음뿐이었다.

"이보시오, 나는 부대 이외의 삶은 잘 알지 못합니다. 머릿속을 복잡하게 하지 마세요. 저는 제 임무에 실수하지 않는 것만을 배웠소. 장군 댁에서도 임무에 실수하지 않으려고 애쓸 것이고요."

마부는 말하기를 퍽이나 좋아하는 사람이었다. 더 정확하게는 수다스러운 사람이었다. 이런 사람이 장군의 마부라니 믿을 수 없었다. 저택까지 몇백 미터를 남겨 두고 그는 나에게 눈을 깜빡였다.

"걱정하지 말아요. 시간이 당신을 성숙하게 해 줄 테니. 저 사람들의 눈은 무엇을 보고, 저 사람들의 귀는 무엇을 배우는지 당신도 알게 될 거요."

그는 입을 다물었다. 나는 왜 예니체리 부대에 외부인을 들이지 않는지 그 이유를 알 것 같았다. 그리고 도시를 알게 되면 부대를 망치게 될 것이라고 말하는 이들을 이해하게 되었다. 저택 문에 이르자 마부는 몇 가지 더 말해야 할 필요성을 느낀 모양이었다.

"어쨌든 종종 만납시다. 더 말할 것이 있어요. 만약 이곳에서 머물기를 원한다면 충고 몇 마디 드리지요. 당신은 당신이 되어야 합니다. 첫날부터 장군의 눈에 들려고 노력하시오. 이곳에서 머물기를 원하지 않는다면 다른 말은 할 필요가 없죠. 아시겠지만 시야부쉬 장군 댁이 다른 파샤의 저택보다는 편할 겁니다."

 마부는 마차에서 내리자마자 나보다 더 어린 하인들을 소개해 주었다. 그리고 짐을 풀고 나서 저택의 집사를 소개해 주었다.

 "와 봐요. 사냥개들을 보여 주겠소. 장군께서 가장 아끼는 사냥개를 잘 익혀 두시오. 그 개의 털끝 하나라도 다치는 날이면 당신은 죽은 줄로 아시오."

 나는 사냥개들에 대하여 집사와 한동안 이야기를 나누었다. 집사는 내 곁을 떠나며 말했다.

 "준비하고 계세요. 장군께서 오시면 좀 더 편안한 곳으로 모시죠."

 그는 자기 숙소가 있는, 사람들이 두 번째 별장이라고 부르는 조그만 건물로 돌아갔다. 나는 별장에서 조금 떨어져 양아들처럼 서 있는 단층 건물로 갔다. 그때 대저택 창문들 중에서 커튼 하나가 움직였다. 그리고 커튼 사이로 아름다운 얼굴이 보였다. 나는 그 얼굴을 보자마자 곧바로 머리를 앞으로 숙이고 걸었다. 문득, 마부가 여자들에 대해서 들려준 말이 떠올랐다. 그 말이 떠오르자 나는 소스라치게 놀랐다. 악마가 그렇게 빨리 마음속으로 들어오다니. 신성한 부대에서 떠나온 지 채 몇 시간도 되지 않았다. 나는 커튼의 움직임을 보자마자 머리를 숙였지만 커튼 뒤에 숨어 있는 얼굴이 궁금했다. 어쩌면 얼굴을 볼 수도 있었을 것을. 나는 자신을 질책하면서 방으로 들어왔다. 그런데 도저히 참을 수 없었다. 높이 달린 자그마한 창문의 앞으로 가서 창문을 하염없이 바라보았다. 한동안 내 자신과의 싸움이 계속되었지만 창문에서 눈길을 뗄 수 없었다. 자신이 큰 죄악의 구렁텅이에 빠진 것처럼 느껴졌다.

37

 사막에서 초반에 마주쳤던, 말을 탄 사람들이 사오 일이 지나자 다시 나타났다.

남자 하나가 자신들의 언어로 엘 카스미 선생님과 말을 나눈 후에 몇 명을 옆에 나란히 세워 놓고, 사막의 그 알 수 없는 어딘가를 향하여 말을 몰았다.

　그들이 떠나자 엘 카스미 선생님은 우리와 함께 남은 몇 명의 남자를 돌아보며 말했다. "에미르가 지난번 일에 대해서 미안하다고 하는구나. 우리를 도와주는 것으로 스스로 용서받길 바란다고 한다. 우리를 가까운 오아시스에 초대했다. 나도 승낙했다. 이 사람들이 우리를 안내할 것이다."

　자정이 가까워졌을 때 우리는 에미르 이메드 빈 아잠 부족이 있는 오아시스에 도착했다. 대상들은 천막을 치고 우리는 에미르가 준비해 둔 식탁에 둘러앉았다. 대상들도 긴 지팡이 끝에 걸린 이상한 촛불 아래에서 음식을 먹었다. 성주인 아버지 집에서도 보지 못했던 음식이 있었다. 우리 앞에 놓인 쟁반들과 풍성한 식탁을 보자 생각들이 뒤죽박죽 엉켰다. 풍성한 식탁을 보며 눈으로 허기를 채워서인지 아니면 피곤해서인지 알 수 없지만 모두들 조금씩밖에 먹지 못했다. 몇몇 친구는 한 숟가락만 먹고는 잠이 들었다. 엘 카스미 선생님이 눈짓으로 우리를 깨웠다. 좀처럼 우리를 가만 놔두지 않았다. 옆에 앉은 에미르 이메드 빈 아잠에게 우리를 한 명씩 가리키면서 길게 이야기했다. 우리는 말없이 식사 기도를 기다렸다. 그러나 대화는 끝날 줄 몰랐다. 마침내 대화가 끝나고 식사 기도를 드리려는데, 부족의 이맘도 아침 경전을 읽었다. 남자들은 우리에게 물이 있는 곳을 가리켰다. 우리는 손발을 깨끗이 씻고 그들과 함께 기도를 올렸다. 천막 쪽으로 걸어가는데, 모래 고원 위에서 거대한 홍염이 보였다. 태양이 뜨기 전에 거대한 불이 하늘을 삼킬 것같이 보이는 것이라고 하였다. 빛이 서서히 파란색 불꽃으로 돌아오면서 금속판을 도금이라도 하는 듯이 붉어져 갔다. 태양이 뒤에 남은 허공을 다시 파랗게 물들였다. 태양이 하늘에 돌아왔다.

　천막에 들어설 때는 눕자마자 잠에 빠질 것이라고 생각했다. 그런데 웬걸, 도대체 잠을 잘 수 없었다. 천막 윗부분의 작은 구멍으로 새어 들어오는 태양빛이 나를 다시 어머니의 품으로 데려갔다. 사 년 전에 헤어졌던 그날을 지나 어머니가 나를 곁에 앉히고 아이처럼 예뻐해 주시고, 말없이 두툼한 손가락으로 머리카락을 쓸어 주던 그날로 데려갔다. 어머니의 통통한 손가락이 내 머리카락을 쓰다듬는 것을 느끼면서 어머니를 바라보자, 어머니 얼굴이 갑자기 에미르 이메드 빈 아잠으로 변했다. 나는 불쾌해져서 돌아누워 에미르 이메드의 얼굴에서 벗어나려고 애를 썼다. 그때 누군가가 천막 안으로 들어왔다. "이곳에는 전갈이 많다고 합니다. 물라들이 조심하라고 하셨습니다." 그는 이렇게 말하고는 나가 버렸다.

그 남자가 나가자 고통이 더욱 커졌다. 잠들기는 틀린 것을 깨닫고 일어나 바람에 이파리들이 흔들리는 야자수와 대추나무 사이를 돌아다녔다. 태양은 서쪽으로 방향을 잡고 달리고 있었다. 다른 친구들도 대부분 무서워서 잠을 자지 못했다. 야자수 사이에서 걷고 뛰노는 아이들조차 우리를 전혀 신경 쓰지 않았다. 아이들을 보니 다시 어머니가 떠올랐다. 그때 마침, 내 곁을 지나가는 한 여성이 어머니 생각에서 나를 끌어내었다. 나는 웃으며 그 여자를 바라보았다. 그녀는 마치 내가 존재하지 않는 것처럼 무시하고 멀어져 갔다. 다른 여자도 같은 방향으로 비슷한 모습으로 걸어갔다. 세 번째 여자가 내 곁을 지나갈 때에는 야자수 사이에서 발이 부러진 개처럼 절룩거리던 바람이, 여자의 검은 머리에 둘린 스카프를 풀어 하늘로 날렸다. 여자는 말없이 보고만 있었다. 나는 바람이 가져간 스카프를 쫓아갔다. 꽤 멀리까지 쫓아가서야 스카프를 잡았다. 여자는 미동도 하지 않고 같은 자리에서 기다리고 있었다. 그녀는 스카프를 받아 다소곳이 머리에 썼다. 그녀는 이런 상황을 조금도 불편해하지 않았다. 나는 그녀의 길고 새하얀 목에 시선을 두었다. 이제껏 이렇게 하얗고 아름다운 목을 본 적이 없었다. 좀 더 솔직히 그때까지 한 번도 여자의 목을 본 적이 없었다.

에미르 이메드 집에서의 이틀째 날이었다. 길을 떠날 때가 되자 모두들 활발해졌다. 엘 카스미 선생님이 말했다. "이 휴식은 계획에 없었던 것이다. 이후로는 5일 동안 식사 시간에만 휴식이 있을 것이니 그리 알도록."

5일이 지나자 피곤에 지칠 대로 지쳐 걸음을 내디딜 수도 없게 되었다. 그날까지 명령을 내리기만 했던 대상 수장은 큰 소리로 우리에게 경고하였다. "잠시 후면 어둠이 내릴 것이다. 어두워지면 길을 떠나지 않겠다. 왜냐하면 이곳에는 사막 사자들이 있다. 그놈들은 언제 공격할지 알 수 없다. 천막을 칠 테니 모두들 조심해라. 이곳은 뱀과 독을 지닌 전갈이 많기로 유명한 곳이다."

저녁에 몇 숟가락의 음식을 먹은 후에 우리는 양모 천막으로 들어갔다. 누구도 누워서 잘 수 없었다. 우리는 천막에 들어올 뱀과 혹은 사막 사자를 기다리고 있었다. 어찌나 무서움에 떨었는지, 누구 하나 입도 벙긋하지 않았다. 불침번을 서면서 번갈아 자는 게 어떨까 하는 생각이 떠올랐다. 안타깝게도 첫 번째 불침번이 잠에 빠져 버려서 모두 아침까지 그대로 자 버렸다. 아침 기도 후 아침 식사 시간에 물어보았다. 누구의 천막에도 뱀도 사자도 들어오지 않았다. 아침 식사가 끝날 무렵, 볼 수는 없었지만 가까이에서 들려오는 소리가 있었다. 처음에는 뭔지 몰랐지만 나중에는 민요인 것 같다는 생각이 들었다. 귀 기울여 들어 보았지만 하나도 알아들을 수 없었다. 소리에 어떤 의미가 있는지 얘기를 나누고 있었는데, 엘 카스미 선생님이 손을 들어 조용히 하라고 하더니 눈을 감았다. 한동안 낙타들 곁에서 눈을 감은 채 감상하더니 말했다. "이것은 베두인 목동들 소리다. 민요를 전혀 못 알아듣겠구나. 그렇지? 이해할 수 있으면 좋으련만. 사람은 죽을 때까지 배워야 하지. 삶이 사막으로 제한된 목동은 우리가 사는 동안 배운 것들을 이 민요에 담고 있다."

엘 카스미 선생님은 햇볕에 갈라진 가느다란 입술 사이에서 나오는 괴로운 소리로, 조금 전 목동이 부른 민요를 우리가 아는 아랍 어로 바꾸었다.

불장난 마세요, 손에 화상 입어요.

돈도 재산도 믿지 마세요.

당신을 산 사람은 어느 날 다시 팔 수 있다는 걸 아서야 해요.

내가 무엇을 해야 하는지 내 심장에 물어볼게요.

이것만은 알아주세요, 당신을 향한 사랑 때문에 심장이 숯이 되었다는 걸.

민요의 마지막 행이 깊은 숨과 함께 끝났다. 엘 카스미 선생님은 잠시 말을 멈추고 앞을 보았다. 그는 슬프지만 의미 있는 목소리로 말했다. "모든 삶은 그 자체로 볼 때 하나의 철학이 있다. 이 세상 다른 곳에서도 비슷한 철학과 만날 수 있을 것이다. 그 철학을 알맞게 활용해야 한다. 이 민요에서 그런 것처럼 세상의 모든 곳에는 사랑이 존재한다. 어떤 연인들에게는 사랑하는 슬픔이 있고, 어떤 이들에게는 사랑받는 슬픔이 있다."

문득 엘 카스미 선생님의 눈이 빛났다. 그는 떠오른 태양을 향하여 돌아서더니 엎드려 절했다. 그는 매우 큰 목소리로 "신이시여, 은총과 축복을 내려 주소서."라고 하며 기도를 끝냈다. 그는 우리를 향해 돌아서서 말했다. "이제부터 돌아갈 것이다. 신학교로 돌아가는 데 이틀도 걸리지 않을 것이다. 모두의 인내심에 경의를 표한다. 이는 인내력을 시험하고 인내를 갖고자 시도했던 행군이었다. 모두들 건강하게, 행군을 성공적으로 완수하였다. 축하한다, 제군들." 선생님은 잠시 입을 다물더니 다시 말을 이었다. "듣자 하니 오늘 밤 여러분 모두의 천막 안에 뱀과 사자가 들어올 것을 기다리고 있다고 하는데, 이곳은 사막이 끝난 곳이다. 뱀은 있을 수 있지만 그렇게 위험한 뱀은 없을 것이다. 양과 염소들이 퍼져 있는 곳에는 뱀이 많지 않다. 사자가 침입할 것을 대비해서 대상들이 이미 경비를 서고 있다. 천막 안으로 사자가 들어올 가능성은 없다. 인내심을 시험하기 위해 이 말을 퍼뜨렸던 것이다. 자,

모두들 수고했다."

인내의 행군에 대한 제밀의 설명이 막 끝났을 때 므스티가 안으로 들어와 숨을 헐떡이며 말했다.

"의사 선생님을 모시기 위해 썰매가 대기하고 있습니다."

의사는 쉬메이라와 아르메니아 어로 몇 마디 나누며 웃고는 그녀의 손에 키스했다. 므스티는 그에게 문을 열어 주고 따라 걸었다. 잠시 후 마흐뭇 성주도 나갔다. 쉬메이라가 제밀의 침대로 들어왔다. 그녀는 그의 손을 잡더니 자신의 배를 쓸었다. 그의 손이 보드라운 배 위를 부드럽게 쓰다듬자 심장이 열기로 가득 찼다. 그녀는 그의 가슴으로 더욱더 파고들었다.

38

내게 주어진 방은 작은 창문이 있었다. 나는 밤마다 잠을 이루지 못했다. 커튼 사이로 보았던 얼굴이 무시로 떠올랐다. 별장에서 한 여자가 경솔하게 얼굴을 내밀었을 때 커튼이 열렸음이 분명했다. 나 또한 경솔하기 짝이 없게도 창문을 바라보았다. 이것은 죄악이었다. 처음 부임한 날의 그 시간에 별장 하렘 여인들을 보았다. 이 같은 사실을 시야부쉬 장군도 필시 알게 될 것이다. 이 모든 게 여자의 얼굴을 처음 본 당황함 때문에 생긴 것이다. 이런 일이 생기지 않았어야 했다. 침대로 돌아와 가만히 있어도 내 자신에 대한 죄의식이 느껴져 자꾸만 뒤척였다. 아침이 되자 다시 수년 전으로 생각이 흘러갔다.

오랫동안 여자의 얼굴을, 한 소녀의 얼굴을 가까이서 보지 못했다. 처음 가까이에서 보았던 여자의 얼굴은 에신티의 얼굴이었다. 그는 단지 오스마나가 있는 곳에서만 얇은 베일로 얼굴을 가렸다. 그럼에도 오스마나가는 아무 말도 하지 않았다. 그래도 꽤 신경을 쓰면서 주의를 주는 것 같았다. 쉬마라나가 그녀를 시장에서 데려와 일주일이 지난 어느 금요일 저녁이었다. 그녀는 에신티를 정갈하게 씻기고 단장해 직접 오스마나가의 품으로 밀어 넣었다. 처음에는 화를 내던 오스마나가도 말더듬이 선생 앞에서 혼례를 치르고 나자 소녀를 받아들였다.

오스마나가는 쉴레이만 파샤 가문의 혈통이었기 때문에 토지가 많았다. 정원과 과수원도 꽤 많았다. 사원에서 집으로 돌아올 때면 압둘라와 나와 에신티는 무리를 지어 정원에서 놀이를 하고는 했다. 압둘라는 사원에 가지 않아도 될 권리가 있었다. 사원에서 일찍 빠져나와 집으로 갈 수도 있었다. 그러나 나는 그런 권리가 없었다. 아플 때도 말더듬이 선생을 봐야 했다. 왜냐하면 그는 눈으로 직접 보지 않고는 믿지 않았기 때문이다. 시골 아이들에게는 기도해야 하는 당위성이 없었지만 나와 같이 부대에서 온 아이들에게는 필수적인 의무였다. 책상다리를 하고 앉는 것을 전혀 좋아하지 않았지만 나중에는 익숙해졌다.

나 자신을 알기 시작한 날들 중 어느 날이었다. 압둘라와 나와 에신티는 놀이에 빠져 과일나무들 사이를 뛰어다니다 집에서 꽤 멀어졌다. 갑자기 과일나무들이 사라지고 우리보다 크고 나뭇잎이 빽빽한 포도밭이 나왔다. 짙푸른 풋과일이 열려 있는 나무들은 우리보다 키가 컸다. 누가 먼저 떠올렸는지는 모르지만, 우리는 잘 익은 포도송이를 찾기 시작했다. 포도송이를 먼저 찾는 사람이 놀이에서 이기는 것이었다. 그러면 다른 사람들은 저녁에 그 사람에게 봉사해야 했다. 갈수록 서로에게서 멀어졌다. 어느 순간 아무 소리도 들리지 않았다. 그래도 포도송이를 찾아야 한다는 호기심이 무서움보다 앞섰기 때문에 길을 잃을 수도 있다는 생각 따위는 전혀 하지 못했다. 오로지 포도송이를 찾아야 한다는 생각에 가지 사이만 얼마나 열심히 쳐다보았는지 발소리도 잎사귀가 바스락거리는 소리도 듣지 못했다. 그러다 에신티와 부딪쳤다. 그녀가 나보다 힘이 더 세었기 때문에 그녀가 내 몸 위로 넘어졌다. 그녀의 가슴에 내 가슴이 닿았다. 세상에, 어찌나 보드랍고 따뜻하던지. 보드라움과 따뜻함을 조금 더 느끼고 싶어 나는 그녀를 떠밀지 않았다. 그녀도 내 몸 위에서 일어나지 않았다. 내가 움직이지 않고 그대로 있자 그녀는 용기를 얻은 것처럼 자신을 내버려 두었다. 구석구석 몸의 열기를 느끼던 그때 나는 이미 아이의 몸이 아니라는 것을 알아차렸다. 에신티는 자신의 볼을 내 볼 위에 포개었다. 나는 마치 부드러운 흙에 파묻힌 것 같았다. 죄를 짓는 것 같은 그 떨림이란! 볼과 볼이 마주하자 어린 시절에서 청년 시절로 옮겨 가는 느낌이 온몸에 퍼졌다. 나는 눈을 감고 그녀가 내 몸에서 떨어져 일어나길 기다렸다. 한참 후에 목으로 차가운 눈물이 떨어졌다. 나는 흠칫 놀랐다.

"난 너한테 아무 짓도 하지 않았어."

그녀는 당황해서 천천히 무릎을 구부렸다.

"누구도 아무 짓도 하지 않았어, 빌랄. 종종 사람은 마음속 느낌 때문에 울곤 해."

그녀는 입을 다물었다. 그녀는 굵고 오래된 포도나무에 등을 기대고 앉았다. "너는 절대 울지 않지?"라고 물었다.

"울지."

"언제?"

"엄마가 생각나면."

"왜? 너의 엄마는 항상 곁에……."

"아니야."

그녀는 놀란 듯한 눈으로 내 얼굴을 보았다. 팔을 옆쪽으로 감았다. 두 손이 차가운 땅에 닿자 조금 정신을 차린 듯했다.

"쉬마라나는……."

"쉬마라나를 우리 엄마라고 여기지, 진짜 엄마는 아니야."

그녀는 머리를 양쪽으로 흔든 후에 우리에게 배운 야릇한 터키 어로 물었다.

"아니, 그럼 넌 오스마나가의 아들이 아니었니?"

"아니, 난 파디샤의 노예야."

그녀는 너무 놀라 목까지 빨개졌다. 송골송골 맺혀 있던 땀이 하얀 목을 타고 흘러내렸다. 그녀는 손에 있는 흙을 포도나무를 향해서 던졌다. 그녀는 흙을 털고 일어서더니 손을 잡아 나를 일으켰다.

"무슨 말인지 하나도 모르겠어, 빌랄. 넌 그럼 이 집 식구가 아니니?"

"이 집 식구야. 하지만 난 부대에서 이곳으로 왔고, 다시 부대로 돌아갈 거야."

그녀는 여전히 모르겠다는 얼굴로 바라보았다.

"어떤 부대 말인데?"

"훈련소 부대에서 왔어. 파디샤의 부대야. 나는 파디샤가 원하면 언제든지 돌아가야 해. 왜냐하면 나는 그의 노예와 같아."

"그러면 엄마는 어디에 있어?"

"엄마는 푸른 밀 이삭이 바람에 흩날리는 밭머리에서 무릎을 꿇고 나를 기다리고 있어."

그 말이 끝나자 우리 사이에는 오랫동안 어색한 침묵이 흘렀다. 비밀을 알고 나서 에신티는 변했다. 나를 마치 이방인 대하듯 했다. 그러던 어느 날 나를 꼭 안고서 말했다.

"우리 엄마도 아주 먼 곳에 있어. 너는 네 엄마를 볼 수 있을 거야. 나는 절대 못 만날 거야. 어느 때는 엄마를 찾아 이곳에서 도망쳐 버릴까 생각도 해 보지만 엄마가 어디에 있는지 알 수 없잖아. 마음속엔 항상 도망치고 싶은 생각밖에 없어. 오스마나가도 쉬마라노도 나에게 아주 잘해 줘. 만일 이렇게 좋은 사람들이 아니었으면, 벌써 도망쳐서 다른 노예상의 손에 들어갈 수도 있었을 거야. 노예상이 팔아넘기는 사람들은 어떨 거라고 생각하니?"

나는 그 문제에 대해 이야기하지 않았다. 어머니에 대해서도 더는 이야기를 꺼내지 않았다. 우리는 언제든 어머니가 그리워지면, 서로 그것을 느낄 수 있었다. 그러면 상대의 외로움을 지켜보면서 포옹해 주었다. 감정적으로 힘든 순간에 서로를 안는 것은 우리에게 믿을 수 없을 만큼 위안을 주었다. 그녀가 보드라운 가슴을 내 가슴에 대면 나는 먼 곳으로 훨훨 날아갔다. 어머니가 있는 곳보다 더 먼 곳이었다.

그녀가 꿈속에 들어온 첫날 아침, 그녀가 머리맡에서 내가 깨는 것을 기다리고 있었다. 내 눈 속에서 악마가 미소지었다.

"당신을 꿈속에서 봤어요." 나는 그녀의 눈을 바라보았다.

"나도 널 보았어." 그녀가 대답했다.

39

더는 눈이 내리지 않았다. 카르스에는 매일 저녁 자연 그대로의 색깔을 지닌 청명함 속에 혹독한 추위가 계속되었다. 아침이 되면 바깥의 모든 생명체가 하늘에 닿을 것처럼 보였다. 의사의 마지막 방문 이후 며칠이 지났다. 옷자락에 아침의 찬바람을 달고 들어온 휘스뉘는 제밀의 해쓱한 얼굴을 바라보았다. 그는 두툼한 입술을 움직이며 걱정에 가득 차 말했다.

"찾았습니다."

"어디서?"

제밀이 물었다.

"오소리 굴에서요. 얼음 때문에 얼어붙은 상태더군요."

"질식사인가 아니면······."

"지금까지는 단지 발견되었다는 사실만 알아냈습니다. 마흐뭇 성주는 이 일이 다시 물을 흐리게 할 거라고 하시더군요."

"누가 무슨 계산을 한 건지 알 게 뭔가. 아무에게도 나쁜 짓을 하지 않은 사람인데."

"우리에게는 나쁜 면을 보여 주지 않았지만 다른 사람에게는 나쁜 짓을 했는지도 모릅니다, 도련님."

난로 쪽으로 얼굴을 돌리고 앉은 므스티는 두 사람의 말을 듣고 있지 않은 것 같았다. 웬만큼 몸을 덥히더니 일어나 밖으로 나가 버렸다.

쉬메이라의 눈에 눈물이 가득 찼다.

"지난번 이곳에서 말했던 그 사람이 아닌 것 같아요. 우리 사람이 아닌 것 같아요. 죽음이 이처럼 가까이에 있다니. 이처럼 쉬운 것인가요?"

"쉬메이라, 그렇게 말하지 말아요. 생각건대 누구도 닥칠 일을 알 수 없어요."

술타나가 말했다.

제밀은 부인들을 바라보았다.

"심각한 이 병이 나을 거라고는 생각지 않아요. 의사가 나를 살렸지. 참 이상한 세상이야. 그렇게 중국을, 예멘을 돌아다니고 세계가 자신의 것이라고 말해도 한 치의 땅도 내 것이 될 수 없어! 벽에 놓아둔 작은 돌 조각도 나보다 더 잘 살지."

작은 창문이 달린 넓은 방 안을 비밀스러운 우울함과 침묵이 뒤덮었다. 쉬메이라가 나지막이 흐느꼈다. 사득이 일어나 밖으로 나갔다. 술타나는 제밀과 쉬메이라를 번갈아 바라본 후에 휘스뉘에게 돌아섰다.

"도와주세요. 커피를 준비하겠어요. 오늘 아침에는 아무도 아침 식사를 할 생각이 없을 것 같아요."

그녀는 다시 모두의 얼굴을 바라보았다. 곧 주방으로 사용되는 작은 방으로 갔다. 휘스뉘가 뒤를 따랐다.

마흐뭇 집안의 사람들도 모두 제밀에게 최선을 다해 공손하게 대했다. 그러나 그는 좀처럼 자신을 왕족으로 받아들이지 않았다. 그는 말했다.

"밖에서는 서로에게 예의를 갖춥시다. 그러나 집 안에서는 모두 맡은 역할을 생각합시다. 각자 맡은 바 역할을 하시고, 나를 왕족이 아니라 집에 있는 한 사람으로 여기고 대해 주시오. 그것으로 충분합니다."

집안사람들은 그의 말에 고개를 숙였지만 예전처럼 그에게 예의 바르게 대했다. 그는 두꺼운 외투를 덮고 생각에 잠겼고, 휘스뉘는 안방에서 작은 화로를 가져다 놓고 그 위에 둥근 은접시를 올려놓았다. 그가 다시 다른 방으로 가려고 문을 열자, 제밀은 가벼운 한기를 느꼈다. 그는 긴 갈퀴를 잡고 화로에 있는 장작들을 한곳으로 모았다. 등걸불을 섞었다. 등걸불의 열기로 데워진 장작들이 '푸' 소리를 내며 탔다. 불꽃이 반짝였다. 풀무로 공기를 불어넣자 불꽃이 커지면서 불꽃들이 화로 앞쪽으로 튀었다. 제밀은 갈퀴로 장작을 모았다. 화로의 반대편에 앉아 있던 쉬메이라가 갈퀴로 퍼져 있는 등걸불을 모으며 제밀에게 진심 어린 목소리로 가만가만 말했다.

"우리가 태어나는 것을 알 수 없듯이 죽는 것도 알 수 없어요. 좋은 친구를 잃은 슬픔을 나누는 것 이외에 할 수 있는 것은 아무것도 없어요. 우는 것은 인간적인 것이에요. 우세요. 울 수 있을 때까지요. 그러나 한계를 정하세요. 사람은 스스로 슬픔을 만들어 내요. 아니면 슬픔으로 삶을 배워야 해요. 어떤 것도 끝이 아니에요. 시간이 지나면……. 사랑도 시간의 일부예요. 시간 이외에 다른 무엇이 그것을 죽게 할 수 있단 말이에요?"

"어떤 사랑, 쉬메이라? 애정이라고 말하는 집착 말인가? 존중이라고 말하는 마음 말인가? 마음속에서 끊임없이 요동치는 사람의 온정 말인가?"

"그렇게 함부로 말하지 말아요. 나는 마음속으로부터 나오는 사랑 이외에는 아무것도 믿지 않아요. 내게 삶의 힘을 주는 마음속의 사랑에 대해 말하고 있는 거예요."

"당신의 사랑은 당신에게는 충분해도 다른 사람들에게는 충분하지 않을 수 있어.

다른 이들도 그리고 다른 연인들도 생각할 필요가 있지."

"낭떠러지에 몰린 사람처럼 생각하며 살고 있군요."

"나를 나이게 하는 것은, 어쩌면 쉬메이라. 아! 나 자신이 될 수 있다면……."

술타나와 휘스뉘는 쟁반을 들고 들어와 먹을 것들을 접시 위에 내려놓았다. 쉬메이라가 빵을 가져왔다. 접시 가운데에는 하얀 카르스 치즈가 당당하고 위엄 있게 놓여 있었다. 그 옆에는 커다란 문기둥 비슷한 올리브, 다른 쪽에는 몸통이 기다란 카프카스 벌들이 수천 송이 꽃에서 채취한, 손을 대면 흩어져 버릴 것 같은 꿀이 담겨 있었다. 이번에 새끼를 낳은, 마흐뭇 성주의 소에게서 짠 우유, 차, 버터, 퀴퀴한 툴룸 치즈,[24] 그리고 의사가 먹으라고 했던 음식 종류 중 에즈메와 나흐지반포도로 만든 페스틸[25]도 쟁반 위에서 대기 중이었다. 휘스뉘는 사득과 므스티를 불렀다.

그들은 서로를 쳐다보지 않았다. 커피를 끓일 때의 비밀스럽고 우울한 분위기는 아직도 구석 모퉁이를 채우고 있었다.

미처 커피를 다 마시지 않았는데, 마흐뭇 성주의 가장 성실한 수행원인 무르타자가 왔다. 마흐뭇은 항상 일의 중요성에 따라 사람을 달리 보내고는 했다. '무르타자를 보낸 걸 보면 중요한 소식일 거야.'라고 생각한 제밀은 그를 아침 식사에 초대했다. 무르타자는 양말에 묻은 눈을 털어 낸 후에 무릎을 꿇고 앉았다. 모두 입맛이 없는 것 같았다. 무르타자는 뜨거운 차를 한두 모금 마신 후에 입에 물고 있던 에르주룸 사탕을 녹여 가며 말했다.

"어떤 놈이 의사 선생님을 죽였는지는 모르지만, 못된 놈이 야만스럽게도 갈비뼈 사이를 두 번이나 단검으로 찔렀답니다. 마흐뭇 성주께서 모두에게 단단히 주의하

---

24) 동물 가죽에 넣어 만든 치즈.
25) 포도를 갈아서 밀개떡 모양으로 말려서 만든 과일 에즈메 종류.

라고 전하라셨습니다."

"손에 총을 들고 있지 않았나 보지? 만약 총으로 직접 쐈더라면 그놈이 미끄러져 넘어지기라도 했을 테고 눈보라에 얼어 죽기라도 하지 않았겠나."

제밀은 스스로에게 말하듯 입을 열었다.

"눈이 내리기 시작했을 때 사냥을 나갔나 봐요. 이제껏 아무 일도 없었거든요. 도시에서 맨 마지막으로 찔린 사람은 그분이에요. 근래에 태어난 모든 아이의 이름을 지어 주셨죠. 처음에는 무신론자라고 그분을 잘 따르지 않았지만 최근에는 도시 사람들 모두가 가족처럼 여겼어요."

무르타자가 말했다.

"마흐뭇 성주는 뭐라시나, 누구 소행이라고 생각하시나?"

"판단을 내리지 못하고 계십니다. 최근에 성안을 어지럽히는 세력이 있었다고 합니다. 러시아 군대의 움직임도 수상하고요. 이번 일도 그와 관계가 있을 거라고 생각합니다. 의사 선생님을 잘 알지 못하는 사람의 소행인 것 같습니다."

"맞아, 혼란을 야기하려고 성안에서 가장 사랑받는 사람을 죽인 거야."

"마흐뭇 성주께서도 그렇게 말씀하셨습니다. 그리고 우리가 응징하려고 나서면 그놈들은 자기 사람들을 살해했기 때문이라고 발뺌할 거라던데요."

"그럴 거야. 이런 일은 거의 비슷해. 파리에서 일어나든 바그다드에서 일어나든. 단지 행하는 사람만 다를 뿐이야. 범행을 저지른 사람은 도망쳐 사라져 버리지. 죄를 짓지도 않은 사람이 죗값을 치르게 되고. 누가 알겠나, 우리에게도 그 몫이 떨어질지?"

그들은 다 식은 차를 마시려다가 그만두었다. 쉬메이라는 장작불 위에 큰 구리 주전자를 올려놓았다. 휘스뉘와 술타나는 쟁반과 접시들을 부엌으로 가져갔다. 므스티와 사득은 무르타자를 배웅하러 밖으로 나갔다.

쉬메이라는 머릿속에 무언가 떠오른 것처럼 멈춰 서더니 짧고 분명한 비명을 질렀다. 순간 당황한 그녀는 물이 끓어 넘치는 주전자를 화로 앞 평평한 검은 돌 위에 올려놓았다. 그녀는 아무 말 없이 제밀을 바라보았다. "이런, 이런." 하고 혀를 끌끌 차며 머리를 설레설레 흔들었다. 악마가 마음속에 들어앉기라도 한 것처럼 "퉤, 퉤."거렸다. 제밀이 웬일인가 싶어 바라보았지만 그녀는 멈추지 않았다. 쉬메이라는 작은 아연 주전자를 끓인 물로 채웠다. 예멘 커피로 거품이 풍성하고 달짝지근한 커피를 만들었다. 금박을 입힌 제밀의 커피잔에 커피를 부어 주고 난 후에 그녀는 맞은편에 앉아 시선을 제밀의 손에 두었다.

"갑자기 무슨 생각을 그리하는 거야, 쉬메이라. 무슨 일이야?"

제밀은 자기에게서 눈길을 떼지 못하는 쉬메이라가 대답을 하지 않자 연거푸 물었다.

"알고 있나. 날이 따뜻해지면 정원에서 축제가 열릴 거야. 그때 성안 귀부인들에게 당신들을 소개해 주려고 했어. 그런데 가장 좋은 친구 하나가 이렇게 되다니……."

제밀의 손에서 눈을 떼지 않고 있던 쉬메이라는 잠꼬대라도 하는 것처럼 그의 말을 가로막았다.

"어쩌면 우리 우정 때문에 그분이 죽었는지도 모르죠."

40

에신티가 "나도 널 보았어."라고 속삭이던 목소리의 따사로움을 생각할 때마다 나는 깊은 잠에 빠졌다. 동굴 속을 휘감는 바람이 나를 깨웠다. 바람 소리는 한껏 내려간 기온만큼이나 차가웠다. 감기에 들었나 보다. 몸을 덮었던 양탄자를 꼭꼭 여미고 에워싸며 몸을 덥히려고 해 보았다. 아무리 해도 도대체 몸이 따뜻해지지 않았다. 어둑어둑한 동굴 속에서 재를 바라보았다. 한 줄기 불빛이라도 찾기를 바라며 재를 뒤적거려 보았다. 그러나 허사였다. 몸을 두툼하게 감싸고 동굴 바깥으로 나갔다. 태양이 흐릿한 빛으로 나를 유혹했다. 동굴 속의 추위에 비하면 계곡은 따뜻했다. 강 주변의 얼음이 녹기 시작하고 있었다. 강가에서 아지랑이가 올라오는 것을 보자 미소가 피어났다. 나는 건강하고 새하얀 이가 드러날 정도로 웃었다. 그동안 햇볕을 받지 못하여 강가에 쌓여 있던 눈이 녹은 것을 보자, 씁쓸한 미소에도 기쁨이 섞였다.

"다시 봄이 왔구나."라는 부드러운 탄성이 쏟아졌다. 불을 피우고 싶었지만 건초가 남아 있지 않았다. 큰 칼을 손에 쥐고 바위틈으로 성큼성큼 걸었다. 몇 발자국 내딛자 정강이에 피로가 느껴졌다. 잠깐 쉬었다가 천천히 오르기 시작했다. 위쪽으로 꽤 올라갔을 때, 그늘진 바위틈에 핀 수선화를 보자 마음속에 형언할 수 없는 행복이 가득 찼다. 행복감에 취해 중얼거렸다. "이게 바로 봄의 향기지." 나는 수선화 주위에 있는 마르고 긴 풀들을 날카로운 칼로 서슴없이 잘랐다. 건초와 수선화를 그곳에 두고 다시 바위 사이를 올랐다. 한참 올라가서 풀을 고르는 정원사처럼 마른 풀을 잘라 다발을 만들었다. 그만하면 충분할 것 같아 돌아가기로 했다. 겨드랑이 밑에 건초 다발을 끼우고 바위 사이와 해동하는 땅을 밟고 걸었다. 그런데 한쪽 발을 딛자마자 썰매처럼 밑으로 미끄러졌다. 야생화 뿌리를 잡으려 했지만 도대체 속도를 줄일 수 없었다. 결국 커다란 바위에 부딪히면서 호흡도 속도도 멈추었다. 한참 시간이 지난 후에야 정신을 차릴 수 있었다. 조금만 더 밑으로 미끄러졌더라면 바위 사이의 깊은 구덩이로 빠져 버렸을 것이다. 나는 한동안 꼼짝도 하지 못했다. 한 손으로는 바위틈을, 다른 손으로는 바위 사이에 난 건초 뿌리를 잡고 있었다. 온 힘을 다해 몸을 위로 끌어 올리려 했다. 그러나 도저히 빠져나올 수 없었다. 순간 두려움에 빠졌다. 다시 한 번 힘을 모은 후에 몸을 위로 끌어 올려 보았다. 여전히 요지부동이었다. "조금만 더 미끄러졌어도 절대 빠져나올 수 없었을 거야."라며 스스로를 위로해 보았다. 한 손으로 잡고 있는 건초 뿌리가 튼튼한지 시험해 보았다. 다시 양팔에 무게를 싣고 몸을 위로 끌어 올렸다. 겨우겨우 빠져나와 가까이 있는 바위에 걸터앉았다. 나는 머릿속이 하얘져서 아이처럼 다리를 흔들었다. 반대편의 언덕배기를 바라보았다. 이유를 알 수 없는, 그리고 지금껏 느껴 보지 못했던 감정이 온몸을 휘감았다. 순간 콧수염과 턱수염이 쭈뼛 섰다. 목뒤에 눈이 달린 시야부쉬 장군 저택에 머물던 마지막 무렵에 시달렸던 공포에 다시 빠져들었다. 나는 자신을 잃은 것 같았다. 온 힘을 다해 "누르하얄!" 하고 소리를 질렀다.

바위 사이에서 메아리치던 말소리가 다시 내 귓가로 들려왔다. 나는 왜 "누르하얄"이라고 소리쳤는지 생각해 보았다. 도무지 이유를 알 수 없었다. 나는 나지막이 중얼거렸다. "아, 어떻게 된 거람? 내게서 왜 이렇게 멀리 있는 거지? 모든 것이 왜 이토록 뒤죽박죽이 된 거야? 왜 한곳에 뿌리내리고 정착할 수 없는 거야? 수도에 머무를 수 있게 된다면……." 그때 문득 수도에서 머물던 마지막 날들이 떠올랐다.

우리가 파디샤의 눈 밖에 났을 때는 국경 호위병으로 지원해 목숨이라도 지탱할까 하는 생각을 해 보기도 했었다. 그러나 모든 것이 우리가 생각한 것보다 그리고 상상한 것보다 빨리 끝나 버렸다. 그곳에는 내 자리가 없다는 것을 알게 되자 나에게는 '떠나는 것'만이 남겨졌다. 왜냐하면 국경 호위병들은, 나는 물론이고 내 친구들을 좋아하지 않을뿐더러 받아들이려 하지도 않았기 때문이다. 어떤 사람은 침대에서 질식하도록 내버려 두고, 어떤 사람은 고독감에 못 견디도록 홀로 방치하였다. 우리는 대부분 생명의 위협을 받고 있었기 때문에 다른 어떤 것도 생각할 수 없게 되었다. 고참 쉐브캇만 하더라도 그런 상황에 처하지 않았더라면, 아마도 서로에게 의지해서 수도에서 우리만의 삶을 꾸리도록 해 주었을 것이다. 그 이후에 모든 것이 빠르게 변했다. 부대가 원정을 준비하고 있지 않았더라면 아마 나도 가만 놔두지 않았을 것이다. 모두 자기 일을 하느라 혼란과 고통에 빠져 있는 덕에 간신히 목숨을 구할 수 있었다. 만약 기회만 찾았다면 언제라도 할 일을 했을 것이다. 그러나 나는 호락호락하지 않았다. 그들은 내가 부대에서 떨어져 나오는 것조차 인식하지 못했다. 그곳에서 빠져나왔을 때 수도에서 시야부쉬 장군의 사람을 찾는 것쯤은 어렵지 않았다. 마치 모두가 갑자기 우리에게 싫증이 난 것 같았다. 나도 그들의 욕망대로만 허우적거리는 도살장에서 도망친 한 마리 양처럼 수도를 떠나왔다.

41

모든 것이 이토록 빠른 시간 안에 진행될 것이라고는 마흐뭇 성주조차 예견하지 못했다. 그는 생각했다. '러시아 군대에서는 아무 움직임이 없어. 그런데 왜 이곳에 이런 먼지 연기가 섞여 있지?' 그때 무르타자가 안으로 들어왔다.

"미랄라에 매복을 세워 두었답니다."

그는 마흐뭇 성주의 얼굴도 쳐다보지 않고 흥분에 싸여서 말했다.

마흐뭇 성주는 심장이 가슴 밖으로 나올 것 같았다. 무르타자는 몇 번 침을 삼키더니 두껍고 검은 입술을 핥으며 덧붙였다.

"치테의 여인숙들도 불타고 있답니다."

마흐뭇 성주의 얼굴이 샛노랗게 질렸다. 그러더니 자리에서 픽 쓰러져 버렸다. 그가 기절하는 것을 본 무르타자가 소리를 질렀다. 하잘 부인을 비롯한 사람들이 뛰어왔다. 긴 털로 만든 양탄자가 깔려 있는 소파에 마흐뭇을 눕혔다. 장미수로 머리를 닦아 주고 실크 수건으로 눈뭉치를 싸서 이마에 얹었다. 마흐뭇의 심장 박동이 진정되고 볼이 다시 발그레해지자 모두들 안도의 한숨을 쉬었다.

한참 뒤 완전히 정신을 차린 마흐뭇은 주위에 있는 사람들이 눈물을 흘리는 것을 보더니 억지로 미소를 지어 보였다. 그들은 이전까지 들어 보지 못한 부드럽고 성주답지 않은 가느다란 목소리를 들었다.

"눈물을 그치게. 당연히 우리도 언젠간 겪게 될 일이었어. 명심하게. 죽음은 어느 누구에게도 특별하지 않은 것이니. 자! 모두들 각자 할 일을 하게. 짧지만 어둠의 세상을 보고 왔어. 걱정되는 사람이 있으면 가서 내가 그 어둠 속에서 볼 수 없었던 것들을 보고 오게."

그는 소리를 내어 웃었다. 몇 분 후 어찌나 그가 호탕하게 웃던지, 조금 전까지 울던 사람들도 덩달아 웃었다.

방 안에는 두 남자와 하잘 부인만 남게 되었다. 마흐뭇은 야생풀로 속을 채워 넣은 양탄자 베개에 허리를 기대고 앉았다. 무르타자가 달려가 붙박이장에 있는 새털 베개를 가져와서 허리를 받쳐 주었다. 마흐뭇은 배와 가슴께를 쓰다듬었다. 마흐뭇은 하잘 부인에게 곁으로 오라고 손짓했다. 하잘 부인이 곁에 앉자 큰 손으로 덥석 잡았다.

"제밀을 불러 주게."

그는 무르타자에게 말했다.

두 남자가 동시에 밖으로 나갔다. 마흐뭇은 깜빡거리는 눈을 비비며 두꺼운 눈썹을 치켜뜨더니 부인의 손을 쓰다듬으며 말했다.

"아들을 낳지 못했다고 당신을 부당하게 대했구려. 두 번째 결혼을 했지. 그녀도 사내아이를 낳지 못하자 세 번째 결혼을 했지. 그녀도 역시 아들을 낳지 못했어. 이걸 꼭 말해 주고 싶구려. 당신들이 낳은 딸들과 행복했다오. 그 아이들이 커 가면서 행복이 무엇인지 알게 되었소. 모든 일이 좋은 쪽으로만 가지는 않아. 의사의 죽음은 내게 깊은 상처를 입혔다오. 고통을 함께 나누던 한 인간이 다음 날 세상을 떠났다는 것을 받아들일 수 없소. 지금 도시를 어지럽히는 이들이 나타났소. 사람들은 싸움이 쉽다고 여기지. 우리는 모두 신중해야 하오. 우리 중 누구에게 무슨 일이라도 생기면 어찌 하겠소. 당신은 치첵에게 모든 것을 가르치시오. 우리가 없어도 그 애나 아니면 그 애가 배우자로 고른 용감한 젊은이가 옥쇄를 받게 될 것이오. 그 애가 고를 사람은 그 애처럼 지혜롭고, 우리 성의 명예를 지킬 수 있는 용감한 자여야 하오."

침묵이 이어졌다. 그들은 서로의 눈을 쳐다보았다. 하잘 부인은 남편이 "우리 딸이 성장했으니 결혼할 때가 왔소."라고 말할 때 그 말을 자르려고 했으나 마침 누군가 문을 두드렸다. 제밀을 안으로 들게 하는 무르타자의 목소리가 들렸다. 하잘 부인은 즉시 일어나서 제밀을 맞이하며 미소지었다.

"따뜻하니 도움이 될 거예요. 건강을 되찾아서 다행이군요."

제밀은 어떻게 대답해야 할지 몰라 잠시 멈춰 섰다. 단지 웃음을 지어 보일 뿐이었다. 말할 필요성이 없는 불편함 때문인지 가슴에 슬픔이 느껴졌다. 얼굴에 그늘이 졌다. 그 상황에서 벗어날 방법은 마흐뭇 성주에게 가는 것뿐이라는 듯 말없이 걸었다.

두 사람은 무릎을 꿇고 앉았다. 긴 대화에 빠져들었다. 조금 시간이 지나자 제밀은 마흐뭇 성주가 뭔가 할 말이 있다는 것을 알아차렸다. 자신이 먼저 물어야겠다고 생각했다.

"모르겠습니다. 도시에 음습한 기운이 돌고 있음을 피부로 느끼고 있습니다. 우리가 여기를 떠날 시간이 있을지 없을지도 모르겠습니다. 성안 도시에서 우리를 쫓아내려고 하는 것 같다는 생각이 드는군요."

마흐뭇 성주는 할아버지의 할아버지로부터 물려받은 서른세 개의 짙은 노란색 호박 염주알을 두 번 돌린 후에 찬찬히 제밀의 표정을 살폈다.

"이보게, 제밀. 자네와 단 일 초도 떨어지고 싶지 않네. 이곳에 두고 자네를 내 아들처럼 돌봐 주겠네. 자네도 알다시피 반란의 바람이 거세게 불고 있어. 그 바람이 앞에서 우리를 덮치기 전에 뒤에서 잡아야 하네. 보게, 미랄라에 매복을 세워 놓았다 하네. 죄 없는 메쉐디의 여인숙도 불태웠다네. 카라파곽 사람들은 스스로 마을에 보초를 서기 시작했네. 이란에서 온 기술자들과 아르메니아 장인들이 어제 한바탕 싸움을 했다는군. 나도 이제 나이가 들었네. 우리 조상들이 그랬듯이 군사 없이도 필요한 것에 도움을 주겠네. 정작 나는 전에 대령이 말했던 것이 걱정스럽네. 대령 말이, 의사 살인 사건에서 발견된 흔적들이 자네 집 앞에서 나왔다고 하네."

"알고 보니 상황이 제가 생각했던 것보다 훨씬 나쁘군요. 성주님까지 곤경에 처하게 할지 몰라요. 제가 빨리 이곳에서 떠나는 게 좋겠습니다."

"경거망동하지 말게. 밖의 일은 내가 알아서 할 테니, 날씨가 풀려 눈이 녹을 때까지 자네들은 준비를 마치게. 지금 떠나면 오히려 눈에 더 띄게 될 거야. 천천히 준비해서 자네들이 원할 때 간다면 누구도 자네들이 가는 것을 눈치채지 못할 거야."

마흐뭇 성주의 곁을 떠나 별채로 돌아온 제밀은 며칠 동안 생각에 빠져 지냈다. 시내에도 나갈 수 없었고, 식구들과도 이야기를 나눌 수 없었다. 결국 이런 침묵도 쓸모가 없다는 것을 깨닫게 되었다. 어느 날 화롯가에 앉아 있는 부인들을 바라보며 며칠 동안 강가 두꺼운 돌집을 떠나지 않던 그 무거운 침묵을 깨며 말했다.

"눈이 녹기 시작했소."

입에서 훅 날린 것 같은 목소리였다. 그는 한숨 섞인 목소리로 말을 계속했다.

"이제 이곳을 떠날 때가 왔소. 더는 시간을 끌 수 없소. 즉시 우리가 살 집을 구합시다."

오랫동안 조마조마하며 제밀이 입을 떼기를 기다려 왔던 술타나가 대답했다.

"발에 흙이 밟히기 전에는 길을 나서지 말아요. 겨울이 갔다 해도 눈이 그칠 때까지는 두고 봐야 해요. 눈이 녹을 때까지는 그리 시간이 많이 걸리지 않을 거예요. 못 보셨어요? 눈이 여섯 달 동안이나 내리잖아요. 어떨 때는 엿새 내리 눈이 내려요."

"술타나 말이 맞아요. 눈이 녹기 시작하면 준비하죠."

쉬메이라가 말했다.

"어쨌든 우리는 뿌리가 뽑힌 첩자 같은 처지요. 어떤 바람이든 강한 바람에 묻어

가야 해요. 당신들 말대로 합시다. 눈이 녹을 때까지만 기다려요. 단지 마흐뭇 성주가 매우 불편해하실 거요. 뭔가 일이 터지기 전에 이곳을 떠나는 것이 좋을 것이오."

술타나가 끼어들었다.

"그렇게 되면 쉬메이라와 결혼식을 할 수 없어요. 혼인 서약만 해야겠군요. 저는 시내에서 결혼식을 했으면 했는데……."

제밀은 술타나의 말을 듣고 다시 생각에 빠졌다. 그는 미소를 지으며 말했다. "나도 봄이 오면 마흐뭇 성주가 말씀하셨듯이 성대한 파티를 하려고 생각했소. 마흐뭇 성주의 이름으로 영주들을 불러 말 경주도 열고 말이오." 그는 계속 자신의 생각을 쏟아냈다. "마흐뭇 성주가 아들이 없다 보니 나를 아들처럼 대해 주고 있소. 내가 떠나는 걸 원하지 않아. 그런데 이해할 수 없군요. 대령은 왜 우리를 의심하는 거지? 무엇을 해야 하나. 축제도 말 경기도, 다른 날 엽시다. 눈 위에서 춤을 춥시다. 눈이 내리는 곳에서 도망쳐서 눈이 시작된 곳으로 가서 짐을 풉시다."

술타나가 목소리를 높였다.

"제밀, 모든 건 시간에게 맡겨 둬요. 너무 깊게 생각할 필요 없어요. 눈이 그치면 길을 떠나기로 했잖아요. 지금은 여행을 떠나는 것이 너무 이르다고요. 그뿐이에요."

제밀은 씁쓸하게 웃으며 팔을 목에 감은 술타나를 바라보았다.

"내가 왜 당신을 항상 시골 소녀처럼 생각했는지 모르겠군. 보라고, 여신같이 맞는 말만 하잖아."

그는 화롯가에서 졸고 있는 쉬메이라를 잡고 흔들며 "그렇지 않소, 쉬메이라?" 하고 물었다.

쉬메이라는 잠에 취해 대답했다.

"아, 심오한 말은 단지 메드레스에서 배운 사람만 할 수 있는 게 아니에요. 우리가 더 잘 알고 있는 것도 많다고요. 그러니 당연히 말할 수 있지요. 제우스가 황소로 둔갑해 록사나에게 달려가게 하는 것이 무엇인지도 말할 수 있고요. 아마 그것도 사랑이 원인이었을걸요. 그나저나 대령이 왜 마흐뭇 성주를 괴롭히는 거예요?"

"내가 두려워하는 것도, 이 생각 저 생각 하는 것도 그 때문이오."

제밀이 말했다.

42

나는 바위에 앉아 자신과 길게 이야기를 나누었다. 문득 조금 전 불을 피우려고 건초를 모아 동굴로 가려고 했던 것이 생각났다. 반대편 언덕 위 고원으로 올라가는 여우 한 마리가 눈에 띄었다. 나는 다리를 흔들면서 여우를 지켜보았다. 하늘을 나는 독수리의 그림자가 내 몸 위를 지나가자 온몸이 전율했다. 나는 그 전율과 함께 온 힘을 다해 "누르하얄." 하고 외쳤다.

내 목소리는 계곡까지 뻗어가다 다시 멀어졌다. 반대편 언덕에 있는 울퉁불퉁한 바위에 부딪힌 소리는 메아리로 몇 번이나 다시 돌아왔다. 그 순간 고독을 깨는 그 목소리가 좋았다. 그러다가 목소리 뒤로 숨어 시야부쉬 장군의 저택에서 있었던 추억 속으로 빠져들어갔다.

저택으로 갔던 초창기 날들을 생각해 보았다. 가벼운 바람이 부는 날이었다. 저택으로 부임했던 첫날 창문 앞에 서서 프랑스 장미를 찾고 있었는데, 창문의 커튼이 갑자기 열렸다. 아름다운 얼굴이 창문에 어른거렸다. 이번에는 머리에 아무것도 쓰지 않았다. 검은 머리카락을 늘어뜨린 하얀 목덜미가 드러나 보였다. 웃고 있는 눈이 나의 시선과 마주치자 갑자기 몸이 떨렸다. 어떻게 해야 할지 몰라 갈팡질팡했다. 순간적으로 당황해서 큰 가시가 달린 프랑스 장미를 움켜쥐고 말았다. 손이 가시에 찔려 버렸다. 나는 아픈 손을 재빠르게 뒤로 빼다가 꽃을 꺾을 때 썼던 내 칼에 찔리고 말았다. 순간 손은 피범벅이 되었다. 피를 본 여자가 얼굴을 찡그렸다. 그녀는 걱정스러운 표정으로 안으로 들어오라고 손짓했다. 나는 조심스럽게 저택의 조각된 목조 문을 바라보다가 큰 문 앞으로 걸어가 우뚝 섰다. 안으로 들어서지 않으니까 여자는 뛰어오자마자 문을 열더니 격앙된 목소리로 말했다.

"왜 서 계세요? 빨리 안으로 들어와요."

꽤 큰 거실이었다. 순간 시야부쉬 장군의 목뒤에 있다는 눈이 떠올랐다. 그 눈이 나의 목덜미에 달라붙는 느낌이 들어 겁이 났다. 내 목덜미에 시야부쉬 장군의 눈이 붙어 있어서인지 안에 있는 사람들은 얼굴조차 볼 수 없었다. 여자는 어깨에 걸치고 있던 스카프를 풀어 손목에 감아 주었다. 손에 피가 흥건한 것을 보자 저택의 부인들도 곁으로 왔다. 쉰뒤스 부인의 옆에 있던 하인들에게 물을 가져오라고 하자 한 명이 달려가 물을 가져왔다. 다른 한 명은 손을 차가운 물에 집어넣으라고 했다. 나더러 안으로 들어오라고 했던 쉰뒤스 부인은 물에 집어넣은 내 손을 씻겨 주었다. 차가운 물에 손을 넣자 한동안 쉰뒤스 부인이 손목을 잡고 유심히 상처를 살폈다.

"마님, 다행히도 상처가 그리 깊지 않습니다. 단지 가시에 찔린 것뿐이에요."

그녀는 내 손을 깨끗한 흰색 천으로 감쌌다.

저택의 양아들처럼 달려 있는 작은 별채 건물의 내 방에 돌아왔을 때는 알 수 없는 감정이 북받쳐 울음이 터져 나왔다. 내가 울고 있자니 목덜미에 붙어 있던 시야부쉬 장군의 눈이 분노로 커졌다. 그가 목청이 찢어질 정도로 크게 호통을 쳤다.

"불쌍한 훈련병 같으니. 하렘에 있는 여자를 보고 손이 찔리다니. 네게 내 목뒤에도 눈이 붙어 있다고 분명히 말했을 텐데. 나는 지금껏 네가 순진한 예니체리라고만 생각했다. 지금부터는 조심해라!"

나는 작은 방에서 나와 멀리 가서 숨고 싶었다. 그러나 나의 부끄러움을 숨겨 둘 장소는 어디에도 없었다. 나는 부끄러움을 울음으로 없애려고 했다. 그러나 시야부쉬 장군이 울음소리를 들을까 봐 겁이 났다. 손의 맥박과 장군에 대한 두려움 때문에 극도로 피곤해졌다. 손가락이 쿡쿡 쑤시는 아픔 때문에 잠에서 깨어났을 때는 카흐야 휘삼 집사가 머리맡에 앉아 있었다. 처음부터 나와 생각이 잘 맞는 사람은 아니었다. 초승달 모양의 콧수염 끝이 위쪽으로 치켜 올라가 있는 집사의 시선에는 우울함이 묻어 있었다.

"상처를 입었군요."

그가 동정하듯 말했다.

나는 부끄러워하며 손가락을 바라보았다.

"예, 조금 다쳤습니다. 손에 들고 있던 칼로……."

"프랑스 장미에 대해 당신도 나만큼 잘 아실 겁니다. 장미가 향기를 낼 때는 주의를 요하죠. 그처럼 꽃을 꺾을 때도 조심해야 합니다. 언제 사람의 손을 찌를지 알 수 없죠. 자! 갑시다. 장군님께서도 걱정하고 계십니다. 정원은 그분 덕택에 이나마 아름다움을 유지하지요. 장군님께서 의사에게 사람을 보냈어요. 파상풍에라도 걸리면 위험할 거라고요."

잠도 안 자고 귓가를 울리며 감시하는 장군의 무서운 목소리 때문에 나와는 잘 맞지 않는 집사의 말이 온통 삐딱하게만 들렸다. 말끝마다 그 이면에 숨겨진 것이 무엇인지 찾으려 했다. 이때 마음속에서 '장군의 목뒤에 달려 있는 눈이라는 건 바로 이 남자가 틀림없어.'라는 소리가 들렸다. 사실 저택으로 갈 때 나는 두려웠다. 달덩이 같은 여성이 내 손을 감싸고 살롱으로 들어갈 때에는 무서움이 떨림으로 바뀌어 갔다. 저택에는 우리 별채와 매우 가까운 곳에 있는 의사도 왔다. 내가 안으로 들어가자 장군이 일어나 나를 향해 걸어왔다.

"이보게, 빌랄. 자네같이 사냥개며 나무, 꽃에 대해서 잘 아는 정원사가 프랑스 장미를 어떻게 다루어야 하는지 몰랐단 말이오? 나는 지금껏 자넬 칭찬하고 있었지. 혹시 내 칭찬이 허언이었나?"

의사가 곁으로 다가왔다.

"장군께서 말씀을 잘하셨습니다. 모두가 자네를 칭찬하고 있네. 예전에 우리가 정원에서 목이 큰 에디베렌레르[26]를 보면서 '빌랄만 있다면 이 정원을 돌보는 것쯤은 아무 문제가 없을 텐데.'라고 이야기했었지. 자네가 아니었다면 나도 이렇게까지 허겁지겁 달려오지 않았을 게야. 이리 오게, 상처나 좀 보자고. 프랑스 장미가 무슨 짓을 했는지 보자니까."

의사가 상처를 보자 나는 입을 다물었다. 그는 그리 대단한 상처는 아니라고 했다. 안도의 숨을 내쉬었을 때, 그가 손에 있던 병 속의 액체를 상처 위에 몇 방울 떨어뜨리자마자 아파서 펄쩍펄쩍 뛰고 싶었다. 그러나 부끄러워서 찍소리도 내지 못했다.

"다행히 상처가 그리 깊지 않네. 한 이틀 이렇게 감싸고 있게. 만약을 대비해서 주사를 놓아 주겠네."

의사가 손을 잡으며 말했다.

배에 주사를 맞고 나서 뒷걸음쳐서 나왔다. 그때 장군이 명령했다.

"집사, 내일 빌랄 곁에 사람을 붙이게."

그리고 나를 향해 돌아서더니 예상외로 미소를 띠며 말했다.

"빌랄, 자네도 이제부터 프랑스 장미를 꺾을 때는 조심하게. 장미는 꺾일 때마저도 항상 보살핌을 원한다는 것을 명심해."

방에 돌아올 때까지 나는 집사와 목뒤에 눈을 달고 있는 시야부쉬 장군이 했던 말의 숨겨진 뜻을 찾으려 골몰했다. 그러나 잡생각에만 빠질 뿐이었다. 나는 결국 장군의 어떤 말에도 이면에 숨겨진 뜻이 없다고 결정을 내리려 했다. '장미는 꺾일 때마저도 항상 보살핌을 원한다.'는 문장이 머릿속에서 맴돌며 의혹이 증폭되었다. 한

---

[26] 일 년에 몇 차례 열매를 맺거나 꽃을 피우는 식물.

동안 문장을 다양한 형태로 배합해 보았다. 그럼에도 퍼뜩 떠오르는 뜻이 없었다. 나는 몹시 피곤함을 느꼈다. 일하지도 않고 지친다는 것에 나 자신도 놀랐다. 나는 지금까지 '닷새를 내리 잠자지 않아도 피곤하지 않아.'라고 자신만만하지 않았던가.

갑자기 잠이 쏟아져서 얼른 사냥개와 그레이하운드에게 고깃덩어리를 던져 주고 방으로 돌아왔다. 식사 시간이 될 때까지 자신과 대화의 시간을 가졌다. 식사를 끝내자마자 방으로 돌아온 나는 등잔에 불도 켜지 않고 침대로 들어가 잠에 빠져들었다.

43

시내에서 몇 번 총기 난사 사건이 일어난 후에, 마흐뭇 성주는 정보원을 보내 기마병 대장을 저택 회의에 불렀다. 중대장도 몇 명 불러 왔다. 대령은 마흐뭇 성주에게 "며칠 안에 성안의 사태를 수습해서 공공질서와 규율을 지키겠습니다. 군사를 모을 필요가 없습니다."라는 전문을 보내왔다.

마흐뭇 성주는 곧바로 제밀이 머무는 별채로 가서 준비가 끝났는지 물었다. 근심이 가득한 그의 얼굴을 보더니 제밀이 말했다.

"근심이 많아 보이시는군요."

"자네 때문에 걱정이 돼서그래. 중대장들을 불러 모으려 했더니 대령이 스스로 알아서 일을 처리하겠다고 알려 왔네. 사태가 심각해졌어. 대령과 대립하는 것은 아닌지 두렵구먼."

마흐뭇 성주가 돌아가자 제밀은 식탁에 앉았다. 그는 휘스뉘가 올리는 식사 기도가 끝나자 말했다.

"이제 이곳에서 떠나야 하네. 마흐뭇 성주를 곤란하게 해서는 안 돼. 준비를 끝내고 내일 아침 길을 나섭시다."

남자들과 부인들이 밖으로 나가자 그의 머릿속에는 마흐뭇 성주가 마지막으로 한 말이 웅웅거렸다. 마흐뭇이 문 앞에 쪼그리고 앉아 귀에 대고 부드러운 목소리로 속삭이는 것 같았다. "이보게, 제밀. 대령을 더는 속일 수 없네. 며칠이라도 이곳에 더 머문다면 그와 나 사이도 사단이 날 걸세. 자네 일행 중 누군가를 납치할지도 몰라. 그럼 나도 이 일에 개입할 수밖에 없네. 그때는 부하들과 함께 맞서 싸울 걸세. 이를 기회로 반군들도 일에 끼어들게 된다면 카르스 강물에 피가 흐를 것이야. 총리의 신하 대신들이 아귀다툼을 벌였던 것처럼 부하들과 싸움에 개입할 수는 없네. 대령은 모를 거야. 그래도 이 바닥에서 소리 없이 오래 있을 수는 없네. 언젠가는 피로 처벌하려고 할 거야. 왜냐하면 이곳은 코카서스 사람들의 땅이고, 아나톨리아의 문턱이기 때문이야. 서쪽으로 가는 사람, 동쪽으로 가는 사람 모두 이곳을 거치네. 이곳에서 칼을 지니고 있는 사람들은 땅이 원하는 것을 알고 있지. 대령처럼 스쳐 지나가는 사람들은 이것을 알지 못하기 때문에 단시간에 모든 것을 정리하려고만 해. 한 번의 실수로 많은 사람을 죽이고 슬픔을 만들어 낸단 말이지. 그러고는 문제를 고르디온의 매듭으로 돌려 버리지. 매듭을 풀기 위해 항상 군대를 찾을 수는 없어."

마흐뭇 성주의 마지막 말이 머릿속에서 맴돌자 제밀은 벌떡 일어섰다. 느린 발걸음으로 침실에 들어가 이중 창문의 하나를 열었다. 시내와 시내 주변의 눈 밑으로 빼꼼히 머리를 들고 곳곳에 무리지어 있는 회색 바위들을 바라보았다. 그는 생각에 빠져들었다. 그때 등을 어루만지는 손가락이 느껴졌다. 깜짝 놀라 뒤를 돌아보니 술타나의 토실토실한 얼굴에 잘 어울리는, 입맞춤을 기다리는 것처럼 살짝 웃고 있는 입술이 눈앞에 있었다.

"놀래려던 것은 아니었어요."

술타나가 눈을 내리깔며 말했다.

제밀이 돌아섰다. 아내를 안고, 유혹적인 그녀의 입술에 자신의 입술을 가져다 대었다. 한참 동안 껴안고 있었다. 아내를 간질이며 귓불에 키스하고 나서 말했다.

"놀라지 않았소. 생각에 잠겨 있다가 약간 당황한 거요."

그는 볼을 술타나의 볼에 가져다 대며, 카르스 강물이 세차게 흐르는 소리를 들었다. 술타나는 얼굴을 남편의 얼굴에 비비며 키스했다.

"당신처럼 도시 삶에 익숙해진 사람이 산속 생활에 적응하기는 조금 어려울 거에요. 그러나 그곳에서도 삶을 꾸리고 아이를 키울 수 있어요."

기대하지도 않았는데 아이에 대한 말이 나오자 제밀은 흥분되었다. 부인을 꼭 껴안았다. 순간적으로 모든 번뇌가 사라져 버렸다. 그는 술타나를 바라보다가 떨리는 목소리로 물었다.

"술타나, 내가 아버지가 된다는 말을 하고 있는 것이오?"

술타나의 눈꺼풀이 길게 깜빡였다. 제밀은 부인을 감싼 팔에 힘을 더 주었다. 한동안 그대로 서 있었다. 그때 주방문이 삐걱거리는 소리가 들렸다. 그는 주방으로 들어갔다. 휘스뉘가 그를 보더니 말했다.

"도련님, 도시에서 무슨 일이 일어나는지 도대체 알 수 없습니다. 마흐뭇 성주가 우리를 붙잡고 있는 것도 이해할 수 없고요."

그는 어쩔 수 없이 대답했다.

"나도 모두 이해하는 것은 아니네. 그러나 한 가지 분명한 것은 대령이 의사의 죽음과 우리가 연관이 있다고 지목했다는 것이야."

휘스뉘가 입술을 삐죽였다.

"알겠습니다. 희생양이 필요하군요."

그때 쉬메이라가 나섰다.

"대령이 옳을 수도 있어요. 우리 중 누군가가 오해하고 실수했을 수도 있죠. 가장 좋은 것은 비극적인 사건이 생기기 전에 이곳을 떠나는 것이에요."

술타나는 그의 얼굴색이 변하는 것을 보면서 뭔가 느껴지는 것이 있었다. 그러자 갑자기 속이 울렁거려서 급히 밖으로 뛰어나갔다.

그녀가 밖으로 나가자 방 안은 무거운 침묵에 휩싸였다. 마지막 햇살이 창문으로 빠져나갈 때까지 아무도 자리에서 꼼짝하지 않았다. 안으로 다시 들어온 술타나도 말없이 구석에 앉았다.

침묵은 저녁 식사 때에도 계속되었다. 모두들 음식을 먹으면서 한마디도 하지 않았다. 저녁 식사 후 마흐뭇 성주가 사람을 보냈다. 커피를 마시러 오라는 것이었다. 제밀은 부인들과 휘스뉘를 데리고 성주의 저택으로 갔다.

집에 남은 사득과 므스티는 말들을 돌보고 나서 화롯가에 앉아 있었다. 므스티는 무언가 말하려 했지만 사득의 얼굴을 보자 말하고픈 생각이 순식간에 사라졌다. 며칠 동안이나 머릿속을 괴롭히는 생각에서 벗어날 수 없다는 것을 깨닫자 그는 기분이 상했다. 카르스 강물이 생겨난 지 수백 년이 지난 이래로 한층 깊어진 산기슭의 야생 늑대 울음소리가 들려왔다. 늑대 울음소리 이후 성 호위병들의 발포가 시작되었다.

44

가시에 손을 찔리고 난 후에도 종종 같은 창문에서 하얗고 아름다운 얼굴을 볼 수 있었다. 그녀를 볼 때마다 나와 조금씩 가까워지는 듯한 느낌이 들었다. 그녀를 보기 위해 일이 없음에도 일부러 그 창문 앞을 지나기도 했다. 그녀의 얼굴을 볼 때면 항상 심장이 얼어붙는 것 같았다. 머릿속에서는 여성의 몸이 떠올랐다. 그때 문득 나의 몸이 비밀스럽게 무언가를 원하고 있음을 느꼈다. 마음속에서 부풀어 오르는 것이 무엇인지 스스로에게 물어보았다. 며칠 동안 생각해 보았지만 답을 찾을 수 없었다. 결국 여자를 볼수록 마음속에서 부풀어 오르는 것을, 부대에서 쓰는 용어

대로 하면 '나의 정체성'이라고 결론지었다. 그렇게 배웠지만 그것이 이처럼 가까운 곳에서 느끼는 것이었던가? 아니면 내 마음속에 악마라도 들어온 것인가? 아니야, 기도 시간마다 열심히 기도하는데 악마가 마음속에 들어올 리 없었다. 이건 내 몸이 원하는 것이었다. 그리고 나를 눈먼 장님으로 만들어 버렸다. 생각이 멈춰 버렸으니 내 본능을 억제할 수 없었다. 솟구치는 본능은 시야부쉬 장군도, 부대장도, 예니체리도 막지 못했다. 창문을 지나갈 때마다 그 달덩이 같은 얼굴의 여자를 보고픈 욕구가 분명해졌다.

쉰뒤스 부인은 정원을 거닐 때면 종종 내 곁으로 와 질문을 하고 나와 한참씩 대화를 나누곤 했다. 그때까지는 부인의 의도가 무엇인지 알지 못했다. 부인은 두 번 중 한 번은 나를 별당으로 불러 하인들이 할 만한 일을 시키기도 했다. 나는 스스로 저택의 일원이라고 느꼈고, 부대는 점차 뇌리에서 멀어져 갔다. 그곳이나 이곳이나 나의 업무는 봉사하는 것이었다. 그러나 이곳처럼 사람들과 함께 머물며 봉사하는 것은 기분이 좋았다. 더구나 별장의 여성들이 식구를 대하듯 친근함을 보여 주는 것이나, 살롱에 들어올 때 손을 모아 정중함을 표하는 것은 색다른 감정을 불러일으켰다.

어느 날 아침 아직 아무도 깨어나지 않았을 시간이었다. 사냥개들을 돌보고 작은 방으로 들어가려고 그 창문 밑을 지나갔다. 그런데 커튼 새로 아름다운 얼굴이 창문 가까이에서 나에게 미소짓는 모습이 보였다. 그녀는 손짓으로 나를 안으로 불렀다. 두려움 때문인지 행복감 때문인지는 모르겠지만 나는 무척 흥분했다. 심장이 갈비뼈를 밀어내는 것처럼 뛰었다. 창문에서 보고 있던 여인은 내가 안으로 들어가야 할지 말아야 할지 갈팡질팡하자 달려와 출입문을 열었다.

"빌랄, 이렇게 소심하다니! 안으로 들어오세요. 쉰뒤스 부인이 당신을 찾아요."

목소리에는 권유하는 빛이 역력했다. 나는 주위를 둘러본 후에 얼른 안으로 들어갔다. 쉰뒤스 부인은 이층의, 난간이 조각되어 있는 계단의 맨 끝에 서서 아래를 내러다보고 있었다. 넓은 엉덩이와 가느다란 허리의 실루엣은 어깨로 갈수록 넓어졌다. 옷이 훌륭해서인지 아니면 어린 소녀 같은 몸매 때문인지는 알 수 없었다. 그녀가 위로 올라오라고 했다. 나는 계단을 오르면서 미소를 지었다.

"빌랄, 별장엔 많은 사람이 살고 있죠. 하지만 쓸모 있는 사람이 없어요. 아침부터 당신을 불편하게 했군요. 용서하세요. 당신 말고 깨어 있는 사람이 없어서요. 모두들 죽은 듯 자고 있어요. 며칠 전부터 저 상자를 딸아이 방으로 옮겨 달라고 했어요. 그런데 아무도 그걸 가져가지 않네요. 저것 좀 옮겨 주겠어요?"

쉰뒤스 부인은 새하얗게 매니큐어를 칠한 발톱 끝으로 크지 않은 나무 상자를 가리켰다. 나는 계단을 올라 상자가 있는 곳으로 걸어갔다. 작아 보이는 상자였지만 안에 돌을 채워 넣은 것 같았다. 두어 번 들어 올리려고 시도하였다. 상자는 꿈쩍도 하지 않았다. 일이 생각만큼 쉽지 않을 것 같았다. 쉬운 방법을 찾지 못한다면 옮기는 것은 불가능한 듯했다. 상자 위쪽 부분에서 손잡이가 될 만한 것을 찾았다. 그것도 실패하자 고개를 들어 부인을 바라보았다. 부인은 조롱하는 듯 웃고 있었다. 도톰한 붉은 입술, 코로 전해지는 장미 향기, 부인의 미소는 내 머릿속 한 곳을 파괴하는 것 같았다.

"부인, 호두 상자에 해가 가지 않도록 등에 지고 내려가겠습니다. 끈이 필요합니다."

"집사!"

쉰뒤스 부인이 소리 질렀다.

어디에 숨어 있었는지 집사가 금세 튀어나왔다. 마음속에 끔찍한 전율이 일었다. 무서웠다. 혹시 이 상자 건이 계략이었던가?

"집사, 빌랄에게 밧줄을 가져다주게."

쉰뒤스 부인의 차분한 목소리를 듣자 이상한 떨림도 곧 지나가 버렸다. 숨을 죽이고 집사를 기다렸다.

마치 모든 것이 예전부터 준비된 것 같았다. 집사가 금세 다시 돌아오는 것이 꽤 의심스러웠다. 쉰뒤스 부인이 배를 잡고 웃다가 가끔씩 입술을 깨물며 나를 바라보고는 했다. 그녀가 나를 그렇게 주의 깊게 바라보자, 머리카락이 쭈뼛거리고 에니체리의 명예가 실추되는 것 같은 생각이 들었다. 나는 부끄러움 때문인지 상자를 등에 짊어지기도 전에 식은땀을 흘렸다. 만약 집사에게 도와 달라고 하고 둘이 들었다면 수월했을 것이다. 설령 상자가 망가진다 해도 그 값을 둘로 나누면 되었다. 나는 긴 염소털로 짠 밧줄을 빛나는 호두나무 상자에 묶어 연결하려고 무릎을 꿇었다. 시골 이맘이 가르쳐 주었던, 단순하지만 반복해 욀 때마다 안도감을 주었던 몇 개의 기도문을 외웠다. 밧줄을 연결하는 일이 끝나자 돌아서 계단을 바라보았다. 별로 가파르지 않았다. 상자를 쉽게 내릴 수 있을 것 같았다. 조금 전 어디로 갔는지 보이지 않던 집사가 계단 마지막 디딤돌에서 씩 웃으며 기다리고 있었다. 그걸 보자 다시 의심스러운 마음이 생겨났다. 내게 이 일을 시킨 속셈이 있는 게 분명했다. 어떻게든 이 일에서 명예롭게 빠져나가야 했다. 나는 천천히 일어섰다. 수학 시간에 배웠던 평형을 맞추는 법을 떠올리며, 상자를 천천히 계단 머리로 들었다. 팔을 밧줄로 감았다. 발을 계단에 기대고 천천히 앞으로 구부렸다. 등에 상자를 지고 천천히 일어섰다. 한 손으로 벽을 잡고 아래를 향하여 걸었다. 집사는 그 자리에 선 채 나를 지켜보았다. 마지막 계단에서 발을 떼지 않고 교묘한 웃음을 지으며 나를 바라보고 있었다.

45

달빛은 조금씩 빛을 잃어 가고 아침 광명을 잉태한 칠흑 같은 어둠이 천천히 전진해 오고 있었다. 머리를 꼿꼿이 세우고 있는 봉우리들 사이를 흐르는 카르스 강의 신음 소리만이 적막 속에 크게 울려 퍼졌다. 강물의 규칙적인 소리가 평온함을 가져다주었다. 강가로 불어닥치는 강한 새벽바람은 사람의 마음을 움직이는 힘이 있었다. 술타나는 문 앞의 어두운 계곡을 바라보면서 싸늘한 추위를 느꼈다. 바로 그때 저택 쪽에서 발소리가 들려왔다. 그녀는 곧바로 무릎을 싸고 바닥에 앉아 등을 벽에 대었다. 발소리가 들려오는 방향을 주의 깊게 바라보았다. 그때 휘스뉘가 곁으로 왔다. 그도 그녀처럼 무릎을 감싸고 앉아 발소리를 들었다. 그들은 소리를 내지 않으려고 살금살금 걷고 있었다. 휘스뉘는 술타나 쪽으로 몸을 구부리며 숨죽여 말했다.

"어쩌면 마흐뭇 성주님이 보낸 사람일지도 몰라요."

발소리가 꽤 가까워지자 술타나와 휘스뉘가 벌떡 일어섰다. 그리고 급히 안으로 들어갔다. 마흐뭇 성주, 하잘 부인, 치첵, 마흐뭇 성주의 어린 두 부인, 그리고 무르타자였다. 술타나가 제밀을 깨울 때까지 그들은 부엌으로 쓰이는 화로가 있는 작은 방에서 기다렸다. 제밀이 부랴부랴 일어나 화로가 있는 방으로 들어가자, 마침 안으로 들어온 사득이 여행 준비가 끝났다고 전했다.

"제밀, 이별할 시간이군. 떠날 준비가 끝났다니 새벽이 가기 전에 길을 나서시오."

마흐뭇 성주가 집사를 돌아보며 물었다. "우리 아이들도 준비가 되었나?"

"네, 어제저녁에 말들을 별채 마구간으로 옮겨 놓았습니다."

무르타자가 대답했다.

마구간에서 말들이 한 마리씩 빠져나왔다. 쉬메이라가 제밀의 두꺼운 외투를 가져왔다. 그가 외투를 입고 있을 때 안에서는 작별 인사를 나누었다. 한 명씩 인사를 끝낸 제밀은 치첵을 으스러져라 껴안았다. 어린 소녀의 몸에서는 여름의 열기가 느껴졌다. 이 열기가 그의 희망 없는 심장을 뛰게 했다. 심장의 박동이 온몸을 전율시킬까 두려워진 제밀은 어린 소녀를 얼른 떼어 내고는 이마에 키스한 뒤 문 쪽으로 걸었다. 마흐뭇 성주는 문 앞에서 도루에 타고 있는 제밀을 다시 붙잡았다.

"자네와 함께 갈 나의 수하들이 다 알아서 할 걸세. 우리 목초지를 돌아다니면서 모든 일을 제자리로 돌려놓을 것이야. 평원에 있는 목초지를 자네에게 보여 줄 것이니 언제라도 내키면 살고 싶은 곳에서 살게. 눈이 완전히 그치면 산에 온갖 꽃이 만발할 테니 꽃도 보고 말이야. 조만간 자네를 방문하겠네. 필요한 것이 있으면 새 날개에 묶어 소식을 보내게. 우르 족은 우리와 거래가 없는 호족이지. 키즈르오울루가 끝나면 그들의 토지를 넘겨받을 거야. 조심하게나. 함쉬오울루의 땅은 밟았었나. 유수프 성주는 자네를 위해 최선을 다할 거야. 휘스뉘도 므스티도 그들을 매우 잘 알고 있네. 마지막으로 자네에게 말해 줄 게 있어. 아무리 믿을 만한 사람이라도, 자네 이름으로 일을 처리하도록 허락해서는 절대로 안 돼."

"성주님 은혜를 절대 잊지 않겠습니다. 그런데 의사의 죽음과 우리는 아무런 연관이 없습니다. 아직도 이해를 못하겠습니다. 이 문제에 대해서 지금은 아무것도 묻지 않겠습니다. 어느 날 진상이 밝혀지면 제게도 알려 주십시오."

"나도 그 건에 대해 자세히는 알지 못하네. 하지만 지금으로서는 자네가 여기를 떠나는 것이 모두를 위한 것이라고 생각해. 물론 이 생각이 틀릴 수도 있겠지. 자! 자네 여정에 신의 축복이 있길 바라네."

마흐뭇 성주의 마지막 인사가 끝나자 휘스뉘와 므스티도 말에 올랐다. 성주의 수하 두 명이 앞에 서고, 제밀 일행이 그 뒤를 따랐다. 고원의 그림자가 드리워진 강을 따라 그들은 북쪽을 향해 말을 몰았다. 강과 성이 꽤 가깝게 만나는 곳에서 잠시 쉬었다. 말들도 천천히 그리고 조심스럽게 걸었다. 이미 얼음이 녹은 강은 맘껏 물소리를 내느라 작은 소리들을 삼켜 버렸기 때문에 성안에 있는 경비들은 아무 소리도 듣지 못했다.

제밀은 성에서 무사히 빠져나오자 뒤를 돌아보았다. 모두 질서 정연하게 말을 일렬로 몰고 있었다. 강의 굽이진 곳은 성으로부터 꽤 멀어지고 있었다. 맨 앞에 있는 사람이 갑자기 멈추라고 손짓했다. 제밀 이외의 다른 사람들은 이것이 무슨 의미인지 알았다. 모두 말에서 내려 말의 발에 묶인 모피 신발을 풀었다. 제밀이 아주 멀리 왔다고 생각하고 있을 때 그들은 일을 끝냈다. 휘스뉘가 와서 제밀의 말이 신고 있는 양모 신발과 옷을 풀었다. 담배를 피우는 사람들 가운데 일부는 가늘게 조각난 노란 머리카락이 연상되는 무쉬라고 하는 것을, 일부는 이란 담배를 말아 피웠다. 담배를 피우자마자 모두들 다시 말에 탔다. 말발굽이 알라괴즈 산맥 뒤에서 떠오르는 햇살에 반짝였다.

  알라괴즈 산맥의 연장선으로 줄지어 있는 봉우리들이 북쪽으로 빽빽하게 뻗어 있는 길은 좀처럼 끝날 것 같지 않았다. 봉우리 하나를 올라갈 때마다 다른 봉우리 쪽으로 휘어진 길에서 두 번 쉬었다. 한 사람이 아침 식사를, 다른 사람이 점심 식사를 준비했다. 바람이 눈을 층층이 쌓아 올려 두꺼운 눈 봉우리를 만들어 놓은 곳도 있었다. 그런 곳을 지나가야 할 때는 말 허리까지 눈에 파묻혔다. 말을 타고 있는 사람들도 내려서 말을 도와주어야 했다. 북쪽으로 갈수록 눈 봉우리들이 많아졌다. 다시 봉우리를 뚫고 말이 지나갈 길을 만들 때 제밀은 남자들을 바라보았다. 힘든 일을 하는데도 하나같이 얼굴에는 미소를 띠고 있었다. 그들의 웃음을 무심히 바라보던 제밀은 돌아서서 부인들을 보았다. 부인들도 행복해 보였다. 자신을 제외하고는 다들 편안하고 안정되어 있다는 사실에 새삼 놀랐다. 그는 문득 깊은 생각에 빠져들었다. '할아버지는 왕손이셨어. 아버지도 성주직을 물려받았고. 그러면 할아버지는 성주직을 누구한테 물려받았는가? 혈통을 따지는 이 세계에 왕손으로서 왔는가? 왕손의 뿌리는 어디까지 이어지는 것인가? 나는 아마 아버지나 할아버지나 마흐뭇 어른 같은 성주는 되지 못할 거야. 그분들처럼 성주가 되려면 강심장이어야 해. 인정사정없는 냉혹함을 갖춰야 하거든. 나같이 마음 약한 사람은 거기에 낄 수도 없지. 나는 지금부터 고작 가축 몇 마리 데리고 마흐뭇 성주의 목초지에서 유목민처럼 살 텐데, 뭐. 내 집이나 갖게 될까. 나는 자기 집이 없는 처음이자 마지막 왕손이 될 거야. 아버지는 왜 굳이 이렇게까지 하셨을까? 아르메니아 인들에게 힘을 과시하고 싶었을까?'

도루가 가볍게 헛발질을 하자 그의 생각들이 나뉘었다. 그는 웃으며 주위를 바라보았다. 누구도 자신을 신경 쓰지 않는다는 것을 알고 나자 편안해졌다. 다시 생각에 빠졌다. "가축이 불어나면 내다 팔아서 마흐뭇 성주에게 목초지의 조그만 땅이라도 사야지. 집을 지어야 하잖아." 그는 혼잣말로 중얼거렸다. 찬 바람이 얼굴을 쓰다듬고 지나가자 몸속까지 떨렸다. 더는 생각에 빠져 있을 수 없었다. 머리털도 곤두섰다. 말 위에서 몸을 구부렸다. 찬 바람이 지나갈 때까지 그렇게 있었다. 태양이 크스르 산 뒤로 숨어 일행을 덮혀 주자 어디에서 묵어야 할지 걱정스러웠다. 마침 그때 마흐뭇 성주의 수하들이 멀리 보이는 시골 마을을 향하여 방향을 잡았다. 그중 한 명이 제밀을 보더니 말의 고삐들을 모았다. 말이 천천히 속력을 줄였다. 남자는 말을 돌려 제밀의 곁으로 왔다. 너부데데한 얼굴의 그가 말했다.

"키즈르오울루 마을입니다. 오늘 저녁 그곳에서 묵어가시지요."

46

등에 그 무거운 상자를 지고 마지막 계단에 발을 디딜 때, 집사가 발을 떼었다. 살롱에서 한두 걸음 내디뎠을 때 계단을 내려온 쉰뒤스 부인이 사람의 마음을 사로잡는 달콤한 목소리로 나를 불러 세웠다.

"누르하얄의 방으로 가져가세요."

처음 듣는 이름이었다. 누르하얄이 누구였지? 어떤 방이었지? 나는 달덩이 같은 얼굴의 여자가 거의 매일 창문 앞에서 뛰어 들어간 방문을 열었다. 발걸음을 간신히 뗄 수 있을 만큼 무거운 상자를 지고 안으로 들어갔다. 먼저 방에 들어온 달덩이 같은 여자가 창문 맞은편에 있는 벽 구석에 내려놓으라고 했다. 나는 벽에 옆으로 기대어 상자를 천천히 내려놓았다. 집사도 상자에 손을 대었지만 들지는 않았다. 주의를 기울이고 또 기울였음에도 무거운 상자가 쿵, 하고 바닥으로 떨어졌다. 나는 민첩하게 발을 뒤로 뺐다. 다행히 상자가 발에 떨어지지는 않았다. 허리에 가벼운 번개가 친 것 같았다. 어쨌든 무사히 상자를 내려놓는 것을 보더니 집사는 나가 버렸다. 내 뒤에 서 있던 쉬뒤스 부인은 달덩이 같은 얼굴의 아름다운 여자를 돌아보았다.

"누르하얄, 이건 너의 지참금이야. 장군께서 나가라고 하면 네가 가져갈 수도 있어. 그때까지 다른 것들도 더 구해 보자."

누르하얄은 곁눈으로 나를 바라보았다. 그리고 부드러우면서도 어머니의 목소리와 비슷한 말투로 말했다.

"감사합니다, 부인."

슬픈 목소리였다. 그녀의 얼굴에는 내가 그때까지 여성의 얼굴에서 보지 못했던 묘한 그늘이 있었다. 그 그늘의 의미를 생각하다가 나 자신이 처한 상황을 깜빡 잊고 말았다. 내가 움직이지 않고 우두커니 서 있는데, 쉬뒤스 부인이 상자 열쇠를 누르하얄에게 주고 금색, 은색 실로 수놓은 실크 드레스 자락을 날리며 나가 버렸다. 그녀가 뒤를 돌아 문으로 걸어갈 때 누르하얄이 떨리는 목소리로 말했다.

"빌랄, 상자를 저 서랍 쪽으로 조금 당겨 주시겠어요?"

나는 그쪽으로 몸을 돌렸다. 그윽한 느낌의 시선과 마주치자 나는 머리를 앞으로 숙였다. 서둘러 그 방에서 나가야겠다고 생각했다. 쉬뒤스 부인이 살짝 열어 놓고 간 문으로 콧수염이 큼직한 집사가 금방이라도 들어올 것 같아 두려웠다. 순간 당황해서 멍하니 서 있었다. 누르하얄과 상자를 번갈아 바라보다가 그녀의 미소에 힘을 얻었다. 나는 다시 생기를 찾았다. 살짝 통증이 느껴지는 허리를 구부려 무거운 상자를 잡았다. 누르하얄도 다른 쪽을 잡았다. 그녀가 몸을 앞쪽으로 구부리자 새

하얀 가슴이 바닥에 쏟아질 것 같았다. 내가 가슴을 보고 있는 것을 눈치채고 그녀가 미소지었다. 나는 흥분되기도 하고 부끄럽기도 했다. 서둘러 상자를 그녀가 원하는 곳으로 당겨 주고 나서 문 쪽으로 걸어갔다. 문손잡이를 잡는데 그녀가 말했다.

"생각했던 것만큼 힘이 세진 않군요. 머리로 할 수 있는 것이 많다는 것을 모르시나요."

그녀는 얼굴을 쳐다보지도 않고 내 손을 잡아 자기 몸 쪽으로 끌었다. 우연인 것처럼 내 손이 그녀의 큰 가슴에 살짝 닿았다. 그녀는 얼른 내 손을 놓았다. 문밖으로 나가는 등 뒤에 대고 그녀가 소리쳤다.

"고마워요, 빌랄. 집사가 못하는 것을 당신이 혼자 해냈군요. 쉰뒤스 부인의 호감을 더 많이 얻었을 테니 앞으로는 각별히 주의하세요!"

별장에서 어떻게 빠져나왔는지, 별장과 숙소 사잇길을 어떻게 빠져나왔는지 전혀 생각나지 않았다. 방으로 들어오자마자 나는 몸을 침대 위로 던졌다. 거대한 몸이 며칠 동안 추위에 방치되었던 것처럼 후들후들 떨렸다. 내게 무슨 일이 일어난 것인지 알 수 없었다. 오랫동안 마음속에 쌓였던 두려움이 밖으로 표출된 것인지, 아니면 지금껏 알지 못했던 어떤 것이 마음속에 들어왔는지 그것도 알 수 없었다. 그저 상처입은 어린 소년처럼 지독하게 울고 싶을 뿐이었다. 나는 흐느껴 울었다. 웬만큼 성장한 뒤로 마음속에 쌓였던 울분을 더는 억누를 수 없을 것 같았다. 울고 싶은 만큼 울고, 모든 에너지를 소진시켜야 했다. 사람들은 화로에서 우는 것은 여자나 하는 짓이라고 말하곤 했다. 그렇다 해도 나는 꺼이꺼이 울고 있었다. 갑자기 자신이 부끄러웠다. 그러나 나 자신을 좀처럼 추스를 수 없었다. 울고 또 울다가 지칠 때쯤 잠이 왔다. 나는 얇은 담요를 몸 위로 끌어당겼다. 곧 깊은 잠에 빠져들었다.

허리가 아파 잠에서 깨어났을 때는 해가 중천에 떠 있었다. 서둘러 일어나 사냥개에게 갔다. 사냥개들은 나를 보자마자 뛰어오르며 소란을 피워 댔다. 사냥개들을 정원에 풀어놓았다. 마음껏 놀라고 놔두고 나는 뒤에서 걸었다. 발을 내딛는 순간 통증이 느껴졌다. 언덕이 시작되는 곳에서 농장을 향하여 걸었다. 새들은 오솔길 가로수에 둥지를 틀고 그 위를 날고 있고, 먼 곳에 있는 농장에서는 풀을 뜯던 가축들이 고개를 들고 의심스러운 듯 우리를 쳐다보고 있었다. 따뜻한 봄, 시원한 곳을 찾는 나비들이 바다를 향해 날고 있었다.

사냥개들은 서로 경쟁하듯 장난을 치며 달렸다. 갈수록 수평선과 태양에 가까워지자 재미를 붙인 것 같았다.

파샤의 마차가 멀리서 보였다. 나는 사냥개들에게 먹이를 주고 있었다. 일을 끝내고 식당 쪽으로 걷는데 농장의 싸늘한 침묵이 느껴졌다. 신음 소리가 들리는 것 같기도 했다. 서둘러 나무 사이로 걸어갔다. 신음 소리는 더욱더 가까워졌다.

47

그들은 저녁 어둠 속에 소리 없이 왔던 것처럼, 새벽이 되기 전에 수년 동안 키즈르오울루의 고향이었던 시골 마을에서 멀어졌다. 시골에서 꽤 멀어지자 평원으로 뻗어 있는 길이 맨눈으로도 보이기 시작했다. 날이 따뜻해지자 제밀은 돌아서서 밤을 보냈던 시골 마을을 바라보았다. 한때는 나는 새도 떨어뜨렸다는 키즈르오울루가에는 아무도 남아 있지 않았다. 그러나 그들의 통치력은 아직도 지속되고 있었다. 이곳에 사는 사람들은 수년 동안 그 이름의 권위에 눌려 지냈다.

저 멀리 방앗간이 보였다. 방앗간은 쿠라를 향해 흐르는 강물의 주인처럼 우뚝 서 있었다. 그곳을 지나자 마흐뭇 성주의 수하 가운데 일행의 안내를 맡은 사람이 제밀 곁으로 다가와 북쪽으로 짙게 푸른 무리를 가리켰다.

"저곳까지가 키즈르오울루의 지배력이 미치는 땅이라고 여겨지죠. 몇몇 시골 마을도 마흐뭇 성주의 영지입니다. 멀리 보이는 저 숲에서부터 우르 성주의 땅이 시작됩니다. 그 후부터는 주욱 메쉐아르다한, 그리고 함쉬오울루의 영지가 나옵니다. 그쪽부터 아흐스카 쪽으로 뻗어 있는 부분에 마흐뭇 성주의 넓은 목초지들이 있습니다."

제밀은 마흐뭇 성주의 수하를 바라보면서 미소지었다.

"우리도 그곳에서 머물지요. 이번 여름은 살만 에펜디, 다음에는 메블라 케림에서요."

집사보다 나중에 왔지만 마흐뭇 성주가 가장 신뢰하는 수하 중 하나인 살만은 말의 배를 가볍게 건드렸다. 말은 작은 보폭으로 대열 앞으로 갔다. 살만이 멀어지자 제밀은 매서운 아침 바람 때문에 흘러내린 콧물을 닦고 바람에 흩날리는 말의 갈기를 바라보았다. 외투의 단추를 잠그면서 깊은 생각에 빠져들었다. '마지막에는 어디에 도착하게 될지 이 이상한 여정을 나도 모르겠다. 하지만 끝까지 가지 않겠다는 것만은 확신한다. 이 사람들을 중간에 내팽개쳐 두지는 않을 것이다. 그렇다고 무엇을 얻겠는가? 돌아가 자비를 구하는 것은 내 자신을 비하하는 것이다. 쉬메이라를 모독하는 것이다. 이제 그럴 수는 없다. 성주직을 포기한다는 것은 결국 내 인생도 끝임을 의미한다. 내 이름과 오스만 왕조가 끝나는 것을 원치 않는다. 프랑스에서 왕정이 무너진 후에 일어난 사건들은 얼마나 공포스러웠던가. 알리 오스만의 힘은 퇴락하여 힘을 잃은 프랑스 왕정보다는 조금 낫다고 볼 수 있어도 끝까지 힘을 발휘하지는 못했다. 누가 알겠는가. 아버지의 성주직 수명은 어느 정도인지. 마흐뭇 성주나 다른 성주들은. 가만, 가만. 지금 내가 무슨 생각을 하고 있는 거야. 될 대로 되라지. 모두들 팔자대로 살라지.'

생각에 빠져 있다가 문득 정신이 든 그는 목을 긁적였다. 뒤에서 따라오는 이들을 잊고 깜빡 자신의 세계에 빠졌었다. 한참 후 다른 말들이 작은 보폭으로 다가오는 것을 본 도루가 갑자기 속력을 내는 바람에 그는 생각에 더 빠져들지 못했다. 제밀이 뒤를 돌아보자 술타나가 미소지었다.

숲에 가까워지자 말들이 초조해하는 것 같았다. 어디서부터 몰려오는지 알 수 없는 구름들이 비를 내리기 시작했다. 이상한 일이었다. 길가로 쭉 뻗어 있는 강물의 양쪽에는 비가 내리는데, 그 뒤쪽으로는 한 방울도 내리지 않았다. 제밀은 하도 신기해서 내리는 비를 하염없이 바라보고 있었다. 그때 휘스뉘가 말에 박차를 가하며 곁으로 다가왔다.

"도련님, 봄비는 이렇습니다. 금방 쏟아지다가 어느새 그치죠."

제밀이 그의 말을 잘랐다.

"우리가 몸을 덥히는 건 중요하지 않지만 말들이 땀을 흘리네. 비가 내려도 계속 갈 것이네."

휘스뉘는 제밀이 무슨 말을 하고 싶어 하는지 가늠할 수 없었다. 그러나 아무 말도 하지 않았다. 잠시 후 실처럼 내리던 비가 그쳐 갔다. 바람을 쫓아온 비구름도 산쪽으로 물러갔다. 다시 해가 보이자 다들 웃었다. 사르참 숲 깊은 곳으로 접어들었을 때 제밀은 자신이 천일 야화 중 누군가 겪었던 어둠의 숲에 있는 것 같다는 생각이 들었다. 처음에는 무서움이 느껴졌지만 나중에는 행복한 마음이 들었다. 그 행복감으로 천천히 걷고 있는 도루의 안장에 걸려 있던 장총을 꺼냈다. 도루가 그 뜻을 알아차리고 그 자리에 섰다. 제밀이 숲의 무거운 침묵 속으로 방아쇠를 당겼다. 숲에서 굉음이 났다. 마치 수십 마리 황소가 동시에 울부짖는 것 같았다. 그러자 숲의 깊은 곳에서 총탄 터지는 소리가 두 번 들려왔다. 이번에는 숲이 큰 폭음에 싸였다. 제밀의 얼굴이 노래졌다. 그는 충동적으로 저지른 일에 천 번 만 번 저주를 퍼붓고 장총을 자리에 가져다 놓았다. 곁으로 온 마흐뭇 성주의 수하가 거침없는 목소리로 말했다.

"우르 족의 땅입니다, 도련님."

제밀은 그의 경고를 통해 자신의 영향력이 그리 크지 못하리라는 것과 모든 것이 다른 사람에 의해 조정되리라는 것을 알았다. 내리막길에 접어들었다. 도루에게서 떨어지지 않으려고 애를 쓰는데 할아버지 목소리가 들리는 것 같았다. "이제 끈이 풀렸다. 끈이 끝나는 그곳에서 멈출 것이다."

그들은 언덕 비탈이 끝나는 곳에서 큰 강과 마주했다. 미친 듯이 흐르는 탁한 강이었다. 이름은 알 수 없었지만 깊게 흐르는 그 느낌은 알 것 같았다. 그는 이 강이 어디서부터 시작되는 걸까 생각해 보았다. 이름 모를 강을 보고 있자니 파리를 가르며 흐르는 센 강이 떠올랐다. 프랑스 왕들이 강을 장식하기 위해서 동쪽과 서쪽에 지었던 궁전들이 기억나자 이 강은 부모 잃은 강이라는 생각이 들어 웃음이 나왔다. 부모 없는 강은 센 강보다 탁하고 조용했다. 루브르와 에펠을 담고 흐르는 센 강을 배회하는 유람선들과 배 안에서 서로를 포옹하는 연인들이 강의 주인이라면, 이 강은 주인 없이 흐르는 셈이었다. 더 정확히 표현하면 강은 어린 나이에 부모를 잃었지만, 부모를 잃어버린 것조차 알아차리지 못한 아이들 같았다.

한동안 강물이 흐르는 방향으로 길을 잡았다. 우르 성주가 머무는 성이 나타난 곳부터는 바닥이 넓어지고 강이 얕아졌다. 제밀은 남자들 뒤에서 강 쪽으로 말을 몰며 말했다.

"반대편 강가에서 휴식을 취합시다!"

맨 앞에서 가던 마흐뭇 성주의 수하는 달콤한 꿈을 꾸다가 벼랑에서 떨어진 것처럼 움츠리며 말 위에서 뒤로 돌았다. 말의 고삐를 가볍게 당겼다. 그는 맞은편 강가를 바라보더니 말을 몰아 제밀에게 다가갔다. 제밀은 그가 무슨 말을 하려나 보다 고 기다렸으나 그가 입을 열지 않자 먼저 말했다.

"무슨 말을 하려고 했소?"

수하는 치오르는 감정을 억지로 참고 있는 듯했다. 그는 불만스럽다는 듯 제밀을 애매한 눈으로 바라보더니 시선을 숲으로 돌렸다.

"도련님, 도련님은 이곳이 어떤 곳인지 모르십니다. 봉우리마다, 산꼭대기마다, 감시하는 눈들이 숨어 있어요. 그곳에서 성주의 땅을 감시하죠. 조금 전 보셨잖습니까? 총소리에 즉시 두 번이나 대답이 돌아왔지요. 총을 쏜 사람들은 우르 성주의 감시자들입니다. 그렇게 하지 않고서야 오스만 왕조의 그 많은 땅을 어떻게 지켜내겠습니까?"

그는 말을 마치고 녹음이 우거진 숲에 묻힌 봉우리 위로 솟아 있는 회색 빛깔 우르 성을 바라보았다. 그는 성을 보는 시선의 의미를 강조라도 하려는 듯이 한동안 말없이 있었다. 잠시 후에 더 활기찬 목소리로 말했다.

"우르 성주님께 소식을 전하고 숙박하는 것이 좋을 것 같습니다."

제밀의 시선에서 이미 결정이 내려졌음을 알아차리자, 그는 기다리지 않고 말을 강 쪽으로 몰았다. 검은 털이 불꽃처럼 빛나는 말이 첫발을 강에 담그자, 그는 다시 뒤로 돌아 허공에 대고 말하는 것처럼 입을 열었다.

"우리가 쿠르 반대쪽을 지나갈 때쯤 우르 족이 우리를 맞이할 것입니다."

제밀은 물소리 때문에 마지막 말을 듣지 못했다. 말 위에서 발을 위쪽으로 당기며 더욱더 꼿꼿이 앉았다. 찬물을 좋아하지 않는 도루는 쿠르 강물에 발을 담그자마자 불안해했다. 제밀은 신경 쓰지 않았다. 청년 시절에 들었던 쿠르에 대한 말이 떠올랐다. "쿠르 계곡은 나무 바다로 덮여 있다고 사람들은 말하곤 했지만 나는 상상조차 할 수 없었지." 제밀은 그 내용을 떠올리며 미소지었다. 이때 도루가 재빨리 쿠르 반대편 강가에 다다랐다. 도루가 반대편 강가에 발을 내디뎠을 때, 제밀은 큰 소나무 사이에서 자신들을 향하여 오는 말 탄 이들을 보았다.

48

 나무들 사이로 누군가를 찾을 때, 바로 옆에 서 있는 나무에 둥지를 튼 올빼미의 울음과 비슷한 소리가 들려왔다. 머리털이 곤두서는 것 같았다. 상자를 등에 짊어지려고 계단 입구에서 기다리고 있을 때 느껴졌던 전율과 같은 두려움에 나는 다시 휩싸였다. 무릎을 구부렸다. 등을 나무 기둥에 대고 그 자리에서 천천히 무릎을 꺾어 앉았다. 왠지 안 좋은 일이 벌어질 것만 같았다. 올빼미 울음소리도 이런 불길한 징조였다. 나는 무서움에 떨면서 혼잣말을 했다.

 "하렘에 있는 여인 가슴에 손을 대다니. 큰 죄악을 저질렀어. 분명 죗값을 치르게 될 거야."

 한참 동안 무릎에 힘을 주고 있다가 일어나서 걸었다. 걸을 때도 죄를 지었으니 재앙과 불운이 닥칠 것이라는 두려움 때문에 무서웠다. 두려움에 떨면서도, 발은 그 창문 밑으로 향했다. 창문에 가까워졌을 때쯤 장군의 마차가 별장에 도착하고 있었다. 나는 '염소가 죽을 때가 되니 목동의 지팡이에 맞게 되는군.'이라고 생각했다. 그래도 여전히 창문 밑을 향하여 걷는 자신을 어쩔 수 없었다. 얼마나 상반되는 감정인가. 이것이 사랑인가? 얼굴이 달덩이 같은 여자의 이름이 누르하얄이라는 것도 알게 되었다. 그녀의 숨결이 내 볼에 스친 것은 처음이었다. 손을 가슴에 살짝 대었다고 해서 사랑이 될 수는 없지 않은가. 그 이전에도 존재하긴 했다. 나를 창문 밑으로 이끌고, 프랑스 장미 가시에 찔리게 한 것은 무엇이었는가? 혹시 노예 신분을 잊고 반란하는 것이었나? '아이고, 이런 제기랄!' 모든 게 갑자기 머릿속에서 뒤죽박죽되었다. 스스로 죄가 있다고 느낀다. 왜 내 발 하나 마음대로 통제하지 못하는가. 발을 내 뜻대로 할 수 없는 것처럼 마음속에서는 "누르하얄, 누르하얄!"이라고 소리치고 있었다. 이 모든 것이 어떤 의미가 있는지 알 수 없었다. 악마가 내 마음에 들어왔다는 것을 느낄 뿐이었다. 이제 탈출할 방법은 없다. 탈출하려고 노력하면 할수록 그 마음속의 자리는 더욱더 깊어지고 있었다.

창문 가까이 이르렀을 때 배에서 꼬르륵 소리가 났다. 몸이 약간 휘청거렸다. 죄를 짓고 있는 내 발이 미끄러질 것이라고 생각하면서 창문을 올려다보았다. 누르하알도 마치 내가 창문 쪽으로 오기만을 기다렸다는 듯이 커튼을 조금 젖히고 내려다보고 있었다. 그러다 마차가 가까이 오는 것을 보자 재빨리 커튼을 닫고 어둠 속으로 사라져 버렸다. 시야부쉬 장군의 마차가 문 안으로 들어왔다. 부디 나를 보지 못했기를 바라며 방 쪽으로 잽싸게 걸었다. 열 걸음도 내딛지 못했을 때, 시야부쉬 장군의 그 권위적인 굵은 목소리가 나를 불러 세웠다.

"훈련병."

나는 그곳에서 얼어붙는 것 같았다. 조금 전 살아 있던 내 몸이 죽어 이미 딱딱해진 것 같았다. 순간 두려움 때문에 내가 어디에 있는지조차 잊었다. 내가 움직이지 않자 장군이 말했다.

"훈련병, 내 말을 듣지 못했는가?"

"말씀하십시오, 장군님."

"자, 이리 와 봐, 얼른."

마치 내가 아니라 송장이 걷고 있는 것 같았다. 어떻게 다가갔는지도 모르겠다. 머리를 앞으로 숙이며 무슨 말이 떨어질지 기다렸다.

"훈련병, 창문에 누가 있는가?"

거짓말도 하나의 죄악임을 생각지 못하고 대답했다.

"아닙니다, 장군님. 장미를 보고 있었습니다."

주머니에 납을 채워 넣은 것 같았다. 팔이 갈수록 힘이 빠지더니 아래로 툭 떨어졌다. 땅만 바라보며 시야부쉬 장군의 말을 듣고 있었다. 부대장의 "시야부쉬 장군은 목뒤에도 눈이 있다."라는 말이 떠올랐다. 스스로가 죄인이라고 느껴졌다. '이

집에서 노예임을 어떻게 잊었는가? 별장의 전설처럼 행동하는, 콧수염이 굵은 집사가 내가 별장으로 들어와서 부인들과 함께 있는 것을 어떻게 눈감아 줄까? 발이 부러져서 오늘 아침 별장에 가지 않았더라면. 큰마님의 풍만한 가슴에 꽂힌 내 시선들이 마지막이었으면 좋았을걸. 누르하얄 가슴에 손을 대고 손가락이 부러지기라도 했으면 좋았을 것을. 고결함은 둘째 치고 부대의 명예를 더럽히면 안 된다. 지금껏 시야부쉬 장군은 나를 빌랄이라고 불렀다. 그런데 조금 전엔 '훈련병'이라고 불렀다. 확실히 지금까지 일어난 일들을 알고 있는 게 분명해. 굴욕적인 이 사건으로 벌을 받게 되더라도, 부대에만 알리지 않으면 좋겠다. 그럼, 이제 내 인생은 끝이야. 이제 나는 무엇을 해야 하나?'

나는 혼란스런 감정으로 덜덜 떨고 있었다. 시야부쉬 장군이 청년같이 민첩하게 내 어깨를 잡고 흔들었다. 그리고 그 굵은 목소리로 말했다.

"이봐, 훈련병. 다음 주말에 파샤들과 외국 사신들이 우리 저택에 올 걸세. 그들을 사냥에 초대했다네. 그날 우리가 가장 많은 사냥감을 잡아야 하네. 보스나 사냥개에 대해 자랑을 잔뜩 해 놓았으니 사냥개와 그레이하운드들도 그에 따라 준비시키게."

무엇을 해야 할지 알지 못한 채 나는 꾸어다 놓은 보릿자루처럼 시야부쉬 장군 앞에 우두커니 서 있었다. 머리를 숙여 답했을 뿐이었다. 시야부쉬 장군은 돌아서 저택을 향해 걸어갔다. 나는 손에 땀을 쥐고 시야부쉬 장군의 뒷모습을 보고 있었다. '내가 생각한 것을 장군은 아직 모르는구나. 누르하얄도 보지 못했어.'라는 생각 때문에 행복해서인지, 아니면 두려워서인지 입에서 한숨 같은 소리가 나왔다.

"염려 마십시오, 장군님. 최상으로 준비시키겠습니다."

이 소리를 장군이 듣지 못했을 거라고 생각했는데 별장 문에 거의 다다른 시야부쉬 장군이 다시 돌아왔다.

"이봐, 그렇게 둔하게 답하지 말게. 그러면 자네 일도 느슨해지는 거야. 부대에서 배운 공손함은 잊어버리게. 배운 대로만 하면 모두들 자넬 바보로 여길 거야. 모든 건 때와 장소에 맞아야지. 그리고 그분들은 발칸에서 가장 높은 분들이야. 자네가 아무리 공손해도 표가 나지 않아."

시야부쉬 장군이 큰 문 안으로 들어가자, 나는 깊은 한숨을 쉬었다. 숨이 목구멍에 걸렸다. 내가 그토록 작게 말한 소리를 어떻게 들었을까? 부대장이 말한 대로 시야부쉬 장군 목뒤에는 눈만 달린 것이 아니라 귀도 달려 있었다.

49

우르 부족 사람들이 마흐뭇 성주 수하인 살만과 이야기하고 있을 때 제밀은 말에서 내렸다. 남자들도 따라 내리고 나서 말들의 땀을 닦아 주고 먹이를 주었다. 말들은 날카로운 이로 주머니에 달린 보리와 건초가 섞인 먹이들을 부숴서 먹었다. 제밀 일행도 점심 식사로 술타나가 나눠 준 카르스 케테[27]를 먹었다. 제밀은 손에 케테를 들고 조용히 흐르는 쿠르 강가를 걸었다. 입에 주머니를 달고 있는 도루를 풀어 밧줄을 팔에 매달고 있다는 것도 잊고 있었다. 그가 걸을 때마다 주머니를 매단 혈통 좋은 말도 함께 걸었다. 그러나 주인의 사색을 방해하지 않으려는 듯 존재감조차 느끼게 하지 않았다. 쿠르 강의 탁하고 조용한 흐름에 몰두한 제밀은 센 강을 떠올렸다. 따뜻한 어느 봄날, 그는 배 한 척을 빌려 타고 노트르담 대성당에서 조금 북쪽 방향에 있는 루브르까지 갔었다. 센 강과는 역방향으로 노를 저었다. 쿠르처럼 조용히 흐르는 센은 그리 힘들지 않았다. 바람은 그날을 위해 특별히 입은 실크 셔츠를 팔락거리며 몸을 쓰다듬었다. 탁한 회색으로 흐르는 센과 사랑을 속삭일 때 배의 뒤쪽에 앉아 있던 마르실얄르는 그를 바라보며 혼자 노래를 불렀다.

---

27) 기름과 파우더를 넣고 화덕에 구운 빵 종류.

마르실얄르는 노래를 끝내면 앉아 있던 곳에서 일어나 그의 곁으로 와서 함께 노를 저었다. 그들은 한동안 말없이 노를 젓다가 마르실얄르가 다가와 제밀의 목에 팔을 감으면 정열적으로 두 입술을 포개곤 했다.

마르실얄르는 가녀린 여성이었다. 몽마르트르 산기슭에 있는 바에서 그녀는 거의 매일 저녁 노래를 부르곤 했다. 가느다란 몸에서 어떻게 그런 아름다운 목소리가 나오는지 도대체 알 수 없었다. 사실 다들 고운 목소리가 나오는 그녀의 하얀 목을 사랑했다. 매일 저녁 정해진 프로그램이 있는 것도 아닌데 그는 항상 같은 바에 가서 같은 의자에 앉아 같은 술을 마시곤 했다. 그녀는 단골손님들의 간청에 못 이겨, 프로그램은 아니었지만 매일 저녁 나이팅게일같이 한두 곡의 노래를 부르곤 했다. 그녀의 코는 길고 평평했다. 광대뼈처럼 큰 녹색 눈은 앞으로 튀어나올 것 같았다. 항상 헐렁한 옷을 입었는데, 옷이 대부분 실크였기 때문에 가느다란 몸의 실루엣이 그대로 드러났다. 프릴 사이에 있는 고무줄 때문에 옷이 몸에 쫙 달라붙었다. 수업 후 시간이 남을 때면 언제나 친구들과 그 바로 갔었다. 그때마다 마르실얄르는 그에게 관심을 보였다. 그러나 그는 며칠이 지나서야 이야기를 나눌 수 있었다. 그녀와 친구가 된 후에 제밀은 여자는 어머니가 아니라는 것을 깨달았다. 마르실얄르는 매우 강한 여성이었다. 거대한 도시에서 대부분 혼자 남겨지는 것을 두려워했지만 그녀는 누구와도 연결되지 않고 홀로 살 수 있는 사람이었다. 그녀는 제밀과 함께 외출하곤 했다. 그날도 그랬다. 제밀은 학교에서 돌아오자마자 외출했다. 걸어서 내려간 곳은 센 강가였다. 그는 처음 배를 빌린 사람처럼 강의 서늘한 품에 빠져들었다.

마르실얄르는 언제나 세상에서 가장 아름다운 향기를 뿌렸다. 키스만큼이나 그녀의 향기도 제밀의 머리를 어지럽게 했다. 그녀는 그 향수를 어디서 알게 되었고 어떻게 얻었는지 아무에게도 말하지 않았다. 마르실얄르는 꺼리는 것이 전혀 없었다. 관계를 가지는 것도, 사랑하는 것도 그랬다. 어찌나 평화로운지, 모든 것에 대해서 농담을 즐기며 살았다. 그녀는 종종 부자들의 저택을 바라보며 "저곳에서 사는 사람들은 파리 길거리를 돌아다니면 아무도 얼굴 한번 안 쳐다볼 텐데, 저택 안에서는 모두 그들 앞에서 굽실거리겠지." 하면서 귀족들을 희롱하곤 했다. 그녀가 하는 말은 때때로 제밀을 두렵게 만들었다. 갈라타 바에서 불안하게 앉아 있는 사람들을 상기시키곤 했기 때문이다. 마르실얄르는 자기가 하는 말 때문에 제밀이 두려워하는 것을 알아차리자 그의 얼굴을 빤히 바라보면서 말했다. "만약 귀족들에 대해 농담하는 것이 두려운 거라면 그럴 필요 없어요. 우리 조상들은 수백 년 동안 프랑스 귀족들을 빗대어 농담해 왔으니까요. 이게 우리 관습 중 하나지요. 이미 귀족적인 삶도 미천한 삶도 없으니까요."

제밀은 마르실얄르가 어떻게 두려움을 감지해 냈는지, 왜 항상 조상들을 떠올리는지 도대체 알 수 없었다. 그가 알 수 없는 또 한 가지는 파리에서 만난 사람들은 자기 생각을 솔직하게 말하는 데 조금도 거리낌이 없다는 것이었다. 그들이 이런 방식으로 말하는 것을 들을 때마다 매번 '알리 오스만의 나라에서는 절대 있을 수 없는 일이야.'라고 생각하곤 했다.

그는 마르실얄르가 항상 품 안에 있을 거라 생각했다. 그러나 뼈만 앙상한 그녀의 몸은 강인했다. 신체처럼 감정과 사고도 강했다. 그녀는 여자일 때에는 여자, 가수일 때에는 가수, 보통 인간이어야 할 때에는 보통 인간으로 살 수 있었다. 제밀은 그녀 옆에만 서면 자신이 연약하게 느껴졌다. 가끔은 그녀를 피하고 싶었다. 그러나 하루라도 그녀를 보지 않으면 지독한 그리움이 차올랐다.

날아오는 까마귀의 그림자를 본 큰 물고기가 물속으로 사라지더니 심연을 향해 도망쳤다. 제밀은 머릿속에 남겨진 그리고 쿠르 강이 반사한 마르실얄르의 마지막 모습들을 잃어버렸다. 손에 들고 있던 케테 조각 하나를 물고기가 헤엄친 쪽으로 던졌다. 그제야 말의 고삐가 팔에 매여 있다는 것을 깨달았다. 그는 한 발자국 뒤에서 있는 도루를 바라보며 미소지었다. 그리고 곧바로 일어나 일행에게 걸어갔다. 제밀을 보고 마흐뭇 성주의 수하가 일어서자 다른 사람들도 일어났다. 그들은 말의 먹이 주머니를 집어 입구를 다시 죄었다. 제밀도 그들이 하는 대로 했다. 모두 말에 올라탔다. 그를 기다리고 있었던 것 같았다. 조금 전에 성을 향하여 말을 몰았던 우르 부족 사람들도 아름드리 소나무 숲에서 나왔다. 일행은 말을 그들 쪽으로 몰았다. 마흐뭇 성주의 수하인 살만이 갑자기 말을 제밀 쪽으로 몰고 오더니 말했다.

"마흐뭇 성주의 요청이 하나 있습니다. 말씀드리는 것을 잊고 있었어요. 용서하세요. 저들 일행은 우르 성주님의 아들이 지휘합니다. 도련님 일행을 손님으로 맞이하려 할 것입니다. 하지만 받아들이지 마세요. 이것을 마흐뭇 성주가 도련님에게 부탁하셨습니다. 제가 이미 함쉬오울루께 소식을 드렸고, 그 사람들이 국경선에서 우리를 기다리고 있다고 말하겠습니다. 저들은 함쉬오울루를 두려워하니 막무가내로 고집을 부리지는 않을 것입니다."

제밀은 무슨 말을 해야 할지 몰라 머뭇거렸지만 순간 '마흐뭇 성주가 그렇게 원하신다면 분명히 이유가 있을 거야.' 하는 생각이 들었다. 그는 일을 쉽게 풀려고 모든 사람이 들을 수 있는 목소리로 말했다.

"자, 시간 낭비하지 맙시다. 함쉬오울루가 기다리고 있어요."

그는 순간적으로 그런 방법을 생각해 낸 자신에게 놀랐다. 마흐뭇 성주 수하의 파란 불빛같이 빛나는 시선과 눈이 마주치자 속으로 웃음이 나왔다. 말을 탄 사람들 중 하나가 활기차게 말에서 뛰어내려 보무당당하게 제밀에게 다가오자 그도 말에서 내렸다. 자신보다 몇 살 어리게 보이는 기골이 장대한 남자가 손을 내밀었다. 제밀의 손을 잡은 우르 성주의 아들이 말했다.

"잘 오셨습니다. 저희 아버지는 여기까지 나오지 못할 정도로 연세가 드셨지만 성안에서 묵으라고 하셨습니다. 승낙하신다면 저희에게는 더할 나위 없는 기쁨이 될 겁니다, 제밀 도련님."

'내 이름까지 아는 이 예의 바른 청년이 설마 나쁜 짓을 하겠어?'라고 생각한 제밀은 마흐뭇 성주 수하의 얼굴을 바라보았다. 그러나 살만은 땅만 내려다보고 있었다. 일부러 그러는 것 같았다. 그에게서 어떤 강요도 받지 않은 제밀은 청년의 하얗고 큰 녹색 눈에 시선을 꽂으며 말했다.

"저녁이 되기 전에 함쉬오울루 여인숙에 도착해야 합니다. 사실 너무 늦었지요. 성주님께 적당한 시간에 성에 들러 담소를 나누겠다고 전해 주시면 감사하겠습니다."

"성주이신 아버지께서는 오늘 저녁 저희 손님이 되어 주시기를, 그리고 아시아와 유럽에서 넓힌 견문을 저희에게도 나누어 주시기를 원하십니다. 아버지는 늘 '배운 사람은 진정한 귀족이다.'라고 말씀하셨지요. 진정한 귀족과 친구가 되는데 저희야 어찌 행복하지 않을 수 있겠습니까. 오늘 저녁 저희 성에 머무셔도 함쉬오울루는 이해하실 겁니다. 원하신다면 사람을 보내 소식을 드리라고 하겠습니다. 내일 아침 그곳에 당도할 것이라고 알리지요."

젊은 사람인데도 장교처럼 말했다. 때때로 목소리 톤에서 요청하는 것 같은 울림이 메아리쳤다. 이스탄불 거리에서 밀고를 통해 누군가를 잡으러 온 장교 같았다. 자신의 영토에 있기 때문에 명령조로 말한다는 생각이 들었다. 제밀은 그러나 그 목소리에 묻어 있는 무서움이 무엇인지 정확하게 알 수 없었다. 젊은 사람의 요청에도 여행을 계속해야 할 것이라는 목소리가 들려왔다. 제밀과 일행이 성에서 묵어가지 않을 것을 알자 젊은 남자는 공손하게 말한 후에 다시 목소리를 높이면서 말했다.

"제밀 도련님, 우리에게 파리 여행담을 들려줄 마음이 없군요. 잊지 마십시오. 도련님이 어디에 정착하든 끝까지 따라갈 것입니다."

그는 이 말을 끝내고 의미심장하게 술타나를 바라보았다.

젊은이의 시선을 감지한 제밀은 웃으며 부드러운 목소리로 말했다.

"오늘까지 그 누구와도 제가 보고 배운 것들을 나누지 않은 사람은 없습니다. 말씀하신 대로 그 모든 건 저희에게는 매우 소중한 것이었습니다."

우르 성주의 아들은 더 말할 필요가 없다고 생각한 것 같았다.

"아버지의 요청이 하나 더 있습니다. 대령이 소식을 전해 왔는데, 이 주변에 법규를 어긴 이가 돌아다니고 있답니다. 여행하시다가 의심스러운 자가 있으면 부디 저희에게 소식을 주십시오."

제밀의 얼굴에 당황하는 표정이 역력했다. 그는 생각했다. '밀고는 이스탄불에만 있는 게 아니라 오스만 제국 구석구석까지 퍼져 있군.' 그는 우르 성주 아들의 얼굴을 자세히 보았다. 볼에는 주근깨가 있고, 코 위에는 반점이 있는 붉은 머리 젊은이는 생각보다 영특하고 지혜로웠다.

"성주님께 잘 알았다고 말씀해 주세요. 그런 사람을 보면 틀림없이 당신들께 알리겠습니다. 건강하십시오."

그는 말을 마치고 말에 올라타려고 뒤로 돌아섰다.

그런데 므스티가 보이지 않았다. 두리번거리며 눈으로 그를 찾았다. 그가 맞은편 말 위에 있는 것을 보고 내심 놀랐다. 그는 '언제 어떻게 소리 없이 사람들 뒤로 파고들었지? 총까지 들고 있네.'라고 생각하면서 안장을 잡았다. 균형이 맞지 않아 잠시 비틀거렸다. 그 모습을 보고 우르 성주의 아들이 키득키득 웃었다. 그러자 므스티가 가볍게 기침을 하였다. 기침 소리를 들은 우르 성주의 아들과 일행은 뒤로 돌아갔다. 상기된 얼굴로 말 등에 꼿꼿이 앉아 있는 므스티를 보자 모두 경악했다. 므스티는 아무 일도 없었다는 듯이 말의 안장에 걸려 있는 고리와 고삐를 바로 했다. 제밀이 이번엔 한 번에 뛰어 도루에 올라탔다. 그들은 함쉬오울루의 영토를 향하여 말을 몰았다. 어리둥절한 채 뒤에서 보고 있던 우르 성주의 아들이 말했다. "절대로 총을 반대로 쏠 수는 없는 법이오."

50

장군에게서 놓여나 작은 건물을 향하여 걷는데 심장이 교회의 사슬 풀린 종처럼 쿵쿵 뛰더니 시간이 지나자 차차 안정되었다. 심장이 쿵쾅거릴 때 장군이 했던 말만 생각났다. 무슨 말을 하고 싶었던 걸까? 갓 이름을 알게 된 누르하얄에게 매혹되었다는 것을 암시한 걸까? 이름 붙일 수 없었던 이 감정을 혹시 그는 머리에서부터 감지했던 걸까? 장군의 첩들을 결혼시켰다는 이야기는 들은 적이 있는 것 같다. 그러나 누가 되었든 자기 여자에게 집착하는 것을 장군은 용납하지 않을 것이다.

옷을 바꾸어 입고 식당으로 가자 사람들이 처음에는 낯설게 다가왔다. 하나같이 머릿속과 혀끝으로 같은 문장을 읊조리는 것 같았다. "어리석은 놈, 우둔한 빌랄 같으니. 그동안 큰마님은 몇 명에게 지참금 상자를 옮기라고 했지. 그런 후에 애정의 시선을 보냈고, 그다음 날 장군을 시켜 내쫓았지. 아! 바보 같으니라고. 아! 누르하얄을 창문에서 유혹한 훈련병." 너나없이 이 말을 하려고 기회를 엿보는 것 같았다. 장군의 수석 내무반장인 쉐브캇 우스타의 시선은 더욱 적대적이었다. 마치 그의 것을 내가 빼앗기라도 했다는 듯이. 더욱이 나를 볼 때마다 웃어 주던 그였다. 혹시 그도 누르하얄에게 마음이 있었나? 오늘 이들에게 무슨 일이 일어났던 걸까? 지금껏 누구도 나에게 이렇게 적대적으로 대하지 않았다. 서로 가까웠지만 나의 일에 관여하지 않고 지냈다. 그런데 무슨 일이 있었기에 내게 이러는 것인가? 대부분 이미, 나를 폄하하기 위해 "비천한 냄새가 난다."며 뒤에서 쑥덕거린다. 몇몇은 또 "부대에서 오더니 오만한 애송이 티를 못 벗었군."이라고 말한다. 집사 보조들은 내 이름 대신에 '부대병'이라고 부른다. '네 마음대로 하세요.' 나는 신경 쓰지 않았다. 내게 영향을 끼치지 않았고, 그럴 수도 없었다. 나에게는 전혀 중요하지 않았다. 당장 누르하얄의 바람이 나를 어디로 몰고 갈 것인지 생각해야 했다. 그리고 대책을 찾아야 했다. 집사 보조들, 채소밭을 가꾸는 사람들, 내무반장 조수들이 무엇을 하든 상관없지만, 장군의 적대감을 사지 않아야 했다. 그가 고자질을 했더라면 이미 파면 당했을 것이다. 다행히도 오늘날까지 그런 일은 일어나지 않았다. 부대는 나의 보금자리였다. 이곳의 삶은 그곳과는 대조적이었다. 활발한 생기를 느낄 수 있었다. 그리고 누르하얄도 있었다. 그녀가 몸을 앞으로 구부리자 어찌나 흥분했던지, 그녀는 내 손을 자기 가슴에 갖다 댔다.

생각이 이리저리 뻗어 나갈 때 숙련공이 접시에 음식을 놓아 주었다. 나는 몇 숟갈 떠먹었다. 식당에 밥을 먹으러 온 하인들의 시선은 더욱 적대적이었다. 그들의 시선이 내 등에 고통스럽게 꽂혔다. 마치 허리를 밑으로 잡아당기고 어깨를 짓누르는 것 같았다. 그들의 시선에 개의치 않으려고 애쓰고 있는데, 잊고 있던 허리의 통증이 도져 버렸다. 통증 때문에 앞쪽으로 넘어질 것 같았다. 내가 비틀거리자 하인들이 기다렸다는 듯이 웃음을 터뜨렸다. 그때 쉐브캇 우스타가 내게로 뛰어왔다. 그는 내 어깨를 잡으며 내 몸을 곧게 세우려고 했다. 그가 물었다.

"뭐야, 아픈 건가?"

"지금까지는 아무렇지 않았어요. 그런데 허리가 갑자기."

"무거운 것이었나, 그들이 들게 한 것이 혹시?"

"네, 지참금 상자. 어떻게 아세요? 그들이 무거운 것을 들게 했다는 것을요?"

"얼굴에서 통증이 느껴졌지. 허리를 꽤 다친 것 같군. 어디에서 들었나?"

"큰부인이 불렀어요. 저택에 있는 한 첩의……."

"큰부인이 또 누군가를 제물로 바쳤다고 말하게. 집사나 그들과 무슨 일이 있었나?"

"전 누구의 일인지 모릅니다. 불러서 간 것뿐이죠. 사실 집사가 조금만 도와주었더라면 허리가 이렇게 아프지는 않았을 것입니다."

"어쩌면 도와주는 것처럼 했겠지. 근데 도와주지 않았을 거야. 그래야 자네의 허리가 아플 테니까. 그들이 얼마나 무정한지 자네는 모를 거야. 그들은 사실상 자신들보다 권력이 센 사람이 저택에 있는 것을 원하지 않지. 부대에서 온 이들도 그리 좋아하지 않아. 내가 이곳에 온 지 3년이 채 안 되었지만 부대에서 몇 명이 왔다 갔는지 세는 것도 포기했을 정도야. 대부분 이곳에 올 때는 생생하게 왔다가 송장이 되어서 갔지.”

“쉐브캇 나리, 전 가서 누워야겠습니다. 앉아 있기가 힘들어요.”

“이보게, 조금 기대서 뭐라도 먹게. 빈속으로는 잘 수 없을 것이야. 내가 이따가 자네에게 사람을 보내겠네. 허리를 천연 올리브 오일로 마사지해 줄 거야. 허리 통증에 제일 좋은 약은 천연 올리브 오일과 따뜻한 것이네. 마사지가 끝나면 한동안 엎드려 있게나. 아침에는 통증이 사라질 것이네. 그 남자는 시야부쉬 장군의 마사지사야. 어떻게 해야 할지 잘 알지. 원한다면 장군께도 알려 의사를 부르도록 하겠네.”

“아닙니다, 아니에요. 이 때문에 장군을 불편하게 하고 싶지 않아요.”

나는 억지로 몇 숟갈 더 먹은 후에 방으로 갔다.

쉐브캇 우스타가 보낸 남자는 손에 올리브 오일이 가득 찬 병을 들고 들어왔다. 그는 들어오자마자 단검같이 생긴 콧수염을 실룩거리며 말했다.

“빨리 나으십시오. 침대 옆에서 무릎을 꿇으십시오.”

그는 몸을 돌려 엎드리라고 했다. 그리고 티슈로 등을 닦았다. 등에 올리브 오일을 쏟자 차가워서 움찔했다. 남자는 커다란 손가락으로 허리를 쓰다듬었다. 나는 소리를 내지 않으려고 이를 악물고 참았다.

51

멀리 보이는 함쉬오울루 땅은 평원을 삼킨 숲과 가까운 곳에 있었다. 봉우리의 꼭대기에서 보이는 숲은 넓은 평원 옆에 있는 봉우리들도 삼켜 버린 듯했다. 봉우리들 사이로 보이지 않게 흐르는 개울들은 산꼭대기에서부터 녹아내린 눈을 쿠르 강으로 옮기고, 소나무들 사이로는 고드름이 오고 가는 이들에게 미소짓고 있었다. 하얗고 노란 고드름 옆에는 파란 관처럼 보이는 양가죽이 수선화, 초록 잔디와 어우러져 있었다. 자연의 아름다움에 연인도 잊어버린 제밀은 혼잣말하듯 "무척 아름답군!"이라고 중얼거렸다.

살만이 다가왔다.

"마흐뭇 성주 초원에서는 여기보다 열 배나 아름다운 꽃들을 보실 수 있습니다, 도련님."

말에서 내려 꽃을 어루만지려던 제밀은 그 말을 듣고 미소를 지었다.

"더 많이 있다고요, 마흐뭇 성주님의 초원에?"

살만은 수평선에서 지워진 선처럼 보이는 카스렛을 가리켰다.

"저기가 산들 중 가장 험하다고 하는 카스렛 주변입니다. 약 10년 전 봄에 마흐뭇 성주께서 그곳으로 가셨죠. 가을이 끝나 갈 무렵 유목민들을 에르주룸으로 보내고 카르스로 돌아오셨죠. 그 이후로는 이곳에 오지 않았습니다. 보라색 산들은 그때부터 지금까지 고아로 남았죠. 올해는 도련님 일행이 이곳에 활기를 불어넣으시겠군요. 주변 사람들도 평원으로 나올 것입니다. 그들의 가축 상인들은 적죠. 이 산에서는 풀을 먹일 수 없어요. 꽃이 있어도 풀은 위에서 말라 버린답니다. 이 산에서 가져온 풀은 냄새로 알 수 있습니다. 일곱 종류의 풀을 냄새로 알아맞힐 수 있습니다. 도련님도 곧 아시게 될 것입니다. 이 주변의 꽃들, 물, 공기는 특별하답니다. 이 평원에서 먹이는 가축은 맛도 다르지요. 한번 그 고기에 맛을 들인 사람은 다른 고기를 입에 대지 않습니다. 카스렛 꼭대기에 오르면 사람의 마음이 움직이죠. 숲으로 뒤덮인 메쉐아르다한 평원과, 다른 한편으로는 아흐스카의 비옥한 밭들을 볼 수 있습니다. 여기에 있는 것들은 모두 아름다움 그 자체입니다. 그러나 사람이 살지 않아요. 도련님의 말을 알아들을 수 있는 사람이 거의 없어요. 산사람들과 말하는 것도 큰 재주가 필요하답니다."

제밀은 살만의 설명을 일부는 듣고 일부는 듣지 않았다. 남자는 설명을 장황하게 늘어놓는 것을 아주 좋아하는 모양이었다. 마지막 말을 들으면서 그는 혼잣말로 "우리들처럼 뿌리가 뽑힌 밀사인가."라고 중얼거렸다.

살만은 제밀이 입술을 움직거리자 대화에 싫증을 느꼈나 보다고 생각하고 말에 박차를 가했다. 다른 말들도 활기를 찾았다. 말 하나가 가볍게 걷기 시작하자 다른 말들도 자리에 서 있지 않았다. 분위기는 그렇게 주도되었다. 살만의 말이 힝힝 울자 다른 말도 따라 울었다.

태양이 진산 뒤쪽으로 미끄러졌다. 제밀의 마음은 우울함으로 뒤덮였다. 사방이 적막했다. 사람은 살면서 이렇게 조용한 곳을 찾는다. 그런데 제밀은 이곳에서 자신이 거대한 외로움 덩어리 안에 있는 것처럼 여겨졌다. 몇 시간 전에 보았던 형형색색의 꽃들이 외로움을 부추기는 장난감 같았다. 그는 기분이 몹시 나빴다. 아무것도 보고 싶지 않았다. 바람에 휘날리는 말갈기를 바라보았다. 바람이 처음에는 갈기를 한꺼번에 휘날리더니 나중에는 한 올 한 올 가닥가닥 분리했다. 도루가 머리를 움직이면 바람에 날리던 갈기는 가끔 목에 달라붙기도 하고, 또 풀어 헤쳐지기도 했다. 갈기를 구경하노라니 처음에는 파리 생활이 떠오르고 곧 치첵이 떠올랐다. '아, 치첵! 치첵이 마흐뭇 성주의 딸만 아니었더라도!'라는 마음이 들었다. 그는 흐르는 눈물을 손가락으로 닦았다.

그는 말의 속력을 늦춘 살만에게 돌아섰다.

"이 산들을 보니 함쉬오울루 땅에 거의 도착한 모양이군요."

"보셨지요, 도련님. 말을 타면 어디든 금세 도착합니다."

"내 생각에는, 다른 성주들의 땅 가운데…….”

살만이 말을 잘랐다.

"함쉬오울루가의 영토도 마흐뭇 성주의 아버님께서 하사하신 겁니다. 예전에는 울가르 남쪽까지 마흐뭇가의 땅이었습니다. 함쉬오울루 가에서 집안 다툼이 일어나자 마흐뭇 성주 아버님께서 가까운 친구인 유수프 성주 아버지에게 주었지요.”

살만은 다른 말도 하려 했지만 아침부터 한마디도 하지 않은 휘스뉘가 속력을 내며 말을 몰아 그들에게 다가왔다. 세 필의 말이 나란히 걸었다. 제밀은 휘스뉘를 바라보았다.

"잠시 휴식을 갖고 다리도 좀 움직이면서 볼일을 보는 게 좋겠습니다, 도련님.”

제밀은 왜 그런 생각을 못했는지 스스로 화가 나서 뒤를 돌아보았다. 쉬메이라도 술타나도 없었다. 그는 도루의 고삐를 당겼다. 고삐를 모으자 말이 그 자리에 섰다. 제밀은 휘스뉘를 바라보았다.

"부인들께서는 조금 전 지나온 강물에 얼굴을 씻는다고 말에서 내리셨습니다. 어쨌든 곧 따라올 것입니다, 도련님.”

제밀은 아무 말도 하지 않고 말에서 뛰어내렸다. 한 손으로 도루의 가슴을 쓰다듬으며, 다른 손으로는 자신의 정강이를 문질렀다. 므스티를 제외한 나머지 사람들은 거의 말에서 내려 서로 얘기를 주고받았다. 말들도 귀를 세우고 바람이 불어오는 방향을 바라보면서 확실히 멀리서 들려오는 소리를 듣고 있었다.

제밀은 쉬메이라와 술타나가 걸어오는 모습을 우두커니 지켜보았다. 그녀들도 '당신을 위해 버티고 있어요.'라고 말하는 눈빛으로 그를 바라보았다.

여정을 계속하면서 크고 작은 봉우리 다섯 개를 넘었을 때, 함쉬오울루의 숲에 붙어 있는 것처럼 우뚝 서 있는 저택이 홀연히 그들 앞에 나타났다. 저택 옆에는 작은 집이 있었다. 그들이 가까이 다가갈수록 작은 집이 점점 크게 보였다. 저택은 어느새 궁궐로 변해 있었다.

52

등을 마사지하고 나서 남자가 간 것도 나는 알지 못했다. 나는 밤에 한 번도 깨지 않았다. 아침이 되자 햇살이 머리맡에서 자글거렸다. 내무반장이 보낸 남자는 일에 아주 능숙했다. 마사지할 때에 나와 이야기를 나누고 싶어 했다. 하지만 나는 그와 이야기할 형편이 아니었다. 소리를 지르지 않으려고 안간힘을 쓰면서 겨우겨우 참아 내고 있었다. 소리를 질렀다면 아마도 조금은 편했을 것이다. 하지만 예니체리의 체면을 생각해서 고통을 다른 사람에게 내보일 수 없었다. 올리브 오일이 효과가 있었는지 아니면 남자가 마사지를 잘했는지 알 수 없지만, 아침 무렵 창문 밖에서 쏟아지는 햇살 때문에 잠에서 깨었을 때는 고통이 남아 있지 않았다. 고통은 사라졌지만 나는 두려움이 가시지 않은 채 일어났다.

밖으로 나서자 키 큰 나무들의 살랑거리는 잎사귀 사이로 가을 햇살이 빛나고 있었다. 나는 우리를 향해 달리고 싶었다. 그러나 통증이 느껴질까 봐 두려웠다. 내가 우리에 가까워지자 사냥개들과 그레이하운드들이 짖는 소리도 커졌다. 이렇게 늦게 아침을 먹는 것은 그들로서는 드문 일이었다. 어제저녁에 준비해 놓은 통에 있는 음식을 하나씩 데워 사냥개와 그레이하운드 앞에 가져다 놓았다. 그들은 길고 가는 혀로 사료를 먹기 시작했다. 나는 대저택의 정원을 이쪽 끝에서 저쪽 끝까지 걸어 돌아왔다.

멀리서 집사의 굵직한 목소리가 들렸다. 웬일인지 그 목소리를 들은 여치들이 울기 시작했다. 새들은 마치 목소리를 잃은 듯했다. 어제까지는 그런 생각이 들지 않았는데 지금은 그런 생각이 들었다. 혹시 집사의 목소리를 여치들만 들을 수 있는 것일까? 새들은 둥지에서 자고 있는 걸까? 나는 여치는 신경 쓰지 않고 오로지 입가에 미소를 머금고 앉아 있었다. 미소를 지으면서 쉐브캇 우스타의 말을 떠올렸다. 집사에 대해 "산꼭대기 여치들만 사는 곳에서 온 남자가 무엇을 할지는 확실치 않지. 어느 날 밤나무 밑바닥에서 칼을 꺼내 때려눕힐 사람이야."라고 말했다. 그런데 그는 지금껏 내게 아무 짓도 하지 않았다. 지금은 왜 적이 되었는가? 근래에는 한 번도 나를 부르지 않았다. 혹시 내가 부름을 받는 것이 그를 불편하게 했던가?

자신과 대화를 나누고 있는데 불현듯 집사의 굵직한 목소리가 아주 가까운 곳에서 들려오자 등골이 오싹했다. 재빨리 그에게 돌아서는 순간 허리에 가벼운 통증이 느껴졌다. 얼굴이 고통으로 일그러지는 것을 본 집사는 위쪽으로 구부러져 있는 염소 뿔처럼 감긴 수염을 움직이며 웃었다.

"뭔가 예니체리, 왜 나를 보고 얼굴이 변하지?"

"아닙니다, 나리. 어제부터 허리에 통증이 있습니다. 그 통증 때문에 얼굴을 찡그렸습니다."

"자넨 예니체리야. 무엇을 어떻게 해야 할지 알 것이네. 장군의 사냥개들을 그렇게 돌보아서는 안 되지. 해가 뜨기 전에 먹을 것을 먹여야 하네."

"그렇게 하고 있습니다."

"알지? 장군께서 사냥하실 때 이 동물들이 필요해. 우리 장군께서는 지는 건 용납하지 못하시네. 알고 있게나. 티끌만큼도 돈을 잃어서는 안 되고, 실패해서도 안 되네."

통증이 약간 가라앉았다. 내가 아파서 그렇게 있는데, 그는 여전히 내게 말을 하고 있었다. 집사가 갑자기 저택을 향하여 걸었다. 그가 걷자 까마귀 합창단이 다시 노래를 부르기 시작했다. 웃음이 터지려고 했다. 그러나 그 남자에게 결례가 될까 봐 웃을 수 없었다.

허리의 통증도 집사와 함께 사라져 버린 것 같았다. 집사의 걸음은 뒤에서 보니 겔리볼루 부대의 카라자오울루 물라의 걸음걸이와 비슷했다. 목덜미부터 발꿈치까지 서로 닮았다. 카라자오울루가 부대의 두꺼운 목조 문 뒤로 갑자기 사라지는 것처럼 집사도 정원의 나무들 사이로 갑자기 사라졌다. 뒷모습뿐만이 아니었다. 목소리도 비슷했다.

초반에 견습생 훈련소에서 그를 알게 되었고, 그 이후에도 수십 명의 물라로부터 수업을 받았다. 그들의 얼굴은 대부분 머릿속에서 지워져 버렸다. 그의 얼굴도 지워졌다. 그래도 목소리와 걸을 때의 뒷모습은 여전히 떠오른다. 집사처럼 그도 비음으로 소리를 내지만 목소리는 집사처럼 굵지 않았다. 그를 생각하고 있을 때 카라자오울루 물라의 목소리가 주변에 맴돌았다. 그는 수업 시간마다 말하곤 했다. "사회 안에서도, 홀로 있을 때도, 파디샤의 노예라는 사실은 무엇보다 중요한 것이다. 여러분 자신에게 해를 입히든, 여러분 자신을 존중하든, 좋고 나쁜 것들과 직면할 때에 최우선적으로 파디샤의 노예 신분임을 생각해라. 노예 신분에 어긋나는 어떤 행동도 하지 않아야 한다. 그건 그때 알게 되겠지만, 지옥이 여러분을 기다릴 것이다."

몇 년 전까지만 해도 두려움 때문에 울면서 밤을 지샜다. 잊고 있었던 지옥 생각이 왜 지금 불현듯 떠올랐는가? 혹시 집사의 절반은 카라자오울루 물라였나?

혼란스러움에서 벗어나려고 장군의 보스나 사냥개가 아니라 내가 귀뮈쉬라고 이름을 지어 준 새하얀 사냥개 옆으로 다가갔다. 우리 사이 균열이 생긴 목재로 만들어진 문을 열고 귀뮈쉬의 목에 개 줄을 매었다. 나는 사냥개와 함께 나무 사이를 뛰어다녔다.

나무들의 형형색색 잎들을 살랑거리게 하는 바람이 가볍게 내 얼굴에 부딪히자 카라자오울루 물라의 목소리도 작아졌다. 그러더니 천천히 다시 다가와 말을 계속했다. "사람은 죽을 수밖에 없는 운명이다. 그렇게 생각해도 살아야 하긴 하지. 그 같은 진실을 그렇게 인식해야 한다. 죽을 운명 안에서 죄로서 반대로……." 이번에는 더 빠르게 달리기 시작했다. 다시 속도를 늦췄다. 이해해야 한다. 어디에 있든지 노예 신분이다. 나는 귀뮈쉬와 같은 속도로 뛰었다. 숨을 헐떡거리다가 속도를 늦추었다. 귀뮈쉬가 다시 같은 속도로 뛰길 원하자 나는 줄을 당겼다. "거대하고 고결한 통치자의 모국을 모국답게, 사람을 사람답게 해야 한다. 여러분은 알 것이다. 종교 계율에 합당한 게 무엇인지, 모국이 빈곤 상황에 처하는 것, 사람들이 고통을 겪는 이유가 여러분이 되지 않기를! 만약 여러분이 이유가 된다면 알다시피 지옥이 여러분을 기다릴 것이다." 나는 사냥개보다 더 빠르게 달리기 시작했다. 숨이 차오르자 귀뮈쉬는 달리기를 멈추고 내 다리 주변을 서성이면서 얼굴 쪽으로 뛰어오르고, 다리와 무릎과 코로 배를 간질였다. 나도 귀뮈쉬를 간질였다. 그러는 사이 카라자오울루 물라의 목소리가 들리지 않게 되었다. 그때 나이팅게일의 지저귐이 까마귀 합창단의 소리를 누르고 들려왔다.

편안한 소리를 내는 나이팅게일이 다시 돌아왔다. 귀뮈쉬는 하얀 바퀴를 연상시키는 둥글고 곧은 꼬리를 흔들며 기분 좋게 우리 안으로 들어갔다. 우리 문을 닫고 다른 사냥개 두 마리를 정원에 풀어 주었다. 사냥개들은 게으른 걸음으로 걸었다. 문득 그레이하운드들이 너무 조용하다는 생각이 들었다. 모두 죽은 듯 엎드려 있었다. 사료도 먹지 않았다. 나는 걱정되어 문을 열어 보았다. 개들은 머리도 들지 않았다.

53

초봄인데도 함쉬오울루의 저택 주위에는 꽃들이 만발했다. 서로 닿지 않을 만한 간격으로 나란히 서 있는 하얗고 노란 고드름, 파란 구슬 무리를 연상시키는 짙은 동물 갈기, 가늘게 흐르는 샘물 주위를 둘러싼 빙하류 식물, 물이 흐르는 방향을 따라 피어 있는 백합들, 새싹을 틔운 수선화 군락, 한 폭의 천에 수를 놓은 것같이 퍼져 있는 들꽃들이 저택을 거의 포위하듯 늘어서 있었다.

저택은 어리고 노란 소나무의 어머니처럼 서 있는 백 년 된 소나무들 가까이에 우뚝 서 있었다. 백 년 된 소나무는 둘레가 한 아름이 넘게 보였다. 마디가 있는 가지들은 세 방향으로 모이고, 가지마다 지난해에 열린 거대한 솔방울을 매달고 있었다. 아름드리 소나무들은 북쪽 숲 속에 있는 크고 작은 봉우리에 색다른 풍경을 더해 주었고, 봉우리의 뿔처럼 서 있었다. 키 작은 어린 소나무들은 손을 맞잡고 내리막길을 가는 사람들과 닮았다. 저택의 서쪽으로는 숲이 보이고, 땅딸막한 나무들이 봉우리의 등을 넘을 때마다 서로 멀어져 갔다. 잔디는 땅의 질투심을 부추기려는 듯이 태양만을 바라보면서 푸른 이를 드러내며 소나무에게 미소짓고 있었다.

경관에 꽤 감명을 받은 제밀은 저택에 가까워지자 도루의 고삐를 자유롭게 놓아 주었다. 말이 밟은 잔디를 바라보며 생각했다. '우리가 태어난 이곳에서조차 우리는 이방인이군.' 시선을 먼 곳으로 두었다. 강에서 벗어난 크고 작은 봉우리들은 한 줄로 늘어서서 카스렛에 이르렀고, 카스렛 산의 봉우리도 구름에 싸여 자욱하게 보였다. 카스렛의 꼭대기에 있는 눈덩어리는 하얀 점처럼 산과 구름 사이에 있었다. 제밀은 다시 저택을 바라보며 중얼거렸다. "우리가 태어난 곳에서 이방인이 되어 버렸군." 그는 다시 시선을 카스렛으로 돌렸다. "우리의 영토가 될 거야." 이번엔 산을 향해 말했다. 이 말을 하고 나자 머릿속에 무슨 생각이라도 난 듯이 함쉬오울루의 저택을 바라보았다. 그는 또다시 말했다. "갑자기 우리 앞에 나타난 저택은 손을 뻗으면 잡힐 것 같다. 그러나 30분 동안 주위를 맴돌고 있군. 아직 곁에 이르지 못했어." 그는 돌아서 뒤에 오는 이들을 바라보았다. 모두 자연의 아름다움에 빠져든 것 같았다. 누구도 다른 사람을 보지 않았다. 저택을 향해 돌아 들어가는데 빽빽한 나뭇가지들에 걸리지 않으려면 몸을 앞으로 숙여야 했다. 한동안 그렇게 길을 가자 빽빽한 숲이 자연스럽게 끝나고, 저택 앞 광장에 이르렀다.

함쉬오울루 유수프 성주는 저택의 문 앞에서 그들을 맞이했다. 곁에는 부인들과 가족도 나와 있었다. 부인들 사이에는 어리고 예쁜 아이가 부끄러워하는 눈빛으로 그를 바라보고 있었다. 제밀은 곁눈으로 젊은 여성을 바라보다가, 아이가 보이자 통통하고 붉은 얼굴의 함쉬오울루에게 당황한 눈빛을 돌렸다. 그가 말에서 내리는 것을 기다리고 있던 유수프 성주는 가족이 온 것처럼 기쁜 마음으로 제밀의 목을 감쌌다. 부인들도 서로 안으며 안부를 물었다. 그 후에 저택 뒤편으로 방향을 잡았다. 유수프 성주의 수하들은 제밀에게 공손하게 "잘 오셨습니다."라고 말한 후에 말을 끄는 사람들에게 마구간으로 향하는 길을 가리켜 주었다. 그들이 가자 함쉬오울루와 제밀은 저택 앞에 있는 나무 계단을 올라 큰 문 안으로 들어갔다.

일이 이렇게 수월하게 풀리는 것에 제밀은 내심 놀랐다. 한편으로는 편하기도 했다. 모든 것이 정돈된 형태로 진행되어 갔다. 제밀은 밝은 목소리로 말했다. "이해하려고 노력하는 것도, 이해하는 것도 꽤 오랜 시간이 걸리겠지." 함쉬오울루를 따라 현관문으로 들어간 후 시선을 열린 방문에 고정시켰다. 문 위에는 거대한 날개를 지닌 독수리가 오른쪽 가슴이 찢긴 남자의 간을 쪼아 먹고 있었다. 독수리의 발은 특히 길고 강했다. 한쪽 눈은 진짜처럼 문을 열고 있는 그들을 보고 있었다. 남자의 손은 불분명한 형태로 높은 곳에 묶여 있었고, 구멍에 연결되어 있는 끈은 마치 하늘의 어느 곳에 묶인 것 같았다.

제밀은 한편으로는 문을 응시하면서, 또 한편으로는 함쉬오울루가 므스티에게 보여 준 친근함에 대해 생각하고 있었다. 함쉬오울루는 므스티를 보자마자 그의 눈과 이마에 입을 맞추고 안아 주었다. 그런 후에는 "아이고, 우리 무스타파." 하며 토닥여 주었다.

호두나무로 만들어진 문 위에 조각된 독수리를 손으로 훑은 후에 한 걸음 발을 내디뎌 안으로 들어가자 놀라움이 더욱더 커졌다. 나무 바닥에 조각된 포도나무는 포도송이 위에 칠해진 자연색으로 인해 한층 생동감 있게 보였다. 벽에 걸린 양탄자들도 하나같이 새로운 종류의 것이었다. 어찌 된 셈인지 양탄자는 가슴이 노란 나이팅게일이 대부분이었다.

의자에 앉아 등을 양모 베개에 기대자마자 뛰어 일어나려고 움직였다. 그때 본 독수리가 또다시 그를 매혹시켰다. 문 바깥쪽에 있던 독수리가 문 안쪽에도 있었다. 독수리는 남자의 오른쪽 가슴을 쪼고 있었다. 문은 실제로 전장만큼 생동감 있고 무서웠다. 그가 흥분한 것을 본 함쉬오울루 유수프 성주는 평온한 목소리로 말했다.

"아자라 장인들의 솜씨지. 할아버지의 문에는 날개 달린 흰 말 조각이 있었지. 나는 보지 못했지만 아버지께서 그렇게 말씀하셨다네. 아버지는 할아버지에게 고집을 부려 문에 전선을 새기도록 했지. 그곳에 있는 말도 이 독수리만큼이나 진짜처럼 보였다네. 아버지는 말씀하셨지. '그 문을 보았니? 눈을 믿을 수 없을 게다. 말이 어찌나 멋지게 서 있던지. 말이 울었지, 울었다고 여겼겠지.' 이 독수리들은 무슨 뜻인지 모르겠어. 뭔가 떠오를 듯한데 생각이 잘 안 나. 바그다드 전설인지 아니면 어디서 들었던 이야기인지 알 수가 없어."

"이렇게 사람 간을 쪼아 먹은 독수리는 카프카스 서쪽 흑해 쪽 가까운 바위에 살았다고 전해집니다. 아자라 목수들도 아마 그 전설을 조각했을 거예요."

"호두나무 조각도 쉽지 않다고 하더군. 이 문을 만든 장인들도 꽤 힘들게 일했다네. 일을 알고 나면 모든 것이 쉽긴 하지. 호두나무를 쪼갠 후 달구면서 일을 하면 원하는 모양을 얻는다더군. 그 위에 칠을 하면 이렇게 멋진 색이 나오고 말이야."

제밀은 돌아서 뒤에 있는 벽을 바라보고 깜짝 놀랐다. 벽 전체를 뒤덮고 있는 이란산 양탄자에 짙은 푸른색과 주황색 용, 용 위에는 미소짓고 있는 상인 신드바드가 있었다. 용은 이가 가득 박힌 입을 벌리고 있었다. 코에서는 화염을 내뿜었다. 신드바드도 말을 모는 것처럼 용 위에 앉아 있었다. 제밀은 웃으면서 함쉬오울루 유수프 성주의 얼굴을 바라보았다. 유수프 성주는 매일 보아서 이제는 눈에 익숙해진 그림과 조각이 제밀을 감동시켰다는 것에 만족해서 그를 바라보면서 미소지었다.

"제밀, 자네는 배운 사람일세. 이 조각들도, 그림들도, 자수들도 이해할 수 있겠지. 우리 눈에는 익숙하지만, 디테일을 잘 볼 수 없어. 이것들을 우리는 단지 집에서 하나의 장식으로만 보고 있지. 이것들이 대단한 것인가? 아타벡이라는 땅에는 돌 위에 그런 조각들이 어찌나 많은지 보는 것도 어지러울 정도야. 힘 있는 이란 왕들도, 파디샤와 호족들도, 시대의 가장 위대한 호족이었던 아타벡 족도 지금은 거의 성에 은거하고 있지. 예전에는 아흐스카에서부터 아자라에 이르기까지 그들의 세도가 미치지 않는 곳이 없었지. 무섭구먼. 시간이 갈수록 우리도 그렇게 될까 봐. 왜냐하면 수도에 있는 황제는 이스탄불 말고 다른 곳은 잘 몰라. 수행원들은 카스렛 양들만 셀 줄 알지 사람들은 전혀 생각지 않아. 사람이 없으면 어찌 양이고 뭐고 있을 수 있겠나. 황제가 황궁 일을 끝내면 호족들에게 순서가 올 것이라 생각하네. 아흐스카에서 온 소식통에 의하면 매일 국경선이 바뀐다는 거야. 이게 재앙의 메신저지 뭐겠나, 제밀."

그도 마흐뭇 성주처럼 제밀을 '우리 제밀'이라고 불렀다. 목소리도 그처럼 부드럽고 자극적이었다. 마흐뭇 성주보다 약간 울리는 목소리였다. 살아 있는 것처럼 걸려 있는 조각 독수리를 다시 한 번 바라본 제밀은 혼잣말을 했다. "아버지도 나를 '우리 제밀'이라고 부르곤 했지. 어떤 연결 고리가 있음이 분명해. 그런데 함쉬오울루는 왜 므스티를 품에 안으며 '우리 무스타파'라고 했지?"

54

말이 끄는 짐마차가 움직이기 시작했을 때는 자정을 조금 넘긴 시간이었다. 나는 개들을 모두 마차에 태우고 사슬로 묶었다. 하루 종일 길을 가야 하기 때문에 조금이라도 눈을 붙일 수 있는 방법을 찾아보았다. 나는 마부 의자 위에 있는 두꺼운 양탄자 중 하나를 집었다. 마부는 한 손으로 말의 고삐를 잡고, 다른 손으로는 어둠 속에서 헝클어진 수염들을 다듬었다. 마부는 수염을 정리하는 것이 끝나자 내 팔을 잡고 굵은 목소리로 물었다.

"무얼 하고 있는 게요?"

마차에서 잠을 좀 자고 싶다고 하면 그가 가만있지 않을 것이 뻔했다.

"개들과 이야기를 나누려고 합니다. 내일 말을 잘 듣고 사냥을 잘하라고요. 만약 말을 잘 안 들으면 개들도 나도 끝장이 날 테니까요. 사냥이 잘 안 되면 장군이 우리를 모두 없애 버린다는군요."

마부는 그답게 웃었다. 그가 큰 소리로 웃자, 우리가 가고 있는 계곡 언덕도 소리를 더했다. 계곡을 돌아 멀어지는 웃음소리를 들은 개들도 한꺼번에 짧게 짖었다. 개 짖는 소리를 들은 앞서 가던 말 탄 사람들이 우뚝 섰다. 그들 가운데 한 명이 하늘에 떠 있는 먼 곳의 별 하나가 말하는 것처럼 마부에게 말했다.

"궐베이 나리, 무슨 일이 있습니까?"

"아니, 아무 일도 없네. 내가 개를 돌보는 사람을 보고 웃으니까 개들이 나에게 짖어 대는구먼."

나는 더 말하지 않고, 양탄자를 겨드랑이에 끼고 곧바로 뛰어내려서 뒤에서 오는 마차에 올라탔다. 개들은 내 목소리를 듣자 안절부절못했다. 그들을 진정시키기 위해 몇 마디 한 후에 마차의 뒤쪽 귀뮈쉬 옆에 자리를 마련했다. 양탄자의 반쪽은 깔고 반쪽만 덮었다. 머리를 팔 위에 얹고는 잠을 청하려 했다. 그때 귀뮈쉬가 꼬리를 활처럼 부드럽게 올리며 내 목덜미를 건드리기 시작했다. 나는 귀뮈쉬에게 말했다.

"귀뮈쉬, 사냥에서 네게 큰 임무가 주어질 거야. 그레이하운드들이 사냥감을 몰고 오면 네가 길을 안내해야 한다. 시야부쉬 장군 쪽으로 몰아야 해. 만약 네가 일을 잘못하면 우리 둘 다 장군 눈 밖에 날 거야. 내가 휘파람으로 네게 신호를 줄 거야. 어디로 돌아가야 할지, 사냥감을 어느 쪽으로 몰고 가야 하는지 휘파람 소리로 알려 줄게. 총에 맞은 사냥감은 다른 사냥개들이 모아 오게 놔줘. 그건 네 일이 아니야. 네게 중요한 것은 살아 있는 사냥감을 우리 쪽으로 몰아오는 거야. 절대 잊지 마."

개는 마치 내가 말하는 것들을 다 이해한다는 듯이 조금 전보다 부드럽게 꼬리로 목덜미를 쳤다. 다른 사냥개들은 귀뮈쉬와 내가 이야기하는 것을 질투하는지 소란스러웠다. 가끔 농담을 하며 그들을 조용히 시키다가 잠에 빠져들었다.

마부가 나를 깨웠을 때는 해가 뜰 무렵이었다. 오른쪽에 있는 고원 뒤쪽은 햇빛 때문에 점차 붉어졌다. 숲 가운데 공터에 우리보다 먼저 와서 천막을 치는 이들이 있었다. 우리도 큰 나무 옆에 휴식 공간을 만들었다. 수년 전 사냥 파티에서 사용되다가 남은 화로를 다듬어 불을 붙였다. 물을 데워 개들에게도 쉴 공간을 만들어 주었다. 내가 개들에게 신경 쓰고 있을 때 다른 이들은 아침 식사를 준비했다. 일을 끝내고 그들 곁으로 갔더니 모두 냄새가 난다며 음식을 가지고 내게서 떨어져 멀리 갔다. 마부 퀼베이도 말을 절제했다.

"아이고, 개 냄새가 나는군요."

그는 한입 베어 삼키더니 퉤, 하고 뱉으며 가볍게 무릎을 쳤다. 나는 미처 그 생각을 하지 못했다. 이제 내 양탄자에서도 개 냄새가 날 것이다. 이가 옮아 붙었는지도 모른다. 이제 절대로 그 양탄자를 깔고 앉지 못할 것이다.

나는 불에서 멀어진 사람들을 바라보았다. 마구간지기와 기마병이었다. 솔직히 그들에게서도 말 냄새가 났다. 더구나 그들 일은 내 일보다 더 힘들었다. 나는 개들이 일을 보도록 풀어 주면 그만이었다. 그 사람들은 매일 말똥을 치우고 마구간을 청소해야 한다. 나는 그들의 이런 모욕적인 태도에 신경 쓰지 않고 아침 식사를 마쳤다. 그리고 먼저 귀뮈쉬와 그레이하운드를, 그러고 나서 다른 사냥개들을 볼일을 보게 해 주었다. 이스탄불에서 처음 왔을 때 훈련병 반장은 내게 강조하였다. "짐승도 사람과 똑같다. 그들이 오히려 더 예민하지. 사냥하는 날은 보통 날과 다르다는 것을 금세 느낀다. 그래서 어느 날과는 다른 행동을 몇 가지 하기도 한다. 그것은 훈련 때문이 아니라 그날이 특별하다는 것을 느끼기 때문에 불안해서 그러는 거지. 몇몇은 어쩔 줄 몰라 설치기도 한다. 이러한 심리를 모르는 사람들은 '여우가 도망가면 사냥개가 볼일을 보고 싶어 한다.'고들 하지. 그래서 동물을 먼저 준비시켜야 하고, 욕구를 해소해 줘야 한다. 이러한 준비를 제대로 하지 않으면 장군에게 몹시 비난받을 것이야. 언젠가 '지금까지 사냥개에게 볼일 보는 것 하나 가르치지 못하고 뭐했나. 사냥감이 도망가는데 볼일 보는 걸 가르칠 텐가.'라며 자네 목을 자를 걸세. 자넨 자네 자신이 되게. 사냥 전에 반드시 개들을 준비시키라고." 딴청을 피우는 사람이 있으면 화를 내며 말했다. "내게 듣지 않으면 당장이라도 다른 사람들에게 듣게 될 말들이야. 더구나 자네들은 사냥개 담당이다. 자네들을 얼마나 괴롭히겠나. 그래도 신경 쓰지 말게. 사냥개 훈련병들에게도 명예로운 과거가 있으니 말이야. 예전에는 파디샤 앞에 나가기도 했다. 가장 좋은 말을 타고, 가장 좋은 검을 찼지. 사냥 파티와 전쟁 중에도 파디샤의 가장 측근에 있곤 했다. 지금은 지위가 그만 못하지만 언젠가 다시 나아질 것이다."라며 말을 끝내더니 이틀 동안 아무 말도 하지 않았다. 이틀 후가 되어서야 화가 풀리자 다시 우리가 알고 있는 것들을 설명해 주었다.

파란 하늘에서 나온 붉은 태양이 보라색 쟁반처럼 동쪽 봉우리로 높아질 때쯤, 말을 탄 군인 열 명과 시야부쉬 장군이 등장했다. 다른 파샤들과 고위 관리들, 그리고 외국 사신도 나왔다. 나는 다른 사냥개 훈련병을 힐끔힐끔 보면서, 다른 한편으로는 사냥개와 그레이하운드들의 머리를 쓰다듬으며 사탕을 입에 넣어 주었다. 많이 주지 않으려고 주의를 기울였다. 왜냐하면 개들은 이미 신경이 예민해져 있기 때문에 과도하게 당분을 섭취하면 설사할 우려가 있기 때문이었다. 그러면 전에 고참이 일러 준 대로 사냥감들이 도망가는데 볼일을 보러 갈지도 모르는 일이다.

사냥 대회는 야생 동물들이 잠들어 있는 새벽에 시작되었다. 나처럼 말을 타고 대기하는 훈련병들은, 제각기 전방에 흩어져 반달 모양의 줄을 만들었다. 우리는 사냥개와 그레이하운드들을 파샤들과 사냥에 참여한 손님들이 기다리고 있는 방향으로 돌렸다. 사냥개와 그레이하운드들을 숲에 풀어 놓았다. 한동안 개를 모는 방향에서 개 짖는 소리가 크게 들려왔다. 곧 개 짖는 소리와 총소리가 섞였다. 살려고 필사적으로 하늘로 날아가는 자고, 메추라기, 들꿩, 야생 오리들, 어디에서 잡힐지 모르는 토끼, 여우, 야생 돼지들도 필사적으로 뛰기 시작했다. 잘 기른 튼실한 우리 사냥개와 그레이하운드들은 사냥감보다 더 빨랐다.

우리 개와 총소리 때문에 놀란 짐승들이 숨어 있던 곳에서 밖으로 나오자 어디에서 날아왔는지 알 수 없는 총알이 가서 박혔고, 짐승들은 바닥에 쓰러졌다. 사냥이 막바지로 치닫고 있었다. 북쪽의 바다가 보이기 시작했다.

외국 사신들의 마차에 피가 흥건한 야생 돼지들을 실었다. 우리 마차 밖에 붙어 있는 갈고리에는 장군과 남자들이 쏜 엽조들과 토끼를 걸었다.

파샤들, 호족들, 사신들은 말을 타고 숙소로 떠났다. 훈련병들과 무거운 것을 실은 마부들만 남았다. 우리들을 경호해 주던 병사들도 있었다. 사냥에서 내가 탔던 말을 마차의 뒤에 맸다. 사냥감들은 놓아두고 사냥개들을 마차에 있는 고리에 묶자 곧바로 길을 떠났다. 나는 잠이 쏟아졌다. 그러나 퀼베이 마부는 나를 가만히 놔두지 않았다. 쉬지 않고 말을 쏟아내고, 사냥개들을 칭찬했다. 나는 묵묵히 듣고만 있었다. 숲이 끝나자 아침 무렵에 느꼈던 그 침묵에 묻혔다.

55

제밀이 벽에 걸린 양탄자와 문 위에 있는 독수리 조각에서 눈을 떼지 못하자 함쉬 오울루가 입을 열었다.

"제밀, 놀란 것 같군. 이곳이 문명과 동떨어진 곳처럼 보이지만, 대대로 수공예 장인들이 살던 지역이라네. 이곳에서 사는 사람들은 산봉우리에서 잊혀 간 전통을 지켜 내기 위해 각자 노력하고 있지. 영감이 떠오르면 어떤 사람은 색으로 양탄자에 표현하고, 어떤 이는 나무에 조각하고, 또 어떤 이는 주방용품에 수를 놓는다네. 이런 일을 하는 사람들은 귀뤼쥐에서 온 장인들이거나, 아젬, 또는 이곳 토박이들도 있지. 주방용품 세공 부문에서는 아르메니아 장인들의 손재주를 따를 사람이 없지만, 양탄자와 장판, 펠트 수예에서는 아젬 장인들이 단연 으뜸이지. 목공예에서는 귀뤼쥐 장인들이 솜씨가 좋다네. 그 사람들은 나무만 봐도 어떤 조각이 나올지 금방 알아. 투르크멘 여자들은 하얀 무명천에 레이스 짜는 일에서 무척 뛰어나다네. 이곳에 사는 지역민들은 그리 대단한 전문 기술은 없지만, 꽃의 향기를 채취해서 손에 얹어 놓은 것처럼 그대로 가져오지. 자네가 원하는 꽃 향기를 맡게 해 준다네. 이곳은 산속에 묻힌 것 같지만 전혀 그렇지 않아. 물론 이 모든 것을 만들고 사람들에게 영향을 주는 것은 자연 그 자체이지만. 몇 주만 지나면 눈이 완전히 그칠 테니 그때 카스렛의 산비탈이 얼마나 아름다운지 한번 보게나. 세상이 꽃 천지가 돼서 그 향기 때문에 머리가 어지러울 정도야. 이곳은 신비로운 곳이지. 이곳에 맛 들이면 다른 곳에는 절대 못 간다고. 수백 년 동안 아타벡 족이 꼼짝도 않고 사는 것도 이곳의 마력 때문이네. 그들은 이 아름다움에서 벗어날 수 없었지. 그런데 유감스럽게도 이곳의 아름다움이 이제 그들을 거두어 가려 하네. 당대 가장 명성 높았던 호족들도 결국 다 떠나 버리고 성 몇 개, 몇몇 정원만 남았지. 그것들도 제국이 남쪽 먼 곳에서 데려온 세도가들이 사 버렸네. 세도가들이 유입되고 나서는 아타벡 땅에서 지금까지 정착해 살고 있던 사람들은 뮈슬림 바툼에서부터 서쪽으로 이주했지. 거친 바다를 넘어 다른 곳으로 갔다고 하더군. 자네는 바다 여행을 해 보았는가, 제밀?"

양탄자와 나무들에 있는 자수의 아름다움에 취한 제밀은 잠에서 깬 사람처럼 잠시 유수프 성주가 한 말의 의미를 생각한 후에 긍정의 뜻으로 고개를 끄덕였다. 곧 자신의 행동에 부끄러움을 느끼고 즉시 정신을 차렸다.

"네, 오랫동안 바다 여행을 했었지요, 유수프 성주님."

함쉬오울루 유수프 성주는 제밀의 태도에 미소를 지었다. 제밀은 죄송한 마음을 담아서 설명했다.

"이스탄불에서 이집트까지 갔었고요, 그곳에서 다시 프랑스로 갔어요."

"땅에서 발을 떼는 기분이 어떻던가?"

"처음에는 흥분해서 얼떨떨합니다. 하루하루 날이 지날수록 권태가 시작되지요. 아무리 둘러보아도 물밖에는 없어요. 그것이 눈을 피곤하게 하죠. 그리고 육지로 가야만 두 발로 원하는 곳에 갈 수 있다는 것을 깨닫고 나면 죄수가 된 것 같은 감정에 빠져들어요. 특히 자고 일어나면 새파란 물에 포위되었다는 생각이 들지요. 아마 이 지루한 여행은 절대 끝나지 않을 것이라는 망상마저 생길 것입니다. 이런 감정은 갈수록 사람을 지치게 만들고 더는 여행하고 싶지 않죠. 한참 동안은 아무것도 느낄 수 없어요. 여행의 끝에 이르게 되면 마음이 텅 빈 것 같고 삶에 대한 행복과 모험에 대한 욕망도 모두 멀어진 것처럼 느껴지지요."

"말하자면 내 스타일의 여행은 아니군그래. 나는 내 발로 땅을 밟는 것이나 땅에 가까이 있는 것을 좋아하는 사람이니까 말일세."

"말 위에서 내려 보지 않은 사람은 끌리지 않을 거예요."

"이것도 필요하네. 새로운 발명품은 먼 곳을 가깝게 하니까. 이 새로운 발명품으로 몇 달이 걸리는 길을, 대상들과 가는 데 몇 년이 걸렸지. 대상들은 대부분 다시 돌아올 수 없었어. 누구는 병 때문에, 또 어떤 이는 길에서 죽었으니까."

"쉽게 만들긴 했지요. 이론상의 지식 습득 덕분이죠. 사람은 그래도 믿어 왔던 것, 익숙한 것을 더 사랑합니다."

"익숙함은 언제나 가장 쉬운 것이네, 제밀."

"익숙함을 포기하는 것이 여전히 가장 어려운 것입니다."

"어쨌든 심각한 주제로 빠져 자넬 피곤하게 하지 않겠네. 자네 아버지가 무스타파를 딸려 보냈더군. 말하자면 자네를 희생시키고 싶지 않다는 뜻이야."

"성주님, 제 아버지가 무슨 생각을 하시는지 저는 몇 년 동안 전혀 알 수 없었습니다. 벌이 이처럼 가혹하리라는 것도 전혀 생각지 못했습니다. 제게 벌을 내리셨다면 제 곁에 있는 사람들에게도 벌을 내리신 것입니다. 슬픔이 있다면 바로 그것 때문입니다. 슬픔이 일에 도움이 되지 않는다는 것도 압니다. 그 때문에 그들 곁에 오래 머물고 싶지 않습니다. 미래에도 이 여행이 제게 준 교훈을 유용하게 쓸 것입니다. 이렇게 말할 수 있죠. 바그다드에 있는 회교 신학교나 파리 학교 수업보다 이 여행에서 더 많은 것을 배웠습니다. 그곳에서는 모든 것을 가르쳐 주지만 인생은 대부분 퇴색된 것이라고 말하지요. 이 여행에서 가장 큰 소득은 아마도 이것일 겁니다. 물론 그곳은 학문과 그것을 적용한 프로그램이고, 학문이 아닌 삶에서도 필요한 프로그램이 있다는 것이지요."

"자네 말이 맞아, 제밀. 그래도 산이 지닌 두 얼굴을 아는 것도 중요하다네. 우리는 우리의 지난 삶을 알고 있지. 하지만 위대한 서적에 무엇이 쓰여 있는지는 모른다네. 그래서 우리가 지닌 능력을 모든 것을 얻는 데 쓰려고 노력하지. 다른 사람들이 쉽게 얻는 것을 우리는 어렵게 얻을 수밖에 없네. 뭔가를 얻는 데에 우리의 힘이 여의치 않아. 그래서 우리 자신에게 특별한 규범들을 적용한다네. 자네 아버지가 한 일도 바로 그래서야. 자네 아버지가 제일 잘 아는 것은 관습이야. 군주의 신분과 반대되는 것들을 제거해야 그 자리를 지킬 수 있네. 자네가 아니라 다른 사람이었다면, 몇몇 사람에게 위임해서 일을 쉽게 처리했을 거야. 자넨 그 사람 아들이네. 자네에게는 다른 종류의 처벌 형태가 필요했지. 왜냐하면 자네를 벌주려고 세게 때릴 수도, 평생 추방령을 내릴 수도 없었을 거야. 쉬운 것 같지만 자신의 피붙이를 처벌하는 일이, 마음을 얼마나 고통스럽게 하는지 자네는 모를 걸세, 제밀. 내 아버지도 자네와 비슷한 일을 겪으셨지. 아버지는 할아버지와 아타벡 족 사이에 끼게 되셨어. 그런데 두 분에게 모두 반항하느라 울가르 북쪽 지방에서 여기로 이주하게 되셨지. 처음에는 아타벡 족, 다음에는 아자라, 마지막에는 지역 유지인 아버지 측근들이 땅을 빼앗아 갔지. 그래도 그분은 좌절하지 않았어. 얼마 안 되는 사람으로 두 분을 모두 단념하게 만들었다더군. 물론 아흐스카 고을 원수님의 도움이 없었더라면 불가능했을 것이네. 원수님도 그분과 같은 젊은이 중의 하나였지. 그 지방 원수로 임명되어 호족 가운데 지지자를 찾던 중 우리 아버지를 만난 거야. 이후로 아버지와 그분은 서로 조력자가 되었지. 아타벡 족과 귀뤄쥐 호족들도, 아자라 호족들도 고을 원수에게 수차례 탄원서를 보냈다고 하더군. 파디샤에게까지 보냈다는 거야. 그래도 아흐스카 고을 원수는 건드리지 못했지. 왜냐하면 그도 아나톨리아 고을 원수의 측근이었거든. 자신의 피를 나눈 누군가가 괴로워하는 것을 지켜보는 것이 얼마나 고통스러운 일인지 자넨 모를 걸세, 제밀. 자식이 생기면 그때 알게 될 걸세. 자식들이 아파서 고통스러워하면 자네 마음이 어떤지 보라고. 내가 그 고통스런 나날을 보낼 때 가장 가까이서 지켜본 사람이 바로 자네 아버지야. 상황이 이토록 어렵지만 않았어도, 자네에게 그런 벌은 내리지 않았을 게야. 털끝도 건드리지 못하게 했겠지. 자넨 자네 마음을 어쩌지 못했다고 하는데, 자네도 알다시피 아버지의 말도 통하지 않는 곳이 있네."

"성주님, 아버지와 성주님을 이해하려고 노력하고 있습니다. 세상이 변했다는 것도 받아들이려 애쓰고 있어요. 그 대단하다는 프랑스에서도 사람들이 수백 킬로미터를 걸으며 파리의 왕에게 반기를 들고 있어요. 세상을 바꾸려고요."

"이보게, 제밀. 세상이 변했다는 것을 아는 것과 세상을 변화시키는 것은 별개야.

모든 사람은 자신의 세계에서 살지. 그 작은 세상은 얼마나 벽이 두꺼운지, 변화를 위해서는 먼저 그 문제를 해결해야 해. 우리 삶은 벽이 허물어지기만을 기다리고 있을 만큼 그렇게 길지 않아.”

제밀은 함쉬오울루의 마지막 문장을 되뇌며 그가 사회학자 같다고 생각하였다. 그때 유수프 성주는 깊은 한숨과 함께 기침을 했다. 비통해하는 것이 분명했다. 제밀은 그분이 이렇게 슬퍼하는 것을 보자 어머니의 말이 떠올랐다. 저택의 벤치에 나란히 앉아 있을 때 어머니는 “사실상 모든 귀족은 상처받은 사람들이란다. 아들아, 귀족의 부인들은 더 큰 상처를 입은 사람들이지. 아이를 낳아 키우면, 귀족들이 아이들을 데려다 전장에 넘겨 버리지. 그들도 상처를 입어. 우리도 그렇고, 이곳의 호족들은 모두 희생양이야. 함쉬오울루 유수프 성주의 외아들은 물론이고, 꽤 많은 호족 아들들이 군주가 벌이는 전쟁의 희생양이 되었단다. 네 아버지와 유수프 성주의 아들은 친구였단다. 종종 우리에게 놀러 오곤 했지. 또래였어. 그가 올 때면 자네 왔나 하고 좋아했단다. 부드러운 천성, 웃는 얼굴에 혈기 왕성한 젊은이였지. 얼굴이 어찌나 순수했는지. 그를 볼 때면 이 아이는 누구에게도 나쁜 짓을 하지 않을 거라고 말하곤 했어. 순수함은 전쟁에서 필요한 것이 아니었어. ‘결국 죽이지 못해서 죽임을 당했다.’고 하더구나.”

어머니 모습이 눈앞에서 지워지자 나는 눈을 비비고 함쉬오울루 유수프 성주를 바라보았다. 조금 전 바위도 뚫을 것 같던 딱딱한 시선이 비단 천도 가려내지 못할 정도로 연약해 보였다. 그의 연약한 시선을 보자 제밀의 눈가도 촉촉해졌다. 유수프 성주가 눈치챌까 봐 그의 시선을 피하는데 유수프 성주가 말했다.

“제밀, 사람이 사는 동안에는 인생의 가치를 모른다네. 숨을 들이마시고 내쉬는 일이 얼마나 중요한지 말이야.”

“그래서 라틴 어에도 ‘까르페 디엠’이라는 말이 있지요. 종교인들이 자주 쓰는 말이에요."

"우리보다 더 깨달은 사람들이군. 물론 그 사람들에게 대단한 건 아니겠지. 왜냐하면 많은 일들을 우리보다 먼저 겪었으니까. 그 대단하다는 예니체리 부대를 보게. 자신들은 물론이고 오스만 왕조를 난국으로 몰아넣었지. 파디샤가 그들 손에서 탈출하려고 하는데 예니체리는 파디샤 목을 원하고 있어. 파디샤가 그 문제만 해결하고 나면 칼을 우리에게 들이댈 거야. 비록 기마병들이 총리와 그리 사이가 나쁜 것 같진 않네만, '으악' 하면 모두 물러갈 테지만 그래도 지난 수년 동안 총리는 별의별 일을 다 겪었어. 불똥이 우리에게 튈까 봐 걱정이야. 자네도 우리가 프랑스처럼 모든 것을 개혁해야 한다고 생각하나, 제밀?"

"우리는 개혁한다 해도 프랑스처럼 되지는 않을 것입니다. 성주님, 그들에게 개혁은 다른 뜻을 의미하지요. 우리는 아직 멀었어요. 그 사람들이 '민주주의'라고 하는 게 여기에서는 썩어 없어졌어요. 파디샤가 그만큼 개혁을 지지함에도, 그 말이 효력을 발생할 의회가 소집될 수 있을까요?"

"아직 준비되지 않았다고 말하고 싶은 건가, 제밀?"

"그렇게 보입니다, 유수프 성주님. 우리 종교는 가톨릭처럼 진화할 수 없었습니다. 그들은 센 강을 피로 얼룩지게 하겠지만, 우리는 아마 바다 삼면을 피로 물들일 거예요."

56

사냥 대회 후에 시야부쉬 장군은 나를 극진히 대해 주었다. 저녁마다 혹은 궁정에 가지 않은 날에는 내가 사냥개들과 일을 볼 때 옆에 와서 한참 동안 사냥개들을 쓰다듬으며 나와 이야기를 나누기도 하고, 채찍을 부츠에 휘두르면서 흡족한 기분으로 저택으로 돌아가기도 했다.

어느 날이었다. 사냥개에게 먹이를 주기도 전인데 시야부쉬 장군이 왔다. 나는 보스나 사냥개의 줄을 풀어 정원에 놓아주었다. 개가 뛰어 나무 사이로 사라지자 시야부쉬 장군이 웃으며 말했다.

"그놈도 나처럼 거칠군. 우리 어머니들은 같은 땅에서 세상으로 데려왔다니까."

나는 장군이 어디 아픈 건 아닌가 싶었다. 하지만 아주 건강해 보였다. 웃으며 날카로운 휘파람을 불기까지 했다.

"내가 어린 시절에는 모두 휘파람으로 개를 부르곤 했지. 개는 주인의 휘파람 소리를 알았어. 종종 경쟁하기도 하고, 개들을 놓아주기도 했지. 버릇없는 행동을 하고 주인의 휘파람 소리를 듣지 않는 개가 게임에서 지는 거였어. 이 사냥개의 품종은 널리 알려져 있어. 아주 고귀한 품종이야. 주인과 이별하게 되는 순간 자살을 하지. 우리의 그레이하운드와 같은 것들은 많이 찾아볼 수 있지만 이 사냥개의 품종은 거의 남지 않게 되었어. 사냥에서 자네도 보았을 거야. 그 녀석이 어떻게 움직이는지. 사냥감들을 어떻게 상하지 않게 얌전히 가져오는지 말이야. 다른 녀석들은 아무 곳이나 물고 오는데, 저 녀석은 오로지 사냥감의 머리만 물고 온다고. 왜냐하면 사냥감의 머리가 잘릴 것을 알기 때문이야. 듣자 하니 외국 사신들도 개의 혈통에 관심을 보였다지?"

그러고는 멈춰 섰다. 슬픈 얼굴이었다. 그는 휘어진 코를 몇 번 푼 후에 물었다.

"자네는 의심 가는 누군가가 있는가, 훈련병?"

뜬금없는 말에 나는 어이둥절해졌다. 나는 자리에서 일어서면서 그의 얼굴을 보았다.

"무슨 말씀이십니까, 장군님?"

"그레이하운드들이 중독된 것을 잊었는가?"

나는 머리를 망치로 한 대 맞은 것 같았다.

"장군님, 외부 사람일 리 없다고 생각합니다."

"왜지?"

"보스나 사냥개가 장군님께 소중한 존재라는 것을 아는 누군가가 분명합니다. 다른 사냥개들에게는 아무 짓도 하지 않았습니다. 제 생각에는 사냥개들에게 탈이 나면 저택에서 어떤 일이 일어날지 알기 때문에 건드리지 않았던 것 같습니다."

"그렇게 생각하는가?"

"예, 장군님. 개들을 구해 내는 것이 제게는 중요합니다. 예전보다 더 많이 주의하는 것이 필요하……."

"그렇지 않네, 훈련병. 저택의 누군가가 우리 재산에 해를 입힌다면 이곳에서 살 수 없어."

마치 심장을 도려내는 것 같았다. 이를 앙다물수록 심장이 아파 왔다.

"자네 조심하게. 결국 누가 되든지 간에 찾아낼 거네. 이런 일이 사냥이 있기 직전에 발생하다니. 이번 일 뒤에는 뭔가 의심스러운 점이 있어. 그 배신자를 찾아내서, 개들을 중독시킨 그놈 손목을 자르지 못한다면 내가 사냥 대장 시야부쉬 장군이 아니지!"

그는 멈춰 서서 날카롭게 휘파람을 불었다. 보스나 사냥개가 나무 사이에서 뛰어왔다. 장군은 개들의 머리를 한참 쓰다듬은 후에 급한 걸음으로 저택을 향하여 갔다.

그가 나무들 사이로 사라지자, 머릿속에 누르하얄이 들어왔다. 최근에는 거의 그 생각뿐이었다. 나는 창문을 쳐다보지도 않았다. 그런데도 그녀는 이제 장군이 없는 시간이면 아예 팔꿈치를 창틀에 대고 머리를 손으로 받치고 내가 오기를 기다렸다. 내가 쳐다보지 않으면 가는 휘파람을 불었다. 부인도 변한 것 같았다. 장군이 뭔가 알려 준 것인지, 아니면 나에 대한 그들의 믿음이 커진 것인지 도대체 알 수 없었다. 집사도 예전처럼 내 주위에서 얼쩡대지 않았고 내 앞으로 지나가지도 않았다. 그래도 시선은 지속적으로 나를 주시하는 것을 느낄 수 있었다. 종종 정원에서 나무들 사이로 그의 뒷모습이 보였다 안 보였다 했다. 나는 내 일을 할 뿐이었고, 가끔 부대에서 온 사자들과 이야기를 나누곤 했다.

"사냥개 담당으로 일하고 계시는군요. 부대를 대표하고 계시다는 것을 명심하셔야 합니다. 부대장님도 '시야부쉬 장군 댁에서 좋지 못한 소식이 날아오지는 않는군.'이라고 하십니다. 이 저택은 당신의 집이 아닙니다. 아시다시피 진짜 집은 부대입니다. 들리는 바에 의하면 저택에 출입을 시작하셨더군요. 이후로 더 많은 소식을 기다리겠습니다. 어떤 일이 일어나는지 새를 통해 날려 보내십시오. 새 다리에 편지를 묶어 소식을 전하십시오. 사냥에서 돌아온 후에 모두 저택에서 소식을 흘리고 있답니다. 사냥은 구실이었고 장군들이 자기들끼리 모여서 결정한 내용을 파디샤에게 전달하기 위해 고관 중 누군가에게 서신을 전했다고 수군거리고 있어요. 그런데도 당신은 아무 말이 없군요, 빌랄. 눈을 크게 뜨고 계십시오. 부대에 대해 회자되는 악담의 근원지가 어디인지 찾는 데 도와주라고 이곳으로 파견되었다는 것을 잊지 마십시오. 이제 부대에 진 빚을 갚아야 할 시기입니다. 날이 갈수록 우리 주변을 돌고 있는 검은 구름이 짙어지는 것을 보지 못했단 말입니까? 주의하시기 바랍니다. 그리고 모든 소식을 저희에게 전하십시오. 부대에 반동을 조장하는 이들 중 하나가 시야부쉬 장군이라는 것을 저희는 대부분 알고 있습니다. 산에서 산적들을 데려다 국경에 배치한 사람이 바로 그······."

마지막 문장을 내 귀에 바짝 대고 짧은 목소리로 말한 사자는 말을 끝내자마자 뒤로 돌아 어둠 속으로 사라져 버렸다. 그가 돌아간 후에 나는 생각에 잠겼다. 나 자신과 이야기를 나누었다. 이 얼마나 지옥 같은가. 사람에게 이런 걸 요구하다니. 나는 단지 나일 뿐이다. 내 몸은 내 정신을 담고 있는 그릇일 뿐이다. 더는 과한 행동을 할 수 없다. 오늘날까지 배운 대로 사는 것 말고는 다른 방도가 없다. 누르하얄, 카라잔

이맘의 지옥불, 집사의 그늘, 장군의 채찍 휘두르는 소리, 부대장의 기다림. 우리는 불운의 시대를 살고 있다. 원래 우리 중 가장 뛰어난 사람은 제빵사가 되는 것이었다. 그런데 사냥개 훈련병으로 뽑혔다. 예전부터 사냥개 훈련병은 가장 눈에 띄는 계급이었다. 파디샤가 주최하는 사냥 파티에서 손에는 깃발을 들고, 활집에는 활을 넣고, 머리에는 원뿔 모양의 모자를 늠름하게 쓰고, 멋진 의복을 입고 말을 타고 꼿꼿이 서 있었다. 사냥개들을 풀어놓는 순간에는 빽빽한 숲에서도 사냥개들 뒤에서 빠른 걸음으로 말을 몰았다. 지금도 그러한가? 사람들은 우리를 사냥개를 돌보는 사람이나 군인 정도로만 생각한다. 갈수록 인생이 회오리바람 속으로 들어가는 것 같다. 말려드는 속도도 갈수록 빨라진다. 이것을 나 자신도 부대도 느끼고 있었다. 머지않아 원정에 나가더라도 놀라지 않아야 한다. 부대에 있는 사람들의 목소리가 높아지면 파디샤도 수도에서 멀어지려고 할 것이다. 몇 주 전 장군은 손님들을 보낼 때마다 마치 나에게 들으라는 듯 말했다.

"이 정도도 과합니다, 사잇 장군. 하극상도 낌새가 보이는군요. 그 같은 조짐에서 벗어날 유일한 방법이 있습니다. 그 발을 자르는 것이지요. 우리의 파디샤 에펜디들은 바로 이 작업을 해야 합니다."

장군이 이 말을 누구에게 들으라고 한 것인지는 알 수 없었다. 그 주에 부대에서 온 메신저들에게 이런 말을 전했다. 부대는 들끓었다. 장군의 말 속에 무엇이 숨어 있는지 나도 알 수 없었다. 파샤들이 직책을 보호하고, 부대는 부대를 지키기 위해 뭐든지 하리라는 것은 당연한 일이지만, 일이 왜 이렇게까지 혼란해지는지 알 수 없었다. 나이를 먹을 만큼 먹었는데도 세상이 어떻게 돌아가는지 도대체 가늠할 수 없었다. 매일 모자람을 느낀다. 몇 주 전에 부대가 들끓었을 때, 어제 온 남자는 왜 내게 아무 짓도 하지 않았다고 말했는가?

그날 아침 저택을 향해 간 시야부쉬 장군 뒤에 길게 꽂힌 시선은 분홍빛 새싹들이 돋아난 뽕나무들 사이로 휘어진 듯 길게 뻗어 나간 강가에 앉아 있는 보초병들에게까지 이어졌다. 보초병들은 차분한 성격이 아니었다. 저택에 어울리지 않는 사람들이었다. 그 누구와도 섞이지 않았으며, 아무하고도 대화를 나누지 않았다. 주방에 서조차 그림자 같은 그들이었다. 음식을 먹을 때도 서로 얼굴도 쳐다보지 않았다. 음식을 먹고 난 후에는 곧바로 나가 버리곤 했다. 그들이 살아 있다는 것은 땅이 꿈틀거리는 것, 겨울과 여름 대지에 돋아난 초록 잎들을 바라보는 것을 의미했다. 그 삶은 보초병들 스스로 선택한 삶이었다. 그들도 사람들 때문에 시험에 들기도 하고, 무슨 소식이든 접하기도 할 것이다. 저 나무토막 같은 사람들에게도 누군가 소식을 전할 테니까 말이다. 이처럼 의심스런 사람은 도대체 무엇인가. 장군이 산에서 데리고 온 저자들은 과연 누구란 말인가? 톱니 없는 기계가 돌아가고 있다. 내가 모르는 이 상황은 지금 나와 무슨 관계가 있는 것일까. 왜 내가 이렇듯 혼란스런 상황에 놓여야 하는가? 장군은 아침을 먹은 후 마차를 타고 나갈 것이다. 그러면 그가 나가기만을 기다렸다는 듯이 누르하얄은 창문을 열고 내가 창문 아래로 지나가기를 기다리면서 턱을 손으로 괴고 우울한 한숨을 내쉴 것이다. 사방에 밀고자들이 깔려 있는 상황에서 흥미진진한 이 모험은 계속될 것이다. 내무반장이 말했던 것처럼 장군이 마음만 먹으면 그녀와 나를 결혼시킬지도 모른다. 나이 든 첩들이 어쩌면 싫증이 나기도 했으리라. 아니면 그녀와 결혼하여 자식을 많이 낳기를 원할 수도 있을 것이다. 쉰뒤스 부인은 웬일인지 최근 들어 나를 더욱더 신뢰하는 것처럼 보인다. 집사에게 말하지 않은 일을 내게 시키기도 한다. 일전에는 장군의 사향을 건네주면서 "목욕을 자주 하게나."라고 말한 적도 있다.

나에게서 안 좋은 냄새가 난다는 뜻이었다. 저택의 부름을 받으면 나는 게으름을 피울 새도 없이 의복을 갈아입어야 했다. 부인이 나를 부를 때마다 누르하얄은 그녀 곁에 있었다. 그녀는 그때마다 뽀얀 목을 조금 더 가까이서 보여 주려고 안달이었다. 쉰뒤스 부인이 그녀와 나를 연결해 보기나 했을까. 우리를 결혼시키려 하면 부대는 어떻게 나올 것인가? 이렇게 일을 시키고 부대가 나를 포기할까? 결혼해서 저택에서 일을 계속하는 것은 내게 어울리지 않는 일이다. 이런 생각을 하는 것조차도 부대 사람들에게 전혀 어울리지 않는 일이다.

오랫동안 일에 몰두한 나머지 시간 가는 줄도 몰랐다. 사냥개들과 그레이하운드들은 낮잠을 잘 것이다. 나는 일어나 저택을 향해 걸었다. 머리가 묵직하게 아파 왔다. 그때 내 시선은 이미 창문에서 누군가를 찾고 있었다. 창문에 기대어 있는 누르 하얀 새하얀 목이 햇빛에 빛나고 있었다. 창문 아래를 지나는데 "아!" 하는 목소리가 들려왔다.

나는 고개를 들어 위를 바라보았다. 서로를 갈망하는 눈빛이 허공 속에 어우러졌다.

57

함쉬오울루 유수프 성주가 내리막 초입에 말을 세워 놓고 노란 소나무 사이로 보이는 반대편 산들을 가리켰다.

"이보게, 제밀. 이 산은 카스렛 산일세. 아마도 다른 사람들은 다른 이름으로 부르겠지만 우리는 이렇게 부르지. 이 산에 피는 꽃들은 향기도 아름다움도 최고야. 산 밑자락에 있는 시골 마을도 산 위에 핀 꽃들만큼 다양하지. 시골이지만 세상에 있는 모든 말을 들을 수 있네. 갖가지 종교와도 만날 수 있지. 그래서 여기 시골에 살고 있는 사람들은 오스만 왕조가 강해지면 오스만 왕조 사람이 되고, 러시아가 강해지면 러시아 사람이 되고, 이란이 강해지면 이란 사람이 되지. 하지만 얼굴을 누구에게 돌리더라도 완전히 동화되지는 않아. 지금 베지르걍 마을에 가는 길이니 자네 눈으로 직접 보게 될 것이네. 모든 것을 말이야. 자네가 갈 마흐뭇 성주의 고원도 산의 남동쪽인데 올 여름 그곳에서 머물게. 다가올 여름에 무슨 일이 생길지 누구도 알 수 없지. 단지 들판에서 살아간다는 것은 하나의 생존 법칙이 있을 뿐이라고. 만약 자네가 수하들이나 부인들을 데리고 오지 않았더라면 산속 적막함 때문에 자네들이 나가떨어졌을 테지만 산도 자네들을 받아들이지 않았을 것이니. 가을이 되면 무리를 나누어 아흐스카에 가 보자고. 티프리스에도 가고, 가끔은 에르주룸에도 가 봅세. 거기 가면 온갖 상인을 볼 수 있을 게야. 자네 일행도 동참시키게. 모두 우리에게 머물라고 했지만 그렇게 되면 자네 아버지 명령을 거역한 것이 될 테고 자네 마음도 편치 않을 것 아닌가. 언제나 함께하세. 말들이 저절로 이끄는 집이 되는 것이 가장 좋은 것이네. 이것은 우리 전통이야."

말이 끝나자 함쉬오울루는 짧은 걸음으로 재빨리 말을 몰았다. 말이 흙길에서 오르고 내리며 어찌나 빨리 뛰어가 버렸던지, 제밀은 어리둥절해서 뒤에서 바라보았다. 자신의 애마 도루까지 그 말과 경쟁하듯 따라가자 제밀은 더 놀랐다. 아직 그 놀라움에서 벗어나지 못하고 있을 때 함쉬오울루의 넓은 어깨에 시선이 갔다. 말의 움직임에 따라 그의 몸도 흔들흔들 출렁였다. 그리고 검은 캘팩이 얹혀 있는 갈색 머리카락이 두껍고 통통한 목덜미를 쓰다듬었다. 제밀은 여태껏 아버지를 세상에서 가장 건장한 사람으로 여겨 왔다. 그런데 지금은 유수프 성주가 아버지보다 더 건강하고 굳센 사람으로 보였다. 그들은 노란 소나무들이 수를 놓고 있는 언덕을 내려와 산에서부터 쏟아지는 눈석임물이 미친 듯 흐르는 강가를 따라갔다. 북쪽으로 뻗어 있는 평평한 길에 이르자 말들은 그들이 갈 길을 알기라도 하는 것처럼 자신 있게 나아갔다.

베지르걋 마을이라고 불리는 시골에 이르자 제밀은 놀라움으로 얼어붙을 뻔했다. 눈앞에 펼쳐진 광경을 믿을 수 없었다. 이곳이 어디인가? 산꼭대기에 있는 이 마을이 과연 진짜란 말인가?

도루가 문득 멈춰 서지 않았더라면 생각 속에서 빠져나오지 못했을 것이다. 미친 듯 흐르는 강 위에 돌로 만들어진 다리가 있었다. 위쪽은 건너갈 수 있게 두꺼운 나무가 놓여 있었다. 그들은 다리를 건넜다. 다리는 두 마을을 연결해 주었다. 말들이 다리를 건너갈 때도 놀라움은 진정되지 않았다. 다리를 지나면서 유수프 성주의 수하들이 오른손을 가슴 위에 올리고 인사했다. 여인숙 앞에 당도하자 사람들이 뛰어나와 말고삐를 잡았다. 그들이 말을 데려가자 여인숙 주인이 달려와 유수프 성주 곁으로 다가왔다. 웃는 낯의 마른 체형 남자였다. 그를 처음 본 순간 제밀은 파리 거리에서 우연히 만났던, 뼈가 밖으로 튀어나올 것같이 서 있던 남자들이 떠올랐다. 무엇보다 인상적인 것은 이 키가 크고 나이가 많은 남자의 입가에 번지는 미소였다. 허리부터 아래까지 덮고 있는 카키색 천으로 재단한 긴 바지가 바람에 펄럭일 때마다 이상한 소리가 났다. 바람 때문에 그는 앞으로 넘어졌다. 넓고 위가 막힌 뜰을 지나는데 벽 쪽으로 독특한 옷을 입은 사람들이 의자에 앉아 있었다. 그 사람들을 보자 제밀의 놀라움은 한층 커졌다. 여인숙 주인이 "나리, 어떤 분부를 내리시겠습니까?"라고 묻자 유수프 성주는 손을 양쪽으로 흔들었다. 아무 말도 하지 않고 손만 흔들었음에도 여인숙 주인은 알아들었다는 듯이 즉시 사라졌다.

이를 보던 제밀은 웃음이 나왔다. 소리를 내지 않으려고 입술을 깨물며 웃었다. 바지 뒷주머니에 있는 실크 손수건을 꺼내 입과 코를 닦는 척했다. 그러다 자신이 한 행동 때문에 스스로 부끄러워졌다. 그는 왜 웃는지 궁금해하는 유수프 성주를 돌아보았다.

"너그러이 봐주십시오, 성주님. 여러 나라를 여행하다가 이렇게 산에 있는 시골을 찾고 보니 정신이 해이해졌나 봅니다."

"웃음이 나오면 웃게, 제밀. 사람은 사소한 데에서도 웃음을 찾곤 하지. 웃음을 억누르지 말게. 자네가 웃는 것을 이해하네. 산꼭대기에 이런 곳이 있으리라곤 생각도 못했겠지."

"사실 전혀 기대하지 않았습니다."

"당연한 일이야, 제밀. 겨울 적막 속에서 이곳은 신도 잊어버렸다고 생각하는 곳이야. 이곳의 진짜 모습은 그런 것이 아니네. 카스렛과 울가르 사이에 있는 길은 카프카스에서 아나톨리아로 열리는 문이지. 어쩌면 수천 년 동안 사람들은 이 길을 통해 서쪽에서 동쪽으로, 동쪽에서 서쪽으로 오고 갔을 것이네. 이곳에서는 없는 민족이 없고, 구할 수 없는 물건이 없지. 올 때 말했지. 모든 종교와 언어를 마주할 수 있는 장소가 바로 이곳이네. 마흐뭇 성주의 아버지가 나의 아버지께 이곳을 내려 주셨고, 아버지가 또 내게 남겨 주셨지. 나는 그렇게 큰 영토를 지닌 호족은 아니라네. 이와 같은 시골 마을이 몇 군데 더 있을 뿐이지. 베지르갼만큼은 확실한 곳이야. 사람들은 다른 마을에는 들어가려고 하지 않아. 이 마을에서만 구입하지. 그러니까 모든 것을 더 쉽게 조정할 수 있는 거야. 원칙을 깨는 것도 미연에 방지할 수 있고. 이곳을 떠나는 대상들은 마지막으로 오스만 왕조 영토에서 머물고, 그런 후에 카프카스의 거센 바람에 맞서 북동쪽으로 가곤 했지. 서쪽으로 가는 사람들의 마지막 정착지는 대부분 에르주룸이네. 몇몇 상인은 몇 년에 한 번 이 여인숙에서 묵어가지만 이곳에서 그곳까지는 한 달이면 오고 가지. 그 때문에 알게 된 사람들도 있어. 종종 그들에게 주문하기도 한다네."

문이 열리고 안에서 키가 큰 여자가 손에 쟁반을 들고 들어오자 제밀은 심장이 튀어나올 것같이 뛰기 시작했다. 땋아 늘인 검은 머리가 머릿수건 밑으로 늘어져 가슴을 지나 엉덩이까지 내려와 있었다. 그 여자의 녹청색 눈에 제밀은 매혹되었다. 제밀은 여자에 대한 자신의 마음을 어찌나 억눌렀는지 몸이 다 떨려 왔다. 떨리는 것을 드러내지 않으려고 허리를 뒤쪽에 있는 양모 베개에 기댔다. 벽까지 떨리는 것 같았다. 그는 쟁반에 놓인 커피 잔을 한동안 집지 못했다. 여자가 두 번이나 "여기 있습니다."라고 말하자 그제야 손을 뻗어, 두 손으로 금박을 입힌 찻잔을 집을 수 있었다. 그가 속으로 휴, 하고 한숨을 내쉴 때 함쉬오울루 유수프 성주가 물었다.

"잘 지냈는가?"

여자는 가늘고 큰 키에 걸맞게 길고 하얀 목의 근육을 떨면서 답했다.

"네, 나리. 감사합니다."

"귀여운 우리 메지트는 어떻게 지내는고?"

"매일 조금씩 크고 있어요."

"필요한 것이 있으면 말을 하렴. 지금까지 한 번도 그런 적은 없다만."

"나리가 건강하시기를 기도하고 있습니다. 필요한 것이 있으면 당연히 알려 드리지요."

대화가 끝나자 여자는 제밀에게 눈길 한번 안 주고 나가 버렸다. 제밀은 자기 시선이 빽빽하게 닫힌 문에 부딪혀 다시 돌아오자 '이런, 빌어먹을!' 하며 흥분으로 뛰는 심장을 가라앉히려고 했다. 그는 잘 내려진 커피를 연거푸 마셨다. 갑자기 침묵에 묻힌 함쉬오울루 유수프 성주가 깊은 기침을 내뱉었다. 여인숙 주인도 알아차릴 정도였다. 그는 서른세 개의 큰 구슬로 된 염주를 빠르게 돌리기 시작했다. 커피를 다 마실 때까지 말을 한마디도 하지 않았다. 그가 계속 입을 다물고 있자 제밀은 의구심이 들었다. 등줄기에 식은땀이 흐르기 시작하자 다시 정신을 차리자고 다짐했다. 함쉬오울루가 커피 잔을 접시에 세게 내려놓았다.

"아, 이런 운명, 운명."

제밀의 눈동자가 두려움과 의심으로 동그랗게 커졌다.

"유수프 성주님, 제가 뭐 엉짢게 하기라도?"

유수프 성주는 검은 캘팩을 벗어 하얗게 센 갈색 머리카락을 두툼한 손가락으로 두어 번 쓸어내렸다.

"아닐세, 아니야. 만약 그들이 살아 있었다면 나를 슬프게 했을 거야. 화나게 했을 거고. 그들은 아름다운 사람들과 여러 번 사랑에 빠졌을 거야."

제밀은 그가 무슨 말을 하는지 도무지 이해할 수 없었다. 성주의 얼굴을 바라보았다. 그는 혼란스러워 보였다. 두 볼에 넘치던 생기도 사라진 듯했다. 제밀이 누구 애기를 하는지 궁금해하자 함쉬오울루는 부드럽고 평안한 목소리로 말을 이어 갔다.

"내 아들이 가장 믿었던 남자는 아까 보았던 여자의 남편이었네. 그는 내 아들과 함께 자네 아버지와 우리 사이에 있던 연합 군대를 지휘했지. 아들의 주위를 러시아 군대가 포위하자, 그도 기병대와 함께 포위망을 뚫으려고 애를 썼다네. 사방에서 주위를 공격해 왔기 때문에 그들을 보호한다는 것은 불가능했지. 간신히 침략을 피했을 때 므스티가 아들을 부축해서 데려왔지. 팔에 중상을 입었을 뿐만 아니라, 늑골 사이에 단검이 찔려 있었어. 숨을 쉬고 있었지만 의식은 없었어. 근위병들은 손도 쓰지 못했어. 아까 그 여자의 남편도 몇 군데 총검에 찔렸더군. 둘 다 세상을 떠났다네. 그 두 사람이 곁에 있을 때는 나도 자신감이 넘쳤어. 그러나 그들을 잃고 나자 종이호랑이가 되어 버렸어. 내가 파리만큼이나 하찮게 느껴지더군. 예전에는 국경이 들썩이면 위풍당당하게 나아가곤 했는데 이제는 밤낮으로 기도를 올린다네. 내 삶에서 더는 전쟁과 충돌의 목격자가 되지 않기를, 그리고 더는 내 손으로 젊은이들을 묘지에 묻지 않기를 바랄 뿐이야. 두 사람의 영혼이 매일 떠오르는 태양을 볼 수 있도록, 그리고 매년 봄 카스렛에서 피어나는 꽃의 향기를 맡으라고 산꼭대기에 묻었네."

함쉬오울루의 말을 듣고 보니 제밀은 죄의식이 느껴졌다. 손가락으로 떨리는 심장을 뽑아 버리고 싶었다. 누군가 총구를 겨눠 이마에 쏘더라도 피가 나지 않을 것 같았다. 자신을 종종 연약하다고 느끼곤 했지만 이번만은 인정사정 보고 싶지 않았다. 허리에 총을 장식으로 달고 다니는 사람이 어찌 영웅답게 죽은 사람의 부인에게 관심을 가질 수 있단 말인가? 스스로가 몹시 비참하게 느껴졌다. 함쉬오울루 유수프 성주가 다시 말을 이었다.

"자네도 보았을 것이네. 우리 젊디젊은 여자들을 말이야. 그 두 놈도 그렇고, 이 새색시도 그렇고, 인생을 시작도 못하고 꺾이고 말았어. 전쟁에서 한 사람이 죽고 나면 남은 이들도 죽게 마련이지. 사실상 우리의 전통은 미망인들의 삶과 관계를 끊으려고 하잖아. 인생은 해마다 봄꽃처럼 피어나기를 원하지. 나도 우리 아버지처럼 전통을 조금은 역행하고 있네. 만약 미망인들에게 적당한 누군가가 나타나기만 한다면 내 손으로 혼례를 치러 줄 것이네. 아이들은 어쨌든 간에 자라나지. 고아가 되는 것은 막아 줄 것이네. 하지만 미망인들이 시들어 가는 것에 대해서는 해 줄 게 없구먼."

유수프 성주가 입을 다물자 제밀은 그가 한 말 속에서 자신과 관계된 것이 있는지 찾아보았다. 그러나 도무지 찾을 수 없었다. 그가 생각에 빠져 있을 때 함쉬오울루가 다시 깊은 한숨을 쉬었다. 제밀은 천장을 바라보며 속으로 생각했다. '병이 나은 지 얼마 지나지 않았지. 세 번째 사랑이 있었다면 내 마음도 그렇게까지 병들지는 않았을 것이야. 그치만 세 번째 사랑에 견뎌 낼 만큼 내가 그렇게 강하지 않아.'

"자! 필요한 물건들을 사 보자고." 유수프 성주가 말했다.

"여름에는 한 달에 한 번씩 시장이 열리네. 여름이 지나고 나면 괜찮아질지 어쩔지는 알 수 없지만. 계절에 처음 열리는 시장인데 부인들에게 빈손으로 돌아가면 되겠나? 그 사람들하고 같이 올 걸 그랬구먼."

그는 말이 끝나자 자리에서 일어섰다. 제밀도 일어섰다. 문을 열자 그들과 마주친 여인숙 주인이 말했다.

"조금만 더 쉬다 가세요, 나리."

함쉬오울루 유수프 성주가 미소를 지으며 말했다.

"압둘라, 우리가 쇼핑할 때까지 음식을 준비해 주세요. 식사 후에 뜰 안에서 베지르갼 사람들과 나르길레를 피우고 싶구려."

여인숙 주인인 압둘라가 뭐라고 말할 때, 그들은 안뜰 다른 입구 쪽으로 난 문으로 걸어갔다. 안뜰에서 색색의 옷을 입은 베지르갼 사람들과 함께 앉아 있던 유수프 성주 수하들도 그들의 뒤를 따라갔다.

58

누르하얄과의 사이에 사랑이 싹텄다. 새싹이 자라났다. 결국 내 자신뿐만 아니라 주변과도 투쟁해야 하는 상황에 놓이고 말았다. 싸움은 아주 오래 지속될 것이다. 그리고 끝나지 않을 것처럼 느껴졌다. 그러나 이미 발을 담그고 난 후였다. 이제 쉰뒤스 부인이 나를 부르든 부르지 않든 구실을 찾아내어 저택에 들어갈 일만 생각했다.

비가 내리는 어느 날이었다. 일을 끝내자마자 방으로 돌아왔다. 침대 위에서 반대편 언덕과 저택 쪽으로 나 있는 작은 창문 밖으로 내리는 비를 바라보고 있었다. 반대편 언덕이 끝나는 곳에는 나무들 사이로 옛 저택이 하나 숨어 있었다. 그곳은 우리의 저택보다 더 번창한 곳이었다고 전해진다. 지금은 누구도 살고 있지 않다고 한다. 그 저택 마당이 끝나는 지점부터 바다가 시작된다고 한다. 나에게는 저택보다도 정원 안에 있는 키 큰 플라타너스들이 위풍당당하게 느껴졌다. 쏟아지는 비도 거센 바람도 무언가에 항거하는 듯했다. 우리는 가벼운 병이나 나이를 먹어 가는 것, 죽음 따위에 대해서 속수무책이지만 나무는 오로지 불 앞에서만 속수무책으로 무너져 내린다.

오랫동안 비가 나무 잎사귀로 툭툭 소리를 내며 떨어졌다. 참을 수 없이 잠이 쏟아졌다. 아직 점심 식사까지는 꽤 남았다. 침대에 누워 잠깐 눈을 붙여야겠다고 생각했다. 옷을 입은 상태로 누웠지만 막상 쉽게 잠들지 못했다. 눈을 뜬 상태로 꿈을 꾸었다. 주변이 보이고, 가까운 곳의 주방에서 달그락거리는 식기 소리가 들려왔다. 나는 꿈을 꾸고 있었다. 내 자신이 의심스러워지기 시작했다. 저 소리가 혹시 내 머릿속에 있는 것인가? 내 머리를 의심하고 갑자기 벌떡 일어났다. 벽에 손을 대어 보았다. 얼굴을 손으로 쳐 보았다. 감각이 느껴지자 안심이 되었다. 여전히 꿈을 꾸고 있었다. 꿈에서 누르하얄은 손을 잡고 내 얼굴을 바라보고 있었다. 우리 둘 다 시야부쉬 장군의 반대편에 서 있었다. 나는 내 목을 비튼 장군을 바라보고 있었다. 누르하얄은 나를 바라보고 있었다. 나는 수치심으로 얼굴이 붉어졌다. 식은땀이 흘렀다. 이마에서 땀방울이 흘러내리자, 좁은 복도 끝에 있는 수도꼭지를 향해 뛰었다. 차가운 물로 얼굴을 씻으면 정신이 좀 들 거라고 생각했다. 얼굴을 씻을 때 수염이 자랐다는 것을 알아차렸다. 면도칼과 칼을 가는 가죽과 비누, 솔을 넣어 둔 주머니를 들고 다시 수돗가로 돌아왔다. 수년 동안 벽에 습기가 스며들어 깨진 거울 앞에 있는 나 자신을 바라보았다. 나 같지 않았다. 다시 꿈을 꾸었다. 누르하얄은 내 손을 잡아 그녀 목에 감았다. 그녀의 손은 장군의 무릎에 놓았다. 우리 둘 다 무릎을 꿇었다. 누르하얄이 손을 장군의 무릎에서 떼지 않고 나를 바라보자 장군은 두꺼운 수염을 떨어 댔다.

면도기를 시멘트 세면대 가에 놓아두었다. 비누를 푼 물로 부드럽게 면도를 시작했다. 말총으로 만든 뻣뻣한 솔을 얼굴에 문지르자, 장군의 떨리던 수염이 시나브로 멈추었다. 그러나 두꺼운 눈썹 아래에 있는 큰 눈의 흰자위는 더욱더 커졌고 눈꺼풀이 실룩거리기 시작했다. 뻣뻣한 솔을 빠르게 얼굴에 문질렀다. 어쩌면 꿈에서 벗어날 것이라고 생각하면서. 그러나 벗어날 수는 없는 일이었다. 한 번 더 문지르고 면도를 시작했다. 거울을 바라보았을 때 장군의 얼굴도 내 얼굴 옆에 있었다. 내가 수염을 자르자 그도 얼굴을 자르는 것이었다. 면도기가 몇 번은 코를, 몇 번은 턱을, 또 몇 번은 귀를 베고 있었다. 웬일인지 장군의 잘린 얼굴에서는 피가 나지 않았다. 단지 눈꺼풀을 실룩거리기만 했다. 그는 수년 동안 손에 익숙한 면도기로 재빨리 면도를 했다. 거의 끝나 갈 때쯤, 복도 입구 문이 열렸다. 집사 보조가 빗물을 털어 내며 말했다.

"사냥 담당, 당신 때문에 왔소."

오늘은 너나없이 무례하다. 면도기를 곽에 넣었다.

"말씀하세요."

"큰마님이 오라시는군요."

"만약 지참금 상자를 옮기는 일이라면 저는 할 수 없습니다. 지난번에 허리를 다쳤거든요."

넌지시 빗대어 말하자 집사 보조가 웃었다. 억지로 웃는 것이 확실했다. 조금 무례한 남자였지만 겉과 속이 하나인 사람이었다.

"예니체리 양반, 우리 주제에 어찌 부인의 명령을 어기겠소. 빨리 갑시다."

그가 하는 말을 듣고 있는데도 꿈은 지속되었다. 장군은 가슴을 감싸고 있는 팔을 움직이지 않고 실룩거리는 눈꺼풀을 멈춰 보려고, 분노의 시선을 누르하얄에게 보내고 있었다. 누르하얄은 장군의 무릎에서 손을 떼고 부끄러운 시선을 내리깔았다. 나는 그에게 다가갔다. 하지만 어찌해야 할지 몰라 즉시 뒤로 물러섰다.

내가 꿈과 현실에서 방황하고 있을 때, 집사 보조는 내가 고통스러워한다고 여긴 모양이었다.

"예니체리 양반, 아직도 눈치채지 못하셨습니까? 봉사하는 것이 어떤 의미가 있는지를요. 어쨌든 당신의 운명은 장군의 말에 따라 결정된다는 것을 잊지 마세요."

장군이 입술을 움직이며 나와 함께 얼굴을 씻으려고 몸을 구부렸다. 나는 집사 보조의 말을 되뇌어 보았다. 장군의 말이 나의 운명을 결정짓는단 말이지.

집사 보조는 안절부절못했다.

"예니체리 양반, 전 다른 이들처럼 훈련병이라고 부르고 싶지 않소. 부대든 신학교든 어쨌건 교육을 많이 받은 사람 아니시오? 당신 자신을 생각해서 조금만 서두르세요."

장군은 나보다 먼저 얼굴을 씻고 곧게 섰다. 분노에 찬 모습이 사라졌다. 나와 누르하얄을 번갈아 바라보았다. 이해할 수 없는 말을 하는 입술에는 미소가 어려 있었다. 나도 그가 웃는 얼굴에서 용기를 얻어 누르하얄의 눈처럼 하얀 목을 바라보았다. 누르하얄의 얼굴은 근심스러웠고 혼란스러웠다. 매끄럽던 얼굴은 화농의 여드름으로 뒤덮였다. 나는 빠르게 손으로 얼굴을 문지르면서 눈을 감았다. 수도꼭지에서 흐르는 차가운 물로 새로 면도한 얼굴을 몇 번이고 닦아 냈다. 눈을 떴을 때 장군은 여전히 웃고 있었다. 누르하얄의 아름다운 얼굴이 다시 제자리로 돌아왔고, 피 고인 여드름은 사라진 것 같았다.

집사 보조가 말했다.

"저는 가겠습니다. 서둘러 오십시오."

나는 재빨리 대답했다.

"네, 가겠습니다."

장군이 점차 가까워졌다. 나는 면도 도구들을 하나씩 주머니에 넣었다. 장군의 커다란 손이 내 허리를 움켜쥐었다. 다른 손은 조금 전 주머니에 넣었던 면도칼을 집었다. 내 허리를 잡은 손을 놓은 후에 한참 동안 면도칼을 바라보았다. 그는 사냥을 좋아하지 않는다고 말했다. 그리고 큰 소리로 웃었다. 웃음소리를 듣더니 누르하얄이 두려움으로 떨기 시작했다. 나는 얼굴을 감쌌다. 나는 재빠르게 그녀의 허리를 잡고 무릎을 꿇고 있던 누르하얄을 자리에서 일으키려고 했지만 그녀는 일어나지 않았다. 팔을 잡고 그녀를 끌었다. 한 손으로 그녀의 허리를 잡고, 다른 손으로는 면도 도구 주머니를 들고 빠르게 걸었다. 장군도 웃음소리를 더하며 뒤에서 따라왔다. 그가 갑자기 몸을 구부렸다. 누르하얄의 머리카락을 움켜잡고 위로 끌자 누르하얄이 폴짝 뛰었다. 장군이 날카로운 면도칼로 머리카락을 한 움큼 잘라 냈다. 그는 손에 잡힌 머리카락을 바라보면서 으하하 웃었다. 누르하얄이 나를 밀었다. 내가 방문에 이르렀을 때 그녀가 손을 빼내고 장군의 뒤쪽으로 지나갔다. 그도 장군처럼 소리 내어 웃으며 걸었다. 문손잡이를 돌리는데 장군이 다시 허리를 밀착했다. 갈수록 커지는 웃음소리의 메아리가 옛 저택의 맞은편 언덕에까지 부딪혀 다시 돌아왔다. 장군은 다른 손에 있던 면도칼을 잽싸게 내 허리에 내리 그었다.

59

  언덕에 있는 흙 지붕의 시골집들은 앞쪽의 네 귀퉁이가 거의 회색 돌로 되어 있다. 두 줄로 뻗어 있는 집들의 앞을 지나가는 좁은 길에 세워진 나무 탁자 때문에 길이 꽤나 좁았다. 제밀은 나무 탁자 사이 좁디좁은 길을 따라 걸어갔다. 나무 탁자 위에 펼쳐져 있는 다양한 천들을 바라보면서 '이건 술타나에게 어울리겠군.' 하고 생각했다. 그 순간 머릿속에 쉬메이라가 떠올랐다. 제밀은 입술을 달싹였다. "아, 신이시여!" 몇 발자국 내디딘 후에 생각했다. '어느새 그녀가 기억 깊은 곳에 자리 잡았구나. 술타나와도 사랑해서 결혼했지. 그럼 쉬메이라를 생각하는 이유는 무엇이지? 내가 원해서 그녀 곁으로 갔을 때 그녀가 나를 허락했기 때문인가, 아니면 내가 쉬메이라를 받아들였기 때문인가?' 머릿속에서 질문이 끊이지 않자 이 문제는 덮어 두는 게 좋겠다고 생각했다. 제밀은 죄의식에 빠져들었다. 여인숙에서 자신에게 커피를 준 녹청색 눈의 여성이 눈앞에 어른거렸다. 입술이 떨렸다. 떨리는 입술 사이로 "이번에는 어려울 거야."라는 말이 튀어나왔다. 눈물이 흘러내렸다. 소리 내어 울고 싶은 마음에 앉을 만한 곳을 찾았다. 그때 함쉬오울루 유수프 성주의 격앙된 목소리가 귀를 울렸다.

"제밀, 무슨 일인가? 자네가 어디 있는지도 잊어버린 모양이군. 정신을 어디다 팔린 건지, 저쪽에 있는 수천 가지 물건에는 눈길도 주지 않는군. 자네, 자, 보라고. 세상의 양쪽 끝이 이곳에서 합쳐지네. 동쪽에서 와 서쪽으로 가는 이들도, 서쪽에서 와 동쪽으로 가는 사람도 모두 이곳에 있다네. 정신을 차리게. 수완 좋은 사람들을 한번 보라고."

함쉬오울루 성주 덕분에 감상에서 벗어나 정신을 차린 제밀은 주변을 돌아보았다. 정말 바그다드도 파리도 이곳에 있었다. 무엇부터 봐야 할지 당황스러웠다. 그 당황스러움으로 유수프 성주의 너부데대한 홍조 띤 얼굴을 바라보았다. 함쉬오울루는 제밀의 시선에서 자신이 한 말의 위력을 알아차렸다.

"자네가 갔던 곳들이 다가 아니야. 제밀, 보게. 사람들은 각자 자신에 맞는 삶을 살고 있어. 처음에는 이곳의 모든 것이 죽어 있는 것처럼 여겨지지. 보고 있지 않은가, 전혀 그렇지 않다는 걸. 나도 잠시 다녔던 신학교 수업의 영향을 받았었지. 그러나 그 후에 삶을 통해 알게 되었어. 책을 쓴 이들의 시대와 나의 시대 사이에는 다른 점이 많지. 그러므로 사람은 먼저 자신의 시대에서 사는 것이 필요해. 그런 후에 배운 것을 우리 시대에 적용해야 하네. 다른 한편으로 자네가 살아온 세월에, 저 숨을 내쉬는 것에 의미를 더해 주는 것이 필요해. 사랑한다면 잊지 말게. 사람은 죽을 때가 돼서야 삶의 가치를 더욱더 잘 알게 되지. 존재하는 것과 부재하는 것의 경계가 얼마나 가는지 보게 될 것이네. 자네를 비난한다고 여기지는 말게. 자네에게 어울리는 것을 하게. 자네와 어울리지 않는 것들과 가까이하지 말게. 호족이라는 것을 잊지 않는다는 전제하에서 자네가 할 수 있는 것들이 무엇인지도 알게 될 것이야."

그는 눈으로 웃으며 제밀을 유심히 바라보더니 덧붙였다.

"자네가 심취한 것을 보니 수다스럽게 말했나 보군. 자! 저 힌트 천과 비단 중에 하나를 사서 부인들의 마음을 기쁘게 하세나. 자네 부인들은 젊으니, 이런 것들에 매우 열광할 걸세."

제밀은 함쉬오울루가 말을 끝내자 색색의 천들을 구경했다. 나무 탁자 위에 짙은 녹색 비단을 진열해 놓은 상인에게 여자 옷 두 벌 만들 만큼만 달라고 했다. 상인이 천을 재기 시작했다. 그는 문득 돈이 없다는 사실이 떠올랐다. 기분이 언짢았다. 이를 어쩐다? 유수프 성주에게 돈을 빌려야 하나? 그가 생각에 빠져 있을 때 상인이 눈대중으로 천을 잘랐다. 제밀이 부끄러움으로 얼굴이 벌게졌다. 유수프 성주에게 부탁하려는 심산으로 돌아섰다. 그도 상인에게 여러 가지 천을 가리키고 있었다. 그가 산 것들과 제밀이 산 것을 따로따로 묶게 한 후에 다른 진열대 쪽으로 걸어갔다. 제밀은 그가 천값을 따로 지불하지 않는 것을 보고 어안이 벙벙했다. 유수프 성주와 상인을 번갈아 바라보았다. 상인은 고개를 숙이며 공손히 그들에게 인사했다. 제밀이 물어보려다가 그만두었다. 상인은 특이한 언어로 말하고 미소지었다.

"건강하십시오, 성주님."

그가 미소짓자 유수프 성주가 말했다.

"이들은 말이야, 외국어를 예순두 가지나 안다네. 여섯 달이 다 되도록 이곳에서 머물고 있지. 다른 상인들에게 물건을 팔기 위해 그리고 여인숙 주인과 대화하기 위해 터키 어도 배웠다더군. 우리 여인숙 주인인 압둘라는 모두의 언어를 알아듣지. 상인들도 무역이 말로 이뤄진다는 것을 잘들 알아."

제밀이 믿기지 않느다는 투로 말했다.

"여섯 달째 머물고 있다고요?"

"이곳에서의 겨울은 그들이 입을 다물면 여행자들이 떠나기 시작하고, 그들이 말을 하면 모두 미동도 하지 않고 듣지. 제밀, 상인들이 이 땅에 들어온 순간부터는 우리에게 모든 책임이 있네. 그들이 우리 땅에서 나갈 때까지는 다방면으로 도와줘야 해. 더구나 우리 땅에 있을 때에는 그들 목숨이 우리 손에 있다고 해도 과언이 아니야. 대부분 주중에 움직일 것이라고 들었지. 한 달이 채 되지 않아 다른 이들이 올 거야. 에르주룸으로 가는 자들, 카프카스에서 오는 자들도 모두 여기서 만났다가 헤어지지. 각자 자기 갈 길을 가게 되는 거야."

함쉬오울루 유수프 성주는 제밀의 생각을 읽어 냈다. 그래서 질문에 대한 답을 먼저 주었다. 말하고픈 것들이 무엇인지도 시선 속에서 알아냈다. 유수프 성주는 무엇으로 인해 이렇게 성숙해졌을까. 제밀은 도대체 알 수 없었다. 자신은 거대한 코끼리 뒤를 졸졸 따라다니는 새끼 코끼리처럼 유수프 성주 뒤에서 걷고 있을 뿐이었다. 물건을 거의 다 샀을 때쯤 마을과 미친 듯이 흐르는 강물 사이의 목초지로 사람들이 모여드는 것을 보았다. 그쪽으로 방향을 잡을 때 메이[28] 소리가 들려왔다. 그 소리 때문에 제밀은 바그다드를 떠올렸다. 마지막 해에는 퀼리예 밖으로 나가려고 꽤나 시도했는데, 그때 바그다드 거리를 엄청 쏘다녔던 기억이 난다. 거리에서 인도인 거지들이 연주하던 악기 소리가 한동안 귓가를 떠나지 않았었다. 광장에서 깊은 소리가 울려 퍼지고 있었던 것이다. 그런데 메이 소리는 그 소리와는 사뭇 달랐다. 목초지 쪽에서 들려오는 메이 소리는 단조롭고 슬프기만 했다. 그 소리는 마치 꽃들을 울리려고 내는 소리 같았다. 갈수록 가까워지는 메이 소리에 제밀은 감흥을 느꼈다. 일행은 그 소리를 듣기 위해 사람들이 모여 있는 데서 조금 먼 곳에 멈추어 섰다. 메이 소리를 들을 때 유수프 성주는 웬일인지 어느 돌에 시선을 고정시키고 한참 동안 꼼짝하지 않았다. 카키색 바지의 뒷주머니에서 하얀 실크 손수건을 꺼내 눈가를 닦을 때까지 제밀은 그가 울고 있다는 사실을 몰랐다.

유수프 성주가 말했다.

"투르크멘 후예들이 나를 또 울리는구먼. 아들이 죽은 뒤부터는 항상 이렇다네, 제밀. 감동적인 소리라도 들을라치면 눈가에 눈물부터 고인다니까."

---

[28] 터키 민속악 연주에 쓰이는 나팔 종류.

"이 메이 소리는 제 가슴도 울리는걸요."

"고원에서 머물면 투르크멘 이웃이 생길 것이네. 시간을 낼 수 있으면 이 음악을 충분히 들어 두게. 슬픈 감정이 복받쳐 오를 거야. 지금 이 메이를 연주하는 목동에게는 형이 있었지. 형제는 메이와 카발,[29] 툴룸[30]을 연주했는데 몹시 슬프고 비통한 소리를 냈어. 이곳은 가끔 결혼식 장소가 되기도 하는데, 지난해에 산적이 형을 쏘았어. 그래서 결국 메이도 카발도 홀로 남게 된 거야. 마흐뭇 성주도 꽤나 그들 연주를 좋아했는데 말이야. 이들 형제를 많이 돌봐 주었지."

메이 소리가 끊긴 뒤에도 조금 더 걸었다. 길이 끝나는 곳에서 되돌아왔다. 돌아올 때는 시선을 끄는 장식품들을 샀다. 여인숙으로 돌아왔을 때 제밀은 소스라치게 놀랐다. 그들과 함께 다닌 사람도 없었으며 그들이 산 물건의 값을 지불하지도 않았다. 그런데 모든 것이 방의 한쪽 구석에 놓여 있었다. 그가 어리둥절하여 물건들을 쳐다보자 함쉬오울루가 미소지었다.

"호족이 되는 몇 가지 규칙이 있다네, 제밀. 자넨 단지 말만 하게. 아니면 손으로 가리키기만 해. 만약 올바른 방향을 제시하고 옳은 말을 한다면 모든 게 뒤처지지 않고 원하는 대로 움직일 것이네. 그러나 올바른 방향을 제시하지 못하고 옳은 말을 하지 못한다면 모든 것은 혼란스러워질 것이야. 안녕도 질서도 요원하게 되겠지. 내가 말하고 싶은 것은 바로 이것이야. 모든 사람이 자네를 믿게 해야 해. 그럼 자네 쪽 누구도 바닥으로 추락하지 않을 걸세. 영토에 관한 문제에서도 곤란하지 않을 거야. 자네에 대한 믿음이 끝난다면 자네도 그 영토에 사는 사람의 평화도 끝나는 걸세."

제밀은 함쉬오울루 성주가 자신에게 호족으로서의 규범들을 가르치려 한다는 생각이 들었다. 함쉬오울루가 말을 계속했다.

---

[29] 갈대를 깎아 만든 풀피리로 목동들이 분다.
[30] 몸통을 동물 가죽으로 만든 악기로 불어서 연주한다.

"제밀, 호족은 이면을 보여 주지 않는 산과 같지. 자네가 규범을 세우고 싶다면 비밀들이 있어야 해."

유수프 성주는 그가 사회학 수업을 했다는 사실을 알지 못했다. 제밀은 사회학을 공부하려고 저 멀리 파리까지 유학을 간 사람이었다.

녹청색 눈의 여자가 방으로 가져온 식사는 모자람 없이 완벽했다. 화덕에 구운 고기는 입속에서 살살 녹았다. 여기는 매우 신비롭다. 사회학자도 있고 이렇듯 아름다운 요리사도 있다. 그러니 겨울에 눈으로 뒤덮이는 것쯤은 감수해야 한다.

제밀은 갈수록 깊은 생각에 빠져들었다. 키가 큰 녹청색 눈의 여자가 안으로 들어오자 그의 마음은 다시 무너졌다. 제밀은 먼저 여자가 긴 손가락으로 집어 든 주석 도금과 구리로 만든 주전자를 바라보았다. 여자가 은제 컵에 아이란[31]을 채워 넣을 때 제밀은 그녀의 옷이 바뀌었다는 것을 알아차렸다. 점심 전에 입었던 짙은 녹색의 벨벳 여성복을 벗고, 대신에 조금 더 산뜻한 색깔의 옷을 입었다. 보라색 벨벳 치마의 노란 데이지와 빨간 실크 블라우스가 그녀에게 매우 잘 어울렸다. 땋아 늘인 머리카락이 머리 덮개에서 허리까지 쏟아져 나와 있었다. 제밀의 시선이 여자의 가는 허리에 머물렀다. 남편이 없이 홀로된 아름다운 여성은 줄곧 제밀의 시선이 자신에게 머무는 것을 알아차렸다. 그녀는 녹청색 눈을 돌려 그를 바라보며 미소지었다. 제밀은 심장이 밖으로 튀어나올 것 같았다. 그녀는 그가 자신에게 어울리는 사람이 아니라는 의미로 다시 한 번 미소를 지었다. 제밀은 유수프 성주가 눈치챌까 두려웠다. 그는 또다시 폭풍우가 몰아칠 것을 알았다. 식사가 끝나자 그도 유수프 성주처럼 여자가 물항아리에서 퍼주는 따뜻한 물로 손을 씻었다. 그의 숨결이 떨리는 것을 느꼈다. 여자가 손을 닦으라고 작은 수건을 건네주지 않았더라면 몇 시간이고 우두커니 서 있었을 것이다. 손을 닦자 의자에 앉은 유수프 성주가 여자

---

31) 요구르트를 희석해서 만든 전통 음료.

에게 말했다.

"아시아, 시아버지께 말씀드려서 나르길레[32]를 뜰 안에 준비시키렴. 길을 떠나기 전에 베지르걋 사람들과 담소를 나누면서 나르길레를 피우고 싶구나."

그러고는 제밀에게 돌아서서 말했다.

"압둘라의 나르길레는 이스탄불에 있는 것만큼은 아니지만 그 명성이 저 멀리 인도에까지 자자하지."

"유수프 성주님, 이스탄불에도 나르길레 카페들이 있지요. 그러나 그곳에 앉아 있는 사람들은 항상 서로를 의심하고 뭔가 캐내려는 눈으로 바라보기 때문에 물담배 맛을 제대로 느끼지 못해요."

"그곳에 정부 고위 관리들이 와서 그렇단 말인가?"

"바바알리에는 저녁이 되면 서기관들 대부분이 퇴근하고 나서 그곳에 들르긴 해요."

"피곤을 좀 풀려고 오는 사람도 있고, 심심해서 오는 사람도 있겠지."

"그 생각은 안 했군요. 세상이 어떻게 돌아가는지 화제에 끼어들고 담소를 나누려고 오는군요. 신학교에 있을 때에는 죄의식이 팽배해서, 이스탄불에 머물 때도 대개는 그곳을 가까이하지 않았어요. 저도 이스탄불에서는 잠깐 머물렀기 때문에 수도를 잘 알지 못해요."

"작년에 그곳을 잘 아는 이가 한 명 여기로 왔어. 냄새가 나긴 해도 굳이 건드리고 싶지는 않군."

제밀은 함쉬오울루의 마지막 말에는 신경을 쓰지 않았다. 왜냐하면 이스탄불을 제대로 아는 것이 그리 만만치 않다는 것을 잘 알기 때문이었다.

여인숙 주인 압둘라가 안으로 들어와 나르길레가 준비되었다고 알렸다. 유수프

---

[32] 터키 전통 물담배.

성주가 앞서고, 그가 뒤를 따라 뜰로 나갔다. 담장 가에는 의자와 양모 쿠션이 줄지어 놓여 있었다. 그들이 앉아 쿠션에 등을 기대자, 다른 의자에 앉아 있던 나이 든 베지르간 사람들이 고개를 앞으로 숙이며 그들에게 인사를 건넸다. 인사가 끝나자 너나없이 앞에 있는 쌀 쟁반에 나르길레를 끓이기 시작했다.

60

눈을 뜨고 꾸었던 꿈을 생각하며 정원으로 나갔다. 허리에 난 상처를 보려고 옷을 들치는데 마침 차가운 바람이 얼굴에 부딪혔다. 집사와 옆에 있던 사람들이 식당으로 서둘러 걸음을 옮겼다. 나도 발걸음을 재촉했다. 허리를 보니 "다행이군, 꿈이었어."라는 말이 절로 나왔다. 저택의 큰 문이 열렸다. 나는 즉시 안으로 들어갔다. 아무도 없었다. 위층에서 소리가 들려왔다. 재빨리 계단을 올라갔다. 일을 빨리 끝내고 식당으로 갈 생각이었다. 개들과 대화를 나누고 싶었다. 해몽을 잘하는 사람이 있어서 내가 꾼 꿈을 풀이해 주면 얼마나 좋을까.

살롱의 구석에서 위쪽으로 나 있는 계단 입구에서 젊은 첩 하나와 마주쳤다. 그녀가 큰 문을 가리키면서 쉰뒤스 부인을 불렀다.

"큰마님, 큰마님."

나는 영문을 몰라 머뭇거렸다.

"빌랄이 왔습니다."

그녀가 안쪽에 대고 덧붙였다.

기다리기라도 했던 것처럼 누르하얄이 밖으로 뛰어나왔다. 빠르게 나를 향해 다가오더니 손에 있던 장미수를 내 옷에 뿌려 주었다. 나는 당황해서 그녀를 바라보았다. 계단 입구에서 마주친 젊은 첩은 나에게 미소를 지으며 누르하얄에게 지금껏 들어 보지 못한 언어로 말을 건넸다.

누르하얄은 어미 닭이 새끼를 품듯 그를 안아 두 뺨에 키스하고 맞은편 방으로 보냈다. 젊고 가냘픈 첩이 장난스러운 얼굴을 하며 방으로 돌아갔을 때, 누르하얄은 작은 손으로 내 손을 쥐었다. 그녀의 손은 천사의 손 같았다. 팔의 위쪽이 욱신거렸다. 그 아픔은 심장까지 퍼져 갔다. 그러고는 다시 팔부터 손가락 끝까지 누르하얄의 손에서 아픔이 흘렀다. 이렇게 짧은 시간에 어떻게 함께 있게 되었는지, 갑자기 머리가 텅 빈 것 같았다. 내가 어디에 있는지 잊어버렸다. 마음을 담아 누르하얄의 손을 쥐었다. 그녀가 나를 천천히 뒤쪽으로 밀더니 가슴을 내게 가까이 댔다. 누르하얄의 가슴 때문에 나는 심장에 뭔가 꽂힌 것같이 느껴졌다. 갑자기 그녀가 나를 문 쪽으로 밀었다. 곧 큰부인의 방문을 열고 들어가더니 나에게 안으로 들어오라고 손짓했다. 내가 의심스럽게 주위를 바라보자 그녀는 침대에 누워 있는 부인에게 말했다.

"사냥 담당이 왔습니다, 부인."

"안으로 들이게."

부인은 자리에서 움직이지 않고 말했다.

누르하얄이 나를 돌아보았다.

"부인 말씀 들었지요. 어서 안으로 들어가요."

나는 장군의 하렘에 들어가도 좋을지 어떨지 몰라 움찔했다. 그녀가 나를 안으로 밀었다.

"어서 오게, 빌랄. 주저할 것 없어. 장군의 허락은 없었지만 내가 자넬 부르지 않았나."

쉰뒤스 부인이 말했다.

나는 즉시 무릎을 꿇었다. 머리를 조아리며 그녀에게 인사했다.

"여기 대령했습니다. 부인, 분부가 있습니까?"

"우리 저택에서 일하는 모든 이를 훈육할 수는 없지."

나는 무슨 뜻인지 몰라 아무 말도 하지 않았다. 그러자 쉬뒤스 부인은 사람들에 관해 장황하게 늘어놓았다. 그녀의 말 중에서 내 주의를 끄는 것이 있었다. 목소리에 왠지 슬픔이 섞여 있었다. 혹시 가슴 아픈 일이 있나? 나를 시험하기 위해 이곳으로 불렀나? 아니면 이 모두가 지난번 시작한 게임의 일부인가?

시야부쉬 장군의 아름답고 비밀스런 하렘에 있는 것이 감격스러워 나는 그녀의 말이 떨어지기만을 기다리고 있었다.

쉬뒤스 부인이 말했다.

"침대로 가까이 오게."

나는 분부에 따라야 하기 때문에 그녀에게 다가갔다.

"고개를 들어 내 얼굴을 보게. 자넨 어느 부대에서 자랐지?"

"겔리볼루 부대입니다, 부인."

"그곳에서 이리 보내기로 결정했는가?"

"장군 댁에 오게 된 것 말씀이십니까?"

"아니, 이스탄불에 오게 된 것 말이야."

"네."

"그곳에서 교육을 잘 받았나 보군. 물라들이 수업을 제대로 했나 보지? 우리는 그리 썩 좋은 물라들을 만나지 못했지. 부대에서 자란 사람들은 대체로 대충대충 공부했지."

"저희 부대는 대제국 소속 부대 중 한 곳입니다, 부인. 사실상 그곳에서 교육을 받기 전에 저는 읽고 쓰기 교육을 고향 시골에 있는 선생님에게 배웠습니다."

"코란을 읽는다고?"

"부대에 오기 전에 코란을 처음부터 끝까지 몇 번 통독했습니다, 부인. 부대에서도 일 년에 두세 번 통독이 있습니다."

"그래, 좋은 일이군. 부대에서 다른 수업은 무엇을 받았는가?"

파샤의 부인 말은 무엇을 의미하는가? 그곳이라고 말하는 곳이 어디란 말인가? 대제국의 모든 곳이 같은 제도를 적용하는 것 아니었나? 머릿속이 혼란스러워졌다. 마음속에 한 마리 늑대가 살아났다. 부인의 발밑에서 나처럼 무릎을 꿇고 있는 누르하얄이 없더라면, 방에서 즉시 뛰쳐나가 버렸을 것이다. 누르하얄의 미끄러지듯 움직이는 시선이 내 눈에 머물수록, 한 걸음도 내디딜 수 없었다. 그녀가 파란 털로 만들어진 얼굴 가리개를 천천히 내리자 몇 시간 전 창문가에 기댔던 크고 새하얀 가슴 윗부분이 드러났다. 이성이 마비되는 것 같았다. 조금 전 그녀가 내 손을 잡았을 때 팔이 욱신거렸던 것처럼 전신이 욱신거리기 시작했다. 욱신거림은 심장에서 멈추더니 다시 온몸으로 퍼져 나갔다. 무릎이 떨리기 시작했다. 나는 경련을 눈치채지 못하게 하려고 손으로 무릎 위를 짓눌렀다. 몸의 떨림이 가시자 조금 편안해졌다. 이번에는 등에서 식은땀이 흘렀다. 부대에서 나를 보낼 때 시야부쉬 장군의 목뒤에도 눈이 있다고 했었다. 그런데 지금 내가 무엇을 하고 있단 말인가? 허락도 없이 장군의 하렘에 들어와 버렸다. 부인을 부채질하는 첩들과 함께 누르하얄도 그곳에 있었다. 저택에서 일하는 사람들은 절대 들어오지 않는 하렘에 들어오고 말았다. 이곳에는 파리도 수컷은 들어올 수 없다고 한다. 꿈이 어떤 의미를 가지는지 이제야 알게 되었다. 부인은 내가 누르하얄에게 관심을 가지고 있다고 장군에게 말할 것이다. 그녀가 말하지 않더라도 장군의 목뒤에 있는 눈이 틀림없이 보았을 것이다. 내가 창백한 낯빛으로 부인을 바라보자, 그녀는 첩들에게 뒤에 있는 쿠션을 정리하라고 지시했다. 젊다 못해 어린 소녀들은 재빨리 그리고 능숙하게 일을 처리했다. 부인은 일을 끝낸 여자들을 다른 방으로 보냈다. 나는 뒤에서 일하는 여자들을 바라보면서, 누르하얄을 내 눈에 넣을 듯이 힐끗힐끗 바라보곤 했다.

장군의 하렘에는 쉰뒤스 부인과 나, 누르하얄만 남았다. 부인이 누르하얄마저 밖으로 보낸다면 어떻게 해야 하나? 나를 왜 부른 것일까? 그녀는 몸이 안 좋아 보였다. 이틀 전만 해도 활력이 넘치지 않았던가. 신의 가장 저질스런 노예가 나였던가? 그렇지 않다면 왜 잠에서 깰 때 꿈을 꾸었단 말인가? 꿈속에서 보았던 이미지가 이다지도 빨리 실현된단 말인가? 사냥 담당 직책은 언제부터 나를 괴롭히기 시작했지? 나에게 선택의 기회가 있었더라면 나는 이 일을 선택하지 않았을 것이다. 다른 것들과 마찬가지로 이 일 역시 나를 위해 다른 이들이 선택한 것이다.

쉰뒤스 부인이 우려 섞인 눈으로 누르하얄을 바라보며 말했다.

"문을 닫아라."

누르하얄이 새처럼 종종걸음 치며 문 쪽으로 갔다. 천천히 발걸음을 밖으로 내디뎠다. 나를 의미심장하게 바라본 후에 문을 잡아당겼다. 쉰뒤스 부인은 가만가만 내 쪽으로 돌아섰다. 그녀는 새털로 만든 베개에 머리를 파묻었다. 그리고 시든 꽃 같은 입술 사이로 한숨 쉬듯 말했다.

"내 쪽으로 조금 더 다가오게."

61

여인숙을 나와 함쉬오울루의 집으로 갈 때 제밀은 자신이 아버지나 함쉬오울루 같은 성주가 되지는 못할 것을 알았다. 왜냐하면 산과 눈, 추위와 더위에 질렸기 때문이다. 그들은 살아온 곳에 융화되면서, 자신들의 질서를 자연의 강력한 조건에 맞추어 나갔다. 질서 속으로 들어가는 것도 나오는 것도 한계가 있다는 것을 확실히 알고 있었다. 그들은 마음속에 생긴 감정을 감출 줄도 알고, 순서를 정해 말할 줄도 알았다. 그러나 제밀은 삶에 아무런 경계가 없었다. 자신을 옭아맬 규범도 없었다. 마음은 매 순간 돌이 날아와 깨뜨리기를 바라는 유리 같았다. 신학교에서 지식을 채워 넣었지만 삶 속에 활용하지 못했다. 맞은편에 아름다운 사람이 나타나면 다른 것은 전혀 보이지 않았다. 오직 아름다운 여자들이 자신의 여자가 되기만을 원했다. 뭐라고 규정할 수 없는 이 마음을 어떻게 감당할 수 있단 말인가? 감당하는 것은 둘째 치고 자신을 어떻게 다루어야 하는지조차 몰랐다. 하렘이 만들어진다 해도 더 들어갈 공간이 없었다. 모든 것을 감수하고, 아시아라는 이 여자와 결혼하겠다고 말하면 유수프 성주가 허락할 것인가? 자신이 돌보는 여성에게 관심을 두었다고 질책할 것인가? 마흐뭇 성주는 또 뭐라고 할까? "가는 곳마다 추문을 일으키는군! 자네, 내 땅에는 발 디딜 생각 말게."라고 한다면 어떻게 하나? 광활한 세계에 그가 갈 수 있는 곳이 없었다. 마음을 추스르거나 겨울처럼 병이 나거나 둘 중 하나일 것이다. 자신의 육체야 상관없다. 그를 믿고 있는 술타나와 쉬메이라에게 무슨 일이 일어날 것인가? 둘 다 자존심이 있는 여자들이다. 자신이 죽는다면 그녀들도 살려고 하지 않을 것이다. 다른 사람들이 볼 때는 그녀들도 어리다. 유수프 성주의 며느리들같이 젊디젊은 나이에 서서히 생기를 잃어 갈 것이다.

제밀은 얼마나 생각에 심취했던지, 말 위에서 어떻게 서 있는지조차 모르고 있었다. 노란 소나무 사잇길을 걷던 도루가 갑자기 서자, 땅바닥으로 굴러 떨어지기 일보 직전이 되었다. 그가 자세를 바로잡았다. 유수프 성주도 그 자리에 섰다. 너부데데한 얼굴에 미소가 가득했다. 그가 부드러운 목소리로 물었다.

"제밀, 무슨 일인가? 왜 자꾸 딴 세상으로 가는 게야? 무슨 걱정이라도 있는가, 아니면 아직도 신학교에 있다고 착각하는 것인가?"

제밀의 마음속에는 하고 싶은 말이 많았다. 그러나 "마음이 어찌나 복잡한지 말로 옮길 수가 없습니다."라고 속삭이듯이 말했다. 유수프 성주가 숨은 뜻을 눈치챘다는 것이 느껴졌다. 그가 자신에게 "이보게, 이 세상에는 숨길 게 그리 많지 않아. 마음이 가는 대로 사랑하게. 순간을 살게."라고 말하는 것 같았다. 그 마음을 이해하자 그의 입가에 미소가 피어났다. 용기를 얻었다. 그래서 홀린 듯이 말했다.

"저는 오늘 마법에 빠졌습니다, 유수프 성주님."

함쉬오울루 유수프 성주가 제밀의 얼굴을 심각하게 바라보았다.

"어떤 의미에서 말인가. 행여 코란의 글귀를 해석하려면 그만두게. 이 세상에 마법사가 살았지. 지성으로 다른 이들을 이끌었기 때문이지, 마법 같은 행동을 했기 때문은 아니네. 하지만 마음이 마법에 걸린 것이라면 거기서 멈추게. 그것은 신성한 마법일세. 자네에게 힘을 줘야 할 것이야."

제밀은 함쉬오울루를 바라보며 '천성적인 철학자'라고 생각한 후에 목소리를 높였다.

"저는 축복받은 이 땅에 매료되었습니다."

"우리 발밑에 펼쳐져 있는 토양 말인가, 아니면 이 땅에서 살게 된 은혜 말인가?"

"당연히 이 땅에서 살고 있는 축복들이죠."

"하, 이렇게 나같이 늙은이에게는 솔직하게 말하게. 토양이라고 자네 스스로 말했더라면 받아들이지 않았을 거네. 왜냐하면 우리는 갖가지 죄악들, 우리가 자행한 더러운 일들, 견딜 수 없는 슬픔을 모두 땅에 묻지. 토양은 비옥하네. 그런데 우리가 취하지 않는다면 어떤 것도 주지 않아. 언제나 우리 마음에는 눈이 있기 마련이지. 자네가 무슨 생각을 하는지 알 수 없네. 인간은 만족할 줄 모르는 법이긴 하지만."

"제 생각에도 그렇습니다. 진실로 토양은 우리가 가져가지 않으면 어떤 것도 주지 않습니다."

"제밀, 자네에게 가르칠 것이 없다는 것을 알고 있네. 하지만 인생이 내게 가르쳐 준 가장 큰 신비로움은 사람은 살아갈수록 진실해진다는 것이야. 이것을 강가에서도 시골 구석에서도 말하지 않았는가."

문득 유수프 성주가 무슨 말을 하는지 이해할 수 없었다. 그가 말한 것들에 대답해야 한다는 생각에 목적 없이 말했다.

"제가 배운 것들은 전부터 드러난 것들입니다. 그러나 이곳에서 매일 새롭게 삶을 맞이합니다. 때문에 성주님께 배운 것들도 모두 새로운 것입니다. 이 산들 사이에서 저를 기다리는 시장이 있으리라는 것, 이 시장에서 인도 사람부터 유럽 사람까지 다양한 부류와 만나리라는 것을 전혀 생각지 못했습니다. 사람들이 멀리 떨어져 있는데 어떻게 금세 소식을 알게 될까 궁금했습니다. 대부분 이 길들은 무역의 길일 뿐만 아니라 정보통이기도 했습니다."

"맞네, 제밀. 사람은 볼수록 지식이 새로워지지. 모든 것을 자신이 살고 있는 시대에 적용시켜 보는 것도 필요하네. 왜냐하면 수백 년 전에도 이곳에는 질서가 있었지. 아마도 몇 번은 바뀌었을 거야. 그러나 저 길처럼 우리의 질서도 예전 질서의 연속이라네. 우리가 존재하는 동안 질서는 계속될 것이네. 이후에 오는 사람들도 다른 형태로 나름의 질서들을 운영하겠지. 시간은 사람들의 질서는 변화시켜도 저 길의 질서는 변화시킬 수 없지. 이곳을 지나가는 대상들 길은 변하기 어렵다네. 왜냐하면 카프카스에서 아나톨리아로 향해 열리는 문이기도 하고, 카프카스로 가는 시발점이기도 하기 때문이야. 이 길에는 전설이 있지. 아시아에서 이주가 시작되면 사람들은 남쪽에 있는 풍요로운 땅으로 가기 위해 가축들을 데리고 산에 오른다고 하더라고. 해발 고도가 높은 산에 이르면 잔인한 추위가 그들을 괴롭히지. 동쪽에 있는 초록 고원에 이르는 유일한 길은 그 잔인한 추위와 눈보라를 견뎌야만 지나갈 수 있어. 남쪽에 있는 그 초록 꿈은 사람들이 살아가는 이유가 되기 때문에 길을 계속 갔지. 가축들을 몰면서 꼭대기로 올라갈수록 추위와 눈보라는 더욱 거세졌어. 추위와 눈보라를 견디지 못한 대부분의 사람은 얼어 죽었다네. 남은 사람들이 길을 계속 가는데 이번에는 거위만 남고 가축들이 모두 죽었어. 남은 것들도 길을 잃었지. 희망이 사라질 무렵, 곁에서 걷고 있던 몇몇 쌍의 거위가 '각, 각, 각.' 하며 격려

하더니 그들을 안내하기 시작했어. 며칠 동안 거위의 안내를 받으며 걷던 사람들은 마침내 남쪽에 있는 푸른 꿈에 도달했지. 한동안 그 푸른 목초지에 정착했어. 하지만 전부 주인이 있었어. 주인이 있는 영토에 정착할 권리가 없는 사람들은 다시 거위들을 데리고 길을 떠나 카프카스를 넘어 지금의 아타벡 성주의 땅인 작수유로 가서 정착했지. 불과 다양한 동물을 믿는 이 사람들은 오랜 시간 동안 그곳에서 집을 짓고 번성했지. 새로 이주해 온 이들은 그곳을 떠나 울가르를 지나 쿠르 부족과 합류해 정착했어. 또한 이스마일 샤의 칙령으로 울가르 고원에 도착한 투르크멘과 야부즈 남쪽에서 데려와 크스르의 북쪽에 정착시킨 유목 부족과 함께 머물렀지. 몇 년이 지나 그 불을 믿는 사람의 한 무리가 새로 온 이들과 섞였지. 새로 온 이들과 어울리지 못한 사람들은 아자라를 떠나 북쪽으로 이주해 갔다네."

함쉬오울루의 말을 듣다가 자신의 생각에 빠지다가 하던 제밀은 정신이 든 것처럼 보이려고 말했다.

"거위들, 하! 대단하네."

"거위는 추위에 가장 오래 버틸 수 있는 동물이지."

"이 얘기는 누군가가 기록했습니까?"

"아니야. 전설은 일단 쓰여지는 순간 생명을 다하게 되지. 내 생각에는 이렇게 입에서 입으로 전해지는 것이 더 나은 것 같아."

"저는 성주들은 모두 아버지와 똑같을 것이라고 여겼습니다. 그런데 성주님을 알게 된 후에 그렇지 않다는 것을 깨달았습니다. 성주님은 저희 아버지나 마흐뭇 성주와는 다른 면이 있습니다. 자연과 어우러져 살고 인생을 찬미하시잖아요?"

함쉬오울루 유수프 성주의 너부데데한 얼굴에 미소가 번졌다.

"인생의 진실에 관한 문제는 위대한 철학자들도 죽을 때가 가까워서야 알게 되지. 나는 그저 나의 한계에 대해 말하는 것뿐이야, 제밀. 나는 삶이 내게 가르쳐 준 것들을 내 생각대로 해석하는 것뿐이네. 이것도 매우 신중하려고 노력하지. 누구나 실수하기 마련이야. 지난날 누군가에게 선행을 베풀려고 어떤 일을 했지만 결국 지나고 보니 그 사람에게 가장 나쁜 일을 한 결과가 되고 말았어. 가장 좋은 삶은 자신의 길을 지체하지 않는 것이야. 왜냐하면 우리 모두 어두운 세상을 홀로 여행해야 하니까."

"물론 이 모든 것에 한계가 있다는 것을 압니다. 사람들이 요구하는 대로가 아니라 자신이 원하는 대로 사는 것이 더 좋은 것입니다."

"한 가지만 더 얘기하지. 사람은 종속에서 벗어나야 하네. 종속되는 것은 올바른 것이 아니야. 사람을 방어할 수도 변호할 수도 없게 만들지. 오히려 두렵게 만든다네. 물론 꽃만큼 종교가 다양한 카스렛 고원에서 이런 말을 하는 것은 쉽겠지. 아니면 수도에서 말해 볼까!"

62

자신을 잃어버린 듯 기도문을 읽고 나자 몸 구석구석에서 땀이 나기 시작했다. 방 안에 있는 게 부끄러웠기 때문인지, 아니면 쉰뒤스 부인의 발밑에 앉아 뚫어져라 내 얼굴을 바라보는 누르하얄의 시선 때문인지 알 수 없었다. 코란 114장을 읽을 때 목소리가 흥분되는 것을 느꼈다. 특히 누르하얄이 간간이 "어머, 목소리도 무척이나 아름다우시군요."라고 말했기 때문에 흥분은 배가되었다. 나는 낭독을 계속했다.

쉰뒤스 부인은 벌써부터 잠들어 있었다. 나는 누르하얄과 복도로 나갔다. 아무도 보이지 않았다. 마치 숲 속의 잠자는 공주처럼 다들 수백 년 동안 잠에 빠진 것 같았다. 단지 밖에서 바람에 흔들리며 바스락거리는 잎사귀 소리가 들릴 뿐이었다. 중앙 홀과 비슷한 살롱으로 계단을 내려갔다. 양탄자의 자수가 눈길을 끌었다. 마치 어린 시절의 추억이 넓은 바닥에 깔린 양탄자에 아로새겨진 것 같았다. 유심히 자수를 바라보며 무릎을 꺾었다. 나는 그 자리에 무릎을 꿇고 앉았다. 손가락 끝으로 무늬를 따라가며 관찰하던 나는 어린 시절로 빠져들었다. 벽에 걸린 양탄자 무늬를 손가락으로 훑고 있을 때 앞의 큰 창문이 열렸다. 창문에서부터 끊임없는 초록 밭이 보였다. 언덕 쪽을 향해 위로 뻗어 있는 밀밭 가에서 밭을 바라보며 걷고, 아직 여물지 않은 이삭들이 초록 물결로 서로를 좇는 모습을 바라보고 있었다. 돌멩이들을 발로 차면서 걷는 누군가의 발소리가 들려왔다. 보나마나 어머니의 발소리였다. 오랜 세월, 지나간 것이 많이 있었지만 어린 시절만큼 각인된 것은 없는 것 같다. 수년 동안 잊고 있던 기억이 다시 돌아왔다는 것이 놀라울 뿐이다. 이러한 것들 때문에 머리가 마비될 것 같았다. 모든 게 무서웠다.

어지러웠다. 이번 일의 무게감 때문에 머리가 돌 것 같았다. 그럴수록 색깔이 늘어나고, 시간은 반대로 흘렀다. 무릎을 꿇고 앉았다. 이 같은 상황이 한참 지속되었다. 정신을 차리고 일어서려고 몸을 일으키는데, 누르하얄이 그 큰 가슴을 내 가슴에 갖다 대었다. 팔을 목에 감더니 내 입술에 깊게 키스했다. 그러다 곧 후회라도 되는 듯이 머리를 뒤로 뺐다. 그러면서 내 머리를 자신의 가슴으로 눌렀다. 보드라운 가슴이 내 볼에 닿았다. 그녀는 얼른 뒷걸음치며 문 쪽으로 걸어갔다. 나는 급히 일어나 그녀를 향해 한 발자국 내디뎠다. 그녀가 문을 열고 나를 향해 돌아섰다.

"인내심을 가져요."

그녀는 아무 말도 하지 않고 문을 닫고 나서 잠갔다. 자물쇠의 부드러운 소리에 정신이 들었다. 양심이 살아났다. 그러나 심장은 여전히 콩닥콩닥 뛰었다. 마음속의 흥분을 이겨 낸 순간 끔찍한 두려움이 몰려왔고 몹시 부끄러웠다. 내 자신이 이 세상에서 가장 미천한 사람처럼 느껴졌다. 빠른 걸음으로 큰 문에서 빠져나왔다. 나는 쏟아지는 눈물을 힘겹게 참아 내고 있었다. 무슨 짓을 한 것인가, 내가? 부대의 명예도 장군의 명예도 생각지 않았던 것이다. 순간 무기력이 나를 엄습해 왔다.

세상에서 가장 큰 죄를 지은 것 같았다. 나는 이제 내 발로는 부대로 돌아갈 수 없게 되었다. 왜냐하면 나를 죄악으로 인도한 발이기 때문이다.

나는 큰 문을 닫자마자 발걸음을 더욱 빨리했다. 누르하얄의 창문을 돌아보기는 커녕 고개를 들어 주위를 살필 수도 없었다. 작은 방에 들어온 순간 딸꾹질이 목을 죄어 왔다. 몸을 침대 위로 던지고 큰 소리로 울었다. 누르하얄이 키스했던 입술을 피가 나도록 깨물었다.

오랜 시간 부대에서 교육받은 고결함에 이 무슨 어울리지 않는 것인가? 이제 어떻게 될 것인가? 수년 동안 내가 배워 온 것이 허사가 될 것인가? 아, 불쌍한 사냥 담당! 난 이제 끝났어. 이 상황에서 전쟁이 난다면 부대에서 너를 부르기나 하겠어? 아, 불쌍한 사람이여, 마냥 이렇게 사냥 훈련병으로 남기를 원하는 거 아니야? 나무들의 언어를 알아들으려 하지 말고 총소리나 알아들어 봐. 허리춤에 숨겨 온 단검을 뱀의 언어처럼 사용해 봐. 누르하얄을 바라보지 말고 눈을 궁궐로 돌려 봐. 아니면 시야부쉬 장군과 함께 전쟁터로 가든지.

조금 침착해지자, 입술이 아니라 누르하얄의 손을 잡았던 손도, 그녀와 수개월 동안 마주쳤던 눈도 죄를 지었다는 생각이 들었다. 가슴에 댄 볼, 그녀의 손으로 눌렀던 내 머리, 손가락이 쓰다듬었던 내 머리카락, 두 가슴 사이에 묻혔던 평평한 나의 코는 그 죄가 입술보다 덜하단 말인가? 누르하얄을 안으려고 뻗었던 내 팔, 지금까지 겪어 보지 않았던 감정으로 뛰는 심장. 이 모든 것에 대해 뭐라고 이름 붙일 것인가? 나의 온몸은 이제 죄를 지었다. 가장 큰 죄악은 그녀와 사랑을 나누려고 생각했던 머리였다. 이 죄악에서 벗어나기 위해서는 벽에 걸린 검을 뽑아 스스로 목을 베어야 한다.

누군가 빠르게 방문을 두드렸다. 벽에 걸린 검을 집어 목구멍에 문지르며 이 고통을 끝내려고 생각했다. 내가 할 것은 오로지 몇 분 동안의 일이었다. 칼 쓰기를 연

습할 때, 온갖 종류의 칼에 대한 기술을 배웠다. 상대방을 죽이지 않기 위해 어떻게 사용해야 하는지, 죽이기 위해 어떻게 사용해야 하는지도 잘 알았다. 벽에서 칼을 내려 아무것도 생각지 않고 목에 있는 동맥을 자르려 했다. 아마도 즉사할 것이다. 고통조차 느끼지 못할 것이다. 이 일은 순간적으로 해치워야 한다. 지금 해야 나중에 고통을 겪지 않을 것이다. 뭐니 뭐니 해도 가장 좋은 방법은 즉시 끝내는 것이었다. 사실 결국에는 장군도 상황을 알게 될 것이고, 내 목에 칼을 겨눌 것이다. 그의 손에 죽느니 차라리 내 손으로 죽는 게 낫다. 내가 숨긴다 치더라도 그 목뒤에 붙은 눈으로 모든 것을 볼 것이다. 집에 오자마자 나를 불러 "에, 이놈. 부대에선 네게 파샤 하렘에 손을 대라고 가르쳤단 말인가? 왕족의 고결함을 이렇게 보호하라고 배웠나? 내가 돌아서자마자 하렘에 눈을 돌리다니 가당키나 한가 말이네? 자, 운명이라 했나. 자네의 심장을 도려내는 것이 과연 옳은지 모르겠군. 난 아니라고 생각하네. 자넨 스스로 이 수치심에서 벗어나게. 우리가 자네를 처리하면 부대에서 사건에 대해 물을 걸세. 자네같이 하찮은 존재에 대해서 부대는 우리에게 책임을 물으려 하겠지? 그러니 자신의 칼로 스스로를 벌준다면 우리와는 아무 상관 없는 게 되지. 자네가 고결하지 못한 일을 했다고 말하며 부대에 다시 보낸다면 어떤 일이 일어날지 자네도 잘 알고 있겠지? 어떤 일이 일어나든 관여하고 싶지 않네. 우리도 자네 스스로도 명예를 회복하길 원한다면 어서 실행하게. 칼을 들어 동맥을 자르게. 아니면 자네 허리춤에 숨겨 둔 단검을 꺼내서 심장을 찌르게. 자네가 하지 않는다면 자네가 본 사형 집행인이 할 것이네. 아마도 더 큰 고통을 느낄 것이야. 자네 목에 끈을 묶어 개처럼 질질 끌고 다니면서 죽일 수도 있어. 그러면 자네 몸을 까마귀나 쪼아 먹으라고 멀리 있는 강에 버리고 올 것이네. 자네 부대에는 적당히 둘러대야겠지."라고 말할 것이다. 아니지, 아니야. 그들에게 맡기지도 않을 것이다. 몇 시간 전의 꿈은 이것을 말하는 것이다.

억지로 일어서서 갈수록 더 빨리 두드리는 문을 향해 걸어갔다. 마치 내가 아니라 시체가 걷는 것처럼 걸었다. 내 자신은 이미 죽었지만 깨어 있는 것처럼 보고 있는 것만 같았다. 심장을 도려낸 송장처럼 느껴지기도 했다. 두려움에 찬 발걸음으로 문 뒤에 섰다. 나무 자물쇠를 천천히 밀자 문이 저절로 열렸다. 나의 표정이 어땠는지는 모르겠다. 문 앞에 서 있는 집사 보조의 얼굴은 흙빛으로 질려 있었다. 그가 두툼한 입술을 움직이며 말했다.

"장군이 급히 자넬 부르시는군."

63

베지르걋 마을에 다녀온 이후부터 옷에 곰팡이가 핀 것처럼 제밀의 마음을 부식시키는 것이 있었다. 기회가 생기면 여인숙에 가서 녹청색 눈의 여성을 보고 싶었다. 그녀를 생각할수록 심장을 가는 바늘로 찌르는 것 같았고 주위가 공허해졌다. 공터에서 외로움을 달래기 위해 함쉬오울루 저택 옆의 숲에서 수백 년 된 나무들과 이야기를 나누고, 정신이 들면 또 숲이 울리도록 웃어 보기도 했다. 웃음소리가 잦아들면 아름드리나무들을 깔보는 노란 소나무 사잇길을 걸으며 베지르걋 마을 맞은편에 있는 언덕까지 올랐다. 그곳에서 오랫동안 허공을 바라보다가 다시 저택으로 돌아오고는 했다. 어느 날은 도루와 숲을 돌아다니다가 베지르걋 마을로 가기도 했다. 매번 유수프 성주가 그보다 먼저 여인숙에 도착해 있었다. 유수프 성주를 그곳에서 만날 때마다 그는 민망했다. 어느 날 말의 고삐를 붙잡고 저택으로 걸어가고 있었다. 함쉬오울루가 제밀과 눈을 맞추지 않고 말했다.

"아, 제밀, 마음에 어떤 것들이 떠오르는지 한번 보게. 시간이 조각조각 우리 손에서 빠져나감에도 그 어떤 희망도 실현할 수 없어. 모든 것을 지연시킴으로써 만족할 뿐이지. 어떻게 보면 자신의 연극을 연기하는 거지."

제밀은 그가 무슨 말을 하는지 이해할 수 없었다. 잠깐 생각하다가 입속말로 "제가 연기를 하고 있단 말입니까!"라고 한 후, 뭔가 결정을 내릴 모양으로 유수프 성주에게 돌아섰다.

"말씀하신 것의 의미를 잘 알아듣지 못하겠습니다."

"내가 말하는 것은 그것이야. 삶은 거대한 연극일세. 막이 언제 어디서 내릴지 알 수 없지. 그래서 하고 싶은 것이 있어도 번번이 내일로 미루지. 내일이라는 것은 존재하지 않는데도 말이야."

"저는 한 번도 죽음과 마주하지 않았습니다. 그 때문에도 시간을 조금 다르게 바라볼 수 있습니다. 내일을 믿고 싶습니다. 성주님이 말씀하신 것처럼 내일이 오지 않을 수도 있죠. 만약 제 아버지도 성주님처럼 생각하고 시간을 그토록 신뢰하셨다면 그분은 반대로 내일을 보고 계신 것 아닌지요."

정말 하고 싶은 말을 하지 못하니까 고통스러웠다. 함쉬오울루를 바라보았다. 그는 자신보다 편안하고 침착해 보였다. '연륜 때문인가 아니면 오랜 세월의 경험 때문인가? 이렇게 편히 이야기할 수 있다니.' 그때 함쉬오울루는 저택 가까운 굽잇길을 돌아가는 참이었다. 그늘을 드리운 나무들 아래를 지나가자 유수프 성주가 멈추어 섰다. 뒤따르던 말도 한 발자국 뒤에 섰다. 조금 전 손에 들고 있던 말고삐를 팔에 걸었다. 반대편 손으로 위층이 목조로, 아래층이 석조 벽으로 되어 있는 대저택을 가리켰다.

"제밀, 나의 모든 현실이 이곳에 있네. 무엇이 있건 없건 간에 모든 것이 이곳에 있네. 나에게 남은 것들이 모두 이 저택 안에 있다네. 나와 함께 갈 것은 아무것도 없다는 것을 알고 있네. 여행을 나설 때 우리는 사소한 것까지 챙겨 가지만, 마지막 여행에서는 모든 것을 내려놓게 되지. 자넨 젊네. 하루를 하루답게, 사랑할 수 있을 때까지 사랑하게. 절대로 자네가 원치 않는 사람의 곁으로 가지 말게. 그리하면 자네는 가치를 잃게 될 것이네. 누군가가 자네를 원하거든 그 손을 잡게. 누군가가 자네를 원한다면 자네의 가치는 상승하지. 난 이 산에서 컸네. 무식한 인간이지. 마음의 눈으로는 아무것도 볼 수 없네. 왜냐하면 자란 환경도, 함께 살아야 하는 상황의 엄격한 규범들도 내 마음의 눈을 멀게 했으니까. 자넨 어떤 부분에서 그 엄격한 규범에 대항해 오지 않았는가. 얼마나 아이러니컬한가. 나를 있게 한, 질서를 보호하는 그 규범에 맞서 왔기 때문에 내가 자넬 보호하고 싶어 하다니 말이야. 내 마음속에 다른 자네가 있네. 나는 자네만큼 용기가 없었지. 자네에게서 가장 좋아하는 면이 바로 용기일세. 한 가지만은 잊지 말게. 호족이 아니었다면 이 땅에는 질서가 없었을 거야. 그 때문에 이 땅에는 호족들의 권리가 지켜지는 것이지. 하고픈 것들이 있으면 내게 주저 말고 말하게."

　제밀은 마침내 함쉬오울루가 자신에게 무슨 말을 하고 싶어 하는지 알아차렸다. 제밀은 미소지으며 그를 바라보았다.

　"제게 있는 용기도 연약함도 맞습니다. 유수프 성주님, 이렇게 하는 것을 원치 않습니다. 하지만 종종 제 마음을 다스리지 못해서 처량함을 느끼지요."

　"한 가지 방책이 있지."

　"뭔데요?"

　"마음을 더욱더 강하게 만들기 위해 사랑을 평등하게 나누는 거지."

　"전 공평하게 나누기를 원해요. 만약 아이라도 낳길 원하는 여자가 있다면요?"

　"자네는 호족임을 명심해야 하네."

　"모든 것의 방책이 이게 다가 아니다시피."

　"다른 방책을 강구하려 나선다면 그때는 다른 고통을 겪게 될 것이야."

　그들은 대화를 나누며 한 발 한 발 저택의 문 앞으로 나아갔다. 대화는 끝난 것 같았다. 유수프 성주는 제밀을 넓은 응접실에 홀로 남겨 두고 나갔다. 제밀은 벽에 걸린 양탄자를 보았다. 그리고 자신이 홀로 있을 때마다 공상에 빠지고 현실 세계로부터 멀어진다는 것을 알았다. 그러한 사실을 깨닫자마자 응접실에서 나와 쉬메이라와 술타나가 함께 자는 방으로 들어갔다. 방에는 아무도 없었다. 몸을 도톰한 양모 침대 위로 던졌다. 머릿속을 채우고 있는 생각에서 벗어나려고 안간힘을 쓸 때 술타나와 쉬메이라가 들어왔다. 침대에 있는 제밀을 본 술타나가 걱정스런 목소리로 물었다.

"제밀, 이렇게 날씨도 좋은데 혹시 편찮으신 거예요?"

제밀은 담요 밑에 묻었던 머리를 천천히 들었다.

"아니요, 아픈 것은 아니요."

술타나가 한쪽 옆에, 쉬메이라가 다른 쪽 옆에 누웠다. 둘 다 머리를 제밀의 가슴에 기댔다. 제밀은 팔로 그들의 목을 감싸 안았다. 그가 손을 잡고 아내들의 배를 쓸어 주었다.

"아직까지는 얌전해요. 조금만 더 있으면 발길질을 할 거예요."

술타나가 침착한 목소리로 말했다.

"알겠소. 누가 내 손을 찰 거지?"

부인들은 의미심장한 얼굴로 그를 바라보았다. 쉬메이라가 술타나에게 우선권을 주는 것 같았다. 아니면 모든 것을 술타나가 설명하도록 합의가 된 듯했다. 술타나는 부드러운 목소리로 설명했다.

"우리에게 집이 생기면 말하려고 했죠. 그러나 이제 우리 둘 다 배를 숨길 수 없을 정도로 불렀어요."

제밀은 놀랐다. 갑자기 자신이 다른 세상에 있는 것처럼 느껴졌다. 부인들의 배에 그의 아이가 자라고 있다니. 그런데도 자신은 마음의 고통 때문에 괴로워하며, 부인들의 몸에 어떤 변화가 있는지 알아채지 못했던 것이다. 맞은편 벽을 바라보았다. 그는 동시에 몸을 움찔했다. 그는 부인들을 더 꽉 안았다. 그때 벽이 갈라졌다. 갈라진 벽 앞에는 아시아가 서 있었다. 그녀는 녹청색 눈으로 그를 빤히 바라보고 있었다.

64

장군은 수수로 만든 의자에 앉아 앞뒤로 흔들고 있었다. 나는 장군의 시선에서 의미를 찾아내려 했다. 왜냐하면 모든 것이 그 시선 속에 녹아 있었기 때문이다. 시선의 의미가 언어로 분명해질 때, 내 운명도 결정될 것이다. 무슨 벌이 내려지든 기꺼이 받을 것이다. 장군이 부대장에게 "이 사람은 내게 필요 없소."라고 한다면 그때는 이 세상 어디에도 숨을 곳이 없을 것이다.

물론 그 정도로 가볍게 보고한다면 혹시 어느 정도는 면피가 될지도 모른다. 그러나 만일 "이 사람은 내게도 부대에도 필요 없을 것이오."라고 말하는 날에는 죽은 목숨이 되는 것이다. 그때는 모든 것을 속속들이 까발려야 할 것이다. 그 같은 상황을 모면하기 위해 "누르하얄이 일을 저지른 겁니다. 전 아무 짓도 하지 않았습니다."라고 변명해 봤자 아무 도움이 되지 않을 것이다.

악몽이 떠올랐다. 부대 내무반장이 며칠 동안 나를 놀려 먹다가 상사에게 털어놓고, 상사도 며칠 동안 나를 괴롭히다가 부대장에게 넘겼다. 잠시 안정을 되찾게 해주는 척하다가 부대장이 다그쳤다. "이 자식아, 내가 부대의 명예를 잊지 말라고 하지 않았어? 이게 무슨 치욕이란 말인가? 파샤의 하렘을 곁눈질하다니. 그따위 짓은 어디서 배운 거야? 부대에서 받은 교육은 다 머릿속 기억에서 지우게. 한번 생각해 보게. 우리 부대의 영예로운 과거를 더럽히는 것이 합당하기나 하단 말인가?" 그는 천천히 숨을 내쉬다가 포기한 듯이 나를 몇 번 헤집고 나서는 말을 계속했다. "크나큰 죄악을 저지르고 자네 스스로 죄를 만들었다. 자넬 보낼 때 시야부쉬 장군은 목 뒤에도 눈이 있다고 말했다. 이것은 그의 명예를 자네의 명예라 여기라고, 집에 있는 여자들을 어머니나 누이처럼 보라고 한 말이다. 그리고 우리는 파디샤의 노예 같은 신분이지만 그곳에서 신분 상승을 펼쳐 보라고 보낸 것이다. 그런데 자넨 마음을 주고 파샤의 명예를 더럽혔다. 자네도 알다시피 부대에서 가장 큰 치욕은 불명예이다. 겁쟁이로 남고 싶지는 않겠지. 유일한 탈출 방법이 있다. 지금껏 얻은 재물을 부대 서기에게 양도하고 자선단체에 기부한 후에 깊이 죄를 뉘우치는 것이다. 그러지 않을 거면 죄를 지은 자네 발로 직접 사형 집행인 앞에 걸어가서, 이마에 있는 검은 얼룩을 파 버리라고 말해야 할 것이네. 잘 알겠지? 한쪽에는 몸통에서 잘린 머리가, 다른 쪽에는 죄지은 자의 몸통이 파 묻히게 될 것이야."

이렇게 지옥의 냄새를 내 마음속에 굳게 각인시킨 후에 두 손을 마주치며, 안으로 들어간 시중에게 "이자를 데려가 상사에게 넘기게."라고 말했다.

안으로 들어간 예니체리가 내 팔을 잡아끌어서 상사의 휴식 장소로 데려갔다. 상사는 발을 포개 앉아 있던 긴 의자에서 곁눈질하여 나를 쳐다보았다. 죄를 지었으니 부끄러워 내가 시선을 땅에 꽂으면, 그는 아무리 짧아도 내게는 길게만 들리는 소리를 내며 염주를 돌렸다. 상사는 우리 방의 내무반장에게 물었다. "무슨 말이든 해보게. 이자를 가장 잘 아는 사람은 자네야. 그에 대한 자네의 신뢰 때문에 파샤의 저택에 보낸 거네. 하지만 그 임무를 저버리고 파샤의 하렘에 침을 흘렸네. 오늘 파샤의 하렘을 원한 자가 내일 예니체리가 된다면 전장에서 무엇을 하겠는가?"

우리의 내무반장은 마치 자신이 죄를 저지른 것처럼 어쩔 줄 모르고 앉아 있다가 가는 목소리로 말했다. "제가 오판했나 봅니다. 사람이 과일이라야 냄새를 맡고 판단할 텐데 말이지요. 여기 오기 전에 이자는 명성이 자자한 겔리볼루 부대에서 자랐습니다. 가장 지식이 많은 물라들에게 신학교 수업을 받으며 자랐죠. 착실한 놈이라 믿었습니다만 잘못 판단했나 봅니다. 저는 이자가 부대에 머물면 머물수록 부대를 더럽힐 것이라 생각합니다. 죄로 얼룩진 시체를 묘지인들 받아들이겠습니까?"

예니체리 병사들이 말의 물통 쪽으로 나를 끌고 갔다. 머리를 몇 번 물에 처넣었다 빼더니 집요하게 캐묻기 시작했다. 팔과 다리를 잡고 매달렸지만 아무 소용 없었다. 불쌍한 내가 정신을 차려 보려고 하자 그들은 큰 소리로 웃으며 "이렇게 용기도 없는 놈이 어떻게 감히 파샤의 여자 가슴에 머리를 파묻었나?"라고 소리를 질렀다. 나는 울면서 또다시 다리에 매달렸다. 이번에는 높은 커튼 위에서 껄껄거리더니 나를 발로 차 물통으로 밀었다. 나는 물통 속으로 넘어졌다. 그는 거대한 손으로 내 팔을 잡더니 내 머리를 물통에 또 처넣었다. 익사하기 일보 직전에 내 머리를 물에서 빼냈다. 내가 숨을 쉬는 것을 보더니 발로 차기 시작했다. 내가 고통스러워 꿈틀대자 그들은 희열이라도 느끼듯 소리 내어 웃었다. 한 사람은 갈비뼈를 손으로 누르며 물었다. "파샤의 첩 가슴이 그리 부드럽더냐?"

한 사람이 "손가락만 했겠지, 하!"라고 소리를 질렀다.

나는 더 견디지 못하고 애원하는 목소리로 말했다. "저 검으로 제발 심장을 찔러 주세요. 고통에서 벗어나고 싶습니다."

손으로 갈비뼈를 누르던 예니체리가 대답했다. "아니지. 그럴 수 없지. 그건 자네에게 좋은 일이지 않은가. 우리에게는 나쁜 일이고. 봐라, 우리가 얼마나 재미있게 즐기는지. 우리의 즐거움을 빼앗아 가고 싶은 겐가? 그렇게 쉽게 벗어날 수는 없지. 자네는 더러움을 씻어 내야 해. 자, 보자! 안으로 들어가자고! 상사와 내무반장이 자넬 기다리고 있으니 자네에게 가장 적합한 벌을 내릴 것이야."

그들은 내 머리를 땅에 질질 끌고 안으로 데려갔다. 안에 있던 사람들은 전혀 신경도 쓰지 않고 자기들끼리 농담을 주고받으며 한바탕 웃고 나더니 말했다. "아, 이렇게 생각해 보자고. 어떤 벌을 원하는가? 평생 동안 부대에서 봉사를 하겠어? 아님, 여길 떠나 사라져 버리겠어? 잊지 말게. 밖으로 나가는 순간 편치는 않을 것이야. 부대에서 자랐다는 것을 아는 적들이 순순히 자네를 놓아주지 않을 것이네. 우리도 언제나 자네를 주시할 것이고. 잘못된 걸음을 내디딘다면 어느 날 밤 더러운 송장이 되고 말 테니 그리 알아!"

어느 쪽으로 돌아가더라도 칠흑 같은 어둠이다. 햇빛에 길을 잃어버린 지렁이같이 꿈틀대도 자리에서 빠져나갈 수 없었다. 눈앞에 마주한 굶주린 늑대들이 날카로운 이빨로 내 몸을 조각내는 것을 기다리는 것 이외에는 다른 방도가 없다.

모두 침묵하자 우리 방 내무반장의 목소리가 높아졌다.

"자신의 명예를 발로 깔아뭉개다니. 최소한 부대의 명예를 생각했어야지. 자, 무슨 벌을 받을지 스스로 고르게!"

뒤에서는 상사와 내무반장이 말없이 앉아 내가 결정을 내리기를 기다리고 있었다. 나는 견디지 못하고 울부짖고 말았다. 내가 미쳤다고 여겼는지 상사와 내무반장, 예니체리 사병들이 "정신을 차릴 때까지는 가만히 둬둬."라고 말하더니 소리 없이 나가 버렸다.

악몽에서 깨어나자, 꽤 넓은 방에서 장군의 맞은편에 있다는 것이 떠올랐다. 의자에 앉아 있던 시야부쉬 장군이 입술을 씰룩거리다가 일어나 잠시 무엇을 잊은 것처럼 주위를 돌아보았다. 그러고는 내 곁에 다가와 손을 내 어깨에 올려놓았다.

"사냥개들의 훈련에 관한 기술만큼이나 코란을 읽는 데도 능숙하다더군. 아내가 자네 목소리를 꽤 마음에 들어 했네. 이후에도 매일 밤 기도 후에 와서 자네가 코란 일부분을 읽어 주기를 원하더군. 머리맡에서 말이야. 절대 점술사처럼은 하지 말게. 나는 점술사 선생들을 아주 싫어하지. 왜냐하면 그들은 코란을 거짓말로 더럽히기 때문이지."

"물론입니다, 장군님. 저는 선생님들, 제 물라들에게 배운 방식대로 기도문을 읽습니다. 있는 그대로 낭독하는 것뿐이지요."

"자네 능력을 알았으니 더는 할 말이 없네. 지금 가서 아내의 머리맡에서 코란을 읽어 주게나. 의사가 준 약도 약이지만 자네가 읽어 주는 기도문도 도움이 될 게야."

65

술타나와 쉬메이라가 희소식을 전한 지 한참이 지났는데도 제밀은 여전히 상황의 심각성을 깨닫지 못하고 있었다. 사실상 '아버지가 된다는 것'이 무엇인지도 몰랐다. 부인들이 자신을 소중하게 아껴 주는 것이 마음을 움직였을 뿐이다. 그는 가끔씩 아이가 태어나 자기 앞에서 재롱을 부리는 것을 떠올려 보곤 했다. 그러나 곧 무심해졌다. 어느 날 무관심한 그에게 쉬메이라가 말했다.

"술타나도 그렇고 저도 마찬가지예요. 남의 집에서 아이를 낳고 싶지 않아요. 헛간 같은 집이라도 좋으니 우리 집에서 아이를 낳고 싶어요."

그녀는 화를 내지도 않았고, 특별한 요구를 하지도 않았다. 그러나 그녀의 부드러운 목소리에는 '무관심은 지금까지로 충분해요.'라는 비난이 담겨 있었다. 제밀은 반감이 들었다.

"내가 무엇을 할 수 있겠어?"

"많은 것을 할 수 있지요. 육욕적으로만 사랑에 빠지는 것은 이제 그만 접어 두세요. 마음의 눈을 감으라는 게 아니에요. 저희들도 조금 생각……."

"당신들은 나의 모든 것이오."

"이제 우리만 말하는 게 아니에요. 태어날 아이들을 생각해 주세요. 당신도 알아야 해요. 오늘까지 당신은 현재였어요. 우리 배 속의 아이들은 미래라고요. 그러니 당신의 욕망은 이제 포기하셔야 해요. 만약 누구를 사랑하게 된다면 우리와 이야기하세요. 우리 허락을 받고 그녀와 결혼하세요. 그러면 당신의 조각난 마음을 추스를 수 있을 거예요. 우리도 우리 몫에만 만족할 거고요."

쉬메이라의 말을 들으면서 제밀은 시간이 얼마 남지 않았음을, 호족으로서 올바른 길을 가야 한다는 것을 생각했다. 그리고 즉시 결정을 내려야 한다는 것을 깨달았다. 녹청색 눈, 키가 큰 그 여자를 완전히 잊든지 유수프 성주에게 말하고 그녀와 결혼하든지 해야 했다. '내게 가족이 없었다면……' 잠시 마음속에 찬바람이 불었다. 그는 창문 쪽으로 걸어갔다. 카스렛과 울가르를 바라보며 말했다.

"나는 당신들의 것이오. 내일 이른 시간에 돌아오겠소."

소리 없이 뭔가를 말하는 듯했지만 쉬메이라는 모든 말을 듣고 있었다.

"서두르지는 마세요. 우리도 준비가 필요해요. 산은 멀리서는 멋지게 보이지만 사람들을 좋아하지는 않는답니다. 생필품을 싣고 갈 가축들이 있어야 해요. 먼저 숙박이 가능한지 알아보기 위해 산을 잘 아는 전문가를 보내야 해요. 가축들은 물론이고 우리가 머무를 곳도 있어야지요. 당신은 모르겠지만 산은 사계절이 다 추워요. 여름에도 밤에는 추위에 떨게 만들죠. 술타나도 저도 가축들과 같이 컸어요. 가축을 키우면 우리도 돌볼 수 있을 거예요."

제밀이 쉬메이라의 얼굴을 바라보았다.

"얼굴이 왜 이리 해쓱하오?"

"아무것도 하지 않고 게으르고 나태하게 앉아만 있으니 그렇죠."

"맞는 말이오. 이곳에 너무 오래 머물렀소. 날씨가 따뜻해지길 기다렸는데 어쨌든 여름이 올 것이오. 그러나 우리는 가축을 살 만큼 돈이 많지 않소!"

"제밀, 당신 아버지가 우리를 무일푼으로 내쫓진 않으셨잖아요. 당신은 우리가 안중에도 없군요. 우리도 호족의 딸들이라고요."

제밀은 이 정도로 자신이 현실과 동떨어져 있었나 생각하며 입술을 비쭉거렸다. 배운 사람으로서 그녀들보다 더 세세히 생각해야 하는데도 삶이 어떻게 진행되는지 그녀들만큼도 알지 못했다. 그는 돌아서 쉬메이라를 바라보았다. 미소를 지으며 곁으로 가 그녀의 목을 감쌌다. 하얀 볼에 키스한 후 옆에 앉았다. 부드럽지만 골격이 큰 손으로 그녀의 손을 잡았다.

"그럼 함께 결정을 내립시다. 나도 오늘 밤 유수프 성주와 이야기해 보겠소. 그분 허락을 받은 후에 내일 전문가들과 물건들을 보냅시다."

"결정을 내리려면 모두 함께 내려야지요. 우린 서로를 믿고 신뢰해야 해요. 우리와 함께 온 수하들도 우리와 인생을 나누고 있어요. 당신은 성주이자 가장으로서 모두를 생각해야 해요. 그분들과도 이야기를 나눠야 해요. 그분들도 결혼시켜야 하고요."

제밀은 쉬메이라를 바라보았다. 30분 만에 얼마나 많은 것을 가르치는지 당황해서 어디서부터 무슨 말을 시작해야 할지 도무지 결정을 내리지 못하고 있었다. 다른 손으로 쉬메이라의 나머지 손을 잡았다. 그녀를 자신의 몸 쪽으로 끌어당겼다.

"쉬메이라, 내게 안겨요. 당신 에너지로 나도 힘을 좀 얻겠소."

쉬메이라가 미소지으며 그를 바라보았다.

"당신도 내게 안겨요. 나도 당신에게서 힘을 얻고 싶어요. 배 속에 있는 녀석과 함께 힘을 내 보려고요. 그런데 틀렸나 봐요. 이제 힘이 안 나요. 그 애에게 해가 될까 두려워 아무것도 하고 싶지 않아요."

"이 상태로 산 입구에서 무슨 일이 일어난다면 어떻게 해야 하지? 가장 가까운 시골 마을도 몇 시간이나 걸리잖아."

"산모들이 모두 두려워하죠. 곧 적응할 거예요. 저도 익숙해지겠지요. 술타나는 늘 그렇듯 힘을 내서 살잖아요. 웃고 즐기고. 자! 봐요, 지금 유수프 성주의 큰며느리와 버섯을 따러 나갔어요."

"쉬메이라, 당신은 나보다 더 잘 알고 있잖소. 이런 삶에 대해서 말이오. 몇 년 전 신학교에서 공부를 접으면서 인생에서도 떨어져 나왔나 보군. 그럼, 함께 생각해 봅시다. 먼저 머물 수 있는 곳을 구해 봅시다. 그런 후에 그곳에 가서 정착합시다."

"설마 산에서 겨울을 나려는 건 아니죠?"

"모르겠소. 거기 말고는 어디로 갈 수 있겠소?"

"아, 제밀! 고원에서 겨울을 보내지 말아요. 그곳은 눈이 2미터나 쌓여요. 지금은 적당한 곳에 머물다가, 겨울을 날 곳은 나중에 생각해 봐요."

"무슨 말인지 모르겠군. 우리가 가서 살 수 있는 도시가 있나?"

"당신은 아직도 정신을 못 차리셨군요. 당신 아버지가 당신을 내쫓았다고요."

제밀은 시선을 천장에 꽂고 생각에 잠겼다. 천장에는 키가 큰, 녹청색 눈의 여자 실루엣이 지나가는 것 같았다. 그것을 보자 그는 당황해서 쉬메이라를 바라보았다. 생각을 지워 버리려고 애썼다. 그녀를 잊지 못할 것을 깨닫자, 쉬메이라에게 고백하려고 마음먹었다. 쉬메이라의 얼굴은 여전히 하얗고 창백했다. 그것을 보자 용기가 꺾였다. '지금은 안 돼.' 그는 스스로를 타일렀다. 혀끝에서 맴도는 말을 포기하고 시선을 다시 천장으로 돌렸다.

쉬메이라가 물었다.

"할 말 있어요? 왜 말을 하려다 그만두는 거예요?"

이제 그녀는 눈빛만 봐도 다 아는 것 같았다. 제밀이 놀란 듯 그녀를 쳐다보자 쉬메이라가 덧붙였다.

"아무것도 숨기지 마세요. 이제 파리로 돌아갈 수도, 우리 곁에서 떠날 수도 없으니까요. 맞은편 산을 잘 보세요. 그 산은 찾아온 사람들을 가만히 내버려 두지 않아요. 사람들이 적응할 때까지 끊임없이 훈련시키죠. 그래도 산은 최상의 아름다움을 선보여요. 매일 아침 색다른 아름다움을 보여 줘요. 새로 핀 꽃이 입을 맞추게 하죠. 당신에게 내일을 기다리게 만들어요. 그러고는 언덕과 분지와 도랑에 당신을 영원히 감추지요."

제밀은 쉬메이라의 마지막 말을 들으면서, 가슴 언저리에 거대한 얼음 덩어리가 떨어진 것처럼 전율했다. 얼굴이 보랏빛이 되더니 곧 새하얗게 질렸다. 이를 본 쉬메이라가 다시 어미 닭처럼 목을 감싸 주고 입술에 몇 번 키스해 주었다. 잠시 후 그녀는 손을 풀고는 화가 난 것처럼 뒤쪽으로 가서 제밀의 눈을 똑바로 바라보며 조목조목 말을 시작했다.

"우리가 같이 있는 동안에는 두려워할 필요 없어요. 우리는 죽을 때까지 당신 곁에 있을 거예요. 당신 아버지는 가장 뛰어난 사람들을 당신에게 딸려 보냈어요. 그 사람들은 당신이 상상하는 것 이상으로 유능해요. 당신이 행동하기 전에 길 위에 있는 장소들을 파악하죠. 당신은 그들을 볼 수 없어요. 그래도 그들의 눈은 항상 우리에게 향해 있죠. 당신 말고는 그 어떤 것도 생각지 않아요. 그 사람들은 모든 것을 보지만 당신은 그 사람들이 뭐라고 하는지 한마디도 들을 수 없을 거예요. 당신이 지금부터 해야 할 일은 우리와 저분들에게 아무것도 숨기지 않는 것이에요. 무슨 생각이든 말을 하세요. 우리에게 부끄러워할 필요도, 어려워할 필요도 없어요. 우리가 당신을 부끄럽게 하겠어요? 그런 생각은 아예 없어요. 당신은 배운 사람이니 우리보다 더 좋은 생각을 할 것이라고 믿어요. 그리움도 우리와 나누세요. 왜냐하면 당신은 우리 자신이니까요. 우리도 당신이고요. 당신의 삶 옆에 우리를 둘 때에 우리 삶에도 의미가 생기는 거예요. 불명예에 대해서도, 죄에 대해서도 생각할 필요 없어요. 왜냐하면 그건 우리가 만드는 것이니까요. 그것을 함께 없애고 함께 자유로워져요."

그녀는 잠시 입을 다물더니 제밀에게 또 한 번 입을 맞추었다. 그리고 문 쪽으로 걸어가면서 말했다.

"우리 말고 누군가 또 당신 마음에 들어온다면 그것도 말해 주세요. 그런다고 우리의 사랑이 줄어들거나 당신을 비난할 거라고는 생각하지 말아요."

66

시야부쉬 장군에게 질책받을까 봐 걱정했다가 오히려 칭찬을 듣자 무척 당황스러웠다. 나는 계단을 올라 쉰뒤스 부인 방으로 들어갔다. 누르하얄은 여전히 부인 발끝에 앉아 있었다. 그녀는 재미있는 말로 부인을 즐겁게 해 주려고 애쓰고 있었다. 재미있는 이야기를 들으면 젊어진다고 느끼는지 다른 첩들도 부인의 무릎에 기대어 누르하얄의 입만 쳐다보고 있었다. 내가 안으로 들어가자 모두 재빨리 베일로 얼굴을 가렸다. 쉰뒤스 부인이 나에게 부드러운 목소리로 경고했다.

"다음번에 들어올 때는 '허락'이라고 외치고 노크를 하렴, 애야."

나보다 나이가 그리 많은 것은 아니었다. 그런데 나에게 '애야'라고 했다. 나는 기분이 무척 좋아졌다. 내 자신이 이 저택의 식구가 된 것처럼 느껴졌다. 나는 머리를 숙이며 말했다.

"무례를 용서해 주십시오, 부인."

"겪어 보지 않은 것을 누가 알겠나. 자넨 지금껏 예의 없는 사람들과 살지 않았는가. 저택의 법도를 알 리 없지. 당연한 거야. 지금껏 하렘에 들어온 적은 없어도 눈치는 있군. 자! 그 기도를 들어 보세. 자네의 부드러운 목소리로 정오에 읽은 것처럼 기도문을 더 읽어 보게. 나도 그렇지만 누르하얄도 자네 목소리를 매우 좋아한다네."

나는 바닥에 무릎을 꿇었다. '만약 이 여자가 좋아하지 않았더라면 내 심장을 도려내고 스스로 쫓아 버렸을 거예요. 내 목을 줄에 묶어서 발밑에서 질질 끌고 다니겠지요. 그녀를 나에게서 멀리 있게 하면 어떨까요, 부인. 키스하려고 또다시 일어난다면 견딜 수 없을 거예요. 다음을 알 수 없어요. 어쩌면 장군이 나를 매질할 것이고, 어쩌면 부대로 보내서 나를 처리하게 할지도 모르겠어요. 부인, 어찌 되었든 그녀를 나에게서, 나를 그녀에게서 멀리 있게 해 주세요.'

무릎을 꿇은 채 여전히 흥분하여 몸을 떨었다. 경련을 눈치채지 못하게 하려고 서둘러 기도서를 읽어 나갔다. 몸을 앞쪽으로 구부리며 좌우로 흔들었다. 한편으로는 곁눈으로 누르하얄을 바라보기도 했다. 누르하얄은 일부러 그러는 것처럼 새하얗고 큰 가슴을 앞을 향해 쭉 내밀고 앉아 있었다. 말괄량이 같았다. 아침에 갈아입었는지, 몸을 감싼 옅은 파란색 옷을 입고 있었다. 옷이 어찌나 꽉 죄던지 옷깃을 덮은 검은 천 아래로 탱탱한 가슴과 젖꼭지가 드러났다. 그녀의 가슴에 눈길이 머물자 들에서 놀다가 가슴끼리 닿을 뻔했던 에신티가 떠올랐다. 그녀와 가슴을 맞대고 누웠을 때의 느낌이 생생했다. 무서웠다. 두려움을 이기려고 얼른 앞을 바라보았다. 금방 끝낸 기도문을 다시 한 번 읽어 보았다. 기도서를 읽을 때마다 상상 속에서는 입술과 목소리로 누르하얄의 큰 가슴을 느꼈다. 이 난감한 상황에서 벗어나고자 목소리를 높이면서 한 구절 한 구절 읽어 나갔다. 꽤 많은 구절을 읽은 후에야 다시 시작할 수 있었다. 아침 바람에 실려 온 노랫소리 중 하나에 목소리 톤을 맞추고 눈을 감고 기도문을 외우기 시작했다. 처음에는 머릿속 영상들을 지우는 데 성공했지만 마음속에 들어온 악마는 나를 편히 놓아두지 않았다. 잠시 후 에신티를 잊는 데는 성공했지만 누르하얄은 가슴 곳곳에서 악마처럼 괴롭혔다. 큰부인을 쳐다보았다. 우리 둘을 놀리려고 그러는지, 그녀의 시선이 누르하얄과 나를 향해 미끄러졌다. 걱정스러웠다. 그러나 곧 큰부인이 깊은 잠에 빠지자 안도의 숨을 내쉬었다. 내가 마지막 기도문을 읽고 큰부인을 향해 한숨을 내쉬자 누르하얄은 젊은 첩들에게 방으로 돌아가라고 말했다. 그녀들이 돌아가자 누르하얄은 조금 사이가 벌어진 문틈으로 밖을 내다본 후에 내게로 다가왔다. 그녀는 내 옆에 무릎을 꿇었다. 내 손을 움켜쥐더니 가슴 위로 가져갔다. 내 손은 지옥 불구덩이에라도 떨어지는 것처럼 뒤로 움찔했다. 나는 읽었던 기도서를 들고 복도로 나갔다. 소리를 내지 않고 계단을 내려가자 누르하얄도 가슴을 덮은 검은 베일을 쓰고 뒤따라 나왔다. 그녀가 뒤에서 따라오는 것을 보자 마룻바닥까지 뜨겁게 느껴졌다. 어느 순간 무릎이 꺾이더니 마지막 계단에서 발을 헛디뎠다. 살롱에서 커피를 마시던 시야부쉬 장군은 가늘게 다듬은 검고 긴 수염을 꼬면서 앉아 있다가 내가 휘청거리는 것을 보고 웃으며 말했다.

"이보게, 뒤에서 누가 쫓아오기라도 하는가? 왜 그리 서둘러?"

나는 부끄러워 얼굴이 붉어졌다. 장군에게 들키지 않으려고 즉시 현관문으로 향했다. 내가 문을 나설 때 뒤에서 빠르게 계단을 타고 내려온 누르하얄이 거의 뛰다시피 하며 장군 곁으로 다가갔다. 그녀가 몸을 구부리더니 장군 귀에다 무언가 속삭였다. 그 순간 마치 끓는 물이 머리부터 아래로 쏟아지는 것 같았다. 무릎이 다시 꺾였다. '이 여자, 위에서는 내 손을 자기 가슴에 갖다 대더니 이번에는 나를 장군에게 고자질하는구나.' 마침내 내 인생의 종말이 온 것이다. 만약 내가 손을 뿌리쳤더라면, 그녀가 시야부쉬 장군에게 고자질하지 않았을 거라고 생각하며 얼마 동안 두려움으로 다리를 덜덜 떨었다. 그 순간 내가 얼마나 겁이 많은 인간인지 깨달았다. 내가 어떻게 예니체리 지원자란 말인가! 지금은 사냥 담당으로서 이곳에 있지만 마지막 목표는 예니체리가 되는 것이었다. 이곳이 전장이라면 나는 분명 즉시 불려 나갈 것이었다.

누르하얄은 말을 끝내고 자기 방으로 돌아갔다. 마룻바닥이 울릴 정도로 큰 소리가 들려왔다. 장군의 목소리와 닮았다. 그런데 그 목소리가 아닌 것 같기도 했다. 멀뚱멀뚱 문 옆에 서 있는 내가 듣지 못했을 거라고 여겼는지 장군이 다시 같은 목소리로 말했다.

"사냥 담당, 잘했네. 아내를 또 재웠구먼."

나는 당황스러웠다. 귀에 윙윙거리던 소리가 조금 잦아졌기 때문에 시야부쉬 장군의 마지막 말은 또렷이 들을 수 있었다. 누르하얄은 그에게 고자질하지 않았던 것이다. 장군은 내게 예의를 갖추었다. 내가 서 있는 것을 보고 장군은 말을 계속했다.

"자네는 부대 사람들이 얼마나 좋은 일을 했는지 모르지? 좋은 사람이란 자기가 무슨 일을 하는지 알면서 행동하는 사람이네. 자네도 매우 많은 것을 알면서 행하더군. 그러나 중요성과 가치는 깨닫지 못했네. 자네가 밤낮으로 하는 일에 대해 조금이라도 알려 주었다면 더 좋았을 것이야. 나즈르 씨에게 말해야겠구먼. 자! 이제 그만 자네 일을 하러 가게. 아내가 부르면 다시 오게나."

나는 기대하지도 않았던 그의 정중함에 대해 공손히 허리를 숙이며 말했다.

"분부만 내리십시오, 장군님."

나는 곧 밖으로 나와 저택 큰 문 옆에 있는 사냥개들 곁으로 갔다. 나를 가장 잘 이해해 주는 것은 사냥개들이었다. 그레이하운드는 배고플 때만 나를 기다리고, 조금이라도 늦으면 성질을 부리며 우리 문을 기어올랐다. 그러다가도 나를 보면 좋아서 펄쩍펄쩍 뛰었다.

나는 보스나 사냥개를 우리에서 꺼내 사슬을 풀어 주었다. 저택의 넓은 뒤뜰에서 사냥개와 함께 뛰었다. 한 번은 그 녀석이 앞에서 가고, 한 번은 내가 앞섰다. 나는 가끔씩 서 있다가 다시 뛰곤 했다. 저택이 보이지 않을 정도로 멀리 오자 문득 피곤함을 느꼈다. 나는 앉아서 등을 나무에 기대었다. 사냥개도 곁에 와서 섰다. 나는 개를 품에 안았다. 긴 솜처럼 생긴 털을 쓰다듬으면서 그날 일어난 일들에 대해 생각해 보았다. 뭔가 변하고 있었다. 그런데 구체적으로는 무엇이 변하는지 알 수 없었다. 누르하얄이라는 여자로부터 도망쳐야 한다. 그렇지 않으면 결국 파샤에게 덜미를 잡힐 것이다. 이 여자, 내 피를 말릴 것이다! 지금도 그렇지 않은가? 내 손을 잡아 자기 가슴으로 가져갈 때 불안하지도 않았단 말인가? 결국 나도 그녀의 향내를 들이마시지 않았던가? 나도 그녀의 머리를 쓰다듬으려 했지 않은가? 아! 신이시여, 어떻게 했어야 합니까? 이 상황에서 벗어나기 위해 부대로 돌아가 내무반장에게 저를 이곳에서 데려가 달라고 해야 합니까? 안 돼. 상사와 내무반장의 명령을 어떻게 거부할 수 있단 말인가? 나는 인간이다. 인생을 모르는 인간이다. 내가 무슨 행동을 하는지도 모르는 인간이다. 그들은 모든 것을 알고 있다. 이스탄불의 모든 것을 아는 사람들이다.

품 안에 있던 보스나 사냥개가 얼굴을 문질러서 정신을 차렸다. 나는 자리에서 일어섰다. 다시 뛰어 우리로 갔다. 저녁이 되기 전에 사냥개와 그레이하운드들을 먹이고 다시 우리에 넣었다. 뛰어서 곧바로 숙소로 갔다. 손과 얼굴을 씻고 옷을 갈아입었다. 문득 내가 깨끗한 옷으로 갈아입고 있다는 것을 알아차렸다. 그리고 그 순간 세상에서 가장 추잡한 인간처럼 느껴졌다. 나는 옷을 벗어 벽에 던졌다. '당장 쉰뒤스 부인이 부르면 무엇을 입어야 하지.' 쉰뒤스 부인이 주었던 장미수가 머릿속에 떠올랐다. 옷에 달린 하얀 털을 떼어내고 그 위에 장미수를 뿌렸다. 장미수가 날아가라고 매트리스 아래에 놓아두었다. 겔리볼루 부대에서 한 번도 입지 않았던 하얀 바탕에 커피색 줄무늬가 있는 아랍풍 유니폼을 걸치고 식당으로 갔다. 일이 적어진 내무반장 쉐브캇 우스타는 음식이 든 냄비를 옆에 놓고 기다리고 있었다. 그는 내게 음식을 주고 맞은편에 앉았다.

"사냥 담당, 자네가 온갖 것을 다 할 거라고 생각했네만 이 정도일 줄은 몰랐네. 자네, 능력 있군. 이 옷도 자네에게 잘 어울려."

"무슨 말을 하고 싶으신 겁니까. 제가 잘못한 거라도 있습니까?"

"아니네, 아냐. 이보게, 저택이 온통 자네 때문에 들썩거린다고."

"무슨 냄새가 납니까?"

"향기가 나는 거지. 나쁜 냄새는 아니네. 향내가 난다고 말들 하네. 자네가 죽은 목숨에 생명을 불어넣어 주고 있다고 말하고 싶었네."

"잘못 아신 거 같은데요."

"우리도 가끔 기도문을 읽어서 치료해 주면 좋겠어."

"그야 물론이죠. 읽어 드리겠습니다."

"이 옷을 입고 읽어야 하네. 이 옷은 아랍 수도승 분위기가 나거든."

"이건 지난 몇 년 동안 한 번도 입지 않았던 옷입니다. 겔리볼루 부대에 대한 제 추억이지요. 달리 깨끗한 옷이 없어서 입었을 뿐이에요."

"사랑이 사람을 장님으로 만든다더니, 감성적이게도 만드는군."

이렇게 말한 쉐브캇 우스타는 일어나 솥 옆으로 갔다.

그가 일어나자 나는 서둘러 음식을 먹고 방으로 향했다. 나무 사이를 걷고 있는데 창문을 가린 커튼 뒤로 누르하얄의 그림자가 어른거렸다. 나는 주의 깊게 그쪽을 살폈다. 그때 갑자기 커튼이 젖혀지더니 창문이 열렸다. 창문 밖으로 뛰쳐나온 누르하얄이 내게 뛰어왔다.

67

봄이 거의 막바지에 이르렀다. 카스렛은 여전히 춥기만 했다. 저녁 무렵에는 담요 두 개를 덮어도 추웠다. 산 남동쪽 언덕에 있는 옛 집터에는 반은 석재로, 반은 목재로 된 집이 있었다. 그 집 창문에서는 줄줄이 고원과 고원을 연결하는 꽃밭의 평원이 보였다. 새끼 양들은 무럭무럭 커 가고 새로 사들인 양들의 수도 갈수록 늘어 갔다. 유수프 성주가 보내 준 검은 피부에 마른 목동과 그의 열 살 난 아들이 양과 소를 몰았다. 가축은 저택에서 먼 곳으로 데려가지 않고도 배를 불릴 수 있고, 카스렛의 비옥한 언덕에서 샘솟는 물을 먹일 수 있었다. 저녁이 되면 목동과 아들은 저택의 맞은편 언덕에 있는 큰 바위 사이로 파인 도랑에 양과 소를 몰아넣고 자신들도 도랑 바로 옆에 있는 오두막으로 들어갔다. 오두막은 대체로 문이 열려 있었다. 반은 석재로, 반은 목재로 된 집은 내부가 서로 통하고 얇은 벽이 있는 방이 여섯 개 있었다. 수하들은 제밀과 부인들과 떨어져 지냈다. 가운데 있는 넓은 방은 응접실과 손님방이었다. 다른 두 곳에는 남자들이 머물고, 나머지 하나는 음식물 저장실과 주방으로 사용되었다. 부인들 시중을 들어 줄 사람으로 목동의 부인을 데려오라고 해서, 집 옆에 방을 하나 더 들였다.

목동과 금실이 좋아 보이는 목동의 아내는 너무 말라 뼈가 앙상했다. 살이 없어 홀쭉한 볼은 무덤에서 금방 나온 것 같은 인상을 주었다. 그러나 세상에서 가장 아름답고 가장 활력 넘치는 시선의 소유자였다. 유감스러운 점은 요리도 못하고 옷도 못 만든다는 것이었다. 그래도 목동 부부는 끔찍하게 사랑하는 것 같았다. 언제 어디서든 상대에게서 눈길을 떼지 않았다. 목동이 부끄러움이 많은 것에 비해 그의 아내는 부끄러워하지 않았다. 틈만 나면 목동의 손을 잡고 쓰다듬었다. 처음에 목동의 아내를 탐탁지 않게 여긴 술타나는 뼈가 튀어나올 것같이 마른 몸을 따뜻한 물로 깨끗하게 씻겨 주었다. 그런 후에 그녀에게 조금씩 일을 맡기면서 하나하나 가르쳐 주었다. 여자는 그리 오래지 않아 술타나에게 익숙해졌고, 그녀 곁을 떠나지 않게 되었다. 어느 날 제밀은 술타나가 목동 부인의 길고 검은 머리를 땋아 주는 것을 보았다. 그는 미소를 지으며 그 모습을 바라보았다. 술타나도 그에게 미소로 답하며 어머니 같은 어투로 말했다.

"머리가 아주 길고 숱이 많아요. 땋으면 더 잘 어울릴 거예요."

제밀은 목동 아내의 머리를 바라보았다. 정말 길었다. 길고 조밀한 머리카락은 반짝반짝 빛났다. 제밀이 자기 머리를 보는 것을 눈치챈 여자는 부끄러워 시선을 피했지만, 작은 뼈들이 튀듯 서 있는 얼굴 표정은 조금도 변하지 않았다. 제밀은 여자 얼굴을 바라보며 연극배우 같다고 생각했다. 왜 그런 생각이 들었는지 자신도 알 수 없었다. 여자 얼굴에 대한 자기 생각을 말하고 싶어서 쉬메이라 곁으로 다가갔다. 그는 말할까 말까 망설였다. 제밀의 얼굴 표정을 잘 읽어 내는 쉬메이라는 그가 뭔가 결정을 내리지 못해 고민하고 있다고 생각하고, 통통한 입술로 미소를 지었다.

"무슨 말을 하려는 거예요? 아니면 기분이 나빠진 거예요?"

제밀은 미소를 지었다. 세 명 다 자기를 보고 있었다. 제밀은 자신이 무슨 생각을 했는지 말하려고 마음먹었다. 그러나 키가 크고 뼈가 튀어나올 것같이 서 있는 쥐흐레가 상심할 것 같아 그만두었다. 쥐흐레가 세상의 중심인 파리에서 연극배우가 되기 위해서는 수년간 공부해야 한다는 것을 알지라도, 자기 말 때문에 상심하지는 않을 것이다. 그러나 알든 모르든 그녀의 세상은 목동으로 한정되어 있었다. 그러므로 연극배우와 비교되는 것을 어쩌면 폄하하는 것으로 여길 수도 있고, 슬퍼할 수도 있을 것이다. 그녀에게 말해서 공연히 마음을 상하게 하는 것은 아무 의미도 없었다. 쥐흐레와 목동에게는 딸이 있었다. 세 살이었다. 그 애는 이곳에서 사랑을 독차지했다. 강심장이라고 여겨지는 므스티조차도 아이를 품에 안고 말을 태워 주었다. 카스렛에 있는 집에서는 누구도 같은 말을 반복하게 하지 않았다. 이해와 사랑으로 이루어진 환경에서 가장 많은 애정을 받고 있는 사람은 바로 제밀이었다.

말하길 포기한 제밀은 세 여성을 남겨 두고 도루 곁으로 갔다. 그는 등이 살짝 굽은 말의 고삐를 잡고 카스렛 꼭대기로 올라가기 시작했다. 제밀은 산의 정상을 바라보았다. 산꼭대기에 구름이 없는 것을 보면서 생각했다. '오늘은 아흐스카에서 메쉐아르다한까지 훤히 볼 수 있겠군.' 파란 하늘과 황금빛 태양이 선사한 행복감 때문에 미소가 나왔다. 그는 "베지르걍 마을만 아니라면 아시아를 볼 수 있었겠군."이라고 중얼거렸다. 정상에 이르자 말에서 내렸다. 도루의 고삐를 풀어 풀을 뜯게 놓아주자마자, 바닥의 찬 기운을 생각지도 않고 잔디 위에 몸을 던졌다. 제밀은 누워서 푸른 잔디를 수놓은 꽃을 바라보았다. 꽃들은 마치 잔디를 갈라놓는 것 같았다. 남청색 꽃, 보라색 꽃, 노란색 꽃, 또 다른 쪽에는 흰색의 데이지가 있었다. 초록 잔디 사이로 아름다움이 더해지는 것을 알기라도 하는 듯 기쁨에 겨워 보였다.

제밀은 그 모두를 눈빛으로 쓰다듬고, 색깔에 따라 이름을 붙여 주었다. 가느다란 입술로 키스를 보내고, 머릿속에 떠오르는 시 구절을 소리 내어 읊었다. 도루는 그를 방해하지 않고 풀을 뜯다가 가끔 머리를 들어 제밀을 바라보면서 쉭쉭 소리를 내었다. 그러고는 또 풀을 뜯었다. 도루는 그의 곁에서 절대 멀어지지 않았다.

　제밀은 배와 다리에서 한기가 느껴지자 자리에서 일어섰다. 새파란 하늘에 떠 있는 아시아를 닮은 하얀 구름을 바라보았다. 구름은 매일 같은 시간에 카프카스에서 빠져나와 카스렛 쪽으로 미끄러져 사라졌다. 한동안 카스렛 꼭대기에 머물다가 되돌아가고는 했다. 편지를 나르는 기차처럼 멀리 보이다가 빠르게 다가오고, 가까워지면 꼬리를 뻗어 카스렛 꼭대기에 닿았다. 그러다 다시 작은 공이 되어 떠나곤 했다. 아마도 이 구름은 카프카스의 소식을 카스렛에 전해 주고 카스렛에서 받은 소식을 다시 카프카스에 전해 주는 것 같았다. 이상한 점은 카프카스로 길을 나설 때마다 울가르에서 생긴 면화를 닮은 구름이 빠르게 카스렛 쪽으로 빠져나간다는 것이었다. 사실상 카프카스에서 카스렛으로 가져가는 소식을 울가르에 옮기는 것이 작고 하얀 구름의 일이었다. 하얀 구름이 울가르에 다시 돌아가면 울가르를 떠나온 회색 구름은 진산에 소식을 전하는 것이 분명했다. 제밀은 일어나 도루를 한 번 쳐다보고는 카스렛 서쪽에 있는 진산을 바라보았다.

　진산의 구름은 카프카스의 구름처럼 새하얗지 않고 때가 탄 것처럼 보였다. 그 구름은 금세라도 비를 뿌릴 것 같았다. 비구름은 대부분 진산에서 생겨나 울가르를 거쳐 카스렛에 이른다. 제밀은 종종 구름이 카스렛 정상에 이를 때까지 기다렸다가 비를 흠뻑 맞고 집에 돌아오기도 했다. 왜 그러는지 자신도 몰랐다. 오늘도 제밀은 비가 내리기를 기다렸다. 집에 도착하자 몸이 약간 떨렸지만 개의치 않았다. 빗방울이 떨어지고 난 후 꽃향기에 흐려진 땅 냄새를 맡고 싶은 욕구 때문이었다. 파리의 향수 가게에서도, 카이로에서도, 천 개의 얼굴을 지닌 바그다드에서도 만날 수 없는 것이었다.

제밀이 자연에 빠져 다른 세상에 있을 때 도루가 팔을 건드렸다. 문득 정신을 차린 제밀은 새파란 하늘을 바라보았다. 항상 묵묵히 풀을 뜯던 도루가 갑자기 팔을 건드린 것이 의심스러웠다. 주위를 유심히 살폈다. 북쪽 화성 사이에서 자신들을 지켜보고 있는 늑대 무리가 눈에 띄었다. 그는 당황했다. 임무를 수행한 말은 침착했다. 제밀은 도루의 머리를 쓰다듬고 나서 안장에 걸린 장총을 집어 들고 무리 중 한 마리를 겨냥했다. 여름에는 먹이가 많아서인지 토실토실한 늑대는 번개처럼 바위 사이를 달려 울가르 고원으로 뛰어갔다. 제밀도 흙더미 뒤에 몸을 숨겼다. 주변을 살피며 한동안 그러고 있다가 일어섰다. 머릿속에 이런저런 생각이 떠올랐다. 그는 두려움으로 얼굴이 노래졌다. "이런 내가 호족의 아들이라니!"라는 말이 절로 튀어나왔다. 다시 몸을 숨길까 하는데 마침 늑대들이 사라진 방향으로 말을 모는 사람이 보였다. 제밀은 안심되었다. 도루의 안장 다른 쪽에는 총탄이 걸려 있었다. 그는 손에 들고 있던 장총을 제자리에 걸어 놓았다. 도루를 타고 집 쪽으로 방향을 돌렸다. 도루가 꼭대기에서 아래로 내려가기 시작했다. 그는 늑대들 뒤에서 말을 몰던 남자를 생각했다.

말 위에서 집을 바라보았다. 함쉬오울루의 집 쪽에서 이쪽으로 오는 사람들이 보였다. 그 무리에 가까이 갈수록 사람들이 많아지는 것 같았다. 별 의미를 두지는 않았지만 '우리에게 오지 않을 거야.'라고 생각했다. 꽤 아래쪽으로 내려오자 저택에 가까워졌다. 제밀은 사람들을 유심히 바라보았다. 맨 앞에서 말을 모는 사람은 유수프 성주였다. 그의 뒤에는 아시아가 있었다.

68

며칠 동안 도대체 잠을 이룰 수 없었다. 몸도 마음도 말을 듣지 않았다. 양심의 가책이 느껴졌다. 시골 이맘, 부대에 있는 물라들, 고참들, 내무반장들의 말이 머릿속에서 서서히 지워져 갔다. 누르하얄이 머릿속에 들어올수록 내 몸도 변해 갔다. 감정도 근육들도 힘이 풀렸다. 꿈속에서도 떠나지 않았다. 그녀가 나타나는 꿈은 처음과 끝이 똑같았다. 그녀를 만난 것이 후회스럽게 느껴질 뿐이었다. 잠에서 깨어나 울기도 했다.

누르하얄은 가만히 있지 않았다. 날이면 날마다 나를 만날 수 있는 방법을 찾았다. 이따금 다른 첩들과 정원을 산책하기도 했다. 대부분 내가 사냥개들과 함께 있을 때였다. 내가 보스나 사냥개와 나무들 사이를 뛰어다니노라면 갑자기 내 앞에 나타나서는 깜짝 놀랐다는 듯이 그 자리에 주저앉기도 했다. 같이 온 어린 첩들도 한동안 수선을 떤 후에야 얌전해지곤 했다. 산책할 때에는 대부분 스카프를 쓰고 있었다. 다른 첩들은 얼굴 전체를 하얀 베일로 가렸다. 누르하얄만 스카프를 휘날리며 돌아다녔다. 종종 넘어지는 연기를 할 때마다 하얀 목 아래 가슴이 쏟아질 것 같았다. 그럴 때마다 다른 첩들은 그녀의 몸을 황급히 가려 주었다. 나의 시선은 당연히 그녀의 뽀얀 피부에 머물렀다. 나는 자신의 욕망을 통제하려고 부단히 노력했지만 이제는 그녀를 원하고 있었다. 나는 이런 욕망이 두려웠다. 그러나 그녀와 함께할 수 있다면 모든 것을 감수할 수 있을 것 같았다. 누르하얄이 넘어지는 연기를 하고 일어설 때 내가 잽싸게 그녀 곁에 다가가서 "제 부주의함을 용서하십시오, 부인."이라고 말하는 것도 그녀와 가까이 있기 위해서였다.

어느 날 내가 사냥개들과 정원을 산책하고 있을 때 홀연히 그녀가 나타났다. 그녀는 내가 지나는 사과나무 옆에 서 있었다. 그날따라 다른 첩들은 보이지 않았다. 나는 그녀에게 다가갔다. 그녀는 사냥개들이 무섭다는 듯이 비명을 질렀다. 나는 비명 소리가 새 나가지 않도록 손으로 입을 가렸다. 그녀가 나에게 돌아서서 화를 냈다.

"개로 나를 놀래다니, 빌랄. 이 개들 말고는 아무것도 안중에 없는가 보군요."

"부인, 아시겠지만 저는 이 저택에 사냥 담당으로 왔습니다."

나는 땅을 내려다보면서 대답했다.

"당신은 개들 외에는 아무것도 보지 못하는군요. 나는 개들이 무섭다고요. 그러니 내가 보이면 개들을 우리에 넣으세요. 내가 놀라는 게 좋으신 건가요?"

그녀는 일부러 화난 듯 말했다.

"정말이지 부인이 정원에 들어오는 걸 보지 못했습니다. 그렇지 않고서야 제가 감히 부인을 놀랠 수 있겠습니까! 저는 사냥개들과 함께 있을 때는 제 자신도 잊습니다. 그 정도로 몰두해 있었기 때문에 부인을 보지 못한 것뿐입니다. 이 사냥개들은 가족입니다. 부인께 아무 짓도 하지 않아요. 두려워하실 필요 없습니다."

"어쨌든 간에 나는 무섭다고요."

"부인, 제가 말씀드렸지 않습니까? 두려워하실 이유가 없습니다. 다른 개들은 몰라도 이들은 저택에 있는 어느 누구도 물지 않습니다."

"관두세요. 개들에 대해 설교를 하시는군요. 난 무섭다니까요."

그때 목줄이 느슨해진 사냥개 한 마리가 옆으로 와 발 냄새를 맡았다. 누르하얄이 그 녀석을 너그러이 봐주기는 했지만 무서워한다는 표시를 더욱 확실히 드러냈다. 나는 사냥개를 붙잡으려고 누르하얄에게 다가갔다. 다른 사냥개들도 덩달아 그녀의 냄새를 맡기 시작했다. 처음에는 누르하얄의 얼굴이 하얗게 질리더니 내가 안절부절못하자 입을 열었다.

"아, 당신께 화를 낸다면 나도 무슨 일을 저지를지 몰라요. 그런데 왠지 화를 낼 수 없군요."

조금 지나자 그녀의 뺨에 화색이 돌았다. 나는 손뼉을 두 번 쳤다.

"자, 물러서!"

나는 사냥개에게 물러나라고 손짓했다. 사냥개들은 뒤로 물러서다가 나를 보더니 다시 달려들었다. 나는 주머니에서 사탕을 꺼내 개들의 입속에 넣어 주었다. 개들은 꼬리를 흔들며 좋아했다. 누르하얄이 차분하고 따뜻한 목소리로 말했다.

"개들 말을 잘 알아들으시네요. 제 말도 그렇게 잘 알아들으시면 좋겠어요."

"아닙니다, 부인. 제가 개들 말을 알아듣는 것이 아니라, 개들이 제 말을 알아듣는 거예요."

그녀는 마지막 말을 듣지 못한 것 같았다. 잠시 머뭇거리더니 대담하게 성큼성큼 내게 다가왔다. 나는 어찌할 바를 몰라 뒤로 물러났다. 어렴풋이 발소리가 들려왔다. 나는 신경 쓰지 않고 몸을 구부려 사냥개의 머리를 쓰다듬었다. 그녀가 갑자기 스카프를 벗었다. 노란 실크 블라우스 속 앞가슴이 쏟아질 것처럼 보였다. 나는 놀라서 손을 뻗었다. 그 순간 발소리가 또렷이 들렸다. 정신이 번쩍 나지 않았더라면 그녀 가슴에 손을 댈 뻔했다. 다시 사냥개를 쓰다듬었다. 나무들 사이로 가까워졌던 발소리가 뚝 끊겼다. 나는 황급히 주위를 돌아보았다. 아무도 보이지 않았다. 나는 누르하얄에게서 조금 더 떨어져 나무들 사이를 두리번거렸다. 여전히 아무도 보이지 않았다. 두 발자국 뒤로 물러서 몸을 구부렸다. 나무들 사이를 보았다. 어떤 나무 뒤에서 집사 보조의 부츠가 보였다. 남자가 눈치를 챈 것 같아 나는 나무를 방패 삼아 빠른 걸음으로 저택을 향했다.

누르하얄이 유쾌한 웃음소리를 내며 손뼉을 쳤다. 그러자, 어린 첩들이 하나 둘씩 모여들었다. 내 눈이 휘둥그레지는 것을 본 누르하얄이 말했다.

"봐요, 첩들도 내 말을 알아듣죠."

첩들이 모여들자 사냥개들이 불안해했다. 나는 서둘러 줄이 풀린 개들에게 다시 목줄을 걸었다. 첩들은 꽃을 모아 누르하얄에게 바쳤다. 새까만 히잡도 그들의 아름다움과 젊음을 차마 가리지 못했나 보다. 어찌나 싱싱하고 활력적으로 보이는지 누르하얄은 오히려 나이가 들어 보였다. 누르하얄은 나를 바라보며 또 한 번 손뼉을 쳤다.

"자, 얘들아, 저택으로 가자. 부인이 깨시기 전에 그곳에 있어야지."

과실수와 플라타너스 사이로 걸어가는 그녀들의 뒷모습을 바라보다가 문득 쉰뒤스 부인은 내가 누르하얄 가까이에 있기를 바라는 것 같다는 생각이 들었다.

69

함쉬오울루 유수프 성주가 집에 온다는 것에 제밀은 흥분을 가라앉히지 못했다. 인생에서 처음으로 자기 집에 손님이 오기 때문이었다. 그것은 지금까지 맛보지 못한 즐거움이었다. 집 앞에 앉아 차를 내오기를 기다렸다. 그는 카스렛을 설명해 주리라 마음먹었다. 아직 꽃 이름을 잘 알지 못하지만 카스렛의 꽃향기와 색깔에 관해 어찌나 할 이야기가 많은지 스스로도 놀라웠다. 짧은 시간에 이렇게 많은 것을 배웠다는 사실이 감격스러웠다.

술타나는 화로에서 은 사모바르를 가져와 찻잔에 차를 따랐다. 진산 뒤에서 퍼져 나온 노을빛은 울가르와 제밀의 집이 있는 카스렛까지 곱게 물들였다. 진산 꼭대기에 숨어 놀고 있는 하얀 구름들은 붉게 물든 지평선에서 색종이가 날리는 것처럼 보였다. 북쪽에서 불어오는 바람만 없으면 이 풍경은 꽤 오래 지속될 것이다. 그러나 북풍이 몰고 온 구름 때문인지 작은 구름들도 붉은 지평선도 홀연히 사라져 버렸다. 햇빛이 사라지자 진산 쪽으로 손을 흔드는 카스렛도 갑자기 어둠에 묻혔다. 언덕에서 놀고 있던 유수프 성주의 손자들과 목동의 딸, 아시아의 아들은 날이 저물자 공포에 질려 어른들 곁으로 달려갔다. 목동의 딸아이도 다른 아이들처럼 유수프 성주를 장군님이라고 불렀다. 다들 카스렛 맑은 물로 끓인 이란 차를 한 잔씩 마신 후에 방으로 들어갔다. 순간 제밀은 너무 놀라 숨이 막힐 뻔했다. 그는 당황해서 "아니, 이게 뭐요?"라고 말했다. 방 안을 환히 밝힌 형형색색 촛대와 촛불은 사람 사는 방이 아니라 파리의 어느 거리 같았다.

"아시아가 선물을 가져왔더라고요. 눈썰미가 대단해요."

술타나가 말했다.

제밀은 아시아가 쉬메이라와 나란히 문 옆에 서 있는 것을 보았다. 아시아는 모두에게 미소를 지어 보였다. 제밀에게도 역시 미소를 지었다. 꽤 오랫동안 불룩했던 쉬메이라의 허리 때문인지 그녀는 한층 가녀리게 보였고 몸에서 남다른 아름다움이 뿜어 나왔다. 제밀은 꿈을 꾸고 있는 것 같아 술타나를 톡톡 건드려 보고 그녀의 손을 잡았다. 그는 유수프 성주가 곁에 앉을 때까지 우두커니 서 있었다.

"아시아는 항상 최고만 고르지."

유수프 성주가 말했다.

"우리는 아무리 생각해도 모르는 것을 아시아는 어디서 예쁜 것만 사 와서는 새로운 것을 만들어 낸다네."

제밀이 황홀한 듯 다시 아시아를 바라보자 그녀가 말했다.

"인도 상인들에게 부탁해서 에르주룸에서 가져왔어요. 프랑스 마을에서 온 거라는군요."

제밀은 아시아가 편안해하는 것에 용기를 얻어 그녀에게 돌아섰다.

"섬세하시군요. 어떤 색이 서로 어울리는지 잘 파악하셨어요."

아시아는 비단과 아마포를 섞어 만든 니캅을 입 아래로 느슨히 내리고 어깨를 으쓱해 보였다. 유수프 성주는 그녀를 편안하게 해 주려고 여러모로 신경을 썼다.

"애야, 네 집처럼 여기렴. 니캅까지 가릴 필요가 뭐 있겠느냐. 우리 며느리들은 편하게 있지 않니? 너도 편히 생각해. 평상시처럼 머리에 스카프만 쓰려무나."

그때 부인이 안으로 들어와 여자들에게 말했다.

"자, 여자들은 방에 천을 깔고 음식을 차립시다. 아이들이 잠들기 전에 먹게 해야지요."

성주 곁에 앉은 아이들은 색색의 촛불을 신기한 듯 바라보았다. 그때 아이들이 동시에 하품을 했다. 유수프 성주가 소리 내어 웃었다. 아이들도 따라 웃었다.

"아이고, 귀여운 것들. 하품을 하는구나!"

큰부인이 따라 웃으면서 말했다.

"엘마스 부인, 아이들에게는 오늘 밤 별 아래에 침대를 준비했어요. 일찍 잠들면 별들이 키스해 줄 거예요."

술타나가 말했다.

"카스렛의 별들은 사실 손님을 좋아하지. 아이들에게 사랑을 가르쳐 주려고 모두에게 찾아갈 거야."

유수프 성주가 말했다.

방바닥에 천이 깔리고 식탁이 마련되었다. 모두 자리를 잡았다. 한동안 음식 먹는 소리 말고 다른 소리는 들리지 않았다. 유수프 성주는 위엄찬 모습을 저택에 두고 온 듯 나이 들고 다정한 노인이 되어 있었다. 성주는 음식을 먹는 중간중간 식탁에 둘러앉은 사람들을 바라보면서 웃고는 했다. 그의 눈은 등불 때문에 더욱더 커 보였다.

"제밀, 보고만 있어도 배가 부르네. 우리 집에서는 다들 절반도 안 먹는다고. 그 이유를 알겠는가?"

제밀은 머리를 가로저으며 가는 목을 뺐다. 문득 머리가 앞에 있는 접시에 떨어지는 것을 상상했다. 엉뚱한 상상 때문에 웃음이 나왔다. 그 바람에 함쉬오울루의 질문을 잊어버리고 말았다. 함쉬오울루가 가볍게 한 번 만지더니 스스로 답을 말했다.

"카스렛 지방의 물은 만병통치약이라네. 그리고 식욕을 돋우지. 우리 집 옆에 있는 샘은 소나무 사이에서 솟아나기는 하지만 맛도 신선함도 카스렛 물을 따라갈 수 없지. 이 때문에 투르크멘이 대부분 양을 치러 이곳으로 온 거야."

"저는 이제껏 이곳에서 목동들을 본 적이 없는데요."

제밀이 말했다.

"아직 가축을 몰고 올 시기가 안 되었네. 앞으로 보게 될 걸세. 산의 다른 얼굴과 향연을 말이야. 아자라, 자르쇠트, 라오스코프에서 레슬링 선수가 올 거야. 북, 나팔, 사즈 연주도 들을 거고. 투르크멘은 향연을 하면서 가축들에게 풀을 먹이지. 일할 남자가 있는 가정은 눈이 내릴 때까지 고원에서 머물러. 남자가 없는 가정은 가축들을 이웃에게 맡기고 일찍 돌아간다네. 왜냐하면 수확 시기가 이곳에서는 매우 짧기 때문이야. 베지르갼쾨이에서 떠돌이들이 세운 그 시장과는 비교할 수 없을 걸세. 이건 투르크멘이 가는 곳마다 벌이는 특이한 축제 같은 것이지."

유수프 성주는 쉬지 않고 말했다. 제밀의 시선은 줄곧 아시아를 향해 있었기 때문에 그가 하는 말의 대부분은 듣지 않고 있었다. 제밀은 아시아를 보느라 무엇을 먹는지도 모를 지경이었다. 그는 세상을 얻은 것 같은 행복감을 식탁에서 맛보았다. 유수프 성주가 가장 어린 며느리가 주석으로 만든 물항아리에서 떠 주는 따뜻한 물로 손과 얼굴을 씻었다. 여자들은 음식 접시와 식탁보를 치웠다.

식사를 마치고 모두 가장자리에 있는 긴 의자에 앉아 등을 양모 쿠션에 기대었다. 므스티와 목동도 그곳에 있었다. 어머니들 품에 안겨 있는 아이들은 웬일인지 말도 않고, 서로를 멀뚱멀뚱 쳐다보았다. 유수프 성주가 침묵을 깨고 입을 열었다.

"제밀, 우리에게 샤오울루 샤 압바스 이야기를 해 주게. 바그다드를 완성한 이가 샤오울루 샤 압바스라던데, 맞는가?"

제밀은 함쉬오울루가 민담에 호기심이 많다는 것을 예전부터 알고 있었다. 그러나 그에게 해 줄 만한 이야기를 별로 알고 있지 못했다. 제밀은 형형색색의 촛불 아래 그늘진 얼굴들을 바라보았다. 모두 그의 이야기를 기다리고 있는 것 같았다. 마침 바그다드 무하렘 지역에서 열을 식히려고 티그리스 강가로 내려온 노인들과 티

무르가 몽골 인들을 불태워 파괴한 둥근 모양의 성이 머릿속을 스쳐 갔다. 무서워서 바깥에 나가지 못했던 도시에 관해 잠시 이야기를 했다. 심심하여 온몸이 쑤시던 어느 날 티그리스 강가에서 강물에 발을 담그고 있던 어느 노인이 들려주었던 샤오울루 샤 압바스에 대한 전설이 떠올랐다. 그러나 기억은 완전치 않았다.

"저는 좋은 이야기꾼은 아닙니다. 티그리스 강가에서 바그다드 노인에게 들은 이야기가 있는데, 샤오울루 샤 압바스 전설을 들려 드리죠. 혹시 들은 사람이 있으면 저를 도와주세요."

모두의 얼굴에 기쁨의 빛이 역력했다. 제밀은 바그다드 사람처럼 쩝쩝 입맛을 다시며 이야기를 시작했다.

"샤오울루 샤 압바스는 종종 변장한 채 궁전을 나와 바그다드의 생활을 점검하곤 했죠. 민생의 부족한 점이나 불만을 들으면 다음 날 바로 그곳으로 가서, 바그다드 사람들이 안전과 자유 속에서 살아갈 수 있도록 애썼어요. 사실 그 때문에 그의 이야기들은 천일 야화의 주인공인 상인 신드바드의 이야기와 비교되지요. 샤오울루 샤 압바스는 수시로 변장한 채 시내를 돌아다니곤 했답니다. 그러던 어느 날, 그즈음 생겨난 도둑 무리가 있다는 말을 들었습니다. 그런데 아무도 도둑을 잡지 않는 것이 수상하게 여겨졌지요. 혹시 도둑이 자기 부하 중 한 명인가 해서, 누구에게도 말하지 않고 거지 복장으로 궁전 뒷문으로 나와 하루 종일 이 거리 저 거리 돌아다녔죠. 하지만 의심할 만한 것을 찾을 수 없었고, 아무도 만나지 못했어요. 그럭저럭 저녁이 되자 상인들과 무역상들이 있는 곳을 돌아다니기로 마음먹었습니다. 바그다드에 땅거미가 질 무렵 상인들 사이로 들어갔어요. 베지르갼쾨이에서 보았던 온갖 상인이 그곳에도 있었지요. 샤오울루 샤 압바스는 외국어를 여러 개 할 줄 알았기 때문에 모든 상인에게 가서 구걸했습니다. 어둠이 깔리기 시작할 즈음, 상인들이 붐비는 곳에서 세 명이 반은 프랑스 어로, 반은 아랍 어로 대화하는 소리가 들렸습니다. 남자들이 주위를 살피는 게 수상해서 그들에게 다가갔지요. 남자들은 아랍어로 거래를 약속하더니, 이란 어로 그날 저녁 계획을 설명했습니다. 샤오울루 샤 압바스는 흥분한 상황에 말을 섞어 '선생님들, 저도 여러분 편입니다. 저를 끼워 주신다면 도움이 되도록 하겠습니다. 시내에서 가장 부유한 집을 소개해 드리지요.'라고 말했지요.

그러자 남자 세 명이 불현듯 단도를 꺼내 달려들었어요. 한 명은 목에 단도를 대며 '미천한 거지놈, 우리 말을 엿듣고 있었군. 네놈에게 보여 주겠다. 우리를 노출시키려 한 대가가 무엇인지를.'이라고 소리를 지르더니 사람들이 모여 있는 한가운데로 질질 끌고 데려갔답니다.

그가 끌려간 곳이 몹시 외졌다는 것을 알자 두려웠지요. 그래서 남자들의 손과 발에 매달리며 애원했어요. '나리, 왜 이러십니까? 그만두세요. 제발요. 전 하루 종일 돌아다니니 당연히 부자들 집이 어딘지 잘 알고 있습지요. 밤에 기회를 보아 도둑질을 하지요. 요새는 경비가 얼마나 삼엄한지 지난밤에는 까딱하다 잡힐 뻔했습죠. 그래서 이 일을 혼자 하기가 겁납니다. 마땅한 사람들을 찾던 차에 나리들 대화를 귀동냥했습지요.'

한참을 이 말 저 말 쏟아 내며 애걸해 보았지만 그들은 들은 척도 하지 않았어요. 마침내 한 명이 물었답니다. '이봐, 우리는 각자 재주가 있지. 그래서 뭉친 거야. 즉 서로 못하는 것을 보완해 가면서 일을 쉽게 처리하지. 그래서 아주 기술적으로 일을 처리하고 도망칠 수 있는 거야. 자, 넌 어떤 재능이 있지?'

샤오울루 샤 압바스는 보일 듯 말 듯 미소지은 후에 말했다는군요. '맞는 말씀입니다, 나리. 동참하려면 당연히 재능이 필요하죠. 제게도 재능이 하나 있습죠. 아마도 여러분 중에는 없을 것입니다. 나리들이 무슨 재주가 있는지 먼저 듣고 싶습니다. 그런 후에 제 재주를 말씀해 드립지요.'

이 제안에 특별히 안 될 것도 없다 싶었는지 도둑 중 가장 나이 많은 이가 먼저 말했어요. '나는 밤에도 대낮처럼 볼 수 있지.' 두 번째 사람은 '나는 한번 들은 소리를 수십 년이 지나도 절대 잊지 않지.'라고 말했답니다. 세 번째 사람은 '나는 개들의 말을 잘 알아듣지.'라고 말하고는 샤오울루 샤 압바스를 돌아보았습니다. '자, 이제 네 재능이 뭔지 말해라.'

샤오울루 샤 압바스는 말했답니다. '제 재능은 여러분 중에는 없군요. 그러니까 저를 끼워 주시면 일이 훨씬 잘될 것입니다.'

남자들은 인내심이 없었다지요. '거지 양반, 빙빙 돌리지 말고 어서 말해 봐. 자, 대체 뭐야, 네 재능은?' 샤오울루 샤 압바스는 그들이 화가 나서 다시 칼을 들이댈지도 모르겠다고 생각하며 말했습니다. '저는 도시의 부유한 집들이 누구 집인지 알고 있죠. 숨겨 둔 값진 물건들을 제 손으로 숨긴 것같이 찾아낸답니다.' 도둑들은 좋아서 어쩔 줄 몰라 했지요. 그들은 즉시 그를 받아들이기로 결정하고 덧붙였습니다. '자, 보여 주게! 오늘 밤 우리가 털 저택을 말이야.'

샤오울루 샤 압바스는 먼저 밥을 달라고 해서 배를 채우고 난 후에 제안했다고 합니다. '오늘 밤에는 샤오울루 샤 압바스가 사는 진주로 된 궁전 안에 있는 보물 창고를 텁시다. 아주 오래전부터 생각했지만, 혼자서는 용기를 낼 수 없었지요. 이제 여러분도 있으니 못할 이유가 없지요. 도시의 최고 부호는 그 사람입니다. 그의 재산을 빼앗지 않는다면 누구의 재산을 털겠어요?' 도둑들은 '어이쿠, 거지 양반! 당신 머리가 어떻게 된 거 아냐! 그 사람은 왕이라고! 문을 지키는 경비만 해도 수백 명일 테고, 궁전에 들어가기도 전에 떼죽음을 당할걸!'이라고 말하기는 했지만, 궁전에 있다는 보물에 홀려서 만장일치로 그의 의견을 받아들였습니다.

그날 밤 네 명은 순식간에 진주 궁에 있는 보물 창고를 털었지요. 그다음 날 도시에는 샤오울루 샤 압바스의 진주 궁이 털렸고, 도둑들을 잡지 못했다는 소문이 퍼져

나갔어요. 수사관들이 도시를 들쑤셨지요. 그러나 아무도 붙잡지 못했습니다. 샤오울루 샤 압바스는 시치미를 딱 떼고 편하게 잠을 잤습니다. 그러고는 느지막이 일어나 도둑들이 숨어 있는 곳으로 수사관들을 보냈습니다. 수사관들은 샤오울루 샤 압바스가 도둑들의 소굴을 알려 주자 깜짝 놀랐습니다. 하지만 면전에 대고 자초지종을 물어볼 수도 없었지요. 샤오울루 샤 압바스는 도둑들을 차례로 불러 심문했어요. 맞은편에 서 있는 첫 번째 도둑에게 물었어요. '말해 보게. 건장한 신체의 자네가 무엇에 홀려 이런 짓을 했지? 낱낱이 설명하게. 자네들이 훔친 재산을 돌려준다면 목숨은 살려 줄 거야. 나는 이 나라의 왕이네. 어찌 감히 내 보물 창고에 들어왔는가? 목숨이 두렵지 않았는가?' 첫 번째 도둑이 대답했습니다. '샤오울루 샤 압바스 왕이시여, 아시다시피 우리 도둑들은 밤에 훔친 것들을 낮에 빼앗긴답니다. 그 때문에 누구의 재산도 남아 있지 않습니다. 있지도 않은 재산을 주인에게 돌려주는 것은 불가능합니다. 이 검으로 제 목을 치는 것은 상관없으나 훔친 재산을 돌려드릴 수는 없습니다. 보물 창고는 폐하와 함께 털었습니다. 그러니 폐하도 죄가 있습니다.'

'아니, 그걸 어떻게 알았나?' 그가 물었습니다. '기억하시겠지요. 제가 무슨 재주가 있는지 말했지요. 저는 밤에도 대낮처럼 볼 수 있다고 했습니다. 우리를 보물 창고가 있는 진주 궁으로 데려가셨을 때 품에서 꺼낸 열쇠로 보물 창고 문을 열지 않으셨습니까.' 샤오울루 샤 압바스는 휘둥그레진 눈으로 남자의 얼굴을 바라보았어요. '그 어둠 속에서 열쇠를 품에서 꺼내는 것을 보았다니 너를 처벌하지는 않겠다. 이 황금 꾸러미를 가져가거라! 그리고 자네 나라로 돌아가라. 또다시 붙잡힌다면 그때는 용서치 않겠다.' 그리고 나라를 떠날 때까지 그를 따를 것을 명령했다고 합니다.

그다음에는 두 번째 도둑을 불러들였지요. 첫 번째 도둑에게 했던 질문을 그에게도 했답니다. 두 번째 도둑은 말을 돌리지 않고 즉시 대답했습니다. '저만큼이나 폐하도 죄가 있습니다. 왜냐하면 진주 궁에 함께 들어갔고 보물 창고도 함께 털었으니까요.' 샤오울루 샤 압바스는 '그것을 어찌 알았나?' 하고 물었습니다. 두 번째 도둑은 머리를 조아리며 대답했습니다. '폐하, 제 특기가 한번 들은 소리를 수십 년이 지나도 잊지 않는다고 하지 않았습니까. 어제 거리에서 쉬고 있을 때 폐하 옆으로 장례 행렬이 지나갔습니다. 그러자 폐하께서는 하느님이시여, 자비를 베푸소서라고 하셨습니다. 그리고 우리와 함께 보물 창고를 털었습니다.' 샤오울루 샤 압바스는 그도 용서해 주고 금화 한 꾸러미를 준 후에 말했다고 합니다. '오늘 당장 이곳을 떠나라! 그리고 다시는 발을 들여놓지 마라. 만약 이 나라에 발을 들이고 도둑으로 내 앞에 나타난다면 목을 벨 것이다!'

이어 세 번째 도둑을 불러들여 같은 질문을 했답니다. 세 번째 도둑은 그를 보며 웃었어요. 샤오울루 샤 압바스는 성을 내며 물었지요. '왜 웃는가?' 도둑은 침착한 목소리로 '아, 폐하. 폐하께서 궁전을 보여 주셨고 보물 창고를 함께 털었습니다. 저에게 죄가 있다면 폐하도 그만큼 죄가 있습니다. 제게 벌을 내리신다면 폐하도 벌을 받으셔야 합니다.'라고 말했지요.

샤오울루 샤 압바스는 웃으며 물었어요. '말해 보게, 도둑의 왕. 나를 어떻게 알아보았는가?' 세 번째 도둑은 '폐하, 저는 개들의 말을 잘 알아듣는다고 했습니다. 밤에 궁전에 들어올 때를 떠올려 보세요. 개들이 저희를 향해 미친 듯이 달려왔습니다. 폐하 곁에 오자 얌전해졌을 뿐만 아니라 몸을 비벼 댔고, 또한 꼬리까지 흔들었습니다. 개들은 주인 아닌 다른 사람에게는 그러지 않죠.'라고 말했습니다. 샤오울루 샤 압바스는 그에게도 한 꾸러미의 금화를 준 후에 바그다드에서 떠나라고 했습니다. '또다시 도둑으로 내 앞에 나타난다면 자네 목숨을 부지하기 힘들 게야!'

이 사건 후에 샤오울루 샤 압바스가 죽을 때까지 나라 안에서는 도둑이 없었다고 합니다.”

제밀이 이야기를 끝냈을 때에는 아시아만 빼고 다들 조는 것 같았다. 먼저 함쉬오울루 유수프 성주가 양해를 구하며 자신과 부인을 위해 마련된 방으로 돌아갔다. 그의 며느리들과 아이들도 각자 방으로 돌아갔다. 마지막에는 쉬메이라와 술타나가 아시아를 침실로 데리고 갔다.

제밀은 방에 홀로 남겨졌다. 문밖으로 나갔다. 하늘에 별들이 가득했다. 하늘이 어찌나 가까워 보이던지 손을 뻗으면 별이 닿을 것 같았다. 방에 있던 촛불들이 하나씩 꺼졌다. 제밀은 별과 함께 홀로 남았다. 목동들이 가끔 부는 휘파람 소리가 밤의 고요함을 깨뜨리곤 했다. 휘파람 소리가 계곡에 부딪히며 멀어지면 밤은 다시 고요함으로 휩싸였다. 별을 바라보던 제밀의 마음도 고요해졌다. 이집트에서 프랑스 쪽으로 가는 배의 갑판 위에서 바라보았던 별이 생각났다. 파도가 치는 배 위에 서 있다고 생각하고 휘파람을 불려고 했으나, 문득 들려온 발소리에 흠칫 놀라 뒤를 돌아보았다.

70

내 마음을 온통 누르하얄로 채우던 날들이었다. 마음은 궁전 가마솥처럼 부글부글 끓었다. 저택을 오가는 이들의 수가 갈수록 늘어났다. 내가 모르는 어떤 것들이 주위를 맴돌았다. 하지만 무슨 일인지 도대체 이해할 수 없었다. 궁금한 나머지 최근 들어 부대에서 우리를 제거하려 하고 또한 우리에게 정보를 캐러 오는 상사에게 "상사님, 전쟁이라도 났습니까?"라고 물어보았지만 곧이곧대로 말해 주지 않았다. 웬일인지 혼란한 와중에도 나를 향한 시야부쉬 장군의 애정은 커져 갔다. 의사들이 오갈 때마다 나는 매일 밤 큰부인의 머리맡에서 기도문을 읽곤 했다. 이제 그것도 내 업무 중 하나가 되어 버렸다. 사냥개에게 저녁 먹이를 준 후에 방으로 돌아와서 몸을 씻었다. 장군의 재단사가 지어 준 큼직한 옷들을 걸치고 허리에 혁대를 맸다. 혁대 사이에는 작은 단도를 차야 했다. 그리고 나서야 저택에 갈 수 있었다. 부인은 종종 잠들어 있기도 했다. 그러면 누르하얄은 이따가 오라고 했다. 나는 식사를 마친 후에 다시 부인의 곁에 가서 기도문을 읽곤 했다. 어느 날 누르하얄은 "이따가 와요."라고 말했다. 돌아서서 주방에 들어가니 넓은 살롱에 탁자들이 가득했다. 그 날 밤 장군의 손님이 무척 많이 오나 보다고 생각하며 식당으로 들어갔다. 음식을 먹고 나서 두꺼운 목재로 만든 탁자 옆의 긴 의자에 앉았다. 내가 앉자마자 내무반장 쉐브캇 우스타가 웃으며 곁으로 왔다.

"이봐, 오늘은 진짜로 장교같이 입었군!"

무슨 말을 하고 싶은 건지 알 수 없어 멍한 시선으로 그를 바라보았다.

"자네는 모르겠지만, 이곳에서는 집사장부터 견습생까지 모두 자네같이 장교가 되고 싶어 하지. 아무나 기회가 오는 게 아니야. 동물의 말을 알아듣는 것만큼 사람의 말도 이해할 수 있다면 이런 사실을 금세 알아차리게 될 거야."

쉐브캇 우스타의 말에서 사람들이 나처럼 되고 싶어 한다는 것과 내가 걸친 옷들이 나를 다르게 보이게 한다는 것을 알았다. 쉐브캇 우스타는 아버지 같은 태도로 말을 이어 갔다.

"오늘 저녁은 엄청 북적댈 거야. 장군이 이스탄불에 살고 있는 파샤들을 모두 초대했거든. 가서 빠진 게 없는지 체크해 봐야지. 내 부하들은 불만이 가득해. 그들도 틀린 건 아니라고. 아침부터 일만 하고 있으니 말이야. 그래도 이런 날은 많아 봤자 일 년에 몇 번밖에 없어."

"제가 도와 드릴 것이 있으면 말씀하십시오. 주방 일도 할 수 있습니다."

나는 이렇게 말하며 눈을 깜빡였다.

"봐요, 개 냄새도 안 나잖아요?"라고 덧붙이자 쉐브캇 우스타는 통통한 볼의 보조개가 보일 만큼 미소를 지었다.

"인내는 모든 것을 녹이지. 자네도 사실 인내 말고는 다른 것이 없지. 자, 옷을 갈아 입고 오게. 샐러드 만드는 일을 도와주게나."

그날 저녁 하얀 가운을 입고 주방에 들어가자 모두들 어이없다는 듯 쳐다보았다. 땅딸막한 청소부가 말했다.

"어이, 코란을 읽더니 이제는 주방 일까지 승급했나 보군."

나는 신경 쓰지 않고 뚱뚱한 남자의 얼굴을 바라보며 미소지었다.

"승진한 게 아닙니다. 그런 건 관심도 없어요. 제가 바라는 것은 부대의 질서를 다시 바로잡는 것입니다. 그곳에 돌아가 좋은 예니체리가 되는 것 이외에 어떤 욕망도 없습니다. 오늘 저녁 단지 쉐브캇 우스타 형님을 조금이나마 도와 드릴 겁니다. 그뿐입니다."

쉐브캇 우스타는 다른 이들이 나를 흠집 낼 기회를 주지 않고 들어왔다.

"빌랄, 이리 와 보게. 자넨 이들이 얼마나 비뚤어졌는지 모를 걸세. 자네가 도와주는 게 마음에서 우러나온 것이 아니라 일에 눈독을 들이는 거라 여기지."

쉐브캇 우스타는 샐러드를 만들고 있었다. 그는 채소들을 잘게 썰 때 주의하라고 말했다. 나는 부대로 보내지기 전에 함께 살았던 가족들 덕분에 칼질을 잘한다고 말했다. 나는 날카로운 칼로 능숙하게 채소를 잘게 썰기 시작했다. 쉐브캇 우스타는 내가 칼을 능숙하게 사용하는 것에 놀랐다.

"어이구, 놀랍구먼. 전혀 예상치 못했네. 뚱한 얼굴의 장교들이 칼질을 부드럽게 할 줄은 미처 몰랐어. 자네가 눈썹을 찡그리는 이유가 있었군!"

"저희는 '예니체리인 이상 생사를 함께해야 한다.'고 배웠습니다, 형님. 부대원은 모든 것을 함께했습니다. 부대에서 나와 보니 허리에 있는 단검 이외에는 동지가 없다는 것을 알게 되었습니다. 그 때문인 것 같습니다. 제가 별로 웃지 않는 이유가요."

"나는 저 우둔한 녀석들을 며칠째 가르치고 있네만 칼을 워낙 무서워하기 때문에 손잡이 하나 제대로 못 잡더구먼."

쉐브캇 우스타는 샐러드용 채소를 썰고 있는 내 손을 바라보며 말했다.

"언젠가 형님이 제게 말하셨잖아요. 모든 사람에게는 한 가지 재능이 있다고요."

"자네는 재능이 한두 가지가 아니네. 난 항상 말하지. 쉰뒤스 부인이 시야부쉬 장군보다 똑똑하다고. 아무도 안 믿지만 말이야. 아, 침대에서 넘어질 사람이 아니지만 운명은……."

쉐브캇 우스타는 저택에서 일어나는 일을 낱낱이 알고 있었다. 나는 날마다 쉰뒤스 부인의 머리맡에 가서 코란을 읽지만 그녀의 병명이 무엇인지도 몰랐다.

"제 무례를 용서하세요. 큰마님은 어디가 아픈 거지요?"

"꽃은 뿌리가 뽑히면 더는 자신의 색을 낼 수 없지 않은가, 빌랄."

어찌나 비밀스럽게 말하는지, 이 사람은!

"형님, 다시 한 번 용서하세요. 무슨 말인지 모르겠어요. 수학자가 있어요. 그 남자는 바그다드에서 왔죠. 그는 모든 것을 설명해 주었지만 우리는 아무것도 이해할 수 없었어요. 형님도 그 수학자처럼 말씀하시네요."

"쉰뒤스 부인의 집안은 내가 온 곳에서, 그리고 시야부쉬 장군이 태어난 곳에서 첫손으로 꼽는 세도가였지. 장군께서는 수도에서 새로 오셨어. 파샤직이 그렇게 쉽지는 않았어. 파디샤가 '하'라고 말하면 죽음을 준비해야 하고 '자'라고 말하면 전방을 책임져야 하지. 전방에서 돌아오면 이번에는 또 다른 이와 격렬히 싸워야 하네. 전쟁의 결말이란 게 싸움에서 자네나 동지가 이기지 못하면 파샤직은 파직이야. 그들은 머리를 원하지. 오스만 왕조에서 파샤직은 조금 더 힘센 사람이 오래 버티는 것이라고 생각하네. 우리의 장군은 바비알르에서 꽤 힘이 있었고, 다른 사람들에 비해 일처리가 능숙했지. 그런데 큰부인은 유약해서 가지가 꺾인 한 송이 꽃처럼 결핵에 걸리고 말았어."

폐결핵에 걸리면 구할 방법이 없다는 것을 쉬마라나 때문에 알고 있었기에 다른 질문을 하지 못했다. 마음속에 한 가지 의문이 들었다. 그 방에 드나드는 나도 결핵에 걸린 거 아닐까? 그러나 쉐브캇 우스타에게 물어볼 용기는 없었다. "그렇게 오래 드나들었는데 걸렸다면 진작에 걸렸겠지." 하는 마음에 혀끝에 맴도는 질문을 머릿속에서 밀어냈다. 말없이 샐러드용 채소를 썰고 있는데 집사 보조가 숨을 헐떡이며 왔다.

"여보세요." 하더니 숨을 골랐다.

"사방에서 당신을 찾았어요. 큰부인이 당신을 기다리고 있어요. 한참 전부터."

나는 대답할 새도 없이 방으로 갔다. 장군의 재단사가 지어 준 옷으로 갈아입자마자 저택으로 뛰어갔다. 방에 들어서니 큰부인이 물을 마시고 있었다. 나는 즉시 머리를 숙였다.

"용서하십시오, 부인. 기다리게 했습니다. 주방 일을 도와주고 있었습니다."

쉰뒤스 부인은 침대 아래쪽에 서 있는 누르하얄을 바라보고 있었다.

"오늘은 컨디션이 썩 좋아, 빌랄. 용서를 구할 것까지야 없네. 자네 목소리를 듣고 안정을 찾았지. 안정이 되니 정신을 차렸고, 조만간 일어나면 자네는 날마다 저택에 와서 그 아름다운 운율을 섞어 코란을 읽어 주기 바라네."

"분부를 받들겠습니다, 부인."

나는 무릎을 꿇고 기도문을 읽기 시작했다. 잠시 후 마음이 슬픔으로 가득 찼다. 지독하리만큼 울고 싶어졌다. 기도문의 마지막 부분에 이르렀을 때 목구멍까지 울음이 차올랐다. 들릴까 말까 한 목소리로 간신히 낭송을 끝냈다. 부인은 잠이 들었다. 나는 울었다. 내가 우는 것을 본 누르하얄이 옆으로 다가와 내 머리에 손가락을 대었다. 그러고는 가슴에 머리를 품고 쓰다듬어 주었다. 그때 시야부쉬 장군이 안으로 들어왔다. 내 머리가 누르하얄의 가슴에 안긴 것을 보았지만 아무 말도 하지 않았다. 큰부인 쪽으로 얼굴을 돌리더니 미소를 지었다. 나는 일어나 눈물을 닦았다. 장군은 누르하얄에게 돌아섰다.

"오늘은 뺨에 화색이 돌아온 것 같아요. 조만간 회복될 거예요. 의사는 그리 희망이 없다고 말하지만 부인의 상태는 빌랄의 기도문 낭송 덕분인지 갈수록 나아지는 것 같아요."

장군이 허리춤의 단검을 꺼내 찌르지 않은 것에 나는 놀랐다. 나는 다리를 떨며 손을 배 위에 포개어 놓고 처벌을 기다리고 있었다. 그는 화를 내기는커녕 칭찬까지 했다. 당황해서 어쩔 줄 몰라 하는 사이 장군은 문 쪽으로 걸어갔다.

"부인은 깨우지 말게. 대신에 자네가 식탁 차리는 것을 신경 쓰게."

누르하얄에게 말했다.

장군의 뒤를 따라 우리도 방에서 나왔다. 유령처럼 계단을 내려와 밖으로 나오자마자 나는 어머니처럼 저주를 퍼붓고, 장군의 분노에서 나를 보호하기 위해 깜깜한 하늘에서 태양을 찾았다.

71

다음 날 점심때쯤 저택 사람들과 손님들은 카스렛의 북쪽 언덕에 있는 투르크멘 고원 쪽으로 길을 나섰다. 말을 탄 사람들도 마차에 앉은 사람들도 아무 말 하지 않았다. 그러나 모두의 얼굴에는 달콤하고 행복한 표정이 역력했다. 제밀은 모두의 얼굴 표정이 닮았다고 생각했다. 유수프 성주의 얼굴 표정에는 여느 사람들과 다른 행복감이 어려 있었다. 그의 행복한 모습에 용기를 얻은 제밀은 문득 '혹시 내가 가장 걱정한 이 남자가 우리가 함께하기를 원하는 것인가?'라고 생각하면서 북쪽에 있는 울가르를 바라보았다. 마치 번개가 내리치는 듯했다. 제밀은 어리둥절해서 새파란 하늘을 바라보았다. 번개 속에서 나타난 아시아가 전날 밤 "당신이 두려워할까 봐 왔어요."라고 말한 목소리를 들었다. 바람에 흩날리는 말갈기를 바라볼 때도 그날 밤 아시아와 나누었던 대화가 떠올랐다.

"저도 당신처럼 밤에 별을 바라보는 것을 매우 좋아하죠."라고 아시아는 말했다.

"북극성은 항상 다른 별들의 어머니처럼 떠 있죠. 북극성이 높이 있기 때문인지 하늘이 더 맑아 보이기 때문인지 모르겠지만 별이 더 많아진 것 같아요. 세상의 어느 곳에서도 이처럼 많은 별을 가까이에서 볼 수는 없을 거예요. 제가 태어난 곳에서는 하늘이 매우 멀리 있었기 때문에 별로 대단한 게 없었지만 이곳에 있는 별은 사람에게 모든 것을 말해 주죠."

"무슨 말이죠? 당신은 이곳 사람이 아닌가요?"

"네, 아니에요."

"그럼 어디서 왔나요?"

"티필리스라고 꽤 먼 남쪽에서 왔어요. 파리시 지역에서 왔죠."

"파리시 지역에서는 별이 멀리 있습니까?"

"엄청 멀리 있죠. 그곳의 산들에는 아름다운 꽃들도 이렇게 없고, 별들도 이렇게 없어요."

"별의 말을 알아듣습니까?"

"네, 얼마든지요."

"그럼 오늘 밤 별은 우리에게 뭐라 말하고 있나요?"

"처음 본 날부터 쭉 당신이 아시아에게 할 말이 많다고 하는군요."

"별이 왜 그런 말을?"

"왜냐하면 별은 우리보다 용감하니까요."

"아시아."

"쉿, 조용히 해요. 첫날 당신만큼 나도 느꼈어요. 저는 미망인이에요. 마음속에 있는 감정을 숨겨야 하지요. 왜냐하면 사람들이 그러기를 원하니까요. 저도 한창나이에 과부가 될 줄은 몰랐어요."

"이곳에는 당신께 어울리는 사람이 없나요?"

"그럴 리 있나요? 하지만 그들은 용기가 없었지요. 전남편보다 힘 있는 사람과 결혼해야 해요. 그렇지 않으면 모두가 비난할 거예요."

"그런 사람이 이곳에는 없었습니까?"

"유수프 성주님이 딱이죠. 그는 제 남편에게도 제게도 아버지 같은 분이에요."

제밀은 아무 말도 할 수 없었다. 북극성과, 은하수를 바라보는 별 무리를 올려다 보았다. 파란 어둠 속에 묻힌 별들은 쉬지 않고 눈을 깜빡거렸다. 그가 침묵에 빠져 들자 아시아는 그를 홀로 두었다. 잠시 후 슬그머니 다가오더니 속삭이는 것처럼 물었다.

"제밀, 사람들 속에 있어도 외로움을 느끼나요?"

제밀은 당황했다.

"물론이죠. 지금 이 세상에서 가장 명성이 자자한 도시인 파리에서 그랬지요. 어느 날 거리에서 소리를 지르며 걷는 사람들 수천 명 속에 있게 되었는데 아무도 제게 말을 걸지 않았어요. 저도 물론 말을 걸지 않았고요. 이상했습니다. 상상해 보세요. 양쪽에서 수천 명이 걷고 있는데 그 누구와도 말할 수 없는 것을요."

"그건 다른 문제예요, 제밀. 제가 하고자 했던 말은 마음을 털어놓을 누군가를 찾지 못하는 것이지요."

"당신이 원했다면 마음을 나눌 누군가를 찾았을 거예요. 적어도 세상 돌아가는 것을 잘 아는 상인들 중 하나와는."

"아니에요, 말씀하시는 것처럼 쉬운 게 아니에요. 사실상 원치 않았었지요. 왜냐하면 이별이 너무 고통스럽잖아요. 상처도 받았고요."

"당신은 아직 젊어요. 그 정도는 감수해야 하지 않나요?"

"감정만으로 살 만큼 젊지는 않아요. 감정대로만 살았다면 하느님이 절 도와주지 않았을 거예요. 별들도 지금 나란히 앉아 있으라고 하지 않았겠죠."

아시아가 '제밀'이라고 부른 목소리와 함께 하늘의 별들이 제밀의 머릿속에서 뱅글뱅글 맴돌았다. 황금빛 별들은 파란 어둠을 삼킨 시선과 뒤섞였다. 별들도 서로 엉겨 붙어 있었다. 몸의 온기가 서로에게 전해지자 별들은 침착해졌다. 제밀은 아시아의 가는 허리에 팔을 둘렀다. 다른 손으로 아시아를 자기 몸 쪽으로 끌어당겼다. 목동의 휘파람 소리가 언덕에 부딪히며 멀어졌다. 아시아는 고개를 천천히 제밀의 가슴에 기대었다. 촉촉한 숨결만큼 따뜻한 목소리로 그녀가 속삭였다.

"제 남편 이외 어느 누구도 사랑할 수 없을 것 같았어요. 당신을 처음 봤을 때 제 맘속에 사랑이 싹트는 것 같아 움찔했지요. 제 자신과 많이 싸웠어요. 그럼에도 제 마음을 움직이는 당신의 시선 앞에 꼼짝할 수 없었지요. 처음에는 당신에게서 도망치고 싶었지만 결국 당신과 함께 도망치고 싶다는 생각이 들었어요."

아시아가 조금 뒤로 물러섰다.

"저 때문에 당신도 힘들어질 거예요. 두 명의 부인이 있잖아요. 두 분 다 아름답더군요. 더구나 사랑 때문에 벌을 받고 계시잖아요. 당신께 걸림돌이 되고 싶지 않아요. 하지만 저는 함쉬오울루 성주님이 보살펴 주고 계시니까요! 그분 아들과 제 남편이 죽고 나자 함쉬오울루 성주님은 아주 온화하게 변했지요. 성주님은 제 남편도 아들처럼 아껴 주셨어요. 그분은 서로 어울리는 사람끼리 있는 것을 좋아해요. 저를 결혼시키고 싶어 하시죠."

"결혼요?"

"이곳은 산이 아주 높아요. 그런데 사람들 마음은 그만큼 고결하지 않아요. 이곳에서 저 같은 여자가 결혼하지 않고는 남자의 보호를 받을 수 없어요. 그렇게 되면 저뿐만 아니라 연인도 평생 동안 비난받을 테니까요."

"신이 주신 사랑인데 어떻게 그럴 수 있소? 아시아, 술타나도 쉬메이라도 임신 중이오. 이럴 때 무슨 일이라도 일어난다면……."

"맞아요. 당신 눈빛에서 희망을 얻었나 봐요. 그뿐이에요. 당신이 원치 않으신다면……."

"아시아!"

"제밀, 만약 원치 않으신다면 어둠 속에서 한 영혼이 다가와 얘기를 나누다가 어둠 속으로 홀연히 사라져 버렸다고 여기세요. 사실 영혼들은 희망이 없죠."

아시아는 곧 일어났다. 제밀도 일어나 그녀의 손을 잡았다.

"그 영혼이 당신의 마음도 가져갔나요, 아니면 내게 남겨 놓았나요? 내게 남겨 주시오."

"영혼들이 들어올 때는 심장이 있었죠. 하지만 나갈 때는 없어요."

아시아는 재빨리 안으로 들어갔다.

제밀은 어젯밤의 끝을 잡고 있다가 말에서 떨어질 뻔했다. 곧 자세를 바로 했다. 아시아가 남긴 마지막 말의 여운을 음미하고 있는데 나팔 소리가 들려왔다.

고원에 이르니 사람들이 모여 있었다. 말에서 내리자 북과 나팔 소리가 산 일곱 고개쯤 너머에서 들리는 듯했다. 한편으로 투르크멘 소녀들이 수많은 양을 몰고 물결처럼 목초지로 밀려들고 있었다. 앞치마에 구슬 장식을 한 아낙네들은 남편들에게 소가 끄는 짐마차에 있는 물건들을 고원에 내려놓으라고 지시하고 있었다. 투르크멘 아낙네들은 옷에 수놓인 꽃과 고원에 핀 꽃들을 번갈아 보며 손님들을 신경 쓰느라 정신이 없었다. 아자라, 자르쇠트, 아르다한, 라오스코프, 메쉐아르다한에서 온 선수들은 축제에서 오일레슬링 준비를 하고 있었다.

72

누르하얀 가슴에 머리를 파묻고 있는 것을 시야부쉬 장군에게 들킨 뒤로 나는 마음의 준비를 하고 있었다. 그즈음에는 꿈속에서 검에 찔려 죽는 것이 가장 무서웠다.

죽지 않으려고 밤마다 자지 않고 대기했다. 낮에는 내가 가장 믿는 보스나 사냥개의 우리에서 잠들곤 했다. 무서움 때문인지 근심 때문인지 모르겠지만 잠이 부쩍 줄어들었다. 우리에서 자다가도 보스나 사냥개의 울음소리에 깨곤 했다. 여러 날이 지나도록 아무 일도 일어나지 않는 것이 의아했다. 누군가가 무슨 짓을 벌일지 모른다는 두려움이 더욱더 커져 갔다. '갑자기 달려들어 해치우겠지.'라는 생각이 들기도 했다. 내 눈은 항상 콧수염이 위로 휘어진 집사를 향해 있었다.

날이 갈수록 커져 가는 두려움 때문에 주위 누구도 믿을 수 없게 되었다. 부대에서 떠나올 때 상사가 "절대로 웃는 얼굴에 속지 마라. 장교인 누군가가 웃는 얼굴의 덫에 걸리면 그 끝이 왔다는 것을 알아야 한다."라고 경고했었다. 나와 가장 잘 지내는 수석 내무반장 쉐브캇 우스타에게서조차 의식적으로 떨어져 있었다. 최근 들어 부쩍 내 곁으로 오는 부대 감시병들도 불편하게 느껴졌다. 그러던 어느 날 '나는 모든 것을 바쳤는데 부대는 내게 무엇을 주었지?'라는 생각이 들었다. 그와 동시에 얼굴이 붉어졌다. 스스로가 부끄러웠다.

종종 나무에게도 부끄러워서 고개를 숙이고 걸었다. 어느 날 밤 문득 더는 이렇게 살지 않아야겠다는 생각이 들었다. 무슨 수를 쓰더라도 다시 부대로 돌아가고 싶었다. 부대에서 내 자리를 찾아야 했다. 전해 들은 소식에 의하면 발칸 반도에서 소요가 시작되었다고 한다. 즉 전쟁의 소용돌이에 있었다. 부대장에게 편지를 한 통 썼다. 그러나 아무런 연락도 오지 않았다. 나는 저택에서 떠날 수 없었다. 떠날 수 있었더라면 단숨에 부대로 찾아갔을 것이다. 시야부쉬 장군은 여전히 저택에서 떠나기 전에 나를 불러 할 일을 지시했다. 일을 끝내면 다시 업무가 주어졌다.

장군의 명령으로 시작한 과실수 도랑 파는 일을 끝내던 날, 해가 지는 것을 보고 있는데 갑자기 수천 개의 눈이 떠올랐다. 나보다 먼저 본 사람도 있고 나보다 나중에 볼 사람도 있을 것이다. 불현듯 생각이 깊어졌다. 내가 살아온 날들, 나의 인생은 무엇이기에 이 세상에 존재하는 것일까? 왜 일이 이렇게 커지도록 놔두었는가? 사실 시야부쉬 장군은 진작에 누르하얄을 심문했어야 한다. 우리 사이를 필시 눈치챘을 것이다. 예전에 이미 나를 처벌했어야 한다. 그러고 싶지 않았다면 "자넬 부대로 넘기겠다. 자네 잡동사니와 함께 부대로 돌아가라."라고 했어야 한다. 부대로 돌아간다 해도, 부대장은 나를 상사들에게 넘기고, 상사들은 내무반장들에게 넘기고, 내무반장들은 우리 반 내무반장에게 넘기고, 내무반장은 또 우리 방장에게 넘겨서 나를 초주검이 되도록 두들겨 팼을 것이다. 어쨌든 처벌을 받았을 것이다. 두려움을 이렇게 키울 필요는 없었다. 나는 태양만큼이나 순결하지 않은가. 누르하얄 가슴에 머리를 파묻었다고 한들 내가 무슨 죄가 있단 말인가? 코란을 읽었던 입으로 죄를 지을 정도로 못된 놈은 아니다.

천천히 그리고 자신 있게 미끄러지는 태양이 내게 힘을 주었다. 도랑 파는 일을 마치고 사냥개에게 먹이를 준 뒤 방으로 갔다. 해가 지기 전에 깨끗한 옷으로 갈아입고 코란을 읽으러 갔다. 문을 두드리고 "들어가겠습니다."라고 말한 뒤에 안으로 들어갔다. 그녀가 방에서 걷는 것을 처음 보았다. 부인은 나에게 조금 기다리라고 손짓한 후에 창문 쪽으로 돌아서더니 고원 뒤에 숨어 있는 붉은 태양을 바라보며 말했다.

"빌랄, 해가 지금은 내가 태어난 지역에 떠 있네. 하지만 그곳에도 멈추어 있지는 않을 거야. 곧 어둠이 덮이겠지. 저 산에도, 도시에도. 어둠 속에 아름다움이 묻히고 악과 추함이 감춰졌다 해도 해는 나와 은밀하고 비밀스럽게 구석구석 돌아다닐 거야. 아마 죽음도 그들 안에 있겠지."

쉰뒤스 부인의 잿빛 시선이 꽤 먼 곳으로 날아갔다. 깊은 침묵에 묻혔다. 침묵에는 "내 차례다."라는 뜻이 숨어 있는 듯했다. 그녀는 가늘고 하얀 목을 움츠리고 천천히 실크 옷을 걸치더니 새털 침대에 누웠다. 누르하얄도 다른 첩들도 없었다. 모든 죄를 잊어버리고 발밑에 놓인 담요를 부인에게 덮어 주었다. 그녀는 "고맙군." 이라고 말하듯 눈을 깜빡였다.

나는 즉시 무릎을 꿇고 기도문을 읽기 시작했다. 파티하 구절과 야신이쉬리피 부분을 구슬픈 목소리로 읽었다. 문득 누르하얄의 풍만한 가슴의 따스함이 등에 느껴졌다. 계단을 내려가는데, 살롱에 홀로 앉아 있던 시야부쉬 장군이 기침을 했다. 기침 소리를 듣자 잊고 있던 두려움이 엄습해 와 덜덜 떨리기 시작했다. 누르하얄과 다른 첩이 미끄러지듯 계단을 내려갔다. 나는 지팡이에 의지하며 걷는 노인처럼 난간을 붙잡고 천천히 걸었다. 첩들이 아래로 내려가자 장군이 일어나 그녀들에게 멈추라고 손짓했다. 채찍으로 부츠를 몇 번 치더니 나에게 돌아섰다.

"빨리 내려오게. 자넬 기다리고 있었네."

장군은 딱딱한 어조로 말했다.

발이 꼬였다. 장군의 눈치를 살피며 계단을 내려왔다. 마지막 계단에서 그는 나와 마주했다. 그는 채찍으로 내 가슴을 밀어내며 경멸하는 듯이 내 얼굴을 바라보았다. 그리고 누르하얄을 돌아보며 명령했다.

"방으로 들어가!"

누르하얄이 종종걸음으로 방으로 들어갔다. 다른 어린 첩도 뒤따라 들어갔다. 문을 닫으려는 순간 장군이 폭발하였다.

"문을 열어 둬. 우리도 갈 거야!"

장군이 내 옷깃을 잡고 누르하얄의 방으로 끌었다. 나는 근육까지 떨렸다. 그 순간 머릿속에 떠오른 생각은 품에 있는 단도를 꺼내 장군의 심장에 꽂는 것이었다. 장군은 천천히 문을 닫았다. 젊은 첩은 누르하얄의 옆에 서 있었다. 시야부쉬 장군은 내 어깨를 잡고 강하게 몇 번 흔든 뒤에 말했다.

"자넬 믿고 하렘에 들어가라 했네. 내가 틀렸나 보군. 아내만 아니었다면 자네에게 무슨 짓을 했을지 몰라. 오늘은 이만 참겠다."

신경이 끊어질 듯 위축되는 것을, 근육들이 다시 실룩거리는 것을 느꼈다. 손이 천천히 툭 떨어졌다. 이것을 본 시야부쉬 장군이 나를 뒤로 밀었다.

"이런 돼먹지 못한 놈!"

그가 불같이 소리 질렀다.

그는 잠시 아무 말도 하지 않더니 나의 배에 채찍을 휘둘렀다. 채찍을 들어 올리더니 포기한 듯 누르하얄에게 돌아섰다. 채찍을 누르하얄 쪽으로 향하며 말했다.

"예니체리는 뭔가 다를 줄 알았더니 내가 잘못 생각했군."

그는 누르하얄의 큰 가슴 위로 채찍을 내리쳤다.

"지금 자네를 홀린, 천사같이 보이는 이 여자가 얼마나 맹랑한 년인지 알게 될 거야."

그는 능숙하게 무기 상자에서 작은 총을 꺼내 손에 쥐더니 어린 첩을 향해 돌아섰다.

"내 탄약 벨트를 꺼내라. 바지 단추들을 풀어라."

그가 명령했다.

내가 시야부쉬 장군이 드디어 미쳤나 보다고 생각하고 있을 때, 젊은 첩은 빠르고 익숙한 움직임으로 탄약 벨트를 꺼내고 바지 단추를 풀었다. 유니폼의 재킷을 벗더니 나더러 들라고 했다. 내게 건넨 재킷을 받는 사이 갈팡질팡하며 문을 바라보았다. 그사이 장군은 탄환을 채워 넣었다.

"발칸에서는 자네 같은 목숨도 수십 명 빼앗았지. 저기 보이는 저 총으로 말이야. 문 쪽으로 걸으면 납이 박히게 될 거야. 처참히 죽고 싶지 않으면 그 재킷에 주름이 안 가게 잡고 있어!"

아무것도 생각할 수 없는 순간이었다. 내가 그렇게 서 있자 장군은 말 울음소리를 연상시키는 목소리로 웃었다.

근육이 꽤 위축되었다. 나를 총으로 쏴 죽이는 줄 알았다. 그는 내 머릿속을 훤히 꿰뚫고 있다는 듯이 말했다.

"움직이면 이마 한가운데에 납이 박힐 거야."

그는 또다시 말 울음소리를 내며 웃고 나서 누르하얄에게 말했다.

"구부려, 구부려. 저놈 꼴을 봐라."

누르하얄은 사태가 이렇게까지 커질 줄 몰랐던 모양이다. 얼굴이 밀랍처럼 노랗게 질렸다. 대책이 없다는 듯 포기하는 미소까지 지었다. 장군은 희롱하는 시선으로 나를 바라보았다. 그리고 다른 손으로 젊은 첩의 머리를 쓰다듬으며 아까보다 더 가는 목소리로 말했다.

"누르하얄이 얼마나 경박한 여자인지 이제 보게 될 것이다."

장군이 말할 때 나는 어떤 대가를 치르더라도 단검을 꺼내 갈비뼈 사이를 찌르리라고 별렀다. 하지만 장군의 시선은 어떤 것도 놓치지 않았다. 장군은 내 얼굴에 드러난 두려움을 보더니 말했다.

"머릿속의 것들을 지워 버려. 집사를 불러 자네를 갈가리 찢으라고 할 거야. 예니체리의 명예 따위는 개나 줘 버려. 내 첩의 풍만한 가슴에 머리를 파묻었것다. 결국엔 껴안으려 했겠지."

나는 몸이 굳어서 장군의 얼굴을 바라보았다. 그는 무뚝뚝한 목소리로 젊은 첩에게 명령했다.

"누르하얄의 그곳을 보여 주어라."

그녀는 누르하얄에게 가면서 씩 웃었다. 즐거운 표정으로 장군을 바라보았다. 그녀는 누르하얄 옆에 앉아 무릎을 구부리더니 바닥에 끌린 치마를 잡았다. 장군과 나를 번갈아 보더니 치마를 허리까지 들어 올렸다. 누르하얄의 하체가 적나라하게 드러났다. 장군은 지금까지 이런 놀이를 수백 번이나 했다는 듯이 그녀에게 다가갔다. 첩이 장군 앞쪽으로 손을 당겼다. 그러자 누르하얄의 무릎이 구부러졌다. 장군은 누르하얄의 다리 밑으로 다가갔다. 나는 품속의 단도 손잡이를 단단히 쥐었다.

73

해가 진산 서쪽으로 기울 때쯤 고원에도 평온한 기운이 감돌았다. 함쉬오울루 유수프 성주는 레슬링에서 각 체급별로 일 등에게는 염소, 이 등에게는 양, 삼 등에게는 새끼 양을 한 마리씩 나눠 주었다. 그때마다 북, 나팔, 백파이프 소리로 흥을 돋우었다. 고원의 신부들과 소녀들은 할라이라는 민속춤을 추었다. 구경 나온 사람들에게 하루 종일 미소를 보내는 것에 지쳤던 꽃들도 활력을 되찾은 듯했다. 신부들과 소녀들이 맞은편에 서 있는 남자들 가운데 하나를 골라 춤을 추기 시작했다. 그때 아시아가 제밀 곁으로 다가왔다. 제밀은 술타나와 쉬메이라를 바라보았다. 그녀들은 벌써부터 박수를 치면서 흥을 내고 있었다. 부인들이 미소짓는 것을 보니 마음이 편안해졌다. 그의 얼굴에 서렸던 긴장감이 완화되었다. 제밀은 아시아를 마주 보며 춤을 추었다. 그가 춤을 추기 시작하자 북과 나팔 소리가 울려 퍼졌다. 함쉬오울루 유수프 성주는 북 치는 사람들과 나팔 부는 사람들에게 돈꿰미를 던져 주었다. 투르크멘 소녀들이 추임새를 넣으며 흥을 돋우었다. 춤이 시작되자 제밀은 아시아와 손을 맞잡았다. 박수 소리와 함께 땅 위를 풀풀 날면서 춤을 추었다. 활발한 카프카스 춤이 끝나고 다른 춤이 시작되었을 때도 제밀은 꽤 리듬을 탔다. 때때로 아시아의 허리를 감싸기도 하고, 주위를 빙글빙글 돌기도 했다. 그들이 춤에 빠져 있을 때, 누군가가 도루보다 멋진 말을 타고 사라지는 모습이 제밀의 주의를 끌었다. 남자의 뒷모습을 보니 아는 사람 같았다. 그러나 어디서 보았는지 생각이 나지 않았다. 아시아는 춤에 흠뻑 빠져 빠른 리듬에 발을 맞추려 애쓰고 있었다. 옆에서 그들 춤을 지켜보던 유수프 성주는 "아시아, 아시아, 아시아." 하면서 템포를 맞추었다.

악기들의 멜로디가 하늘까지 이르렀을 때 아시아가 제밀을 안으면서 춤을 끝냈다. 춤이 끝나자 고원 축제도 마무리되었다. 마지막으로 모두 투르크멘 신부들이 펼쳐 놓은 수공예품을 사고 나서 떠날 차비를 했다. 함쉬오울루는 자비로운 목소리로 주문을 읊어 축제를 마무리했다.

"목자들에게 평화를, 레슬러들에게 힘을, 축제에 참여한 사람들에게 풍요로움을 주소서! 하느님이시여!"

그러자 투르크멘 여자들이 입을 모아 거들었다.

"우리 부족 삶에도 풍요로움을 내리소서!"

그녀들은 곧장 입으로 추임새처럼 흥을 돋우는 소리를 내기 시작했다. 거의 모두가 그녀들을 따라 했다. 그 소리를 듣고 있자니 제밀은 문득 행렬을 떠날 때 들었던 아랍 인들의 추임새 소리가 떠올랐다. 부족은 달라도 흥과 감정은 같았다. 사람을 행복하게 하는 것은 어디든지 비슷했다. 그랬다. 파리 오페라 극장에서도 오페라가 끝나자 이렇게 환호하며 배우들에게 박수를 치지 않았던가? 마르세유 사람이 그를 오페라에 데려갔었는데, 어느 독일 음악가의 피아노 연주와 발레 공연이 끝났을 때에도 그들은 이렇게 열광했었다. 제밀이 생각에 빠져 있을 때 유수프 성주는 말과 마차를 대기시켰다. 마차에 타기 전, 유수프 성주의 큰부인이 어미 독수리처럼 투르크멘을 불러 모았다.

"목축업에서 좋은 일이 가득하길 빕니다. 조금만 기다리시면 좋은 수확을 내실 거예요. 가을까지 얼굴에 좋은 기운만 가득하길. 나쁜 악령이나 늑대들이 접근하지 말기를. 건강하게 고향으로 돌아가시길 빕니다."

그녀는 이렇게 말한 후 술타나와 쉬메이라 뒤에서 위가 덮인 마차에 탔다.

유수프 성주 부인은 만인의 어머니 같았다. 그녀도 유수프 성주만큼이나 위력을 발휘하는 것 같았다. 성주의 영토에 사는 여자들은 모두 부인 슬하에 있었다. 부드러운 목소리가 어찌나 사람 마음을 움직이는지, 유명한 배우 못지않았다. 그녀가 말하는 모습을 보며 제밀은 부드러운 화산 같다는 생각이 들어 화들짝 놀랐다. 화산이란 말을 들으면 길가메시와 엔카투가 화염을 내뿜는 훔바바 괴수에 맞서 싸운 모습이 연상되었다. 물론 엘마스 부인과 훔바바는 아무 관계가 없지만 머릿속에는 여전히 화산이 떠올랐다. 제밀은 이런저런 생각들로 분주하다가 아무 생각이 없어졌다. 다시 '아랍에 마법사라고 불리는 훔바바가 있는 한 화산이 생겨나지는 않겠지.'라는 생각이 들었다. 순간 웬일인지 흥분되었다. 즐거워질 때는 항상 그랬던 것처럼 머리를 긁적였다. 손톱 하나가 두피에 상처를 냈다. 통증이 느껴지자 그는 훔바바 생각을 그만두었다. 그런데 이번에는 디오니소스제 생각이 꼬리를 물고 이어졌다. '예전에는 아나톨리아 저쪽에서 신께 바치는 제를 올렸는데, 지금은 카스렛 고원 들판 한가운데서 벌어지는군. 이것도 제사의 한 종류이기는 하지. 신들은 아주 오래되어도, 전통이나 의식은 토착 장소에 머물러 있군.' 그는 자신이 이 생각 저 생각에 빠져 있다는 것도 잊었다. 다리가 떨려 왔다. 얼굴이 하얘졌다. 그때 문득 찬 손수건이 이마에 닿는 것을 느꼈다. 코에서 느껴지는 향긋한 냄새에 차차 정신이 들었다. 아시아가 앞에 서 있었다. 아시아의 긴 손가락에 걸린 손수건이 이마에 닿았던 것이다. 제밀이 정신을 차리자 아시아가 미소지었다. 그는 주변을 보았다. 진열대에 남은 물품과 수예품을 주섬주섬 갈무리하는 투르크멘 소녀들만 눈에 띄었다. 그 외에는 아무도 없었다. 아시아는 도루와 자기가 탈 말의 고삐를 잡고 있었다. 두 사람은 동시에 말에 올라 유수프 성주 행렬을 따라잡기 위해 말을 몰았다. 저택이 보이는 내리막 입구에 이르자 함쉬오울루 유수프 성주와 두 마차는 여인숙으로, 제밀의 수하들과 부인들은 다른 저택으로 길을 잡았다. 아시아는 함쉬오울루 행렬을 따라갔다. 저택 앞에서 사람들이 모두 내리자 휘스뉘가 말을 마구간으로 끌고 갔다.

"내가 아시아와 춤추고 있을 때 축제장을 떠나던 한 남자가 있던데."

제밀이 그에게 넌지시 물었다.

"어떤 남자 말씀이십니까, 도련님."

앞말을 못 들었는지 휘스뉘가 되물었다.

"내가 아시아와 춤추고 있을 때 떠나간 말도 남자의 얼굴도 독특하게 느껴졌네. 말이 무척 인상적이던데."

"어쩌면 므스티는 알지도 모릅니다, 도련님. 사득은 그런 것들에 신경을 쓰지 않지만 므스티는 비밀을 캐는 것을 좋아하지요."

"그리 중요한 것은 아니네. 어느 날 다시 마주치겠지, 이곳 어디에서든."

"도련님, 제가 므스티에게 한번 물어보겠습니다."

휘스뉘는 곧장 므스티를 데리고 왔다. 하지만 그도 남자에 대해서는 아는 바가 없었다. 그들이 방으로 들어가자 제밀은 오들오들 떨면서까지 밖에 앉아 있었다. 누군가 다가와 그의 등에 두꺼운 외투를 걸쳐 주었다. 그제야 추위에 떨고 있는 자신을, 그리고 밤이 늦었다는 것을 알아차렸다. 그는 일어나 방으로 갔다. 술타나와 쉬메이라는 자지 않고 그를 기다리고 있었다. 그녀들이 깨어 있는 것을 보니 왠지 전율이 느껴졌다. 요즈음 그녀들의 몸 상태에 무심했다는 생각이 들자 죄책감이 일었다. 제밀은 그녀들에게 다가가 목을 감으며 옆에 앉았다.

"어디 아픈 것은 아니겠지. 이런 산속에서 병이라도 생기면······."

그는 말하다 말고 입을 다물었다.

촛불 아래로 쉬메이라의 주근깨 가득한 볼을 가볍게 잡아당겼다. 오른쪽 볼 가운데로 보조개가 살짝 보이더니 금세 사라졌다. 술타나를 바라보았다. 그녀도 그를 바라보고 미소지었다. 제밀은 손으로 꽤 부푼 그녀들의 배를 쓰다듬었다.

"왜 아무 말도 않는 거요? 내가 아시아와 춤을 추어서 화가 난 것이오?"

둘은 서로를 바라보았다. 술타나는 머리를 묶었던 천을 벗어 손에 쥐었다.

"제밀, 우리가 마음이 얼마나 넓은데 그런 일로 화를 내겠어요? 우리는 오히려 당신이 아시아와 춤을 추어서 좋았어요. 오늘 아침 당신이 깨기 전에 아시아와 대화를 나누었죠. 처음 본 날부터 당신을 사랑했다고 하더군요. 그녀가 당신과 가까워질 거라고, 우리와도 마음을 나누는 친구가 될 거라고 생각했어요. 만약 당신도 원한다면 우리는 받아들일 수 있어요. 유수프 성주가 당신과의 결혼을 이미 허락했대요."

그녀들의 배 위에 얹힌 제밀의 두 손에 움직임이 느껴졌다. 아이들이 어머니의 배를 차고 있는 것이다. 마음이 이상했다. 심장에 있는 피가 몸 밖으로 흘러가는 것 같았다. 그는 술타나와 쉬메이라를 번갈아 바라보았다. 제밀은 먼저 술타나의 배에 입을 맞추고, 이어 쉬메이라의 배에도 입을 맞추었다. 그녀들의 표정에 기뻐하는 기색이 역력했다. 그녀들은 제밀의 손 위에 자기 손을 포개 놓았다. 술타나가 말을 이었다.

"제밀, 아시아가 마음에 드나요?"

"당신들을 고생시키는 것도 미안한데."

술타나는 병아리를 보호하는 어미 닭처럼 재빨리 몸을 움직였다.

"그런 생각 마세요. 이 삶은 당신이 그랬던 것처럼 우리가 선택한 거예요. 원하지 않았더라면 쉬메이라가 왔던 날 친정아버지 집으로 돌아갔을 거예요. 쉬메이라도 마찬가지고요. 우리는 당신을 원했기 때문에 이 삶을 선택했어요. 운명이라고 여기세요. 죄책감을 느낄 필요는 없어요. 우리는 아시아를 환영해요. 그렇지 않으면 불쌍하게도 평생 고생할 거예요."

"내 길을 막고 두 팔마저 묶는구려."

그때까지 조용히 있던 쉬메이라가 끼어들었다.

"저도 술타나도 적당하다고 봤어요. 하지만 결정은 당신 몫이에요."

제밀은 답답해서 어쩔 줄 몰랐다. 이것이 도대체 선물인지 벌인지 결정을 내릴 수 없었다. 그야말로 속수무책이 된 순간이었다. 제밀은 일어나서 방 안을 서성거렸다. 그가 결정을 내리지 못하자 술타나가 부푼 배를 부여잡고 곁으로 다가왔다.

"이곳은 우리보다 그녀가 더 잘 알아요. 우리가 출산하는 데도, 그 후에도 도움을 줄 거고, 친구가 되어 줄 거예요. 유수프 성주와 엘마스 부인도 퍽 좋아했어요. 아시아가 당신의 마음에 든다면……."

74

마치 아무 일도 없었다는 듯이 하루하루가 조용히 흘러갔다. 나는 시들지 않은 가지들, 초록색 잎사귀, 듬성듬성 과일이 열린 나무를 돌아보았다. 나를 제외한 모든 사람은 예전처럼 일상을 살아갔다. 누르하얄과 시야부쉬 장군조차도 겉보기에는 평화롭기 그지없었다. 어린 첩들만 눈이 띄지 않았다. 그날 있었던 일은 누설되면 안 되는 금기 같은 것이 되어 버렸다. 나는 누르하얄에게서 어떤 변화를 기대했다. 어느 날 그녀가 나무 사이에서 불쑥 튀어나와 내 곁으로 왔을 때, 나는 기대했던 변화를 찾을 수 없었다. 예전처럼 매끈하고 웃는 낯이었다. 일주일 전보다 더 행복해 보이기까지 했다. 그녀는 내가 주위에 구덩이를 판 자두나무에 매달린 잘 익은 자두를 쳐다보고 있었다. 그녀의 시선 때문이었는지 본능이었는지 모르겠지만, 나는 단숨에 가지로 기어올라가서 검은 자두를 따 부채처럼 펼친 치마에 던졌다. 다른 첩들이 자두를 가져갔다.

"빌랄, 모두 다 가져가 버렸어요. 제 건 안 남았어요."

귈페리가 맑고 가는 목소리로 말했다.

나는 잘 익은 자두가 남아 있는지 살피다가 손에 한 줌을 쥐고 밑으로 내려왔다. 귈페리에게 자두를 주자 누르하얄이 눈을 깜빡이며 말했다.

"저는 없나요?"

손안에 있던 몇 개를 그녀에게 건넸다. 나는 남은 자두 한 개를 손으로 닦아 먹었다. 몸에 묘한 기운이 흘렀다. 마치 자두를 따 온 사람이 내가 아닌 것 같았다. 우리가 자두를 먹기 시작하자 다른 첩들은 나무 사이로 사라져 버렸다.

"왜 며칠 동안 제게서 시선을 피하는 거죠? 장군은 우리 목숨을 원했어요. 그래서 어쩔 수 없이 한 일인데, 그것 때문에 그러는 건가요? 우리에게 맞설 힘이 있나요? 이곳에 있는 모든 것과 모든 사람은 그분 소유예요. 누구든 소유물을 원하는 대로 할 수 있어요. 우리가 장군의 손아귀에 있는 염주알과 다른 점이 뭔가요? 염주알처럼 우리를 가지고 논다고요. 노예 상인한테 우리를 그런 용도로 샀으니까요. 그 사람은 말 한마디로 우리를 죽일 수도 있고 팔아넘길 수도 있어요. 그가 원하는 건 뭐든지 해야 해요. 당신 자존심 한번 상처받은 게 뭐 그리 중요해요? 우리는 자존심도 없다고 생각하는 거예요? 매일 상처를 받는다고요. 장군은 기분이 좋을 때면 사람들이 자기를 지켜보는 것을 매우 좋아해요. 그날 한 행동도 당신께 화가 나서 그런 것이 아니에요. 그는 뭔가 관심을 끌고 싶은 거예요."

나는 내 자신도 누르하얄도 측은하게 느껴졌다. 그녀가 내 곁으로 가까이 다가왔다.

"당신을 사랑했어요. 큰부인에게도 말했어요. 부인은 아프시기 전에 우리를 결혼시켜 준다고 하셨어요. 하지만 지금은 부인이 위독하니 기대할 수 없어요. 장군은 표독스런 사람이에요. 파디샤가 발칸 쪽으로 원정을 나갈 것이라고 해요. 장군도 참가할 거라는 소문이 돌고 있어요. 원정에 나가기 전에 무슨 짓을 할지 아무도 모르죠. 전쟁은 어떤 의미에서는 한번 가면 돌아오지 못한다는 말이기도 하니까요. 만약 원정에 참여한다면 쉰듸스 부인을 데려가거나 아니면 가족에게 보낼 거예요. 그녀와 함께 우리도 보낼 건지는 모르겠어요. 어쩌면 노예 상인에게 다시 팔지도 모르죠. 한 푼이라도 건져야 하니까요."

그녀가 솔직한 마음을 이야기하자 내게도 힘이 생겼다. 대책이 없다는 현실이 내 머리를 맑게 했다. 그녀가 입을 다물자 다시 이런저런 생각이 줄줄이 내 머릿속을 맴돌았다. 두서없는 생각에 빠져 있을 때 그녀가 다가와 속삭였다.

"당신을 사랑했어요. 오늘 밤 제게 오세요."

그녀는 그 말을 남긴 후 뒤도 돌아보지 않고 갔다. 다른 첩들도 젊고 나긋나긋한 몸을 흔들며 그녀 뒤를 쫓아갔다.

그녀들이 보이지 않자 나는 자신이 절벽 끝에 있는 것처럼 느껴졌다. 생각을 할 수도, 그곳에서 멀어질 수도 없었다. 단지 울고픈 마음만이 내 목을 조여 왔다. 나는 자두나무 아래에 무릎을 꿇고 정신을 잃은 듯 하염없이 앉아 있었다. 아주 가까운 곳에서 기침 소리가 들려왔다. 나는 벌떡 일어섰다. 옆으로 다가오던 사람은 내가 갑자기 일어서는 바람에 놀랐는지 도망가기 시작했다. 나는 품에 있던 단도를 꺼냈다. 남자는 사과나무를 방패 삼아서 나를 바라보았다. 내가 가까워지자 말했다.

"빌랄, 진정하세요."

부대 통신병인 하네피의 목소리를 알아채자 나는 늑대를 본 혈통 좋은 말처럼 자리에서 멈춰 섰다. 과거 몇 년 동안 그는 내게 부대 안의 사정을 알려 주고, 이스탄불이 지금 얼마나 끓는 냄비 같은지를 일러 주고, 가끔은 우리가 생각했던 것만큼 인생이 심각하지 않다는 것을 일깨워 주기도 했다. 그는 농담도 곧잘 했다. 내가 화를 내자 "기회가 있을 때 행복을 누리세요. 자기 감정에 충실하세요. 오늘까지 우리에게 고결이라고 가르쳤던 것들은 당신도 보고 있듯이, 파샤들의 손에서 먼지같이 되어 버렸죠. 이제 부대 어디에도 명예니 체면이니 하는 것들은 남아 있지 않아요. 당신은 여전히 정직이라는 속임수 게임을 하고 있군요."라는 말을 남기고 떠났다.

예전에는 말에 내포된 뜻을 전혀 생각지 않았다. 웬일인지 이번에는 이 말이 마음에 걸렸다. 내게 가르쳤던 명예란 무엇이었는가? 장군이 이해한 고결함은 무엇이었는가? 나는 스스로를 심문하듯 하네피에게 다가갔다.

"깜짝 놀랐어요. 왜 갑자기 일어난 거예요?"

나는 그가 단검을 볼까 봐 얼른 품속에 찔러 넣었다. 그는 시치미를 떼고 내게 가까이 왔다.

"빌랄, 놀란 게 당연해요. 이젠 모두 겁쟁이가 되어 버렸죠. 파디샤가 원정에 나갈 것이라는 소문이 있지만 그때가 언제일지는 아무도 몰라요. 부대에서도 애를 많이 쓰지만, 궁정에서는 아무 소식도 없답니다. 아나톨리아 호족과 루멜리 호족도 전혀 몰라요. 어쩌면 알면서도 내색하지 않는지도 모르죠. 파디샤가 단지 특수 기마병들만 데리고 원정에 나갈 것이라고 말하는 사람들도 있어요. 다시 오겠습니다. 우리 모두 눈을 크게 뜨고 있어야 합니다. 궁정에서 소식이 오지 않더라도 파샤들의 행동에 따라 부대를 위해 방책을 구할 겁니다. 그 때문에도 모든 것을 부대에 알려야 해요. 부대원인 이상 모두 서로에게 연결되어 있지요. 저는 갑니다. 조만간 봅시다."

그는 나무들 사이로 사라졌다.

어디서 왔는지, 어느 쪽으로 가는지 신경 쓰지 않았다. 사소한 일 때문에 낮에 온 것을 보니 꽤 심각했나 보다. 요즘 부대에서는 내가 두려워했던 것보다 더 긴장하고 있는지도 모른다. 부대가 부른다면 즉시 갈 것이다. 그때 뒤에서 다급한 말소리가 들려왔다. 집사 보조가 숨을 헐떡이며 말했다.

"빨리 옷을 갈아입어요. 쉰뒤스 부인이 기다리고 있어요."

쉰뒤스 부인에게 무슨 일이 일어난 모양이었다. 나는 뛰다시피 하였다. 이 시간에 왜 부르는지 모르겠지만 서둘러 세수를 하고 옷을 갈아입었다. 저택으로 가면서 아무 일 없기를 기도했다.

삐걱거리는 계단을 다 올랐을 때 더 간절히 기도했다. 다른 방문 사이로 나를 바라보는 눈길은 신경 쓰지 않았다. 쉰뒤스 부인이 누워 있는 방문을 두 번 두드렸다. 문을 연 누르하얄은 탐스러운 가슴이 더 도드라져 보이는 옷을 입고 있었다. 그것을 바라볼 수 없었다. 생각할 여유가 없었다. 쉰뒤스 부인의 침대 곁에 놓여 있는 의자에 시야부쉬 장군이 앉아 있었다. 그는 예전의 거만한 모습이 아니었다. 의자에 몸을 숨기기라도 한 듯 작아 보였다. 매우 걱정스러운 얼굴로 나를 보며 말했다.

"어서 아내에게 기도문을 읽어 주게."

침대 밑에 있는 방석에 무릎을 꿇고 앉자마자 나는 다른 날보다 더 열정적인 목소리로 기도문을 읽기 시작했다. 잠시 후 꺽꺽 울던 시야부쉬 장군이 뒤에 있던 사람들을 데리고 방에서 나갔다. 나는 정신이 나간 듯한 모습으로 야신이쉬리피를 이어 파티하를 읽고 또 읽었다. 기도문을 끝냈을 때 쉰뒤스 부인이 눈을 떴다.

"부인."

나는 기뻐서 부인을 불렀다.

그녀의 눈빛이 살아났다.

"빌랄, 장군을 불러 주게."

그녀가 말했다.

그 한마디가 어찌나 힘든 임무였는지 마치 세상을 등에 짊어지라고 하는 것 같았다. 나는 속수무책으로 응접실에서 머리가 잘린 닭처럼 돌아다니던 장군에게 말했다.

"장군님, 큰부인이 찾으십니다."

장군은 천상에 있는 산에서 신령한 소리라도 들은 것처럼 움츠렸다. 그의 눈이 휘둥그레지더니 수염을 부르르 떨며 믿기지 않는 시선으로 나를 바라보았다. 그는 단숨에 계단을 올라갔다. 나는 뒤를 따랐다. 문득 나는 밖에 있어야 하는 것 아닌가 싶었다. 뒷걸음쳐 나가는데 쉰뒤스 부인의 목소리가 들려왔다.

75

함쉬오울루 유수프 성주가 아시아를 신부로 꾸며 카스렛으로 데려왔을 때 제밀은 당황해서 어쩔 줄 몰랐다. 얼마나 부끄러운지 차마 술타나와 쉬메이라의 얼굴을 똑바로 쳐다볼 수 없었다. 수십 나라를 다닌 것도, 신학교에서 공부한 것도, 파리를 비롯해 다른 세상에 가 본 것도, 거대한 오스만 왕조의 궁전에 가 본 것도, 심지어 검고 메마른 마르실얄르의 앙상한 손을 뜨겁게 움켜잡은 것도 그가 한 일이 아닌 것 같았다. 오히려 술타나와 쉬메이라가 그 모든 경험을 한 것 같았다. 그들은 어떠한 상황에서도 성숙하게 대응했다. 삶의 모든 것을 받아들이고 기꺼이 적응했다. 제밀은 그들의 성숙한 행동에 부끄럽고 당황스러울 뿐이었다. 함쉬오울루 유수프 성주는 기도문을 읽으며 결혼식을 끝마쳤다. 그리고 아시아의 가느다랗고 마른 손을 잡아 제밀의 손에 넘겨주었다.

"제밀, 두 사람이 썩 잘 어울리는군. 아시아는 내 딸과 마찬가지니 귀족인 자네에게 호족의 딸이 잘 어울릴 걸세. 서로 샘솟는 사랑으로 가족을 꾸미게. 나는 사랑이 최우선이라고 믿는 사람이라네."

그는 이 말을 끝으로 아시아의 다른 쪽 손도 제밀의 손에 넘겨주었다. 그리고 나서 그들이 첫날밤을 치를 방에서 나갔다. 그가 나가자 제밀의 가슴속에 무게감이 느껴졌다. 그가 문을 닫는 것이 마음속의 자물쇠를 잠그는 것 같았다. 제밀이 우두커니 서 있자 아시아가 그의 손을 꼭 쥐었다. 순간 그는 멍한 시선으로 그녀를 바라보았다. 그녀는 추위에 지팡이처럼 서서 떨고 있는 제밀을 꼭 안았다. 순간 호흡이 가

빠진 제밀은 자신을 쓰다듬는 앙상한 손길이 자그마한 자물쇠에 끼워진 열쇠처럼 느껴졌다. 그럼에도 팔을 뻗어 아시아의 가는 허리를 안을 수가 없었다. 아시아는 아무리 노력해도 제밀의 얼어붙은 마음이 녹지 않자, 가스등의 노란 불빛 아래에 그림자처럼 다가가 두꺼운 벽의 작은 창문가에 기대어 카스렛의 파란 하늘과 별을 바라보았다. 노란 바탕에 빨간 장미가 수놓인 스카프를 풀어 머리를 늘어뜨렸다. 쪽 찐 머리가 풀어져 허리까지 내려오자 문득 다윗의 심장을 녹인 여인이 생각났다. 제밀은 일어서서 아시아를 향해 몇 걸음 내디뎠다. 아시아는 별을 바라보다가 제밀에게 손을 내밀었다. 그녀는 그날까지 제밀이 들어 보지 못한 아름다운 음성으로 물었다.

"내가 뭘 잘못한 건가요?"

제밀은 아시아의 떨리는 손을 얼른 잡았다.

"아니, 당신은 아무 잘못도 없어요. 단지 당황했을 뿐이오. 당신의 고귀한 마음에 내가 어찌 답해야 할지 모르겠소. 저녁 내내 내가 당신에게 어울리는 사람인지 생각하고 또 생각했으나 결론을 못 내렸소. 아버지의 벌을 받는 내게 가당키나 한지 말이오."

아시아는 제밀의 말을 단호히 잘랐다.

"쉿! 조용히 해요. 이곳은 유배지예요. 어쩌면 내가 너무 웃는 낯이었나 보군요. 사랑은 고귀한 것이에요. 당신은 행복한 사람이에요. 위엄 있고 고귀한 존재이기 때문에 추방된 것이라고요."

제밀은 아시아의 말을 이해할 수 없었다. 그녀에게 조금 더 가까이 갔다. 가볍게 살갗을 대었다. 아시아가 입술에 키스했다. 그녀는 마르실얄르보다 능숙하게 키스했다. 제밀은 현기증이 났다. 아시아가 기름이 반 정도 남은 등불을 끄고 옆으로 와서 팔꿈치를 창문가에 기대었다. 제밀은 그녀의 가는 허리를 감싸 안았다. 아시아는 정열적이고 아름답고 따뜻하고 희망에 찬 목소리로 말했다.

"보세요, 도련님. 별을 봐요. 우리가 알 수도 없는 어떤 시절에 여신 이난나는 이 별들의 아름다움을 견디지 못하고 신전에서 뛰쳐나갔지요. 이난나를 본 달이 어둠에 묻혀 사라지자 화가 난 여신 안은 즉시 그녀를 지상에 내려 보내기로 마음먹고 이렇게 말했지요. '이난나! 우리를 대표해 너를 지상으로 보내겠다. 지상에서 가장 아름다운 여신은 너다. 하늘은 네 형제 달의 것이고, 지상은 네 것이다. 단, 한 가지 조건이 있다. 달이 뜨면 너는 신전으로 들어가야 한다. 네가 지상에 나오면 달은 구름 속으로 들어갈 것이다. 왜냐하면 지상도 하늘도 너희 둘의 아름다움을 감당할 만큼 크지 않기 때문이다.' 지상에서 수메르 사원에 갇힌 이난나는 지겨워서 견디지 못하고 밖으로 나가고 말았지요. 그것을 본 달이 여신 안이 보호하는 구름 속에 들어가자 이난나가 말했대요. '아, 위대한 안이여, 들어 보세요. 당신이 원해서 지상으로 내려왔습니다. 수메르 사원에는 모든 것이 있지만 제 마음은 텅 비었어요. 마음을 채워 주세요! 아, 위대한 안이시여, 저를 지상에서 이렇게 홀로, 사랑 없이 두지 마세요. 지상에서 한 명만 골라 주세요. 길가메시와 닮은 사람이나, 아니면 차라리 길가메시를 뽑아 주세요.'라고 말했죠.

안은 이난나의 울부짖음에 어찌나 감동했는지, 지상에서 가장 힘센 통치자인 길가메시를 그녀의 친구로 선택했습니다. 이난나를 위해서 말이죠. 그러고는 지상에서 가장 힘센 통치자에게 이렇게 말했습니다. '어이, 길가메시! 나는 여신 중의 여신, 안이다. 지상에서 가장 아름다운 여신 이난나의 외로움을 덜어 주기 위해 너를 선택했다. 그녀의 마음속에 들어가라. 마음속에 들어간 것처럼 가슴속에 들어가라. 넌 인간이기 때문에 여신의 가슴속에 들어갈 수 없다. 그러니 너를 목동의 신으로 만들어 주겠다. 지금부터 너는 반은 인간, 반은 신이 될 것이다. 명심해야 한다. 만약 이난나의 마음속이나 가슴속에 들어가지 못하면, 하늘의 황소를 보내 네 나라와 네 백성들을 파괴할 것이다. 자, 가라. 목동의 신 길가메시여, 이난나를 기다리게 하

지 마라!'

 길가메시는 목동의 신이 되었습니다. 그러나 이난나 곁에는 이르지 못했습니다. 신전 문 앞까지 수십 번 갔지만 안으로 들어가지 않았습니다. 이난나는 벌거벗은 몸을 아름다움으로 감싸고 달이 창문으로 건넨 별 귀걸이를 하고 그가 안으로 들어오기를 기다렸습니다."

 아시아는 미처 이야기를 끝내지도 않고, 제밀에게 돌아서서 토라진 목소리로 물었다.

 "당신도 길가메시처럼 신전 안으로 들어가지 않을 건가요?"

 아시아의 이야기를 듣고 있자니 제밀의 마음은 혼란스럽기만 했다. 이 이름들은 어디선가 들어 본 것이었다. 제밀은 생각해 보려 애썼다. 엘 카스미를 떠올려 보았다. 그는 미소를 지으며 아시아의 입술에 키스했다.

 "아시아, 당신을 처음 보았을 때 내 마음속에 당신이 들어왔소. 그 후 당신을 내치질 못했지. 잊었다고 여겼지만 다시 들어오더군. 지금 나를 길가메시와 비교하는 거요? 그의 반은 신이었소. 나는 집 한 칸 없는 호족의 아들일 뿐이오. 도대체 내 마음을 나도 알 수 없소. 아름다운 여자들의 뒤를 쫓지. 카라자오울루처럼 말이오. 내 마음이 그렇다는 거지 내가 그렇다는 건 아니오. 그나저나 조금 전 이야기는 어디에서 들었소? 바그다드 신학교에서 나이 든 엘 카스미 선생님 말고는 아무도 우리에게 다른 신에 대해 설명할 용기를 내지 못했었지. 그분만 신학교의 힘을 믿고 단편적일지라도 신과 여신들에 대해서 가끔 말하곤 했지."

 아시아는 밤의 어둠 속에서도 녹청색 눈으로 그를 바라보았다.

 "이곳의 노인들은 이 이야기와 함께 컸지요. 아이들도 그렇고요. 여기 사람이면 다 아는 이야기예요. 이난나가 이 땅에 발을 디딘 그 순간부터 사랑은 이 땅에 숨겨진 비밀스런 씨앗이 되었죠."

밤의 어둠에서 그들은 맞잡은 손으로 서로의 몸을 쓰다듬었다. 그럴수록 심장이 불타오르고, 사랑의 전율이 온몸에 퍼졌다. 아시아가 하나씩 옷을 벗었다. 그녀를 바라보는 것도 지쳤는지 별이 지기 시작했다. 달은 이난나 이래 처음으로 아시아에게 질투를 느꼈다. 달은 빛을 보내어 지친 별들을 모았다. 제밀이 아시아의 아름다움에 숨이 멎을 것 같을 때 달빛도 하늘에서 물러갔다.

제밀이 아시아 곁에 누웠다.

"좋은 냄새가 나는군."

"제게서 좋은 냄새가 나는 거예요, 향수가 그렇다는 거예요?"

"향수도 그렇고 당신도 그렇다는 얘기요, 아시아. 이런 향을 산속에서 어떻게 구했지? 이 세상에서 가장 유명하다는 카이로에서도 구하기 힘든 향인걸."

아시아는 제밀을 위해 뒤로 살짝 물러섰다.

"제밀, 우리는 당신처럼 카이로에도, 파리에도, 이스탄불에도 갈 수 없어요. 그러나 이름만 들었던 그 도시들의 모든 것이 낙타에 실려 우리 발밑까지 와요. 우리는 이런 것들에 관심이 있죠. 여인숙에 이르는 대상들에게 부탁하면 가져다줘요."

아시아의 피부는 벨벳처럼 보드라웠다. 손길을 잠시 늦추자 제밀의 머릿속에 악마 같은 생각이 돌아다녔다. 다시 그녀를 꽉 안고 가슴으로 눌렀다. 입을 열자 질투 섞인 말이 튀어나왔다.

"누가 알겠소, 당신한테 반한 상인이 얼마나 될지."

아시아가 제밀의 손을 쓰다듬었다.

"살아 있는 누군가에게 마음을 주는 게 뭐가 이상해요. 저도 마음이 갔던 상인들이 있었죠. 눈으로 보는 것과 마음의 눈으로 보는 것은 별개예요."

제밀은 자기 몸을 덮히는 아시아의 몸을 더욱 세게 안았다. 기분 좋은 냄새를 맡을수록 자꾸자꾸 맡고 싶었다.

"겁주는 거요? 나중에 나에 대한 사랑도 끝났다고 말하려고? 아시아, 아! 내 마음이 어디로 흘러가는지 알 수 있다면 꼭 붙잡겠소. 그러나 이미 내 마음을 어쩔 수 없어. 흘러가는 대로 뒤에서 따라갈 수밖에 없지. 그뿐이야."

아시아는 지난 세월을 보상받기라도 하려는 듯 제밀을 한시도 가만두지 않았다. 그녀가 속삭였다.

"세상에 변하지 않는 것은 아무것도 없어요."

76

부대 통신병인 하네피와 이야기를 나누고, 쉰뒤스 부인에게 기도문 야신이쉬리피를 읽어 준 날 이후로 저택은 사뭇 잠잠했다. 저택에는 나만 있는 것 같았다. 아무도 보이지 않았다. 밤마다 쉰뒤스 부인 방에 들어가 기도문을 읽었지만 그 누구와도 마주치지 않았다. 누르하얄, 어린 첩들, 장군, 집사, 다른 사람들 모두 꼭꼭 숨어 있는 것 같았다.

그러던 어느 날 나는 피곤에 지쳐 잠이 들었다. 자정쯤에 방문이 열리는 소리가 들려 잠에서 깼다. 깊은 잠에서 어떻게 깼는지 나 스스로도 놀랄 정도였다. 이불을 걷어차고 속옷 바람으로 벌떡 일어섰던 것 같다. 등불 아래로 누르하얄의 얼굴이 보였다. 그녀를 보자 내 얼굴은 노랗게 질려 버렸다. 나는 빳빳하게 경직되어 있었다. 내가 움직이지 않자 누르하얄은 손에 있던 등불을 문 뒤에 놓고 풍만한 가슴을 가볍게 출렁이며 내 옆으로 다가왔다.

"준비가 다 되었어요. 당신이 오지 않을 것 같아 제가 왔어요."

그녀가 속삭였다.

"준비라니 무슨 말이오?"

나는 차가운 목소리로 물었다.

"떠날 준비 말예요. 빌랄, 떠날 준비요. 장군이 결국 쉰뒤스 부인에게 떠나라고 했어요. 장군은 병사들과 함께 원정을 나갈 파디샤와 합류할 것이라고 하더군요."

숨도 쉬지 않고 쏟아내는 누르하얄을 나는 멍하니 바라보았다. 나는 아무 소식도 듣지 못했다. 그녀는 모든 것을 알고 있고 위험을 감수하며 내게 온 것이다. 나는 어리둥절한 채 그녀를 바라보다가 갑자기 몸 한구석이 바늘로 찔린 것처럼 불쑥 소리를 질렀다.

"장군이 가다니?"

"들리는 바로는 파디샤보다 먼저 길을 나설 거래요."

"당신은 장군을 따라가지 않는단 말이오?"

"빌랄, 지금 무슨 말을 하는 거예요. 쉰뒤스 부인이 원하면 우리를 데려가겠지요. 지금까지는 장군이 떠난다는 것만 알고 있어요. 그뿐이에요."

"그럼 저택에 남을 생각이오?"

"장군이 우리를 남겨 놓겠어요? 저택과 함께 우리도 팔아 버릴 거예요."

그녀는 입을 다물었다. 내가 상황을 이해하지 못한 것처럼 보였는지 내게 더욱더 가까이 다가왔다.

"언제 결정할 거예요? 당신도 나도 나무에서 떨어진 마른 잎 신세라고요. 바람이 부는 대로 쓸려 가야 할 신세지요. 이제 그만 모든 것을 잊어요. 이제 그만 죄를 잊고 새사람이 되어요."

그녀는 손으로 내 몸을 쓸었다. 손가락 끝에 흐르는 온기가 느껴지자 정신이 들었다. 불현듯 장군이 떠올랐다. 그러자 누르하얄의 손을 피하고 싶어졌다.

"이러지 마시오, 누르하얄. 시야부쉬 장군은 목뒤에도 눈이 있다고 하던데, 당신이 여기 온 것도 필시 보았을 것이오. 장군은 다 알고 있을 거요."

"두려워하지 말아요. 장군이 저택에 머물 날은 이틀도 안 남았어요. 다븟 장군의 일도 보아야 한다더군요. 장군도 떠날 준비를 하려면 정신없을 거예요."

"장군 말고도 저택엔 집사도 있고 집사 보조도 있잖소."

"그 사람들은 어두워지면 밖으로 나가지 못해요. 낮에도 별로 볼 수 없는데 뭐가 문제예요. 저택 문이 닫히기만 하면 그 사람들은 자기 방으로 들어가서는 꼼짝도 안 해요. 하인들도 서로 감시하느라 우리는 신경도 안 쓸 거예요."

그녀가 내게 다가올수록 몸에서 변화가 일었다. 털이 바짝 곤두서는 것 같았다. 문득 죄의식이 느껴졌다. 무서움인지 혐오감인지 알 수 없는 감정에 휩싸였다. 또다시 시야부쉬 장군이 뇌리에 스쳤다. 거대한 몸이 누르하얄 뒤에 서서 콧수염 아래로 웃고 있었다. 웃고 있는 그가 보이자 몸이 떨리기 시작했다. 내가 온몸을 떨자 누르하얄은 부드러운 목소리로 나를 안정시키려고 노력했다.

"이봐요, 지금 무슨 생각을 하는 거예요? 아무튼 나는 신경 쓰지 않아요. 내게 창녀라고 해도 좋아요. 하지만 이건 알아 두세요. 우리는 살과 뼈로 만들어진 인간이고, 인간에게는 감정이라는 게 있어요. 수년 동안 장군이 원할 때마다 같이 잤지요. 하지만 그건 사랑은 아니었어요. 이제 기도는 그만둬요. 나와 사랑을 나눠요."

"누르하얄, 당신은 장군과 결혼하지 않았소."

"아이고, 첩들은 결혼하는 게 아니죠. 쉰뒤스 부인만 유일하게 혼인한 사람이에요. 우리는 첩이에요. 장군이 땀을 닦는 손수건처럼 순서를 기다리죠. 어느 때는 전혀 순서가 오지 않을 수도 있어요. 그럴 때에는 장군이 고른 첩을 장미수로 씻기고 준비시키는 것에 만족하죠. 자, 마음을 좀 안정시켜요. 두려움을 떨쳐 버려요. 두려움은 당신께 어울리지 않아요."

"안 될 말이오. 그날 장군과 당신이 하는 짓을 보지만 않았어도……."

"말했잖아요. 늘상 일어나던 일이에요. 이렇게 유난을 떨 필요도 없어요."

"다른 사람들이 내가 당신과 함께 있는 것을 알게 된다면."

"이스탄불에서는 귀신도 이 시간에 공놀이를 한다던데, 당신은 부대 사람들이 알게 될까 봐 두려운 거군요. 당신은 부대 사람들을 모두 천사라고 생각하는 거예요?"

"죄를 짓는 건……."

"죄가 뭔지도 모르는군요. 파디샤의 문에 기대어 목숨을 원하는 건 죄가 안 되고, 사랑하는 이와 한 번 자는 건 왜 죄가 되는 거죠?"

그녀는 내 손을 감싸 쥐었다. 손안에서 온기가 번개처럼 퍼져 심장에 이르렀다. 온몸이 쭈뼛쭈뼛 살아났다. 이번에는 두려운 느낌에 빠지지 않았다. 그녀가 밀착해 왔다.

그녀의 큰 가슴에 닿자마자, 나는 불결한 고기에 손이 닿은 것처럼 뒤로 멈칫 물러섰다. 누르하얄이 준비가 되었다는 듯 머리에 쓰고 있던 검은 히잡을 벗었다. 내 손을 길고 부드러운 머리칼 위로 가져다 댔다. 내 손이 머리칼을 쓰다듬었다. 그녀는 잠옷 위에 걸친 드레스도 벗어 던졌다. 잠옷 속에 숨겨진 그녀의 몸이 느껴졌다. 몸의 온기가 속옷에서 피부로 전해졌다. 그녀는 팔을 허리에 둘러 감더니 나를 가슴으로 눌렀다. 부드러운 가슴의 속살이 느껴졌다. 머리가 어지러웠다. 그녀는 여성적인 본능으로 나를 이끌었다. 온몸의 감각들이 깨어나 이제껏 경험해 보지 못한 희열 속으로 나를 밀어 넣었다.

"누르하얄, 잠깐만. 땀을 흘려서 냄새가 날 거요."

그 말이 내가 그녀를 밀어내기 위해 했던 마지막 노력이었다.

누르하얄이 나를 침대로 밀어 놓고 불빛을 줄였다. 아무것도 보이지 않게 되자 급한 걸음으로 금속 냄새가 나는 창문 곁으로 다가갔다. 두꺼운 커튼을 젖히고 밖을 내다보았다. 그녀는 좀 더 편안해진 모습으로 침대에 누웠다.

"땀 냄새는 누구나 나는 거예요. 자, 이제 마음껏 나를 품어요. 아무도 모를 거예요. 내일 일을 누가 알겠어요. 무슨 일이 일어날지. 어쩌면 파디샤가 원정을 떠나고, 당신도 부대로 불려 갈지. 그럼, 나는…….”

무슨 말을 해야 할지 몰랐다. 나는 한동안 멍하니 있다가 천천히 잠옷을 벗었다.

77

아시아가 저택에 머문 지도 몇 주가 지났다. 제밀은 카스렛 꼭대기에서 숲을 내려다보면서 도루의 머리를 쓰다듬고 있었다. 나무가 없는 고원은 새파랬다. 제밀이 카스렛의 경관에 빠져 있을 때 휘스뉘가 옆으로 왔다. 그는 도루 근처에 세운 말에서 내리면서 말했다.

"도련님, 집에 손님이 와 계십니다. 도련님을 기다립니다."

제밀은 휘스뉘의 얼굴을 바라보았다. 제밀의 시선을 의식한 휘스뉘가 돌아서 울가르 산을 바라보며 말했다.

"아르다한 성에서 온 경비병들입니다. 사실 카르스에서 문제가…….”

"어떤 문제?"

"카르스에서 살해당한 의사가…….”

"우리와 무슨 상관이 있다고? 내가 병에 걸렸을 때 무슨 일이 있었나, 휘스뉘?"

"오해가 있었던 것 같습니다."

"어떤?"

"저도 모르겠습니다. 므스티가…….”

그의 시선이 깊은 곳으로 빠져들었다. 오래전을 생각하는 것이 분명했다. 진실로 아무것도 모르는 걸까, 아니면 알고 있는데 말하고 싶지 않은 걸까. 제밀은 그의 그윽한 시선에서 의미를 찾아내려 하면서 눈동자를 쳐다보았다. 휘스뉘의 돌출된 광대뼈와 넓은 이마 사이에 있는 눈은 흐릿한 유리를 떠올리게 했다. 그 눈에서 의미를 찾아내기가 쉽지 않았다.

"므스티 혼자 무슨 일을 저질렀는가?"

"그가 무엇을 했는지 단정할 만한 단서는 없습니다. 야르오스만 성주님께서 저희 곁에 붙여 주신 사람이니 우리도 어쩔 수 없는 부분이 있지요. 건드릴 수 없어요. 우리 주위의 호족도 그를 잘 알고 좋아하니까요."

"그럼 내가 그를 변호해 줄 권리가 있는가?"

"영향력이 그리 크지는 않을 겁니다."

"사방이 아버지 그늘이라고 말하고 싶은 건가?"

"산, 꽃, 멀리서 보이는 숲, 모두 그렇지요."

제밀은 꼬부랑길을 내려가는 말에서 떨어지지 않으려고 신경 쓰느라 휘스뉘의 마지막 말을 제대로 듣지 못했다. 휘스뉘가 말을 계속했다.

"무슨 일이든 간에 저희에게 나쁜 영향을 주지 않도록 하려면 경비병들을 적당히 구슬려서 돌려보낼 필요가 있습니다. 호족들에게는 그들만의 법이 있습니다. 만약 판결이 내려지면 호족들이 책임져야 하죠. 문지기 노예들에게 일을 떠맡긴 호족들은 제구실을 못하게 되는 법이에요."

"그럼 어떻게 해야 하나. 호족 관습이야 자네가 나보다 더 잘 알잖나."

"저희가 아는 건 그게 전부입니다. 정해진 건 아무것도 없어요. 우리에게는 도련님 말씀이 중요하죠. 다른 호족처럼 행동하시고 도련님 수하들을 보호해야 합니다. 도련님 수하를 경비병들에게 양도하면 우리 모두에게 좋을 게 없어요."

"호족들 법도에 따르라고 말하고 싶은 것인가?"

"그렇습니다, 도련님."

이곳의 삶의 대가는 이것이었다. 이것 말고도 다른 것을 생각해야 할 필요가 있었다. 경비병들이 원하는 것을 알아내 그들에게 적절한 말로 둘러대야 했다. 하루 이틀 후면 수장에게 돌아가려 하겠지. 도루가 저택 문 앞에 당도하자 제밀은 뛰어

내렸다. 문 앞에서 그를 기다리던 사득이 말을 마구간으로 데려갔다. 제밀은 손님들에게 인사를 건네며 "잘 오셨습니다."라고 말한 후에 방으로 안내했다.

검은 부츠, 갈색 바지, 벨트와 금속 단추가 있는 재킷을 입은 성의 경비병들은 이스탄불에 있는 장교들보다 훨씬 위엄 있고 당당하게 보였다. 거대한 도시 경비병들을 깔보기라도 하는 듯했다. 이곳의 산은 경비병들을 더욱 돋보이게 해 주었다. 꽃맛이 나는 아이란을 마신 후에 경비병 하나가 굵은 검은색 콧수염을 실룩거리며 말했다.

"제밀 도련님, 저희의 치안대장은 야르오스만 성주님의 명성을 알고 있고 존경을 표하는 사람입니다. 그러나 우리는 파디샤의 명을 받드는 사람입니다. 파디샤가 존재하기에 저희도 존재합니다. 그분이 부재하면 저희도 없지요. 저희에게 일용할 양식을 주시는 분입니다. 세상에 눈을 뜬 아이들의 권리를 생각하는 분이시고요. 수도를 영원토록 불멸케 하는 분입니다. 나라 안에서 일어나는 사건 모두 즉시 그분에게 알려야 합니다. 그러면 그분이 현자들을 불러 모아 물어보고 의견을 나누어 벌을 줄 것인지 용서할 것인지 결정하죠. 특히 카르스같이 민감한 곳에서 일이 생기면 더 빨리 파디샤 귀에 들어갑니다. 그분은 이스탄불에 계시지만 산에도 눈과 귀가 있지요. 그게 우리입니다."

콧수염이 가는 경비병은 아무 말도 하려고 하지 않았다. 별로 말하고 싶지 않은 것 같았다. 제밀이 얼굴을 쳐다볼 때마다 눈을 감거나 시선을 피했다. 제밀도 경비병의 말을 듣는 것처럼 보였지만 사실은 듣고 있지 않았다. 웬일인지 생각이 자꾸만 먼 곳으로 미끄러져 갔다. 이스탄불이, 가끔은 파리가, 대부분은 바그다드가 머릿속에 들어왔다. 바그다드 시절의 마지막에 신학교의 감찰자들과 함께 시내에 갔던 일이 생각났다. '치안대장들도 이 경비병처럼 마르고 키가 큰 사람이었지. 장터에서 엘 카스미 선생님보다 키가 큰 남자를 보았는데, 한쪽 어깨에는 양탄자가, 다른 쪽 어깨에는 매가 있었지. 그 남자가 엘 카스미 선생님보다 위엄 있게 보인 이유를 그때는 몰랐어. 며칠 동안이나 생각하고 또 생각했지만 말이야. 엘 카스미 선생님께 물었을 때 '아마도 너에게 감흥을 주는 것은 심장이 있는 것들일 거야.'라고 했었지.' 제밀이 이런 생각에 빠져 있을 때 경비병이 목소리를 높였다.

"아르다한 치안대장 명령으로 왔습니다. 치안대장님은 이 일의 진상을 알고 싶어 하십니다."

제밀은 금방 잠에서 깬 아이 같은 표정으로 경비병의 가는 콧수염을 바라보았다. 그는 다시 목소리의 톤을 높여 말했다.

"치안대장님은 이 일을 도련님의 사람들이 했다고 믿지는 않지만 다시 물어보겠습니다. 유쾌하지 않은 사건이 있었나 보군요."

"누구하고 말예요?"

"누구겠습니까. 도련님과 죽은 의사하고 말이죠."

제밀은 바닥을 내려다보았다. 조금 전 휘스뉘가 수하들을 보호해야 한다고 말했다. 그렇게 해야 했다. 화살이 자기에게 돌려진 것이다. 그는 느리지만 힘 있는 목소리로 말했다.

"그 당시 저는 병에 걸려 누워 있었기 때문에 의사가 저희 집에 오가곤 했습니다. 저를 회복시킨 사람도 그분입니다. 그분과 우리 사이에 무슨 일이 일어났겠습니까?"

"카르스에서 조사한 바에 의하면 사건 직후 즉시 길을 떠나셨더군요. 급한 일이라도 있었습니까?"

"네, 급한 일이 있었지요."

"무엇이었습니까, 알 수 있습니까?"

"당신들께는 설명할 수 없군요."

"죄송하지만 설명하셔야 합니다. 그래야 저희 치안대장님도……."

경비병들이 그를 뚫어져라 보았고 제밀은 어느 때보다 머리가 잘 돌아갔다. 그는 호족의 아들이니 경비병들보다 지위가 높았다. 이 사실을 깨닫자 강경한 표정으로 경비병들의 얼굴을 바라보았다. 경비병들은 그가 하고 싶어 하는 말을 알았다는 듯이 바닥을 내려다보았다.

"제밀 도련님, 조금 전에도 말씀드렸다시피 치안대장님의 명령으로 이곳에 왔습니다. 상부에서 강한 지시가 없었다면 치안대장님도 굳이 도련님을 불쾌하게 하지 않았을 것입니다. 그전에 상부에서 조사하라고 했을 때는 치안대장님이 합당한 조사를 마치고 보냈습니다. 이번에는 다릅니다. 이미 누군가가 도련님과 수하들을 상부에 밀고했습니다. 그 때문에 치안대장님도 도련님을 보호해 줄 수 없어요. 정확한 사실을 알려 주셔야 합니다."

"그렇다면 내가 하루 이틀 정도 치안대장에게 가서 이야기해 보도록 하겠소. 그분에게 안부 전해 주시오."

경비병들은 큰 짐을 덜었다는 듯이 한숨을 쉬고 나서 굽을 맞부딪치며 제밀에게 인사했다. 그들은 말에 타면서 말했다.

"치안대장님께 도련님의 뜻대로 말씀드리겠습니다."

제밀은 '도련님의 뜻'이 어떤 의미인지 알지 못했다. 그는 미소지었다. '이따가 휘스뉘를 불러 그 뜻이 무슨 의미인지 알아봐야겠군.' 조사병과 두 경비병이 집에서 멀어져 갔다.

78

누르하얄이 내 방에 다녀간 다음 날 아침 정신이 들었다. 예전에 죄악이라고 알고 있던 것들, 스스로 나에게서 멀리 떨어져 있게 한 것들이 다만 금지된 사랑이었음을 알게 되었다. 예전에는 여자를 보았을 때 내 몸속에서 일어나는 변화의 의미를 알지 못했다. 단지 지옥에 떨어질 만큼 무거운 죄라고만 여겼다. 침대에서 있었던 누르하얄과의 일이 떠오를수록 죄를 짓지 않았다는 생각이 들었다. 오랜 시간 선생들, 물라들, 신학교 선생들이 말해 주지 않았던 세상의 축복은 누르하얄이었다. 그러나 축복에서 떨어져 있어야 했다. 내가 좋아서 한 행동이 왜 금기지? 왜 죄악이지? 머릿속에는 수천 개의 질문과 죄책감과 행복이 엇갈렸다. 무엇을 선택해야 했나? 무엇을 인생의 목적으로 삼아야 했나? 순결한 천사처럼, 아니면 죄악에 빠진 인간처럼 살아야 했나?

미친 여자, 실성한 여자가 내게 오지 않았더라면, 내 몸에 손대지 않았더라면, 내 몸을 뜨겁게 달아오르게 하지 않았더라면, 차라리 시작이나 하지 말 것을. 이렇게 곰곰이 생각할 필요도 없어. 나의 하느님을 생각하는 일이 이다지도 어려운지! 사고하는 사람은 모든 것을 생각하기 때문이다. 성적인 희열조차도.

누르하얄과 보낸 밤 이후로 부대장의 피가 흥건한 검을 찬 상사들도 하찮게 보이기 시작했다. 넓은 탄약 벨트, 지팡이, 채찍도 의미가 없었다. 두려움이 사라지자 상상 속에서만 보던 파디샤의 궁전, 하렘의 첩들이 더욱 생생히 살아났다. 아마 그녀들이 시야부쉬 장군의 첩들보다 아름다웠을지도 모른다. 어느 날 밤 몇 시간 동안 나눈 사랑이 얼마나 생각을 바꾸어 놓았는지. 그녀는 나를 이런저런 생각에 파묻고 가 버렸다. 그녀는 내게 무엇을 주었나, 나는 왜 자꾸 그 생각을 하는가? 그녀는 나가기 전에 문 앞에 서서 이렇게 말했다.

"모두 다 덧없어요. 살아 있을 때 인생을, 이 시간을 느끼지 못한다면 사는 게 아무런 가치가 없죠. 오늘 밤 모든 것을 감수하고 당신 곁으로 왔어요. 제게 주신 것들과 경험, 그리고 당신께 감사드려요. 오늘날까지 장군의 쾌락을 위해서만 잤어요. 장군의 유희가 끝나면 난 쓸모없는 소모품이 돼서 내 침대에 돌아왔죠. 오늘 밤 사랑을 나눈 후에 처음으로 내 자신이 되었어요. 내가 행복했던 만큼 당신도 행복했으면 좋겠요. 내일은 어쩌면 다른 날이 될 거예요. 어쩌면 더는 못 볼지도 몰라요.

장군에게는 파디샤 같은 하렘은 없으니 다행이에요. 그랬다면 우리는 숨도 쉴 수 없었겠지요. 이곳에 머무는 동안만이라도 당신 곁에 올 수 있는 기회를 찾아볼게요. 당신, 절대로 바보 같은 짓 하지 마세요. 당신은 이 저택 사람들의 비밀을 알 수 없어요. 다 잊어버리세요. 나를 보지 마세요. 나는 어떻게 될지 몰라요. 이런저런 사연이 생길 테고, 저택 사람들도 어떻게 될지 모르지만 저를 원하는 사람들은 결국 침실을 원할 거예요. 지난날은 생각지 말아요. '오늘 저녁 제게로 와요.'라고 말했던 것도 다 잊어요."

그녀는 말을 끝내자마자 나가 버렸다. 그녀의 세상이 나보다 얼마나 넓은지, 내 시야가 얼마나 좁은지 그때는 알지 못했다. 그 순간까지 아무것도 생각할 수 없었다.

수천 개의 의문이 머릿속에 떠올랐다. 그러느라 피곤해서인지, 아니면 사랑을 나누어서인지 긴장이 풀렸다. 어쩌면 내 인생에서 가장 깊은 잠에 빠졌었는지도 모른다. 나는 아침까지 깨어나지 못했다. 햇빛이 길게 창 끝에 와 닿았을 때 잠에서 깨었다.

나는 서둘러 씻고 사냥개들 우리로 달려갔다. 사냥개와 그레이하운드들이 방에서도 들릴 정도로 크게 짖었기 때문이다. 사냥개를 우리에서 꺼내 나무 사이로 풀어 놓았다. 다른 녀석들은 조용했다. 녀석은 앞발을 내 무릎에 올려놓고 혀를 몇 번 낼름거렸다. 나는 녀석의 머리를 쓰다듬고 목을 감싸 안았다. 함께 잔디에 벌렁 드러누웠다. 녀석이 갑자기 일어나 나무 사이로 가다가 한 나무 옆에 섰다. 그리고 뒷발로 누군가를 일으키려고 했다. 녀석은 내게 뛰어왔다. 나는 미지근해진 물과 혼합물로 사료를 만들었다. 나는 우리에 들어가라고 손짓했지만 녀석은 말을 듣지 않았다. 들어가고 싶지 않은지 나무 사이를 두어 번 돌아다니다 다시 왔다. 녀석이 안으로 들어가고 싶지 않다는 듯 목을 구부리고 나를 바라보았다. 내가 단호한 얼굴을 하자 한 걸음 내디뎌 우리 쪽으로 가다가 다시 나를 바라보았다. 이번에는 다른 사냥개들과 그레이하운드들이 보스나 사냥개에게 화를 내며 들이댔다. 보스나 사냥개는 우리에 들어가면서 다른 사냥개들에게 으르렁거렸다. 나는 먹이통을 앞에 내려놓고 우리 문을 잠갔다. 녀석은 시무룩하게 나를 바라보더니 쇠사슬에 몸을 문질렀다. 그러고는 김이 모락모락 나는 아침을 먹기 시작했다. 다른 사냥개들도 하나씩 빼내 먹이를 주었다. 그레이하운드들이 내게 화가 난 것을 알고, 나는 녀석들에게 시간을 내어 머리를 쓰다듬고 나무 사이에 풀어 주었다. 녀석들은 배가 고픈지 스스로 우리 안으로 들어가 통 속에 있는 사료를 먹기 시작했다. 나는 보스나 사냥개의 머리를 한 번 더 쓰다듬어 주고 방으로 향했다. 가다가 누르하얄이 있는 창문을 힐끗 바라보았다. 그녀는 보이지 않았다. 저택에서는 인기척이 전혀 없었다. 들끓는 마음으로 작업복을 벗고 씻었다. 옷을 갈아입고 주방으로 갔다. 설거지를 담당하는 사람들과 청소부들이 아침을 먹고 있었다. 농담을 건네려고 쉐브캇 우스타에게 갔다.

"쉐브캇 우스타, 항상 제 옷을 보고 놀리시더니 오늘은 머리 덮개가 기름에 빠진 것처럼 보이네요."

내무반장의 입술에 미소가 살짝 내려앉았다.

"장군이 자넬 검사관으로 뽑았나. 이리 와 보라고."

나는 그가 무엇을 하려는지 알지 못한 채 가볍게 다가가 그에게 몸을 구부렸다. 쉐브캇 우스타가 옷 냄새를 맡았다.

"공짜로 냄새 맡지 마세요. 사냥개들 먹이를 먹이고 향기 나는 비누로 씻었어요."

"향기 나는 비누 얘기가 아니네. 피부가 부드러워졌군. 어머니한테서 새로 태어난 것 같네, 오늘."

그의 말투와 미소를 보니 내 마음속 비밀을 알아차린 것 같았다. 나를 놀리는 듯한 눈빛이 느껴지자 몹시 당황스러웠다. 나는 넋이 빠진 얼굴로 그를 바라보았다. 그의 입술에 아까와 같은 미소가 내려앉았다.

"아침 먹게. 나중에 이야기하지."

나는 식판을 들고 쉐브캇 우스타의 맞은편에 자리 잡았다. 그가 손잡이 달린 주전자에 있는 차를 마실 때 내가 물었다.

"무슨 얘기예요? 혹시 아는 것이 있으신가요?"

"아니야. 밤은 우리가 생각하는 것만큼 어둡지 않지. 이걸 말해 주고 싶었네."

갑자기 기침이 쏟아졌다. 먹고 마신 것을 몽땅 뱉어 낼 뻔했다. 내가 손수건으로 입을 닦자 그는 수수께끼 같은 말을 계속했다.

"당황하지 말고 침착하게 아침을 먹게. 소문이 이미 하늘 끝까지 뻗었지만 누구도 감시할 수 없지. 왜냐하면 이런 시기에는 모두 자기 목숨을 부지하는 것 말고는 다른 것을 생각할 여유가 없으니까."

"도대체 무슨 말인지 모르겠군요."

"자넨 부대에서 컸네. 똑똑한 사람이지. 부대에서 어떤 교육을 받았는지 웬만큼은 알고 있지. 조금만 생각하면 무슨 말인지 알게 될 거야."

"모든 것에 대가가 있다고 하셨죠."

"감수할 수 있다면 나는 할 말이 없네. 기도하게. 그리고 뤼스템의 말은 듣지 말게."

79

가축의 우리는 언덕에 솟은 큰 바위에 둘러싸여 있었다. 제밀은 우리를 짓고 난 후에도 근처에 가 보지 않았다. 어느 날 제밀이 문 앞을 나섰는데 처음으로 가축의 우리가 눈에 들어왔다. 저택과 우리 사이에 있는 강을 지나 목동의 오두막 옆까지 한걸음에 닿았다. 목동의 오두막을 물끄러미 바라보다가 우리 주변을 돌아보았다. 그때 맞은편 언덕에 있던 목동이 제밀을 발견하고 즉시 달려왔다. 제밀이 우리에 오다니, 놀라운 일이었다.

"도련님, 분부라도 있습니까? 이곳까지 어쩐 일인지."

그는 제밀이 지시할 것이 있어 왔나 보다고 생각했다. 그러나 제밀은 할 말이 있어 온 것도 아니고, 특별한 이유로 온 것도 아니었다. 제밀이 말했다.

"양들이 불어났군."

"그렇습니다, 도련님. 새끼 양과 함께 이목했습니다만 지난번에 새끼 양을 분리했습니다."

"어디로?"

"아내가 고원 쪽으로 데려갔습니다."

"새끼 양은 왜 분리시키는 거지?"

"새끼 양이 여름 내내 어미와 같이 있으면 겨울에 저택에 양젖을 줄 수 없어요."

"그렇군, 하미드. 내가 미처 그 생각을 못했군."

"도련님께서 그런 염려까지 하실 필요가 있으십니까?"

목동이 이렇듯 업무에 책임감을 느끼고 양들을 돌보는 것이 제밀은 마음에 들었다. 그러나 자신은 생각할 필요조차 없다는 것이 떨떠름하게 느껴졌다. 호족은 단지 호족만 생각하는데, 사람들은 모든 일을 각자 처리하면서도 호족의 이름으로 생각했다. 어쩌면 호족이란 사람들이 창조한 질서 속에서 살고 있는 것일지도 몰랐다. 제밀은 밀려오는 생각에서 벗어나 밝은 얼굴의 목동을 웃으면서 바라보았다. 목동은 검고 마른 얼굴에 툭 튀어나온 큰 눈으로 제밀을 똑바로 쳐다보고 있었다. 제밀은 목동이 무슨 생각을 하는지 궁금했다. 목동은 그가 다시 생각에 빠져들 기회를 주지 않고 물었다.

"도련님, 올해 겨울을 어디에서 보낼 생각이세요?"

"아직 결정을 내리지 못했네. 이 주변을 속속들이 알지 못해서 말이야. 같은 곳에 머물까 생각 중이네."

목동 하미드는 손을 몇 번 흔들었다.

"도련님, 이곳은 여름에는 아름답지만 겨울에는 늑대 울음소리만 들릴 뿐이에요."

"늑대야 울면 우는 거지. 늑대가 우는 것이 우리와 무슨 상관인가?"

"늑대가 울부짖는 게 우리에게야 아무 일도 아니겠지요. 가축들을 우리나 마구간에서 키운다면 아무 문제 없어요. 그렇지만 이 정도 되는 가축이 먹는 물은 어디에서 구합니까?"

제밀은 눈을 가늘게 뜨고 하미드를 바라보았다.

"물이 없단 말이지?"

"도련님, 지금은 물이 졸졸 흐르지만 샘물은 가을이 되면 꽤 차가워지지요. 겨울에는 꽁꽁 얼어붙어요. 눈 녹인 물을 매번 가축에게 먹일 수도 없고요."

"겨울을 어디서 날지 지금부터 생각해야 한다는 말이군."

"좋은 겨울 집이 필요합니다. 내년에 가축 상인이 오면 팔면 돼요. 소들은 외양간에 들어가 있다고 해도 양들은 겨울에도 풀을 뜯어야 합니다. 풀이 나기 전에 놓아둘 곳도 가까운 목초지도 지금부터 알아봐야 합니다."

목동은 젠체하는 성격이 아니었지만 제밀에게 자세히 설명하려 애썼다. 그는 제밀에게 몇 가지 권고한 후에 자리를 떠나려 했다. 제밀이 물었다.

"하미드, 겨울을 보낼 만한 곳을 알고 있나?"

"도련님, 제가 의견을 내는 게 합당하지 않습니다만 유수프 성주님도 휘스뉘 나리도 이곳을 잘 아십니다."

"맞아, 그들과 이야기해 봐야겠소."

제밀이 집 쪽으로 돌아설 때 목동이 뒤에다 대고 말했다.

"도련님, 소와 양을 따로 분리해 놓는 것이 좋을 것입니다. 그루지야 도적 떼는 이곳에 오지 않지만 두렵습니다. 제가 잠든 사이 뷜뷜로가 어느 날 일을 벌일까 봐

서요."

"빌빌로가 누구지?"

"밤을 좋아하는 남자지요. 얼마나 빠른지 아무도 따라잡을 수 없어요."

"누구인지 아는 사람은 없소?"

"없습니다. 사람에게 해를 입히지는 않아요. 밤에 우리에서 가축을 빼내다 다른 무리와 섞어 놓지요. 목동들은 며칠 동안 가축들을 찾아 헤매야 하고요."

"이를테면 어떻게?"

"우리에서 가축 일부를 데려다가 다른 목동이 돌보는 무리에 섞어 놓습니다. 아침에 일어나면 찾을 수 없습니다."

"목동들이 자면 개들도 잔단 말인가?"

"개들은 자지 않지만 어떤 양치기 개라도 그 사람에게는 짖지 않지요."

"어떻게 그럴 수가?"

"그걸 모르겠습니다, 도련님."

목동이 사라지자 제밀은 잠깐 빌빌로를 생각했다. '개들의 언어를 아는 그 남자가 누구지?' 문득 목동이 그에 대해 조금도 불평스런 목소리로 말하지 않았던 것이 떠올랐다. 제밀은 혼잣말로 "그도 이곳으로 쫓겨 온 샤먼 중 한 명인가?"라고 중얼거렸다. 그는 집으로 향했다. 유수프 성주가 "있다는 것을 느끼지. 어디 있는지도 알아. 지금은 손대지 않고 있네."라고 말한 사람이 빌빌로임이 분명했다. 작은 개울을 뛰어넘어 언덕을 올라가 저택에 이르렀다. 방문을 열고 들어가자 안에 있던 사람들이 일어났다. 쉬메이라가 꽤나 힘들어 보였다. 제밀이 그녀의 팔을 잡았다.

"쉬메이라, 술타나, 당신들이 나를 얼마나 극진히 대하는지 알고 있소. 그러니 임신 중에는 나를 보아도 일어나지 마시오."

그가 말했다.

부인들이 다시 방석이 있는 의자에 앉았다. 제밀은 휘스뉘를 데리고 밖으로 나갔다.

"휘스뉘, 자넨 호족들 사이에 어떤 말이 도는지 알 거야. 그 의사 사건이 우리와 연관이 있나? 치안대장에게 뭐라고 해야 하는가? 누가 우리를 밀고한 거지? 관련이 있다면 어떻게 벗어나야 하는가?"

"제밀 도련님, 제가 할 말은 아닙니다만, 호족이란 밖에서 볼 때는 번드르르해도 뚜껑을 열어 보면 지옥 가마솥과 비슷하죠. 불이 있든 없든 늘 부글부글 끓어오릅니다. 이곳에서 무슨 일이 일어나는지 이해하기는 그리 쉽지 않을 것입니다. 보시다시피, 최근에 호족들은 살아남기 위해 다른 이의 영토를 호시탐탐 노립니다. 아르다한 성탑으로 함께 가시면 좋을 것입니다. 일과 어떤 연관이 있을지라도 그가 쉽게 처리할 거예요."

"그럼 이번 일에 우리도 죄가 있을 수 있다는 건가?"

"도련님, 확실히 말할 수는 없습니다. 정확한 이유도 알 수 없고요. 그러나 한 가지 시체가 검으로 찔린 것이 마음에 걸리는군요."

80

내무반장 쉐브캇 우스타와 이야기를 나눈 그날 이후로 시간이 빠르게 지나갔다. 궁정에서, 장군에게서, 또 부대에서 소식이 오고는 했다. 오스만 왕조의 기마병들에게 주어진 권리가 수문병들에게 옮겨 간 지도 꽤 되었고, 기마병들이 수문장들을 제거하기 위해 행동을 개시했다는 소문으로 도시는 동요하고 있었다. 도시가 소란할수록 장군의 저택도 요람처럼 흔들리고 있었다. 사람들은 각자 다른 말을 했다. 말하는 사람들을 서로 저지하지 못했다. 삽시간에 이야기는 다른 말과 섞여 전혀 새로운 이야기로 돌아오고는 했다. 혼란스러운 날들 중 어느 날 자정에 누군가 방문을 두드렸다. 문을 여니 예니체리 둘이 방 안으로 들어왔다. 하나는 전혀 낯선 얼굴이었지만 다른 하나는 마지막으로 부대를 떠날 때 본 상사 중 한 명이었다. 얼굴을 아는 상사가 다짜고짜 내게 말했다.

"앉으시오."

이 시간에 올 사람은 누르하얄밖에 없다고 생각했었다. 그런데 건장한 예니체리 두 명이 온 것이다. 졸리고 멍한 시선으로 그들을 쳐다보았다. 누르하얄의 부드럽고 커다란, 애무할수록 꼭지가 빳빳해지는, 현실이 아닌 꿈으로 이끌어 가는 가슴이 떠올랐다. 상사는 내가 멍하니 있자 옷소매를 잡고 흔들었다. 그리고 거친 손으로 내 두 볼을 톡톡 쳤다. 아프지는 않았지만 나는 정신을 차리고 그들의 얼굴을 바라보았다. 상사가 말했다.

"이제야 정신이 들었나 보군! 지금 이스탄불은 난리도 그런 난리가 없는데 자넨 이곳에서 도마뱀처럼 누르하얄 가슴팍에서 놀아나고 있나?"

누르하얄의 이름을 듣자 나는 바늘에 찔린 것처럼 화들짝 놀랐다.

"우리가 파견 보낸 놈들이 어떤 행동을 하고 돌아다니는지 다 알고 있다. 누르하얄 같은 여자가 있는 저택에 보내 놓고 우리가 감시를 안 할 것 같아? 자네의 행동들은 부대의 명예에 기여했다고 볼 수는 없지만 지금 기마병부터 서기병에 이르기까지 우리 부대를 신나게 씹고 있어. 지금은 자네 성적 놀음이나 신경 쓸 상황이 아니야. 상황이 좀 정리되면 그때 대가를 치르게."

나는 마치 체포당한 것처럼 느껴졌다. 어둠 속에 빛의 구멍이라도 있었던가, 이곳에 사는 사람들이 부대의 스파이였던가? 쉐브캇 우스타가 암시했었다. 혹시 그도 부대의 밀고자였던가? 다른 사람일 수도 있다. 머리가 혼란스러웠다. 할 말이 없어 침대에 우두커니 앉아 있을 뿐이었다. 상사는 내가 당황스러워하자 내 눈을 바라보며 말했다.

"이보게, 시간은 매우 빨라. 솥에서 물이 끓어오르는 것과 비슷하지. 자네 장군의 상황도 그리 좋지 않아. 들리는 바에 의하면 부대를 없애고 싶어 한다던데, 밥그릇이 없어질까 두려워하는 사람들을 구하려고 발칸으로 가려고 준비 중이라더군. 그가 길을 나설 때까지 머물고, 계속 우리의 눈과 귀가 되도록 하게. 만일 목숨의 위협을 느끼면 아무에게도 알리지 말고 짐을 챙겨 부대로 오게. 항상 문과 창문을 주시하라고. 지금부터 일을 미루지 말고 아무 일도 없었다는 듯이 행동하게. 사사로운 감정으로 미래를 그리며 절대로 결혼의 꿈을 갖지 말게. 첩들은 누가 구하든 구할 수 있을 거야. 지금은 파샤 밑에서 놀지만, 내일은 자네 밑에서 논다면 어떻게 하겠나? 명심하게. 자넨 예니체리 후보자일세. 부대에 들어오자마자 신임을 얻어 검을 차게 될 것이네. 오스만 왕조는 자네가 고통을 겪고 있었기 때문에 먹이고 키워 주었지. 이제 조정이 힘든 상황에 있으니, 자네에게 합당한 일이 주어질 것이네. 자네가 훌륭한 일들로 공을 세우면 부대도 파디샤도 자네에게 포상할 거야."

말을 마친 그는 갑자기 화난 얼굴로 다가오더니 무서운 눈빛으로 나를 쏘아보며, 허리에 차고 있는 진주 덮인 단도 쪽으로 손을 뻗었다. 그가 단도로 내 배를 찌를 수도 있겠구나 생각하는데 그가 나를 침대 위로 밀쳐 버렸다. 침대에 공처럼 떨어지자 조금 전까지 꼭 안고 있던 따뜻한 침대가 낯설게 느껴졌다. 베개 아래로 검이 보였다. 항상 손이 닿는 곳에 있던 작은 검도 수백 미터 먼 곳에 있는 것 같았다. 손을 들어 올릴 힘도 없었고 말할 용기도 없었다. 진정한 두려움이란 시야부쉬 장군이 내게 총을 겨눴을 때가 아니라 바로 지금 느끼는 감정이었다. 무엇을 어찌 해야 할지 모르고, 깊은 구덩이로 떨어지는 느낌이었다. 내가 살던 방이고 어제저녁 누르하얄과 질척한 사랑을 나눈 방인데, 지금은 이 방에서 내가 이방인처럼 느껴졌. 상사가 말한 신성한 부대는 생각도 나지 않았다. 그 두려운 순간에 알 수 없는 감정에 휩싸였다. 누르하얄이 내게 다가왔다. 그녀의 가슴은 잘 익은 포도송이처럼 흔들렸다. 벨벳보다 부드러운 가슴이었다. 문득 가슴을 애무하는 것이 아니라 아기처럼 젖을 빨고 싶어졌다. 욕망 때문에 머릿속이 혼란스러웠다. 순간 눈시울이 뜨거워졌다. 눈물이 뺨을 타고 흘렀다. 나는 엉엉 소리 내어 울었다.

상사는 내가 갈수록 크게 울자 못 참겠다는 듯이 웃으며 문 쪽으로 걸어갔다. 문 뒤에서 자기보다 키가 큰 예니체리를 옆쪽으로 밀었다. 나가기 전에 다시 한 번 뒤를 돌아 나를 향해 손가락을 흔들며 말했다.

"이 순간 이후에 자네가 또다시 실수하면 그때는 자네의 부드러운 심장을 갈가리 찢어 놓을 테니 그리 알아. 계집애처럼 우는 건 그만두게. 눈을 크게 뜨고 있어."

머리가 천장에 닿을 듯이 키가 큰 예니체리도 그를 따라 나갔다.

그들이 가고 나자 나는 더 크게 울었다. 얼마나 울었는지 기억이 없었다. 피곤에 지쳤다가 정신을 차리고 보니 눈물도 말라 있었다. 일어나 작은 창문 밖 칠흑 같은 어둠 속으로 누르하얄의 창문을 바라보았다. 저택은 밤에 파묻힌 검은 들소 같았다. 아무것도 보이지 않았다. 상상의 세계로 들어갔다. 어쩌면 누르하얄이 깨서 방 안을 돌아다니고 있을지도 모른다. 그러나 나는 그녀를 볼 수 없었다. 어쩌면 그녀도 내 방 창문을 보고 있을지 몰랐다.

복도 쪽에서 삐걱거리는 문소리가 나서 귀를 기울였다. 문이 삐걱거리는 소리에 쉰 목소리가 섞여 들려왔다. 쉰 목소리가 점점 굵직해졌다. 바닥에 금속이 떨어지는 소리도 들려왔다. 그때 바람이 모든 소리를 집어삼켜 버렸다. 아무 소리도 들리지 않게 되었다. 한참 후 가는 기침 소리가 들리자 베개 밑에 있는 진주 덮인 단검을 잡고 복도로 나섰다. 복도는 칠흑같이 어두웠다. 아무 소리도 들리지 않았다. 그러나 누군가가 있는 것처럼 느껴졌다. 문 앞에 무릎을 꿇고 어둠 소리를 들어 보았다. 여전히 아무 소리도 들을 수 없었다. 어둠 속에서 마음속에 두려움이 흘렀다. 모든 것이 나에게서 멀어졌다. 손에 꽉 쥔 단검조차. 방으로 몸을 던졌다. 문을 닫고 자물쇠를 잠그면 안정될 것이라고 여겼지만 그렇게 되지 않았다. 어둠 속에서 내 마음을 채운 그 무서운 빈 공간이, 나를 안쪽으로 이끄는 동굴로 변한 것 같았다. "진정한 무서움은 이것이다!"라는 소리가 나도 모르게 입술 사이로 흘러나왔다.

그 소리를 듣자 두려움이야말로 자신에게서 도망치게 한다는 것을 깨달았다. 자기 자신에서 멀어진 사람은 자신으로 돌아가기 위해 모든 것을 감수할 수 있어야 한다.

침대 위에서 무서운 동굴의 심연을 향해 길을 떠나기 시작했을 때, 복도에서 가까워지는 발소리가 들렸다. 발소리는 점점 방문에 가까워졌다. 가까워질수록 소리도 커졌다. 한참 후에 그 소리가 뚝 끊겼다. 소리는 방문 앞으로 다가와 우뚝 섰다.

81

함쉬오울루 유수프 성주와 제밀은 메쉐아르다한 숲을 걷고 있었다. 함쉬오울루가 그들을 지켜보던 사람들을 불러 아르다한 성탑으로 가라고 명했다. 가죽 조끼 위에 탄약 벨트를 엑스 자로 걸쳐 맨 남자가 말에 박차를 가하자 유수프 성주는 제밀에게 돌아섰다.

"앞서 가서 치안대장에게 우리가 가고 있다고 전해 주게. 다른 일로 바쁠지도 모르니 준비할 시간을 줘야지. 우리가 아르다한에 이르러 기다리지 않으려면 말이야. 우리가 다른 사람들보다 특권이 없는 것처럼 보여도 나라 입장에서 보면 우리는 가치 있는 사람이니 걸맞게 대해 주길 바라네. 우리가 아니었다면 저 숲도 고원도 약탈당하고 말았을 거야. 그리고 가는 곳마다 무법천지였겠지. 보게, 울가르에서도 다시 약탈이 일어나고 있다네. 그럼에도 오스만 왕조 고관들은 핑계를 대며 호족들을 걸고넘어지려고 눈에 불을 켜고 있지. 마흐뭇 성주 같은 현명한 분이 계시니까 작은도련님을 쉽게 건드리지는 못할 거야. 자네 아버지의 세력이 막강하지 않았더라면, 아래 아라스에도 살게 하지 않았을 거야. 울가르 뒤에 있는 아타벡 호족은 포스코프 쪽이 약해졌고, 결국 포스코프 아흐스카에는 깃발이 꽂히고 말았지. 그 깃밭 안에서 토지는 매춘부처럼 매일 다른 사람 손에 넘어가지. 그 나약함이 우리 산까지 비치고 있어. 두렵군. 이 죄악 같은 상황이 마흐뭇 성주의 영토에도 우리의 영토에도 번져 올까 봐 말이야. 이미 우르 호족 아들이 싸움을 걸려고 기회를 엿보고 있어. 젊은이들의 목표는 분명하지. 먼저 그들의 윗대가리를 제거하는 것, 그러고 나서는 주위의 호족들과 경쟁하려는 것이야. 전쟁이 나면 우리는 아무것도 못할 거야. 마흐뭇 성주와 한곳에 모이지 못했지만, 이들에 대한 방법을 찾아봐야지. 호족의 아들이 젊으니 아무도 손대지 못할 것이라 여기고 있어. 이마에 총알이 박히고, 갈비뼈 사이에 단검이 박힐 수 있다는 것을 생각 못해. 내일 무슨 일이 일어날지 어떻게 알겠나. 시간은 그렇게 흘러가네. 가장 충직한 부하마저도 팔아넘길 수 있는 게 사람이지. 어느 날 저녁 검을 호족 목에다 갖다 대고 목숨을 위협하면 '여기 호족 죽는다, 죽어.' 하면서 소리나 지를 사람들이야. 이미 오스만 왕조가 세워진 이래로 근위병들과 기마병들의 대립이 끝날 줄을 모르니. 기마병은 원래 오스만 제국의 영토를 지키는 파수꾼이었지. 그런데 이제는 조정의 그늘에서 벗어나 살아남기 위해 수천 가지 생존 게임을 벌이고 있어."

함쉬오울루는 말을 끝내자마자 거대한 소나무 사이로 뻗어 있는 길로 마차를 거칠게 몰았다. 나무 사이로 새어드는 햇빛이 등과 머리를 내리쬘 때마다 거구의 몸이 이리저리 흔들리며 리듬을 탔다. 제밀이 탄 도루도 그의 말에 장단을 맞추었다. 제밀은 거대한 소나무 사이를 바라보며 말했다. "제가 태어난 곳을 미처 알기도 전에 신학교에서 지식을 찾고자 했습니다. 제가 신학교에서 찾았던 것의 대부분은 이곳에 있었습니다. 저 백 년 된 나무들이 많은 것을 말합니다. 저희가 읽은 책들의 내용이 자연과 합일되면 의미를 얻을 겁니다. 사람의 성격도 살아온 곳에 따라 다릅니다. 이곳 사람들은 숭고한 산처럼 절대로 변하지 않습니다. 바그다드 사람들은 유동적이고 변덕스럽죠."

소나무 숲의 풍성한 산소 때문인지 제밀의 머리도 맑았다. 그런데도 마음속에서는 우울함이 퍼졌다. 제밀은 도루를 타고 주변을 둘러보며 말했다. "인생이란 게 나무 한 그루만큼도 안 되는군요." 그러고는 그 반대를 생각해 보았다. 여전히 기분이 좋지 않았다. 그동안 자신에게 일어난 일들을 생각하고 있는데 갑자기 숲이 끝났다. 반은 소나무로, 반은 꽃으로 덮인 고원에 북쪽으로 돌고 돌아 나가는 길이 있고, 그 끝에 아르다한 성탑이 보였다. 고원의 끝 쪽으로 난 휘어지고 구부러진 길을 지나 넓은 쿠 평원에 물을 대는 들판을 지났다. 성에 가까워졌다. 함쉬오울루와 제밀은 성문으로 들어갔다. 광장이 나타났다. 광장 한쪽 구석에는 성벽이, 다른 한쪽에는 바위를 뒤로하고 있는 작은 건물들이 보였다.

함쉬오울루 유수프 성주는 가장 큰 건물을 향해 말을 몰았다. 성벽에 가까운 곳에서는 예니체리들이 제밀이 예전에 이스탄불에서 보았던 것과 사뭇 다른 훈련을 하고 있었고, 다른 옷을 입은 병사들이 오른쪽에서 왼쪽으로 줄지어 지나갔다. 함쉬오울루의 수하는 말을 끌고 성에 있는 마구간 쪽으로 갔다. 그들은 건물 앞에 있는 돌계단을 올라 직사각형의 복도로 들어갔다. 안으로 들어가니 치안대장이 기다리고 있었다. 머리부터 발끝까지 예니체리 복장이었다. 콧수염과 머리카락은 단정하게 잘랐다. 카프카스의 상징처럼 보이는 검은 캘팩은 유수프 성주의 것과 똑같았다. 어쩌면 유수프 성주가 선물한 것인지도 모른다. 아니면 같은 장인이 만들었을 수도.

치안대장은 유수프 성주와 제밀을 오랜 친구처럼 맞이했다. 하지만 치안대장 얼굴의 활기는 금세 사라져 버렸다. 함쉬오울루 유수프 성주는 커피를 마시면서 문제의 얘기를 꺼냈다.

"치안대장, 제밀 일의 경위를 알고 싶소. 도대체 어떻게 된 일입니까?"

치안대장은 호두나무로 만든 책상의 오른쪽 서랍에서 서류 묶음을 꺼냈다. 서류는 초를 먹인 천으로 감싸여 있었다.

"전 제밀 도련님의 사람 중 누군가를 의심하고 있습니다. 의사가 죽은 시기에 몸이 불편하셨다고요. 누군가 왜 이런 일을 저질렀을까요? 의사와 어떤 거래가 있었기에요? 도대체 사건의 연관성을 찾지 못하겠습니다. 아무리 해도 단서를 찾을 수 없습니다. 그러나 이 사건은 만천하에 공개되었고, 이스탄불의 지역 사회도 개입했습니다. 일이 단순하지 않아요. 대령은 '사건을 조사했지만 단서를 못 찾았습니다. 용의자의 증거도 사라졌습니다.'라는 보고서를 냈더군요. 지역 사회 사람들과 사건을 수사한 사람들이 제밀 도련님과 수하들은 우리 호족 영토로 도망갔다고 보고해야 합니다. 대령도 사건을 종결하기 위해 사건에 사용된 단검의 주인을 수사해 단서를 찾아낼 것입니다. 그가 제밀 도련님과 우리의 면담을 허락했지요. 이곳까지 수고스럽게 오시게 해서 죄송합니다. 저를 도와주셔야 보고서를 작성해 보낼 수 있어요."

유수프 성주와 치안대장은 서로 마주 보았다. 제밀은 그들을 바라볼수록 아버지의 강경한 눈빛과 무표정한 얼굴이 생각났다. 유수프 성주가 제밀에게 돌아서 물었다.

"제밀, 할 말이 있는가?"

"치안대장님께서 말씀하신 것처럼 그때 저는 병석에 누워 있었습니다. 살해당한 의사가 저를 치료했지요. 그분이 아니었다면 저는 벌써 저세상 사람이 되었을지도 모릅니다. 정신을 차리고 나서야 그분이 죽었다는 얘기를 들었는데, 어찌 된 일인지 알 수 없었습니다. 마흐뭇 성주님이 대령이 저희를 의심한다시면서, 도시의 소요를 누그러뜨리기 위해서라도 저희에게 하루속히 떠나라고 하셨어요. 그분 말씀이 아니었어도 저희는 관습상 해야 할 일이 있었기 때문에 떠날 참이었죠. 경비병들이 찾아와서 치안대장님이 저희를 만나고 싶어 한다기에 그들과 몇 마디 나누었죠. 사건의 진상을 밝히기 위해 우리가 아는 것, 본 것을 모두 말하라고 했지만 우리는 사건과 어떤 연관도 없다는 것을 입증했습니다."

"도련님 수하 중 누군가가 의사의 원한을 샀을 수도 있지 않나요? 대령도 이 부분을 의심하고 있습니다."

치안대장이 말했다.

제밀은 '알 수 없죠.'라는 의미로 어깨를 으쓱거렸다. 치안대장은 말을 계속했다.

"아까 말한 것처럼 대령은 이 사건을 덮기를 원합니다. 그러나 밀고가 들어왔으니 그분으로서도 다른 방법이 없죠. 우르 가문 호족들 중 하나가 대령에게 보낸 편지와 비슷한 편지를 조정으로 보냈답니다. 일이 복잡하니 모두 납득할 만한 자료가 필요합니다. 그 단서에 대해서 말인데, 대령은 의사의 갈비뼈 사이에 꽂힌 단검의 주인을 알고 있다고 서신을 보냈답니다."

함쉬오울루 유수프 성주는 한숨을 깊이 쉬었다.

"치안대장, 이렇게 되는 것을 원치 않았지만 어쩔 수 없군요. 우리도 방법을 찾아봐야겠습니다. 대령이나 마흐뭇 성주나 내가 알기로 단검을 쓸 줄 아는 사람은 딱 한 사람, 야르오스만의 므스티란 사람뿐이죠. 글쎄, 그런데 그는 그런 사람이 아닙니다. 그 사람은 베이오울루 성주, 마흐뭇 성주, 그리고 내가 몇 번이나 죽을 뻔한 것을 구해 주었죠. 대령이 세워 둔 경비병 수십 명이 보지 못한 밀입자를 혼자 발견해서 쥐도 새도 모르게 처리한 적도 있어요. 그 사람이 화가 치밀어 의사를 죽였을 수도 있지만, 그렇다고 해도 죽은 사람은 이미 죽은 거고 므스티를 감옥에 가둔들 무슨 도움이 됩니까. 어찌 되었든 간에 필요한 방식대로 일을 처리합시다. 지금 카디 선생에게 자문을 얻어서 아타벡 땅에서 일어나는 문제를 막아 보겠소. 제밀과 지금 당장 길을 떠나겠습니다."

치안대장도 제밀도 어리둥절해서 그를 바라보았다.

"그럼 이 일을 어떻게 처리하시려고요, 유수프 성주님?"

"치안대장도 잘 아시겠지만 우리는 기마병들이 질서를 파괴하는 것을 원치 않습니다. 안정된 질서를 보호하기 위한 몇 가지 방법이 있어요. 우리가 원정을 떠난 후에 이 사건을 해결할 서명 장부를 보내 드리겠습니다. 그러면 그 위에 치안대장, 당신의 의견을 써서 중앙 본부에 보내시오."

치안대장은 자기가 몇 날 며칠 골머리를 앓았던 문제를 유수프 성주가 지혜를 발휘해서 단숨에 풀어내자 처음에는 언짢았으나 일이 쉽게 풀릴 것 같아 한시름 놓은 듯했다. 병사가 두 번째 커피를 날라 왔다.

"카디 선생이 뭐라고 할지 모르겠습니다만 저는 찬성합니다."

유수프 성주는 빈 찻잔을 도자기 접시에 내려놓았다.

"아무리 어려운 일도 방법이 있어요, 치안대장."

그는 이렇게 말하고 자리에서 일어났다.

82

지옥 같은 밤이 끝났음을 알리는 에잔[33] 소리가 멀리서 들려왔다. 나는 밖으로 나갔다. 한숨도 못 잤다. 그런데도 피곤하지 않았다. 이렇게 생생한 이유를 도대체 알 수 없었다. 나는 사냥개와 그레이하운드에게 뛰어갔다. 보스나 사냥개는 나를 보자마자 우리 문을 기어오르며 긁어 댔다. 사냥개는 항상 나를 보면 우리 안에서 폴짝폴짝 뛰었지만 오늘처럼 불안한 행동을 보인 적은 없었다. 다른 사냥개들과 그레이하운드들도 불안해했다. "서로 같은 행동을 따라 하는군." 이렇게 중얼거리면서 사료 만드는 화덕이 놓인 우리 문을 열었다. 매일 그랬던 것처럼 굳은 밀가루, 건조된 고기 냄새 때문에 숨을 못 쉴 지경이었다. 저녁부터 준비한 나무에 불을 댕기자 소리를 내며 타기 시작했다. 밖으로 나오니 연기가 저택 쪽으로 가고 있었다. '장군이 밤에 와서 일어났다면 나를 가만 안 두었겠군.' 바람의 방향을 바꿀 수 없는 이상 연기를 맞을 수밖에 없었다. 동쪽 고원의 뒤쪽에서 해가 떠올랐다. 장군도 사냥개들

---

33) 이슬람 사원에서 기도 시간을 알리기 위해 울리는 기도문.

도 잊고 동이 트는 것을 바라보았다. 해가 둥그렇게 솟아오를수록 하늘이 비명을 지르는 것 같았다. 보랏빛 하늘이 둥그런 해를 찔렀다. 하늘의 비명이 그치자 해가 자기만의 붉은색을 삼키면서 높이 떠올랐다. "오늘도 해가 떴군. 이 순간 나처럼 해를 보는 사람도 있고 안 보는 사람도 있겠지." 찬 바람이 옆구리를 후비고 빠져나갔다. 바람이 한밤중에 느꼈던 두려움과 어찌나 비슷한지 섬뜩했다. 어찌 된 일일까, 두려움과 바람이 어떤 관련이 있는 거지? 등을 대고 앉았던 벽에 조금 더 가까이 기대면서 중얼거렸다. "누군가 죽었던 어느 날 우리도 죽고 말겠지. 우리가 살았었다고 말할 근거도 없겠지. 서너 명쯤 우리를 기억하겠지만 그것도 나중에는 꿈처럼 흩어지겠지. 저 하늘의 태양도 푸른 하늘이 삼키고 말듯이 우리도 이 땅에 섞이고 말겠지." 눈앞에 부대에서 수업하던 물라들 복장이 어른거렸다. 철학자가 다 되었네, 라는 생각에 피식 웃으면서 일어섰다. 나는 기지개를 쭉 폈다. 풀쩍 한 번 뛰었다가 두 손을 문지르며 정신을 차리려고 했다. 우리의 솥 밑에 흩어져 있는 장작을 살폈다. 나무들에 불이 붙자 솥 안에 있던 물이 끓었다. 넓은 그릇에 물을 나누어 담고 사냥개와 그레이하운드의 먹이를 만들었다. 먹이가 어느 정도 식기를 기다리면서, 항상 그랬던 것처럼 먼저 보스나 사냥개에게 일을 보게 하려고 밖으로 내보냈다. 보스나 사냥개가 과실수 사이로 가자, 나는 먹이를 가져다 우리에 놓았다. 철창 같은 우리에서 막 나왔을 때, 나무 사이로 사냥개의 목 따는 울음소리가 들렸다. 그러나 별로 신경 쓰지 않았다. 타고 있는 장작을 꺼내 진흙물에 쑤셔 넣어 불을 껐다. 보스나 사냥개가 큰 소리로 짖었다. 나는 소리가 저택에 들리지 않도록 손을 입에 가져다 대면서 말했다.

"귀뮈쉬. 귀뮈쉬. 귀뮈쉬."

항상 목소리를 들으면 미친 무용수처럼 달려오던 귀뮈쉬도 다시 돌아오지 않으려 했다. 그러거나 말거나 다른 사냥개들도 우리 문을 열어 내보냈다. 꼬리가 항상 치켜서 있는 검은색 카프카스 사냥개와 다른 사냥개 세 마리도 나무 사이로 달려가 사라졌다. 그러면 나는 언제나 개들 뒤를 따라가 함께 놀곤 했다. 그런데 오늘은 내키지 않았다. 단 한 발자국도 내딛고 싶지 않아서 해가 뜨는 것을 보았다. 심장이 뛰는 것조차 게을러졌나 보다. 사냥개들의 먹이가 준비되자 이번에는 휘파람을 불어 그들을 불렀다. 다섯 마리가 동시에 짖어 댔다. 걸어가기도 싫었지만 왜 그러는지 궁금하긴 했다. 먹이가 식기 전에 먹이려고 다시 한 번 휘파람을 불었다. 그래도 오지 않았다. 그레이하운드도 내보내고 먹이통을 우리에 가져다 놓은 후에 사냥개들 소리가 들려온 방향으로 걸어갔다. 소리는 정원의 가장 먼 구석에서 들려왔다. 그레이하운드들도 그쪽으로 뛰어갔다. 꽤 궁금했던 모양이다. 나무 사이로 보였다 말았다 하는 태양은 과실수의 잎에 부딪혀 여러 색으로 보였다. 나뭇잎들의 이런 색깔 놀이는 내 마음을 이상하게 흔들었다. 개들이 달려갈수록 나도 함께 뛰었다. 예전에도 수백 번이나 이곳을 지나갔는데 그때는 왜 이런 것을 못 봤을까? 나는 이런저런 생각을 하기도 하다가, 가끔은 아무 생각도 하지 않으면서 뛰었다. 거의 벗은 적이 없는 검은 캘팩이 몇 미터 앞에 떨어졌다. 나는 머리를 나무에 부딪히지 않은 것을 하느님께 감사하며 일어섰다. 혼자 넘어진 것이 창피해 소리를 내어 웃으면서 사냥개들을 향해 느린 걸음으로 걸었다. 나란히 갈 때마다 서로 으르렁거리던 사냥개들과 그레이하운드들이 지금은 아무 소리도 내지 않고 같은 방향을 바라보고 있었다. 목적지에 가까워지자 사냥개들은 약속이라도 한 것처럼 빠르게 내게 달려왔다. 그레이하운드들은 킁킁거리며 냄새를 맡고 있었다. 꽤 가까워졌을 때 바닥에 누워 있는 남자가 보였다. 부츠 끝, 허리를 꽉 조인 혁대, 그리고 큰 귀가 달린 머리가 보였다. 얼굴은 피 때문에 볼 수 없었다. 사냥개들과 그레이하운드들은 시체 주위에 서서 나를 한 번 보고 시체를 한 번 보았다. 피가 홍건한 가운데 누워 있는 남자를 보았을 때 나는 눈이 휘둥그레졌다. 머릿속이 백지가 되고 정신이 나간 것 같았다. 바람에 실려 온 비릿한 피 냄새 때문에 토할 것 같았다. 어찌해야 할지 몰라 나무 사이로 돌아서 있었다. 메스꺼움을 참을 수 없어 무릎을 꿇고 토하기 시작했다.

정신이 들자 사냥개들과 그레이하운드들이 주위에 둘러서 있는 것이 보였다. 개들은 시체를 놓아두고 나를 바라보고 있었다. 보스나 사냥개가 코를 겨드랑이에 쑤셔 넣으며 낑낑거렸다. 다른 녀석보다 자기가 나를 더 많이 좋아한다는 것을 보여 주려는 것 같았다. 나는 일어서 시체 옆으로 갔다. 집사의 혁대와 부츠였다.

나는 애간장이 녹는 것 같아 우리 쪽으로 달려갔다. 사냥개들과 그레이하운드들은 내가 보았으니 안심이라는 듯 뒤를 따라왔다. 녀석들이 우리에 들어가 통에 있는 먹이를 먹기 시작하자, 그제야 무서운 현실이 느껴졌다. 나는 즉시 우리 문을 닫고 저택을 향해서 뛰어갔다. "장군님, 장군님." 하고 소리를 지르면서.

83

여기저기 나뒹굴고 있는 시체와 동물 주검들이 울가르 고원에 핀 꽃들보다 훨씬 많은 것 같았다. 유수프 성주는 언덕 비탈 송장들을 애통한 듯 바라보았다.

"차르가 원정에 나간다는 소문이 돌자마자 이렇게 됐다고. 우리 같으면 절대로 이렇게는 하지 않지. 우리에게 득이 없어서가 아니야. 그놈들이 부당한 방법으로 강탈하는 거지. 그래도 그놈들을 쉽게 막아 내기는 했는데 말이야. 여길 보게, 제밀. 이게 도대체 사람이 사람에게 할 짓인가? 이런 짓을 한 놈들을 당장 잡아야 하네. 저 앞 울창한 숲으로 숨어 버리면 절대 못 잡아. 시골에 가 보면 모두 서민들만 벗겨먹는다네. 누가 늑대고 누가 양인지 구별할 수도 없어. 그놈이 그놈인데 누구를 가려내겠나. 전에도 이런 일이 있었지. 저 밑에 있는 무덤이 보이나? 러시아와 전쟁할 때 그루지야 도적 떼를 없애려고 투쟁했던 상인들 무덤이네. 베지르갼쾨이를 떠나 이튿날 저녁 소식을 접했지. 이곳에 당도해 보니 상인들과 가축들이 피가 흥건해서는 서로 뒤엉켜 누워 있더군. 아타벡 사람들은 내가 오고 나서 왔지. 일은 벌써 끝난 뒤였어. 내 쪽 사람들이 아타벡 영토까지 상인들과 동행했지. 이후에 아타벡 사람들이 곤경에 처했는데 그곳에 없었어. 우리도 오해받기 싫어서 아타벡 영토에는 들어가지 않았어. 일전에 말했지 않은가, 제밀. 이 영토는 활기에 차 있지. 누구 손아귀에 놓일지 확실치 않아. 전쟁 바람이 불어오기 전에는 모두 형제 같았어. 누구도 다른 사람의 재물을 탐내지 않았지. 그러나 우리도 그렇고, 그 사람들도 그렇고, 어떤 사람들은 전쟁 때문에 제정신을 못 차리기도 하지. 그루지야 사람들이 그런 셈이지. 사람들을 세심히 살피지 않았으니 아직은 누가 옳고 그른지 알 수는 없지만 말이야. 여기 오지 않았어야 하는데 그랬군. 울가르 북쪽은 그루지야와 아자라 호족들 땅인데도 아타벡들이 자기네 땅이라 우기고 있지. 그루지야 호족들이 마음만 바꿔 먹으면 여기도 평화가 올 텐데 말이야. 그런데 그 사람들은 차르한테 잘 보이려고만 하니. 지금 우리가 할 수 있는 최상의 방법은 바툼으로 가는 길을 차단하는 것이네. 울가르 꼭대기에 있는 폭포 입구에서 잠시 쉬고 나서 두 팀으로 나누자고. 자넨 사람들을 데리고 아흐스카, 아흘켈렉 방향으로 가서, 도적을 만나면 그루지야 호족 땅으로 따돌리게. 나는 아타벡과 그루지야 땅 사이로 가서 진을 치겠네. 그놈들에게 함정을 파 놓자고. 카프카스 사람들이 흑해에서 그루지야 땅으로 가려고 파 놓은 길을 내가 잘 알고 있네. 이교도 놈들이 여기 숲에 있기가 쉽지는 않을 게야. 숲에 간을 파먹는 독수리들이 산다고 믿고 있거든. 시놉 처녀를 납치한 마귀가 이 숲에 숨어 산다고 말하는 사람도 있지. 헤어지기 전에 이걸 말해 두어야겠군. 자넨 절대 이교도 놈들과의 싸움에 말려들지 말게. 일행과 같이 산적들을 우리 쪽으로 유인하면 돼. 어쩔 수 없이 싸움에 말려들게 된다면 절대로 앞에 나서지 말게. 자네랑 같이 가는 일행은 산적을 다룰 줄 아는 사람들이야."

차가운 폭포 입구에서 말없이 음식을 먹은 후에 함쉬오울루가 말했다.
"휘스뉘, 므스티, 함자!"
므스티, 휘스뉘와 유수프 성주의 수하 이브라힘 함자가 함쉬오울루에게 뛰어왔다.
"제밀 도련님을 잘 부탁하네, 자네들만 믿겠네."
유수프 성주가 말했다.
그들이 앞쪽으로 활처럼 몸을 구부렸다. 므스티가 모두를 대신해 말했다.
"분부를 받들겠습니다, 성주님."
제밀은 그의 이런 목소리를 처음 들었다. 깡마른 몸에 어울리지 않는 큰 소리였다. 더구나 딱딱한 표정에 어울리지 않는 부드러운 목소리였다.
함쉬오울루는 할 말을 끝냈다는 듯이 입을 다물고 제밀에게 걸어갔다. 제밀도 힘차게 그가 있는 쪽으로 걸었다. 함쉬오울루는 제밀의 목을 감싸고 눈에 키스했다. 부자 관계와는 또 다른 유대감으로 서로를 부둥켜안았다.
유수프 성주 측은 서쪽을 향해, 제밀 측은 동쪽을 향해 말을 몰았다. 말은 익숙한 발걸음으로 산을 오르기 시작했다. 시나브로 울가르 산꼭대기를 덥히려 하는 태양은 안개 낀 접시 모양이었다. 울가르는 멀리서 보이는 것보다 더 높고 추웠다. 꼭대기에 꽤 가까워졌을 때 갑자기 눈이 쏟아져 내렸다. 제밀은 장갑을 끼었는데도 손이 시렸다. 그때 휘스뉘가 다가왔다.
"도련님, 산적들은 꼭대기로 올라갈 수 없습니다. 아래쪽 고원으로 내려가 마을에서 흔적을 찾아야 합니다."
도루가 휘스뉘의 말을 알아들었다는 듯 즉시 지그재그를 그리며 산 동쪽 편 고원을 향해 내려가기 시작했다. 제밀이 전혀 불편을 못 느끼게 적당한 걸음이었다. 뒤에 오는 사람들과 간격도 벌어지지 않았다. 제밀은 주의 깊은 도루를 기특해하며 카스렛을 바라보았다. 문득 비너스 동상 같은 아시아의 나체가 생각 속으로 들어왔다. 현실에서는 벌써 멀어져 버렸다. 아시아의 모습이 고원의 꽃과 섞일 때까지 정신을 차릴 수 없었다. 앞에 펼쳐진 수천 송이의 꽃과 화려한 투르크멘 고원들, 초록 양탄자 위를 천천히 걷던 말들이 일제히 빠른 걸음으로 걷기 시작했다. 길이 갑자기 끝나 버렸다. 제밀은 어안이 벙벙해서 말 위에서 깊은 골짜기를 내려다볼 뿐이었다. 밑으로 강이 보였다. '강은 수백 년을 흘러 이 깊은 계곡을 만들었겠지.' 말들이 강에 가까워지자 앞에서 가던 도루가 더욱더 불안해했다. 제밀이 비틀거렸다. 그 순간 제밀은 옆에 있던 므스티가 가볍게 움츠리는 것을 보았다. 그가 의아해하는 찰나 강가에 이른 도루가 걸음을 멈추었다. 앞쪽으로 몸을 구부린 제밀이 말의 안장을 잡고 강을 바라보았다. 그 순간 눈이 휘둥그레졌다. 강의 모습은 울가르에서 보았던 광경보다 더 끔찍했다. 물에 퉁퉁 불은 양과 반은 발가벗은 목동의 시체가 나란히 누워 있었다. 제밀은 넋을 잃고 그 광경을 바라보았다. 일행 중 셋은 뒤쪽으로 물러서서 반대편 언덕을 향하여 말을 몰았다. 제밀은 그들을 보고 있다가 밀랍처럼 보이는 목동의 시체와 양을 물에서 끌어내라고 지시했다. 말에서 내린 기마병들이 시체를 물에서 꺼냈다. 휘스뉘와 이브라힘 함자는 즉시 강가에서 발자국을 찾기 시작했다. 잠시 후에 산적들이 어느 방향으로 갔는지 추적하면서 제밀에게 갔다. 함쉬오울루의 기마병 수장 격인 이브라힘 함자가 설명했다.

"도련님, 일은 이틀 전에 일어난 것 같습니다. 뒤쫓아 가는 데 이틀만큼의 간격이 있다는 얘기죠. 하루 정도 부지런히 가면 놈들을 따라잡을 것입니다. 산적들은 가는 곳마다 땅을 초토화시키죠. 그러면서 어디로 가야 하는지도 잘 알아요. 땅을 쓸고 가는 것은 그들이 그리 호락호락한 놈들이 아니라는 것을 보여 줍니다. 목동들이 가축에게 물을 먹일 때 일이 벌어졌나 봅니다. 양을 죽이는 것은 흔치 않은 일이지만 목동들이 쉽게 넘겨주지 않았던 것 같습니다."

제밀은 이브라힘 함자의 말을 귀담아듣지 않았다. 털이 부들부들 떨릴 정도였다.

주검들만 바라보았다. 말할 기운도 없었다.

"한 놈도 남김없이 잡아 목동들보다 먼저 매장해야 합니다."

제밀은 강한 목소리로 말했다.

오스만 왕조에 수년 동안 봉사해 온 기마병 같은 말투였다. 제밀도 자기 입에서 그런 말이 나왔다는 것이 믿어지지 않았다. 도루는 알아서 가면서도 강이 흐르는 쪽으로 길을 잡았다. 잠시 후에 인가가 몇 채 되지 않는 데린데라는 시골에 이르렀다. 아타벡 땅인 이 마을에는 오로지 개 세 마리만 살아남았을 뿐이었다. 작은 마을을 벗어나기 전에 이브라힘 함자가 옆으로 왔다.

"이곳에서 떠난 지 얼마 안 된 것 같습니다. 하지만 꽤 멀리 간 것 같군요. 도련님, 어쩌면 아흘켈렉 쪽으로 갔을지도 모릅니다. 그곳으로 갔다면 이놈들은 그루지야 산적 떼가 아닙니다. 다으스탄으로 방향을 잡았다면 잡을 방법이 없습니다. 만약 그루지야 산적 떼와 맞선 시골 사람들이라면 멀리 가지 못하고 포스코프 가까운 곳에서 서쪽으로 돌아갔을 것입니다. 아흘켈렉 쪽으로 가시죠. 오늘 밤 흔적을 찾아내지 못하면 국경에서 포스코프로 돌아가서 아타벡 땅으로 가시고요. 서쪽으로 방향을 틀어야 합니다."

이브라힘 함자의 말이 끝나자 도루가 뒷발로 걸음을 멈춰 섰다. 사크르벨 마을에 이르자 황량하기만 했다. 시체 같은 것도 없었다. 산적들이 지나갔는지 알아보려고 고원에서 돌아온 중년 남자 두 명을 제밀 앞으로 데리고 왔다. 그들은 벌벌 떨었다. 나이가 들어 보이는, 어깨가 넓고 코가 넓적한 사람이 말했다.

"데린데에 온 사람들이 누구인지 알았습니다. 저희는 서둘러 아이들을 데리고 숲으로 도망쳤습니다. 그래서 해를 입지 않은 거예요, 도련님."

코가 넓적한 남자의 까만 눈을 바라보자니 아시아의 녹청색 눈이 떠올랐다.

"갑시다."

수십 필의 말발굽 소리가 반대편 언덕에서 메아리쳤다. 차가운 물이 흐르는 고원을 밤새 달렸는데도 산적과 관련된 흔적을 찾을 수 없었다. 다음 날 정오에 아홀켈렉 주변에 있는 국경에서 북쪽으로 돌아갔을 때에는 말들이 꽤 지쳐 있었다. 잠시 휴식을 취하고 그는 나무들이 빽빽한 숲을 오래도록 걸었다. 점심때가 지나서야 비옥한 작수유 골짜기에 이르렀다. 작수유 강 양쪽으로 계곡을 장식하는 호족 궁 정원에 이르자 형형색색 잎이 달린 과실수가 지천이었다. 제밀은 바빌론 전설에 나오는 천국 정원을 생각했다. 호족 궁의 정원이 끝나는 곳, 흙 제방이 있는 집들 맞은편에 독수리같이 내려다보고 있는 작지만 강건한 성이 여전히 위풍당당해 보였다. 제밀은 성안을 보고 싶었다. 병든 아타벡의 아들이 있는, 그리고 수년 동안 아타벡 부인이 관리해 온 성에 예를 갖추어 방문하자고 제안했다. 도루가 성 쪽으로 올라갈 때 제밀은 생각했다. '아니, 내가 이런 명령을 내렸단 말인가?' 성문에 이르자 일행은 호족으로 극진한 환대를 받았다. 제밀은 자신도 믿을 수 없다는 듯이 입술을 삐죽였다. 그는 몸져누워 있는 아타벡 곁에 앉아 커피를 마셨다. 아타벡 부인이 고마워하는 눈빛으로 그를 바라보았다.

"이보게, 우리는 고작 눈에 보이는 땅만 지킬 수 있다네. 예전 같았으면 무기를 들고 말을 몰아 고원으로 쫓아 올라갔겠지. 난 이제 늙었어. 어쩔 수 없어. 전에 한 번 아흐스카 구역에 도움을 청했었지. 고맙게도 와서 도와주더군. 그런데 그만 남쪽에서 폭동이 일어나는 바람에 금방 철수해야 했어. 그래서 지금은 차르의 입김이 카프카스 쪽에 미치는 것을 아는 그루지야 사람들이 우리 영토에서 난리를 치는구먼. 유수프 성주가 나타났으니 이제 주변이 깨끗이 정리되겠지. 내가 비록 힘은 없어도 이곳을 잘 안다네. 조상 대대로 살았던 땅인 아자라도 그루지야 땅도 잘 알지. 이교도들이 사라지면 좋겠구먼."

제밀은 아타벡 부인의 말을 듣고 나서 일어나겠다고 했다. 아타벡 부인이 저녁을 먹고 가라고 붙잡았다. 성안의 억압적이고 끈적한 분위기에 견디지 못한 제밀이 말했다.

"부하들과 너무 오래 떨어져 있었습니다. 소식이 올 수도 있고, 급히 움직여야 할 수도 있어서요."

그는 병석에 있는 아타벡이 마음에 걸렸으나 작별 인사를 하고 문 쪽으로 걸어갔다. 아타벡 부인이 말했다.

"그럼 내가 자네 수하들에게 자네와 같이 남으라고 하겠네. 이렇게라도 도움이 되었으면 좋겠군. 지금 곧 자네의 다른 수하들에게도 모이라고 전갈을 보내겠네. 만약 도움이 필요하다면 소식만 주게."

제밀은 성안이 밖에서 보이는 것만큼 웅대하지 않고, 성벽 뒤에 불가사의하고 유쾌하지 않은 삶이 지속되고 있다고 생각하며 성문을 나섰다. 언덕을 내려와 일행이 기다리는 곳으로 갔다. 보초병들은 작수유 개울물이 졸졸 흐르는 가장자리, 나무 한 그루 없는 한복판에 앉아 있었다. 도루에서 내려 그들 곁으로 갔다. 그를 보더니 일제히 일어섰다. 제밀은 그들이 일어선 것에 당황했지만 속내를 드러내지 않았다. 사람들은 스스로 만든 규율대로 행동한다. '아버지도 파디샤도 이런 질서를 고수하려고 애쓰는 거겠지.' 이 생각 저 생각이 뒤를 이었다. "알겠어, 더는 도망가지 않을 거야. 나도 호족이 되고 있어. 아무리 그래도 나는 내 자신이 될 거야." 그는 속삭이듯 중얼거렸다. 자신을 위해 마련된 돌 위에 앉아 일행과 함께 상황을 분석한 후에, 과실수 사이를 서성거렸다. 몇 발자국 뒤에서 따라오던 휘스뉘는 그가 과실수를 경이롭게 바라보자 이내 말했다.

"아타벡의 잠재력이 여기에서도 드러나지요, 도련님. 예전에는 이 정원을 잘 돌보았죠. 가장 뛰어난 카프카스 정원사가 일했는데, 수많은 호족이 이 정원을 본보기로 정원을 만들었지만 누구도 여기처럼 가꾸지 못했어요. 똑같은 나무를 가꾸지도 못했고, 맛좋은 열매를 얻지도 못했지요."

제밀은 그동안 아름다운 광경과 마주할 때면 파리를, 바그다드를, 그리고 수도를 떠올리고는 했었다. 하지만 이번에는 이스탄불만 생각했다. 보스포러스 강변 뒤편 녹지로 형성된 정원이 눈앞에 떠올랐다. 아타벡 정원에 있는 나무를 애정을 가지고 바라보았다. 등이 아래로 빠지는 것같이 무겁게 느껴졌다. 그는 산책을 그만두고 돌아갔다. 아타벡 부인이 서둘러 만들어 보낸 음식으로 허기를 채운 뒤 휴식을 취했다. 이브라힘 함자와 휘스뉘가 삼면이 뚫린 천막에 나타났다. 이브라힘 함자는 그늘진 달빛 아래 몸을 앞으로 숙이며 말했다.

"포스코프에서 사자가 왔습니다. 산적들이 오늘 밤 포스코프로 들어올 것이라고 합니다."

제밀은 놀랐지만 천천히 일어났다. 이브라힘 함자가 화살대에서 튕겨 나온 활처럼 다른 사람들에게 뛰어갔다. 그는 몇 분 안에 말을 대기시켰다. 모두들 말에 탔다. 제밀은 이처럼 빨리 행동하는 자신에게 놀라고 있었다. 휘스뉘가 말을 도루 쪽으로 가까이 몰고 와 속삭이듯 말했다.

"행동을 개시하려고 다들 분부를 기다리고 있습니다, 도련님."

84

시야부쉬 장군은 다붓 장군의 겨울 별장에서 밤늦게 돌아왔지만 아침 일찍 잠에서 깼다. 나는 문 앞에서 그와 마주쳤다. 장군은 내 눈빛에서 두려움을 읽었는지 곧바로 검의 손잡이를 쥐었다. 나는 손으로 주검을 가리켰다.

"집사가······."

나는 숨을 헐떡거리며 말했다.

장군이 내가 있는 쪽으로 한 걸음 내디뎠다. 나는 몸의 경련을 진정시키려고 하면서 간신히 말했다.

"집사를 죽였습니다."

시야부쉬 장군을 처음 본 뒤 손을 대면 피가 뚝뚝 떨어질 것 같다고 생각했던 그 빨간 볼에도 핏기가 가셨다. 얼굴이 밀랍처럼 노래졌다. 내가 느낀 두려움이 장군에게 옮겨 간 것 같았다. 우리 둘은 넘어질까 봐 서로를 붙잡았다. 수석 내무반장 쉐브캇 우스타가 손에 커다란 국자를 든 채 우리에게 왔다. 잠시 후 집사의 수하들이 졸린 눈으로 다가왔다.

"그놈들이 자네 쪽 사람을 해치우고 있구먼. 자네들은 가서 자게. 집사 보조는 어디 있지?"

장군이 물었다.

집사의 수하들이 달려가 집사 보조의 작은 집 문을 두드렸다. 대답이 없었다. 우리는 나무 사이를 걸어갔다. 수하들이 돌아왔다. 우리는 집사의 주검이 있는 곳으로 가고 있었다. 우리가 달리자 사냥개들도 낑낑대며 따라왔다. 첩들과 큰부인도 베일로 얼굴을 가리고 창밖을 내다보았다. 보통 때 같았으면 장군은 당장 그들의 목을 베었을 것이다. 그러나 오늘은 자기 마음이 불안해서인지 아무것도 안 보이는 모양이었다. 단지 욕설을 퍼부으며 앞서 가고 있었다. 나는 그의 뒤를 따라 걸었다. 주검에 다다랐을 때 다들 얼굴이 잿빛으로 변했다. 집사의 목을 자른 단검은 보통 날카로운 게 아닌 것 같았다. 수하 중 하나가 담장을 향해 뛰었다. 나는 그가 토하려는 줄 알았다. 그는 굵은 목소리로 소리를 질렀다.

"외메르도요, 외메르도."

외메르는 집사 보조였다. 그는 마음이 여렸다. 매사에 집사의 눈치를 보고는 했다. 그도 암살자 손아귀에서 벗어나지 못한 것이다. 사방이 높은 벽인데 이 저택에 어떻게 들어왔을까. 누구의 말도 듣지 않는 집사와 보조를 어떻게 정원으로 불러냈을까. 두 사람의 목을 베는데 어떻게 아무도 몰랐을까? 외메르의 목에서 댕강 떨어져 나와 있는 머리를 보자 나는 잠시 의식을 잃었다. 머릿속이 흐려졌다. 문득 밤에 방문 밖에서 들려왔던 발소리가 생각났다. 또한 그를 부르는 소리와 상사의 "자네 말고도 저택에 우리 사람들이 더 있지."라고 했던 말이.

상사와 같이 왔던, 부대의 등잔불 아래서 보았던 그 사람 얼굴은 이후 나의 기억에서 지워졌다. 그의 손은 보이지 않았지만 단검은 볼 수 있었다. 나는 종종 나의 눈길을 끄는 장군의 오른쪽 뺨을 바라보면서 "모두 미쳤어."라고 혼자 말했다. 배 속이 이상했다. 속이 울렁거렸다. 나는 구역질을 하며 사과나무 쪽으로 뛰었다. 다른 사람들도 나와 비슷했다. 수석 내무반장 쉐브캇 우스타만 침착해 보였다. 그런 그가 '피를 보는 것에 익숙한 사람'이라는 생각이 들었다. 또다시 "자네 말고도 저택에 우리 사람들이 더 있지."라고 했던 상사의 말이 스쳐 갔다. 화가 난 장군은 소리소리 질렀다.

"밤이 되면 여자들과 마찬가지로 침대 밖으로 고개도 내밀지 마라. 어둠은 남자도 못 당하는 법이니, 쓸데없이 밤에 돌아다니지 말라는 말이다. 봐라, 남자들이 어둠 속에서 어떻게 당했는지. 자네들처럼 초저녁잠이 많은 사람들에게 어떻게 내 재산과 목숨을 맡기겠나?"

그는 할 말이 끝났다는 듯이 입술을 쓸더니 저택 쪽으로 걸어가면서 덧붙였다.

"시체들을 오래 방치하지 말고 오늘 묻게."

하인들 몇몇이 시체를 지키고, 나머지는 장례 준비를 시작했다. 나는 사냥개 냄새가 나는 옷들을 갈아입으려고 시야부쉬 장군 뒤에서 걸어갔다. 저택 문가쯤 갔을 때, 대문 앞에 궁정 표시가 있는 마차가 멈춰 서는 것을 보았다. 장군은 마차를 보자 우뚝 멈춰 섰다. 집사의 명령대로 움직이던 수하 중 하나가 문 쪽으로 뛰어갔다. 마차 앞에서 검을 들고 대기 중인 경비병들과 이야기를 나누더니 뒤로 돌아 장군에게 가까이 와서 경비병들의 말을 전했다. 장군은 머리를 흔들더니 이를 갈았다.

"예니체리들 형편이 말이 아니군."

그러고는 나에게 말했다.

"서둘러 군복으로 갈아입고 오게."

나는 옷을 갈아입고 매무새를 단정히 한 후 뛰어갔다. 나는 그닥 혼란스럽지 않았다. 장군은 집사 다음으로 나를 신뢰했다. 목뒤에 눈이 있다고들 하지만 그도 두려움에 휩싸여 있었다.

큰부인이 베일을 벗은 얼굴로 창밖을 내다보고 있었다. 우리는 궁정에서 온 마차를 타고 저택 문을 나섰다. 키가 큰 궁정 경비는 마부의 옆에 타고 나는 뒤쪽에, 장군은 왼편에 앉아 있었다. 저택에서 꽤 멀어지자 장군이 말했다.

"부대 안이 서로서로 헐뜯고 난리도 아니라는군. 윗대가리부터 썩었어. 그들을 잠재우는 방법이 두 가지 있지. 파디샤 머리를 그들에게 양도하거나, 그들 윗대가리에게 전쟁을 일으키게 하거나 말이야. 우리는 아주 위험한 시기에 있어. 발칸 반도가 온통 들끓고 있고, 자네가 온 동쪽에서도 그리 좋은 소식이 없군. 어떻게 이 상황을 벗어날지 파디샤도 알지 못해. 좋은 대책을 찾아야지. 자넨 오랫동안 충실히 일했네. 누르하얄 때문에 실수한 것 말고는 믿을 만한 사람이야. 쉐브캇은 이미 늙었지만, 그 사람 빼고는 자네가 지식이 가장 많지. 그 사람은 믿을 수 없어도, 자네는……."

말을 왜 끝맺지 않았을까? 시야부쉬 장군의 눈에 나는 어떻게 비칠까? 그 말은 결론을 내리지 못한 생각인가, 아니면 아무 생각 없이 한번 떠보려고 한 말일까? 어쨌든 상대는 파샤였다. 쓸데없는 말은 애당초 꺼내지 않았다. 내리막 아래 들판으로 이어지는 좁은 길에 이르렀을 때 장군은 바다와, 바다 반대편에 있는 고원을 보면서 입을 다물었다. 내게는 질문할 권한이 없었다! 그는 말없이 생각에 빠져들었다. 우리에게 한 번도 보여 주지 않았던 부대 기록부를 장군이 본 것이 틀림없다. 그게 아니라면 내가 어디서 왔는지 어떻게 알았겠는가? 나는 동방 사람이었다. 어느 동쪽이었지? 장군이 말한 동쪽은 어디였지? 누르하얄과 가까워지고 나서 내게 남아 있던 희미한 기억도 조금씩 잊혀 갔다. 장군이 말한 동쪽은 내가 어린 시절을 보냈던, 초록 이삭이 파릇파릇 물결치던 그곳이었나? 어머니의 시선이 왜 우리 뒤를 따라온 거지?

85

맨 앞에서 달리는 도루는 제밀이 대장인 것을 아는 듯 한 번씩 뒤를 돌아 다른 말들을 확인하고는 했다. 제밀도 걱정스러운 표정으로 수시로 돌아다보았다. 두 줄로 오던 말들이 옆으로 늘어섰다. 제밀은 말없이 지켜보았다. 일행은 능숙하게 일을 처리했다.

제밀은 이 엄격한 질서에 대해 생각했다. 흰 구름 사이로 언뜻 보이는 달빛과 언덕에 퍼져 있는 말 탄 사람들을 보며, 일행의 움직임에 관하여 설명하는 휘스뉘의 말을 듣고 있었다. 대형 맨 끝에 있는 사람이 무엇을 본 듯 휘스뉘에게 알려 주었다. 그러자 그는 제밀에게 그 말을 전했다. 제밀은 문득 파디샤도 이렇게 전쟁을 치렀을 것이라고 생각했다. 수백 년 동안 이어져 온 승리의 비결이란 병사들이 무엇을 하는지 아는 것이었다. 그럼에도 최후에는 다들 전쟁에서 지지 않았는가. 그렇다고 5백 년 동안 건재했던 제국을 과소평가할 수는 없었다. 지나간 역사를 더 생각하고 싶었는데 휘스뉘가 다시 옆으로 왔다.

"무슨 일인가, 휘스뉘."

제밀이 물었다.

"포스코프에 꽤 가까워졌습니다. 잠깐 쉬었다가 상황을 점검해야 할 것 같습니다."

제밀은 즉시 도루의 고삐를 가볍게 당겼다. 말은 가장 가까운 과실수 아래까지 걸어가다 멈추었다. 다른 수하들의 말이 나무 아래 멈추자 모두 말에서 내려 제밀의 주변에 모였다. 그는 말에서 내릴까 말까 망설였다. 휘스뉘와 이브라힘 함자를 보았다. 그들은 말에서 내려 안낭에서 양모로 만든 신발을 꺼냈다. 도루는 익숙한 행동으로 발을 들었다. 그들은 도루에게 양모 신발을 신기고 끈으로 묶었다. 그들의 말에게도 신발을 신기고 끈으로 묶었다. 일행이 모두 그들을 따라 했다. 휘스뉘는 제밀에게 돌아섰다.

"도련님, 잠시 후면 일행이 포스코프 주위를 넓은 원형 대형으로 감쌀 것입니다. 도적들이 만약 포스코프 주위에 잠복해 있다면 덫으로 몰아넣을 수 있습니다. 저희가 도착한 것을 알아챈다면 발포할 것입니다. 근거지를 찾아야 합니다. 그곳에서 메라성으로 이동할 것입니다. 아마 그놈들은 기대에 부풀어 그곳에서 윗대가리들을 기다리고 있을 것입니다. 포스코프 주위에 있는 놈들이 성 쪽으로 움직이지 않으면 선발대도 위험합니다. 이 외에 다른 방법이 없습니다."

제밀은 고개를 끄떡이며 말했다.

"휘스뉘, 계획을 잘 짰군. 전갈을 보내면 므스티와 메슷이 움직일 것이야. 그들이 도착했다는 소식이 오면 우리도 움직이세. 원형 대형을 좁혀 가며 포스코프로 가 보자고."

긴장된 시선을 주고받는 사이 이브라힘 함자의 보조 메슷과 므스티가 도착했다는 소식이 왔다. 아울러 메슷이 메라성에서 포스코프 쪽으로 가던 누군가를 붙잡았다고 하자 즉시 행동을 개시했다. 포스코프 주변의 대형은 갈수록 좁아졌다. 드문드문 있던 커다란 집들에 가까워질수록 제밀은 흥분해서 심장이 두근거렸다. 드디어 말들이 포스코프 집들 사이로 들어갔다. 그 사이에 있는 좁은 길을 걷던 도루는 귀를 쫑긋 세우고 작은 소리에도 민감하게 반응했다. 소리가 나면 멈춰 서서 주변을 살피고 다시 걸었다. 일행은 둘씩 셋씩 짝을 지어 가까이 있는 집부터 수색을 시작했다. 수색이 끝나자 휘스뉘와 이브라힘 함자가 수하들과 함께 다시 샅샅이 수색했다. 어찌나 조용하고 신속히 일을 처리하는지, 가까이 있던 사람들도 잠에서 깨지 않았다. 잠들지 않은 사람들도 그들의 움직임을 눈치채지 못했다.

집 밖으로 나온 사람들은 달빛 아래에서 제밀이 알아듣지 못하는 언어로 이야기를 나누었다. 아타벡 하툰이 그들에게 붙여 준 사람들이 경고하자 그들은 즉시 입을 다물었다.

달이 하얀 구름 뒤로 숨을 때마다 초록 정원 주위의 탁하고 더러운 광경도 감춰졌다. 달이 구름을 벗어날 때면 탁한 노란색이 보라색과 녹색으로 바뀌었다가 다시 황금빛 노란색으로 돌아오고는 했다. 빛깔 놀이를 바라보던 제밀의 생각이 바그다드로 뻗어 갔다. 다뤼셀람에 가까운 고원 근처에 있던 신학교에도 큰 정원이 있었다. 그곳의 정원수와 과실수들은 크고 장엄했다. 초록색 넓은 잎사귀에 햇살이 비치는 것을 볼 수 없었다. 아름드리나무 아래는 짙은 그림자로 덮여 있거나 어둠에 묻혀 있었다. 제밀은 처음에 그 어둠이 무서웠다. 시간이 지나자 잠이 안 오는 밤에는 그 어둠 속에서 보내고는 했다. 파리 주변에 있는 정원의 나무들은 바람에 뿌리가 뽑힐 것처럼 보였다. 포스코프 정원의 나무들은 웅장하지도 어색하지도 않았다. 바람에 뽑혀 날아갈 것처럼 보이지도 않았다. 색색의 잎을 달고 줄곧 달을 보며 눈을 깜빡거리고 있었다. 제밀이 아시아가 여신 이난나에 대해 했던 말을 회상하고 있을 때, 근처에서 무슨 소리가 들려왔다. 그는 휘스뉘에게 갔다. 휘스뉘의 큰 턱이 달빛 속에서 열렸다 단혔다 하자 그는 순간 자신이 상상의 세계에 있는 것같이 느껴졌다. 귓가가 울렸다. 두려움의 순간이 지나자 휘스뉘의 목소리가 들려왔다.

"마을에 이방인이 두 명 있습니다. 하나는 므스티가 붙잡은 남자인데, 마을에서 그를 아는 사람이 아무도 없습니다. 남자도 말을 안 하니 누구인지 알아봐야 할 것 같습니다. 이브라힘 함자가 거친 그루지야 방법으로 말을 시키려고 명령을 기다리고 있습니다."

제밀은 귀가 울려서 휘스뉘의 마지막 말을 알아듣지 못했다. 휘스뉘는 그가 대답을 않자 말을 이어 나갔다.

"도련님, 정보가 없으면 도적들을 찾을 수 없습니다. 이자들은 두려움 혹은 바보스런 충성심 때문에 아무것도 실토하지 않지요. 저희는 이곳을 잘 압니다. 놈들도 이곳에서 살았기 때문에 어디에 숨어야 할지, 어디로 도망가야 할지 잘 알지요. 붙잡힌 남자가 도적들 중 하나일지도 모릅니다. 남자에게 정보를 얻어야 합니다."

제밀은 이 사이로 새어 나온 목소리로 알아서 하라고 했다. 경비병 사이로 휘스뉘와 수하들이 걸어갔다. 제밀은 빛깔 놀이를 좀 더 바라보고 싶었지만 이미 공상이 깨지고 말았다. 아무것도 떠올릴 수 없었다. 제밀은 호기심이 생겨서 말에서 내려 휘스뉘가 간 방향으로 걸어갔다. 두 집 사이에 있는 공터에 이르자 큰 나무에 발이 걸려 있는, 반은 나체로 곤두박여 있는 남자의 커다란 몸이 보였다. 거기 있던 사람들은 남자와 씨름하고 있었기 때문에 제밀이 온 것을 알아채지 못했다. 그때 끈이 풀린 남자의 거대한 몸이 순식간에 땅으로 떨어지는 둔탁한 소리가 났다. 입이 천으로 묶인 남자가 코로 내뱉는 '으!' 하는 소리가 들렸다. 남자가 땅에 떨어지는 순간 이브라힘 함자가 수하들과 함께 그의 팔과 다리를 잡고 뾰쪽한 나무 밑동 위에 눕혔다. 남자는 몸을 찌르는 날카로운 나무들 때문에 아파서 몸부림쳤다. 하지만 아무도 신경 쓰지 않았다. 남자의 손목과 엄지발가락에 올가미를 매고 끈을 나무줄기에 꽉 묶었다. 그리고 불을 붙인 나무를 남자 얼굴 쪽으로 가져갔다. 그 나무에서 뜨거운 송진이 흘러내려 남자의 벗은 몸에 떨어졌다. 남자는 꿈틀거렸다. 그럴수록 뾰족한 나무가 얼굴을 찔렀다. 제밀은 무표정한 얼굴로 숨을 꼴깍 삼키며 지켜보았다. 그들은 굵고 짧은 나무토막 두 개를 가져와 줄기에 묶었다. 올가미를 풀고 굵은 밧줄 고리를 만들었다. 그들은 그 일들을 익숙하게 처리해 나갔다. 불타는 나무를

이난나 369

남자의 얼굴에 조금 더 가까이 대고 한 손을 짧은 나무토막으로 짓눌렀다. 손가락을 벌리게 하려고 두 명이 나뭇가지 두 개를 눌렀다. 나무에서 흐르는 송진이 얼굴 가죽을 태우자 남자는 미친 사람처럼 바르르 떨면서 소리를 질렀다. 남자는 이브라힘 함자가 잘록한 허리에 꽂혀 있는 단도를 꺼내는 것을 보더니 두려움 어린 눈을 희번덕거렸다. 이브라힘 함자가 단도를 높이 들어 올리자 남자의 코에서 콧물이 뚝 떨어지더니 짧고 굵은 비명 소리가 났다. 이브라힘 함자가 수하들에게 남자의 입을 풀어 주라고 손짓하며 목소리를 높였다.

"단도가 얼마나 빨리 손가락에 꽂힐지 잘 알 거야. 네놈이 방아쇠를 당기는 그 손가락 말이야. 마지막 기회다. 지금 말하지 않으면 손가락이 하나씩 날아가 버릴 거야."

남자는 이브라힘 함자의 잔인함을 이미 알고 있다는 듯 눈꺼풀을 한두 번 깜빡인 후에 흐느끼는 소리로 말했다.

"성안에 있습니다."

이브라힘 함자가 다그쳤다.

"몇 명인가. 네놈 이외에 성에서 간 사람이 몇 명이었냐 말이다."

이브라힘 함자는 망설이는 남자를 윽박지르다가 그제야 제밀이 온 것을 알아차렸다. 그는 잠시 멈칫하더니 심문을 끝내야겠다고 결정했다.

"네가 고통받기를 원치 않는다만 어쩔 수 없겠구나."

그는 말을 끝내자마자 남자의 손가락 끝 쪽을 내리치라고 했다.

손가락이 떨어져 나간 남자는 고통으로 비명을 질렀다. 이브라힘 함자가 소리 질렀다.

"입 다물어! 실토하지 않으면 손가락을 다 자르겠다!"

남자는 꽤 가깝게 가져다 댄 장작불을 바라보며 겁먹은 눈을 굴리더니 털어놓았다.

"이삼십 명이 성안에 있고, 나머지는 산에 있습니다. 우리는 두 명입니다. 다른 사람들은 성에서 다시 돌아왔을 것입니다."

이브라힘 함자는 만족했다. 피 묻은 단도를 허리의 고리에 걸고 제밀 쪽으로 걸어갔다.

"도련님, 서둘러 메라성을 포위해야 합니다. 그곳에 있는 사람들을 없애고 산으로 돌아가시죠."

그들은 고원 근처에 우뚝 서 있는 메라성을 포위했다. 달은 울가르 동쪽에 숨었고, 언덕에서 빠져나온 그림자가 포스코프 들판에 드리워졌다.

86

궁정 뜰에 형형색색 유니폼을 입은 근위병이 둘씩 셋씩 보였다가 사라지곤 했고, 한 무리를 보고 있으면 다른 무리가 가까이 지나가기도 했다. 근위병이라고 하면 항상 싸울 준비가 되어 있는 거칠고 무지한 사람들이 떠올랐었다. 그런데 이들은 우리와도 치안에 힘쓰는 치안부대와도 닮지 않았다. 얼굴이 더 깨끗했고 피부도 하얬다. 눈동자는 크고 까맸다. 무엇보다도 눈길을 끄는 것은 여섯 방향이 타원형으로 위쪽이 눌린 깔때기 비슷한 모자였다. 몇몇의 모자는 다양한 색의 작은 술이 걸려 있었다.

우리가 탄 궁정 마차를 따라온 시야부쉬 장군의 마부도 다른 파샤의 마부들이 선 곳에서 말에게 먹이를 주었다. 궁정 마부가 가자 나도 장군의 마부 곁으로 갔다. 마부는 나와 달리 익숙한 시선으로 근위병들을 바라보았다. 다른 파샤 마부들과 농담도 주고받았다. 문득 소외감이 느껴졌다. 근위병, 마부, 하렘의 흑인 노예, 베일을 쓴 여자 등 우리는 모두 파디샤의 노예였다. 그러나 우리는 서로의 삶에서 이방인이었다. 숲에 나란히 서 있지만 서로에게 아무 말 않는 나무들처럼 이방인이었다.

궁정에서 가져와 마부들에게 나눠 준 음식을 먹은 지 이틀이 되었다. 시야부쉬 장군에게서는 아무 소식도 없었다. 마차 안에 앉아 있는 것에 싫증이 났다. 마부는 나보다 나았다. 다른 마부들에게 가기도 하고, 말들을 먹이기도 하고, 내가 모르는 언어로 근위병들과 이야기를 나누기도 했다. 갑자기 궁금해졌다.

"어떤 언어로 이야기하는 겁니까?"

내가 물었다.

그는 얼굴도 쳐다보지 않고 대답했다.

"대부분 보스니아 말이죠."

내가 원한 대답이 아니었다. 당황스러워서 입을 다물었다. 마부는 그러거나 말거나 신경 쓰지 않고 말을 이어 갔다.

"장군은 이렇게 늦으신 적이 없어요. 소식을 전하거나, 정오가 되면 오곤 하셨죠."

마부의 말이 끝나기를 기다렸다는 듯이 궁정에서 근위병이 나와 우리 쪽으로 왔다. 그는 시야부쉬 장군의 마부임을 확인한 후에, 서찰을 건네고 저택으로 돌아가라고 했다. 마부가 다시 내게 서찰을 건네고 서둘러 말의 먹이 주머니를 집어 고삐에 걸었다. 자리에 앉을 때 그가 말했다.

"제이넵 부인께 서찰을 드리시오. 웬만하면 읽고 우리에게도 무슨 일인지 좀 알려 주시오."

나는 죄의식을 느끼면서도 겹겹의 서찰을 열어 읽었다.

"쉰듸스 제이넵 부인께. 나는 다븟 장군의 겨울 별장으로 가오. 열흘 정도면 준비를 마칠 것이오. 부인도 저택에서 떠날 준비를 마치고 내가 소식을 전할 때까지 기다리시오. 시야부쉬."

정말로 멋진 장군의 필체였다. 부인도 다른 이들도 그의 필체를 알 것이다.

날이 거의 저물어서야 저택에 도착했다. 큰부인에게 서찰을 전했다. 부인이 서찰을 읽으며 슬퍼할 것이라 생각했지만 병들고 흐린 시선이 반짝반짝 빛났다.

"말인즉슨 여행이 가까워졌군. 자, 모두들 일자리로! 내일부터 무거운 물건들을 가져가라고 판매상에게 기별을 넣어라."

그녀는 이렇게 말하고, 집사 보조직에게 집사 일을 시켰다.

큰부인은 새삼 힘이 나는 것 같았다. 모두들 각자 맡은 일을 하고 있었다. 하지만 누르하얄이 보이지 않았다. 그리고 방에는 이상한 침묵이 흐르고 있었다.

쉰뒤스 부인에게 허락을 받고 사냥개 우리로 갔다. 저녁의 얼룩덜룩한 어둠 속에서 사료를 식혀 사냥개들의 우리 안에 있는 먹이통에 나눠 준 후에야 옷을 갈아입지 않은 것을 알아차렸다. 나의 멍청함에 처음에는 화가 났다. 정신을 차렸을 때, 문득 아침에 보았던 집사 보조의 시체가 떠올랐다. 그러자 두려움에 뒤덮여 혀가 오그라든 것처럼 입을 다물었고 저택을 향해 뛰기 시작했다. 시체가 뒤에서 쫓아오는 것 같았다. 허리의 단도에 손을 뻗쳤을 때도 너무 두려운 나머지 꼼짝달싹할 수 없었다. 좁은 창문이 있는 방에 들어와서 보니, 흠뻑 젖어 있었다. 찬물로 세수하고 나서 개방된 주방으로 나 있는 길을 갔다. 그곳에는 한두 명의 요리사 보조 외에 아무도 없었다.

"쉐브캇 우스타는 어디 계시지?"

솥에 수프를 채워 넣는 젊은 남자에게 물었다

"검시관들이 데려갔답니다."

그가 서툰 터키 어로 말했다.

수프 쟁반을 들고 긴 나무 테이블 옆에 가 앉을 때까지 아무것도 생각할 수 없었다. 수프를 한 입 먹고 뜨거움을 확인하자 모든 감각 기관이 작동하기 시작했다. 그러자 머리에 뜨거운 물이 쏟아진 것 같았다. 나무 수저를 든 채 우두커니 있었다. 얼굴에 땀이 흘렀다. 샘으로 달려가 머리에 물을 끼얹은 후에 다시 돌아왔다. 수프를 마저 먹고 정원으로 갔다. 정원은 일찍부터 어둠에 묻혔다. 어둠은 목이 잘린 시체들을 상기시켰다. 다시 끔찍한 두려움에 휩싸였고, 방으로 달려갔다. 침대에 눕고 싶었다. 누울 수 없었다. 어젯밤 왔던 이들이 다시 들어올 것 같았다. 아니면 손에 총을 든 검시관들이 들이닥칠 것 같았다. 문과 창문을 단단히 잠그는 것 말고는 달리 할 일이 없었다. 두려움을 이기려고 하는데, 부대로 돌아간다면 나는 어떻게 될까 하는 생각이 들었다. 이번에는 또 다른 두려움에 휩싸였다. 누르하얄과 잔 것을 모두 알게 될 것이다. 수십 년 인생이 이렇게 끝나는구나 싶어 안절부절못하는데, 누군가 방문을 발로 세게 찼다. 피가 거꾸로 솟는 것 같았다. 혈관이 터질 것 같았다. 단검을 꽉 쥐었다.

"누구요?"

한숨 섞인 목소리로 물었다.

아무 소리도 들리지 않았다. 두려움이 한층 커졌다. 한 손에는 단검을, 다른 손에는 검을 쥔 채 문이 열리기를 기다렸다. 더는 발길질을 하지도, 문이 열리지도 않았다. '가장 좋은 방어가 공격이다.'라고 생각하며 마을을 다잡았다. 문을 여니 집사 임무를 맡은 내 또래 남자가 모르는 남자 둘과 함께 방문 앞에 서 있었다. 검을 휘두를 뻔했다. 그때 남자가 내 옆으로 한 발자국 내디뎠다.

"정신 차리세요. 쉰뒤스 부인이 부르십니다."

노크할 줄 모르다니 도대체 뭐하는 사람들인가. 마음을 추스르려 애쓰며 말했다.

"잠시 기다리시오."

안으로 들어가 단검을 품에 숨겼다. 윗옷을 걸치고 캘팩을 쓴 후에 방을 나섰다. 또다시 모든 것이 낯설어졌다. 송곳 위를 걷는 것 같았다. 그들이 앞서고 나는 뒤를 따라 저택으로 들어갔다. 누르하얄을 포함한 저택 사람들이 모두 살롱에 있었다. 누르하얄은 앞을 바라보고 있었다. 내가 들어오는 것도 신경 쓰지 않았다. 저택 문이 닫혔다. 웬일인지 쉰뒤스 부인이 활기찬 목소리로 말했다.

"파디샤도 파샤들도 기다려 왔어요. 예니체리들에겐 전쟁이 필요해요. 그렇지 않으면 그만두지 않을 거예요. 장군에게 방금 또 소식이 왔어요. 다붓 장군 겨울 별장에 머문답니다. 언제 움직일 것인지 이틀 내에 알려 준답니다. 이틀 안에 준비를 모두 마쳐야 해요. 모두 우리와 같이 가길 원한다는 것을 알아요. 하지만 불가능해요. 우리가 가는 곳에서 무엇을 할지 모르기 때문이에요. 우리는 불편하더라도 모두 이곳에 놓고 가기로 결정했어요. 우리가 갈 길은 매우 멀고, 어떤 일이 닥칠지 몰라요. 그래서 가장 좋은 것은 각자 자기가 온 곳으로 돌아가는 것이……."

쉰뒤스 부인의 마지막 문장은 우리에게 각각 다른 불행의 원인이 되었다. 젊디젊은 첩들의 한숨과 젊은 근위병들의 짧은 한숨이 들렸다. 큰부인은 목소리를 높이지 않고 계속했다.

"포도주 양조 업무를 보는 사람들과 근위병들은 저택에 남으세요. 오스만 제국이 저택을 그냥 두지 않을 거예요. 우리 이후에 올 사람들에게 당신들이 필요할 거예요. 첩들 중 두 명은 내 곁에 둘 거예요. 나머지는 데려온 곳에 다시 돌려보낼 거예요. 빌랄, 장군이 당신에게 따로 말할 거예요."

큰부인은 말을 마치고 방으로 갔다. 나는 오늘 아침까지 거대한 저택이 장군의 것인 줄 알았다. 지금은 이곳의 모든 것이 파디샤의 것임을 알게 되었다. 그가 원하면 누구든 이곳에 머물 수 있었다. 스스로 매우 기괴하게 느끼던 순간, 콧수염을 꼬며 돌아다니던 집사가 생각났다. 어제저녁에는 그도 나처럼 생생했다. 지금은 흙에 덮여 누워 있다. 집사를 생각하며 저택의 대문 앞에 서 있을 때, 등 뒤에서 허리에 착착 감기는 누르하얄의 목소리가 들려왔다.

87

하루 종일 잎의 색깔이 바뀌는 나무들이 있는, 석류 속처럼 빨갛게 보이는 계곡은 저녁때만 되면 매우 추웠다. 가볍게 불어온 바람이 제밀의 단춧구멍까지 파고들었다. 추위를 막으려고 큰 바위를 방패 삼아, 말의 엉덩이에 있는 얇은 양탄자를 등에 둘렀다. 계곡에서 불어오는 찬 바람이 남쪽 울가르에서 오는 것인지, 북동쪽 카프카스에서 오는 것인지 궁금했다. 손으로 짐작해 보려 했으나 바람은 바위에 부딪혀 방향을 바꾸었기 때문에 알 수 없었다. 제밀은 말없이 앉아서 가끔 자기에게 오는 수하들을 생각했다. 그들은 구두 굽을 부딪치면서 '대장님' 혹은 '도련님'이라고 불렀다. 그는 여전히 자신을 대장이라고도 도련님이라고도 생각하지 않았다. 태양이 카프카스 뒤쪽에서 지평선을 보랏빛으로 물들일 때쯤 휘스뉘와 이브라힘 함자가 왔다. 휘스뉘가 말했다.

"도련님, 마지막으로 상황을 살펴보고 성으로 들어가기 위해 명령을 기다리고 있습니다. 지금으로서는 도적들이 성안에 있는 것으로 여겨집니다. 이브라힘 함자의 수하들이 성문에 도착할 때 어떤 남자가 숲에서 나와 성으로 접근하는 것을 보았답니다. 이브라힘 함자 쪽 사람들을 본 남자들은 다시 숲으로 돌아갔습니다. 그들이 산에 있는 사람들에게 상황을 알려 주려고 갔다면 우리에게 시간이 많지 않다는 뜻입니다. 즉시 성으로 들어가 쓸어 버려야 합니다. 산에 있는 사람들이 공격한다면 양쪽에서 공격받게 됩니다."

제밀이 물었다.

"성문이 닫혔는데 안으로 어떻게 들어가죠?"

"어젯밤에 우리 쪽 사람들이 들어갈 곳을 보아 두었습니다. 성이 매우 낡았기 때문에 벽에 커다란 틈이 있지요. 그곳에 숨어서 안으로 들어가려고 준비하고 있습니다. 짐작했던 것보다 도적들이 훨씬 많은 것 같아서 도련님 이름으로 아타벡 하툰에게 전갈을 보냈습니다. 얼마든지 원조해 주겠다고 했습니다."

"그럼 알아서 하시오."

"도련님, 우리 쪽에서 소식이 오기 전에는 이곳을 떠나지 마십시오."

말을 마치고 이브라힘 함자는 말 쪽으로 걸어갔다.

휘스뉘와 이브라힘 함자의 말은 걷는 것조차 힘든 언덕길을 날개라도 달린 듯 가볍게 달려갔다. 그들이 시야에서 사라지고 얼마 안 가서 성안은 난리가 난 것 같았다. 포가 터지고 비명 소리가 들렸다. 굳게 닫혀 있던 성문이 열렸다. 그 순간 제밀은 알 수 없는 허전함을 느꼈다. 마치 어둠의 구렁텅이로 떨어진 것 같았다.

그 어둠 속 공간에서, 반짝반짝 빛나는 두 눈이 그를 바라보고 있었다. "그곳에 누가 있소?"라고 물었다. 어둠을 깨며 대답해 왔다. "나는 이 성의 주인 사카 사령관 세르추요. 그 어둠 속에서 보이는 눈이 내 눈이었소." 뒤에 있는 군사들과 성문에서 나갈 것처럼 서 있었다. 로마 사령관들과도, 오스만 제국의 피 묻은 칼을 찬 예니체리와도 닮지 않았다. 가까워질수록 동그란 볼의 얼굴이 잘 보였다. 앙상한 손에는 긴 창이 있었고 눈을 이리저리 굴리고 있었다. 세련된 가죽조끼와 갑옷 때문인지 그는 무척 강해 보였다. 빛나는 노란색 머리칼은 태양에서 빛을 얻어 온 것 같았다. 세르추의 걸음걸이를 바라보던 제밀은 추위 때문에 흐르는 눈물을 닦았다. 사카 사령관은 쉬지 않고 그를 향해 달려왔다. 말의 사정이야 어떻든 그는 바위, 언덕, 비탈길을 쉬지 않고 달려왔다. 사카 사령관이 바짝 다가오자 그는 전혀 사용할 생각이 없었던 총칼을 손에 잡고 서 있었다. '조금 더 가까이 오면 도루를 타고 도망가야지.' 제밀이 유일하게 믿는 것이 도루였다. 사카 사령관이 꽤 가까이 다가와 제밀에게 창을 겨누자 제밀은 도루에 올라탔다. 그러나 도루는 그 자리에서 꼼짝하지 않았다. 도루에서 내려 몸을 숨길까 생각하는데, 사카 사령관이 탄 말이 뒷발로 일어섰다. 그는 팔을 활처럼 위로 올렸다. 숨을 참고 보기만 하다가 그때까지도 서 있기만 하는 도루를 보고 웃음을 터뜨렸다. 도루도 사카 사령관을 보고 웃었다. 제밀이 중얼거렸다. "신이시여, 내가 미친 겁니까, 아니면 사카 사령관이 나를 죽였는데 영혼이 어둠의 세계에서 나와 놀이를 하고 있는 겁니까?" 제밀은 도루와 사카 사령관을 번갈아 바라보았다. 도루는 웃음을 그치고, 뒷발로 섰던 말을 분노에 차 바라보았다. 제밀이 말의 머리를 쓰다듬자, 도루가 제밀의 손을 머리로 쳐 밀었다. 그는 당황하여 도루를 바라보았다. 도루는 땅이 꺼져라 울음소리를 낸 후에 뒷발로 일어섰던 사카 사령관의 말을 가슴으로 쳤다. 둔탁한 소리와 함께 말과 사령관이 아래쪽으로 굴러 떨어졌다. 그들이 꽃으로 뒤덮인 곳으로 사라지자 제밀은 정신을 차렸다. 도루는 옆에 서서 머리를 가볍게 흔들고 있었다. 제밀의 옆에 있던 경비병이 말했다.

"도런님, 신호가 왔습니다. 성에서 저희를 부릅니다."

이렇게 용감한 사람들에 비하면 제밀은 아무것도 모르는 호족에 불과한데도 그들의 지휘관 역할을 하고 있는 자신이 신기했다. 다시 한 번 호족도 지휘관도 되지 않겠다고 마음먹었다. '내가 원했던 것은 카라자오울루 같은 삶이다. 그처럼 산으로 가서 늑대와 새들과 딸들과 며느리에게 애정을 주는 것보다 더 아름다운 삶이 있을까? 아시아가 곁에 있는데 이곳에서 무엇을 찾고 있는가?'

제밀은 순간적으로 생각에 깊이 빠져서 허둥지둥했다. 당황스런 순간 어떻게 정신을 차렸는지 말에 올라탔다. 도루는 우뚝한 언덕을 알아서 올라갔다. 제밀은 말 위에 힘겹게 앉아 있었다. 잠시 후 성문에 이르렀을 때 휘스뉘와 이브라힘 함자가 보였다. 휘스뉘가 소리쳤다.

"도런님, 놈들을 붙잡았습니다. 두목은 없었지만, 이곳에 있던 놈들을 일망타진하여 팔을 묶어 두었습니다. 놈들 말로는 도적 대부분이 숲에 있다고 합니다. 그놈들도 포스코프로부터 소식을 기다리고 있다고 합니다. 공격하려고요. 그들의 방향은 그루지야 영토와 아자라가 맞다고 합니다. 몇 놈 죽여야 합니다. 놈들이 사람들을 쏘기 시작했습니다. 우리도 두 명을 잃었습니다."

제밀은 자기 사람들과 적들의 시체 사이를 지나갔다. 젊은이와 노인들이 누워 있는 것을 보니 심란해졌다. 속이 울렁거렸다. 흥분되었다. 울고 싶었다. 그때 시체 사이에서 여성의 시체를 보았다.

"이들 가운데 여성도 있었나?"

그가 물었다.

"네, 도련님. 저격병인 여성들입니다."

휘스뉘가 말했다.

제밀은 한순간 할 말을 잃었다. 이브라힘 함자가 설명했다.

"도련님, 그루지야 여성들은 남성들보다 강인합니다. 여성들이 '저희도 동참하겠어요.'라고 말하면, 남성들은 쉽게 거절하지 못합니다. 소문에 의하면, 숲 속에 있는 놈들 사이에 마에서 붙잡아 온 여성들도 있다고 합니다."

"모두를 아타벡 사람들에게 양도하는 게 좋을 것 같소. 우리는 그들과 접촉하지 맙시다."

제밀이 이렇게 말하고 도루 쪽으로 가려는데 이브라힘 함자가 앞을 막았다.

"도련님, 이들을 잘 아는 몇 놈을 남겨 둬야 합니다. 다른 이들은 아타벡 사람들에게 양도하겠습니다. 그들이 마을 사람들은 마을 사람들에게, 도적은 아흐스카로 데려갈 것입니다."

제밀은 어찌나 의기소침해졌는지, 아무 말도 하고 싶지 않았다. 그러나 수하들이 대답을 기다리고 있었다.

"그렇다면 일을 끝내시오. 즉시 길을 떠납시다. 다른 이들은 살려 주고 여기서 떠납시다."

제밀은 성안을 돌아보고 어떻게 만들어졌는지 알고 싶었으나, 지금은 쳐다보기도 싫었다. 시체들, 원치 않는 일을 해야 할 사람들, 또 한편으로 모든 고통의 원인에는 그들이 있었다.

갑자기 소란스러워졌다. 코로 숨을 내쉬던 므스티의 쿠마르가 옆에 섰다.

"도련님, 도적들이 성을 둘러쌌습니다."

므스티가 말에서 내리면서 말했다.

"모두 각자 위치로!"

제밀은 자신도 알 수 없는 목소리로 명령했다.

휘스뉘가 말했다.

"자! 이브라힘 함자, 자네가 수하를 데리고 포스코프에 남은 폭파 장치를 즉시 성으로 가져가게. 폭파 장치를 이곳에 설치하지 않는다면 우리 모두 죽이고 말 거야."

88

침대에 올라오니 이런저런 생각들이 머릿속을 어지럽혔다. 어젯밤 이후로 몇 년이 흐른 것 같았다. 내 인생을 조종한 시간이 있었는데 그 시간도 내 손에서 날아가 버렸다는 것을 알아차렸다. 지금껏 뭔가를 기다리며 살았다. 그러나 몇 시간 전에 내 모든 기대가 공중분해되어 시간 속에 섞여 버렸다는 것을 알게 되었다. 마음속의 세상에 존재하는 가장 큰 동굴보다도 큰, 금방이라도 그곳에 빠져 자신을 잃어버릴 것 같은 공간이 생겨 버렸다. 그리고 평생 잊을 수 없었던 푸른 바다처럼 물결치는 밀밭 옆에 무릎을 꿇고 내게 손을 흔들던 어머니의 모습과 누르하얄이 있었다.

누르하얄이 내 인생에 들어오지 않았다면 애정과 성욕이 무엇인지 깨닫지 못했을 것이다. 내 인생의 크기를 알지 못했을 것이다. 이제 사건의 심연에 지치게 하지 않아야 한다. 어쩌면 나를 가르쳤던 이들은 나로 하여금 진정한 노예가 되도록 요구하고 있었다. 홀로 있을 때 두 발로 혼자 일어서는 법을 가르쳐 주지 않았다. 이것은 스스로 배워야 했다. 어떤 것들은 내 인생이 스스로 흘러가는 가운데 터득된 것이었다. 죽음은 집사의 그것처럼 영구히 계속되는 이별을 향해 있었다.

집사를 떠올리자 또다시 감성적이 되었다. 살아 있을 때는 매 순간 서로를 단검으로 찌를 것같이 노려보았건만 이 순간만은 그를 위해 눈물을 흘렸다. 땅속에 묻힌 몸은 은으로 덮인 단검을 꺼낼 수도, 밤마다 보드라운 침대에 누울 수도 없었다.

베개에 머리를 뉘고 눈을 감으니 콧수염이 있던 발칸 집사와 드문드문 턱수염이 났던 쉐브캇 우스타의 얼굴이 떠올랐다. 가끔 둘 중 하나가 눈앞에 있거나 다른 이가 서 있었다. 장소가 수시로 바뀌었다. 둘 다 손에 큰 지팡이를 들고 나무 사이로 돌아서 있었다. 나란히 달빛 아래 나오기도 하고, 한 사람이 먼저, 한 사람이 나중에 나무 그늘로 들어가기도 하고, 가끔 서로를 향해 급히 움직이고 다시 뒤로 물러서기도 하면서 상대를 지켜보며 나무 사이에서 돌고 있었다. 나는 새들의 지저귐 속에서 나무 뒤에 숨어 있었다. 몇 시간째 기도를 하고 있었다. 한 명이 앞지를 것을 예측하면 다른 이가 이길 것이었지만, 도대체 예측할 수 없었기 때문에 움직이질 않고 신중히 있었다. 바람 소리가 갑자기 새의 울음소리로 바뀌었고 그 소리 가운데 둘의 몸이 부딪쳤다. 무거운 몸이 내는 무딘 살 소리와 함께 짙은 어둠 속에 묻혔다. 조심스럽게 살펴보았지만 어둠 속에서 무엇을 했는지 가려낼 수 없었다. 왜냐하면 어둠은 갈수록 짙어지고 커졌으니까 말이다. 어둠이 어찌나 커졌는지 나는 두렵기까지 했다. 그 어둠 속에서 사라질 것을 생각하고 있었다. 그 순간 튀어 오르면서 잠에서 깼다. 악몽은 몇 시간 동안이나 반복되며 이어졌다. 이상한 점은 악몽에서 깨어났음에도 그를 다시 보려고 잠에 빠지길 원했다는 것이다. 마지막으로 깨어나 담요를 덮었을 때, 양모 속옷이 땀으로 흠뻑 젖었다는 것을 알아차렸다. 침대에서 일어나 젖은 속옷을 갈아입을 힘이 없었다. 소금기 있는 땀이 안에서 융해되는 것 같았다. 땅속에 묻힌 집사의 몸에 내 몸이 녹는 것 같았다. 그렇게 지독한 피로에 누워 있을 때 방문을 두드리는 소리가 났다. 시간이 얼마나 되었는지 가늠할 수 없었다. 피곤에 지친 목소리로 물었다.

"누구십니까?"

대답하지 않자 무서웠다. 문을 열까 말까 망설였다. 그때 단검이 생각났다. 베개 밑에서 단검을 꺼냈다. 손에 단검을 쥐고 문 쪽으로 걸어갔다. 먼저 손잡이로 손을 뻗었다. 그러나 '어젯밤에 왔던 상사나 예니체리일지도 몰라.'라는 생각이 들어 즉시 손을 뒤로 뺐다. 밖에서 다시 부드럽게 문을 두드렸고, 나는 용기를 내어 손잡이를 돌렸다. 문이 자연스럽게 열렸다. 그때 생각났다. 자기 전에 빗장을 걸지 않았던 것이다. 한 손으로 문을 밀었을 때 램프의 불빛이 눈에 들어왔다. 조금 전 꿈속에서 어둠 속으로 떨어졌다고 여겼을 때, 램프를 쥐고 있는 손의 한 손가락이 나를 쓰다듬어 가슴 쪽으로 뻗쳐 왔다. 손가락이 내 가슴에 닿자마자 몸이 덜덜 떨렸다. 손에 있던 단검을 바닥에 떨어뜨렸다. 가슴에 닿은 손가락이 나를 밀어 뒷걸음질 쳤다. 침대 위에 홀러덩 넘어져 꺽꺽거리며 울기 시작했다. 보드라운 손이 나를 쓰다듬어 정신을 차렸을 때에야 말소리가 들렸다.

"무슨 일이에요, 빌랄. 왜 우는 거예요? 자, 정신을 차리세요. 집사의 죽음을 슬퍼하는 거라면 그러지 마세요. 그는 살 만큼 살았어요. 나쁜 일도 할 만큼 했기 때문에 죽은 거예요."

익숙한 목소리였다. 가까이서 나는 소리였다. 목소리의 주인 팔이 어찌나 길고, 손이 어찌나 크고, 손가락이 어찌나 굵었는지! 머리의 크기가 벽의 절반을 뒤덮고, 몸은 낙타의 몸처럼 거대했다. 나는 그를 바라보며 오로지 울고 있었다. 그가 갑자기 큰 손을 뻗어 내 얼굴을 감쌌다.

"제 그늘을 보려고 고개를 돌리지 말고 제 진짜 얼굴을 봐요. 더는 두려워할 필요 없어요. 당신을 쫓는 집사도, 당신을 벌줄 파샤도 저택에 없어요. 집사 일을 보는 남자도 쉰뒤스 부인께서 노예상에게 보냈어요. 아침이 되면 노예상이 올 거예요. 그가 오면, 당신도 제 얼굴을 볼 수 없고, 저도 당신의 얼굴을 볼 수 없을 거예요. 저택에서 당신도 저도 마지막 밤이에요. 제 마음이 당신을 원해서 왔어요. 자, 울음을 그쳐요. 땀 냄새 나는 몸을 씻고 오세요."

89

　제밀과 아타벡 사람들, 힘 하낙에서 온 유수프 성주의 기마병들이 메라성에서 진을 치고 있을 때, 이브라힘 함자는 선발된 사람들을 데리고 성 북쪽 문을 나가 포스코프 쪽으로 갔다. 성 주변에서 원형 대형을 쉬지 않고 좁혀 오던 도적들은 그들이 나갔다는 것을 나중에야 알게 되었다. 그들은 성안에 있던 사람들이 도망갔다고 생각했는지 갑자기 혼란에 빠졌다. 대부분 초소를 포기하고 이브라힘 함자와 수하들의 뒤를 쫓기 시작했다. 그들을 추격하지 않는 사람들은 삼삼오오 어수선하게 성쪽으로 달리기 시작했다. 제밀은 초소 성벽에 있는 구멍으로 그들을 지켜보았다. 옆에 있는 아타벡 사람들도 적은 수이기는 했지만 총알이 빗나가지 않았다. 그때 성안에서 묶여 있던 도적들 중 셋이 어떻게 했는지 매듭을 풀고 가까이에 등을 돌리고 있는 휘스뉘의 목에 올라탔다. 휘스뉘는 놀라고 당황했다. 도적들은 휘스뉘를 눕혀 제압한 후 팔과 발을 누르고 있었다. 도적들 중 하나가 성벽에서 떨어진 큰 돌을 잡아채는 것처럼 공중으로 들어 올렸다. 그가 휘스뉘의 머리로 내려치려는 순간, 총소리와 함께 비틀거리며 엎어졌다. 휘스뉘가 정신을 차리고 팔을 누르고 있던 남자들 몸에서 벗어나려고 할 때, 도적 하나가 벨트에 걸려 있던 양날의 날카로운 단검을 꺼냈다. 단검 끝이 가슴에 닿으려 할 때, 총소리와 함께 도적의 머리가 휘스뉘 쪽으로 떨어졌다. 숨도 못 쉬고 그들을 바라보고 있던 제밀은 얼굴을 찌푸렸다. 머리 조각 때문에 그는 반짝 정신이 들었다. 얼굴에 달라붙은 머리 조각을 떼어 내는데 두려움이 몰려왔다. 머리를 두어 번 흔들고 나서, 총알이 어디서 날아오는지 살피려고 주변을 돌아보았다. 그때 휘스뉘가 팔을 누르고 있던 남자를 잽싸게 밀쳐내고 그를 땅에 뉘었다. 조금 전 머리가 떨어진 남자가 손에 꽉 쥐고 있던 단검으로 땅에 누워 있는 남자의 목덜미를 그었다. 한 마리 닭처럼 몸부림치는 남자를 보고 있던 제밀은 쪼그리고 앉아 구역질을 하기 시작했다. 휘스뉘가 일어날 때쯤 므스티가 다가왔다.

"마지막 순간을 기다렸나? 물어보고 싶더군. 조금만 더 늦었더라면⋯⋯."

휘스뉘가 화를 내면서 말했다.

"물어볼 여유는 있었나 보지?"

므스티는 태평스런 목소리로 대답하였다.

제밀은 아직도 놀라움을 떨치지 못한 듯이 입을 훔친 후에 성곽 구멍으로 성 밖을 내다보았다. 이브라힘 함자와 수하들이 탄약을 실은 가축들을 데리고 포스코프를 떠나는 것이 보였다. 메라성은 언덕 위 사방을 볼 수 있는 고원 위에 세워졌기 때문에 제밀은 성안에서 포스코프의 집들이 끝나는 곳부터 시작되는 지점, 언덕에 있는 과수원, 도도하게 흐르는 강물, 사격과 함께 도적들 무리가 도망가 숨은 맞은편 언덕, 그 옆에 있는 숲, 숲의 첫 번째 나무들 뒤에 자리 잡은 도적들까지 전부 다 볼 수 있었다.

정원 사이에서 강으로 다가간 이브라힘 함자는 탄약을 실은 가축들을 보호하며 일행을 두 그룹으로 나누었다. 그들이 강에 가까워지자, 성안에 있는 사람들은 그들이 다치지 않도록 도둑 무리가 자리 잡은 빽빽하게 나무가 우거진 숲 쪽으로 발포를 시작했다. 쉬지 않고 발포하자 휘스뉘가 얼굴이 굳은 채 제밀에게 왔다. 사람들이 명령을 받지 않고 발포한 것을 설명하고 싶었던 것이다.

"도적들이 혼란스러워할 때 타격을 입히려고 발포했습니다. 그들이 성에 도달하자마자 저희 중 몇몇은 도적들의 근거지 쪽으로 움직이겠습니다."

"그러지. 알았네."

휘스뉘가 조금 전에 자리 잡았던 벽 뒤쪽으로 가니 대포알이 장착되어 있었다. 제밀은 쓸쓸한 미소를 지었다. '총알을 한 발도 쏘지 않았지만 나는 그들의 지휘관이다.'라고 자신을 위로했다. 이브라힘 함자와 수하들이 탄약을 실은 가축들을 데리고 조금 전 나갔던 북쪽 문을 통해 성안으로 들어왔다. 이브라힘 함자는 제밀 앞으로 와서 굽을 맞부딪치며 보고했다.

"저희 쪽 손실은 전혀 없습니다, 도련님. 길을 떠나기 전에 포스코프에서 아타벡 사람들에게 상황을 알리기 위해 사람들을 보냈습니다. 그들이 숲에서 도적들을 포위할 때까지 기다리죠. 저희가 앞쪽에서 발포하고 그들이 뒤에서 죄어 온다면, 도적들이 도망갈 곳은 없을 것입니다. 도망친 놈들은 서쪽으로 갈 게 분명한데, 그쪽에서는 유수프가 진을 치고 있습니다. 그 후에는 잡기가 어렵습니다. 그러나 자기들이 데려갈 수 없다고 생각되면 데리고 있는 가축과 사람들을 전부 죽일지도 모릅니다."

이브라힘 함자가 한 마지막 말 때문에 제밀은 섬뜩했다.

"가축들을 진짜로 죽인단 말이오?"

그가 물었다.

그때까지 옆에서 말없이 있던 휘스뉘가 나서서 대답했다.

"도련님, 저놈들의 인간애란 자기가 죽는다는 것과 약탈품을 잃게 된다는 것을 알게 되기 전까지입니다."

이 말을 들은 제밀의 손과 발이 떨렸다. 앞쪽 가축의 주검을 바라보았다. 갑자기 신경이 마비되는 것 같았다.

"붙잡은 도적들에게 기회를 주지 말게. 조금이라도 움직이며 그들을 뒤쫓아야겠어. 가축들을 죽일 시간을 없애야겠군."

그는 격앙된 목소리로 말했다.

휘스뉘는 제밀의 반응이 조금 놀라웠다.

"도련님, 물론 뒤를 쫓아서 기회를 주지 않아야겠지요. 그렇다고 죽음의 두려움에서 벗어나게 될까요? 놈들이 무엇을 할지는 예측할 수 없습니다."

그는 말을 마치고 메쉐아르다한에서 온 사람들에게 갔다.

이브라힘 함자도 자기 부하들 곁으로 가더니, 성 맞은편 언덕 나무가 빽빽이 우거진 곳에 폭우처럼 총을 쏘았다. 웬일인지 우거진 나무 사이에서 단 한 발도 소리가 나지 않았다.

"이미 도망갔나 보군." 제밀은 중얼거렸다. 반대편 언덕에 아타벡 사람들이 보였다. 그들은 언덕에서도 평평한 평원에서처럼 말을 몰았다. 말들도 아침 무렵 꿈을 꾼 사카 지휘관의 말처럼 산 넘고 물 건너 길을 가고 있었다. 그들은 나무가 빽빽이 우거진 언덕까지 서로 경쟁하듯 말을 몰았다. 숲에 가까워지자 우뚝 말을 세웠다. 그중 말을 탄 세 명이 떨어져 나와 성 쪽으로 왔다. 이브라힘 함자와 부하들은 성안에서 붙잡은 도적들과 무리를 이미 그들에게 동참한 아타벡 사람들에게 양도했다. 제밀은 짧은 서신을 써서, 상황에 취약한 아타벡에게 알렸다. 아타벡의 명령을 받고 온 남자 세 명에게 상황을 설명하고 초소로 다시 보냈다. 그리고 메라성에 남아 있는 수하들과 함께 메라 마을 쪽으로 길을 나섰다. 아타벡에서 새로 온 남자들은 휘스뉘의 수하들과 함께 선봉으로 숲 쪽을 향해 말을 몰았다. 이브라힘 함자와 제밀은 마을 쪽으로 길을 잡았다.

정오가 지났음에도 아무도 밥을 먹으려 하지 않았다. 다른 때 같으면 이 시간까지 최소한 세 끼는 먹었을 것이다. "피를 보더니 식욕도 사라졌나 보군." 제밀은 중얼거렸다. 집이 몇 채 있는 메라 마을에 이르렀을 때, 도적들 중 뒤에 남은 부상자들과 마주쳤다. 대부분 중상을 입었고 제밀의 수하들이 자신들을 죽여 주길 원하고 있었다. 제밀이 그들을 동정하는 눈빛으로 바라보자 이브라힘 함자는 양심의 가책을 느낀다는 듯이 말했다.

"도련님, 시간이 없습니다. 저희는 할 일이 있어요."

"그럼 이들은 어떻게 되는 것이오?"

이브라힘 함자는 입을 삐죽거리며 휘파람 같은 목소리로 대답했다.

"나을 사람은 알아서 낫겠지요. 회복하지 못한 사람은 어둠이 내리면 자칼들이 도와줄 거고요."

90

잠에서 깨어나니 동이 트고 있었다. 누르하얄은 그때까지 내 옆에 누워 있었다. 침대에서 뒤척거린 탓에 그녀가 눈을 떴다. 그녀는 조그마한 창문을 통해 들어오는 햇살을 바라보았다.

"두려워 말아요. 나를 찾지 않는 걸 보면 아직 노예상이 오지 않은 거예요. 어쩌면 제게도 당신에게도 저택에서 보내는 마지막 날이 될 거예요."

그녀는 멈칫하더니 큰 눈을 천천히 돌렸다. 몸을 덮고 있던 얇은 담요를 허리까지 내렸다. 갈색 젖꼭지와 풍만한 가슴이 드러났다. 그녀는 두 팔을 벌리고 애원하는 눈빛으로 나를 바라보았다.

"자요, 우리에겐 마지막으로 떠오른 태양이에요. 사랑을 나눠요."

그녀가 말했다.

불안해하며 나를 부르는 사냥개의 울음소리가 들릴 것 같았다. 그러나 세상일은 잊어버리고 누르하얄의 도톰한 입술에 키스했다. 털로 뒤덮인 내 가슴을 크고 보드라운 그녀의 가슴이 가볍게 눌렀다. 한참 동안 서로를 애무하고 우리는 환희의 절정에 이르렀다. 누르하얄은 또 다른 누르하얄이었다. 탐스러운 엉덩이가 거칠게 움직일 때마다 나를 더욱 안으로 끌어당겼다.

지칠 줄 모르던 우리의 몸이 사랑의 환희에서 시나브로 벗어날 즈음 복도 문을 여닫는 소리가 들려왔다. 조금 전 활활 타오르던 우리 몸도 문소리와 함께 순식간에 싸늘히 식어 버렸다. 누르하얄이 일어났다. 그녀는 나체의 옛 여신처럼 내 앞에 섰다.

"오늘 우리에게 무슨 일이 벌어질지 아무도 몰라요. 쉰뒤스 부인이 저를 희생시킨다면, 이따가 노예상 마차에 실려 떠나겠지요. 오늘 밤 노예상 집에서 머문 후에 내일은 다른 저택의 하인으로 보내지겠지요. 탈출구가 하나 있어요. 무슬림 신자가 되어 결혼하는 거예요. 당신 때문에 무슬림이 되는 것을 생각했었지요. 그런데 당신이 예니체리인 것을 알고 가능성이 없단 것을 알았어요. 당신은 아마도 부대를 포기하지 못하실 거예요. 저를 위해서 말예요. 당신이 포기한다고 해도 부대에 있는 사람들이 당신을 포기하지 않겠지요. 제가 알고 있는 바에 의하면 그래요. 우리 둘은 떨어져 살 수 없어요. 그렇다 한들 지금 이런 생각을 하면 무엇하겠어요? 자! 일어나 옷 입으세요. 방에서 함께 나가요. 어쨌든 마지막 시간이에요. 누가 본다고 해도 뭐라고 할 시간도 없어요."

그녀는 계속 말했지만 나는 아무것도 생각할 수 없었다. 그녀는 사랑을 나눌 때만큼이나 말도 많았다. 그녀의 목소리를 들을수록 그녀의 품 안에 숨고 싶은 욕구도 커졌다. 머릿속이, 몸이, 그녀의 한 부분 같았다. 수천 년 동안 전해 내려오고 우리가 매번 따라 부르던 민요 속의 사랑이란 게 바로 이것임이 분명했다! 이것이 아니라면 무엇인가? 누르하얄이 내 팔을 잡고 일으키지 않으면 이 달콤한 사랑에서 깨어나지 못했을 것이다. 옷을 입고 복도 끝에 있는 문으로 나가 아침 햇살을 얼굴에 함께 맞이했을 때 저택 바깥문 옆에서 궁정 군인을 보았다. 그는 우리가 함께 있는 것을 보았고 우리는 순간적으로 당황했다. 그녀가 나보다 먼저 몸을 움직이며 말했다.

"장군이 오셨나 봐요!"

정신을 차리고 용기를 보이려 했다. 누르하얄의 팔을 의미심장하게 잡았다.

"장군이 벌을 백번 내린다 해도 이제 신경 쓰지 않아요. 부대만 아니라면 당신과 같이 가고 싶소. 하지만 부대 사람들이 나를 가만두지 않을 것이오. 당신을 오스마나가에게 데려다 주겠소. 병에 걸린 쉬마라나가 아직 죽지 않았으면 우리를 보호해 줄 것이오."

내가 말했다.

"포기하세요! 우리가 지옥에 가더라도 찾아낼 거예요. 그러지 말아요. 소용없는 일이에요. 헛수고하지 말아요. 당신과 아름다운 시간과 희열을 나누었으니 그것으로 만족해요. 서로의 기억을 아름다운 추억으로 간직해요. 자, 안녕히 계세요!"

"잘 가요."

나는 뒤에서 그녀를 바라보며 인사했다.

그녀가 저택 문 뒤로 사라지자 익숙한 발걸음으로 사냥개들의 우리 쪽으로 걸어갔다. "어쩌면 이렇게 된 것이 서로에게 더 좋을 거야. 우리가 사는 동안 서로를 열망하겠지. 그렇지 않으면 쥐처럼 구멍에서 지내다가 지쳐 떨어지겠지. 그들은 우리를 놓아주지 않을 것이고 우리는 두려움에서 평생 벗어나지 못할 것이야."

뒤쪽에서 들려오는 발소리에 돌아보는 순간 시야부숴 장군과 눈이 마주쳤다.

"이봐, 내가 보고 있었네만 안개 낀 날씨 때문에 도망치지 못한 늑대 신세로군. 여태껏 한 행동을 용서하게. 사냥개들을 우리에 넣고 준비하게. 마차가 자네를 부대에 데려다 줄 거야."

그가 말했다.

눈앞에 검은 장막이 드리워지는 것 같았다. 아까까지만 해도 세상을 밝혔던 태양이 갑자기 창백해졌다. 눈을 감았다 뜨는데, 그 한순간이 내게는 몇 년처럼 다가왔다. 먼저 어젯밤처럼 그 깊은 구멍에 떨어진 것같이 느껴졌다. 웬일인지 이 구멍은 내게 힘을 주었다. 장군과 함께 사냥개에게 갔을 때, 배고픈 사냥개들이 우리의 벽을 오르고 난리였다.

나는 사냥개들과 그레이하운드의 사료를 준비했다.

"세월이 어찌나 빠르게 흘러가는지."

시야부쉬 장군이 말했다.

"이스탄불에 왔을 때 궁정도 세상도 바꿀 수 있을 것이라 여겼지. 이제 돌이켜 보니, 궁정과 궁정 주변 사람들이 내 세계를 바꾸기 시작했지. 자네 부대 사람들도 말을 듣지 않게 되었어. 며칠 동안 궁정과 부대 간의 차이를 찾아내려 노력했지만 허사였어. 부대의 종말이 왔다는 것은 알고 있겠지. 이 혼란을 틈타 하찮은 것들에서 벗어나게. 마른 것의 옆에 있어야 축축한 것도 타지. 새로 편성된 군대에 자네가 동참하게 될지 모르겠네만, 동참하게 된다면 영리하게 행동하게. 이게 내가 자네를 아들처럼 생각해서 하는 마지막 충고야. 누르하얄이란 여자가 자네의 인생에 끼어들기 전까지 자넨 부정한 일을 저지른 적이 없었겠지만 지금 자넨 혼란스럽고 부정한 일을 저질렀어. 이제는 자네를 처음처럼 믿을 수 없네. 왜냐하면 그녀와 살을 섞었기 때문이야."

그는 이 말을 남기고 떠났다. 그가 저택으로 가 버리자 나도 사냥개들을 볼일을 보라고 차례로 내보냈다. 볼일을 보고 돌아오는 대로 먹이를 주고 문을 닫았다. 그레이하운드의 슬픈 모습이 눈에 띄어 다시 우리를 열고 머리를 쓰다듬었다. 우리를 나누는 동안에도 서로 싸우지 않았다. 두 마리가 우리 문밖으로 머리를 내밀고 폭이 넓은 바짓단 냄새를 맡고는 고개를 위로 들어 올려 작별이라도 고하는 듯이 길게 울었다. 그들을 바라보고 있자니 그들과 내가 이렇게 긴밀하게 연결되어 있었다는 것에 놀랐다. 개들은 어떻게 내가 떠나는 것을 눈치챘을까? 이런 생각을 하다가 인생을 돌아보니 배운 것과는 매우 차이가 크다는 결론에 도달했다. 인생은 내가 배운 것과도 달랐고 내가 생각한 것과도 달랐던 것이다.

사냥개와 그레이하운드 돌보는 일을 끝내고 하인들이 사는 건물 쪽으로 걸어갔다. 저택 문 앞에 사람들이 모여 있었다. 궁정 군인 옆에 아무 표시가 없어 누군지 알 수 없는 군인이 서 있었다. 나는 발걸음을 재촉했다. 문 쪽으로 달려갔다. 문에 도착하니, 표시 없는 군인 중 하나가 움직였다. 사람들이 모여 있는 곳으로 들어갔다. 모두 얼굴이 홍당무 색으로 변해 있다는 것을 알아챘다. 왠지 쓸쓸하면서도 도망가고픈 감정이 덮쳤다. 군중을 빠져나왔다. 기쁘기도 했지만 마음속에는 쓸쓸함과 이별의 슬픔이 교차하고 있었다.

91

울가르 북쪽을 휩쓸며 북서쪽 들판에 이르렀을 때에는 석양이 지고 있었다. 들판에는 도적들이 두고 간 수백 마리의 양과 소가 자유롭게 돌아다니고 있었다. 수백 마리는 이미 칼에 베여 바닥에 뒹굴었다. 제밀은 다친 가축들을 보더니 얼굴을 찌푸렸다. 그의 마음에 꿈틀거리는 슬픔을 알아채지 못한 이브라힘 함자가 다가왔다.

"도련님, 다친 가축들을 즉시 베어 버리죠. 고통스러워하는 것보다 그게 나을 거예요. 이틀 동안 거의 먹지 못한 사람들에게 저녁거리도 될 거고요."

제밀은 몇 시간 전 다친 사람들에게 연민을 느끼지 않았던 이브라힘 함자를 바라보며 아무 말도 하지 않았다. 어쨌든 알아서 하라고 이르고는 천천히 그곳에서 멀어졌다. 말을 타고 목적 없이 돌아다녔다. 사람들은 괴로워하는 가축의 껍질을 벗겼다. 다른 이들은 하릴없이 돌아다니는 양들을 한곳으로 모았다. 몇 마리 양이 멈춰 섰을 때 다른 이들은 언덕 쪽에서 시작하는 숲에서 가져온 마른 나뭇가지로 몇 곳에 큰 불을 지폈다. 태양이 진산 뒤로 넘어갈 때에는 이글이글 타는 불 위에서 양의 몸통도 꽤 잘 익어 있었다. 그들이 음식을 먹기 시작했을 때 울가르 북서쪽의 고원에서 총소리가 들려왔다. 총소리를 들은 이브라힘 함자는 미소지었다.

"도련님, 하느님에게 감사할 일이네요. 도적들을 유수프 성주가 기다리는 길목으로 맞게 몰았습니다."

이 말 때문이었는지 총소리 때문이었는지, 한동안 침묵이 흘렀다. 그러다가 갑자기 누가 빼앗아 가기라도 하는 듯이 모두 허겁지겁 음식을 먹어 치웠다. 잠깐 사이에 음식을 해치우고 나서 이브라힘 함자는 제밀에게 돌아섰다.

"가축 시체들을 이렇게 놔둔다면 며칠 동안 냄새가 심할 것입니다. 묻을 시간은 없지요. 가장 좋은 방법은 태우는 것입니다."

제밀의 얼굴이 혼란스러워졌다. 짧은 숨을 몇 번 내쉬었다.

"자칼이나 늑대들을 위해 놔둔다면."

"숲 속에 있는 자칼과 늑대를 모두 모으기만 한다면 그놈들이 일주일 동안 먹어도 다 못 먹겠지만, 내일만 지나면 냄새가 나기 시작할 겁니다. 냄새나는 시체는 자칼과 늑대도 다가오지 않지요. 가장 좋은 방법은 태우는 것입니다. 멀쩡한 가축은 어떻게 해야 할지."

제밀은 이 불쾌한 화제를 더 끌고 싶지 않았다.

"아타벡 사람들에게 넘기시오!"

"도련님, 한 가지 말씀드리겠습니다. 용서해 주십시오."

이브라힘 함자가 조금 멈칫하자 제밀이 의심스런 목소리로 물었다.

"무슨 일이오?"

"아타벡 사람들은 수장이 많습니다. 누구에게 넘겨줘야 할지 모르겠습니다."

"그러면 가장 좋은 것은 몇 명을 곁에 놔두세요. 유수프 성주께서 방책을 마련하실 겁니다."

이브라힘 함자의 눈이 빛났다. 그가 일어섰다. 사람들과 이야기한 후에 다시 돌아왔다. 사람들은 어둠이 깔리기 전에 시체를 쌓아 재빨리 마른 장작들을 모아 올렸다. 쌓아 올린 나무들에 불을 지핀 후에 말에 올랐다. 제밀도 도루에 올랐다. 도루는 다시 앞서 걸었다. 우뚝 선 언덕에서 능숙하게 내려오기도 하고, 앞에서 튀어나온 작은 흙더미를 가볍게 훑치며 뛰기도 했다. 가끔 흥에 겨워 울기도 했다. 제밀은 말의 행동이 얼마나 보기 좋았는지 다른 것을 생각할 여유가 없었다. 넓은 도랑이 나타나자 도루가 뛰어넘었다. 제밀은 무서웠다. 순간 근육이 움츠러들어 신발 굽이 도루의 배를 가볍게 건드렸다. 자신에게 경고하는 것으로 받아들인 말은 그 도약의 순간에도 울음으로 대답했다. 말의 발이 도랑의 맞은편에 채 닿기도 전에 제밀은 두려운 목소리로 중얼거렸다. "이 말 위에 있는 것이 나인가?"

도랑을 넘어 반대쪽으로 네 발을 딛자 도루는 해냈다는 행복감 때문인지 힝힝 울었다. 가파른 비탈길이 꽤 넓었기 때문에 다른 말들도 같이 뛸 수 있었다. 다른 말들은 좁은 길목으로 돌아가야 했다. 이브라힘 함자가 다시 제밀에게 다가왔다.

"도련님, 대단하군요! 성주님처럼 말을 모시는군요!"

제밀은 두려움을 떨쳐내려고 휘파람 소리를 내면서 "고맙소."라고 말했다. 말들이 잠시 멈추었다가 다시 격렬한 질주를 시작했다. 말들이 뛰기 시작하자 이브라힘 함자가 총을 한 발 쏘았다. 그가 발포하기를 기다리고 있었다는 듯이 숲의 입구에서 도적들을 포위하고 있던 휘스뉘와 아타벡 사람들도 숲 안쪽을 향해 발포하기 시작했다. 총소리를 듣자 제밀은 금세 알아차렸다. 도적들과 빽빽한 숲으로 가득 찬 고원을 반달 모양으로 에워싸고 있었다. 제밀은 귀가 이렇게 잘 들린다는 것에 놀란 모양이었다. '혹시 내게 지휘자의 재능이 있나?' 나무들 사이로 들어갈 때까지 지휘자의 임무에 대해 생각했다. 나무 밑으로 나 있는 가지에 부딪히지 않으려고 앞으로 고개를 숙인 순간 등 위로 총알이 지나가는 소리가 들렸다. 어찌나 두려웠던지, 발에 걸려 있는 등자로 말의 배를 친 것조차 알아채지 못했다. 등자가 배에 닿자 경고라고 생각한 도루는 지그재그를 그리며 숲 안쪽으로 달려갔다. 제밀을 돌아

보지 않고 말을 숲으로 모는 것에만 신경 쓰던 휘스뉘는 다시 발포 명령을 내렸다. 므스티도 타고 있던 쿠마르를 제밀이 달려간 나무들 사이로 몰았다. 제밀은 말 위에 달라붙어 앞으로 전진했다. 문득 므스티의 목소리가 들렸다.

"도련님, 도루의 고삐를 당기십시오. 말과 바닥에 엎드리십시오. 도루가 알아서 할 겁니다."

제밀은 순간 반사적으로 고삐를 당겨 밑으로 뛰었다. 그가 밑으로 뛰기를 기다렸다는 듯이 도루도 바닥에 누워 옆으로 쭉 뻗었다. 므스티와 쿠마르도 똑같이 했다. 제밀이 두려움 때문에 커진 눈으로 나무 사이를 바라보고 있을 때 므스티는 총구를 채워 넣고 쿠마르 안장에 걸쳐 놓은 탄약을 꺼내 앞에 내려놓았다. 그는 아름드리 나무들을 방패 삼아 나무들 사이를 주시했다. 한동안 두려움에 찬 눈으로 그를 바라보던 제밀도 도루의 안장에 걸린 총탄 주머니에서 장총을 꺼내 빈 장전기를 채워 넣었다. 제밀은 손에 있는 장총을 바라보며 생각했다. '만약 도적들 중 누군가와 총싸움을 하게 된다면?' 방아쇠에서 손가락을 뺀 채 장총을 쥐고 누웠다. 므스티가 발포를 시작한 것을 보니 꽤 위험한 상황임에 틀림없었다. 므스티가 말했다.

"도련님, 저희가 동지들과 꽤 떨어져 있습니다. 놈들이 다가오고 있습니다. 지원군이 올 때까지 버텨야 합니다."

제밀은 므스티의 말을 들으면서 숲 사이로 쏟아지는 달빛을 바라보았다. 몸에서 갑자기 식은땀이 흘렀다. 그도 돌아누워 아무 생각 없이 므스티처럼 발포를 시작했다. 나무 사이를 가로지르며 자신을 향하여 달려오는 총탄 실루엣들을 보자 방아쇠를 당기는 손가락이 느슨해졌다. 그가 사격하지 않는 것을 알아차린 므스티가 말했다.

"도련님, 장전기를 채워 넣으십시오. 제가 그들을 하나씩 잡겠습니다."

므스티의 목소리를 듣자 조금 편안해졌으나 다시 방아쇠에 손을 대지는 못했다. 므스티가 말한 대로 장전기를 채워 그에게 주었다. 므스티도 아까처럼 일제히 발사

하지는 않았다. 한 발 한 발 신중하게 사격했다. 조금 지나서 므스티가 다시 말했다.

"도련님, 처음 온 자들을 지옥으로 보내 버렸습니다. 동지들이 다가올 때까지 우리를 그냥 두지 않을 것입니다. 후퇴하려면 말이 일어나야 합니다. 그러면 말을 쏘겠지요."

그가 채 말을 끝내기 전에 매우 가까이까지 포복해 온 몇 명을 보았다. 므스티가 깊은 한숨을 쉬며 안타깝게 말했다.

"목적은 저희를 생포하는 것입니다. 죽이려고 했으면 벌써 쏘았겠지요!"

곧이어 달빛 아래 다시 사격을 시작했다. 제밀은 가끔 사격을 중지하고 여태껏 들어 보지 못한 높은 음으로 짧게 휘파람을 불곤 했다. 최선을 다해 도적을 해치우는데도 그들의 수가 점점 늘어나고 있었다. 그들의 목적이 죽이는 것이었다면 므스티가 말한 것처럼 벌써 죽였을 것이다. 제밀은 탈출할 수 있는 희망이 점점 희미해지는 것을 깨달았다. 그때 가까이에서 므스티의 휘파람 소리와 비슷한 소리를 들었다. "내 귀에도 들려." 가까이 있던 거대한 나무의 위쪽 가지 중 하나가 잘렸다. 잘린 가지가 바닥에 떨어지는 소리와 총소리가 섞일 때 므스티가 그에게 돌아왔다.

"도련님, 총알이 떨어졌습니다."

그가 말했다. 그리고 조금 전과 다르게 휘파람을 불었다. 그의 휘파람 소리를 들은 쿠마르가 일어났다. 말이 일어서자마자 므스티가 말에 올라탔다. 눈 깜짝할 사이에 그는 나무 사이로 사라졌다. 다시 총을 장전한 제밀은 중얼거렸다. "세상에서의 몫은 이만큼인가 보군." 그때 나무 사이로 다가오는 건장한 남자를 보았다. 두려움에 떨리는 손으로 잡고 있던 장총을 남자에게 돌렸다. 남자는 몇 발자국 더 가까이 왔다. 자세히 보니 그도 자신을 향해 총을 겨누고 있었다. 그는 움찔하여 뒤로 두 발자국 물러섰다. 그는 허리에 있는 단도를 잡아채듯 공중으로 들어 올렸다. 몸을 활처럼 당겨 제밀을 향하여 단검을 힘껏 던졌다.

92

 방으로 돌아오자 마차를 타고 가 버린 누르하얄이 나를 보고 살짝 흔들던 창백한 손이 떠올랐다. 나에게 그 손은 조금 전 내 옆에 서 있던 그녀의 손이 아닌 것 같았다. 이제 누르하얄은 어제 목이 잘린 집사와 다르지 않았다. 더는 두 사람을 못 볼 것이다. 나는 모든 것이 낯설었다. 침대며, 벽이며, 벽에 묻힌 문. 아무것에도 손을 대기 싫었다. 멍하니 벽만 바라보았다. 벽에는 균열이 있었다. 나는 그 균열을 처음 보았다. 복도 쪽에서 소리가 들려왔다. 나를 부르는 것 같아 귀를 기울였다. 소리 같은 것은 들리지 않았다. 침대에 앉으려다가 그것도 그만두고 말았다. 마치 누군가가 나에게 "왜 그러고 있나. 서둘러."라고 말하는 것 같았다. 장군도 준비하라고 했었다. 준비해야 한다. 옷을 갈아입는 것 말고 달리 준비할 게 없었다. 복도 입구에 있는 세면대로 느릿느릿 갔다. 깨끗이 씻은 후에 작업복을 벗고 부대에서 가져온 유니폼을 입었다. 남은 몇 가지 옷을 가방에 넣은 후에 나가려고 하는데 새 집사와 총을 찬 남자들이 안으로 들어왔다.

 "장군께서 은밀히 부르십니다."

 새 집사는 얼굴도 쳐다보지 않고 말했다.

 그들이 앞서 걷고 있는데 나는 새 집사의 등을 바라보면서 수제품 재킷이 어디에서 온 물건일까 생각하고 있었다. 왠지 불안해졌다. 불안의 근거가 무엇인지 생각해 보았다. 그때 총을 찬 새 집사가 나를 바라보며 미소지었다.

 "당신 같은 예니체리들이 다시 말을 듣지 않는다는군요."

 그가 낮은 목소리로 말했다.

 "무슨 일이 일어났나요?"

 "더 무엇이 일어났겠소? 하루도 조용할 날이 없구먼. 말을 집결시키라는군요. 이미 세상이 바뀌었습니다!"

"대체 어떻게 된 겁니까?"

"노예들이 일어나 수장이 되려고."

저택 문에 이르렀다. 대문 앞에는 총을 들고 허리에 칼을 찬 두 병사가 있었다. 그들을 보자 장군의 위력을 더 잘 알게 되었다. 모든 상황이 몇 시간 전보다 악화된 것이다. 새 집사는 병사들에게 장군이 나를 기다리고 있다고 말했다. 병사들은 나를 머리부터 발끝까지 수색한 후에 안으로 들여보내 주었다. 안으로 들어가니 장군은 살롱에서 서성대고 있었다.

"더는 할 수 있는 일이 없다."

장군은 나를 보자 다시 말을 이었다.

"상황은 시시각각 변했다. 자네 같은 사람들이 다시 수장이 되려고 원하기 시작했다. 이미 그 누구의 말도 듣지 않게 되었다. 누구에게 압력을 넣어도 더는 위의 명령을 듣지 않아. 궁정 파디샤와 관련된 쪽에만 의지하고 있다. 이집트 통치자들에게 교훈을 얻어 행동하는 사람도 없고, 예니체리 대장이 결국은 어떻게 될지 생각하는 사람도 없어. 또한 이 이후의 일도. 아까 말했던 것처럼 자넨 업무 수행에서는 실수가 없었어. 아내가 오늘 아침 내게 한 말이 있는데 자네와 누르하얄을 결혼시키고 싶었다더군. 이제는 너무 늦었어. 나는 오늘 아내를 보내고 저녁 무렵 연합군과 발칸 쪽으로 떠날 것이네. 부대에서도 자네를 놔주지 않을 거야. 시간적 여유가 있었더라면 자네를 보호해 주고 결혼도 시켰겠지만 지금은 그런 생각을 할 시간조차 없네. 내가 말한 것처럼 새 군대에 동참하고 싶다면 내가 도움이 될 수 있네. 부대로 돌아가길 원한다면 이것만은 알아 두게. 월급은 모두 부대로 지불되었다네. 그렇지만 저것은 정당한 수당이니 저 꾸러미를 가져가게. 품에 넣어 둬. 좋지 않았던 기억은 잊어버리고. 자넨 자네 것을 지켜. 품 안에 돈 꾸러미가 있다는 말을 누구에게도 하지 말게. 세상의 재물은 쉽게 포기할 수 있는 것이야. 물에 넣으면 녹아 버리는 것과 같지. 그래도 그걸 갖지 못한 자들은 그게 대단한 것이라고 여기지. 그 때문에 금화 한 개, 아니 은화 한 닢 때문에 사람을 죽이곤 하지. 이 저택에서 살았던 덕택에 자네는 순수하게 남아 있긴 하군. 밖에 나가면 단지 예니체리만이 아니라 많은 사람들이 망가진 것을 보게 될 것이니네."

목뒤에 눈이 있다던, 키가 크고 머리가 노란 시야부쉬 장군이 오늘따라 아버지처럼 말하는데도 나는 호두나무로 만든 둥근 탁자 위에 있는 꾸러미를 집기가 망설여졌다. 의자에 앉아 있던 쉰뒤스 부인이 내가 망설이는 것을 알고 내 곁으로 천천히 걸어왔다. 하얀 장갑을 낀 손을 뻗어 내 손을 잡았다.

"빌랄, 자네가 읽은 기도문 덕분에 결핵에 맞서 오늘까지 버틸 수 있었지. 이제 다시 아버지 나라로 길을 떠날 만큼 힘이 생겼어. 이 꾸러미는 우리가 자네에게 주는 돈이야. 자! 넣어 두게. 품에 넣어 잘 숨기게. 만약 병이 심각해지지만 않았어도 자넬 누르하얄과 결혼시켰을 거야. 그런데 장군님도 말씀하셨지만 이제는 너무 늦었구먼."

단숨에 말을 이은 쉰뒤스 부인은 죄라도 지었다는 듯이 겸연쩍어했다. 그녀는 시야부쉬 장군의 얼굴을 피해서 나를 바라보며 세 발자국 정도 물러났다. 장군은 부인을 위로하려는 듯이 그녀를 바로잡았다.

"아내가 제대로 말했네. 이건 정당한 수당이야. 자네가 마땅히 받아야 할 돈이지. 마음 편히 가지고 꾸러미를 넣게나. 나는 루멜리로 가서 도적 무리를 쫓을 거네. 그리고 파디샤의 원정에 동참할 거야. 아마도 자네 마음은 부대에 있겠군. 자! 무사히 잘 가길 빌겠네. 준비가 되면 마부가 자넬 부대까지 데려다 줄 거야. 저 서신을 부대장에게 전하게나."

나는 꾸러미를 집어 품에 넣은 후에 두 사람 손에 키스하고 빠른 걸음으로 밖으로 나섰다.

모든 것이 눈 깜짝할 사이에 바뀌는 것이 내게는 비현실적으로 느껴졌다. 문득 두려운 생각이 들었다. 두려움을 이겨 보려 했다. 아버지 같은 시야부쉬 장군을 생각했다. 이별할 때가 되니 권위적인 모습의 이면에 있는 진실한 모습을 보여 주고 싶었는지도 모른다. 작은 건물에 들어오니 모든 것이 백지장처럼 싸늘했다. 서둘러 면도를 했다. 장군이 준 화폐와 금화를 작은 천 조각에 싸서 옷의 여러 곳에 넣고 꿰매었다. 부대에서 가져온 것들과 장군의 재봉사가 만들어 준 옷들도 가방에 넣고 밖으로 나섰다.

93

거구의 남자가 던져 가까운 나무에 꽂힌 날카로운 단검을 바라본 제밀은 무엇을 할지 몰라 당황해서 머리를 말 머리에 기대고 가만히 있었다. 가지가 잘린 나무 위쪽에서 올빼미 소리가 났다. 그 소리를 들은 제밀은 식은땀이 났다. 그는 두려움에 떨었다. 손가락에 경련이 났다. 경련이 멈추자 장총의 방아쇠를 당겼다. 총소리가 울려 퍼져 나무 사이에서 멀어져 갔다. 그런데 단검을 던졌던 남자가 바닥에 쭉 뻗었다. 제밀은 순간적으로 일어난 이 사건을 믿을 수 없었다. "방금 내게 다가와 단검을 던진 남자를 내가 죽였단 말인가?" 그는 너무 놀라 중얼거렸다. 그는 갑자기 죄의식이 들어 우는 목소리로 소리쳤다. "이럴 순 없어!" 분노에 코를 훌쩍이며 "빌빌로를 찾을 때 토끼도 못 죽인 내가, 지금 어떻게 사람을 죽였단 말인가? 항상 목적 없이 발포하곤 했는데 어떻게 사람을 조준했단 말인가?" 하고 말했다. 그러고는 도루의 목을 부여잡고 몸을 흔들며 울었다.

휘스뉘가 다가와 어깨를 건드리자, 제밀은 놀라 방어하며 돌아섰다. 휘스뉘가 그를 위로하러 말했다.

"도련님, 이것은 도련님이 처음으로 참가한 전쟁이고, 처음으로 목숨을 빼앗았습니다. 목숨을 빼앗고 우는 것은 자연스러운 것입니다. 도련님이 죽인 그 사람은 도련님의 목숨을 앗으려 했습니다. 우리는 모두 자기가 죽지 않으려고 다른 사람의 목숨을 빼앗습니다. 그렇지 않으면 안면도 없고 알지도 못하는, 그리고 인생에서 처음 본 사람을 어떻게 죽이겠습니까?"

그는 잠깐 입을 다물었다가 덧붙였다.

"도련님, 다행히도 그를 죽이셨습니다. 만약 죽이지 않으셨다면 그는 우리에게 평생 동안 지속될 고통을 주었을 겁니다. 아마 그 고통 때문에 저도, 므스티도, 부인들도 제대로 살지 못했을 겁니다."

"그 남자가 나를 죽이지 않고 단지 붙잡으려고 했는지도 모르잖소."

제밀이 말했다.

"그럴지도 모르죠. 놈들 수중에 들어가면 어떻게 될지 누가 알겠어요."

목이 베여 죽은 양들이 한 마리씩 일어나 제밀의 눈앞으로 걸어왔다. 제밀은 말 못하는 짐승들과 자기가 죽인 사람에 대한 죄의식에서 벗어나려 안간힘을 쓰면서 중얼거렸다. "슬퍼해 봤자 득 될 것이 없다. 내가 죽인 사람은 어쨌든 다시 살아 돌아올 수 없어." 그는 천천히 일어섰다. 마치 무릎 아래쪽이 없는 것 같았다. 아무것도 느끼지 못했다. 손으로 확인해 보았다. 다리도 팔도 제자리에 있었다. 다시 몸을 바로잡았다. 그때 이브라힘 함자가 다가왔다.

"모두 주둔했던 초소에서 나왔습니다. 놈들은 저희가 생각했던 것보다 규모가 더 컸습니다, 도련님. 준비하고 있던 곳에서 그놈들 뒤를 쫓았지만, 다시 진을 치지 못하도록 해야 합니다. 이제 종착지는 유수프 성주가 기다리고 있는 길목이 될 것입니다."

그는 헐떡이며 말했다

제밀은 생각지도 않고 결정을 내렸다.

"내가 죽인 남자를 묻게. 그를 묻은 후에 길을 떠나지."

"몇 명을 남겨 두지요, 도련님. 저희는 즉시 길을 떠납시다. 우리 사람들과 사이를 너무 벌리지 말고 그들에게 다가가야 합니다. 일을 즉시 끝냅시다. 이미 유수프 성주 무리의 총소리를 들었습니다. 방아쇠에 손을 대고 기다리고 있을 것입니다."

휘스뉘가 말했다.

제밀은 그 남자를 잊으려고 즉시 도루 위에 올라탔다. 그는 말을 몰지 않고 휘스뉘에게 돌아섰다.

"무슨 말인지 이해를 못했네. 우리가 지금까지 싸운 무리가 약탈자들이 아니란 말인가?"

"아닙니다, 도련님. 그들은 대부분 탐욕에 빠진 아자라 사람들입니다. 약탈자들은 쉽게 목숨을 넘겨주지 않습니다. 총알 앞에서는 버릴 사람은 버리고 자신들은 도망가죠. 속수무책 상황에서만 싸움에 들어갑니다."

제밀은 화제를 다른 방향으로 돌렸지만 죄의식에서 벗어날 수는 없었다. 그도 다른 이들처럼 자신의 손으로 누군가를 죽였던 것이다. 죽은 남자는 보름달을 가려 보려고 애쓰는 나무 그늘에 엎드려 있었다. 말을 몰기 전에 다시 한 번 그가 누워 있는 곳을 바라보며 "나도 이제 호족이 다 되었군. 서서히 나도 물이 들고 있어."라고 말했다. 말의 배를 등자로 건드리자 조금 전 가지가 부러진 나무에서 또 다른 가지가 소리를 내며 바닥에 떨어졌다. 그 소리는 고요한 숲 속에서 메아리쳤다. 제밀은 아무 생각 없이 떨어진 나뭇가지를 바라보았다. 도루가 다른 말의 뒤를 따라 걸었다.

달빛이 아무리 애를 써도 높고 평평하고 빽빽한 나무들 그림자로 이뤄진 어둠을 밝힐 수는 없었다. 나무 둥치 외에 다른 것은 아무것도 보이지 않았다.

제밀의 명령으로 남자들은 한 무리처럼 뻗어 가는 숲에서 천천히 앞으로 나아갔다. 마을 사람들을 하나씩 붙잡았다. 붙잡은 사람들과 접촉하지 못하도록 그들을 셋씩 넷씩 나무에 묶었다. 반대편에 있는 사람들은 엉덩이를 찔러 댔다. 제밀은 옆으로 온 휘스뉘에게 물었다.

"왜 저렇게 하는 거지?"

"자칼과 늑대들이 나타나면 다른 이들에게 준 고통을 생각하라고 저러는 겁니다. 우리가 도적들을 데리고 가면 그들은 손을 풀고 마을로 돌아갈 것입니다."

밤새 빽빽한 숲을 천천히 나아갔다. 휴식을 떠올리거나 먹을 것을 생각하는 사람이 아무도 없었다. 밤이 되자 두 언덕의 나무들로 수놓인 골짜기가 좁아지기 시작하고 무리들은 빽빽한 나무들 사이를 나아가지 못하는 말들에게 총을 쏘았다. 그러자 제밀 쪽 남자들이 사방으로 마구 총을 쏘았다. 그들이 멈추지 않고 총을 쏘는 것에 가끔 화답한 무리들이, 한참 뒤에 길목에서 기다리고 있던 유수프 성주 사람들의 발포와 맞닥뜨리자 자기들이 덫에 걸렸다는 것을 알게 되었다. 유수프 성주 사람들은 하나도 남김없이 붙잡았다.

유수프 성주는 제밀을 큰 팔로 감싸며 거대한 나무 등치와 비슷한 몸으로 안았다. 물러나 눈을 훔치더니, 휘스뉘와 이브라힘 함자에게 돌아섰다.

"내게 매우 큰 고통을 겪게 했네. 자네들과 나중에 이야기하지."

그가 말했다.

94

부대에 도착하자마자 내무반장과 마주했다. 그는 내 눈을 똑바로 노려보며, 시야부쉬 장군 댁에서 일할 때 부대를 위해서 아무것도 하지 않았다고 말했다. 그러므로 부대장의 허가를 받아야 머물 수 있다고 했다. 부대장을 만나려고 일어나자 그가 말했다.

"내놓게. 품속에 수당으로 받은 금이 있지 않나. 그것을 가지고 부대장님 앞에 갈 수 없다는 것을 잘 알 텐데."

나는 무슨 말인지 모르겠다는 듯이 멍한 시선으로 그의 얼굴을 바라보았다. 나를 어린 신병처럼 다루는 것이 우스웠다. 멈칫하는 것을 본 내무반장은 목소리를 높였다.

"내 말을 못 들었나 보군. 꺼내! 돈 꾸러미가 있잖아!"

나는 그의 얼굴을 빤히 쳐다보았다.

"장군 저택에서 무례함만 배웠나 보군. 부대에서는 모든 것이 공동 소유라는 것을 잊었나? 자네, 파디샤도 부대를 잊은 이 시기에 우리마저 자기 몫을 챙긴다면."

귀가 웅웅거려서 그의 마지막 말을 제대로 듣지 못했다. 죄의식이 느껴져 허리띠 속에 꿰어 놓았던 금화 중 몇 개를 빼내어 내무반장에게 주었다. 그가 모두 내놓으라고 해서 고작 속옷 살 돈밖에 남지 않았다고 했다. 내무반장은 금화를 부대 공공 기금 용도로 서기에게 줄 거라고 말하며 품속에 찔러 넣은 후에 말을 계속 이어 갔다.

"보라고, 자네는 죄를 지었어. 내가 말하기 전에, 자네가 먼저 수당으로 받은 돈을 내놨어야지. 부대의 명예에 역행한 이 행동을 아무에게도 말하지 않겠다. 자발적으로 줬다고 말하겠네. 내가 달라고 해서 주었다고 누구에게도 말하지 말게."

"저는 수당을 받았습니다. 시야부쉬 장군은 지금까지 월급을 부대에 보냈다고 했습니다. 그 금화는 저택에서 충실히 일했기 때문에 합당하게 준 것입니다."

"이봐, 우리는 자네가 하루에 몇 발자국을 디뎠는지까지 알고 있네. 저택의 집사가 자네 주위를 맴돌면서 누르하얄과 잠자는 것을 막으려고 했기 때문에 자네가 목 졸라 죽이지 않았어? 바지춤을 내리기 전에 먼저 자넬 새 부대 우두머리인 쥘피카르 부대장에게 데려가겠네. 그분이 무엇을 시키든 무조건 감사히 받아들여."

피가 거꾸로 솟고 머리가 얼어붙는 것 같았다. 부대가 이렇게 무법 상태로 타락한 것이 당황스러웠다. 하지만 그러한 감정도 지속되지는 않았다. 내무반장에게 수년 전 이곳을 떠날 때만큼 순수하지 못하다는 것을 넌지시 말해 주었다.

"제 단검이 동지들의 목을 자를 만큼 대단한 줄 몰랐군요. 부대에서 저택 사람들을 관찰할 정도로 한가하지는 않았을 텐데요."

"자, 가지!"

그가 앞에서 걸어갔다.

방 사이로 난 복도를 지나 부대장의 넓은 방으로 들어갔다. 그는 동물 털가죽 방석에 앉아 옆에 있는 사람들과 이야기하고 있었다. 오른쪽에 앉아 있는 퀼라[34]를 쓴 고참 상사를 금방 알아보았다. 머리에 쓰고 있는 빨간색 양모 퀼라는 그를 한층 더 위엄 있게 보이게 했다. 얼굴 표정과 짙은 주름살, 그리고 아버지 같은 태도는 전혀 변하지 않았다. 쥘피카르 부대장은 어디서 본 것 같은 얼굴이었지만 어디서 보았는지 도대체 생각나지 않았다. 쥘피카르에게는 위엄이 있었다. 그림자조차 사람을 두렵게 했다. 무릎을 꿇고 치맛자락에 입을 맞추기 위해 입술을 내밀면서도 여전히 그를 어디서 보았는지 생각했다. 치맛자락에 입을 맞춘 후에 민첩한 행동으로 고참 상사 옷을 입고 있는 쉐브캇 우스타의 치맛자락에도 입을 맞추었다. 두 사람 모두 미소지으며 나를 바라보았다.

"알고 있네. 예의가 바른 것은 알고 있지만 쥘피카르 부대장에게 입을 맞추는 것으로도 충분해."

쉐브캇 우스타가 말했다.

나는 그가 이렇게 말하자 용기를 얻었다. 부대에서는 모든 것이 아슬아슬했다. 사람들과 부대는 여전히 순수했다. 그러나 그들 밑에는 거대한 타락의 문이 활짝 열린 채 기다리고 있었다. 아직은 순수한 사람들도 그 밑으로 떨어지는 것은 시간 문제였다. 이것을 아는지 모르는지도 짐작할 수 없다. 얼마 동안 머릿속에서 이런 생각들이 스치자 나는 화들짝 놀랐다. 부대에 오기 전에 시야부쉬 장군의 마차에서 도망쳐 누르하얄에게 갈 생각으로 이틀 동안 사복을 입고 돌아다니던 이스탄불 거리, 갈라타, 그리고 톱하네 술집들에서 수다를 떨던 사람들과 이 사람들은 전혀 어

---

34) 원뿔 모양의 전통 모자.

울리지 않았다. 상사는 두 곳의 사람을 한데 모아 놓은 것 같았다. 그 사람들에게 아니면 이 사람들에게 거짓말하고 있는 것이다. 이것을 내가 얼마나 빨리 눈치챘는가! 양면성이 이토록 모든 행동에서 드러나는데, 어떻게 부대에서 내무반장으로서 임무를 수행할 수 있겠는가?

쥘피카르 대장이 넓고 동그란 얼굴에 붙어 있는 큰 입술을 꿈틀거리자 나는 비로소 정신이 들었다.

"말해 보게. 어디서 왔는가?"

내가 뭐라 말하길 원하는가, 라는 뜻으로 그의 얼굴을 바라보았다. 쥘피카르 대장의 오른쪽에서 고참 상사 옷을 입은 쉐브캇 우스타가 와서 거들어 주었다.

"겔리볼루 부대에서 왔답니다."

"그 지방의 마을에서 자란 뒤 겔리볼루로 양도되었다고 합니다."

"그 전에는?"

"동쪽에서 선발되었습니다."

"겔리볼루 부대에서 어느 시기에 왔는가?"

"여기에 왔을 때는 매우 어렸습니다."

나는 힘없는 목소리로 말했다.

쥘피카르 대장은 쉐브캇 우스타를 돌아보았다.

"쉐브캇 상사, 우리가 한창 훈련받을 때 그는 애송이였구먼. 그를 자네 시중을 들라고 시키게. 먼저 책임 훈련견 조련병을 시키고 나중에 서약식을 하라고 해."

그들의 대화를 듣고 있는데 시야부쉬 장군이 '자네가 온 동쪽'이라고 했던 말이 떠올랐다. 그 순간 나는 자연스럽게 대화에 끼어드는 것처럼 말했다.

"시야부쉬 장군도 제가 동쪽에서 왔다고 말씀하셨습니다."

대장 양쪽에 앉아 있던 상사 두 명은 내가 허락도 받지 않고 갑자기 말한 것이 불쾌하다는 것을 드러내기 위해 경고의 시선으로 나를 바라보았다.

"대장님, 많이 봐주지 말아야 할 것 같습니다. 몇 년 동안 사냥개들과만 대화했기 때문인지 공동체에서 어떻게 행동해야 하는지 잊었나 봅니다. 다시 관행에 맞게 예절 수업을 받아야 할 것 같습니다."

쉐브캇 우스타가 말했다.

나는 부끄러웠지만 그들에게 어떻게 사죄해야 할지도 알 수 없었다.

"용서하십시오."

나는 힘없는 목소리로 이렇게 말할 수밖에 없었다.

곤란한 상황에서 안절부절못하고 있는데 그들은 내 인생과 나의 과거에 신경 쓰지 않는다는 것을 알아차렸다. 얼마나 어려운가, 모든 것이. 그렇지 않으면 사람들이 이렇게 어렵게 하는 것인가? 나를 데려가지 않았더라면, 나의 어머니를 그 초록 밀밭 옆에 남겨 두지 않았더라면, 이 모든 것을 겪지 않았을 것이다. 나도 아버지처럼 다른 인생을 살고자 했었다.

갑자기 마음속에서 '부대여, 망해 버려라. 고참들, 상사들도 모두!'라고 말하는 싸움꾼 같은 거친 목소리가 들려왔다. 이 소리가 밖으로 나올까 봐 목구멍을 조르고 또 졸랐다. 그런데 어찌 된 일인지 방 안에 있는 사람들과 동물 털가죽 방석에 앉아 있는 부대장이 손안에 있는 검으로 시야부쉬 장군을 위협하더니 그를 무릎 꿇리고, 단검으로 그의 목을 차례차례 베기 시작했다. 모두 한곳에 단검을 갖다 대고는 뒤에서 순서를 기다리는 이에게는 "내가 찌른 곳에 똑같이 찔러. 그럼 단검 한 자루로 찌른 것처럼 될 거야."라고 말했다. 그들을 바라보는데 눈물이 나왔다. 한참 후 맞은편 벽이 뚜렷이 보이자 방에 있는 사람들이 눈물을 볼까 봐 머리를 숙였다. 그때 쥘피카르 대장의 두툼한 입술과 거구에 걸맞지 않은 가느다란 목소리가 다시 귓가에 울렸다.

"쉐브캇 상사, 사람을 만들려면 교육을 좀 시켜야겠군. 상사가 그 애를 어느 내무반이든 배치시키시오. 어쩌면 그들 중에 제법 괜찮은 예니체리가 나올지도 모르지. 이제 지금부터는 사냥개 훈련병을 잊지 말아야겠군. 자네가 저 아이를 단시간에 교육시켜. 서약식도 준비시키고."

그는 얼마 동안 입을 다물더니 나에게 돌아섰다.

"이제 가서 모든 짐을 서기관에게 넘겨라. 부대에서는 동전 하나도 쓸모가 있으니. 그렇지 않으면 일이 돌아가질 않아."

나는 눈물이 말랐겠다고 생각하며 고개를 들었다. 내가 의미 없는 눈빛으로 얼굴을 바라보자 쥘피카르 대장은 부연 설명이 필요하다고 느꼈는지 말했다.

"내 말을 이해하지 못한 것 같군, 자네. 시야부쉬 장군한테 받은 월급을 서기관에게 넘기라고 했네."

시야부쉬 장군과 마지막 대화를 나누기 전까지는 그를 조금도 좋아하지 않았다. 그러나 그가 말한 것들이 지금 하나하나 현실로 드러나고 있었다. 내 몸을 수색하지 않기를 마음속으로 기도하면서 어디서 용기가 생겨났는지 그에게 말했다.

"시야부쉬 장군이 월급을 부대로 보냈다고 말씀하셨습니다. 마지막으로 준 합법적인 특별 수당도 조금 전 내무반장에게 드렸습니다."

순간 방에 싸늘한 바람이 불었다. 가늘고 부드러운 목소리의 쥘피카르 대장은 불을 내뿜는 분노의 시선으로 내무반장을 쏘아보았다.

"쉐브캇 상사, 말이 길어진 것 같군. 단축할 필요가 좀 있겠소."

내무반장은 그의 시선에서 협박을 느꼈는지 고개를 앞으로 숙였다.

"대장님, 제가 서기님께 대신 드리려고 받았습니다."

그는 내게서 뺏어 벨벳 지갑에 넣어 둔 금화를 쥘피카르 대장 앞에 내려놓았다.

쉐브캇 우스타가 그들을 이상한 미소로 바라보는 것이 느껴졌다. '저 쥘피카르

대장은 목소리 따로 시선 따로구먼!' 그때 쉐브캇 우스타는 우리가 처음 만났던 날처럼 부드럽고 아버지 같은 목소리로 말했다.

"빌랄, 내 뒤를 따라오게."

나는 꿇었던 무릎을 펴면서 일어났다. 장군이 주었던 서신이 떠올랐다. 나는 즉시 품속에서 꺼내어 건넸다.

"시야부쉬 장군께서 대장님께 드리라고 하셨습니다."

방 안의 긴장된 분위기를 뒤로하고 쉐브캇 우스타를 따라 걸었다. 뜰로 나갔을 때 쉐브캇 우스타가 딱딱한 행동으로 내 어깨를 잡고 경고했다.

"이봐, 귀를 열고 내 말을 잘 듣게. 우리가 발에 불이 나도록 시야부쉬 장군 저택에서 주방장 일을 했던 건 부대에 전할 정보를 찾으려는 것이었어. 그런데 우리가 찾은 정보는 없어. 눈을 똑바로 뜨고 오늘 이후로 서약식 때까지 스스로를 정리해 보라고. 서약 이후로는 내 곁에서 믿을 만한 예니체리 상사로 크길 바라네. 우리 같은 몇몇의 정직한 사람들이 아직 건재할 때 무언가를 해야만 해."

그는 이렇게 말하고 걸었다.

95

이브라힘 함자와 휘스뉘가 일행과 함께 아자라 마을로 가고 있을 때 유수프 성주도 기마병 카드리를 불러 필기도구를 달라고 했다. 카드리는 짐꾼들에게 단숨에 달려가더니 가죽으로 싼 종이, 잉크통, 기록 장부 등을 가지고 돌아왔다. 유수프 성주는 제밀에게 돌아섰다.

"제밀, 이보다 좋은 기회는 없네. 공문을 써서 대장에게 알리지."

나무 사이에서 추위에 떨던 제밀은 억지로 임무를 승낙했다. 나무 둥치에 등을 기대고 앉아 유수프 성주 말을 기다렸다.

"공문을 보내고 나서 이곳의 일을 끝내지. 빌빌란 고원으로 가는 게 좋겠어. 그곳에 별게 없더라도 예전에 패거리였던 놈들이 있을 거네. 이곳에 남겨진 놈들이 그들과 합류하면 큰일이야. 완전히 소탕해야 해. 그 이후의 일은 대장에게 맡기지. 무엇보다 먼저 공문을 빨리 써서 대장에게 보내야겠네."

그는 한동안 눈을 가늘게 뜨고 뭔가 생각하더니 "쓰게."라고 말했다. 제밀은 가만히 있었다. 제밀은 나무 사이로 새어드는 햇빛을 바라보았다. 그가 다시 "쓰게."라고 말했다.

오스만 제국 삼군 대장 귀중.

파디샤 에펜디의 명예를 걸고, 본인 함쉬오울루 유수프 성주와 베이오울루 야르 오스만 제밀 호족은 귀하께서 저희에게 분부하신 포스코프와 그 일대 도적들을 소탕하였음을 알려 드립니다. 임무를 수행하면서 일전에 베이오울루 일가 제밀 호족 부하들 사이, 그리고 카르스 지역에서 발생했던 사건에 연루된 자가 있음을 알게 되어, 포스코프와 일대 패거리 아라스 부족과 전투를 벌였습니다. 전투 중에 에테르귈과 휘세인 뤼스템의 아들 무스타파 뤼스템이, 도적들과 저희 기마병들의 전투에서 목숨을 잃었습니다. 주검은 울르 산 북쪽 소욱프나르 지역에 묻혔다고 합니다. 범행에 연루된 자를 파디샤 영전에 양도하지 못함이 유감스럽습니다.

본 공문은 도적 소탕전과 원정을 떠난 두 번째 달 22일에 아르다한 부대에 전달되기를 바랍니다. 상황을 숙지하시고, 필요한 곳에 공표해 주시기를 바라는 바입니다.

북쪽 울가르 전선에서

함쉬오울루 유수프 성주,
　　　베이오울루 야르오스만 제밀 호족

공문을 다 쓴 후에 둘은 서명했다. 카드리는 공문서를 받아 기름 먹인 천으로 감았다. 초로 봉한 후에 기마병 두 명을 불러 넘겨주었다. 유수프 성주는 기마병에게 말했다.

"이 서신을 아르다한 부대에 있는 대장님께 전해라. 오늘 밤에 그곳에 이를 것이다. 그럼 내일 아침 서신을 대장님께 직접 전달하고, 빌빌란 고원에서 우리와 만나면 된다."

비둘기처럼 멀어지는 기마병들을 한동안 바라보던 유수프 성주는 자신의 수하들과 아타벡에 있는 사람들에게 돌아갔다.

"포스코프 고원에서 소탕전이 끝나면 빌빌란 고원으로 갈 것이오."

그는 이렇게 말하고 말에 오르더니 지난밤 제밀이 휴식을 취했던 울가르 북쪽 고원을 향하여 떠났다.

길에 나뒹굴던 시체들이 고원에 봉긋한 모양으로 묻혀 있었다. 가축의 시체는 다른 짐승들을 위해 그냥 둔 것 같았다. 이브라힘 함자가 남겨 놓고 간 사람들은 가축의 일부를 투르크멘 고원과 아타벡 땅으로 보냈다. 포로들은 아흐스카 부대로 데려가기로 했다. 먼저 아타벡 사람들에게 넘긴 후에 진산 남서쪽 빌빌란 고원 쪽으로 길을 나섰다.

울가르의 작은 동생처럼 서 있는 진산 봉우리도 울가르처럼 연기가 자욱했다. 울가르와 진산 사이에는 투르크멘 마을과 넓은 들판이 있었다. 그들은 수많은 마을과 들판을 바람처럼 지나쳤다. 오후 즈음 물이 흐르는 폭포 입구에서 휴식을 취하고 간단히 음식을 먹은 후에 다시 서쪽으로 길을 나섰다. 준크주트 마을에 이르자 부드러운 실루엣같이 뻗어 얄르즈참 산맥에 기대어 있는 빌빌란 고원이 보였다.

고원들을 보던 유수프 성주는 카드리에게 말했다.

"오늘 저녁은 준크주트 마을에서 머뭅시다. 마을 어른에게 가서 소식을 전하시오."

기마병 수장인 카드리는 조금 걸어가더니 덧붙였다.

"아침 예배 후에 길을 나섭시다."

마을 어른이 나와 일행을 다섯씩 여섯씩 가정에 할당하였다. 유수프 성주와 제밀도 마을 여인숙 방으로 데려갔다. 빈틈없이 대접한 후에 담소를 나누고 시간을 보냈다. 마을 어른이 자러 가기 전에 말했다.

"유수프 성주, 우리 마을에는 도적이 없지요. 그래서 목동들은 이 뷜뷜로에게 싫증이 났답니다. 도대체 어떤 사람이기에 붙잡을 수 없지요? 이해할 수가 없어요."

유수프 성주가 소리 내어 웃었다.

"제밀, 예전에 자네가 찾으려 했던 뷜뷜로가 이 사람이네. 2년쯤 전에 이곳에 정착했지. 누구의 재산이나 목숨에 해를 주진 않지만 목동들은 죽어나지. 이전에 말했던 것처럼 어디에 사는지 추측할 수도 있고 숨결을 느끼지만 그 사람의 기쁨을 빼앗고 싶지 않네. 게다가 자네가 말한 샤오울루 샤 압바스처럼 변장하고 다니지. 해를 입히지 않으니까 굳이 압력을 주고 싶지는 않아."

제밀은 자기가 데리고 있던 목동이 뷜뷜로에 대해 말한 것들을 떠올렸다.

"저희 목동 말에 의하면 개들도 그 사람을 알고 있다고 하더군요."

"맞네. 개들이 그 남자에게는 짖지 않는다고 하더군. 한 양치기 개가 짖었는데, 남자는 그 개의 발을 목동이 등을 대고 자고 있던 나무에 묶어 버렸다고 들었네."

"왜 그런 행동을 하는 것이죠?"

"정말이지 아무도 모르네. 그에 관한 것 중 어떤 것을 믿어야 할지 나도 모르겠네. 들리는 바에 의하면, '오늘날까지 인생은 나와 함께 농을 하면서 흘러갔다. 이 이후에도 나는 그와 농을 하겠다.'고 말했다더군. 어쨌든 이 일을 마치고 그를 뒤쫓아 보세."

유수프 성주는 졸리다는 듯이 길게 하품을 하며 갔다.

그동안의 피로를 물리치기 위해 긴 잠을 잔 기마병들은 아침 에잔 소리에 일어나 모두 모였다. 유수프 성주와 제밀도 그들 곁으로 갔다. 북쪽에서 불어오는 아침 바람을 뒤로 맞으며 말을 빌빌란 고원 쪽으로 몰았다. 쿠르 강의 지류를 지나 빌빌란 고원에 이르렀을 때는 정오를 지나고 있었다. 괼레 숲이 보이는 고원의 남쪽 언덕에서 머물기로 했다. 짐말들이 지고 온 천막 기둥을 바위 사이에 설치했다. 양탄자를 펼쳐 호족들에게 쉴 자리를 마련해 주었다. 유수프 성주가 쉬고 있을 때 제밀은 가까운 곳에 있는 높은 바위에 올라 주변을 바라보았다. 한편으로 아르다눈치 강의 심연이, 다른 한편으로는 어두운 괼레 숲이 보였다. 눈이 피곤해질 때까지 이 신비한 풍경을 보다가 돌아갔다. 피곤하기도 했지만 공기가 맑아서 저녁 식사 때까지 잠을 잤다. 저녁 식사를 하는데 왠지 이상했다. 물을 마실수록 배가 고팠다. 배가 고플수록 먹었다. 갑자기 멈추었다.

"웬일인지 전혀 배가 부르지 않네요."

제밀이 유수프 성주에게 말했다.

함쉬오울루는 노을을 바라보다가 그에게 눈길을 돌렸다.

"제밀, 누구도 배부르지 않지. 이곳의 물 때문이네. 빌빌란 고원의 물은 카스렛 물처럼 차갑지는 않지만 소화를 도와주지."

식사 후에 제밀은 천막 앞에서 반짝반짝 빛나는 별들을 한참 동안 바라보았다. 자러 가려는 참에 대장에게 보낸 사람들과 함께 두 명의 남자가 왔다. 사자들이 카디르에게 무언가를 말하자 그는 즉시 유수프 성주를 깨우게 했다. 유수프 성주는 그들의 목소리를 듣자마자 천막 밖으로 나왔다. 그가 제밀에게 다가왔다.

"제밀, 부인들 중 한 분의 진통이 시작되었다는군. 준비하고 즉시 길을 떠나게.

므스티와 저택에서 온 사람들이 자네와 함께 갈 것이네. 이곳에는 이미 도적들이 없으니 나도 내일 모레 이곳을 정리하고 대장에게 들렀다 가겠네."

그가 말했다.

누구의 진통이 시작되었는지는 물어보지 못했지만 알 수 없는 두려움이 끼쳤다. 제밀은 몸을 단정히 한 후에 남자들이 준비한 도루에 탔다. 도루는 제밀의 조급함을 안다는 듯이 특이한 통찰력으로 머리를 동쪽으로 돌리고 뛰기 시작했다.

96

긴 교육 기간 후에 부대의 뜰에 줄지어 섰다. 교육 중에서 활쏘기, 검과 총 사용법 모두 잘해 냈다. 진짜 시험은 이곳에서였다. 부대의 전통에 따라 뽑힐 것이다. 교정에서 뛰어와 큰 방문에 처음으로 도착해야 뽑힐 수 있었다. 만약 뒤에 남는다면 쉐브캇 우스타와 같이 있어야 했다. 이것은 원치 않는 일이다. 모든 권리를 확보해야 한다. 부대에 입대했을 때 첫 번째 시험에서 사람들이 팔꿈치로 밀어냈지만, 지금은 나도 다른 이들을 밀쳐내며 나의 길을 확보해야 했다. 순진한 신병들은 아무것도 모르기 때문에 줄을 서서 근육 자랑을 하고 있었다. 조금 후에 빠르게 뛰며 빠른 발걸음으로 바닥에 뒹굴며 맨 뒤쪽에 남을 것을 전혀 생각지 않고, 우리처럼 나이든 병사들이 당연히 뒤에 처질 것이라고 여기고 있었다. 쉐브캇 우스타가 아무리 "이것은 낡아 빠진 전통이다. 예니체리의 전통은 마음속에 있어야 한다."라고 말했어도 나는 누구보다 뒤처지지 않는다는 것을 증명하고 싶었다.

상사들이 뜰의 길이를 재면서 우리를 바라보고 있을 때 나도 정직해 보이는 다른 부대원들을 보았다. 시야부쉬 장군 저택에서 방까지 와서 "자네 말고도 저택에 우리 사람들이 더 있지."라고 말했던 넓은 어깨의 상사가 앞으로 나오더니 말했다.

"자, 영웅들이여, 좀 더 정렬된 줄을 만들게. 부대장님께서 오실 거야. 그분을 기다리는 동안 내무반장이 자네들에게 경주에 관해 설명해 줄 거네."

내무반장이 천천히 앞으로 나갔다. 가장 치장이 많이 된 카프탄을 입고, 가장 화려한 검을 차고, 부츠도 번드르르 광을 내었다. 그를 처음 본 날의 단정치 못한 모습은 흔적도 없었다. 그는 우리들을 바라보면서 콧수염을 꼬고, 두 팔로 가슴을 감싸고, 입을 전혀 열지 않을 것처럼 한동안 서 있었다. 그는 길게 목청을 가다듬었다.

"오랫동안 부대에서 교육을 받았다. 오랫동안 부대에서 먹고 마셨다. 후에는 부대 사람으로 남게 될 것이다. 몇몇은 이 경주 후에 우리 부대 전장에서의 검이라고 여겨지는 예니체리의 호칭을 얻게 될 것이다. 잊지 마라. 지금까지 무엇을 했든 오늘부터는 병사의 삶이 자네들을 기다리고 있다. 예니체리 직업을 선택하는 것은 병사로 살다가 죽는 것을 선택한다는 의미이다. 다들 이것을 감수하고 경기에 임할 것이고, 큰 방문에 도착한 이들을 셀 것이다. 적당한 수에 이르면 문을 닫을 것이다. 밖에 남은 이들은 다음번 서약식까지 다른 봉사에서 일을 받게 될 것이다. 문에 도착한 이들은 첫 금요일 예배에서 서약을 하고 예니체리가 될 것이다. 스스로가 충분히 합당하지 않다고 느끼는 형제들은 당장 경쟁을 포기할 수 있고 교실에서 충분히 교육받은 후에 서약식에 참가할 수 있다."

그의 말이 끝나자 신병 부대에서 새로 온 몇몇 견습 아이들은 그룹에서 분리시켰다. 그들을 분리함으로써 경쟁이 더욱 진지해졌다. 일이 어려워지는 것 같아 나는 한두 걸음 전진하여 선 그룹에 자릴 잡았다. 왜냐하면 경기가 시작되자마자 앞으로 뛰어나가야 하니 발을 거는 것을 염려해서 멀리 있어야 했다. 아침 무렵 쉐브캇 우스타가 강경한 목소리로 엄격하게 주의를 주었다.

"자존심이 강해 말을 듣지 않는군. 그렇다면 이기기 위해 달려야지. 난 알지. 자넨 마음씨가 부드러워. 절대 오늘은 누구도 동정하지 말게."

나도 이제는 승리 이외에 어떤 것도 생각지 않고 있었지만 흥분한 순간 갑자기 누르하얄이 눈앞에 떠올랐다. 가슴이 철렁 내려앉는 것 같았다. 그때 내무반장 목소리가 들렸다.

"부대장님께서 뜰로 들어오십니다!"

모두 경례하려고 서 있었다. 그때, 내무반장이 목청이 떨어져 나갈 만큼 큰 목소리로 말했다.

"대장님, 용사들이 줄지어 서 있습니다. 경기를 위해 분부를 기다리고 있습니다."

쥘피카르 대장의 앞에 있는 루멜리 예니체리 대장은 금은 실로 수놓인 카프탄을 휘날리며 몇 발자국 내딛더니 발걸음을 멈추었다. 매우 위풍당당하게, 카프탄 자수로 치장된 모자와 함께 머리를 몇 번 흔들었다. 엄한 눈빛으로 우리 줄을 훑어보더니 내무반장에게 고갯짓을 하고 자신에게 마련된 높은 곳으로 올라갔다. 그가 다리를 꼬고 앉자마자 내무반장이 말했다.

"용사들이여! 부대의 북을 침과 동시에 시작하라!"

최대한 늘인 "시작하라."는 말을 뒤이어 채로 거대한 북을 두드렸다. 북소리를 듣자마자 미친 듯이 달리기 시작했다. 어찌나 빨리 달렸던지, 악령조차 나에게 근접하지 못했다. 일 등으로 안으로 들어왔을 때 숨이 막히는 것을 느꼈다. 겔리볼루 부대에서 몇 시간씩 파도 속에서 경주했을 때도 이렇게 숨이 막히지는 않았다. "나이가 들었군." 그때 수를 세는 것이 끝나고 문을 잡고 있던 예니체리들이 방문을 닫았다.

뜰에 남은 이들이 방으로 돌아가자 넓은 뜰에서 우리를 기다리던 부대장 앞으로 데려갔다. 우리를 위해 준비된 진주가 덮인 검을 나누어 준 후에 그들은 부대장의 방으로 갔다. 그들이 간 뒤 상사는 모두에게 무릎을 꿇으라고 했다. 우리가 무릎을 꿇었을 때, 부대장과 함께 갔던 쉐브캇 우스타가 다시 돌아왔다. 조금 전 루멜리 대장이 앉았던 자리에서 손을 펴고 기도서를 읽었다. 그는 우리를 바라보며 날카로우면서도 사람의 마음을 움직이는 목소리로 말했다.

"지금부터는 모두 형제이니 서로를 사랑하라. 존대하고 보호하라. 모든 일을 성실하고 정직하게 하라. 자네들이 올바르지 못한 일을 하면 고참들, 내무반장, 상사들과 내게 소식이 올 테니, 자네들이 바른길로 돌아가도록 도움을 주겠다. 오늘날까지 행한 죄악들은 정화하고 순결해져라. 부대 동지애를 원칙으로 삼아라. 순결하고 가장 정직한 모습으로 금요일 행해질 서약식에 참석하라. 자! 모두에게 축복이 있길!"

상사가 일어나라고 명하고 우리를 한 줄로 세웠다. 우리는 한 명씩 쉐브캇 우스타가 앉아 있는 높은 곳으로 가서, 노란 금실로 수놓인 짙은 남색 제복 치마에 입을 맞추고 한목소리로 파티하 기도문을 읽은 후에 큰 방으로 돌아갔다.

97

얄르즈참 산의 언덕 비탈을 지나 아르다한 평원으로 내려갔을 때, 말들은 매우 지쳐 있었다. 제밀은 도루의 고삐를 당기며 속도를 조금 줄였다. 다른 말들도 속도를 줄였다. 그러나 한동안 천천히 걸었음에도 말들은 여전히 코를 벌렁거렸다. 그렇게 짧은 숨을 내쉬는 모습을 보고 있자니 제밀은 가슴이 뭉클했다. '말들을 너무 힘들게 했군.' 제밀은 즉시 뒤에 있는 므스티를 돌아보았다.

"말들을 조금 쉬게 하는 게 좋을 것 같네. 말들이 몹시 헐떡거리네."

"금방 가실 겁니다, 도련님."

"아르다한에 이르면 여인숙에서 조금 쉰 후에 여정을 계속하도록 하지."

"그러시죠, 도련님."

제밀은 므스티의 목소리에서 그가 뭔가 불편해하는 것을 느꼈다. 그때 하늘에서 굉음이 들렸다. 그는 움찔했다. 고개를 들어 하늘을 바라보았다. 이처럼 단시간에 하늘이 첩첩 구름에 싸이는 것에 놀란 제밀이 므스티를 돌아보자 어둠 속에서조차 그의 일거수일투족을 주시하던 므스티의 말이 도루에게 다가왔다.

"무스타파 에펜디, 무엇에 싫증이 났는가?"

제밀이 물었다.

므스티가 밤의 어둠과 어울리는 부드러운 목소리로 대답했다.

"아닙니다, 도련님. 단지 저택에 빨리 도착하고 싶을 뿐입니다."

"말들이 어둠 속에서 길을 가는 것은 어려울 거야. 게다가 매우 지쳤고."

"이즈음에는 비가 별로 내리지 않아요. 갑자기 어두워지면 말이 지치죠. 이따가 하늘이 개면 말들도 헐떡임을 멈출 것입니다."

제밀이 말하는 족족 용서를 구하며 앞을 가로막는 므스티를 보면서, 지나친 자기 주장을 삼가야겠다고 마음먹었다.

"맞네. 나도 빨리 저택에 도착하고 싶네. 말들을 몇 시간 쉬게 한다면 더 일찍 도착할 것이야. 그러니 새벽에 일어나 길을 떠나자고."

"뜻대로 하십시오."

므스티가 말했다.

아르다한 지역의 여인숙에 이르렀을 때 함쉬오울루 유수프 성주의 소식을 가져온 사람들의 보살핌을 받자마자 말들은 건초더미에 누워 잠을 잤다. 므스티는 그들을 언짢게 바라보더니 도루와 쿠마르에게 신경을 써 주었다. 제밀은 여인숙 앞으로 나갔다. 커다란 검은 벽돌로 쌓은 벽을 따라 놓여 있는 나무 의자의 방석에 앉았다. 조금 지나자 날씨가 싸늘해 추위를 느낄 지경이었다. 두툼한 외투를 단추로 여몄다. 고개를 들어 어두운 하늘을 바라보았다. 뒤에 있는 보름달조차 검게 만든 구름들은 비를 비워 내려고 먹구름과 섞이고 있었다. 시선을 구름에서 떼지 않고 말했다. "이 것이 움직임이다." 문득 진통을 시작한 부인을 생각했다. "이것은 자연의 움직임이고, 그것도 인간의 움직임이다."

모든 것이 하늘에서 어둠과 섞일 때, 제밀은 귀에 들려오는 잎사귀 소리와 함께 잠에 빠져들었다. 그 순간 생각들이 섞이면서 머릿속의 큰 창문이 열렸다. 제밀은 창문을 바라보았다. 저택의 맞은편 언덕에 있는 꽃 사이에서 품 안에 아이를 안고 걷는 모습이 보였다. 웬일인지 창문에서 바라보던 제밀은 웃고 있고, 품속의 아이와 함께 걷는 제밀은 울고 있었다. 그가 우는 것을 본 데이지 한 송이가 눈물을 닦으라며 꽃잎 하나를 접어 제밀에게 주었다. 제밀이 꽃잎을 받으려 할 때 모든 것이 다시 시작되었다. 꿈은 계속해서 새롭게 펼쳐졌다. 그때 딱딱한 손가락 끝이 어깨를 건드렸다. 그는 꿈에서 깨어났다. 정신을 차리려고 애쓰면서 몸 위의 담요를 천천히 나무 의자에 놓았다. 땀이 난 이마에 손을 대었다. 머리맡에 서 있던 므스티가 말했다.

"동이 트고 있습니다, 도련님. 아침을 드실 때까지 말이 준비될 것입니다. 저희가 다리에 이르기 전에 다리 반대편에서 기다리는 병사들은 성으로 돌아갈 것입니다. 다리를 지나는 데 성의 지휘관 허락을 받을 필요가 없습니다."

그가 가자마자 여인숙 주인이 물항아리와 접시를 들고 왔다. 미지근한 물로 얼굴을 닦자 정신이 조금 들었다. 여인숙 주인이 건네준 수건으로 얼굴을 닦았다.

"도련님, 이곳은 쌀쌀합니다. 아침을 안에서 드시지요."

여인숙 주인이 말했다.

제밀은 자신을 위해 준비되었지만 자지 않았던 방에서 아침 식사를 했다. 담요를 펴지 않은 침대를 보면서 자신이 덮었던 담요를 떠올렸다. "의자에서 외투를 걸치고 잠이 들었지. 아마도 므스티가 그랬나 보군." 여인숙 주인이 가져온 아침을 먹는데 세 명의 부인이 눈앞을 지나갔다. 그들이 그리워져서 곧바로 일어났다. 뜰에서 기다리고 있는 도루에 올라탈 때 므스티가 보이지 않았다.

"므스티는 어디에 있소?"

제밀이 물었다.

"다리 입구에서 우리를 기다리고 있습니다."

사자가 대답했다.

도루가 여인숙에서 나와 쿠르 근처에 있는 다리 쪽으로 걷기 시작하자 제밀은 말에게 날개라도 돋친 것처럼 느껴졌다. 말은 흥분했다. 그는 순간적으로 말의 행동에 언짢음을 느꼈다. 다리 입구에 있는 므스티를 보자 흥분이 누그러졌다. 좁고 긴 다리를 지날 때 제밀은 멀리 성의 망루에 있는 경비병들에게 인사를 했다. 성에서 조금 떨어져 도시 주변의 마을을 지난 말들은 빠른 걸음으로 걸었다. 잠시 후 나마즈갸흐 언덕 중간쯤에 있는 평원에서는 속도를 내서 빨리 달렸다. 쿠르의 깊은 계곡을 도는 길에서 내내 속도를 줄이지 않던 말들이 메쉐아르다한 숲을 오르기 시작할 때 카스렛 파란 하늘에 새빨간 쟁반처럼 걸려 있는 해를 보았다. 밤 동안 주위를 자욱이 덮었던 짙은 비구름의 흔적은 전혀 없었다.

첫 번째 하낙 마을에 들어갈 때 말들은 속도를 조금 줄였으나 휴식을 취하지는 않았다. 마을에서 나와 방향을 동쪽에 있는 카스렛으로 돌린 도루가 갑자기 멈춰 섰다. 처음에는 머리를 들고 공기의 냄새를 맡더니 다른 말들이 오기를 기다렸다. 말들이 오자마자 달리기 시작했다. 말의 행동에 별로 신경을 쓰지 않는 제밀은 지루해졌다. 그 순간 아까 꿨던 꿈이 떠올랐다. 꿈을 되새기기 위해 구실을 찾았다. 하지만 그럴듯한 것이 없자 그는 더욱 지루해졌다. 지루함에서 벗어나고 싶어 도움을 청하는 시선으로 므스티를 바라보았다. 므스티의 시선에서 희망이 보이지 않자 그는 앞으로 고개를 숙이며 전속력으로 말을 몰았다.

98

금요일 예배 이후에 모두 부대 뜰에 자리를 잡았다. 각 내무반장들은 우리의 줄 옆에 서고 상사들은 뜰의 가운데에 모여 부대장이 나올 문을 바라보고 있었다. 그때 밖으로 나온 사자가 문을 활짝 열고 나서 소리쳤다.

"정려어어얼!"

얼마 후에 부대장과 무리가 치맛자락을 휘날리며 걸어왔다. 부대장의 칼집은 갈색 벨벳으로 덮여 있었다. 갈색 부츠도 꽤 빛이 났다. 머리에 두른 흰색과 초록색이 어우러진 터번은 원래보다 키가 커 보이게 했다. 다른 상사들은 쉐브캇 우스타보다 키가 컸다. 그날은 모두 터번으로 경쟁하는 것같이 느껴졌다. 나는 그들의 다채로운 예배 장소와 부대를 대표하는 터번과 모자를 바라보았다. 다시 가장 연장자 상사가 앞에 나와 손을 가슴에 모으고 인사했다. 활기차지만 낮은 목소리로 말했다.

"자, 정렬하시오!"

우리는 멈춰 섰다. 숨소리 하나 들리지 않는 침묵이 이어졌다. 그는 고개를 들어 우리를 바라보았다.

"파디샤의 종으로서, 주인의 명예와 부대의 영광이 항상 함께하기를 빌면서 읽읍시다. 자! 소리 내어 항상 함께!"

그가 먼저 시작했다.

"알라시여, 알라시여!"

기도문 낭송은 부대가 갖는 힘의 원천이며, 모든 전통 중에서 가장 중요한 부분이었다. 중요한 일을 앞두거나 원정을 떠나기 전에는 기도문을 소리 내어 낭송하며 연대감과 힘을 보여 주었다. 우렁찬 목소리로 듣는 이에게 두려움을 불러일으키기도 했다. 원정에서도 대부분 적을 강하게 공격할 때는 항상 기도문 낭송으로 시작하고는 했다. 그 밖에도 기도문 낭송은 부대 숙련자 가운데 무형의 동맹을 만들어 주었다. 견습생과 예니체리의 차이는 기도문을 낭송했는지 여부로 드러난다.

서약식이 끝나고 일상으로 돌아왔을 때 부대에 온 사자들은 우리를 불안하게 만들었다. 허락이 떨어지는 날조차도 혼자 거리에 나가지 말라고 충고했고, 거리에서 수거한 예니체리 시체들을 소리 없이 땅에 묻었다. 발칸 쪽에서는 불안이 꽤 커져 가는데 파디샤가 원정을 떠나라고 명령했음에도 부대에서는 전혀 준비하는 것이 없었다. 예니체리 고참들과 부대장들은 수도에서 나가게 되면 일이 매우 힘들고 복잡하게 될 것이라면서 전쟁을 원하는 파샤들 목을 베라고 요구하고 있었다.

인생을 다 바쳐 예니체리의 명칭을 얻은 초창기부터 지쳐 갔다. 어찌나 기진맥진한지 갑자기 전장에라도 나가게 된다면 이스탄불에서 서서히 사라질 것 같았다. 이것을 처음 느꼈을 때 나는 내가 감정적으로 유약해졌음을 알아차렸다. 때때로 누르하얄을, 때로는 어머니를 떠올리며 울었다. 어느 날 쉐브캇 우스타의 눈물을 보았다. 그는 모든 것을 알고 있다는 듯이 나를 바라보았다.

"빌랄, 인생은 하나의 꿈과 같네. 그렇지 않은가? 종종 사람은 꿈의 끝을 볼 수 없기 때문에 먼 훗날을 생각지 않지. 또 가끔은 과거를 그리워하지. 예니체리에게 '나의'라고 말할 수 있는 과거는 존재치 않아. 조금 전 어쩌면 누르하얄을 떠올렸거나 어렸을 때 자네에게 젖을 주던 어머니를 아니면 자네를 부대로 보내려 준비하던 계모를 떠올렸겠지. 누구를 회상하든지 마음대로 하게. 자네도 알겠지만 눈물을 흘리는 것은 모두 가치가 있지."

그의 말은 나에게 얼마간 위안을 주었다. 그에게 속마음을 보이려고 마음먹었다.

"맞는 말씀이에요. 며칠 전부터 누르하얄을 떠올렸다가는 어머니를 떠올립니다. 어머니는 항상 초록 이삭이 물결치던 밀밭에서 나를 기다리고 있는 것같이 다가오죠. 어머니가 손을 흔드는 것을 회상하면 어쩔 수 없이 눈물이 흘러요."

쉐브캇 우스타는 코를 들이마셨다.

"이보게, 자네는 그렇게 생각하고 있나. 단지 자네 어머니만 그렇게 초록 이삭이 물결치던 밀밭에 앉아 자네에게 손을 흔든다고. 우리에게는 모두 어머니에 대한 그리움이 있지. 우리 중 대부분은 자네만큼 용기가 없지. 그 때문에 편히 울 수 없는 거야. 시간이 지나면 우리가 종속된 그 사람도 한 인간이라는 것을, 모든 것이 부질없다는 것을 알게 되겠지. 그때는 그만큼 인생이 지나가 버리고 말지. 자네에게 한 가지만 말하겠네. 자네 어머니 때문에 쏟은 눈물은 진주알만큼이나 값지다는 것을 생각하게. 그리고 그것을 손안으로 흐르게 하게. 누르하얄 때문에 흘렸던 눈물은 흘러가게 내버려 두게. 그녀 때문에 흘린 눈물을 잡고 있는 것은 가치가 없지. 왜냐하면 그녀는 정에 허덕이는 암말 같은 존재야. 불쌍한 장군을 보호하는 척하면서 그녀가 들어가지 않은 침대는 없었지."

그는 말이 끝나자 가 버렸다. 처음으로 눈물을 닦지 않고 볼에서 마르도록 놓아두었다. 방을 둘로 나누는 두꺼운 기둥 중 하나에 기대어 꼼짝하지 않았다. 모든 것이 거대한 하나의 인생이며 이 모든 것이 거짓이라는 생각에 빠져 있는데 입술에는 뻔뻔한 미소가 내려앉았다. 씁쓸한 미소를 감추려는데 마음속에서 어떤 목소리가 들려왔다. "네게는 짧은 거짓말인 인생이지만 네 어머니가 있는 집만큼 멀고, 단검 끝만큼이나 가깝지." 그때 기대어 있던 기둥이 뒤로 물러났는지, 내가 앞으로 걸어갔는지 알 수 없었다. 내가 똑바로 서려고 할 때 방문이 열리고 굵은 목소리가 들렸다.

"모두 밖으로, 모두 밖으로! 지진이 일어났다, 지진이!"

문 쪽으로 가는데 날마다 걸어갔던 땅이 발 밑에서 진동하는 것이 느껴졌다. 형언할 수 없는 두려움에 빠져들었다. 그런데 그 순간 머릿속에서 악마 같은 웃음이 터졌다. 문에서 빠져나가려고 하는데 쉐브캇 우스타와 누르하얄이 한 침대에 있는 모습이 그려졌다. 기분이 야릇해졌다. 누르하얄의 넓은 엉덩이의 움직임이 쉐브캇 우스타를 삼키자 썩은 미소가 폭소로 바뀌었다. 정신이 나간 채 방에서 나와 뜰 한가운데에 모여 있는 사람들에게 다가갔을 때 맨 구석방 돌벽이 굉음과 함께 무너졌다.

99

함쉬오울루 영토의 남쪽에 있는 지름길로 달려 나란히 흐르는 강을 바람처럼 지났을 때 말은 다시 지쳐 갔다. 강 언덕에 나무가 빽빽이 우거졌는데도 광활한 들판에는 나무가 많지 않았다. 마을 사이에 있는 길에 이르러 작은 봉우리 근처에 샘이 나타나자 제밀은 눈이 휘둥그레졌다. 제밀은 자기도 모르게 말에서 내렸다. 샘에 손을 담그고 물을 마셨다. 샘에서 강으로 흐르는 물은 깨끗하고 차가웠다. 물이 흐르는 양쪽으로 푸른 잔디 사이에 피어 있는 키 작은 수련과 희고 노란 박하꽃이 경쟁하는 듯했다. 물을 좋아하지만 물과 떨어져 있는 히아신스도 꽃만큼이나 아름다운 향기를 뿌리고, 파랗고 조그마한 구슬을 연상시키는 짙은 꽃들도 미소짓고 있었다. 제밀은 샘의 소리를 듣고 싶어서 잔디밭에 누워 귀를 땅에 대었다. 므스티는 제밀이 어디 아픈 모양이라며 걱정했다. 무리지어 있는 야생화를 넋이 나가 바라보는 그를 보면서 걱정했던 마음이 의심으로 바뀌었다. 유수프 성주의 수하들은 또 그런 므스티를 바라보았다. 그들이 불편해하는 것을 알아챈 제밀은 벌떡 일어나 도루 쪽으로 갔다. '카스렛 동쪽과 다른 아름다움이 이 샘의 주변에 있군. 이곳에서 사는 사람들은 대부분 이 아름다움을 모를걸.' 제밀은 뒤돌아 므스티와 일행을 바라보았다. 그들도 말 쪽으로 가고 있었다. 제밀은 민첩한 행동으로 도루에 올라탔다. 술타나가 떠오르자 갑자기 마음이 들떠서 두 발의 구두창을 올려놓고 말의 배를 쳤다. 아픔을 느낀 도루는 순간적으로 튀어나갔다. 말굽에 떨어져 나간 잔디들이 뒤에 오는 말들에게 튀자 그들이 속도를 줄였다. 도루는 속도를 더욱 높였다.

므스티는 걱정스러운 듯 뒤따라갔다. "항상 산꼭대기를 돌아다니던 도련님, 혹시 어제저녁부터 내 마음속에서 배회하던 두려움이 도련님 마음으로 옮겨 갔나요?" 제밀은 그의 말을 듣지 못했다. 므스티는 쿠마르에게 빨리 달리라고 신호를 보냈다. '샘 주위에 있는 꽃들에게서 도련님이 힘을 얻었나 보군.' 말발굽 소리에 파묻히는 소리로 중얼거렸다. "지금껏 어떤 실수도 하지 않았다. 그 실수도 하지 않았더라면 좋았을 것을!" 그도 속력을 냈다.

유수프 성주 사람들의 말은 품종이 좋지 않아서인지 꽤 뒤처졌다. 제밀은 상상의 세계에 어찌나 깊이 빠져들었는지, 자신이 누구인지도 잊고 있었다. 도루는 가야 하는 방향을 스스로 파악하고 길을 갔다. 한편으로 등에 타고 있는 주인이 떨어질까 봐 발걸음을 주의 깊게 내디뎠다. 므스티의 쿠마르도 그보다 뒤처지지 않으려고 속도를 내어 도루에게 근접해 갔다. 하지만 도저히 그를 앞지를 수는 없었다. 이삭이 패었지만 아직 다 여물지 않은 밀밭 사이를 지나 마을에 들리지 않고 그들은 계속 길을 갔다. 투르크멘 고원에 가까워졌을 때 말들이 매우 지친 것을 본 므스티는 격앙된 목소리로 말했다.

"도련님, 짧게라도 휴식을 가집시다."

제밀은 말을 듣지 못했다는 듯이 그를 바라보았다. 므스티는 평평한 갈색 얼굴을 표정 하나 변하지 않고, 칼로 인한 상처를 실룩이며 몇 번 침을 삼킨 후에 다시 한 번 말했다. 멀리 보이는 고원을 바라본 제밀은 카스렛 꼭대기에서 불어오는 꽃향기 실린 바람 냄새를 맡으며, 도루의 고삐를 가볍게 당겨 말을 세웠다. 제밀은 말에서 뛰어내렸다. 말의 허리를 감쌌던 긴 발을 같은 모양으로 유지하고 있었기 때문에 피곤함을 느꼈다. 발을 움직이며 걸었다. 므스티는 말의 땀을 식힌 후에 머리를 쓰다듬었다. 사자가 옆으로 오자 도루와 쿠마르는 왠지 불안해했다. 므스티는 말들을 바라보며 중얼거렸다. "하고 싶은 말이 있나 보구나. 좋은 소식일 거라 기대해." 그러고는 제밀을 돌아보았다.

"도련님, 여정이 얼마 안 남았습니다. 그만 가시죠."

주인들이 올라타자 말 두 필은 동시에 달렸다. 갈기가 장식된 사자의 말들도 그들을 뒤쫓았다.

도루의 털은 밝은 갈색이고, 쿠마르의 털은 검은빛이 도는 짙은 밤색이었다. 둘 다 허리가 가늘고 목은 길었다. 갈기의 한 부분을 같은 모양으로 땋았다. 달릴 때에는 서로 경쟁하지도, 누가 뒤처지지도 않았다. 둘 다 오른쪽 발굽의 바깥쪽에 하얀 반점이 한 개씩 있었다.

카스렛의 꼭대기에 가까워지자 바람이 거세졌다. 고원도 마을도 멀리 있었다. 산의 남쪽 언덕에서부터 반호를 그리며 동쪽 언덕으로 지나갔다. 바람은 북서쪽에서 불어왔기 때문에 산의 동쪽은 모든 것이 조용했다. 고요함과 열기 속에서 꽃들조차 지쳤다. 제밀은 산 동쪽 언덕에 기대어 있는 거친 돌과 다듬어지지 않은 나무로 만들어진 저택을 보자 뭐라고 형언할 수 없는 감정으로 미소를 지었다. 제밀은 말 위에 꼿꼿이 앉아 있는, 가무잡잡한 얼굴에 피로의 흔적을 찾아볼 수 없는 므스티를 바라보았다.

므스티는 그의 시선을 느끼지 못한 채 먼 곳을 바라보고 있었다. '태어난 이후 처음으로 무릎을 꿇고 그에게 모든 것을 이야기하겠어.'

자신들의 저택이라고 말했지만, 조금도 저택 같아 보이지 않는 집에 당도하자 몇 명의 투르크멘 남자가 그들을 맞이했다. 제밀은 알지도 못하는 사람들의 걱정스런 얼굴을 쳐다보았다. 고원에 핀 꽃들처럼 얼굴만 봐서는 아무것도 이해할 수 없어서 서둘러 말에서 내려 응접실로 향했다. 발걸음을 내딛자마자 녹청색 눈의 아시아와 마주하게 되었다. 아시아는 맞은편에서 갑자기 그가 나타나자 당황했다. 준비 없이 말을 하려니 더듬거렸다.

"술타나에게 가 보세요."

그녀는 짤막하게 한마디 했을 뿐이었다.

침실에 있는 술타나는 때때로 오는 산통을 신경 쓰지 않고 오히려 걱정스런 눈빛으로 들어오는 제밀에게 눈길을 돌렸다.

술타나는 눈물이 고인 두 눈으로 시선을 피했다. 아시아는 술타나의 도톰하고 통통한 손을 잡고 말했다.

"침대에 누워서 쉬어요. 전 제밀과 이야기 좀 나눌게요."

제밀은 그들의 행동을 이해할 수 없었다. 깊고 깊게 심호흡을 반복하는 술타나에게 어떻게 해야 할지 몰라 갈팡질팡했다. 그녀가 침대에 누워 심호흡을 계속하자, 아시아는 제밀의 손을 잡고 응접실로 데려갔다. 그곳에서 제밀의 목에 매달려 울었다. 영문을 모른 채 제밀이 물었다.

"아시아, 대체 무슨 일이오? 쉬메이라는 어디 있소?"

아시아는 입술의 떨림을 가라앉히려 애쓰면서 대답했다.

"조금 전에 출산했어요."

제밀의 머리카락이 쭈뼛 섰다.

"그녀에게 데려다 주오."

"조금만 쉬고, 아이란 한잔 마시고, 그런 후에 가세요."

아시아는 울면서 방을 뛰쳐나갔다.

100

지진이 일어났던 날 매일같이 발바닥을 대고 걸었던 땅도 우리 것이 아님을, 우리가 모시는 주인의 땅임을 알게 되었다. 부대의 상황은 갈수록 나빠졌다. 내 인생을 바치면서 얻었던 예니체리란 직업은 서푼어치의 가치도 없었다. 파디샤도 우리를 원치 않았고, 때때로 길에 돌아다니던 이스탄불 사람들도 없었다. 이에 만족할 수 없다는 듯이, 부대와 전혀 관계도 없는 사원 사람들이나 지역 주민들은 자신들이 원하는 것을 이루지 못하면 우리가 지지해 줄 것이며 궁을 습격할 것이라는 소문을 퍼뜨리고 있었다. 몇 년 동안 부대를 건드리지 않았던 파디샤는 소문 때문에 두려워하며 경계 태세를 갖추었다. 밤에 선술집에서 죽임을 당한 친구들을 대낮 이스탄불의 거리에서 찾아와야 하는 작업이 시작되었다. 장군의 저택에서 무너질 수 없다고 여겼던 질서가 어느 날 밤 종국에 이른 것처럼 부대에서도 모든 것이 갑자기 끝나 버릴 수 있는 것이다.

어느 날 쉐브캇 우스타가 보랏빛으로 질린 얼굴로 방에 들어왔다. 옆에는 저택에서 온, 그리고 시야부쉬 장군 저택에서 집사를 목 졸라 죽인 것이 확실시되는 어깨가 넓은 거구의 상사가 있었다. 그를 본 내무반장의 표정이 밀랍처럼 노래졌다. 우리보다 경험 많은 이들도 얼굴에 걱정하는 기색이 역력했다. 우리 신참들은 정보가 없었기 때문에 침착했다. 쉐브캇 우스타가 방 가운데에 서서 모두에게 말했다.

"여러분, 끝내 말하고 싶지 않았습니다. 그러나 부대가 사라지려 합니다. 에니체리 단원부터 부대장들까지 모두들 썩었습니다. 그들을 우리 부대에서 없애야 합니다. 만약 우리가 숙청하지 않으면 우리를 원하지 않는 파샤들과 연합한 무리들이 우리를 없앨 것입니다. 우리의 부대를 지키기 위해 오늘 통치권을 빼앗아야 합니다."

그는 곁에 있는 상사를 가리켰다.

"누르 이브라힘 상사와 그 외 사람들이 우리 곁에 있습니다. 지금부터는 우리 등에 수년 동안 진드기처럼 붙어 있던 사원 측과 세력을 확보하기 시작한 지역 주민들이 우리 이름에 얼룩을 남기는 것을 눈감아 주지 않을 것입니다. 파다샤 에펜디에게 우리가 종속되어 있듯이 그분도 우리를 잊지 않기를 바랍니다. 자! 멈춰 있을 시간이 없습니다. 허리춤에서 여러분의 칼과 총을 빼시오. 준비하시오. 행동을 개시하기 위해 우리의 소식을 기다리시오. 누구든지 우리를 배신하는 자는 목숨을 보존하지 못할 것이니 그리 아시오."

그는 말을 마치고 돌아섰다. 그리고 뒤에 서 있는 누르 이브라힘 상사에게 말했다.

"자네도 무언가를 말하고 싶겠군."

그는 오른쪽으로 두 발자국을 내딛고 멈추더니 오른쪽 손을 가슴에 얹었다.

"쉐브캇 형님께서 할 말을 다 하셨지만, 이것을 다시 한 번 확실히 하고 싶군요. 우리를 배신하는 것의 끝이 무엇인지는 상사들도 내무반장들도 잘 알 것입니다. 상사 보조와 내무반장, 당신은 이곳에서 준비하시오. 우리로부터 소식을 기다리시오."

쉐브캇 우스타는 무언가를 잊었다는 듯이 침을 꿀꺽 넘기며 엄하게 우리를 바라보았다.

"우리 모두 힘을 합한다면, 잃어버린 신뢰를 되찾을 수 있을 것이오. 우리 부대에서 시발된 이 숙청 사업은 단기간에 모든 부대에 퍼질 것입니다. 어쩌면 이것은 우리가 자신을 위해 할 수 있는 마지막 게임이 될 것이고, 우리 모두의 종말이 올 수도 있다는 말입니다."

그는 이렇게 경고한 후에 내무반장에게 돌아서며 "내무반장, 빌랄을 시야부쉬 장군 저택에서 알게 되었지. 그를 내 곁에 두겠소."라고 말하고 나를 보고는 "자, 빌랄, 준비하게. 함께 가지."라고 말했다.

그가 말을 끝냈을 때 나는 당황한 가운데 어쩌할 바를 모르고 우두커니 서 있었다. 내무반장이 내 옆으로 왔다. 그는 느린 말투로 서둘러 준비하라고 했다. 나는 그 순간 당혹감을 떨치고 즉시 복장을 가다듬었다. 쉐브캇 우스타와 누르 이브라힘 상사의 뒤를 쫓았다. 뒤에서 걸어가는데 누르 이브라힘 상사가 "자네 말고도 저택에 우리 사람들이 더 있지."라고 했던 목소리가 계속해서 귓가를 울렸다. 방에 들어왔던 그다음 날 아침, 집사와 보조의 목이 잘린 주검을 찾았었다. 집사의 죽음을 떠올리자 머릿속이 뒤죽박죽되었다. 나는 누르 이브라힘 상사처럼 사람을 목 졸라 죽일 수 있을까? 목을 졸라 죽이지 못한다면 누르 이브라힘 상사의 큰 손에서 어떻게 벗어날 수 있을까? 이런저런 생각에 빠져 있자니 내 자신이 그들 뒤에서 걷고 있는 좀비같이 여겨졌다. 그들 뒤를 따라 다른 상사들이 모여 있는 방으로 들어갔다. 우리가 들어가자 방에 있던 이들이 모두 일어섰다. 누르 이브라힘 상사가 손짓하자 모두 몸을 숙였다. 쉐브캇 우스타의 자리를 상석에 배치하고 누르 이브라힘 상사도 옆에 무릎을 꿇고 앉았다. 그들이 앉자 다른 상사들도 앉았다. 쉐브캇 우스타가 나를 바라보며 말했다.

"빌랄, 이제 자네도 상사 보조일세. 자, 편히 하게. 그리고 다른 상사들 옆에 앉게."

그가 말한 것들을 제대로 알아듣지 못한 채 가까이에 있는 상사들 사이에 무릎을 꿇고 앉았다. 쉐브캇 우스타가 흙바닥에 깔려 있는 케렘을 바라보면서 말했다.

"자, 누르 이브라힘 상사가 어젯밤 자네들에게 설명했지. 우리 부대는 수상과 호족들의 장난감이 되어 버렸네. 우리와 안면도 없고, 우리가 알지도 못하는 사원 측이 우리를 지지자라고 공표하며 우리의 파디샤 에펜디에게 말도 안 되는 요구를 하고 있네. 우리에게 예를 갖추지 않고 있어. 우리 덕택에 왕좌에 오른 파디샤 에펜디도 우리에게 등을 돌렸다네. 전쟁이라면 우리를 먼저 생각해야 하는데 발칸 쪽에도 훈련된 스파이를 보냈다더군. 이제는 새 군사들을 그곳으로 보내려고 준비한다고 하네. 이 상황에서 갈라카 선술집들에서 사즈[35]를 연주하며 흥을 즐기는 동지들은 매일 더 늘어나고 있어. 어찌 된 일인지 매일 거리에서 우리 동지들의 시체가 늘어 가네. 이런 상황을 끝내야 할 때이다. 먼저 우리가 있는 곳에서부터 정화를 시작해야 해. 그런 후에 다른 부대들과 연합하자. 우리 부대장인 쥘피카르는 좋은 분이다. 섬세하지만 아무것도 하지 않고 그냥 있으니 그를 언급할 시간조차 없어. 그가 아무 행동도 하지 않기 때문에 선량한 사람들도 해를 입고 있다. 일전에 서약식 때 온 예니체리조차 우리를 밀고하고 있다. 우리는 우리에게 닥친 일을 함께 해내야 할 것이다. 그렇지 않으면 우리 모두 늪에 묻히고 말 것이다."

털이 쭈뼛 선 상사들은 자신들의 검을 잡았다. 나는 그들의 옆에서 작은 아이처

---

35) 터키 전통 현악기.

럼 느껴졌다. 아이 같은 눈빛으로 그들을 멍하니 바라보고 있을 때 누르 이브라힘 상사가 목을 가다듬고 말했다.

"자! 제군들이여, 우리 부대의 명예를 회복하자. 다른 부대들에 본보기가 될 것이다. 이제 방으로 가서 설득하라. 거부하는 이, 반대편에 서는 사람은 절대 동정치 마라. 우리는 이곳에서 자네들의 좋은 소식을 기다리고 있겠다. 희소식을 전하라. 그러자마자 중앙으로 갈 것이다. 그곳에서 일을 원만하게 하기 위해 먼저 대화하겠다. 우리의 대장이 거부한다면 필요한 것을 행하겠다."

말이 끝나자 상사들이 둘씩 일어나 방을 나갔다. 누르 이브라힘 상사는 나를 돌아보았다.

"빌랄, 이제부터 쉐브캇 형님을 보호하는 것이 자네의 임무일세. 알겠지만 그분에게 무슨 일이 일어난다면 자네도 그날로 끝이야. 자네 목숨보다 그분의 목숨을 보호해야 하네. 잠시 후 쥘피카르 대장에게 갈 때 저기 보이는 쟁반을 옮기게."

쉐브캇 우스타와 누르 이브라힘 상사는 일어나 예배를 드렸다. 나도 그들과 예배를 드렸다. 예배 마지막에 쉐브캇 우스타가 외쳤다.

"하느님이시여, 저희의 성전을 신성하게 하소서."

그는 이렇게 말한 후에 기도문을 암송했다. 우리는 함께 기도문을 암송했다. 조금 전 나갔던 상사들이 내무반장들과 함께 다시 돌아왔다. 내무반장들은 부대장을 '해결'하기를 원하고 있었다. 이것을 기회 삼아 누르 이브라힘 상사가 말했다.

"자! 빌랄, 쟁반을 들게."

상사와 내무반장들에게 기다리라고 했다. 몸에 장착한 모든 무기를 꺼내 가죽 위에 놓았다. 쉐브캇 우스타도 마찬가지였다.

나는 뚜껑이 덮인 쟁반 안에 무엇이 있을까 궁금해하며 걸었다. 대장의 방까지 어떻게 왔는지도 알 수 없었다. 쉐브캇은 방문 앞에 있는 거구의 보초병들에게 인사를 건네고 나서 말했다.

"부대원들이 대장님께 드리는 선물이 있네. 선물을 드리고 대장님께 서약을 알리는 임무를 부여받았네. 대장님께 전해 주겠는가?"

보초병들은 아무것도 의심치 않았다. 한 명이 문 뒤로 사라졌다가 다시 돌아왔다. 우리를 안으로 들였다. 쉐브캇 우스타와 누르 이브라힘 상사가 앞에, 나는 뒤에, 두 명의 상사가 내 뒤를 따라 안으로 들어갔다.

방에 들어갔을 때 부대장인 쥘피카르는 나른하게 염주를 돌리고 있었다. 쉐브캇 우스타를 보자 미소를 지으며 말했다.

"오시오, 쉐브캇. 내 옆으로 앉으시오."

쉐브캇 우스타는 문 쪽을 향해 눈짓했다.

"저희 부대에서 선물을 몇 개 가지고 왔습니다. 허락하시어 받아 주신다면 저희는 감개무량할 것입니다."

그가 이렇게 말하며 물러서자 누르 이브라힘 상사가 거구를 움직여 쟁반을 들고 부대장의 가까운 곳에 무릎을 꿇었다. 뒤를 따라 안으로 들어온 상사들은 양쪽에서 부대장을 향해 걸어갔다. 부대장은 낮은 목소리로 말했다.

"자네를 부대장으로 뽑은 이래로 기다렸네, 쉐브캇. 오늘이 그날인가 보군."

말이 채 끝나지 않았으나 누르 이브라힘 상사가 쟁반 안에 있던 검을 집어 부대장의 가슴에 대었다. 다른 손으로 쥘피카르 대장의 입을 막았다. 갑자기 동공이 커진 늙은 남자는 풀썩 쓰러졌다. 쉐브캇 우스타는 문을 향해 "보초병들!" 하고 불렀다.

두 명의 보초병이 안으로 들어오자마자 문 양쪽에 있던 상사들이 그들의 목에 검을 대었다. 고참 상사가 나에게 경비병의 무기를 집으라고 했다. 나는 일을 재빨리 끝내기 위해 무기 쪽으로 움직였다. 총과 칼을 집어 한쪽 가에 놓은 후에 경비병의 허리에 있는 단검을 집으려고 손을 뻗자 경비병 중 하나가 자신을 잡고 있던 상사의 손을 빠져나와 단검을 집었다. 그가 나를 죽일 것이라는 두려움에 재빨리 진주가 덮인 단검을 빼어 왼쪽에 있는 경비병의 목을 찔렀다. 단검을 다시 빼기도 전에 경비병의 목에서 피가 솟구쳤다. 그가 무릎을 꿇는 사이 상사들이 다른 경비병도 처리했다. '일은 이렇게 평화적으로 진행되는군.'

101

쉬메이라가 죽고 나서 산을 장식하던 야생화들의 색은 바래고, 폭포의 차가운 물도 우울함으로 시들해졌다. 제밀에게는 그날까지 자연에 존재하던 모든 아름다움이 의미를 잃어버린 것 같았다. 먹고 마시는 것에 의욕을 잃은 것처럼, 자신을 감흥시키던 카스렛도 이제는 흥미가 없었다. 카스렛 남동쪽에 있는 무덤가에서 밤마다 피우는 불을 한참 동안 바라본 후에 "이곳에서 멈출 수는 없어, 이제."라고 말하고는 했다. 그러고는 무덤 속에 누워 있는 쉬메이라에게 딸들이 그날 무엇을 했는지 말해 주었다. 수십 번째 불을 피운 후에 한동안 무덤을 바라보았다. 말을 타고 저택으로 돌아가려는데 뒤에서 소리가 들렸다.

"저녁의 영광이 지속되기를 바랍니다, 나리."

그는 움찔하며 고개를 돌렸지만 남자의 얼굴을 보지는 못했다. 머리를 앞뒤로 흔드는 것만 알아차렸다. 남자는 그를 보고도 멈추지 않고 머리를 흔들었다. 그가 어둠의 심연에서 나온 목소리로 말했다.

"아십니까, 도련님. 무덤가에서 사십 일 동안 불을 피우는 것은 수백 년 동안 이 땅에서 살고 있는 사람들에게 전해 내려오는 관습이라오. 내가 어렸을 때도 이 관습은 있었지요. 어머니와 무덤에 갔을 때가 생각나는군요. 긴 시간 동안 찾았던 우리 마을을, 그리고 공동묘지를 얼마 전에 찾았지요. 어머니의 무덤은 아직 찾지 못했지요."

제밀은 불을 피우려고 준비한 장작 조각을 공중으로 치켜들었다. 어둠 속에서 얼굴을 분간할 수 없는 남자에게 물었다.

"어떻게 마을의 공동묘지를 몰랐단 말이오, 며칠 전까지?"

"그렇소. 몰랐소."

제밀은 그를 더 주의 깊게 바라보았다.

"오랫동안 마을에서 떨어져 살았소?"

"어린아이였을 때, 이별해 왔을 때⋯⋯."

그가 차가운 목소리로 대답하는 것을 눈치챈 제밀이 말했다.

"이 관습이 어디에서 왔는지 모르겠소. 죽은 식구가 있어 하이에나들이 나타나 조각낼까 봐 사십 일이 될 때까지 불을 피웠소. 앞으로는 피우지 않을 것이오."

"나리, 이곳에는 하이에나들이 없어요. 사십 일 동안 불을 피우는 것은 사랑이 얼마나 큰지 보여 주지요."

남자는 다른 말은 하지 않고 말에 올라타 다시 어둠 속에 섞였다. 제밀은 머릿속에 무언가 떠오른 것처럼 대책 없이 이마를 쳤다. "이것이 그의 목소리군. 한 달 전쯤 며칠 동안 찾았던 남자가 이 사람이군."

"한 달 전쯤에 목동에게서 이름을 듣고 뒤쫓았어. 이상한 호기심으로 사흘 밤낮을 사람들과 함께 이 산 저 산 곳곳에서 뛰어다녔지. 찾을 수 없을 것이라고 믿자 찾는 것을 포기했어. 내가 포기했던 것은 유수프 성주가 '어느 날 스스로 올 것이야.'라고 했던 말 때문이었어. 유수프 성주가 말한 것처럼 어느 날이 아니라, 어느 날 밤에 온 것이야." 그는 뷜뷜로가 남긴 어둠을 바라보며 중얼거리다가 그를 찾으러 나섰던 날이 유수프 성주와 하낙에서 말발굽 편자들을 새로 간 날이라는 것을 떠올렸다.

사람을 잘 다루는 유수프 성주는 말들의 편자를 고치는 아르메니아 장인에게 말을 시키려고 집과 일에 대해 이런저런 이야기를 한 후에 물었다. "뷜뷜로를 알고 있소, 메스탄 선생?" 장인이 소리 내어 웃으면서 말했다. "어제 말발굽을 새로 갈았죠. 어디로 갔는지는 알 수 없습니다. 동굴 쪽으로 갔을 것입니다, 아마도. 그가 어디로 갈지, 실제 어디로 갔는지는 알라만이 아시지요. '주르지나에 간다오.'라고 말하고는 길을 나서자마자 생각을 바꾸어 포스코프로, 아니면 아홀켈렉으로 가지요. 운명의 수레바퀴를 넘어선 사람이라오. 나는 오랫동안 외로움은 신께 어울린다고 생각했지요. 이 남자에게도 어울려요, 사실."

유수프 성주는 아자라 사투리로 "맞소."라고 맞장구쳤다.

메스탄 장인은 그리 신경 쓰지 않고 말을 계속했다.

"빌빌란 고원에서 다시 무리를 뭉쳤답니다. 신경을 써야 해요. 그리고 남자를 죽인다 하더라도 권리는 줘야 해요. 헤리프치오울루는 강심장이고, 또한 바람같이 빠른 말이 있지요."

"어디에서 와서 어디로 간답니까? 혹시 아시는 게 있소?"

"입은 옷은 수도에서 본 예니체리의 것과 비슷하고 손잡이가 진주로 도드라지게 조각된 작은 단검이 있었는데, 쇠가 지금껏 제가 본 것하고는 다르더군요."

메스탄이 말할 때 제밀은 방금 커피를 가져온 손이 큰 그의 딸을 생각했다. 소녀의 아름다운 눈은 쉬메이라와 닮았다. 흰자위가 컸고, 눈동자는 남색에 가까웠다. 커피를 내려놓는데 제밀과 눈이 마주치자 그녀는 손을 떨면서 얼굴을 붉혔다. 그녀는 커피를 내려놓자마자 뛰어 나갔다. 한동안 제밀은 아틀리에 문에서 그녀가 들어오기를 기다렸지만 소녀는 다시 오지 않았다. 마음과 시선이 제각각 따로 노는 것을 느낀 제밀은 이상한 감정에 빠져 있었다. 그때 유수프 성주의 "제밀, 자, 가지."라고 말하는 소리를 들은 것 같았다.

멀리 있는 하낙에서 말을 타고 떠나왔을 때는 정오가 되었다. 함쉬오울루 유수프 성주의 저택에 갔을 때 유수프 성주의 부인이 아시아가 베지르갼쾨이에서 제밀을 기다리고 있다고 했다.

유수프 성주는 "제밀, 분명 어느 날 만나게 될 테니, 절대 예니체리 옷을 입은 남자를 찾으러 나서지 말게. 근거지가 불분명한 누군가를 찾는 것만큼 어려운 것은 없다네. 겨울이 다가오고 있어. 보라고, 분명 스스로 어느 날 포기하고 제 발로 오게 될 것이야. 자! 자넨 아시아와 다른 부인들을 더 기다리게 하지 말게."라고 말하며 길을 떠났다.

제밀은 도루를 숲에서 강가로 몰아 내려갔다. 유수프 성주 측 사람들이 멀리서 자신을 감시하고 있는 것을 느꼈다. 자신에게 적이 없다고는 생각하지만, 그들이 감시를 그만두지는 않을 것이었다. 제밀은 잠시 베지르간이에 있는 여인숙에서 시간을 보낸 후에 아시아를 데리고 카스렛 쪽으로 길을 나섰다. 언덕에서 구불구불 뻗어 있는 길을 지나 큰 평원으로 나갔을 때 제밀은 진산 뒤쪽으로 빠르게 미끄러지는 태양을 바라보며 말했다. "아시아! 태양도 어머니 품으로 파고드는구려."

아시아는 도루 쪽으로 말을 가까이 댔다. "왜 어머니 품이에요? 수년 동안 뜨고 지면서 이제는 컸어요. 연인 품속으로 들어가는 거예요."

그들은 동시에 서로에게 손을 뻗었다. 손을 잡자 말들도 동시에 같은 속도로 걸었다. 그렇게 나란히 손을 잡고 말 위에 앉아 나아갈 때 물과 목초지가 있는 장소가 나타났다. 아시아가 가볍게 말의 고삐를 당기자 도루도 멈춰 섰다. 아시아는 말에서 뛰어내렸다. 체리나무 손잡이의 채찍으로 부드러운 땅에서 파란 꽃과 초록 나뭇잎 주위에서 가시가 있는 몇 개의 뿌리를 캤다. 뿌리는 파리 시장에서의 당근과 비슷하지만 그것의 색은 주황색이고 이것들은 흰색이었다. 아시아는 땅에서 캔 뿌리를 고인 물에 잘 씻은 후에 말의 안낭에 넣었다. 제밀도 한 개를 달라고 하더니 분홍 꽃과 가시가 있는 뿌리를 관찰했다.

"그만의 특별한 맛이 있어요. 우리는 이것을 메뛰이라고 부르죠. 당근보다는 단단해요." 아시아가 말했다.

제밀이 한 입 깨물었다. 입속이 꽉 차는 느낌이었다. 위가 거북해질 거라 생각하면서 작은 조각을 씹어 삼켰다. 위는 아무렇지도 않았다. 반쪽을 아시아에게 주고, 다른 반쪽을 자신이 먹었다. "내게 가르쳐 줄 것이 끝이 없겠군." 제밀은 말했다.

말에 올라타자 손을 뻗은 아시아가 대답했다. "제밀, 제가 아는 모든 것은 제가 살았던 이 토양에 대한 것들이에요. 그 이외에는 잘 알지 못한답니다."

"지상에서 가장 아름다운 여신인 이난나에 대해서도 당신이 설명하지 않았소? 아시아, 이 토양에 사랑의 비밀스런 씨앗이 숨겨져 있다고 당신이 말했잖소."

아시아의 수줍은 시선이 먼 곳에 머물렀다. "이 토양에 사는 것, 사람들이 말하는 것들을 가리키는 것이었어요. 말하자면 카스렛의 동쪽, 서쪽, 북쪽, 남쪽에 대한 것들이에요. 제가 아는 것은요."

"나는 신학교에서 그보다 많이 배우지 못했는걸. 파리에서 사는 사람들은 단지 그곳과 관련된 것들만 알고 있지. 만약 이곳 사람들과 그곳 사람들이 아는 것을 서로 교환한다면 얼마나 많을 것은 알게 될까?"

"제밀, 이것들은 이미 당신도 다 알고 있어요."

"단지 나만으로는 안 돼. 당신도 그들도 모두 알아야 해. 그래야 의미가 있지, 아시아."

그때 그는 어둠에 섞여 가는 남자를 뒤에서 바라보았다. 모든 것이 번개처럼 제밀의 머릿속에 스쳤다. 도루를 타고 쉬메이라 무덤을 떠나 저택을 향해 갈 때도 머릿속에서 뷜뷜로가 떠나지 않았다. 저택에 꽤 가까워졌을 때 아주 가까이에서 말발굽 소리가 들려왔다. 소리가 나는 방향을 확인하기 위해 도루를 세우자 소리는 이미 사라지고 없었다.

군대가 발칸 반도 쪽으로 행동을 개시하기 전에 파디샤는 다시 한 번 예니체리의 부대장들과 이야기를 나누었다. 부대원들이 새로 조직된 군대 안에 자리 잡기를 바란다고 충고했었다.

예니체리 보병 중대가 새로 조직된 군대에 동참할 것이라는 소식이 전해지자마자 온 부대가 동요했다. 그들의 인내는 한계에 달했다. 몇 주 전에 "우리의 옛 질서를 다시 세워야 한다. 예니체리의 체면을 다시 찾아야 한다."며 부대원을 동요했던 쉐브캇은 뜰로 나가 반항적이고 성난 목소리로 말했다.

"우리는 아직 죽지 않았다. 수년 동안 부대에서 교육을 받았다. 이단자의 명령을 받들어 교육받은 초짜들에게 동참하지 말자. 알라께서 우리들의 증인이 될 것이니, 새로 조직된 군대에 참여하지 않을 것이다. 파디샤가 뭐라 하든지, 우리는 우리의 질서 안에서 살 것이다. 다시금 땅을 전율시키고, 모든 곳에서 영광과 함께 박수를 치는, 북소리가 수많은 마을을 타고 들려오는 영광의 예니체리로 남게 될 것이다. 자! 부대원들이여, 자! 상사, 내무반장, 예니체리, 신병들이여 이대로 있을 때가 아니다. 허리띠에 무기를 준비하라. 예니체리 장교들에게 소식을 전하라. 우리가 지휘할 것이다. 부정한 새 질서에서 우리 스스로를 구하자. 파디샤의 옆에서 자리를 차지하고 새로운 계획에 참여하지 않는다면, 그런 사람은 없애고 궁정으로 들어갈 것이다. 궁정이 우리의 고통에 방책을 찾지 못한다면, 그때는 새 군대의 병영으로 걸어가리라."

부대에 있는 예니체리들과 신병들은 물론이고, 아나톨리아와 루멜리 부대원들도 우리에게 와서 완전 무장을 했다. 우리는 그날 밤과 그다음 날을 뜬눈으로 보냈다. 뜰에 있는 사람들은 때때로 방에 가서 무언가를 먹었다. 우리들도 보초를 서며 급히 배를 채우곤 했다. 이틀을 기다렸음에도 어떤 예니체리 장교들에게서도, 알아보러

갔던 사람들에게서도 아무런 소식이 없었다. 먹지도 마시지도 않고, 가죽 위에서 앉아 있는 쉐브캇 장교는 두 번에 한 번꼴로 튀어나와 이리저리 거닌 후에 다시 앉기를 반복하며 보조에게 말하고는 했다. "가장 충실한 부하들에게, 하!"

주먹으로 턱을 괸 채 반쯤은 그림자에 가려진 얼굴로 한참 동안 앉아 있다가 일어나 이리저리 돌아다니며 같은 말을 반복하다 다시 자리에 앉았다. 그의 불편함이 나에게도 전해졌다. 종종 나도 그에게 동참하여 "가장 충실한 부하들에게, 하!"라고 크게 말했다.

두 번째 날 밤 그의 눈은 부을 대로 부었다. 피곤은 갈수록 누적되었다. 시야부쉬 장군이 여전히 무언가를 바로잡을 희망으로 움직이고 있다고는 하지만 우리 부대는 다른 부대만큼이나 혼란스러웠다. 그리고 단독 행동을 하고 있었다. 내무반장들, 상사들, 내무반 병사들도 내무반장 말을 듣지 않게 되었다. 몇 주 전만 해도 협동이라고 말하던 모든 고참이 다른 목소리를 내기 시작했다. 누구도 말을 듣게 할 수 없게 되었다. 모두 계급이 없는 부대 신병들에게 명령을 퍼부어 댔다. 두 번째 날 늦은 시각에 쉐브캇 장교는 나의 계급을 갑자기 부상사로 높였고, 누르 이브라힘 상사가 부하 두 명과 함께 걸어오는 것을 보며 두려움에 이성을 잃고 떨리는 목소리로 물었다.

"희소식이라도 있소, 상사?"

"시종하고도 만나질 못했습니다. 쉐브캇 대장, 소문에 의하면 고관과 몇몇 부대장이 마지막으로 상황이 심각하니 부대들의 요구를 들어주고 새 집행자들을 파견하지 않는다면 이스탄불 거리에 피바람이 불 것이라고 파디샤께 전해 달라고 했답니다."

"파디샤는 지금껏 그랬던 것처럼 적은 울리페 비용[36]으로 그들의 입을 막을 줄 알

---

36) 오스만 제국 시기 수문장 등 군사들을 시켜 궁궐이나 관공서의 임무를 맡기고 석 달에 한 번 제공하는 비용.

지요. 이미 예니체리 장교들도 그들과 행동을 같이하고 있습니다. 그렇지 않았다면 부대들에 왜 소식을 보내지 않았겠습니까?"

"쉐브캇 대장, 거대한 이스탄불이 흔들리고 있습니다. 파디샤는 경마장에 신식 군대 깃발이 꽂힐까 봐……."

이 말을 들은 쉐브캇은 불같이 화를 냈다.

"고참 상사, 잘 알겠지. 이제 더는 그대로 있을 시기가 아니야. 조금 후에 모두 주방 주변에 모이라고 에잔으로 알리시오. 신병들에게도 무기를 줍시다. 그들도 우리와 함께하게 합시다. 사실상 부대에 무슨 일이 일어난다면 신병도 예니체리도 모두 무사할 수 없어!"

누르 이브라힘 상사는 어깨처럼 넓은 폐로 숨을 내쉬었다.

"쉐브캇 대장, 다른 방도가 없습니다. 그러나 결국에는 일이 허사가 될 수도 있습니다. 포병들의 깃발이 신식 군대 수중으로 들어갈 것이라는 이야기도……."

"그들이 지금껏 한 일들을 파디샤가 용서할 것이라고 여긴단 말이오? 카박츠와 하나가 되어 궁정에 폭격하시오. 부인의 치마폭에 숨는 것처럼 지금 당장 신식 군대 밑에 깃발을 숨기시오."

쉐브캇 우스타의 말을 듣던 누르 이브라힘의 넓은 어깨가 축 처졌다.

"쉐브캇 대장, 탄약이 적습니다. 예전에 국경 수비대장이 가져온 무기를 다시 가져가겠다고 했습니다. 그들에게 전부 주었더라면 수중에 아무것도 남은 게 없었을 거예요. 지금 신병들에게는 검 말고는 줄 게 아무것도 없습니다."

이브라힘의 설명은 쉐브캇의 조금 전의 그 딱딱한 표현을 완화시켰다.

"고참 상사, 그럼 사람들이 소식을 전해 올 때까지 기다립시다. 그러나 대책을 생각하면서 준비합시다. 부대에 남아 있는 사람들의 생각이 무엇인지 에잔이 울린 후에 파악해 보고 그에 따라 행동합시다. 그리고 국경 수비대에서 탄약을 얻어 낼 방법을 연구해 봅시다. 이런 상황에서는 서둘러야 합니다. 자! 지금 모두를 내무반에 돌려보내고, 우리도 앉아 무엇을 해야 할지 결정을 내립시다."

고참 상사, 상사들과 다른 부대장들이 방으로 오자 쉐브캇은 그들에게 말했다.

"장교들이여, 상사들, 내무반장들, 대위 이상 소령 이하 장교들, 그리고 모든 부대원들! 카박츠 이후에 우리에게 향한 파디샤의 믿음이 완전히 없어졌다. 새로 조직된 군대도 이방인 지휘관의 명령 아래 우리에게 맞서도록 양성되었다. 갈수록 수는 늘어나지만 우리보다 강하지는 않다. 이때 움직인다면 그들보다 나을 것이고, 만약 행동하지 않는다면 그들이 우리보다 낫게 될 것이다. 결정은 당신들이 내리시오. 당신들이 결정은 하지만, 책임은 함께 집시다."

그의 말을 듣고 있던 누르 이브라힘은 사람들 얼굴을 하나씩 훑어보았다. 쉐브캇이 말했다.

"아침 에잔이 울리면 부대 솥을 뜰로 가져오게 하시오. 이제 멈춰 있을 때가 아니오. 왜냐하면 포병의 깃발이 신식 군대 아래 걸릴 것이라는 소식이 왔소. 확실한 소식이오."

103

휘스뉘와 므스티가 안으로 들어왔을 때, 안에 있던 이들은 아시아의 품에 있는 쉬레이야를 흐뭇하게 바라보고 있었다. 쉬메이라가 제밀에게 남긴 유일한 선물이었다. 그녀처럼 뺨에 주근깨가 있었고 피부가 새하얬다. 휘스뉘와 므스티가 제밀에게 할 말이 있다는 것을 알아차린 아시아는 아이를 안고 응접실에서 나갔다. 그녀는 눈치가 빨랐다. 그래서 제밀을 항상 놀라게 했다. 그녀가 나가자 휘스뉘는 머리를 숙이고 한참 있다가, 제밀을 바라보며 낮은 목소리로 말했다.

"도련님, 며칠 전부터 므스티가 도련님께 자백하고 싶어 했습니다만 적당한 때를 찾을 수 없었습니다."

둘 다 심각한 얼굴로 자신을 바라보자 제밀은 뭔가 나쁜 이야기라는 생각이 들었다. 휘스뉘의 둥근 얼굴이 서서히 붉어지는 것을 보자 더욱 의심이 커졌다.

"만약 나쁜 소식이라면 시기가 좋지 않군. 말해 보게. 걱정하지 않게 말이야."

"도련님, 지금껏 저희가 한 실수는 용서받을 수 없는 것입니다. 도련님의 관용으로 지금껏 왔습니다. 지금 도련님의 관용을 구하며."

제밀은 코로 숨을 헐떡거렸다.

"휘스뉘."

그는 뭐라 말해야 할지 알 수 없었다. 나오는 대로 말을 계속했다.

"내게 어떠한 잘못도 하지 않았소. 나는 그대들이 익숙한 삶에서 떠나왔소. 그대들이 수년 동안 봉사해 온 그대들의 호족에게서 멀리 떨어져 있소. 만약 뷜뷜로를 찾지 못해서 죄의식을 느낀다면, 오늘 저녁 저택에 오기 전에 그를 보았소. 어둠을 좋아하는 사람 같더군. 말을 몰아서 갔더니 어둠 속에 섞여 버리더라니까. 눈을 비비고 본 후에 조금 전 나와 말한 남자가 그 사람인지 아닌지 의심했지. 그가 간 후에 내게 말한 것들을 머릿속에서 생각해 보았소. 인생은 우리가 생각했던 것만큼 심각하지 않다고 결정을 내렸소. 사실 그도 우리처럼 한 인간이고 우리가 숨 쉬는 곳만큼 가까이에서 돌아다니기는 하지만 우리가 그를 볼 수 없을 뿐이지. 이건 그리 중요한 것이 아니오. 유수프 성주가 말씀하신 것처럼 어느 날 스스로 우리에게 올 것이오."

휘스뉘가 물러섰다.

"도련님, 그는 저희 손을 벗어날 수 없습니다. 도련님께서 말씀하신 것처럼 어둠 속에 섞인, 그리고 밤의 삶을 좋아하는 사람입니다. 후에 누구에게 물을지라도 모두 프르 술탄처럼 각자 서로 다른 곳에서 보았다고 할 것입니다. 한 사람이 동시에 사방에 있습니다. 어떤 사람은 하르오스만에, 누군가는 수카브샨 동굴에, 또 누군가는 우우즈 평원에 산다고 말하지요. 어떤 사람은 유수프 성주가 그를 보호하고 있다고 말합니다. 저희 생각에는 유수프 성주가 보호해 주지 않는다면 이곳에서 살기란 쉽지 않을 것입니다."

그때까지 아무 말 않고 있던 므스티가 겁먹은 목소리로 대화에 끼어들었다.

"도련님, 그 누구라도 저희 손에서 벗어날 수는 없습니다. 그러나."

"하지만 무엇인가, 므스티?"

"요즘 제 머릿속이 복잡합니다."

그는 곧 입을 다물었다.

그때 휘스뉘도 시선을 피하자 제밀은 소리라도 지르고 싶었다. 겨우겨우 참으며 일어서 창문 쪽으로 걸어갔다. 그는 숨을 조금 헐떡였다.

"므스티, 우리의 인생이 어떤 것이든 다 엎질러진 물이야. 자네가 나쁜 소식을 전하더라도 크게 변하는 건 없어. 그때 자네가 와 주지 않았더라면, 지금 아마도 땅속에서 송장이 되어 썩고 있겠지."

므스티는 처음으로 그렇게 부끄러워했는지도 모른다. 항상 용기로 자기 자랑을 늘어놓던 남자가 마치 등에 산 하나를 짊어지기라도 한 것처럼 털썩 주저앉을 것 같았다. 말할 힘도 없이 무엇을 해야 할지 몰라 당황한 모습이었다. 순간 뒤쪽으로 몇 발자국 물러섰다. 등을 벽에 대자 조금 정신이 드는 것 같았다.

"도련님."

그는 다시 침묵했다.

제밀은 말없이 기다렸다. 므스티가 입을 열지 않을 것 같자 휘스뉘가 끼어들었다.

"므스티, 이 일은 이렇게는 안 되지. 모든 것을 말씀드리게. 자네도 편해지고, 또한 우리 호족의 모든 것에 대해 아서야 해."

제밀은 몸을 가볍게 떨었다. 무척 궁금했다. 입을 다물고 서 있는, 그리고 도대체 말할 용기를 내지 못하는 므스티에게 용기를 북돋아 주고 싶었다.

"므스티, 항상 내가 말한 것처럼 우리는 내가 원치 않았던 이 삶을 공유한 몇 안 되는 사이네. 우리의 삶을 어떤 사람은 운명이라고, 또 누구는 도전이라고 말하지. 나는 어떤 형태로든 이름을 붙이고 싶지 않네. 그리고 절대로 아버지의 영토로 돌아가지 않을 것이네. 종종 우리는 자신에게도 말할 수 없지. 마음속의 비밀을 말이야. 하지만 틀린 것이네. 비밀을 묻고 죽지 않아야 인생이 의미가 있는 거지. 우리의 슬픔을 나누기 위해서라도 비밀은 반드시 나눠야 하네."

므스티는 제밀이 자기를 이해했다는 것에 기뻐하는 것처럼 앞으로 한 발자국 내디뎠다.

"도련님, 제가 아주 큰 죄를 지었습니다. 분노에 휩싸였습니다. 이제야 알았습니다. 큰 잘못을 했다는 것을요. 그 이후로 어떤 것도 바로잡을 수 없습니다."

제밀은 더욱더 궁금해졌다. 그리고 의자에 앉았다. 그들에게도 앉으라고 했다. 휘스뉘가 제밀 가까이에 앉았다. 므스티는 방 가운데까지 걸을 수밖에 없었다. 그곳에 서서 두 손으로 배를 감쌌다.

"도련님, 장황하게 설명할 힘이 없습니다. 사실 이 이후로 어떤 도움도 되지 못할 것입니다. 도련님께 소원이 있습니다. 저를 도련님께서 직접 처벌하시는 것입니다."

제밀은 그의 설명을 듣기 위해 귀를 기울였다.

"전혀 실수하지 않을 것이라고 생각했습니다만 하고 말았습니다. 오해의 결과로 의사를……."

그는 뒤를 잇지 못했다. 제밀은 모든 것을 알았다는 듯이 그의 얼굴을 바라보며 생각했다. '나는 왜 므스티의 말이 놀랍지 않을까.' 제밀이 잠시 앞을 바라보았다가 시선을 다시 므스티로 돌리며 생각했다. '죄를 말하다니 그도 인간적인 면모가 있군.' 눈빛을 강하게 하며, 처음으로 호족처럼 바라보았다. 므스티의 움츠러든 몸이 떨리는 것을 보면서 말했다. "할 수 있는 일은 별로 없다." 제밀은 목소리를 높였다. "자네가 스스로를 처벌한다면, 내가 뭔가를 따로 할 필요는 없네. 사람을 죽인 것은 이처럼 단순한 것이 아니어야 하네. 오해할 때마다 사람을 죽인다면 이 세상에는 우리 말고 다른 사람은 남지 않을 것이야. 진짜 죽음은 그 외로움 속에 있지. 나는 자네에게 아무 처벌도 하지 않겠네. 충분하네. 이런 잘못을 또다시 되풀이하지 않아야 할 것이네. 이 일에 대해 법적인 측면에서 유수프 성주께서 좋은 방책을 찾았지. 지금부터 우르 호족들에게서 멀리 떨어져 지낸다면 자네가 한 일은 아무도 모를 거야. 생각도 안 해 보고 저지른 이 일은 살인이네. 자네는 정직한 경호원이었으니 그런 생각조차 못했을 것이야. 나를 사랑하는 쉬메이라를 의심할 필요까지는 없었네."

104

아침 에잔이 울리자 우리 부대는 쉐브캇이 지핀 화염이 다른 부대에도 번질 것이라 기대하며 사태를 지켜보고 있었다. 부대 주변이 포병들과 국경 수비대에게 포위되었다는 소식이 들려왔다. 부대 뜰에는 흥분의 물결이 가시지 않았다. 이번에는 예니체리 대장이 궁전으로 피신하여 "파디샤시여, 모든 부대가 단독으로 행동하고 있습니다. 파디샤께서 적절한 방책을 찾으신다면 저희가 목숨을 다해 파디샤를 돕겠나이다."라고 말했다는 소문이 온 수도에 퍼졌다는 소식이 전해졌다. 이 소식은 온 부대를 뒤흔들어 놓았다.

부대장 방에서 서성이던 쉐브캇 대장과 누르 이브라힘은 결단을 내리려 했지만 일이 좀처럼 풀리지 않았다. 특히 전날 밤 밖에서 잡힌 부대원들이 자신들의 죄를 숨기려고 히포드럼에서 열리는 군대 수비대에게 도망가서 쉐브캇 대장이 자신에게 반란을 일으키도록 부추겼다고 말했다는 소식을 접하자, 쉐브캇 대장은 머리가 잘려 나간 닭처럼 몸부림치며 말했다.

"누르 이브라힘 상사, 우리가 저 하늘에 불꽃을 뿜어냅시다. 대지를 뒤덮은 부대원들의 시체가 부대를 태울 것이라 생각했지. 그런데 웬 군대 수비대 바람이 우리의 화염을 꺼트려 버렸군. 파디샤가 이제는 우리 부대를 희생시키겠다는 뜻이야. 이제 우리는 먼저 상사와 내무반장들, 그리고 저 뜰에 모인 병사들과 다시 한 번 집회를 갖고, 집단으로 정의를 위해 결정을 내려야 하오. 먼저 모든 상사들과 내무반장들을 이곳으로 부르고, 그들과 이야기한 후에 뜰에서 함께 예배를 드리고 결정을 내립시다."

누르 이브라힘은 쉐브캇 대장을 바라보며 깊은 숨을 내쉬었다. 얼굴에는 '이게 끝인가 보군.' 하는 표정이 담겨 있었다. 그 자리에서 미동도 할 수 없었다. 방 안을 훑어본 후에 그가 일어나자, 수행원이 즉시 그를 보호하기 위해 나섰다. 그들은 칼 손잡이를 잡고 밖으로 나갔다. 그때 쉐브캇 대장이 나에게 돌아섰다.

"빌랄 상사, 내 옆에서 절대 떨어져 있지 말게. 내 곁에 있는 사람들 모두 지금 내 어깨 위에 있는 이 머리를 원할 거야. 포병이 말한 것처럼 우리 부대 주위를 포위했다면 우리 중 그 누구도 목숨을 구할 희망은 없어. 누르 이브라힘 상사와 나머지를 설득해서 군대와 수비대 편으로 붙으면 우리 목숨을 살려 줄지도 모르지. 이것마저 성공하지 못한다면 포병의 포탄을 맞고 부대는 우리 모두의 무덤이 되겠지. 현명해야 하네. 머리를 사용하라고 그 누구도 우리를 자유롭게 놔주지 않았어. 지금에 이르기까지. 문에 있는 보초병들을 부르게. 지금 우리의 가장 가까운 동지는 그들이네."

예전에는 두 명이었던 보초병을 쉐브캇 대장은 자신의 사람들로 네 명을 세워 두었다. 그는 보초병들을 안으로 불러들였다. 상사들이 허둥지둥 가는 것을 본 보초병들은 급히 안으로 들어왔다. 쉐브캇 대장은 목소리를 높였다.

"이보게, 누구의 목숨도 보장할 수 없다. 누르 이브라힘 상사도 자신의 목숨을 보존하기 위해 우리의 머리를 주시할 수 있다. 그러니 지금부터 우리는 서로를 보호해야 한다. 둘은 문을 지키고, 둘은 안에 남아라. 빌랄 상사, 자네는 내 뒤에 있게. 의심스런 행동을 보면 즉시 뜰로 나가 그곳에서 우리 목숨을 구할 방법을 찾아. 그들이 행동하기 전에 절대로 우리가 먼저 행동하면 안 된다. 만약 뜰에서 나가는 데 성공할 수 있다면 모두 함께 가서⋯⋯."

부대원들과 내무반장이 안으로 들어왔다. 나는 쉐브캇 대장의 뒤에 자리를 잡고 다가오는 이들을 보았다. 누르 이브라힘이 손을 모은 후에 말했다.

"쉐브캇 대장, 조언을 구하는 것이 옳았습니다. 이것은 목숨의 흥정이지요. 우리는 부대에서 대장과 운명을 같이한다고 했습니다. 모든 부대원들이 밖에서 대장을 기다리고 있습니다. 이제는 죽을 때까지 함께합시다."

그는 쉐브캇 우스타가 걸을 수 있도록 옆으로 비켜섰다.

쉐브캇 대장이 앞서고 내가 뒤에서, 보초병 중 두 명이 양옆에 서서 밖으로 나갔다. 우리가 방에서 나오는 것을 본 사람들은 외쳤다.

"만세, 만세! 쉐브캇 대장, 쉐브캇 대장! 쉐브캇 대장! 건승하십시오, 쉐브캇 대장! 건승하십시오!" 외침은 갈수록 커졌고, 하늘의 포효처럼 들리기 시작했다. 이 소리를 듣고 있던 쉐브캇 대장이 손을 들어 뜰에 있던 이들을 조용히 시켰다.

"제군들, 지금 두 예배를 드립시다. 그리고 마지막 결정을 내립시다."

그가 말했다.

모든 소리가 칼로 잘린 듯 뚝 끊겼다. 모두 자리를 잡았다. 뜰 안에 바늘을 던진다 해도 땅에 떨어지지 않을 정도가 되었다. 모두 예배를 드렸다. 예배가 끝나자 쉐브캇 대장은 모두에게 말했다.

"상사들이여, 내무반장들이여, 신병들, 그리고 다른 부대들에서 동참한 영웅들이여, 우리는 우리의 화덕에 불을 지핍시다. 우리의 불꽃은 다른 부대에도 불을 지펴 줄 것입니다. 그러나 다른 부대의 죽음을 우리가 막아 주지 못한 것처럼 우리가 피운 불꽃이 다시 우리에게 불똥을 튀게 하였습니다. 우리가 받은 소식으로는 우리의 행동이 궁정에 전해졌고, 포병이 우리 주위를 포위했다 합니다. 우리는 아직도 조정이 우리를 버릴 것이라고는 믿지 않습니다. 우리는 5백 년 동안 오스만 깃발을 승리로 휘날리게 했던 주역들이요, 우리의 파디샤를 위해 봉사해 왔고, 부대를 위해 목숨을 걸도록 준비된 영웅들입니다. 지금 우리가 하는 행동은, 아침때 말했던 것처럼 결단력을 내리는 것이야말로 우리 부대의 명성을 지켜 내는 것이오. 만약 우리가 들은 대로, 파디샤가 우리를 희생시킨다면 우리도 알라의 명을 받아 칼을 듭시다. 그리고 내일 아침 에잔이 울리면 궁으로 갑시다."

누르 이브라힘이 쉐브캇 대장에게 다가갔다. 귀에 대고 몇 마디 속삭인 후에 뜰에 있던 이들에게 돌아갔다.

"제군들, 우리는 모두 가시밭 위에 서 있소. 더는 이렇게 모일 기회가 없을지도 모르겠소. 이곳에서 함께할 것을 서로에게 약속합시다."

뜰은 한순간에 "피를 모아 함께하자."라는 비통한 함성이 가득 찼다.

이브라힘은 흡족해했다.

"형제여, 이제 내무반에서 마지막 준비를 하며 저녁을 기다립시다. 방으로 돌아가기 전에 우리에게 힘을 주는 기도문을 우렁찬 목소리로 낭송합시다."

그의 말이 채 끝나지 않았는데, 뜰에 있던 이들이 한목소리로 기도문을 외우기 시작했다. "알라시여, 알라시여, 알라!"

"후!" 소리가 하늘에 울리고, 천둥보다 큰 굉음이 사방을 진동시켰다. 굉음은 처음 대장의 방으로 떨어졌다. 동시에 뜰에 있는 모두는 서로 부딪치고 아수라장이 되었다.

105

항상 차갑고 천천히 행동하는 사득이 급하게 응접실에 들어온 것을 본 제밀은 의심스러운 눈빛으로 그를 보았다. 므스티는 즉시 일어나 문 쪽을 향해 걸어갔다. 휘스뉘는 사득을 잘 알았기 때문에 그리 걱정하지 않았다.

"사득, 무슨 바람이 불어 화들짝 안으로 들어왔나?"

제밀이 물었다.

사득은 부끄러워하는 시선을 방 안에서 이리저리 움직였다.

"용서하십시오, 도련님."

"사득, 할 말이 있으면 하게. 너그러이 봐줄지 어쩔지는 휘스뉘가 결정을 내리게 하세."

그가 말했다.

사득은 므스티의 태양처럼 붉어진 얼굴을 바라보았다.

"용서하십시오, 도련님. 급한 일은 없지만."

므스티는 기다리지 못했다.

"사득, 말을 돌리거나 우물쭈물하지 마시오. 무엇이든 빨리 말하시오."

"아닙니다. 양치기에게 무슨 일이 일어났다거나 하는 것이 아니라."

사득이 말했다.

이번에는 휘스뉘가 참지 못했다.

"그럼 무슨 일이 일어났기에 이렇게 급히 문을 두드리고 안으로 들어왔나?"

제밀은 휘스뉘와 므스티의 호들갑스런 행동에 별 의미를 두지는 않았지만 호기심이 생겼다.

"사득, 무슨 말이든 어서 하고 휘스뉘와 므스티의 손에서 벗어나시오. 사실 나도 무슨 말을 할지 궁금하다오. 나쁜 소식은 아닌 것 같은데."

"도련님, 급한 용무는 없습니다. 밖에 이방인이 있습니다. 그를 주변에서 본 적이 없었습니다."

그때 아시아가 이방인을 더 기다리게 하지 않으려고 방문을 두드리며 소리 질렀다.

"손님이 오셨어요!"

아시아의 소리를 들은 휘스뉘가 일어섰다. 제밀은 사득을 바라보았다.

"자! 손님을 안으로 모시게, 사득. 한번 보자고, 누구인지."

제밀이 말을 끝냈을 때 아시아가 품속에 쉬레이야를 안고 손님을 방으로 인도했다. 제밀은 손님에게 의자를 내주며 권했다.

"잘 오셨습니다. 자, 앉으십시오."

이방인이 앉자 휘스뉘도 제밀의 곁에 앉았다. 므스티와 사득은 시선을 남자에게서 떼지 않고 일어서 있었다.

"어디서 오셔서 어디로 가십니까?"

제밀이 물었다.

"도련님, 어디서 왔는지 모릅니다. 사후 세계로 갔던 것은 잘 알고 있습니다."

안에 있던 이들이 모두 어리둥절해서 이방인을 바라보았다. 그도 시선을 피해 아시아를 바라보고 있었다. 회피하는 눈빛 중 하나를 붙잡은 제밀은 콧수염 밑으로 미소를 지었다. 아시아는 모든 것을 안다는 듯이 품에 안고 있던 쉬레이야와 옆방으로 들어갔다. 제밀은 그녀의 뒷모습을 바라보며 생각했다. '어쩌면 예전에 알고 있었겠군.' 이방인의 목소리가 몇 번 머릿속에서 맴돌자 샤오울루 샤 압바스 전설에 나오는 도둑 중 한 명이 "한번 들은 소리는 수십 년이 지나도 잊지 않습니다."라고 했던 말이 떠올랐다. 이번에는 따뜻한 미소가 번졌다. 그는 올이 가는 콧수염을 가볍게 손가락 끝으로 쓰다듬은 후에 이방인을 향하여 반쯤 돌아서서 말했다.

"저희 집에 잘 오셨습니다, 뷜뷜로 나리."

방 안에 있던 이들은 어리둥절해서 제밀과 뷜뷜로를 번갈아 쳐다보았다. 휘스뉘는 놀란 모양으로 말을 잇지 못했다.

"도련님."

"일전에 두어 번 먼 곳에서 보았습니다. 어제저녁에도 어둠 속에서 매우 가까이 왔지요."

"제밀 도련님을 지척에서 보았지요. 도련님이 말씀하신 것처럼 한 번도 마주할 수는 없었지요. 왜냐하면 전 낮에는 동굴에서 자고, 밤에는 목동들에게 가지요. 이곳에서 저곳으로 돌아다니곤 하지요. 어젯밤은 아흐스카에서 돌아오는 길에 제밀 도련님과 마주쳤지요."

"그런데 선생님, 무엇을 원하시는 겁니까? 불쌍한 목동들에게서!"

휘스뉘가 미소지으며 물었다.

"제가 원하는 것은 없습니다, 휘스뉘 나리. 그들에게도 가끔은 즐거움이 필요하지 않겠습니까?"

사득은 그의 당당함에 그대로 얼어 버렸다.

"목동들 즐기라고 양들을 서로서로 섞어 놓으셨단 말씀입니까?"

뷜뷜로는 지루하다는 듯이 한숨을 쉬었다.

"그렇습니다, 사득 나리. 그렇지 않으면 목동들은 양들이 서로 섞일까 봐 서로에게 한마디도 하지 않잖아요."

제밀은 미소를 지으며 뷜뷜로를 바라보았다.

"이보시오, 내가 진짜로 궁금했던 것은 그 큰 양치기 개를 어떻게 속였냐는 것입니다."

"도련님, 저는 부대에서 사냥개 훈련병으로 있었습니다. 저택에서 많은 사냥개들을 키웠지요. 개들의 언어를 잘 압니다."

106

대포 발포로 시작된 전투는 대포알 몇 개가 우리 부대 위에 투하되는 것으로 끝이 났다. 뜰에 모인 군중은 둘로 나뉘었다. 며칠 동안 다른 부대에서 왔다고 하면서 우리에게 동참했던 사람들은 즉시 돌변해서 우리 부대 사람들을 붙잡기 시작했다. 무슨 일이 일어났는지 미처 파악하기도 전에, 그들은 우리를 잡아 포병이 있는 곳으로 끌고 갔다. 한쪽에선 "파디샤 만세!"라고 소리를 질렀다. 나중에 알게 된 것이지만, 파디샤는 다른 부대도 이런 식으로 초토화했다고 한다. 그들을 보며, 우리 부대의 종말이 왔다는 것을 깨달은 쉐브캇 대장은 나를 돌아보았다.

"자, 빌랄, 목숨을 흥정하는 데 더는 남아 있을 수 없네. 이곳에서 빠져나가지. 우리의 목숨을 구하자고."

그는 내 팔을 잡고 부대장 방으로 끌었다. 방으로 들어가자마자 부대장 옷을 벗고 시야부쉬 장군 저택에서 입었던 주방장 옷으로 갈아입었다. 진주가 덮인 단검과 지팡이를 집더니 내게 말했다.

"값어치가 있는 것은 무엇이든지 품속에 넣게."

자신도 끊임없이 허리에 감고 걸었다.

대포알들이 불태운 부대장 뒤쪽 벽에 뚫린 구멍으로 어렵사리 빠져나갔다. 뒤쪽에 넓은 마구간이 있었다. 사람들 주의를 끌지 않으려고 광대 옷을 입고 저녁이 되길 기다렸다. 어둠이 내리자마자, 헛간과 인접해 있는 저택 정원으로 들어갔다. 품속에 숨겼던 칼과 쉐브캇 우스타의 지팡이 말고는 무기랄 게 없었다. 밤새 걸었다. 걸으면서 끊임없이 논쟁을 벌였다. 결국 마구간에 도착하자 우리는 군대 수비대 밑으로 숨어들기로 결정을 내렸다. 우리 부대를 무너뜨린 장본인이었다. 그러나 지금 숨어들 곳은 그곳뿐이었다. 다음 날 점심때 바브알리를 지나 마구간에 근접하자, 내 마음은 행복과 후회 사이의 어떤 감정에 휩싸였다. 앞에서 걷던 쉐브캇 우스타에게 다시 한 번 물었다.

"우리가 한 일이 올바른 것일까요, 과연?"

그는 나를 비스듬히 바라보았다. 화가 난 듯 땅에 침을 뱉었다.

"빌랄, 어제까지 우리는 무엇이든 부대를 통해서 얻었지. 이제는 모든 것을 부대에 돌려주어야 해. 어제까지 나는 보잘것없어도 명성 있는 부대의 부대장이었네. 2백 년 전에 한 부대의 장이 되는 것은 거의 예니체리 부대장이 되는 것을 의미했었지. 보다시피 몇 시간 만에 모든 것은 변했어. 지금 나도 부대의 장이 아니고, 자네 또한 상사가 아니야. 내 이름도 쉐브캇 우스타가 아니야. 그리 보지 말게. 자네는 저택과 부대에서 대했던 것처럼 나를 대하지 말게. 내 진짜 이름은 알리 제말리네. 지금부터 자네도 나를 그렇게 부르게. 이미 지금 수사관들이 쉐브캇 우스타인 나를 여기저기 찾고 있을 게야. 어떤 사람이 나타나 나에 대해 밀고하면 나는 당장 예디쿨레 감옥에 갇힐 거야. 물론 내 보조였던 자네도 예외는 아니지. 자, 지금부터 모든 것에 주의하게. 새 시대의 군인들에 동참하는 것 말고는 다른 방법이 없어. 이 위험한 시기에 안전하게 숨을 수 있는 곳도 그곳이라는 것을 명심하게."

"그들이 우리를 받아들일까요?"

"시도해 봐야지. 허락하지 않는다면 목숨을 구할 방책을 찾아야지."

"어떻게요?"

"어떻게 될지 나도 지금은 모른다네."

"그렇군요. 누구도 부대가 뒤엎어질 것이라고 생각지 않았지요."

"맞네. 5백 년 동안이나 충성으로 파디샤에게 봉사해 온 부대를 공격할 것이라고 누구도 생각지 못했네. 어쨌건 나를 이런저런 질문으로 피곤하게 하지 말게."

"질문 없는 생각은 저희를 잘못된 길로 데려갈 겁니다."

"그럼 말해 봐. 이곳에 동참하지 않는다면 무엇을 할 수 있겠나? 파디샤나 파샤들에게 봉사하는 것 말고 무엇을 한단 말인가?"

"아무것도요."

"그러니 그들에게 봉사하지 않는다면 우리는 아무것도 아냐. 저 벽과 정원을 장식한 사람도 모두 존재감이 있지. 자신이 존재하기 위해서는 일을 해야 했네. 우리는 우리의 머리로는 아무것도 할 수 없기 때문에 우리 인생을 아무것도 아니게 만들 거야."

"벽은 저희도 만들 수 있습니다."

우리를 원한다면 "벽도 만들고, 정원도 손질하고, 음식도 만들고, 사냥개도 교육시키고! 미장이는 벽을 만들고, 정원사는 정원을 손질하고, 목동은 양을 잘 돌볼 수 있지. 우리는 우리에게 명령한 것을 할 뿐이야. 때문에 항상 아무것도 아닌 게 남지. 가장 잘 아는 것은 에니체리 일이네. 그것도 이제 우리 손을 떠났으니 새로 조직된 군에 동참하여 우리에게 내려진 명령을 따르는 것 말고는 대책이 없네."

"이 말씀이 제게는 매우 복잡하게 다가옵니다."

"머리가 나태해졌기 때문에 그런 거야. 내 말이 이브니 시나의 말도 아닌데."

"그럼 쉐브캇 우스타, 너무 깊은 곳까지는 가지 맙시다."

그는 돌아서 내 얼굴을 뚫어져라 쳐다보았다.

"빌랄, 불면증이 자네 머리를 덮쳤나 보군. 좀 전에 말했지 않은가? 나를 쉐브캇 우스타라고 부르지 말라고. 이보게, 어쨌든 히포드름에 왔네. 5백 보 후에 그곳에 있을 거네. 이제 내 말을 머릿속에 각인시키게. 내 이름은 알리 제말리야. 내 아버지의 이름은 다붓이야. 쉐브캇 우스타도 쉐브캇 대장도 어제저녁 대소동에서 모두 죽었네. 파디샤의 종인 것을 잊지 말게. 쥘피카르 대장을 내가 죽였고, 부대장이 된 후에 예니체리를 반란에 선동케 했다는 것도 저자들은 벌써 알고 있을 거야. 이제 우리는 중년이 지난 두 명의 예니체리로서, 우리 부대에서 반란을 일으킬 것을 알고 나서 신식 군대에 동참하기로 결정했다고 말해야 해. 잊지 말게. 나는 다붓의 아들 알리 제말리야. 자네도 시야부쉬 장군 저택에서 훈련병으로 일하는 빌랄이네. 시야부쉬 장군에게 봉사하던 당시에 장군이 자네에게 신식 군대에 동참하라고 말했기 때문에 결정을 내리고 이곳에 왔다고 말한다면 아마도 일은 쉬워질 거야. 왜냐하면 시야부쉬 장군 명성은 신식 군대에도 잘 알려졌기 때문이지."

"장군을 일에 개입시키지 않는다면요?"

"왜? 혹시 누르하얄을 눈앞에서 범한 것 때문에 아직도 그에게 화나 있나?"

"아닙니다, 화가 난 게 아닙니다. 그의 이름을 대고 무엇을 하고 싶지 않은 것뿐입니다."

그에게 대답하는데 낯섦이 느껴졌다. 마치 내 생각들이 경계에서 반대편에 서 있는 것 같았다. 머릿속의 혼탁함이 가시자 갑자기 쉐브캇 우스타의 마지막 말이 내 머릿속에서 맴돌았다. 그의 얼굴을 빤히 쳐다보았다.

"쉐브캇 우스타, 그걸 어떻게 알았죠?"

107

제밀은 네르기스 뒤에서 몸을 흔들며 걷고 있는 도루의 갈기를 바라보며 생각했다. '도루는 어떤 말에게도 앞을 내주지 않는데, 왜 네르기스의 뒤에서는 이렇게 유순하게 걷는 거지? 도루는 네르기스에게, 나는 뷜뷜로에게 어떻게 이렇게 빨리 익숙해졌지? 그가 말을 어디로 몰든 간에, 도루도 뒤를 따라가고 있어. 이 남자의 무엇이 나를 빨아들이는지 도대체 알 수 없어. 그러나 시간이 지날수록 그에게 점점 가까워지고 있음을 느낄 수 있어. 아니면 우리가 메블라나 쉠사처럼 될 것인가? 아무도 없는 이 산에서?' 그는 머리를 들어 점심을 알리는 태양을 바라보았다. 검은 파꽉[37]을 벗어 이마의 땀을 닦았다. 말 위에서 몇 시간이나 달렸는데도 아직도 끝나지 않은 오르막을 바라보았다. 그가 언덕을 보고 있으려니까 뷜뷜로가 말했다.

"호족 나리, 이것은 아마도 카프카스 지역의 다르얄 다음으로 긴 오르막일 것입니다. 그런 이유로 이름도 큰 오르막이라고 하지요. 이곳을 나가면 잔디가 있는 꽃의 평원이 펼쳐집니다. 신기한 것은 이 긴 오르막길의 끝에 차가운 샘물이 지친 여행자를 기다리기라도 했다는 듯이 수천 년 동안 흐르고 있는 것이지요."

"이곳을 매우 잘 아는군요, 뷜뷜로."

"찾고 싶은 게 있어 2년 정도 사방팔방 돌아다녔죠."

"무엇을 찾고 있소?"

"초록 이삭이 바람에 물결치는 밀밭과 그 밭머리에서 무릎을 꿇고, 끌려가는 작은아들에게 손을 흔드는 어머니."

"그래서 찾았소?"

"이삭들과 가시덤불 들판은 그대로 있었지만, 밀밭에서 무릎을 꿇고 있는 어머니는 없었습니다. 살던 마을도 무덤도 찾을 수 없었습니다. 나리와 대화했던 그날 밤 제가 말한 것처럼 묘지터는 찾았으나 어떤 무덤이 제 어머니의 것인지는 아무도 모릅니다. 저를 이곳으로 오게 한 것, 이곳에 묵게 하는 것도 어머니를 찾고자 하는 생각이었지요. 이제는 찾지 못할 것을 압니다. 때문에 모든 것을 포기하고 나리들과 길동무가 되기로 결정했습니다. 또한."

---

37) 일반적으로 아제크바이잔이나 카프카스 지방에서 쓰는 염소 가죽이나 털로 만든 긴 모양의 머리쓰개.

제밀은 그가 문장을 끝내지 않았다는 것에 그리 신경 쓰지 않았지만 매우 슬펐다. 슬픔을 흩어 버리려고 뒤를 돌아, 오르막 위쪽으로 오를수록 높아지는 카스렛을 바라보았다. 계곡에서 불어오는 차가운 바람이 이마를 치고 있었다.

"마흐뭇 성주, 유수프 성주가 말씀하신 것처럼 이곳의 토양은 매우 기름지군. 누가 알겠소, 그 마을이 국경이 바뀌면서 어떻게 될지?"

"그거 아세요? 어머니는 교회에서 돌아오시면 항상 아궁이에 불을 지피고 불을 보면서 기도하시곤 했습니다. 저도 옆에서 무릎을 꿇고 어머니를 따라 입술을 달싹이곤 했지요. 기도 후에 저를 안고서 '언젠간 너도 나처럼 될 것이다. 다른 사람들은 내 옆에 오지만, 너는 내 곁에서 무릎을 꿇고 기도에 참여하는구나.'라고 말씀하시곤 했지요. 무슨 말씀이신지는 모릅니다. 그러나 내가 눈을 깜빡거리며 어머니에게 동참한다는 신호를 보내면 행복에 겨워하시곤 했습니다."

"자네 어머니는 신앙이 두 개였군. 신앙이 두 개이면 안 된다는 법은 없지, 당연히. 마음에 있는 것을 나눌 수 있다면야."

"모르겠습니다. 아마도 신앙이 두 개였나 봅니다. 이제 어머니를 찾는 것을 포기해야 한다는 것을 잘 알고 있습니다."

제밀은 진실하게 말하는 뷜뷜로를 바라보고는 서글픈 미소를 지었다.

"우리에게도 자네에게 불었던 바람과 비슷한 바람이 불었다네. 지금은 산의 한곳에 자리 잡았지만, 무슨 일이 일어날지 알 수 없네. 우리에게 겨울을 날 곳이 필요하네. 이 주변에 자네가 아는, 빌려서 머물 수 있을 만한 적당한 강가나 혹은 물가가 있는가?"

"왜 없겠습니까, 나리? 오늘 하르오스만 강들을 돌아다녀 보지요. 그곳이 마음에 안 드시면 다른 곳을 보고요."

"잘되었군. 왜냐하면 내 수하들은 마치 짜기라도 한 것처럼 서두르지 않으면 겨울에 가축을 키울 만한 풀을 찾을 수 없을 것이라고 난리라네."

"당장 적당한 곳을 찾읍시다. 마음에 들 것입니다. 그러나 사람들이 아직은 저를 믿지 못합니다. 제가 있던 곳을 좋아하지 않는 겁니까, 혹시?"

"그들은 자신들 이외의 것을 믿지 않지. 그렇게 길들여졌어. 호족들은 자신 이외의 사람들에게서 나쁜 일이 올 것이라고 생각하지."

"나리는 전혀 호족 같지 않군요."

"모르겠네. 호족의 태도가 어떤 것이지? 아무튼 이런 추세로 가다가는 통치자도 호족들도 남지 않을 것이야."

"이번 파디샤는 아주 나빠요. 삼촌도 무스타파도 닮지 않았죠. 할 일을 어찌나 철저히 계획에 따라 하는지, 누구도 변화를 눈치채지 못합니다. 우리 부대들을 손안에 넣기 위해 먼저 '예니체리 군대야말로 최고의 군대이며 짐의 군대이다. 나 또한 그들을 믿고 있지.'라고 말하며 예니체리에게 고관의 머리를 주면서 우리를 달래고 입 다물게 했죠. 그러고는 새 질서에 반대하여 나간 우리를 민중 눈에서 멀어지도록 하려고 '왕위에 오른 이래 알라의 도움으로 종교와 정부에 봉사하기 위해 어떻게 일했는지 모두 알 것이다. 예니체리들이 혁명을 일으켜 왕좌를 공격했던 것도 알 것이다. 예니체리들의 최근 행동과 요구는 파디샤에게 대항하는 폭동이 아닌가? 불만을 품은 이들을 처벌하고 반란을 억압하기 위해 우리의 샤리아 법을 보여줄 방법은 무엇인가?'라고 물으며 불평하는 울레마도 눌러 버렸지요."

"세상 모든 곳이 이렇습니다. 왕들, 제국들, 통치자들 모두 이렇게 하지 않았던가요? 먼저 자신을 지키기 위해 힘을 기르고, 나중에는 그 힘이 자신을 위협할까 봐 그들을 없애곤 하죠."

자신과 세상에 대해 이야기를 나누면서 경사진 큰 언덕을 올라 차가운 샘에 도착했을 때, 파란 하늘이 그들 앞에서 갈라지고 초록 잔디 위에 색색의 별들이 떨어지는 것 같았다.

108

우리는 신식 군대 수비대 밑으로 들어간 후 위스퀴다르 맞은편에 있는 다븟 장군 겨울 별장으로 보내졌다. 수비대가 쉐브캇 우스타의 목을 베었다. 우리는 항상 함께 다니며 서로를 보호했는데도 웬일인지 그 사람만 당했다. 경비에 보내졌을 때 시험에 들었다는 것을 알고 즉시 다시 돌아갔지만 근접할 수 없었다. 내가 도착했을 때 의사들도 상처에서 흐르는 피를 멈추게 하지 못했다. 간호병들이 그를 들것에 실어 데려가자, 나는 뼛속까지 외로움을 느꼈다. 홀로 남겨지자 모든 것에 의심이 들고 모든 것에 두려움을 느꼈다. 밤에도 잠을 못 자고 낮에도 몽롱한 상태에서 움직였다. 이러한 상황을 알게 된 중대장이 어느 날 셀라닉 원단으로 재단한 옷을 휘날리며 내게 왔다.

"빌랄, 그는 암 같은 존재였다. 자네는 아무 일 없을 것이니 두려워할 필요 없다."
그는 큰 목소리로 말했다.

두려움을 들켰나 보다고 생각하는데 문득 이렇게 겁쟁이 닭처럼 사는 것이 무슨 의미가 있을까 싶었다. 스스로 자각한 이래로 예니체리 옷을 입고 벗는 것이 별 의미가 없어졌고, 인생을 바쳤던 부대는 하루아침에 사라져 버렸다. 이렇게 될 줄 알았더라면 시야부쉬 장군에게 간청하고 구걸하여 쉰뒤스 부인과 함께 떠났을 것이다. 쉰뒤스 부인은 발칸으로 간다고, 그들의 산으로 간다고 했었다. 발칸이 어디인지, 그들의 산이 어디 있는지 알지 못했지만 만약 그곳에 가서 오늘의 이 현실을 보지 않았더라면!

침대에 누워 합숙소 어둠을 바라보며 이제는 돌아갈 수 없는 길에 있다고, 끝까지 걸어 보겠다고, 아니면 모든 것을 다시 시작할 것이라고 생각했다. 쉐브캇 우스타의 잘린 목이 눈앞에 나타났다. 중대장이 두려워할 필요 없다고 말한 저녁에는 마음이 조금 안정되었는지 일찍 잠자리에 들었다. 잠에 빠져들자마자 쉐브캇 우스타가 꿈에 나타났다. 쉐브캇 우스타는 손가락으로 잘린 목을 가리켰다. 눈이 풀려서 제각각 다른 곳을 바라보고 있었다. 마치 한쪽 볼의 가죽으로 표정을 지어 입술에 모은 것 같았다. "쉐브캇 우스타, 당신에게 무슨 일이 일어난 거예요?"라고 묻고는 몸서리치면서 깨어났다. 두려움 때문에 끔찍한 영상이 더해진 것이다.

처음으로 보건병에게 물어물어 군인 병원에 갔다. 그곳에서는 누구도 나처럼 허둥대지 않았다. 인생에서 처음으로 다양한 병이 있다는 것을 알게 되었다. 쉐브캇 우스타가 누워 있는 병실에는 수십 명의 병사들이 누워 있었다. 대부분 살가죽과 뼈밖에 안 남은 병자들 옆에서 그의 잘려 나간 목은 가장 나은 병이었다. 얼굴에 부스럼이 잔뜩 난 병사를 보았을 때는 속이 뒤집어지는 줄 알았다. 속이 울렁거려 안절부절못하는 나를 본 쉐브캇 우스타가 큰 손으로 내 손을 잡고 자신을 보라고 손짓했다. 말하는 것이 황소가 우는 것과 비슷했기 때문에 소리를 내고 싶어 하지 않았다. 그가 말하면 하나도 알아들을 수 없었다. 내 손을 한참 동안 잡고 있더니 갑자기 손 하나를 빼어 얇은 담요 위에 무언가를 쓰기 시작했다. 처음에는 무엇을 하는지 알아차리지 못했다. 글자를 그리기 시작하기에 손가락의 움직임을 주시했다.

처음 쓴 것은 '있지 말게.'였다. 얼굴을 보았다. 그가 다시 같은 말을 썼다. 어리둥절해서 얼굴을 쳐다보자, 이번에는 손가락으로 강하게 같은 곳을 몇 번 치며 '이곳에 있지 말게.'라고 썼다. 나는 그가 쓴 것을 읽었다는 뜻으로 미소를 지었다. 그는 다시 손가락을 움직이며 조금 전처럼 '이곳에 있지 말게.'라고 썼다. 결정을 못 내리는 것처럼 보였는지, 이번에는 '자네 목도 벨 거야.'라고 썼다. 다시 결정을 못 내리고 의기소침해 있자, '나아지면 나도 가겠네.'라고 썼다. 황소의 울음소리와 같은 목소리로 "가게."라고 말했다. 이번에는 내가 손가락으로 '함께 가요.'라고 썼다. 흐릿한 그의 시선에 갑자기 생기가 돌았다. 그는 미소를 지었다. 눈을 깜빡였다. 손가락으로 '나를 기다리지 말고 가게.'라고 썼다.

그를 떠나오는데 머릿속이 혼란스러웠다. 그가 꿈에서 본 모습이 아닌 것에 감사했다. 마지막으로 '나를 기다리지 말고 가게.'라고 썼지만, 그가 회복되기를 기다리기로 마음먹었다. 간다면 그와 함께 가야 했다. 왜냐하면 밖의 세상은 전혀 모르니까. 두 명이라면 우리의 인생은 좀 더 쉬울 것이다. 합숙소에 들어가자 수비대들이 나를 더욱 적의에 찬 시선으로 보는 바람에 두려웠다. 쉐브캇 우스타가 손짓과 글씨로 말했던 것이 머릿속에서 맴맴 돌다 멈췄다. 머릿속 한구석에서는 당장 물건을 챙겨서 아무에게도 말하지 않고 탈영하고 싶은 생각이 들었다. 한쪽에서는 죽게 되더라도 그곳에서 죽으라고 말하고 있었다. 어떻게 해야 할지 몰라 갈팡질팡하다가 중대장과 이야기해 보기로 했다.

다음 날 교육에서 돌아온 후에 중대장에게 대화하고 싶다고 밝혔다.

"빌랄, 이곳 사람들이 자네에게는 해를 입히지 않을 거라고 했었네."

그가 말했다.

"알리 제말리가 누구인지 알았기 때문에 그를 반란 선동자로 보았던 것이네. 새로운 병사들은 그에게 배울 것이 무척 많네. 배울 게 없었다면 아예 죽여 버렸겠지. 전쟁 기술은 모든 기술보다 어렵지. 마음과 손과 머리를 함께 작동해야 죽음에서 벗어날 수 있네. 예니체리들은 오랫동안 이것을 잘해 냈기 때문에 파디샤들이 유럽의 중앙까지 통치할 수 있었지. 언제부터인가 부패가 시작되었어. 마음과 머리가 따로 놀고, 딴짓하는 사람이 늘어났지. 그때 모든 것이 뒤집어져 버렸어. 지금 우리가 자네들에게 도움을 얻고자 하더라도 이 사람들은 자네를 믿지 못하고 있네. 자네에게도 무슨 일이 일어날까 두렵다네. 알리 제말리 병문안을 나도 갔었네. 이제 그를 이곳에 데려오게 할 수 없네. 자네도 두렵겠지."

그는 여기서 말을 끊었다.

"두렵지는 않습니다. 중대장님, 두렵지는 않아요. 다만 불면증 때문에 미칠 것 같습니다. 피곤하니까 훈련에서도 제가 원하는 만큼 집중할 수가 없습니다. 수비대 중에서 전투 병사가 나설 것이라고 생각지 않습니다. 무엇보다도 하나같이 용기가 없습니다. 두려워하기 때문에 술수를 쓰고 있습니다. 교활한 계획으로 모든 것을 얻을 수는 있겠지요. 하지만 전쟁에서는 승리할 수 없습니다."

"그 말에 나도 동의하네, 빌랄. 알리 제말리를 공격한 것도 두려움 때문이었네. 음모를 꾸미지 않았더라면, 아마 알리 제말리가 먼저 자기를 해치려 했던 수비대를 모조리 베어 버렸겠지. 무방비 상태로 도움을 청하며 다가왔기 때문에 의심치 않고 실수를 했지. 지금 자네의 결정에는 아무 말도 할 수 없군. 자네는 조정을 위해 오랫동안 봉사했네. 봉사에 대한 규정이 있는지는 모르겠네. 결정은 자네가 하게. 이미 군대에 남을 나이가 지나기는 했지. 지휘관과 상의해서 가능하다면 성에 보내라고 해 보겠네. 그것도 안 된다면 스스로 방법을 찾아보게. 어찌 되었든 밤새 살해당해 천으로 둘둘 말려 연병장에 내팽개쳐지는 것보다는 낫겠지."

이후에 어느 지휘관, 어느 장교도 이보다 정확하고 정직하게 대답하지 않았다. 단지 어떤 사람은 "군대 수비대로 들어간 다음에 생각해."라고 회피했다. 다른 한 명은 이렇게 말했다. "총리대신, 각료들, 모든 성, 그리고 국경 수비대 소식을 보내면서 '지금부터 어떤 곳에도, 어떤 상황에서도 예니체리 이름은 기억되지 않을 것이다.'라고 썼다더군. 성에도 이제는 신식 군대가 파견되거나 지역 의용군 중에서 보초병을 뽑는다던데."

109

울가르와 카스렛, 진산에서 흘러온 강들이 합류하는 하르오스만에 이르렀을 때 태양은 봉우리에서 내리쬐고 있었다. 동쪽 산들만큼 도도한 물은 먼저 강어귀를 돌아 다시 길을 따라 계속 가면서, 다른 강물과 섞이지 않고 흘렀다. 처음 부딪힌 바위의 위쪽에서 자신과 비슷한 다른 강물에 섞였다.

주변 산의 강하고 차가운 바람은 하르오스만 계곡에 빠져들어 한동안 허우적거리더니 금세 따뜻한 바람으로 변해 갔다. 합류한 물에서 서늘한 기운이 나오지 않는다면 계곡에 있는 모든 것이 녹아 버릴 것 같았다. 계곡의 양쪽 가장자리에 있는 동굴에서 뜨거운 입김을 불어 대는 느낌도 들었다. 때때로 바위를 돌아, 때로는 강가를 돌아 내려오며 계속되는 오솔길은 끝이 보이지 않았다. 제밀은 처음으로 길이 자신과 말을 삼켜 버릴 것 같은 두려움에 빠져들었다. 왜 이런 생각들이 드는지 이해할 수 없었다.

"뷜뷜로, 이 길은 어디에서 와서 어디로 가는 것이죠?"

그가 물었다.

마치 그의 질문을 기다렸다는 듯이 계곡 사방에서 소리가 들려왔다. "뷜뷜로, 이 길은 어디에서 와서 어디로 가는 것이죠?" 제밀은 자신의 목소리가 메아리치자 웃음을 터뜨렸다. 그가 웃자 계곡도 따라 웃었다. 웃음이 그치자 뷜뷜로가 네르기스를 타고 뒤로 돌았다.

"도련님, 이 길은 우우즈에서 시작되어 끝없이 펼쳐집니다."

"또 비밀을 말하듯 하는군요."

"도련님, 이게 무슨 비밀입니까? 이곳에서는 어떤 마을에 가도 우우즈 인에 관한 신화를 들을 수 있을 겁니다. 과거의 삶 대부분이 우리에게 신화가 되지 않습니까? 이 땅에는 다른 곳보다 더 많은 전설이 전해지죠. 그 이유는 바로 이것입니다. 이곳에 살다 가는 것의 가치를 다른 방식으로 환산할 수 있는 게 아니니까요. 이곳에 살다 가는 사람들 모두 하나의 신화를 남기고 간다고 생각하면 되겠네요."

"우우즈 인이라. 난 들어 보지 못했네. 그들이 도대체 누구인가?"

"이곳 사람들 말에 의하면, 후릴리 인의 조상이고 이곳의 첫 주인이었다고 합니다. 믿을 수 없는 거구에다가 힘이 장사였다고 하지요."

"신화에서는 모든 것이 과장되지."

"아닙니다, 도련님. 이곳은 신화와 별로 상관없지요. 우우즈 평원에 나가 돌을 보기 전에는 저도 도련님처럼 생각했어요. 그런데 거기 꽂힌 돌을 보고 그들이 정말 몸이 크고 힘이 셌다는 것을 믿었습니다. 우우즈 삼 형제 중 하나가 영토를 정해 하늘에 올라갈 계단을 만들려고 세운 아으자 성을 보고도 믿게 되었지요. 그들이 이곳에서 살았다는 것을요."

"그곳이 여기서 먼가?"

"말을 타고 가면 서너 시간 걸립니다. 저기 보이는 하르오스만 동굴에서도 그 사람들의 흔적을 볼 수 있습니다."

"아니야, 그럴 시간이 없네. 이곳에서 자리 잡을 것도 아닌데. 이곳은 여름에 끔찍하게 더워, 겨울에는 또 그만큼 춥겠지."

제밀의 말이 끝나기 무섭게 뷜뷜로는 앞으로 돌아 네르기스의 고삐를 모아 말의 방향을 남쪽으로 돌렸다. 뷜뷜로가 무엇을 원하는지 아는 네르기스는 갈수록 깊어지는 강에서 얕은 곳을 찾기 시작했다. 제밀은 적당한 곳에서 반대편 강가 쪽으로 걸었다. 도루도 그를 쫓았다. 부츠 굽까지 젖은 제밀은 흐르는 물을 바라보면서 '후릴리 사람들.' 하고 몇 번 되뇌었다. 뷜뷜로는 제밀의 입술 움직임으로 그의 말을 알아차렸다.

"이 동굴에서 살았답니다. 성은 만들었다가 부쉈다고 하고요. 나중에는 카프카스 사람들이 그들을 동쪽으로 몰아냈다고 합니다. 아마 태양을 믿는 우리 조상들도 그들 중 하나였던 것 같습니다. 이곳에 온 이래로 줄곧 한밤중 고요함 속에서 땅의 소리를 들었습니다. 그래서 땅의 언어가 있다는 것을 알았죠. 그것을 알아들으려면 잘 들어야 해요. 몇 개월 동굴에서 살았는데, 바위 위에 성터 비슷한 폐허가 있습니다. 며칠 동안 몇 번이고 오르내렸죠. 그곳에서 살았던 사람들을 생각하면서 말예요. 노인들을 만나 예전에 이곳에 살았던 사람들에 대해 알아볼 겁니다. 거의 다 알아냈다고 생각했는데, 어느 날 마을 사람 가운데 한쪽 얼굴이 마비되고 낙타의 입술을 연상케 하는 늙은 남자가 나타나 묻더군요. '이보게, 자넨 7대 불가사의를 아는가?' 이 질문 때문에 이 땅에 대해 알아내려던 것을 포기하고 말았습니다. 제 능력 밖이라고 판단했지요."

"7대 불가사의를 알아내지 못했나?"

"모릅니다. 전해지는 말은 말하는 사람마다 조금씩 덧붙이기 때문에 만족할 만한 답을 얻기는 어렵죠. 그것의 본질은 확실한데 말예요."

"그게 뭔가?"

"이곳 사람들에게 전해지는 대로라면, 아느의 주인은 7년에 한 번씩 깨어나 '바다에 다리를 놓았는가, 달걀에 손잡이를 달았는가, 하늘에 기둥을 세웠는가, 낙타에 편자를 달았는가, 노새가 새끼를 낳았는가, 송장이 살아났는가?'라고 묻는다고 합니다. 그가 이런 불가사의한 질문들을 열거하면, 어디서 들려오는지 알 수 없지만 '아니요.'라고 목소리가 답을 한답니다. 그가 또 '그렇다면 아느도 즐거워하지 않겠군.'이라고 하면서 다시 죽음 같은 잠 속으로 빠져든다고 하지요."

"바그다드에도 비슷한 전설들이 많긴 하지만 이건 달라. 이곳은 특별한 곳 같군."

어느 순간 그들은 입을 다물었다. 침묵이 이어졌다. 그들은 동시에 일어나 물을 먹고 있는 말의 고삐를 당겼다. 말에 올라타려는데 반대편 언덕에서 돌이 구르기 시작했다. 돌이 서로 이리 부딪치고 저리 부딪쳤다. 계곡이 돌 구르는 소리로 뒤덮였다. 돌이 연이어 강으로 굴러 떨어지자 한동안 그 소리가 계곡에 메아리로 다시 돌아왔다. 돌이 굴러 떨어진 곳을 세심히 살펴보았지만 누구도 발견할 수 없었다.

"므스티가 틀림없어요."

뷜뷜로가 말했다.

"내가 그렇게 말해도 천성이니 고쳐지지 않아. 어떻게 해야 하지?"

"므스티가 옳아요. 도련님, 저를 아직 잘 모르는데 어떻게 신뢰하겠어요. 어쩐지 그 사람만은 좋아할 수가 없군요. 그러나 가장 신뢰감을 주는 인물도 그 사람이지요. 그 사람은 도련님과 자신을 동일시한 모양이에요. 도련님이 있는 곳에는 반드시 므스티가 있지요, 도련님이 없으면 그 사람도 없는 거고요. 도적들을 소탕할 때에도 므스티가 도련님 뒤에서 수풀 사이로 뛰어들지 않았다면 그놈들 손아귀에서 어떻게 되셨을지 모르지요."

제밀은 밀랍처럼 샛노래진 얼굴로 당황해서 뷜뷜로를 바라보았다.

"내가 자네에게 그 일에 대해 말한 적이 있는가, 뷜뷜로?"

"아닙니다."

뷜뷜로는 짤막하게 답하더니 서둘러 말에 올라탔다.

"이건 므스티와 나 말고는 아무도 모르는 사건인데."

제밀도 도루의 등에 뛰어올랐다.

"도련님, 이런 말이 있지요. 필시 도련님도 들었을 것입니다. 땅에도 귀가 있다잖아요."

제밀은 도루의 고삐를 당겨 네르기스 뒤로 몰며 말했다.

"나무들 사이에는 아무도 없었지. 우리는 그때 아무 말도 안 했어!"

"말을 안 했어도 누군가 봤을 거예요. 올빼미가 봤을지도 모르지요."

병영에서 나와 수도에서 한동안 머물다가 어디에서 끝날지 모르는 여정을 시작했다. 대상들과 오랫동안 여행했다. 그러면서 세상은 신학교의 선생, 물라, 내무반장들이 설명했던 것만큼 작지 않다는 것을 깨닫게 되었다. 산 하나를 지나면 다른 산이 보이고는 했다.

시간이 시간을 낳았고, 길이 길어져서 피곤하면 쉬었다. 휴식을 취하면 모든 것이 새로워졌다. 다시 대상들의 뒤를 쫓았다. 우리를 데리고 가던 마차가 며칠이나 여행했는지 알았더라면 날을 세어 보아 어머니와 헤어진 그 세 개의 산 중 하나를 찾았을지도 모른다. 그러나 날짜를 헤아리지 않았다.

피르 파디샤 이야기가 파다하게 퍼진 곳에 머물렀을 때 대상은 나를 마시장에 데려갔다. 마시장을 오랫동안 돌아다녔다. 네르기스 옆에 가자 나도 모르는 새 호감이 생겼다. 네르기스를 찬찬히 보고 있는데, 대상이 나와 네르기스를 번갈아 보았다. 대상이 네르기스 옆으로 갔다. 덮개를 올리자 네르기스의 얼굴이 보였다. 대상은 말의 꼬리를 잡고 가볍게 뒤로 당겼다. 말이 울었다. 대상은 미소를 띠며 이번엔 말의 갈기를 잡고 아프도록 당겼다. 네르기스는 주변에 도움을 청하려는 듯 힝힝 울면서 뒷발을 들고 일어섰다. 대상은 미소를 지으며 나에게 돌아섰다.

"이보다 좋은 말은 찾기 힘들 거네."

말이 조금 침착해지자 나는 옆으로 가서 머리를 쓰다듬었다. 네르기스가 나에게 목을 내밀었다. 내가 놀라는 것을 보더니 대상이 말했다.

"빌랄, 말이 자네를 주인으로 삼았나 보군. 더 생각할 필요 없네."

불현듯 금화를 허리띠에 꿰어 놓은 것이 생각나 부끄러웠다. 안절부절못하며 땅을 바라보고 있자 대상이 물었다.

"무슨 일인가, 빌랄. 왜 그래? 혹시 말을 살 돈이 없는가?"

"돈은 있습니다. 하지만 지금은 없어요."

나는 대답했다.

"여인숙에 도착해서 줄 수 있다면 내가 내겠네."

눈치가 얼마나 빠른지! 그는 동물도 사람도 매우 잘 알았다. 나는 그를 경이롭게 바라보았다. 그는 당장 상인과 흥정에 들어갔다. 상인이 그의 의복을 보고 대상이란 것을 벌써 알아차린 것 같았다.

"이 말은 짐말이 아닙니다. 경주 때만 타는 말입니다. 타는 용도로만 사용하신다면 팔지요. 짐을 실을 요량이라면 팔 수 없습니다."

처음으로 흥정을 알게 되어서 어떻게 할지 몰랐다. 나는 끼어들지 않았다. 대상은 긴 흥정 끝에 네르기스를 샀다. 기다리던 나도 지루할 정도였다. 말을 여인숙에 데려다 놓은 후에 이번에는 나를 마구 시장에 데려갔다. 가장 가볍고 좋은 가죽으로 만든 안장을 샀다. 등자쇠도 가볍게 하려고 놋쇠로 만든 것이었다. 허리띠 색깔을 고르고, 멍에는 말의 입에 상처가 나지 않을 것으로 했다. 모든 세부 사항을 그날 대상에게 배웠다. 사라프에 들러 금화 몇 냥을 잔돈으로 바꾸자 그는 내게 좋은 양탄자와 안낭을 사라고 했다. 대상이 데려온 사람을 시켜 물건을 여인숙으로 보냈다. 남자가 여인숙으로 곧장 떠나자, 우리는 어둡고 추운 곳을 지나 넓은 뜰이 있는 건물로 들어갔다. 태양이 뜬 한낮에 어두운 동굴로 들어간 것 같았다. 몇 개의 정원을 지나 술집에 들어갔다. 지하 창고처럼 보였지만, 이스탄불에서 머무를 때 가 보았던 갈라타 술집들과 비슷했다. 몇몇의 사관이 의복조차 벗지 않고 앉아 있는 건너편 테이블에 앉았다. 대상은 간단한 목례로 몇 사람과 인사 했다. 잠시 후에 술집 종업원들이 서비스를 시작했다. 대상은 주문한 후에 건너편에 앉아 있던 사관들에게도 인사했다.

"여기는 진짜 주인, 숨겨진 주인이 있지. 우리가 감추려고 해도 이방인이란 것을 금방 알지. 빌랄, 이곳에서는 사관들에게 동지애를 보이면 누구도 우리에게 시비를 걸지 않는다고. 우리도 편히 마시자고."

대상이 말했다.

그의 말을 듣고 있노라니 신학교 선생이 말했던 "읽고, 쓰고, 세상을 돌아다니기를."이라는 격언이 생각났다. 공부하는 것보다 세상을 돌아다니는 것이 더 유익하다고 생각했다. 서서히 취기가 올라왔다. 우리는 한동안 아무 말도 하지 않았다. 식사를 끝내고 술을 마신 대상은 유쾌한 소리로 이야기를 시작했다.

"빌랄, 이곳은 우리처럼 몇 달씩 여행하는 사람들에게 색다른 재미를 주지. 누구나 이런 곳을 알지는 못해. 입구를 보았지 않은가. 사람들에게 위압감을 주지. 그런 길목을 지나치는 것은 용감한 사람들이 할 일은 아니야. 나는 가는 곳마다 그곳을 아는 사람을 동무 삼아 이런 곳을 알아내서 기억해 놓지. 다시 한 번 갈 때는 쉽게 찾도록 말이야. 이런 곳에는 입이 무겁지 않으면 데려올 수 없어. 내가 데리고 일하는 사람들도 같이 못 와. 왜냐하면 자네에 대한 이미지가 있기 때문이지. 그 사람들이 다른 식으로 자네를 받아들이는 게 별로 좋지는 않을 거야."

"저희가 알게 된 지 그리 오래되지 않았지요. 따뜻한 말과 지식에 놀랄 따름이에요. 어쩌면 저보다 공부를 많이 하지는 않으셨을 텐데, 저보다 인생을 더 잘 파악하고 계신 것 같아요. 아마 많은 사람을 만나고 겪어서 그렇겠죠. 중요한 것은 어르신이 인생을 잘 알고 계시다는 거예요."

대상은 신식 부대를 위해 건배하자고 제안했다. 우리가 술을 마시자 술집 주인이 다른 술을 담아 우리 곁으로 왔다.

"손님들, 원하신다면 저희는 하렘 방도 있습죠."

'하렘 방'이 술집에서 어떤 의미인지 몰라서 어리둥절해하고 있는데 대상이 의미심장하게 웃으며 말했다.

"아이고, 우리를 잊었나 했지."

그는 술집 주인과 몇 마디 속닥였다. 주인이 큰 문 뒤로 사라지자, 대상은 지갑에서 여태껏 보지 못했던 은화를 꺼냈다. 그는 손가락 끝으로 동전을 돌리며 말했다.

"빌랄, 이 동전처럼 인생도 두 면이 있다네. 어떤 면도 그냥 놓아두면 안 돼. 자! 이제는 하렘 방으로 들어가지."

111

꽃향기, 곡식 냄새, 잔디향이 퍼지는 평원을 넘어 몇 개의 마을을 지났다. 그러고 나니 크스르 산이 보였다. 뷜뷜로는 말 위에 앉아 몸을 앞으로 구부렸다가 돌아서 제밀을 바라보았다. 공연히 속으로 웃음이 났다. '사실을 털어놓으면 도련님이 뭐라 하실까?' 제밀은 땅 냄새를 흠뻑 음미하고 있었다. 마르실얄르의 마른 몸에 달라붙어 있던 커다란 가슴이 떠올랐다. 제밀은 그 생각에서 벗어나고 싶었다. 뷜뷜로가 자신을 보고 있다는 것도 알아차리지 못했다. 뷜뷜로는 그가 딴생각에 빠진 모양이라고 생각하며 크스르를 가리켰다.

"도련님, 언덕 위에 호수가 있는 크스르도 카스렛처럼 수천 송이의 꽃이 피었어요. 꽃들은 정말 아름답고 향기롭지요. 전설에 의하면 우우즈 인의 하나가 크스르 산이 되었다고 합니다. 크스르 꼭대기에 있는 삼나무들도 전해지는 이야기가 있지요. 그런데 홍수가 나서 도시를 삼켜 버리고 이곳이 호수가 되자 삼나무들을 잘라 큰 배를 만들었다고 합니다. 크스르 꼭대기에 있는 삼나무들은 아까워서 그냥 놔두었다지요."

"뷜뷜로, 우리가 밟고 있는 모든 곳이 지금처럼 소유주가 있었다는 말이오?"

"그렇습니다."

"의도가 무엇이오? 내 지식을 시험코자 하는 것이오?"

"그런 의도는 전혀 없습니다, 도련님. 단 말씀드리고 싶었습니다. 이 땅에서 평생을 살다 간 사람들이 있다는 것을. 파샤도 파디샤도 '나의 것'이라고 말한 이 대지는 사실 그 누구의 것도 아니지요."

"맞는 말이오. 사람은 살면서 무언가를 소유하지. 많고 적음의 차이는 있겠지만 말이오. 자네가 말한 내용을 깨달을 즈음이면 인생이 끝나 가겠지. 나도 지금까지 배웠던 여러 가지 학문을 통해서 자네와 같은 생각에 도달했지. 그래서 시간을 사랑하는 데만 쓰고 싶었지. 그렇지만 내가 존재하기 이전부터 만들어진 규범이란 게 내 손발을 묶고 있어."

뷜뷜로는 그를 바라보며 미소지었다. '사랑에 대해서 말하는 이 순간에 실토할까?' 하는 생각이 들었다. 머릿속에서 심장까지 괴로움이 흘렀다. 목이 말랐다. 혀로 마른 입술을 핥았다. 괴로운 눈초리로 크스르 산을 바라보았다.

"도련님, 우리가 서 있는 이곳에서 말을 타고 네 시간이면 카르스, 아르다한, 아흐스카에 갈 수 있습니다."

"나는 지금 아무 데도 가고 싶지 않네. 카르스, 아르다한, 아흐스카 다 가 봤어. 먼저 겨울에 머무를 만한 곳을 찾지. 그런 후에 아르다한으로 가자."

뷜뷜로는 용기를 내 보려고 했지만, 진짜로 하고 싶은 말은 할 수 없었다. 속이 바짝바짝 타올랐다. 결과를 생각할수록 용기가 꺾였다. 키 작은 풀로 뒤덮인 마찻길을 잠시 바라보았다. 혀끝에 있는 말을 삼켰다. 이윽고 그는 네르기스를 발끝으로 쳤다. 피곤에 지친 말들이 일어나 마찻길을 나란히 걸었다. 두 사람 다 별로 말하고 싶지 않았다.

긴 평원의 끝에서 갑자기 맞은편에 호수가 나타났다. 호숫가에 있는 아으자칼레에 이르렀을 때 크스르 뒤쪽으로 해가 지고 있었다.

우우즈 인들이 만들었고 후에 여러 차례 단장을 했다는 성은 물가에 가까운 섬에 있었다. 섬은 넓은 바위로 만들어진 돌길로 육지와 연결되어 있었다. 뷜뷜로는 천연 다리처럼 나란히 놓인 매끈한 바위들을 가리켰다.

"이 돌다리는 우우즈 사람이 아니면 놓을 수 없죠."

"그럴 수도 있지만 수백 명의 노예가 했을 수도 있지."

"그 생각은 못했습니다. 그런데 이곳 사람들은 우우즈의 세 형제 중 하나가 이 성을 만들었고, 7대 불가사의 전설 속에 나오는 것처럼 하늘에 닿은 성을 만들었다고 믿고 있어요."

돌길이 끝나자 섬이 넓어졌다. 파손된 성벽에 기대어 있는 몇 채의 집 모양과 비슷한 폐허를 보면서 제밀은 웃음이 나왔다.

"여기 누가 살고 있지?"

"호숫가 마을에는 사는 사람들이 있지만 여기는 누가 사는지 안 사는지 모르겠는데요."

제밀은 무너진 성벽의 바깥쪽에서 말을 몰아 섬 주변을 한 번 더 돌아보았다. 미소가 파안대소로 변했다.

"나는 이곳이 매우 마음에 드네. 자네는 어떤가, 이곳에서 머물면?"

"먼저 이곳의 주인을 찾아야 합니다. 그런 후에 결정을 내리시지요."

제밀은 완전히 매료된 것처럼 주변을 다시 한 번 살펴보았다. 맞은편 크스르 산, 섬과 호수, 크스르 산 뒤쪽으로 지는 석양과 노을.

그가 넋이 나가 풍경을 바라보고 있자 뷜뷜로가 말했다.

"마을에 가서 섬 주인이 누구인지 물어봅시다. 괜찮다면 겨울을 보낼 수 있게 빌려 보지요."

그들은 말 머리를 돌려 다시 돌다리를 지나갔다. 시골집 사이로 뻗어 있는 좁은 길들을 지나자 마을 사람과 마주쳤다. 그 사람은 그들을 동네 지주 사르 씨의 저택으로 데리고 갔다. 다른 집들과 저택의 차이점은 앞쪽에 검고 부드러운 벽돌로 만들어진 벽이 있다는 것이었다. 응접실에 들어가자 창문 밖에서 저녁 햇살이 양탄자 위를 비추었다. 양탄자는 형형색색으로 빛나고 있었다. 그리 오래지 않아 사르 씨가 왔다. 제밀은 짧게 소개한 후에 말을 이었다.

"사르 어르신, 겨울을 날 장소를 찾던 중 뷜뷜로 씨가 저를 이 마을로 데려왔습니다. 마을의 명성을 알고 있습니다. 만약 섬에 아무도 없으면 올 겨울을 그곳에서 보내고 싶습니다."

사르 씨가 터번 때문에 더욱 커 보이는 머리를 끄덕이더니 노란 구레나룻을 몇 번 매만지다가 대답했다.

"제밀 도련님이 우리와 이웃이 되고 싶어 하다니 영광이오. 그러나 문제가 있어요. 섬에는 물이 없어요. 호수 물은 가축에게 유용치 않소. 호수가 얼어 버리고 난 후에는 일이 꽤 어려워질 것이오. 예전에 쓰던 샘을 정화하는 것은 불가능하오. 샘에서 수로를 놓아 물을 끌어 올 수 있고, 호수 주변에 낙수받이를 만들게 할 수 있다면 섬을 당신께 빌려 주겠소."

"어르신은 가축에게 주는 물을 어디서 가져오시나요?"

"샘이 하나 있소. 겨울에는 우리의 가축들만 간신히 먹을 수 있는 양이지요."

답답하다는 듯이 벽에 걸린 양탄자를 바라보던 제밀은 햇볕에 그을린 얼굴을 찡그리며 뷜뷜로를 바라보았다.

"어르신, 샘이 먼가요?"

뷜뷜로가 물었다.

"멀지는 않습니다만 가깝다고도 할 수 없지요."

"며칠이나 걸립니까?"

"일꾼이 몇 명인지, 그리고 땅이 얼마나 말랐을지에 따라 다르지요."

제밀은 참지 못하고 끼어들었다.

"땅은 어르신이 아시겠죠. 저희에게 문제가 될까요?"

"그렇다고는 볼 수 없지요, 제밀 도련님."

모두 함께 가서 샘을 찾아보고 나서야 제밀과 뷜뷜로는 섬에서 겨울을 나기로 결정을 내렸다. 섬의 건초와 사르 씨의 평원에 있는 초지권도 샀다. 사르 씨의 저택에서 저녁 식사를 하면서 흥정이 모두 끝났다. 식사 후에 제밀은 강한 의욕에 휩싸였다.

"저는 섬에 가겠습니다."

그는 즉시 일어서 걸었다.

뷜뷜로는 당황하였다. 뒤따라가야 할지 말아야 할지 잠시 동안 머뭇거렸다. 사르 씨가 갈팡질팡하는 그에게 말했다.

"뷜뷜로, 마음을 편히 가지시오. 내 도련님 뒤에 사람을 붙이겠소. 우리는 좀 더 이야기를 나눕시다."

그는 이렇게 안심시켰다.

그들은 방에서 대화를 나누고, 제밀은 성큼성큼 섬 마을의 가장 먼 곳까지 이르렀다. 호수 물소리를 들으려고 높은 바위에 앉았다가 금세 일어서고 말았다. 크스르 산 달빛 속에서 호수에 비치는 그림자를 바라보고 있노라니 '얼음이 얼면 산까지 평평한 평원이 될 거야. 그 위를 걸을 수 있겠지. 내가 원하는 그대로 얼음으로 만들어진 평평한 평원.'이라는 생각이 떠올랐다. 그때 문득 말소리가 들린 것 같아 뒤를 돌아다보았다. 아무것도 볼 수 없었다. 다시 호수를 바라보았다. 얼음 위에서 전속력으로 썰매를 끄는 수십 필의 말이 서로 경주하는 모습이 떠올랐다. 손으로 눈을 몇 번 비볐다. 빛나는 호수를 바라보면서 중얼거렸다. "자! 얼어라. 그리고 사방에 소식을 전해. 말과 사람들을 믿는 호족들을 부르겠다, 모두."

두락 대상이 에르주룸에서 남쪽으로 출발하자, 나는 북쪽으로 방향을 잡았다. 두락이 처음에 말의 품종에 대해 설명했을 때 나는 믿지 않았었다. 그러나 시간이 갈수록 그가 말한 것들이 하나씩 사실로 드러났다. 어느 날 작은 호숫가에서 휴식을 취하고 있을 때, 내가 물을 다 마실 때까지 말은 물을 먹지 않고 기다렸다. 또 어느 날은 길게 풀이 나 있는 초원에서 단지 풀 냄새만 맡고 발로 전혀 파내지 않는 것을 보고 깜짝 놀랐다. 말을 산 날 말에게 지어 준 네르기스라는 이름을 빨리 익혔다. 이름을 부르면 곧바로 내게 달려왔다. 사냥개 훈련병 시절부터 습관이 되어서 때때로 설탕을 주기도 하고, 물을 먹을 때는 휘파람을 불기도 했다. 나는 네르기스에게 폭 빠졌다.

제밀의 도루도 네르기스에게 뒤지지 않았다. 네르기스는 거의 도루에게 길을 내주려 하지 않았다. 그러나 가볍게 신호를 보내면 눈치를 채고 곧장 네르기스 뒤에서 걸었다. 므스티의 쿠마르도 절대 뒤지지 않았다. 도루나 네르기스보다 훈련을 더 잘 받은 것 같았다. 밤나무 숲에 들어가 도루를 거의 따라잡았을 때, 네르기스가 나무에 부딪힐 뻔했다. 그런데 쿠마르는 어찌나 노련하게 나무 사이로 미끄러지듯 피해 도루 옆으로 다가가는지 입이 딱 벌어질 정도였다. 특히 총알을 피하려고 작은 흙더미를 장벽 삼아 눕는 것은 놀랍다 못해 경이롭기까지 했다. 도루도 쿠마르를 보고 따라 했다. 그래서 두 마리 다 므스티가 키웠다는 것을 알게 되었다. 네르기스, 도루, 쿠마르가 썰매를 끄는 경주를 할 때 내가 말했다.

"밤나무 숲에서 말이 피해 가는 것을 보고, 도루와 쿠마르를 당신이 키웠다는 것을 알았습니다."

그는 조심스럽게 내 얼굴을 보고 미소지었다.

"저도 그날과 오늘은 올빼미 소리가 변했다고 생각했죠."

마시장에서 상인이 네르기스에 대해 했던 말을 듣지 않는 것이 나을 뻔했다. 아니면 그 사람이 한 말을 잊어버렸더라면 좋았을 뻔했다. 그러나 잊을 수 없었다. "이 말은 경주를 위해 태어난 것이오."라고 했던 말이 항상 머릿속에서 맴돌았다. 네르기스를 보면 모든 말과 경주를 시키고 싶었다. 겨울을 나기 위해 섬을 빌려 카스렛으로 길을 떠났을 때 제밀이 말했다.

"뷜뷜로, 이 호수는 썰매 경주에 안성맞춤인 곳이오. 얼음이 얼었을 때를 생각해 보시오. 거대한 얼음 평원이 될 것이오. 로마 사람들이 마차 경주를 벌였던 것처럼 우리도 이곳에서 썰매 경주를 벌여 봅시다."

그러자 내 마음은 더욱 흥분되었다. '마침내 네르기스를 경주에 참가시키게 되겠군.' 제밀 또한 흥분해서 말을 계속했다.

"보시오! 뷜뷜로, 거대한 얼음 평원이 마치 수백 년 동안 우리를 기다린 것 같지 않소? 겨울에 호수가 얼면 호족들에게 소식을 전하고, 말과 썰매 경주를 벌입시다! 호숫가에 호족들의 화려한 천막이 세워지는 것을 상상할 수 있겠소?"

"도루와 네르기스에게 썰매를 끌게 합시다."

나도 그의 흥분에 동참했다.

제밀은 멀리서 크스르의 평원에 펼쳐진 호수를 바라보며 말했다.

"므스티의 쿠마르도 끼워 줘야죠."

그를 보는데 왠지 초록 이삭이 물결치고 밀밭 한가운데 무릎을 꿇고 울면서 손을 흔드는 어머니가 보이는 것 같았다. 나는 오래전부터 그 모습을 떠올리지 않았었다. 내가 아시아와 가까워지길 원하지 않았다면 이런 일이 일어나지도 않았을 것이다.

113

아으자칼레 섬의 저택에 정착하고 나서 몇 주 후 첫눈이 내렸다. 제밀은 항상 쌓인 눈을 걷어 내며 호숫가로 걸어갔다. 호숫가에서 몇 시간 동안이나 가장자리에서 가운데로 얼어 들어가는 얼음을 확인하고 저택에 돌아와서는 얼음이 두꺼워지면 개최할 썰매 경기에 대해 말하곤 했다. 저택에 머물 때면 얼음 위를 달리는 말소리를 듣는 것처럼 눈을 감고 한참 동안 있기도 했다. 그날도 눈을 감고 말발굽 소리를 듣고 있었다. 그런데 갑자기 제밀의 몸에 경련이 일었다. 그가 몸을 부들부들 떠는 것을 본 아시아는 비명을 질렀다. 옆방에서 아시아의 비명 소리를 들은 술타나는 무스타파 베이레를 안고 뛰어왔다. 그녀는 얼굴이 밀랍처럼 노래진 제밀이 몸을 덜덜 떨자 당황스러웠다. 그러나 곧 아이를 의자 위에 눕히고는 밖으로 달려 나갔다. 치마에 눈을 잔뜩 담아 돌아오니 아시아가 울고 있었다. 술타나는 제밀의 얼굴을 눈으로 문질렀다. 차가운 눈 때문이었는지 눈꺼풀 경련이 멈추었다. 잠시 후 제밀이 천천히 눈을 떴다. 맨 먼저 아시아의 녹청색 눈에 고인 눈물이 보였다. 그는 생기 잃은 입술에 억지로 미소를 지었다. 그 미소에서조차 피곤이 느껴졌다. 그는 숨을 쉬듯 부드러운 목소리로 말했다.

"나를 침대로 데려가 주오."

아시아와 술타나는 그의 팔을 잡고 침대로 데려갔다. 그들이 담요를 덮어 주기도 전에 제밀은 깊은 잠에 빠져들었다. 아시아는 진정되지 않는지 방을 나갔다. 술타나는 어린 아들에게 젖을 먹이며 가끔 제밀의 얼굴을 살폈다. 얼마 후 얼굴색이 돌아오자 깊은 한숨을 쉬고 나서 "감사합니다! 무사히 넘겼어요."라고 속삭였다. 잠시 후 아시아가 안으로 들어오자 그녀는 아시아의 목을 팔로 감쌌다. 그들은 부둥켜안고 한참 동안 울었다. 아시아가 밖으로 나가자 그녀의 뒷모습을 바라보던 술타나는 키가 컸던 할머니를 떠올렸다. 혼례를 치르기 전날 밤 할머니는 방에 들어와 침대에 같이 누워서 말씀하셨다. "술타나, 결혼할 사람이 누가 되든지 명심하여라. 너희들은 다른 사람이야. 너희의 세상은 서로 다르지. 넌 너의 세상을 원하고, 그도 자신만의 세상을 원한단다. 제밀은 교육받은 호족의 자제이니 세상의 보통 호족과는 다를 수 있어. 절대 그보다 못하다고 여기지 마라. 매일 아침 우리보다 먼저 깨어나는 저 아라라트 산만큼 당당하게 마음을 먹어야 한다." 할머니 말의 속뜻을 헤아리며 술타나는 중얼거렸다.

"내가 방에서 나가기 전에 할머니는 당신의 은 목걸이를 풀어 내 목에 걸어 주셨지."

방문에 기대어 술타나의 말을 듣던 아시아가 물었다.

"누가요?"

술타나는 제밀이 이난나라고 부르는 아시아를 바라보며 미소지었다.

"그래요, 혼잣말을 하며 옛날 생각을 하고 있었군요, 술타나. 하지만 당신에게 했던 말들은 전부 맞는 말인 것 같아요. 당신은 누구보다도 강하고, 마음도 아라라트 산보다 숭고한걸요. 당신은 제밀을 그 누구보다 잘 알고 있어요. 말해 줘요. 그가 나을 수 있을까요?"

"물론이지."

"어떻게요?"

술타나는 젖을 물고 있는 아들의 얼굴을 내려다보았다.

"약을 구해 올 거야."

*

제밀은 옆에 누워 있는 술타나의 주근깨 없이 깨끗한 얼굴을 바라보았다. 그녀는 짧은 숨을 내쉬고 있었다. 그는 천천히 몸을 구부려 술타나의 도톰한 입술에 키스했다. 미소짓던 술타나도 뒤로 물러나 천천히 제밀의 허리를 팔로 감았다. 두 사람의 숨이 섞였다. 불꽃이 사그라지자 제밀이 말했다.

"당신은 아내이면서 가장 좋은 친구고, 가장 좋은 의사로군."

"무슨 말이에요, 제밀?"

"어느 누구도 당신만큼 나를 이해하지 못하오, 술타나."

"아시아도 저만큼은 당신을 이해해요."

"맞소. 그러나 우리는 이 여정을 처음부터 함께하지 않았소. 그녀는 나중에 들어왔지."

"소나를 말하는 거라면 맞아요. 그것은 제 생각이었어요. 작년에 마흐뭇 성주의 딸 치첵의 목소리를 들었을 때 당신이 눈을 번쩍 뜨셨잖아요. 사르 씨의 딸 소나의 목소리를 들으면 당신이 눈을 뜰 거라고 생각했어요."

"그러니 당신을 주치의라고 한 거요. 당신이 아니었으면 지금도 침대에서 일어나지 못했을 거요. 아직 병자로 누워 있겠지."

"이제는 당신이 어떻게 사랑에 빠지는지도 알고, 사랑에 빠지면 병이 나는 것도 알아요. 난 아이들 곁으로 가야겠어요. 잠에서 깨어나 울지도 몰라요. 당신은 좀 더 주무세요. 내일은 하루가 매우 길 테니까요."

술타나는 실크 잠옷을 걸치고 가스램프의 노란 불빛 아래 그림자처럼 하렘 방으로 갔다. 제밀은 "맞아. 내일은 기나긴 하루가 될 거야."라고 들리지 않을 정도로 작은 목소리로 말했다. 잠시 술타나가 나간 문을 바라보았다. 그는 두꺼운 양모 담요를 다독이면서 말했다. "내일은 진짜로 긴 하루겠지. 그러나 좋은 날이 될 거야." 제밀은 사랑을 나누고 나면 늘 그랬듯이 눈만 감으면 즉시 잠이 들 것이라고 생각했다. 그러나 좀처럼 잠을 잘 수 없었다. 창문 밖 달빛 아래에서 불꽃처럼 빛나는 얼음을 보고 싶었다. 침대에서 일어나려다 그만두었다. 담요를 끌어당겼다. 머리를 베개에 뉘고 눈을 감았다. 우르 호족의 아들이 떠올랐다. 아랫입술을 윗니로 가볍게 물며 혼잣말을 내뱉었다. "두 번 마주쳤나. 우리 둘 다 젊은 청년이었어. 내게 우호적이지는 않았지만 공손하게 대했지. 다른 호족들이 그가 참여하면 자기네는 경주에 안 나오겠다고 해서 할 수 없이 빠져 달라고 부탁했었지." 그는 곧 담요 속에서 한두 번 뒤척이다가 깊은 잠에 빠져들었다.

동이 트자 아시아가 그를 깨웠다. 제밀은 아시아의 녹청색 눈을 바라보며 말했다.

"왜 좀 더 자지 그랬어, 아시아."

아시아가 제밀의 볼에 키스했다.

"당신은 맘껏 자요. 경기에는 뷜뷜로와 므스티가 참여할 거예요."

제밀은 경기라는 말을 듣자마자 무거운 담요를 던지며 용수철처럼 튀어 일어났다.

아시아가 침대를 정리하고 제밀은 옷을 입었다.

"오늘 해가 뜨는 것을 보고 싶었는데. 조금만 더 일찍 깨우지 그랬어, 아시아."

"곤히 자는데 깨울 수 없었어요."

아시아는 제밀의 목을 팔로 감고 볼에 키스했다. 둘은 서로 껴안은 채 방에서 나갔다.

거실에 아침 식사가 준비된 것을 본 제밀이 말했다.

"다른 사람들도 부르겠소. 이 좋은 날 아침 식사를 함께 해야지."

그는 문 쪽으로 걸어갔다. 밖으로 나가자 얼음 평원에 반사된 아침 햇살이 눈부셨다. 그는 눈물이 고인 눈을 문지르며 마구간으로 걸어갔다. 그를 본 휘스뉘도 따라왔다. 제밀이 마구간으로 들어서자 뷜뷜로가 그의 뒤를 쫓아왔다.

"도련님, 준비가 모두 끝났습니다. 도루도, 네르기스도, 므스티의 쿠마르도 사득이 깃털로 장식해 주었죠. 구슬 목걸이도 달았습니다. 다른 호족 말들에게 조금도 뒤지지 않을 것입니다."

"알고 있네."

제밀이 허공을 보며 말했다.

**

썰매 두 개를 준비해 일행과 같이 온 사르 씨는 잠시 제밀과 이야기를 나누고 나서 크스르 산의 평원에 있는 경주 장소로 떠났다. 그의 썰매가 멀어지자 므스티와 뷜뷜로도 경기 장소로 출발했다.

참가자들이 모두 모이자 사르 씨는 노란색 금실로 수놓은 보라색 엔타리를 걸쳤다. 그는 아으자 성에서 힘들게 저항하던 알파슬란 병사들의 사기를 돋우기 위해 앞장서 소리치며 성벽에 부딪혔던, 그리고 "성을 얻기 전에는 물러설 수 없다."고 했던, 성을 함락하고 나서는 죽은 병사들을 잊어버리려고 그곳에 놓고 갔다는 철모를 머리에 썼다. 그는 참가자들에게 준비 신호를 보내기 위해 자랑스럽게 주변을 둘러보았다. 웬 남자가 우렁차고 큰 목소리로 "모든 경기 참가자들은 정정당당히 하시길!"이라고 소리쳤다. 사르 씨는 육중한 걸음으로 경기 참가자들 앞으로 나왔다. 모두 신중하고 주의 깊게 자기를 보고 있다는 것을 확인하자, 천천히 그리고 조목조목 말했다.

"아자라, 아흐스카, 아르다한, 메쉐아르다한, 카르스, 그리고 위에 언급한 에르주룸 호족들, 아타벡 가문의 이름을 걸고 경기에 참여하는 용사들이여! 여러분의 말은 하나같이 뛰어난 말입니다. 여러분 또한 말을 모는 데 누구보다도 능숙할 것입니다. 잠시 후 큰북이 울리면 준비하시고, 총소리가 울리면 경기를 시작하십시오. 경기에서 서로에게 해를 입히면 안 됩니다. 서로를 방해해서도 안 됩니다. 그러면 탈락입니다. 잊지 마세요. 이 경기는 매년 열릴 것이니 올해 일 등을 하지 못했다고 좌절하거나 화를 낼 필요가 없습니다. 도착 지점에 처음 도착하는 이에게 상이 주어집니다. 말들이 좋은 성과를 내기를, 하느님의 가호가 있기를 바라겠습니다!"

사르 씨가 옆 썰매로 걸어가자 큰북 소리가 들렸다. 참가자들은 말을 준비시키려고 채찍을 휘둘러 소리를 내었다. 하늘에 이를 듯한 총소리가 울리자 경기가 시작되었다. "자, 출발!" 하며 모두 말에 채찍을 가했다. 말들은 너나 할 것 없이 전력질주했다.

저택 옆쪽에 모인 호족들, 총소리를 듣고 밖으로 뛰어나온 부인들, 주변 마을에서 구경 온 사람들은 모두 명절 때처럼 옷을 차려입고 있었다. 그들은 눈을 가늘게 뜨고, 목표를 향해 달리는 말들과 참가자들을 따라 도착 지점으로 걸어갔다.

제밀도 손님들 사이에서 함께 걸었다. 아시아가 "우리 아들 말고 남편이 남긴 유일한 선물"이라며 건네줬던 작은 쌍안경으로 므스티와 뷜벌로가 다른 말을 제치고 전속력으로 섬에 가까워지는 광경을 바라보았다.

마흐뭇 성주는 주변에 있는 사람들을 걱정스런 시선으로 훑어보곤 했다. 끊임없이 "얼음은 호수 가운데가 제일 얇아."라면서 무거운 쌍안경을 들어 참가자들을 바라보고는 했다. 호수 가운데에 근접했을 때 자신의 말이 가장 앞서 있다는 것을 확인하더니 마음속 걱정을 한순간에 잊었는지 흥분하며 미소를 지었다. 유수프 성주는 옆에 서 있는 검은 옷을 입은 아시아에게 "이 땅의 냄새는 어디서 오는 것이오?"라고 물었다.

그때 제밀이 행복한 얼굴로 자기를 보면서 걸어오는 것을 본 아시아는 생각했다. '호수의 슬픈 이야기를 안다면 저렇게 행복할 수 없을 거야.'

제밀은 아시아에게 와서 속삭였다. "나의 이난나!" 그는 손에 들고 있던 쌍안경을 그녀에게 주면서 참가자들을 보라고 했다. 아시아는 쌍안경으로 참가자들을 보았다. 제밀도 반짝반짝 빛나는 얼음을 보면서 말했다. "해마다 겨울이면 이 호수에서 경기를 열 거야." 그때였다. 우지끈, 얼음 깨지는 소리가 들려왔다. 그는 곧바로 마구간으로 달려갔다. 휘스뉘도 쏜살같이 북쪽으로 말을 몰았다. 아시아도 말에 올라타 뒤를 쫓았다.

옮긴이의 말

무라트 툰젤은 소설 『이난나』로 터키 문단의 정상에 올랐다. 1979년 첫 단편소설을 발표한 이래 NPS 라디오 단편소설상, 대중문화예술대회 소설상, 오르한 케말 상을 수상한 바 있는 툰젤은 평론가들로부터 터키의 국민작가 야샤르 케말에 곧잘 비교되기도 한다. 『이난나』는 아랍어, 불가리아어, 네덜란드어, 러시아어 등으로 번역되면서 툰젤을 터키 문단을 넘어선 세계적 작가로 명성을 얻게 해 주었다.

이난나는 수메르 신화에 나오는 사랑과 풍요의 여신이다. 신화 속 이난나는 자신의 남편인 두무지를 구하기 위해 저승으로 내려가 천신만고 끝에 그를 구해 낸다. 하지만 남편 두무지는 자신을 사랑하는 누이 때문에 일 년 중 절반만을 지상에 머문다. 목숨을 걸고 저승길에 오른 이 강인한 수메르 여신은 우리에게 잘 알려진 아프로디테의 전신이다. 아프로디테는 이난나를 그리스어로 일컫는 말이며 이후 로마 시대에는 비너스로 불렸다. 이난나 이야기는 수메르 신화가 전승된 경로를 따라 메소포타미아와 터키를 거쳐 그리스로 전해졌다. 그리스 신화에서 사랑과 전쟁의 여신인 아프로디테는 올림포스 십이 신 가운데 유일하게 동방에서 유입된 것으로 독립성이 강하며, 제우스의 가부장적 권위에 끊임없이 도전한다.

『이난나』는 세계 최고(最古)의 문명 발상지인 수메르 땅에서 쇠퇴기에 접어든 오스만 제국을 배경으로 펼쳐지는 사랑과 삶에 관한 이야기이다. 오스만 제국은 아시아, 아프리카, 유럽 세 대륙을 지배하면서 중세 이후 세계 문명의 중심이 되었다. 하지만 19세기 전후로 제국의 권위는 흔들리기 시작하고 그것을 이끌던 가치 또한 변화한다. 소설에 등장하는 두 남자 제밀과 빌랄은 이처럼 격변하는 시대의 시련 속에서 자신을 찾아가는 강인한 인간을 대변한다.

제밀은 야르오스만(Yarosman)의 시파히(Sipahi)이다. 시파히는 봉건 기사와 유사한 지방 영주를 말한다. 이들은 전장에서 공훈을 세운 대가로 봉토를 받았다. 그리고 그 땅으로부터 세금을 징수하여 세입에 따라 일정 수의 군사를 양성할 수 있었다. 비록 봉토 안의 소작인들을 마음대로 추방하지 못하고, 술탄의 명령이 떨어지면 그 즉시 출병해야 했음에도 그들은 막강한 권력을 가진 오스만 제국의 지방 호족이었다. 궁성학교 출신들이 술탄의 노예라고 불린 것에 비해 이들 시파히는 자유인에 속했던 것이다.

기혼남인 제밀은 이교도인 아르메니아 호족의 딸과 사랑에 빠진다. 그는 이교도를 받아들이지 않는 가문의 전통과 자신의 사랑 사이에서 고민하다가 두 부인과 수하를 거느리고 아버지의 영토를 떠난다. 그러나 혹독한 겨울과 매서운 눈바람이 몰아치는 산과 강을 건너면서 제도와 개인의 문제 사이에서 끊임없이 갈등한다.

빌랄은 예니체리다. 예니체리는 16세기에 완비된 오스만 제국의 핵심 부대로 기독교도 소년을 강제징집해 무슬림으로 개종시킨 후 술탄의 노예로 훈련시켰다. 빌랄의 어머니는 불을 숭배하는 이교도라는 이유로 아들 빌랄을 군대에 빼앗긴다. 하지만 빌랄은 정식 예니체리가 되기도 전에 시야부쉬 장군의 집으로 보내져 삼엄한 감시 속에 살아간다. 그곳에서 빌랄은 뜻밖에도 장군의 첩인 누르하얄에게서 꿈에 그리던 어머니의 사랑을 느끼고 '장군의 여자'를 사랑하게 된다. 그리고 그는 곧 금기와 규율의 세계를 타파하는 모험을 시작한다.

『이난나』는 제밀과 빌랄을 중심으로 망국으로 치닫는 제국민들의 삶을 여실히 보여 준다. 그리고 그들을 둘러싼 여인들, 그들을 통해 계급과 가부장 사회, 종교와 관습, 규율이 엄격한 시대에 사랑을 믿고, 인내하며 운명을 견뎌 낸 이난나의 모습을 재현한다. 각자 자신들이 처한 상황과 지위가 다름에도 불구하고 그녀들은 누구보다도 지혜롭고 용감하며 사랑에 대한 의지가 강했다.

　작가는 이 소설을 통해 사라진 역사를 복원하고 싶다고 말한다. 역사책만으로는 알 수 없는 인간의 내면에 있는 고통을 풍요로운 문화유산을 가진 제국의 역사 속에서 재현하고자 했다. 터키 동부의 작은 도시에서 태어나 이스탄불, 유럽을 아우르는 다양한 삶을 경험한 작가가 가장 행복하게 집필했다는 이 소설을 통해 우리 독자들의 가슴에도 사랑의 여신이 찾아가길 바라본다.

2011년 8월

오은경